O APRENDIZ
DE
ASSASSINO

A SAGA DO ASSASSINO
VOLUME I

O APRENDIZ
DE
ASSASSINO

Tradução
Orlando Moreira

3ª reimpressão

Copyright © 1995 by Robin Hobb
Publicado mediante acordo com a autora e The Lotts Agency, Ltd.
Todos os direitos reservados.

Grafia atualizada segundo o Acordo Ortográfico da Língua Portuguesa de 1990, que entrou em vigor no Brasil em 2009.

Título original
Assassin's Apprentice

Capa
Claudia Espínola de Carvalho

Ilustração de capa
Cyla Costa

Lettering de capa
Jackson Alves

Preparação
Emanoelle Veloso

Revisão
Renata Lopes Del Nero
Clara Diament

Dados Internacionais de Catalogação na Publicação (CIP)
(Câmara Brasileira do Livro, SP, Brasil)

Hobb, Robin
  O aprendiz de assassino / Robin Hobb ; tradução Orlando Moreira. — 1ª ed. — Rio de Janeiro : Suma, 2019. — (A Saga do Assassino ; v. 1)

  Título original: Assassin's Apprentice.
  ISBN 978-85-5651-084-6

  1. Ficção norte-americana I. Título. II. Série.

19-27897   CDD-813

Índice para catálogo sistemático:
1. Ficção : Literatura norte-americana   813

Cibele Maria Dias – Bibliotecária – CRB-8/9427

Todos os direitos desta edição reservados à
EDITORA SCHWARCZ S.A.
Praça Floriano, 19, sala 3001 — Cinelândia
20031-050 — Rio de Janeiro — RJ
Telefone: (21) 3993-7510
www.companhiadasletras.com.br
www.blogdacompanhia.com.br
facebook.com/editorasuma
instagram.com/editorasuma
twitter.com/Suma_BR

Nota para esta edição:

No universo criado por Robin Hobb para A Saga do Assassino, muitos dos personagens são batizados ao nascer com nomes que representam características que, no futuro, podem ou não moldar seu caráter. Em edições anteriores, esses nomes haviam sido traduzidos para o português, mas neste volume os mantivemos em sua forma original, em inglês.

Para o leitor que desejar compreender um pouco melhor o significado por trás do nome dos personagens, ao fim deste livro há um glossário com todos os termos relevantes da história.

Para Giles

E para Raphael e Freddy,
Os príncipes dos assassinos.

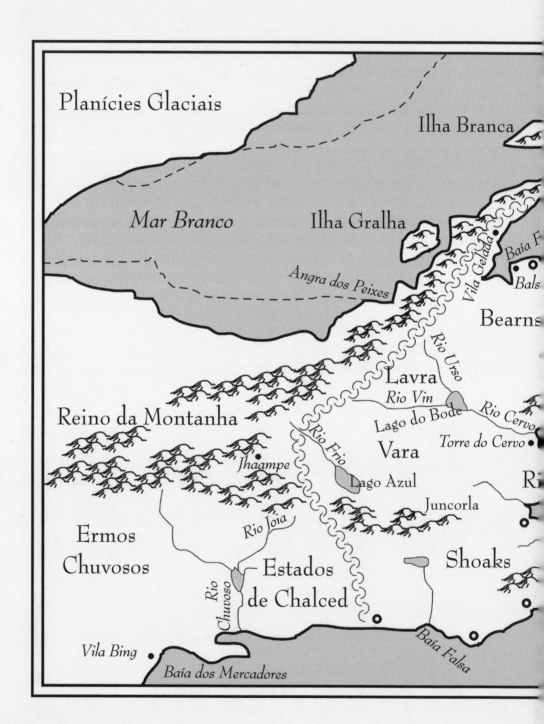

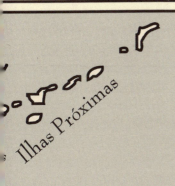

Ilhas Próximas

Ilha Gancho

Ilha Besham
Fuldaltos

Ilha Galhada
Ilha do Linho
Baixios Ilha da Garra

Baía Limpa

Ilha de Vigia

Ilha Ovo

Seis Ducados

O	TORRES
∽∽	FRONTEIRA
-----	PLATAFORMAS DE GELO

O COMEÇO DA HISTÓRIA

Uma história dos Seis Ducados é, necessariamente, uma história de sua família governante, os Farseer. Uma narrativa completa remeteria a muito antes da fundação do Primeiro Ducado e, se tais nomes fossem lembrados, falaria sobre a invasão dos ilhéus vindos do mar, que tomaram feito piratas uma costa de clima mais ameno e agradável do que as praias geladas das Ilhas Externas. Mas não sabemos os nomes desses primeiros antepassados.

Do primeiro verdadeiro rei restam pouco mais do que seu nome e algumas lendas extravagantes. Chamava-se Taker, e talvez assim tenha começado a tradição de nomear as filhas e filhos de sua linhagem de forma a moldar suas vidas e personalidades. As crenças populares alegam que os nomes eram selados aos recém-nascidos através de magia e que devido a isso a linhagem real não podia trair as virtudes que lhe eram assim atribuídas. Passados por fogo, mergulhados em água salgada e oferecidos aos ventos: assim eram batizadas essas crianças escolhidas. Assim nos foi contado. É uma lenda bonita e talvez há muito tempo tenha existido um ritual como esse, mas a história nos mostra que isso nem sempre foi suficiente para vincular uma criança à virtude que lhe serviu de nome...

A pena vacila e em seguida cai dos meus dedos nodosos, deixando um rastro de tinta que parece um verme sobre o papel de Fedwren. Estraguei mais uma folha do fino material nisso que suspeito ser uma tentativa inútil. Pergunto-me se serei capaz de escrever esta história ou se cada página será uma exibição furtiva da amargura que eu pensava estar morta há muito tempo. Considero-me curado de todo o rancor, mas, quando a pena toca o papel, a ferida de um garoto sangra com o fluxo de tinta marinha, até que suspeito que cada letra negra cuidadosamente desenhada esfole a cicatriz de uma antiga ferida escarlate.

Tanto Fedwren como Patience ficavam tão entusiasmados sempre que se discutia um relato escrito sobre a história dos Seis Ducados que acabei me convencendo de que escrever sobre isso seria um esforço válido. Convenci-me de que esse exercício afastaria meus pensamentos da dor e me ajudaria a passar o tempo, mas cada evento histórico de que me lembro apenas desperta as minhas próprias sombras de solidão e perda. Receio ter de largar por completo este trabalho ou aceitar reconsiderar tudo o que me moldou. E assim começo de novo e de novo, mas acabo sempre por descobrir que escrevo sobre as minhas próprias origens em vez de escrever sobre as origens desta terra. Nem sequer sei a quem tento me explicar. A minha vida tem sido uma teia de segredos, segredos que mesmo agora são perigosos de compartilhar. Devo colocá-los neste fino papel para fazer deles apenas chamas e cinzas? Talvez.

As minhas primeiras memórias remontam aos meus seis anos de idade. Antes disso não há nada, apenas um abismo que nenhum esforço mental já foi capaz de penetrar. Antes daquele dia no Olho da Lua não há nada. Mas é nesse dia que as minhas memórias subitamente se iniciam, com uma claridade e detalhe arrebatadores. Algumas vezes elas me parecem tão completas que eu me pergunto se serão realmente minhas. Estaria eu recordando tudo isso com base na minha própria experiência ou nas dúzias de relatos repetidos por legiões de criadas de cozinha, exércitos de copeiros e bandos de rapazes do estábulo ao explicarem a minha presença aos outros? Talvez tenha ouvido o relato tantas vezes, de tantas fontes, que agora o recordo como se pertencesse às minhas próprias memórias. Será o nível de detalhe resultado da percepção que uma criança de seis anos tem de tudo o que a rodeia? Ou será que a perfeição dessas memórias é causada pela junção do uso do Talento e das drogas que tomo para controlar minha dependência, drogas que causam as próprias dores e ânsias? Esta última hipótese é a mais possível. Talvez seja até a mais provável. Só posso esperar que não seja esse o caso.

A recordação é quase física: a fria cor cinzenta do dia moribundo, a chuva sem remorso que me ensopava, o calçamento coberto de gelo das ruas da cidade estranha, até a aspereza calosa da mão enorme que segurava a minha, pequena. Às vezes me pego pensando nessa mão. Era dura, rude, aprisionando a minha. E, contudo, era quente e me segurava com certa gentileza. E com firmeza. Não me deixava escorregar no chão com gelo, mas também não me deixava escapar ao meu destino. Era implacável, como a chuva cinzenta e fria que lustrava a neve pisoteada do caminho de cascalho diante das enormes portas de madeira do edifício fortificado que se erguia como uma fortaleza dentro da própria cidade.

As portas eram altas, e não só para um garoto de seis anos, mas o suficiente para que um gigante passasse por elas. Elas faziam o velho esguio a meu lado parecer um anão. Além disso, eram estranhas para mim, embora não consiga imaginar que tipo de porta ou habitação fosse familiar. Mas aquelas, entalhadas e presas por dobradiças de ferro negro, decoradas com uma cabeça de cervo e uma aldrava de bronze brilhante, estavam totalmente além da minha experiência. Lembro que a neve meio derretida havia encharcado minhas roupas, então meus pés e pernas estavam molhados e frios. E, apesar disso, mais uma vez, não consigo me lembrar de ter andado muito para chegar ali em meio às últimas pragas do inverno, nem de ter sido transportado. Não, tudo começa ali, em frente às portas do forte, com a minha pequena mão aprisionada na mão do homem alto.

É quase como o começo de um teatro de marionetes. Sim, consigo ver desse jeito. As cortinas se abrem e ali estamos nós, parados diante das grandes portas. O velho ergueu a grande aldrava de bronze e bateu uma, duas, três vezes na base de metal, que ressoou com as pancadas. E então, dos bastidores, ecoou uma voz. Não do outro lado das portas, mas atrás de nós, no caminho de onde tínhamos vindo.

— Pai, por favor — implorou uma voz feminina.

Virei-me para olhá-la, mas tinha começado a nevar outra vez, um véu rendado que se agarrava aos cílios e às mangas do casaco. Não consigo me lembrar de ter visto alguém. Tenho, contudo, a certeza de que não lutei para libertar a minha mão da do velho, nem gritei "Mãe, mãe". Em vez disso, fiquei quieto, um espectador, e ouvi o som de botas dentro da torre e o som do ferrolho da porta deslizando.

Ela chamou uma última vez. Ainda consigo ouvir as palavras perfeitamente, o desespero em uma voz que agora soaria jovem aos meus ouvidos.

— Pai, por favor, eu imploro!

Um tremor sacudiu a mão que agarrava a minha, mas se era de ira ou de qualquer outra emoção nunca saberei. Tão veloz quanto um corvo apanhando um pedaço de pão, o velho inclinou-se e agarrou um pedaço de gelo sujo. Atirou-o sem dizer nada, com muita força e fúria, e eu me encolhi de medo. Não me lembro de ouvir um grito nem som do gelo acertando um corpo. O que me lembro é de como as portas se abriram para fora, de tal forma que o velho teve de se mover depressa para trás, puxando-me com ele.

E aqui há uma coisa. O homem que abriu a porta não era um criado doméstico, como eu poderia ter imaginado, se tivesse apenas ouvido isso em uma narrativa. Não, a lembrança me mostra um homem armado, um guerreiro, já um pouco grisalho e com a barriga mais gorda que musculosa, e não um criado educado. Olhou-nos, a mim e ao velho, de cima a baixo, com a desconfiança treinada de um soldado, e então ficou em silêncio, esperando que disséssemos a que vínhamos.

Penso que a sua atitude perturbou o velho, incitando-o — não ao medo, mas à ira. Porque de repente ele largou a minha mão e, em vez disso, agarrou-me pelas costas do casaco e me empurrou para a frente, como se eu fosse um cãozinho a ser oferecido a um novo dono.

— Eu te trouxe o garoto — disse numa voz rouca.

Quando o guarda continuou a olhá-lo fixamente, sem julgamento ou mesmo curiosidade, explicou-se com mais detalhes:

— Dei-lhe de comer à minha mesa durante seis anos e nunca recebi uma palavra do pai, ou uma moeda, ou uma visita, embora a minha filha tenha me dado a entender que ele sabe que fez um bastardo nela. Não lhe darei mais de comer nem partirei as costas no arado para pôr roupas nele. Que o alimente aquele que o fez. Tenho gente o bastante para cuidar, com a minha esposa envelhecendo e a mãe deste aqui para manter e alimentar. Porque não há homem que a queira agora, não com este cãozinho sempre grudado na barra da sua saia. Portanto, pegue-o e o entregue ao pai.

Ele me soltou tão de repente que eu me estatelei na entrada de pedra aos pés do guarda. Sentei-me rapidamente, não me lembro de ter me machucado muito, e olhei para cima para ver o que aconteceria a seguir entre os dois homens.

O guarda olhou para mim, com os lábios ligeiramente apertados, tentando me avaliar, sem crítica ou aprovação.

— Filho de quem? — perguntou, e o seu tom não revelava curiosidade, apenas a necessidade de obter mais informações para relatar adequadamente a situação a um superior.

— De Chivalry — disse o velho, que já estava virando as costas para mim, descendo o caminho de cascalho com passos cuidadosos. — Do príncipe Chivalry — disse, sem se virar enquanto acrescentava o título de nobreza. — Aquele, o príncipe herdeiro. Foi ele quem o fez. Pois então que faça algo por ele e que se dê por contente de ter conseguido gerar alguma criança, pelo menos.

Por um momento, o guarda ficou olhando o velho ir embora. Depois, sem dizer nada, inclinou-se para me agarrar pelo colarinho e arrastou-me para fora do caminho para que pudesse fechar a porta. Ele me soltou enquanto checava a porta. Depois me encarou, sem mostrar surpresa, apenas a estoica aceitação de um soldado em relação aos aspectos mais bizarros do seu dever.

— Levante-se e ande, garoto.

E assim o segui, descendo por um corredor sombrio e passando por cômodos mobiliados de forma espartana, com janelas ainda fechadas por causa do frio do inverno, para finalmente chegar a outras portas também fechadas, feitas de madeira valiosa e delicada, entalhada. Ali fez uma pausa e rapidamente ajeitou as próprias roupas. Lembro-me com bastante clareza de como se ajoelhou para alisar a minha camisa e ajeitar o meu cabelo com um ou dois tapas rudes. Mas se fez isso por algum impulso de bom coração, para que eu causasse uma boa impressão, ou se foi meramente devido à preocupação de mostrar que tinha tomado conta da sua encomenda, nunca saberei. Levantou-se de novo e bateu uma vez às portas duplas. Tendo batido, não esperou por resposta, ou pelo menos eu não a ouvi. Empurrou as portas, conduziu-me como uma ovelha à sua frente e fechou-as atrás de si.

Aquele cômodo estava tão quente quanto o corredor estava frio, e tão cheio de vida quanto os outros cômodos estavam desertos. Lembro-me da quantidade de mobília que havia ali, tapetes e tapeçarias, e prateleiras com rolos de pergaminhos, um quarto forrado pela desordem que se instala em qualquer aposento bem usado e confortável. Havia fogo ardendo na grande lareira, enchendo o quarto de calor e de um agradável aroma de resina. Uma mesa enorme estava colocada obliquamente à lareira e atrás dela sentava-se um homem robusto que, de sobrancelhas franzidas, curvava-se sobre o maço de papéis à sua frente. Não ergueu os olhos imediatamente quando entramos e, por causa disso, pude estudar por instantes o emaranhado do seu cabelo escuro.

Quando finalmente olhou para cima, pareceu ter visto a mim e ao guarda em um só relance dos seus olhos negros.

— O que houve, Jason? — perguntou, e mesmo naquela idade eu conseguia perceber sua resignação diante de uma interrupção inesperada. — O que é isto?

O guarda me deu um leve empurrão no ombro, lançando-me um passo em frente na direção do homem.

— Um velho lavrador deixou este garoto, príncipe Verity. Diz que é um bastardo do príncipe Chivalry.

Por um momento, o homem rabugento atrás da escrivaninha continuou a me observar, parecendo levemente confuso. Então algo parecido com um sorriso divertido relaxou sua expressão e ele se ergueu e contornou a escrivaninha para se colocar na minha frente com as mãos na cintura, baixando os olhos para me ver. Não me senti ameaçado pelo seu olhar examinador; na verdade, foi como se alguma coisa na minha aparência lhe agradasse bastante. Curioso, ergui os olhos para observá-lo. O homem tinha uma barba negra curta, tão espessa e desgrenhada como o seu cabelo, e as maçãs do rosto pareciam castigadas pelo clima hostil. Grossas sobrancelhas arqueavam-se sobre os olhos negros. Seu peito parecia um barril e os ombros esticavam o tecido da camisa. Os punhos eram quadrados e marcados com cicatrizes de trabalho, e havia manchas de tinta nos dedos da mão direita. Enquanto me olhava, o seu sorriso aumentou gradualmente, até que finalmente soltou um riso que mais parecia um ronco.

— Raios me partam — disse, por fim. — O garoto parece com o Chiv, não parece? Pela graça de Eda. Quem teria acreditado que tal coisa viria do meu ilustre e virtuoso irmão?

O guarda não lhe deu nenhuma resposta, o que já era esperado. Continuou alerta, esperando a próxima ordem. Um soldado é sempre um soldado.

O outro homem continuou a me olhar com curiosidade.

— Quantos anos tem?

— O lavrador disse seis. — O guarda levantou a mão para coçar o rosto e, de súbito, lembrou-se de que estava se reportando a um superior. Baixou a mão. — Senhor — acrescentou.

O outro não pareceu ter percebido o lapso de disciplina. Os olhos negros me percorreram e o divertimento do seu sorriso cresceu.

— Consideremos, portanto, mais ou menos sete anos, contando com o período de gravidez. Caramba. Sim. Esse foi o primeiro ano em que os chyurdas tentaram fechar o desfiladeiro. Chivalry andou por esses lados três, quatro meses, convencendo-os a abrirem-no para nós. Parece que não foi a única coisa que ele convenceu a se abrir. Caramba. Quem é que pensaria tal coisa dele? — Ele fez uma pausa e depois perguntou de súbito: — Quem é a mãe?

O guarda agitou-se, incomodado.

— Não sei, senhor. Estava apenas o velho lavrador à entrada, e tudo o que disse foi que este era o bastardo do príncipe Chivalry e que não ia mais alimentar nem vestir o menino. Disse que aquele que o fez deveria tomar conta dele de agora em diante.

O homem deu de ombros, como se não fosse caso de grande importância.

— O garoto parece bem cuidado. Dou-lhe uma semana, quinze dias no máximo, até que ela venha chorar à porta da cozinha, com saudades do filhote. Então eu descobrirei, senão antes. Ei, garoto, como é que te chamam?

Uma fivela ornamentada, com a forma de uma cabeça de cervo, fechava a jaqueta dele. Mudava de cor, oscilando entre o bronze, o dourado e o vermelho, conforme o movimento das chamas na lareira.

— Garoto — respondi.

Não sei se eu estava simplesmente repetindo como ele e o guarda tinham me chamado, ou se realmente não possuía outro nome além daquela palavra. Por um momento, o homem pareceu surpreso, e uma expressão que podia ser de compaixão perpassou seu rosto, mas desapareceu com a mesma rapidez, deixando-o com um semblante que me parecia ser de desconcerto, ou de ligeira enervação. Olhou de relance para o mapa que ainda o esperava em cima da mesa.

— Bem — disse em meio ao silêncio. — Algo tem de ser feito com ele, pelo menos até que o Chiv volte. Jason, assegure-se de que o menino seja alimentado e alojado em algum lugar, pelo menos hoje à noite. Pensarei no que fazer com ele amanhã. Não podemos ter bastardos reais acumulando-se pelas províncias.

— Senhor — disse Jason, sem concordar ou discordar, simplesmente acatando as ordens que lhe eram dadas.

Ele pôs uma mão pesada no meu ombro e virou-me em direção à porta. Eu comecei a andar com alguma relutância, pois o quarto estava tão bem iluminado, agradável e quente. Os meus pés frios começaram a formigar e eu sabia que, se pudesse ficar ali um pouquinho mais, conseguiria me aquecer inteiro. Mas a mão do guarda era inexorável e guiou-me para fora do aposento quente, de volta à escuridão fria dos corredores desolados, que pareciam ainda mais intermináveis e escuros depois do calor e da luz, enquanto eu tentava acompanhar a passada do guarda.

Talvez eu tenha choramingado ou talvez ele tenha se cansado da minha lentidão, pois se virou subitamente, agarrou-me e jogou-me em seu ombro tão despreocupadamente como se eu não pesasse nada.

— Que cãozinho ensopado — comentou sem maldade, e carregou-me pelos corredores afora, contornando curvas, subindo e descendo degraus, dirigindo-se finalmente rumo a uma luz amarela que pouco depois revelou se tratar de uma larga cozinha.

Ali, meia dúzia de guardas relaxava em bancos e comia e bebia em uma grande mesa desgastada, diante de uma lareira duas vezes maior que a do escritório. O cômodo cheirava a comida, a cerveja, a suor dos homens, a roupas de lã molhadas, a fumaça de lenha e de gordura que escorria da carne para as chamas. Tonéis e pequenos barris alinhavam-se contra a parede, e as peças de carne defumada eram formas negras penduradas nas vigas. A mesa comportava um amontoado de comida e pratos. Um pedaço de carne girava em um espeto sobre as chamas e escorria gordura para a lareira de pedra. O meu estômago apertou-se subitamente ao sentir o cheiro da comida.

Jason colocou-me com firmeza no canto da mesa mais próximo do calor do fogo, sacudindo o cotovelo de um homem cuja face estava escondida por uma caneca.

— Ei, Burrich — disse Jason. — Este cachorrinho agora é seu.

E virou as costas para mim. Eu observei com interesse enquanto ele partia um pedaço de pão preto tão grande quanto o seu punho e desembainhava a faca para cortar uma fatia de um queijo redondo, empurrando-os para as minhas mãos. A seguir, dirigiu-se à lareira e começou a serrar uma porção generosa de carne assada. Eu não perdi um minuto sequer para encher minha boca de pão e queijo. Ao meu lado, o homem chamado Burrich descansou a caneca na mesa e virou-se para olhar Jason.

— O que é isto? — perguntou, soando bastante como o homem do aposento aquecido. A barba e o cabelo eram igualmente escuros e desgrenhados, mas seu rosto era anguloso e fino. O bronzeado revelava um homem que andava com frequência ao ar livre. Os seus olhos eram mais castanhos do que negros, e as suas mãos eram ágeis e de dedos longos. Cheirava a cavalos, cães, sangue e couro.

— Quem vai tomar conta dele é você, Burrich. Assim disse o príncipe Verity.

17

— Por quê?

— Você é o homem de confiança do Chivalry, não é? Cuida do cavalo, dos cães e dos falcões.

— E?

— E acabou de receber o bastardinho dele, pelo menos até que Chivalry volte e faça alguma coisa com o menino.

Jason ofereceu-me a fatia grossa de carne escorrendo gordura. Eu olhei para o pão e para o queijo que tinha nas mãos, detestando a ideia de largar qualquer um deles, mas desejando também a carne quente. Ele encolheu os ombros ao ver o meu dilema e, com a praticidade de um homem de batalhas, atirou despreocupadamente a carne para cima da mesa, perto do meu quadril. Enfiei o quanto pude de pão na boca e desloquei-me para onde pudesse ficar de olho na carne.

— Um bastardo de Chivalry?

Jason deu de ombros, ocupado em servir-se de pão, carne e queijo.

— Assim disse o velho lavrador que o deixou aqui. — Ele colocou a carne e o queijo sobre uma fatia grossa de pão, deu uma enorme dentada e falou enquanto mastigava. — Disse que Chivalry devia era ficar contente por ter conseguido gerar um filho, pelo menos, e que teria de alimentá-lo e tratar dele de agora em diante.

Um silêncio inusitado invadiu subitamente a cozinha. Os homens pararam de comer, ainda segurando pão, canecas ou tábuas, e todos os olhos se viraram para o homem chamado Burrich. Este pôs a caneca cuidadosamente longe da borda da mesa. A sua voz era calma e nivelada, as palavras, precisas.

— Se o meu senhor não tem herdeiro, é vontade de Eda e não culpa da sua virilidade. Lady Patience sempre foi frágil e...

— Isso mesmo, isso mesmo — concordou Jason rapidamente. — E está sentada aqui a prova de que não há nada de errado com ele enquanto homem, que era o que eu estava dizendo, só isso. — Ele limpou com pressa a boca na manga. — Tão parecido com o príncipe Chivalry quanto poderia ser, foi o que o irmão disse há pouco. Não é culpa do príncipe herdeiro se lady Patience não consegue carregar a sua semente até o fim...

Burrich levantou-se de repente. Jason recuou um ou dois passos ligeiros antes de perceber que era eu o alvo, e não ele. Burrich agarrou-me pelos ombros e virou-me para o fogo. Quando segurou meu maxilar com firmeza e ergueu meu rosto para aproximá-lo do dele, assustou-me, e eu deixei cair o pão e o queijo. Ele não deu a mínima para isso, inclinando meu rosto na direção do fogo e estudando-me como se eu fosse um mapa. Os seus olhos encontraram os meus e havia algo de selvagem neles, como se o que visse no meu rosto fosse uma ferida que eu lhe infligira. Comecei a tentar fugir daquele olhar, mas as mãos dele não me largavam. Então fixei os olhos nele, em desafio, e vi a sua preocupação misturar-se subitamente com uma espécie de fascínio relutante. Finalmente, fechou os olhos por um segundo, encobrindo certa dor.

— Isso vai testar a força de vontade de lady Patience até os limites — disse Burrich suavemente.

Ele soltou o meu queixo e inclinou-se desajeitadamente para apanhar o pão e o queijo que eu havia deixado cair. Espanou-os e entregou-os de volta para mim. Olhei fixamente para o curativo grosso que se estendia da panturrilha ao joelho direito e o impedia de dobrar a perna. Voltou a sentar-se, pegando uma jarra que estava sobre a mesa e enchendo novamente a caneca. Continuou a beber, observando-me por cima da borda do copo.

— Com quem foi que o Chivalry arranjou o menino? — perguntou um homem do outro lado da mesa, atrevido.

Burrich virou os olhos para ele enquanto descansava a caneca. Por um momento não falou, e eu senti o silêncio pairando outra vez.

— Eu diria que isso é da conta do príncipe Chivalry, e não se trata de conversa de cozinha — disse ele brandamente.

— Isso mesmo, isso mesmo — concordou abruptamente o guarda.

Jason assentiu repetidamente. Jovem como eu era, perguntava-me que espécie de homem era aquele que, com uma perna enfaixada, conseguia impor respeito a um recinto cheio de homens durões com apenas um olhar ou uma palavra.

— O garoto não tem nome — disse Jason, cortando o silêncio. — Atende apenas por "garoto".

Essa declaração pareceu deixar toda a gente, incluindo Burrich, sem palavras. O silêncio arrastou-se enquanto eu acabava de comer o pão, o queijo e a carne, empurrando-os para baixo com um gole ou dois da cerveja que Burrich me ofereceu. Os outros homens foram gradualmente deixando a cozinha, em grupos de dois ou três, mas ele continuou ali, sentado, bebendo e olhando para mim.

— Ora bem — disse ele, por fim. — Se conheço bem o seu pai, ele vai encarar a situação como deve ser e tomar a decisão mais correta, mas só Eda sabe que decisão ele vai achar a mais correta numa situação destas. Provavelmente a mais dolorosa.

— Observou-me silenciosamente por mais um momento. — Comeu o suficiente?

Eu fiz que sim e ele se levantou rigidamente para me erguer da mesa e me pôr no chão.

— Vamos lá então, bastardo — disse ele e saiu da cozinha, descendo por um corredor diferente.

A sua perna esticada tornava o andar desajeitado e talvez a cerveja também ajudasse. Não tive problemas em acompanhar a sua passada. Chegamos finalmente a uma porta pesada, onde um guarda nos acenou com a cabeça ao passarmos, lançando sobre mim um olhar de rapina.

Lá fora, um vento frio soprava. Todo o gelo e neve que haviam derretido durante o dia tinham voltado a congelar com a chegada da noite. O caminho estalava debaixo dos meus pés e o vento parecia encontrar cada fenda e cada buraco das minhas vestes. Os meus pés e calças tinham se aquecido na fogueira da cozinha, mas ainda não estavam completamente secos, e o frio apoderou-se deles outra vez. Lembro-me da escuridão e do súbito cansaço, da terrível sonolência chorosa que se apoderava de mim enquanto eu seguia o estranho com a perna enfaixada através do pátio escuro e frio. Havia muros altos à nossa volta, e guardas que se moviam intermitentemente em cima deles, sombras escuras visíveis apenas quando tapavam ocasionalmente as estrelas no céu. O frio me consumia, e eu tropeçava e escorregava no caminho congelado, mas algo em Burrich me proibia de choramingar ou implorar piedade. Em vez disso, segui-o obstinadamente. Por fim, paramos em frente a um edifício, e ele arrastou a pesada porta, abrindo-a.

Calor, cheiro de animais e uma fraca luz amarela desembocaram do interior. O rapaz do estábulo, sonolento, ergueu-se sobressaltado e sentou-se no seu ninho de palha, piscando como um pássaro com as penas amarrotadas. A uma palavra de Burrich, deitou-se outra vez, enrolando-se na palha e fechando os olhos. Passamos por ele, Burrich arrastando a porta e fechando-a atrás de nós. Então ele pegou a lanterna que ardia com uma luz fraca ao pé da porta e conduziu-me em frente.

Entrei então em um mundo diferente, um mundo noturno onde os animais se mexiam e respiravam, onde os cães levantavam as cabeças deitadas sobre as patas para me olharem com olhos trêmulos, verdes ou amarelos sob o brilho pálido da lanterna, e os cavalos se agitavam quando passávamos perto das baias.

— Os falcões estão lá no fundo — disse Burrich, e eu guardei a informação que me foi dada, supondo que ele considerasse importante que eu a soubesse. — Aqui — disse ele por fim. — Isto vai servir. Por enquanto, pelo menos. Não faço a mínima ideia do que mais fazer com você. Se não fosse por lady Patience, até acharia que esta era uma bela peça que Deus tinha pregado ao meu senhor. Aqui, Narigudo, chegue para o lado e dê um lugar a este garoto na palha. É isso, aninhe-se à Raposa, aí. Ela vai te guardar e dar uma boa surra em quem tentar incomodá-lo.

Estava diante de uma baia espaçosa, habitada por três cães. Ao ouvirem a voz de Burrich, todos se levantaram e voltaram a deitar, com os rabos em riste batendo na palha. Deitei-me hesitantemente no meio deles e por fim acomodei-me ao lado da velha cadela com o focinho esbranquiçado e uma orelha rasgada. O macho mais velho olhou-me com certa suspeita, mas o terceiro era um cachorrinho ainda muito novo e foi ele, Narigudo, quem me deu as boas-vindas, lambendo minhas orelhas, mordiscando meu nariz e dando-me muitas patadas. Pus um braço à sua volta para acalmá-lo e aninhei-me entre eles, como Burrich havia me aconselhado. Ele estendeu sobre mim um cobertor grosso que cheirava a cavalo. Na baia vizinha, um cavalo cinzento muito grande agitou-se subitamente, batendo com um casco pesado contra a parede de madeira que separava os compartimentos e enfiando a cabeça por cima dela para espreitar a razão de toda aquela animação noturna. Burrich acalmou-o distraidamente com um afago.

— Ninguém tem boas acomodações aqui neste posto fronteiriço. Você vai descobrir que Torre do Cervo é um lugar muito mais hospitaleiro, mas esta noite estará seguro e aquecido aqui. — Ele permaneceu ali algum tempo, olhando para nós. — Cavalos, cães e falcões, Chivalry. Tomei conta de todos para você durante muitos anos e o fiz bem. Mas este seu bastardo... Bem, o que fazer com ele está além da minha alçada.

Sabia que ele não estava falando comigo. Observei-o pela borda do cobertor enquanto tirava a lanterna do gancho e saía andando, falando baixo consigo mesmo. Lembro-me bem daquela primeira noite, do calor dos cães, da comichão da palha, e mesmo do sono que finalmente veio, com o cachorro aninhado ao meu lado. Entrei na mente dele e partilhei dos seus sonhos confusos de uma caçada interminável, perseguindo uma presa que não conseguia ver, mas cujo cheiro quente me impelia a seguir em frente, em meio a urtigas, silvas e pedregulhos.

Com o sonho do cãozinho, a precisão da memória vacila como as cores intensas e contornos nítidos de um sonho drogado. O certo é que os dias que se seguiram àquele primeiro não são muito claros na minha memória.

Lembro-me dos dias úmidos do final do inverno em que aprendi o caminho entre o estábulo e a cozinha. Tinha a liberdade de ir e vir sempre que quisesse. Às vezes havia uma cozinheira em serviço, enfiando carne nos espetos sobre a lareira ou sovando o pão, ou abrindo um tonel de alguma bebida. Na maior parte das vezes não havia ninguém, e eu me servia do que quer que tivesse sido deixado sobre a mesa e partilhava a minha refeição generosamente com o cachorrinho, que depressa se tornou meu companheiro constante. Homens iam e vinham, comendo, bebendo e me olhando, com aquela curiosidade especulativa que eu acabei por aceitar como normal. Eram todos parecidos, vestindo grosseiras capas de lã e calças, robustos e ligeiros, usando sobre o coração a insígnia de um cervo saltitante. A minha presença deixava alguns desconfortáveis. Fui me habituando ao murmúrio de vozes que começava sempre que eu deixava a cozinha.

Burrich era uma constante naqueles dias, dispensando-me os mesmos cuidados que dispensava aos animais de Chivalry. Eu era alimentado, penteado e exercitado. O exercício consistia normalmente em trotar, colado aos seus calcanhares, enquanto ele executava outras tarefas. Mas essas memórias são desfocadas e os detalhes, tais como o lavar ou mudar de roupas, provavelmente se desvaneceram devido às calmas suposições que uma criança de seis anos faz acerca da normalidade dessas coisas. Eu me lembro do cãozinho, o Narigudo. O seu pelo era avermelhado, lustroso, curto e eriçado de um jeito que me pinicava através das roupas quando partilhávamos o cobertor à noite. Tinha os olhos verdes como minério de cobre, o nariz da cor de fígado cozido, e o interior da boca e a língua sarapintados de rosa e negro. Quando não estávamos comendo na cozinha, lutávamos um com o outro no pátio ou na palha da baia. Assim foi o meu mundo por todo o tempo que permaneci ali. Creio que não foi muito, pois não me lembro de o clima mudar. Todas as minhas memórias daquela época são de dias frios e úmidos, de rajadas de vento e de neve e gelo que derretiam parcialmente de dia, mas eram restaurados pelas geadas noturnas.

Guardo outra memória daqueles tempos, mas não é muito nítida. Em vez disso, é calorosa e suavemente colorida, como uma antiga e rica tapeçaria contemplada em um quarto escuro. Lembro-me de ser acordado pela agitação do cachorro e pela luz amarela de uma lanterna erguida à minha frente. Dois homens inclinavam-se sobre mim, mas atrás deles estava Burrich, e não senti nenhum medo.

— Agora você o acordou — advertiu um, e era o príncipe Verity, o homem do quarto calorosamente iluminado da minha primeira noite.

— E daí? Voltará a adormecer imediatamente assim que tivermos partido. Diabos! Ele tem também os olhos do pai. Juro que teria reconhecido o sangue que flui nele onde quer que o visse. Não será possível negá-lo a ninguém que o veja. Mas nem você nem o Burrich têm mais juízo do que uma pulga? Bastardo ou não, por acaso se põe uma criança em um estábulo entre os animais? Não havia nenhum outro lugar onde colocá-lo?

O homem que falava tinha o queixo e os olhos parecidos com os de Verity, mas as semelhanças acabavam aí. Ele era muito mais novo, não tinha barba, e o cabelo, perfumado e alisado, era mais fino e castanho. Tinha as bochechas e a testa enrubescidas pelo frio noturno, mas era diferente do rubor de Verity, causado pelas agruras do clima. Além disso, Verity vestia-se como seus homens, em roupas práticas de lã, de trama resistente e cores pardas, somente o brasão em seu peito bordado em ouro e prata, ao passo que o jovem a seu lado brilhava em escarlate e lavanda, e sua capa tinha duas vezes a largura necessária para cobrir um homem. O gibão que surgia por baixo dela era creme e repleto de rendas. O lenço que usava no pescoço estava preso por um alfinete com a forma de um cervo saltitante, feito de ouro, com uma joia verde-cintilante no lugar do único olho; e suas palavras rebuscadas eram como fios de ouro entrelaçados, muito diferentes do encadeamento simples que Verity empregava.

— Eu não pensei nisso, Regal. Que sei eu de crianças? Entreguei-o aos cuidados de Burrich. Ele é o homem de confiança de Chivalry, e assim como tem cuidado dos...

— Não foi minha intenção desrespeitar a linhagem, senhor — disse Burrich, honestamente confuso. — Eu sou o homem de confiança de Chivalry e tratei do garoto o melhor que pude. Podia ter feito para ele uma cama de palha na caserna, mas ele me pareceu pequeno demais para ficar na companhia daqueles homens, com as suas idas e vindas a toda hora, suas brigas, bebedeiras e barulho. — Pelo seu tom ficou claro o próprio desagrado por tais companhias. — Instalado aqui, tem tranquilidade, e o cachorrinho já se afeiçoou a ele. E com a minha Raposa tomando conta dele durante a noite, ninguém poderia lhe fazer mal sem que os dentes dela fizessem o intruso pagar caro pela ousadia. Meus senhores, eu mesmo sei muito pouco de crianças e pareceu-me...

— Está bem, Burrich, está bem — disse Verity calmamente, interrompendo-o. — Se alguém devia ter pensado nisso, devia ter sido eu. Deixei nas suas mãos e não acho que tenha cometido nenhum erro. É mais do que muitas crianças têm neste povoado, Eda sabe disso. Aqui e agora, está ótimo.

— Terá de ser diferente quando ele for para Torre do Cervo — disse Regal, não parecendo contente.

— Então o nosso pai deseja que ele vá conosco para Torre do Cervo? — perguntou Verity.

— Nosso pai, sim. Minha mãe, não.

— Hum.

O tom de Verity indicava que não tinha nenhum interesse em discutir aquele assunto, mas Regal franziu as sobrancelhas e continuou:

— A minha mãe, a rainha, não está nada contente com toda essa situação. Tentou por muito tempo aconselhar o rei, mas foi em vão. Minha mãe e eu preferíamos deixar o garoto... de lado. É o mais coerente. Não precisamos de mais confusão na linha de sucessão.

— Não vejo confusão nenhuma até agora, Regal — disse Verity em uma voz serena. — Chivalry, eu e, em seguida, você. Depois o nosso primo August. Este bastardo seria um longínquo quinto.

— Estou bem ciente de que você me precede. Não precisa alardear isso em toda oportunidade — disse Regal friamente e então me encarou. — Ainda considero que seria melhor não o ter à solta por aqui. E se Chivalry nunca chegar a ter um herdeiro legítimo com Patience? E se ele resolver reconhecer este... garoto? Poderia muito bem criar divisões entre os nobres. Por que brincar com fogo? Assim diz a minha mãe e assim digo eu. Mas nosso pai, o rei, não é um homem apressado, como muito bem sabemos. "Shrewd age astutamente", diz o povo. Ele proibiu qualquer tentativa de acabar com o assunto. Disse-me daquele jeito peculiar: "Regal, não faça o que não pode desfazer, até ter considerado o que não poderá fazer depois de tê-lo feito". Depois gargalhou. — E o próprio Regal deu uma gargalhada curta e amarga. — O humor dele me cansa tanto.

— Hum — disse Verity outra vez, e eu continuei deitado e quieto, me perguntando se ele estava tentando compreender as palavras do rei ou refreando-se de responder às queixas do irmão.

— Você percebe as verdadeiras razões dele, obviamente — disse Regal.

— Que são...?

— Chivalry ainda é seu favorito. — Regal parecia inconformado. — Apesar de tudo. Apesar do casamento insensato e de sua excêntrica esposa. Apesar de toda esta confusão. E agora pensa que isso deixará o povo entusiasmado, que aumentará a aprovação dos comuns em relação a Chivalry. Que provará a virilidade dele, a capacidade de fazer um filho. Ou talvez demonstre que ele também é um ser humano e que pode fazer besteiras, como todos. — O tom de Regal revelava sua discordância.

— E isso fará as pessoas gostarem mais dele e apoiarem mais seu futuro reinado? Ter feito um filho em uma plebeia antes de casar com a sua rainha? — Verity parecia confuso por aquela lógica.

— Assim parece pensar o rei. — Pude ouvir a acidez na voz de Regal. — Será que ele não se preocupa nem um pouco com a desonra? Mas eu suspeito que Chivalry não concordará com essa possibilidade de usar o bastardo para tais propósitos. Especialmente por causa da querida Patience. Contudo, o rei ordenou que o bastardo seja levado para Torre do Cervo quando você retornar. — Regal olhou para baixo, na minha direção, como se estivesse pouco satisfeito.

Verity pareceu preocupado por um instante, mas assentiu. Pairava sobre as feições de Burrich uma sombra que a luz da lanterna não conseguia dispersar.

— Meu senhor não tem uma palavra a dizer sobre isso? — Burrich ousou protestar. — Parece-me que se ele quiser acertar uma quantia com a família da mãe do rapaz e deixá-lo afastado... Então é claro que, em nome dos sentimentos de lady Patience, tal discrição deveria ser concedida a ele...

O príncipe Regal interrompeu-o com um bufo de desdém.

— O momento para discrição foi antes de deitar e rolar com a rapariga. Lady Patience não será a primeira mulher a ter de encarar o bastardo do marido. Toda a gente aqui sabe de sua existência, a falta de jeito de Verity garantiu isso. Não faz sentido tentar escondê-lo. E no que diz respeito a um bastardo real, nenhum de nós pode se dar ao luxo de ter tais sentimentos, Burrich. Deixar o rapaz em um lugar como este é como deixar uma arma pairando sobre a garganta do rei. Certamente mesmo um tratador de cães pode compreender isso. E mesmo que não possa, o seu senhor com certeza compreenderá.

Uma dureza gelada havia se apoderado da voz de Regal, e vi Burrich encolher-se diante daquela voz como eu nunca o tinha visto se curvar diante de nada. Aquilo me deixou com medo e eu puxei o cobertor sobre a cabeça e me enterrei mais fundo na palha. Ao meu lado, Raposa rosnou de leve, no fundo da garganta. Penso que isso fez Regal dar um passo atrás, mas não tenho certeza. Os homens partiram pouco depois e, se falaram mais do que isso, não me resta nenhuma lembrança de tal conversa.

O tempo passou, e penso que foram duas ou três semanas depois que eu me vi agarrado ao cinto de Burrich, tentando passar minhas pernas curtas em torno da garupa do cavalo dele enquanto deixávamos aquele povoado frio. Assim começava o que me pareceu ser uma viagem interminável, rumo a terras mais quentes. Suponho que em certo momento Chivalry tenha ido ver o bastardo que havia gerado e tomado algum tipo de decisão ao me encarar, mas não possuo nenhuma lembrança de tal encontro com o meu pai. A única imagem dele que trago na memória é a de um retrato em uma parede em Torre do Cervo. Anos mais tarde, foi-me dito que a diplomacia dele tinha sido bem eficaz, garantindo uma trégua que durou até a minha adolescência e ganhando o respeito e até a admiração dos chyurdas.

Na verdade, eu fui o seu único fracasso naquele ano, mas um fracasso de proporções monumentais. Ele seguiu à nossa frente rumo a Torre do Cervo e, ao chegar, abdicou do direito ao trono. No instante em que chegamos, ele e lady Patience já tinham partido da corte para viver como lorde e lady de Floresta Mirrada. Estive uma vez em Floresta Mirrada. O nome não tem nenhuma relação com a aparência do lugar. É um vale quente, em torno de um rio que flui suavemente, esculpindo uma larga planície aninhada entre montes baixos. Um lugar para produzir uvas, grãos e crianças rechonchudas. Uma propriedade tranquila, longe das fronteiras, longe das políticas da corte, longe de tudo o que havia sido a vida de Chivalry até então. Era um afastamento, um exílio discreto e distinto para um homem que poderia ter sido rei. O sufocamento aveludado de um guerreiro e o silenciamento de um raro e hábil diplomata.

E assim cheguei a Torre do Cervo, o filho único e bastardo de um homem que nunca viria a conhecer. O príncipe Verity tornou-se príncipe herdeiro e o príncipe Regal subiu um degrau na linha de sucessão. Se tudo o que eu tivesse feito na vida fosse nascer e ser descoberto, ainda assim teria deixado uma marca em toda aquela terra, para todo o sempre. Cresci sem pai nem mãe, em uma corte onde todos me conheciam como um divisor de águas. E um divisor de águas me tornei.

O NOVATO

Há muitas lendas sobre Taker, o ilhéu que fez de Torre do Cervo seu Primeiro Ducado e fundou a linhagem real dos Farseer. Uma é que sua incursão a esta costa foi a primeira e única viagem para fora da fria e dura ilha em que havia nascido. Diz-se que, ao ver as fortificações de madeira de Torre do Cervo, teria anunciado:
— Se houver fogo e comida ali, não vou mais partir.
E havia, e ele não partiu.

Mas os rumores que correm na família dizem que ele era um pobre marinheiro, nauseado pelas ondas do mar e pelas rações de peixe salgado que serviam de sustento aos outros ilhéus. Que ele e a sua tripulação tinham ficado perdidos por dias na água e que, se não tivesse conseguido tomar Torre do Cervo, a própria tripulação o teria atirado ao mar. De qualquer forma, a velha tapeçaria no Grande Salão representa-o como um homem forte e musculoso, sorrindo ferozmente sobre a proa do navio enquanto os remadores o impelem rumo a uma Torre do Cervo ancestral, feita de madeira e pedra crua.

Torre do Cervo surgiu como uma posição de defesa ao lado de um rio navegável, na boca de uma baía com um excelente ancoradouro. Um chefe tribal insignificante, cujo nome se perdeu nas brumas da história, viu a possibilidade de controlar o comércio do rio a partir dali, e construiu a fortaleza original. Supostamente, teve de construí-la de modo que fosse possível defender tanto o rio como a baía dos ilhéus salteadores, que vinham saquear os povoados e as embarcações ao longo do rio todos os verões, mas não se deu conta — até ser tarde demais — de que os salteadores traidores tinham se infiltrado nas suas fortificações. E assim os salteadores fizeram daquelas torres e muralhas a sua base. A partir dali, foram ampliando sua zona de domínio, ocupando as terras ao longo do rio e reconstruindo o antigo forte de madeira com torres e muralhas de pedra, até por fim fazerem de Torre do Cervo o coração do Primeiro Ducado e por fim a capital do reino dos Seis Ducados.

A família governante dos Seis Ducados, os Farseer, descendia desses ilhéus. Eles mantiveram, por várias gerações, a ligação com eles, fazendo viagens às Ilhas Externas em busca de esposas e voltando para casa com noivas roliças e escuras do próprio povo. Por causa disso, o sangue dos ilhéus continuou a correr com vigor nas linhagens reais e famílias nobres, dando origem a crianças de cabelos negros, olhos escuros e membros robustos e musculosos. Junto a tais atributos havia uma predileção pelo Talento e por todos os perigos e fraquezas inerentes a tal sangue. Eu também tinha a minha cota dessa herança.

Mas a minha primeira experiência em Torre do Cervo nada teve a ver com história ou legado. Eu apenas conhecia o lugar como o destino final da minha viagem, um cenário de pessoas e ruídos, de carroças, cães, edifícios e ruas tortuosas pelas quais fui conduzido a uma imensa fortaleza de pedra empoleirada sobre os rochedos que dominavam a cidade mais abaixo. O cavalo de Burrich estava cansado e os cascos escorregavam nas pedras, quase sempre sujas, das ruas da cidade. Eu me agarrava com força ao cinto de Burrich, e estava cansado e dolorido demais para sequer me queixar. Ergui a cabeça uma vez para contemplar as torres e paredes altas e cinzentas do forte que se erguia diante de nós. Pareceu-me frio e severo, mesmo sob o calor da brisa marítima. Encostei a testa nas costas dele e senti-me enjoado pelo cheiro de sal e iodo daquela imensidão de água. E assim cheguei a Torre do Cervo.

Os aposentos de Burrich ficavam sobre o estábulo, não muito longe do pátio. Foi para lá que ele me levou, juntamente com os cães e o falcão de Chivalry. Tratou do falcão primeiro, pois estava lamentavelmente ensopado, desgrenhado e sujo da viagem. Os cães estavam transbordando de felicidade por chegarem em casa e pareciam cheios de uma energia sem limites que era muito irritante para alguém tão cansado quanto eu. Narigudo empurrou-me meia dúzia de vezes antes que eu conseguisse transmitir à sua cabeça dura de cão que eu estava cansado e meio enjoado e sem disposição para brincadeiras. Respondeu-me como qualquer cãozinho faria, procurando os antigos companheiros de ninhada e lançando-se imediatamente em uma luta quase séria com um deles, a qual foi subitamente interrompida por um grito de Burrich. Ele era o homem de Chivalry, mas quando estava em Torre do Cervo era também o mestre dos cães, dos falcões e dos cavalos.

Tendo tratado dos próprios animais, caminhou pelas baias, verificando tudo o que havia sido feito ou deixado por fazer durante a sua ausência. Como em um passe de mágica, surgiram rapazes do estábulo, criados e falcoeiros para defenderem suas incumbências de eventuais críticas. Corri atrás dele por quanto tempo pude. Foi apenas quando finalmente desisti e me atirei, cansado, em cima de uma pilha de palha, que ele pareceu se dar conta de que eu estava ali. Um olhar de irritação seguido de um olhar de enorme cansaço percorreu seu rosto.

— Aqui, você, Cob. Leve o jovem Fitz à cozinha, assegure-se de que ele se alimente, e depois o traga de volta aos meus aposentos.

Cob cuidava dos cães, era pequeno e escuro, com cerca de dez anos de idade, e tinha acabado de ser elogiado pela saúde de uma ninhada que fora parida na ausência de Burrich. Momentos antes, tinha saboreado a aprovação dele, mas ao receber essas novas ordens o seu sorriso se desfez e ele me lançou um olhar duvidoso. Nós nos encaramos enquanto Burrich se dirigia às baias com o seu séquito de tratadores nervosos. Então o rapaz deu de ombros e curvou-se para me encarar.

— Então você está com fome, não é, Fitz? Vamos procurar alguma coisa para você beliscar? — perguntou, convidativo, exatamente no mesmo tom que tinha usado antes para persuadir os cachorrinhos a irem para um lugar onde Burrich pudesse vê-los.

Eu concordei, aliviado por ele não esperar mais de mim que de um cãozinho, e o segui.

Ele olhava para trás o tempo todo para ver se eu continuava a acompanhá-lo. Assim que estávamos fora do estábulo, Narigudo veio saltitante para juntar-se a mim. A evidente afeição do cachorro fez com que eu subisse no conceito de Cob, que continuou falando conosco com frases curtas de encorajamento, dizendo-nos: há comida logo à frente, venha, ande, venha, não, não vá atrás do gato, ande aqui, venha, bons meninos.

Os estábulos estavam lotados de homens de Verity acomodando os cavalos e equipamentos, e Burrich apontava tudo o que tinham feito na sua ausência e que não atendia às suas expectativas. Mas, à medida que nos aproximávamos da torre central, o vaivém aumentou. As pessoas passavam esbarrando, ocupadas com todo tipo de tarefas: um moço carregando uma imensa peça de presunto sobre o ombro, um grupo de meninas dando risadinhas, os braços abarrotados de juncos e urzes, um velho carrancudo com um cesto de peixe e três jovens mulheres em trajes coloridos, com as vozes soando tão alegremente quanto o tilintar dos sinos que traziam pendurados nas vestes.

Meu nariz me avisou que nos aproximávamos da cozinha, mas o tráfego aumentou proporcionalmente, até que à beira da porta havia uma verdadeira multidão entrando e saindo. Cob parou, e Narigudo e eu paramos atrás dele, narizes ocupados avaliando a situação. Ele observou toda aquela gente à porta e franziu as sobrancelhas.

— O lugar está cheio. Todos estão se preparando para hoje à noite, para o banquete de boas-vindas a Verity e Regal. Todo mundo importante veio a Torre do Cervo. As notícias de que Chivalry abriu mão do trono se espalham depressa.

Todos os duques vieram ou enviaram representantes para aconselhar sobre isso. Ouvi dizer que até os chyurdas enviaram alguém, para terem certeza de que os tratados de Chivalry serão honrados se ele já não estiver por aí...

Ele parou, subitamente desconcertado, mas se foi porque estava falando do meu pai para o menino que era a causa de sua abdicação, ou porque estava se dirigindo a um cachorrinho e um menino de seis anos como se eles tivessem inteligência para tanto, não sei ao certo. Olhou ao seu redor de relance, reavaliando a situação.

— Esperem aqui — disse-nos finalmente. — Eu vou lá dentro buscar alguma coisa para vocês. Menos chances de eu ser pisoteado... ou pego. Não saiam daqui.

Ele reforçou o comando com um gesto firme de mão. Recuei até um muro e fiquei agachado ali, fora do caminho do tráfego. Narigudo sentou-se obedientemente ao meu lado. Observei fascinado como Cob se aproximou da porta, fazendo o caminho pelo meio da multidão e deslizando facilmente para dentro da cozinha.

Com Cob fora de vista, as pessoas que passavam chamaram a minha atenção. A maior parte era composta de serventes e cozinheiros, alguns menestréis, mercadores e entregadores. Observei-os chegando e partindo com uma curiosidade exausta. Já tinha visto demais naquele dia para achá-los grande coisa. Quase mais do que a comida, desejava um lugar sossegado, longe daquela agitação toda. Sentei-me no chão, as costas apoiadas na parede da torre aquecida pelo sol, e descansei a testa sobre os joelhos. Narigudo encostou-se em mim.

Sua cauda batendo no chão me despertou. Levantei o rosto para notar um par de botas altas e marrons diante de mim. Os meus olhos moveram-se para cima, passando por uma calça de couro cru e uma camisa rústica de lã, até alcançarem o rosto desgrenhado e barbudo, com um cabelo grisalho por cima. O homem me olhava, balançando um pequeno barril sobre um dos ombros.

— Você é o bastardo, não é?

Eu tinha ouvido aquela palavra tantas vezes que já sabia que ela se referia a mim, sem compreender exatamente o que significava. Concordei com a cabeça, lentamente.

A cara do homem se iluminou com interesse.

— Ei! — disse ele, alto, não mais falando comigo, mas com as pessoas que iam e vinham. — O bastardo está aqui. O filho ilegítimo de Chivalry. Você se parece muito com ele, não é? Quem é a sua mãe, menino?

A maioria das pessoas que passavam continuou indo e vindo, sem dispensar mais do que um olhar curioso ao garotinho de seis anos sentado contra o muro, mas a pergunta do homem do barril era evidentemente de grande interesse, porque mais do que umas poucas cabeças se viraram, e vários comerciantes que acabavam de sair da cozinha se aproximaram para ouvir a resposta.

Mas eu não tinha essa resposta. Minha mãe era a minha mãe e o que quer que eu soubesse sobre ela já começava a se desvanecer da minha memória. Portanto, não respondi, e apenas olhei para ele.

— Ei! Qual é o seu nome então, menino? — E virando-se para o seu público, cochichou: — Ouvi dizer que ele não tem nome. Nenhum grandioso nome real para moldá-lo, nem mesmo um nomezinho qualquer para a hora de dar bronca. É verdade isso, garoto? Ou tem um nome?

O grupo de espectadores crescia. Alguns demonstravam compaixão, mas ninguém interferiu. Um pouco do que eu estava sentindo passou para o Narigudo, que se deixou cair de lado e mostrou a barriga em súplica enquanto abanava o rabo, naquele velho sinal canino que quer dizer: "Sou apenas um cãozinho. Não posso me defender. Tenha piedade". Tivessem eles sido cães, teriam me farejado e depois se afastado, mas os humanos não têm dessas cortesias inatas. E assim, quando não respondi, o homem aproximou-se mais, deu um passo à frente e repetiu:

— Você tem nome, garoto?

Levantei-me lentamente e o muro, que tinha sido quente contra as minhas costas apenas um momento atrás, era agora uma barreira gelada que impedia minha retirada. Aos meus pés, Narigudo contorceu-se de costas na poeira e soltou um gemido suplicante.

— Não — eu disse suavemente, e quando o homem começou a se debruçar para me ouvir, gritei: — Não! — E o *repeli*, enquanto me movia de lado pelo muro, como um caranguejo.

Vi-o cambalear um passo para trás, largando o barril, que caiu na rua pavimentada e rachou-se. Ninguém na multidão conseguiu compreender o que tinha acabado de acontecer. Eu, com certeza, não entendi. A maior parte das pessoas riu ao ver um homem-feito encolher-se de medo diante de uma criança. Nesse momento minha reputação tornou-se conhecida porque, antes que a noite caísse, a história do bastardo confrontando o homem que o atormentara já tinha se espalhado por toda a cidade. Narigudo levantou-se e fugiu comigo. Vi de relance a cara de Cob, tensa e confusa quando emergiu da cozinha, tortas nas mãos, e nos viu fugindo. Se fosse Burrich, eu provavelmente teria parado e lhe confiado a minha segurança. Mas não era, e por isso eu corri, deixando Narigudo tomar a liderança.

Fugimos em meio ao bando de criados, apenas mais um garotinho e o seu cão correndo pelo pátio, e Narigudo levou-me para o que ele obviamente considerava o lugar mais seguro do mundo. Longe da cozinha e da torre central, Raposa havia cavado um buraco no chão, no canto de uma construção anexa que parecia prestes a desmoronar, onde sacos de ervilha e feijões eram armazenados. Ali tinha nascido Narigudo, contra a vontade de Burrich, e ali Raposa tinha conseguido manter sua cria escondida durante pelo menos três dias. O próprio Burrich a tinha encontrado. O cheiro dele era o primeiro cheiro humano de que Narigudo se lembrava. O buraco que dava acesso ao espaço debaixo da construção era extremamente apertado, mas, uma vez lá dentro, o esconderijo era quente, seco e mal iluminado. Narigudo aconchegou-se a mim e eu pus o braço em volta dele. Escondidos ali, os nossos corações logo se acalmaram, os batimentos descontrolados diminuindo, e de inquietos passamos a um sono profundo e sem sonhos, reservado para filhotes e tardes quentes de primavera.

Acordei arrepiado, várias horas depois. Estava já completamente escuro e o calor tênue daquele início de primavera tinha se dissipado. Narigudo acordou ao mesmo tempo que eu e juntos rastejamos para fora do esconderijo.

Já era noite alta em Torre do Cervo, com estrelas luzindo, brilhantes e frias. O odor da baía era mais forte, como se os cheiros diurnos de homens, cavalos e cozidos fossem coisas temporárias que deviam se render cada noite ao poder do oceano. Percorremos caminhos desertos, passando por pátios de exercícios, celeiros e lagares. Tudo estava quieto e silencioso. À medida que nos aproximávamos da torre central, comecei a ver tochas ainda ardentes e a ouvir vozes ainda envolvidas em conversa, mas tudo isso parecia tomado por uma espécie de cansaço, os últimos vestígios da folia perdendo a força antes que o alvorecer viesse romper nos céus. Ainda assim, contornamos a torre central a uma longa distância; já havíamos visto gente o bastante.

Dei por mim seguindo Narigudo de volta ao estábulo. Ao nos aproximarmos das portas pesadas, fiquei imaginando como entraríamos, mas a cauda de Narigudo começou a abanar rapidamente à medida que nos movíamos, e até o meu nariz fraco captou o cheiro de Burrich no escuro. Ele se levantou do caixote de madeira em que estava sentado ao lado da porta.

— Aí está você — disse em uma voz calma. — Vamos lá, então. Vamos. — Então se pôs ao lado das portas pesadas, abriu-as e nos deixou entrar.

Nós o seguimos pela escuridão, entre as baias enfileiradas do estábulo, passando por tratadores e adestradores que tinham sido acomodados ali para passar a noite, e depois pelos nossos próprios cavalos, cães e rapazes do estábulo, que dormiam entre eles, e então por uma escadaria que interligava as baias e a falcoaria. Seguimos Burrich para cima, por degraus de madeira rangente, até ele abrir outra porta. A luz fraca de uma vela derretendo sobre a mesa me cegou temporariamente. Continuamos seguindo-o, agora para dentro de um quarto de teto inclinado, que cheirava a Burrich, a couro e a óleos, unguentos e ervas que eram parte do seu trabalho. Ele fechou a porta com firmeza atrás de nós e, quando passou por mim e por Narigudo para acender uma nova vela em cima da outra que estava sobre a mesa, quase acabada, senti nele o aroma adocicado do vinho.

A luz se espalhou e Burrich sentou-se em uma cadeira de madeira em frente à mesa. Parecia diferente, vestido com um tecido fino e elegante, marrom e amarelo, e um gibão ornado com fio de prata. Pôs uma mão no joelho, com a palma para cima, e Narigudo imediatamente foi até ele. Burrich esfregou as orelhas caídas do cachorro e bateu carinhosamente em suas costelas, fazendo uma careta para o pó que se levantou do pelo.

— Vocês formam um belo par — disse, falando mais para o cãozinho do que para mim. — Olhem para vocês. Sujos como vagabundos. Menti hoje para o meu rei por causa de vocês. É a primeira vez na vida que faço uma coisa dessas. Parece que a desgraça de Chivalry vai me levar junto. Disse-lhe que você estava limpo e dormindo profundamente, exausto da viagem. Não ficou nada contente por ter de esperar para te ver, mas, felizmente para nós, tinha coisas mais importantes com que se preocupar. A renúncia de Chivalry deixou muitos nobres alvoroçados. Alguns veem nisso uma oportunidade para tirar vantagem e outros estão desapontados pela traição de um rei que admiravam. Shrewd está tentando acalmar a todos. Deixou espalhar o rumor de que foi Verity quem negociou com os chyurdas desta vez. Na minha opinião, aqueles que acreditam nisso não deveriam nem ter permissão de andar por aí. Mas eles vieram para olhar Verity com novos olhos e começar a imaginar se, e quando, ele será o novo rei, e que tipo de rei ele poderá ser. A renúncia e a fuga de Chivalry para a Floresta Mirrada deixaram todos os ducados alvoroçados, como se ele tivesse cutucado um vespeiro.

Burrich ergueu os olhos do focinho ávido de Narigudo.

— Bem, Fitz. Imagino que tenha experimentado um pouco disso hoje. Você quase matou o pobre Cob de susto, fugindo daquela maneira. Está ferido? Alguém te tratou mal? Eu devia saber que alguém te culparia por todo esse alvoroço. Venha cá, então. Venha.

Quando eu hesitei, ele foi até uma cama de cobertores preparada ao lado do fogo e deu umas batidinhas nela, com ar convidativo.

— Vê? Já existe um lugar aqui, pronto para você. E há pão e carne na mesa para vocês dois.

As palavras dele alertaram-me para uma travessa coberta sobre a mesa. *Carne*, confirmaram os sentidos de Narigudo, e eu fui subitamente tomado pelo aroma da comida. Burrich riu da nossa corrida alvoroçada em direção à mesa e silenciosamente aprovou a forma como eu dei uma porção a Narigudo antes de encher a minha própria boca. Comemos até ficarmos plenamente saciados, pois Burrich não havia subestimado o quanto um cãozinho e um garoto estariam esfomeados depois dos infortúnios daquele dia. E então, apesar da nossa longa soneca anterior, os cobertores ao pé da lareira pareceram subitamente muito convidativos. De barriga cheia, enroscamo-nos um no outro, com as chamas aquecendo nossas costas, e adormecemos. Quando acordamos no dia seguinte, o sol já estava a pino, e Burrich havia partido. Narigudo e eu comemos o que restava do pão da noite anterior e roemos os ossos até limpá-los antes de descermos dos aposentos de Burrich. Ninguém questionou ou pareceu notar a nossa presença.

Do lado de fora, outro dia de caos e folia começava. A torre estava ainda mais cheia de gente. Os passos levantavam pó e as vozes misturadas se sobrepunham ao sussurrar do vento e à mais distante lamúria das ondas. Narigudo absorveu tudo isso, cada odor, cada imagem, cada som. O impacto sensorial duplicado me deixou tonto. Enquanto andava, fui compreendendo, a partir de trechos de conversas, que a nossa chegada tinha coincidido com um certo ritual primaveril que reunia as pessoas em festa. A abdicação de Chivalry ainda era o tópico principal, mas não impedia que os espetáculos de marionetes e malabaristas fizessem de cada canto um palco para as suas brincadeiras. Pelo menos uma apresentação de marionetes já havia incorporado a queda de Chivalry na sua comédia lasciva, e eu permaneci anônimo no meio da multidão e me questionei sobre o significado de um diálogo sobre semear as terras do vizinho que fazia os adultos morrerem de rir.

Mas logo as multidões e o barulho se tornaram opressivos para nós; e eu deixei Narigudo saber que eu queria fugir daquilo tudo. Deixamos a torre central, atravessando o portão grosso da muralha, e passamos pelos guardas interessados em flertar com as foliãs que iam e vinham. Mais um garoto e seu cão saindo atrás de uma família de peixeiros não eram nada que chamasse a atenção. E, sem melhor distração à vista, seguimos aquela família à medida que eles seguiam caminho pelas ruas que se afastavam da torre e levavam à Cidade de Torre do Cervo. Nós nos deixamos levar mais e mais, à medida que novos odores exigiam que Narigudo investigasse ao redor e em seguida urinasse em cada canto, até que éramos só ele e eu vagueando pela cidade.

Torre do Cervo era então um lugar duro e com muito vento. As ruas eram íngremes e tortuosas, e as pedras do pavimento se moviam e escapavam dos seus lugares sob o peso das carroças que passavam. O vento castigava o interior das minhas narinas com o cheiro de algas e entranhas de peixe, enquanto o gemido das gaivotas e das aves marinhas era uma melodia fantasmagórica sobre o murmúrio rítmico das ondas. A cidade se agarrava ao rochedo íngreme e negro como os moluscos e crustáceos se agarram às docas que se estendem pela baía. As casas eram de pedra e madeira, e as mais elaboradas estavam entre as de madeira, construídas na parte mais alta da face rochosa, e mais profundamente incrustadas nela.

A Cidade de Torre do Cervo estava relativamente sossegada, em comparação com as festividades e a multidão na torre. Nenhum de nós dois tinha o bom senso ou a experiência necessária para saber que a região da cidade em frente ao mar não era o melhor lugar para uma criança de seis anos e um cãozinho vaguearem. Narigudo e eu explorávamos avidamente os lugares, farejando o nosso caminho pela rua do Padeiro, passando pelo mercado quase deserto e, depois, pelos armazéns e galpões para barcos que ficavam na parte mais baixa do povoado, onde havia água por perto e andávamos em cais de madeira com tanta frequência como em areia e pedra. Os negócios aqui corriam como de costume, pouco influenciados pela atmosfera carnavalesca que se fazia sentir lá em cima, na torre. Os navios precisam atracar e descarregar conforme permitem a subida e a descida das marés, e os que vivem da pesca têm de seguir os calendários das criaturas de barbatanas e não os dos homens.

Logo encontramos crianças, algumas ocupadas com as tarefas menores dos afazeres dos seus pais, mas algumas ociosas como nós. Eu me relacionei facilmente com elas, com pouca necessidade de apresentações ou quaisquer outras regras de educação dos adultos. A maior parte delas era mais velha do que eu, mas também havia aquelas da mesma idade ou mais novas. Nenhuma pareceu achar estranho que eu andasse por ali sozinho. Fui apresentado a todas as vistas importantes da cidade, incluindo o corpo inchado de uma vaca que tinha sido levada pelas ondas na última maré. Visitamos um barco novo de pesca em construção numa doca cheia de lascas enroladas de madeira e cheirando fortemente à resina derramada. Uma grelha de defumar peixe, deixada ao deus-dará, forneceu uma refeição do meio-dia para meia dúzia de nós. Se as crianças com quem eu estava eram mais malvestidas e barulhentas do que as que passavam por nós, ocupadas com as suas tarefas, não me dei conta disso. E se alguém tivesse me dito que eu estava passando o dia com um bando de fedelhos vagabundos, proibidos de entrar na torre por causa dos seus hábitos de mão-leve, teria ficado chocado. Naquela altura sabia apenas que era um dia subitamente animado e agradável, cheio de lugares aonde ir e coisas para fazer.

Havia alguns meninos, maiores e mais arruaceiros, que teriam aproveitado a oportunidade de intimidar o recém-chegado se Narigudo não estivesse comigo e não tivesse mostrado os seus dentes ao primeiro empurrão agressivo. Mas como não mostrei nenhum sinal de querer contestar a liderança deles, recebi permissão para segui-los. Além disso, estava convenientemente impressionado com todos os segredos deles. Eu até arriscaria dizer que, no final da longa tarde, conhecia melhor o bairro pobre da povoação do que muitos dos que cresceram nele.

Não perguntaram o meu nome. Chamaram-me simplesmente de Novato. Os outros tinham nomes tão simples quanto Dick ou Kerry, ou tão descritivos quanto Picuinha e Sangra-Nariz. Esta última poderia ter sido uma menina muito bonita em circunstâncias mais favoráveis. Era um ou dois anos mais velha do que eu, e muito franca e esperta. Meteu-se em uma disputa com um menino grande de doze anos, mas não mostrou medo dos seus punhos, e os insultos da sua língua afiada rapidamente fizeram todo mundo ficar rindo dele. Aceitou a vitória calmamente e deixou-me maravilhado com a sua tenacidade. Mas os hematomas que exibia no rosto e nos braços magros tinham várias nuances, em tons de roxo, azul e amarelo, enquanto uma crosta de sangue seco debaixo de uma orelha fazia jus ao seu nome. Mesmo assim, Sangra-Nariz era cheia de vida, e a sua voz era mais estridente do que o barulho das gaivotas que rodopiavam acima de nós. No final da tarde, estávamos eu, Kerry e Sangra-Nariz numa margem rochosa para lá das armações dos pescadores que remendavam as redes, com Sangra-Nariz me ensinando a procurar nas rochas por moluscos bem agarrados, que ela desgrudava como uma perita com um pedaço de pau pontudo. Estava me mostrando como usar a unha para arrancar os interiores mastigáveis para fora das conchas quando outra menina nos chamou com um grito.

A capa azul e limpa que ondulava em volta dela e os sapatos de couro nos seus pés a diferenciavam dos meus companheiros. Não veio juntar-se à nossa busca, mas apenas se aproximou o suficiente para chamar:

— Molly, Molly, ele está te procurando por todo lado! Acordou quase sóbrio há uma hora e começou a te chamar por nomes feios assim que descobriu que você tinha desaparecido e que o fogo estava apagado.

Um olhar de desafio misturado com medo percorreu o rosto de Sangra-Nariz.

— Vá embora, Kittne, mas leve os meus agradecimentos com você. Eu vou me lembrar de você da próxima vez que as marés descobrirem as tocas dos caranguejos.

Kittne baixou a cabeça em um breve sinal de compreensão, virou-se imediatamente e foi embora pelo caminho por onde tinha vindo.

— Você está encrencada? — perguntei a Sangra-Nariz, que ainda não tinha voltado a revirar as pedras à procura de berbigões.

— Encrencada? — Ela bufou de desdém. — Depende. Se o meu pai conseguir se manter sóbrio tempo suficiente para me encontrar, posso estar sim em maus lençóis. Mas é mais do que provável que hoje à noite ele esteja bêbado o suficiente para que nada do que ele atire contra mim me acerte. É mais do que provável! — repetiu firmemente quando Kerry abriu a boca para contestar. E, com isso, ela voltou à praia rochosa e à nossa busca por berbigões.

Estávamos curvados sobre uma criatura cinzenta cheia de patas que tínhamos encontrado encalhada em uma poça deixada pela maré quando a batida de uma bota pesada nas rochas cheias de crustáceos nos fez erguer a cabeça. Com um grito, Kerry saiu correndo pela praia, sem olhar para trás. Narigudo e eu demos um salto, recuando, e Narigudo atirou-se para cima de mim, os dentes bravamente arreganhados enquanto a cauda fazia cócegas à sua barriguinha covarde. Molly Sangra-Nariz não foi tão rápida para reagir ou conformou-se ao que iria acontecer. Um homem desajeitado acertou uma pancada no lado da sua cabeça. Era um homem magrinho, de nariz vermelho, esquelético, tanto que o seu punho era como um nó no final do braço ossudo, mas o golpe ainda assim foi suficiente para fazer Molly se estatelar no chão. Crustáceos cortaram os joelhos dela, avermelhados pelo vento e, enquanto ela engatinhava para o lado a fim de evitar o chute desajeitado que ele lhe apontava, estremeci ao ver os novos cortes encherem-se de areia salgada.

— Sua vadiazinha traidora! Não te disse para ficar em casa e tomar conta da mistura? E aqui venho te encontrar batendo perna na praia, com o sebo endurecendo na panela. Eles vão querer mais velas na torre hoje à noite, e o que é que eu vou vender?

— As três dúzias que eu preparei esta manhã. Foi apenas para essa quantidade que você me deixou pavio, velho bêbado! — Molly havia se levantado e o confrontava bravamente, apesar dos olhos cheios de lágrimas. — O que é que eu ia fazer? Queimar todo o combustível para manter o sebo mole e aí, quando você finalmente me desse mais pavios, não teria como aquecer a caldeira?

O vento soprou forte, fazendo o homem cambalear. Veio junto uma baforada do seu cheiro. *Suor e cerveja*, informou-me Narigudo sabiamente. Por um momento o homem pareceu arrependido, mas então as dores da barriga e da cabeça latejante o endureceram. Abaixou-se de repente e apanhou um galho esbranquiçado de madeira trazido pelo mar.

— Não fale assim comigo, sua fedelha insolente! Fica andando por aí com vagabundos, fazendo sabe-se lá o quê! Roubando das grelhas de defumação outra vez, aposto, e me envergonhando mais ainda! Se você se atrever a fugir vai apanhar o dobro quando eu te pegar!

Ela deve ter acreditado nele, pois só se encolheu enquanto ele avançava nela, primeiro levantando os braços magros para proteger a cabeça e, depois, parecendo pensar melhor e escondendo apenas o rosto nas mãos. Eu fiquei ali, petrificado de horror, enquanto Narigudo gania com o meu terror e fazia xixi nos meus pés. Ouvi o silvo da vara descendo. Meu coração pulou para fora do meu peito, e eu *empurrei* o homem, o impulso abrupto saltando estranhamente da minha barriga.

Ele caiu, como tinha caído o homem do barril no dia anterior. Mas este homem tombou apertando o próprio peito, a sua arma de madeira rodopiando para longe, inofensiva. Ele ficou estendido na areia, um espasmo percorreu seu corpo todo e então ele ficou imóvel.

No instante seguinte, Molly abriu os olhos, encolhendo-se do golpe que ainda esperava. Viu o pai inerte na praia rochosa e o espanto deixou seu rosto inexpressivo. Ela pulou na direção dele, gritando:

— Papai, papai, você está bem? Por favor, não morra, desculpe-me por ser uma menina tão má! Não morra, eu vou ser boazinha, eu prometo que vou ser boazinha.

Ignorando os joelhos ensanguentados, ajoelhou-se ao lado do pai, virando o rosto dele para que não respirasse na areia, tentando em vão fazê-lo sentar-se.

— Ele ia te matar — eu disse a ela, tentando compreender a situação.

— Não. Ele me bate um pouco, quando eu sou má, mas nunca me mataria. E quando está sóbrio e não está doente, chora e implora para que eu não seja má e que não o irrite. Eu devia ter mais cuidado para não o deixar irritado. Ah, Novato, acho que ele está morto.

Eu próprio não tinha certeza, mas, naquele momento, ele soltou um gemido horrível e entreabriu os olhos. O ataque que o tinha feito cair parecia ter passado. Confuso, aceitou as autoacusações de Molly e a sua ajuda ansiosa, e até o meu auxílio relutante. Escorou-se em nós dois, enquanto serpenteávamos o nosso caminho pela praia rochosa de chão irregular. Narigudo nos seguia, ladrando e correndo em círculos à nossa volta.

As poucas pessoas que nos viram passar não prestaram atenção em nós. Imaginei que a visão de Molly ajudando o pai a voltar para casa não era estranha a nenhum deles. Ajudei-os até a porta da pequena mercearia, com Molly pedindo desculpas em meio a soluços, a cada passo do caminho. Deixei-os ali, e Narigudo e eu achamos o nosso caminho pelas ruas tortuosas e uma estrada muito inclinada em direção à torre, observando a cada passo as andanças do povo.

Tendo agora achado o povoado e as crianças de rua, sentia-me atraído por eles como um ímã durante os dias que se seguiram. Os dias de Burrich eram ocupados com seus afazeres, e as noites, com a bebida e as comemorações da Festa da Primavera. Por isso, prestava pouca atenção às minhas idas e vindas, desde que a cada noite me encontrasse na cama de cobertores em frente à lareira. Na verdade, penso que não sabia o que devia fazer comigo, a não ser assegurar-se de que eu estivesse suficientemente bem alimentado para crescer saudável e de que dormisse seguro e confortável à noite. Não deve ter sido uma boa época para ele. Tinha sido o homem de confiança de Chivalry, e agora que Chivalry tinha se banido, o que seria dele? Tudo isso devia estar enchendo sua cabeça. E tinha o problema da perna. Apesar dos seus conhecimentos de emplastros e curativos, não parecia ser capaz de fazer funcionar para si próprio os tratamentos que rotineiramente empregava nos animais. Uma ou duas vezes vi seu ferimento descoberto e estremeci ao notar o corte rasgado que se recusava a cicatrizar facilmente, mas continuava inchado e úmido. No início Burrich apenas o xingava, e toda noite cerrava os dentes com força enquanto limpava o ferimento e punha um novo curativo, mas, à medida que os dias passavam, olhava cada vez mais para o machucado com um desespero doentio. Finalmente ele conseguiu fechá-lo, mas a cicatriz pegajosa torceu a pele de sua perna e desfigurou seu andar. Não é de admirar que ele desse pouca atenção a um pequeno bastardo deixado aos seus cuidados.

E assim eu corria livre daquele jeito que só as crianças pequenas conseguem, sem ser notado na maior parte das vezes. Quando a Festa da Primavera terminou, os guardas do portão da torre já tinham se acostumado às minhas andanças diárias. Provavelmente pensaram que eu era um garoto de recados, pois a torre tinha muitos desses, apenas ligeiramente mais velhos do que eu. Bem cedinho, na cozinha da torre, aprendi a surrupiar comida suficiente para que Narigudo e eu tivéssemos um belo café da manhã. Sair em busca de outros alimentos — os pães queimados dos padeiros, os berbigões e algas da praia e o peixe defumado das grelhas abandonadas — tornou-se um componente regular das minhas atividades diárias. Molly Sangra-Nariz era a minha companheira mais frequente. Raramente vi o pai bater nela depois daquele dia; a maior parte das vezes estava bêbado demais para encontrá-la ou concretizar as suas ameaças quando efetivamente a encontrava. Sobre o que eu tinha feito naquele primeiro dia, pensava pouco, a não ser para me sentir grato por Molly não ter percebido que tinha sido eu o responsável.

O povoado havia se tornado o meu mundo, enquanto a torre era o lugar para onde eu ia na hora de dormir. Era verão, uma época maravilhosa em uma cidade portuária. Para onde quer que fosse, a Cidade de Torre do Cervo estava viva com as idas e vindas. As mercadorias chegavam pelo rio Cervo, oriundas dos Ducados do Interior, em barcos grandes e achatados conduzidos por barqueiros suados. Estes falavam com autoridade sobre bancos de areia e marcos, e sobre o subir e descer das águas do rio. A carga que traziam era içada para dentro das lojas da cidade e dos armazéns, e depois descia de novo para as docas, rumo aos porões dos navios. Estes eram tripulados por marinheiros de bocas sujas que desprezavam os homens do rio com os seus costumes de gente do interior. Falavam de marés e de tempestades e noites em que nem mesmo as estrelas davam o ar da graça para guiá-los. Os pescadores também atracavam nas docas de Torre do Cervo, e eram o grupo mais amistoso, pelo menos quando havia fartura de peixe.

Kerry iniciou-me nas docas e tabernas, e me ensinou como um garoto de pés ligeiros podia ganhar três ou mesmo cinco moedas por dia para levar mensagens correndo pelas ruas íngremes do povoado. Achávamo-nos espertos e ousados, estragando o negócio dos rapazes mais velhos que pediam duas moedas ou até mais por um só recado. Penso que nunca fui tão corajoso como naquele tempo. Se fechar os olhos, ainda posso sentir o cheiro desses dias gloriosos. Estopa, resina e lascas frescas de madeira das docas secas, onde os construtores de barcos trabalhavam com as suas plainas e malhos. O odor adocicado do peixe muito fresco e o cheiro venenoso de uma rede cheia, deixada fora por tempo demais em um dia quente. Barris de carvalho de aguardente envelhecida de Juncorla confundindo-se com o cheiro de sacas de lã ao sol. Fardos de feno à espera de adoçar a proa do navio misturavam os seus odores com caixas de melões duros. E todos esses cheiros rodopiavam com o vento da baía, temperado com sal e iodo. Narigudo chamava a minha atenção para tudo o que farejava, já que os seus sentidos mais aguçados se sobrepunham aos meus, mais fracos.

Kerry e eu éramos chamados para ir buscar um marinheiro que tinha ido dizer adeus à esposa ou para levar uma amostra de especiarias a um comprador em uma loja. O chefe do porto podia nos enviar correndo para avisar uma tripulação de que algum idiota tinha atado mal as linhas e que a maré estava prestes a levar o navio deles. Mas os recados de que eu mais gostava eram os que nos levavam às tabernas, onde os contadores de histórias e os bisbilhoteiros desempenhavam as suas funções. Os contadores de histórias narravam as lendas clássicas, de viagens de descoberta e tripulações que se aventuraram por tempestades terríveis e de capitães insensatos que naufragavam os seus navios com todos os seus homens. Aprendi muitas das histórias tradicionais, mas os relatos que mais me interessavam não vinham dos contadores profissionais, e sim dos próprios marinheiros. Suas histórias não eram aquelas contadas à lareira para todo mundo ouvir, mas sim avisos e notícias que passavam de tripulação para tripulação, quando os homens partilhavam uma garrafa de aguardente ou um pão de pólen amarelo.

Falavam das capturas que haviam feito, de redes tão cheias que quase afundavam o barco, ou de peixes maravilhosos e animais vistos apenas na passagem da lua cheia, que atravessava o rastro deixado pelo navio. Havia relatos de aldeias saqueadas pelos ilhéus, tanto na costa como nas ilhas exteriores do nosso ducado, e histórias de piratas e batalhas no mar e navios usurpados internamente, por traidores. Os relatos mais emocionantes eram os dos Salteadores dos Navios Vermelhos, ilhéus que pilhavam e pirateavam, e que atacavam não só os nossos navios e povoados, mas até mesmo outros navios ilhéus. Alguns ridicularizavam a ideia de navios de proa vermelha e zombavam daqueles que contavam casos de piratas ilhéus que se viravam contra outros piratas, iguais a eles.

Mas Kerry, Narigudo e eu nos sentávamos debaixo das mesas com as costas apoiadas às suas pernas, beliscando pãezinhos doces que custavam uma moeda, e ouvíamos de olhos esbugalhados as histórias de navios de proa vermelha com uma dúzia de corpos balançando nos seus mastros, não mortos, não, mas homens presos que se contorciam e gritavam quando as gaivotas vinham bicá-los. Ouvíamos histórias deliciosamente assustadoras, a ponto de as tabernas abarrotadas nos parecerem geladas, e então corríamos de volta às docas para ganhar mais uma moeda.

Uma vez, Kerry, Molly e eu construímos uma jangada com tábuas descartadas na costa e navegamos, com nossos remos improvisados, para cá e para lá debaixo das docas. Nós a deixamos atada ali e, quando a maré veio, ela se chocou e destruiu parte da doca, danificando dois esquifes. Durante dias morremos de medo de que alguém descobrisse que nós éramos os culpados. E, uma vez, o dono de uma taberna puxou as orelhas de Kerry e nos acusou de roubá-lo. A nossa vingança foi um arenque fedido que colocamos embaixo dos suportes do tampo de uma das suas mesas. O peixe apodreceu, fedeu e atraiu moscas durante vários dias antes que ele o encontrasse.

Aprendi várias habilidades durante as minhas andanças: a comprar peixe, remendar redes, construir barcos e ficar à toa. Aprendi ainda mais sobre a natureza humana. Tornei-me um rápido julgador de personalidades, identificando quem efetivamente pagava a moeda prometida por uma mensagem entregue e quem apenas ria da minha cara quando eu voltava para receber o pagamento. Sabia a qual padeiro podia mendigar e de que lojas era mais fácil roubar. E Narigudo estava sempre ao meu lado, tão vinculado a mim agora que a minha mente raramente se separava por completo da dele. Eu usava os seus olhos, nariz e boca como se fossem meus e nunca passou pela minha cabeça que isso fosse sequer um pouco estranho.

Assim se foi a melhor parte do verão. Porém, em um belo dia em que o sol cavalgava um céu mais azul do que o mar, a minha sorte grande chegou ao fim. Molly, Kerry e eu tínhamos surrupiado uma fileira inteira de linguiça de fígado e íamos fugindo pela rua abaixo com o legítimo dono atrás de nós. Narigudo estava conosco, como sempre. As outras crianças acabaram aceitando-o como parte de mim. Penso que nunca passou pela cabeça deles suspeitar da nossa união de mentes. Nós éramos o Novato e o Narigudo e, provavelmente, eles pensaram que era apenas por meio de um engenhoso truque qualquer que Narigudo sabia, antes de eu atirar, para onde devia correr para apanhar sua parte da recompensa. Havia, portanto, quatro de nós correndo pela rua congestionada, passando as linguiças da mão encardida para a boca úmida e de volta à mão, enquanto atrás de nós o dono gritava e nos perseguia em vão.

Então Burrich saiu de uma loja.

Eu ia correndo na direção dele. Nós nos reconhecemos em um instante de consternação mútua. A expressão sombria que surgiu no seu rosto não deixou nenhuma dúvida sobre a minha conduta. Fuja, decidi em um fôlego, e esquivei-me das mãos que se estendiam para mim, apenas para descobrir, num súbito engano, que de alguma forma eu tinha corrido diretamente para os braços dele.

Não gosto de falar do que aconteceu depois disso. Apanhei, não apenas de Burrich, mas do dono das linguiças, que estava furioso. Todos os meus cúmplices, com exceção de Narigudo, evaporaram pelos cantos e recantos da rua. Narigudo ficou rosnando para Burrich, e também apanhou e foi repreendido. Observei com agonia Burrich tirar moedas da bolsa para pagar o homem das linguiças. Ele me segurava firme pelas costas da camisa, de tal forma que quase me ergueu no ar. Quando o homem das linguiças partiu e a pequena multidão que tinha se reunido para ver a minha humilhação se dispersou, ele finalmente me libertou. Tentei interpretar o olhar de repugnância que ele lançou sobre mim. Com mais uma palmada com as costas da mão na parte de trás da minha cabeça, ordenou-me:

— Para casa. Agora.

Assim fomos, e mais depressa do que tínhamos ido qualquer outra vez. Encontramos a nossa cama de cobertores diante da lareira e esperamos ansiosamente. Esperamos durante toda a longa tarde e o início da noite. Ficamos ambos com fome, mas sabíamos que era melhor não sair dali. Tinha alguma coisa no rosto de Burrich que era mais assustadora que a fúria do pai de Molly.

Quando ele chegou, já era noite. Ouvimos os passos na escada, e não precisei dos sentidos mais aguçados de Narigudo para saber que Burrich tinha bebido. Encolhemo-nos quando ele entrou no quarto à meia-luz. A sua respiração estava pesada, e ele levou mais tempo do que de costume para acender todas as velas a partir da vela única que eu tinha acendido. Em seguida, deixou-se cair em um banco e olhou para nós dois. Narigudo ganiu e deitou-se de lado, em uma súplica de filhote. Desejei fazer o mesmo, mas me contentei em olhar para ele temerosamente. Passado um momento, ele falou:

— Fitz. O que é que aconteceu com você? O que é que aconteceu com nós dois? Correndo pelas ruas com ladrões vagabundos, você, que tem o sangue dos reis correndo nas veias. Em matilha, como um animal.

Permaneci calado.

— E eu sou tão culpado quanto você, eu imagino. Venha cá, então. Venha cá, garoto.

Eu me aventurei um passo ou dois em direção a ele. Eu não queria me aproximar demais.

Burrich franziu a sobrancelha ao ver que eu titubeava.

— Você está aleijado, garoto?

Balancei a cabeça.

— Então venha cá.

Hesitei, e Narigudo ganiu em uma agonia de indecisão.

Burrich olhou para ele de relance, surpreendido. Eu podia ver a mente dele trabalhando em meio à névoa induzida pelo vinho. Seus olhos moveram-se do cachorro para mim e de volta ao cachorro, e uma expressão de nojo tomou conta do seu rosto. Abanou a cabeça. Lentamente, ergueu-se e caminhou para longe da mesa e do cachorro, acariciando a perna ferida. Em um canto do quarto havia uma pequena prateleira que continha uma variedade de ferramentas e objetos empoeirados. Lentamente, Burrich esticou-se para pegar um objeto e trazê-lo para baixo. Era feito de madeira e couro e estava endurecido pela falta de uso. Balançou-o, e a tira curta de couro estalou contra a perna dele.

— Sabe o que é isto, garoto? — perguntou com delicadeza, em uma voz gentil.

Eu balancei a cabeça em silêncio.

— Chicote para cães.

Olhei para ele, atônito. Não havia nada na minha experiência ou na de Narigudo que me dissesse como reagir àquilo. Burrich deve ter notado a minha confusão. Abriu um largo sorriso, e sua voz continuou amigável, mas detectei que aquela atitude escondia algo, como se estivesse à espera de alguma coisa.

— É uma ferramenta, Fitz. Um instrumento de ensino. Quando você tem um cãozinho que não presta atenção, quando diz a um cachorro "Venha cá" e o cachorro se recusa a vir, bem, algumas chibatadas com isto e o cão aprende a escutar e a obedecer. Bastam apenas alguns cortes bem fundos para um cachorro aprender a prestar atenção.

Burrich falava casualmente enquanto baixava o chicote e deixava a tira curta de couro dançar suavemente pelo chão. Nem Narigudo nem eu conseguíamos desgrudar os olhos daquilo e, quando ele subitamente moveu o objeto na direção de Narigudo, o cachorro soltou um ganido de terror e deu um salto para trás, correndo para se esconder atrás de mim.

Burrich abaixou-se devagar, cobrindo os olhos enquanto se inclinava sobre um banco ao lado da lareira.

— Ah, Eda — murmurou entre dentes, num tom entre prece e praga. — Eu adivinhei, eu suspeitei, quando vi os dois correndo juntos daquela maneira, mas malditos sejam os olhos de El, eu não queria estar certo. Não queria estar certo. Nunca na vida bati em um cachorro com esta coisa maldita. O Narigudo não tinha nenhum motivo para ter medo. A menos que você estivesse compartilhando a mente com ele.

Qualquer que tivesse sido o perigo, percebi que havia passado. Eu me abaixei para me sentar ao lado de Narigudo, que rastejou para o meu colo e começou a tocar meu rosto ansiosamente com o nariz. Tentei acalmá-lo, sugerindo que esperássemos para ver o que aconteceria a seguir. Garoto e cachorro, sentamo-nos, observando a quietude de Burrich. Quando ele finalmente levantou a cabeça, fiquei impressionado ao ver que ele parecia estar chorando. "Como a minha mãe", eu me lembro de pensar, mas estranhamente não consigo me recordar de nenhuma imagem dela chorando. Apenas o rosto sofrido de Burrich.

— Fitz. Garoto. Venha cá — disse suavemente, e desta vez havia qualquer coisa na sua voz que não podia ser desobedecida. Eu me levantei e fui até ele, com

Narigudo grudado em mim. — Não — disse ele ao cachorro e apontou para um lugar ao lado das suas botas; mas me levantou e me sentou no banco ao seu lado.

— Fitz — ele começou e fez uma pausa. Então inspirou profundamente e recomeçou. — Fitz, é errado. É ruim, muito ruim o que você tem feito com este cachorro. É antinatural. É pior que roubar ou mentir. Faz de um homem menos que um homem. Você compreende?

Olhei para ele com cara de nada. Ele suspirou e tentou outra vez.

— Rapaz, você tem sangue real. Bastardo ou não, você é filho de Chivalry, da antiga linhagem. E isso que você tem feito é errado. Não é digno de você. Compreende?

Balancei a cabeça em silêncio.

— Aí está, viu só? Você não está mais falando. Agora fale comigo. Quem te ensinou a fazer isso?

— Fazer o quê? — Minha voz soou trêmula e desafinada.

Os olhos de Burrich se arregalaram. Percebi o esforço que fazia para se controlar.

— Sabe o que eu quero dizer. Quem te ensinou a ficar com o cão, com a mente dele, a ver as coisas com ele, a deixá-lo ver com você, a dizerem coisas um ao outro?

Refleti sobre isso por alguns momentos. Sim, era isso que estava acontecendo.

— Ninguém — respondi, por fim. — Simplesmente aconteceu. Passamos muito tempo juntos — acrescentei, pensando que aquele fato ajudaria a explicar o que tinha acontecido.

Burrich me olhou firme e sério.

— Você não fala como uma criança — observou de repente. — Mas ouvi dizer que era assim que acontecia com os que tinham a antiga Manha. Que desde o princípio não eram verdadeiramente crianças. Que eles sempre sabiam demais e, à medida que se tornavam mais velhos, sabiam mais ainda. Era por isso que nunca era considerado um crime, nos velhos tempos, caçá-los e queimá-los. Entende o que estou te dizendo, Fitz?

Balancei a cabeça e, quando ele franziu as sobrancelhas ao meu silêncio, me apressei em acrescentar:

— Mas estou tentando. O que é a antiga Manha?

Burrich pareceu incrédulo e depois desconfiado.

— Garoto! — ameaçou-me, mas eu apenas olhei para ele. Um momento depois ele aceitou a minha ignorância.

— A antiga Manha — começou lentamente. Seu rosto tornou-se sombrio e ele olhou para baixo, para as mãos, como se se lembrasse de um velho pecado. — ... é o poder do sangue animal, da mesma forma que o Talento vem da linhagem dos reis. Começa como uma bênção, dando a você as línguas dos animais. Mas depois se apodera de você e te puxa para baixo, faz de você um animal como os outros. Até que finalmente não há sequer um resquício de humanidade em você, e você corre e late e prova sangue, como se a matilha fosse a única coisa que conheceu na vida. Até que ninguém possa te olhar e pensar que você um dia foi um homem.

O tom da voz dele baixava à medida que falava, e ele não olhava para mim, mas tinha se virado para o fogo e olhava fixamente as chamas que começavam a se extinguir.

— Há quem diga que um homem então toma a forma de um animal, mas que mata com a paixão de um homem e não com a simples fome de um animal. Mata por matar... É isso o que você quer, Fitz? Pegar o sangue de reis que há em você e afogá-lo no sangue selvagem de animais caçadores? Ser uma fera no meio de feras, simplesmente em nome do conhecimento que isso traz para você? Pior ainda, pense no que vem antes: o cheiro de sangue fresco afetando o seu humor, a vista da presa anuviando seus pensamentos.

A voz dele tornou-se ainda mais suave, e eu ouvi o nojo que ele sentia quando me perguntou:

— Quer acordar com febre e encharcado de suor porque em algum lugar há uma cadela no cio e o seu companheiro a fareja? É esse o saber que quer levar para a cama da sua dama?

Encolhi-me ao lado dele.

— Não sei — respondi com uma voz frágil.

Ele virou o rosto para mim, indignado:

— Não sabe? — ele resmungou. — Eu te digo aonde é que isso vai te levar, e você diz que não sabe?

Minha língua ficou seca, e Narigudo encolheu-se contra os meus pés.

— Mas eu não sei — respondi em protesto. — Como eu posso saber o que vou fazer até que o tenha feito? Como posso dizer?

— Bem, se você não pode dizer, eu posso! — rugiu ele, e foi então que eu percebi o quanto ele tinha controlado o fogo do seu temperamento e o quanto tinha bebido naquela noite. — O cachorro vai, e você fica. Você fica aqui, aos meus cuidados, onde eu posso ficar de olho em você. Se Chivalry não me manterá ao seu lado, é o mínimo que posso fazer. Vou garantir que o filho dele cresça para ser um homem, e não um lobo. Farei mesmo que mate nós dois!

Ele saltou do banco para agarrar Narigudo pelo cangote. Pelo menos, era essa a sua intenção. Mas o cachorro e eu nos desviamos dele. Juntos nos precipitamos para a porta, mas a tranca estava fechada e, antes que eu pudesse desprendê-la, Burrich estava em cima de nós. Chutou Narigudo para o lado e me pegou pelo ombro, empurrando-me para longe da porta.

— Venha aqui, cachorro — ordenou, mas Narigudo fugiu para o meu lado.

Burrich ficou parado diante da porta, arfando e nos encarando, e eu captei a subcorrente raivosa dos seus pensamentos, a fúria que o incitava a nos esmagar, resolvendo de vez o problema. Havia uma camada de controle acima daquilo tudo, mas esse breve vislumbre foi o suficiente para me aterrorizar. E quando ele subitamente investiu na nossa direção, eu o *repeli* com toda a força do meu medo.

Ele caiu de repente, como um pássaro apedrejado durante o voo, e sentou-se por um momento no chão. Inclinei-me e apertei Narigudo contra mim. Burrich balançou lentamente a cabeça, como se estivesse tirando gotas de chuva do cabelo. Ele ficou de pé, agigantando-se diante de nós dois.

— Está no sangue dele — eu o ouvi resmungar para si mesmo. — No sangue maldito da mãe e isso não deveria me surpreender. Mas o rapaz tem de ser ensinado. — E então, ele olhou nos meus olhos e me deu um aviso. — Fitz. Nunca mais faça isso comigo. Nunca. Agora me dê esse cachorro.

Avançou outra vez na nossa direção e, quando senti a ira que ele escondia, não pude me conter. Eu o *repeli* outra vez. Mas desta vez a minha defesa encontrou um bloqueio que me empurrou de volta, o que me fez tropeçar e cair, quase desmaiado, a minha mente envolta em escuridão. Burrich inclinou-se sobre mim.

— Eu te avisei — disse suavemente, e a sua voz era como o rosnar de um lobo. Então, pela última vez, senti os seus dedos agarrarem o cangote de Narigudo. Ergueu o cachorro e levou-o, sem ser rude, para a porta. A tranca que eu não tinha conseguido desprender foi rapidamente aberta por ele, e logo em seguida ouvi o som pesado das suas botas descendo as escadas.

No instante seguinte eu estava recuperado e em pé, atirando-me contra a porta. Mas Burrich a havia fechado de alguma maneira, pois lutei em vão contra a tranca. O contato com Narigudo foi se perdendo à medida que ele era levado para longe de mim, deixando em seu lugar uma solidão desesperadora. Choraminguei e uivei, cravando as unhas na porta, procurando pelo meu vínculo com ele. Houve um súbito lampejo de dor ardente e Narigudo desapareceu. Quando os seus sentidos caninos me desertaram completamente, gritei e chorei como uma criança de seis anos grita e chora, e soquei em vão as tábuas de madeira grossa.

Burrich pareceu demorar horas para retornar. Ouvi seus passos de volta e ergui a cabeça de onde jazia, arfante e exausto diante da porta. Ele a abriu e me pegou habilmente pelas costas da camisa quando tentei fugir porta afora. Atirou-me de volta para o quarto, bateu a porta com força e trancou-a outra vez. Eu me joguei contra ela sem dizer uma palavra, e um choramingo se desprendeu da minha garganta. Burrich sentou-se cansadamente.

— Nem pense nisso, garoto — ele me precaveu, como se pudesse ouvir os meus planos mirabolantes para a próxima vez que me deixasse sair. — Ele se foi. O cachorro se foi, e é uma perda dos diabos, pois era de bom sangue. A linhagem dele era quase tão antiga quanto a sua. Mas prefiro desperdiçar um cão a desperdiçar um homem.

Eu não me mexi, e então ele acrescentou quase gentilmente:

— Livre-se das saudades dele. Dói menos assim.

Mas não foi isso o que fiz, e naquele momento pude ouvir na sua voz que ele não esperava realmente que eu fizesse aquilo. Suspirou e moveu-se com lentidão enquanto se preparava para deitar. Não voltou a falar comigo, apenas apagou a lâmpada e acomodou-se na cama. Mas não dormiu, e ainda faltavam várias horas para o amanhecer quando se levantou, ergueu-me do chão e colocou-me no lugar quente que o seu corpo havia deixado entre os cobertores. Então saiu outra vez e não voltou por várias horas.

Quanto a mim, fiquei desolado e com febre por vários dias. Burrich, creio eu, espalhou que eu tinha uma doença qualquer de criança, e fui deixado em paz. Passaram-se dias antes de permitir que eu saísse outra vez, e, mesmo assim, não pude ir sozinho.

Depois disso, Burrich foi bastante cauteloso em garantir que eu não tivesse uma nova oportunidade de me conectar a outro animal. Tenho certeza de que pensou que havia sido bem-sucedido, e até certo ponto foi, uma vez que eu não tive nenhum vínculo exclusivo com algum cão ou cavalo. Sei que tinha boas intenções, mas eu não me sentia protegido por ele, apenas confinado. Ele era o carcereiro que garantia o meu isolamento com um fervor fanático. Uma solidão absoluta foi então plantada em mim e fincou raízes profundas no meu íntimo.

PACTO

A fonte original do Talento provavelmente ficará para sempre envolta em mistério. É certo que uma vocação para ele corre com notável força no sangue da família real; contudo, não está apenas confinado à casa do rei. Parece haver alguma verdade no ditado popular: "Quando o sangue do mar corre com o sangue das planícies, o Talento floresce". É interessante observar que nem os ilhéus parecem ter qualquer vocação especial para o Talento nem o povo que descende apenas dos habitantes originais dos Seis Ducados.

É da natureza do mundo que todas as coisas procurem um ritmo e, nesse ritmo, uma espécie de paz? Para mim, com certeza, isso sempre pareceu ser assim. Qualquer acontecimento, não importa quão chocante ou bizarro, é diluído pouco tempo depois da sua ocorrência pela continuidade das rotinas necessárias à vida cotidiana. Homens vagando pelo campo de batalha à procura dos feridos entre os mortos ainda vão parar para tossir, para assoar o nariz, ainda vão levantar os olhos para contemplar o V da formação dos gansos em voo. Já vi camponeses continuarem a lavrar e a plantar, ignorando um embate de exércitos a apenas alguns quilômetros de distância.

Isso se comprovou verdadeiro para mim. Eu olho para o passado e reflito. Afastado da minha mãe, arrastado para uma nova cidade e um novo clima, abandonado pelo meu pai aos cuidados do seu homem de confiança e separado do meu cãozinho companheiro, ainda assim me levantei da cama um dia e retomei minha vida de garotinho. Para mim, isso significava levantar-me quando Burrich me acordava e segui-lo até a cozinha, onde comia a seu lado. Depois disso, eu era sua sombra. Raramente ele me deixava sair do seu campo de visão. Eu ficava grudado aos seus calcanhares, observando-o desempenhar as suas tarefas e eventualmente auxiliando-o de muitas e pequenas maneiras. À tardinha, enquanto eu comia, sentado ao lado dele em um banco, ele supervisionava as minhas maneiras com seus olhos perspicazes. Depois, era a hora de subir aos aposentos dele, onde eu podia passar o resto da noite observando o fogo em silêncio enquanto ele bebia, ou observando o fogo em silêncio enquanto aguardava o seu retorno. Ele trabalhava enquanto bebia, remendando ou fazendo arreios, misturando unguentos ou preparando uma medicação para um cavalo. Ele trabalhava e eu aprendia, observando-o, apesar de trocarmos poucas palavras, pelo que eu me lembre. É estranho pensar que assim se passaram dois anos inteiros e grande parte de um terceiro.

Aprendi a fazer como Molly fazia, roubando migalhas de tempo para mim, mesmo nos dias em que Burrich era requisitado longe da torre, para auxiliar em uma caçada ou ajudar no parto de um potro. Raras vezes, ousava dar uma escapada, quando ele bebia demais, mas esses eram passeios perigosos. Quando estava livre, imediatamente procurava os meus jovens companheiros na cidade e corria com eles por tanto tempo quanto eu me atrevia. Sentia a falta de Narigudo com uma intensidade tão grande como se Burrich tivesse decepado um membro do meu corpo. Mas nenhum de nós falou alguma vez sobre isso.

Olhando para trás, suponho que ele se sentisse tão só quanto eu. Chivalry não tinha dado permissão para que ele o seguisse para o exílio. Em vez disso, Burrich tinha sido deixado para trás, para cuidar de um bastardo sem nome e ainda descobrir que esse bastardo tinha uma tendência para o que ele considerava uma perversão. E, mesmo depois de a perna ter sarado, descobriu que nunca mais voltaria a cavalgar, caçar ou sequer andar tão bem quanto antes. Tudo isso devia ser duro, muito duro para um homem como Burrich. Que eu tenha ouvido, nunca se lamentou a ninguém. Mas de novo, olhando para trás, não posso imaginar para quem ele poderia ter se queixado. Vivíamos os dois trancados nas nossas solidões, e olhando-nos cara a cara, a cada anoitecer, víamos um no outro a quem atribuíamos a culpa disso.

Contudo, tudo passa, em especial o tempo, e, com os meses e os anos, fui lentamente encontrando o meu lugar no esquema das coisas. Servia de criado para Burrich, trazendo-lhe o que quer que precisasse antes mesmo que ele pensasse em pedir, arrumava tudo depois de ele administrar medicamentos aos animais, assumia a responsabilidade de trazer água limpa para os falcões e tirava os carrapatos dos cães quando chegavam de uma caçada. O povo se acostumou a me ver e ninguém mais parava para ficar encarando. Alguns pareciam nem mesmo me ver. Aos poucos, Burrich relaxou a vigilância e eu ia e vinha com mais liberdade, mas ainda assim tomava o cuidado de garantir que ele não soubesse das minhas visitas ao povoado.

Havia outras crianças na torre, muitas com mais ou menos a mesma idade que eu. Algumas tinham até parentesco comigo, primos de segundo ou terceiro grau. Contudo, nunca estabeleci contato de verdade com nenhuma delas. As mais novas eram mantidas perto das mães ou amas, as mais velhas tinham tarefas e deveres próprios com que se ocupar. A maior parte não era cruel comigo; eu estava simplesmente fora dos seus mundos. E, assim, embora pudesse passar meses sem ver Dick, Kerry ou Molly, eles continuavam a ser os meus amigos mais próximos. Nas minhas explorações da torre e nas noites de inverno em que todos se juntavam no Grande Salão para ouvir os menestréis, ou ver os espetáculos de marionetes ou os jogos de salão, logo aprendi onde era bem-vindo ou não.

Mantinha-me longe dos olhos da rainha porque ela, sempre que me via, encontrava algum defeito no meu comportamento e repreendia Burrich por causa disso. Regal também era uma fonte de perigo. Já havia ganhado a maior parte da sua estatura de homem-feito, mas não tinha escrúpulos ao me empurrar para fora do caminho ou passar, como por acaso, por cima do que quer que eu tivesse encontrado para me entreter. Era capaz de uma mesquinhez e rancor que eu nunca tinha visto em Verity. Não que este passasse algum tempo comigo, mas os nossos encontros ocasionais nunca eram desagradáveis. Quando notava a minha presença, afagava o meu cabelo ou me oferecia uma moeda. Uma vez, um criado trouxe até os aposentos de Burrich uns bonequinhos de madeira — soldados, cavalos e uma carruagem cuja pintura estava muito gasta — com a mensagem de que Verity tinha encontrado os brinquedos em um canto do seu guarda-roupa e pensado que eu poderia gostar deles. Não consigo me lembrar de outro bem a que eu desse mais valor.

Nos estábulos, Cob representava outra zona de perigo. Se Burrich estivesse por perto, falava normalmente comigo e me tratava bem, mas fazia pouco-caso de mim nas demais ocasiões. Ele deu a entender que não me queria por perto quando estivesse trabalhando. Descobri por acaso que tinha ciúmes de mim e que ele sentia que os cuidados que Burrich dispensava a mim haviam substituído o interesse que antes manifestava por ele. Cob nunca foi escancaradamente cruel comigo, nem nunca me bateu ou repreendeu injustamente, mas eu podia sentir o seu desagrado e, por isso, o evitava.

Todos os homens de armas demonstravam grande tolerância em relação a mim. Depois das crianças de rua na Cidade de Torre do Cervo, eles provavelmente eram o que eu tinha de mais parecido com amigos. Mas não importa o quão tolerantes homens podem ser em relação a um menino de nove ou dez anos, a verdade é que há muito pouco em comum. Eu assistia os seus jogos de azar, em que se utilizavam ossos, e ouvia as histórias que contavam, mas para cada hora que eu ficava na companhia deles passavam-se dias sem que nos víssemos. E embora Burrich nunca tivesse me proibido de frequentar o posto dos guardas, também não escondeu de mim que desaprovava o tempo que eu passava lá.

Portanto, eu era e não era um membro da comunidade da torre. Alguns eu evitava, outros eu observava e ainda a outros eu obedecia. Mas não sentia ter uma ligação especial com ninguém.

Então, uma manhã, um pouco antes de fazer dez anos, eu estava brincando debaixo das mesas do Grande Salão, dando cambalhotas e importunando os cachorrinhos. Ainda era bem cedo. Tinha acontecido um evento qualquer no dia anterior e o banquete durara o dia todo e noite adentro. Burrich tinha bebido até perder os sentidos. Quase todas as pessoas, nobres e criados, ainda estavam na cama, e a cozinha não oferecia muito à minha fome naquela manhã. Mas as mesas do Grande Salão exibiam um arsenal de doces e salgados pela metade, além de pratos de carne. Havia também tigelas de maçãs e pedaços de queijo; em suma, tudo o que um garoto poderia desejar filar. Os cachorros grandes tinham pegado os melhores ossos e se retirado para os próprios cantos do salão, deixando vários filhotes escarafunchando os pedaços menores. Eu tinha levado um pastelão de carne bem grande para baixo de uma mesa e o compartilhava com os meus cãezinhos preferidos. Desde Nariguda eu tinha o cuidado de não deixar que Burrich me visse estreitando laços com nenhum cachorro. Ainda não compreendia as objeções dele à minha proximidade com os cães, mas não queria arriscar a vida de um animal para contestá-lo. E lá estava eu, alternando mordidas com três cãezinhos, quando ouvi passos lentos arrastando-se no chão coberto de juncos. Dois homens falavam, discutindo alguma coisa em voz baixa.

Pensei que fossem criados da cozinha, chegando para limpar o salão. Dali mesmo, embaixo da mesa, comecei a tatear a superfície, em busca de mais uns restos de comida, antes que eles levassem tudo embora.

Mas não foi um criado que se espantou com a minha súbita aparição, e sim o próprio velho rei, meu avô. Apenas um passo atrás dele, espreitando por cima do seu ombro, estava Regal. Os seus olhos turvos e o gibão amarrotado revelavam que ele tinha participado da festança da noite anterior. O novo bobo da corte, adquirido havia pouco tempo, saltitava atrás deles, os olhos pálidos esbugalhados em um rosto magro. Com a pele clara e uma vestimenta de bobo toda em preto e branco, era uma criatura tão estranha que eu quase não conseguia olhar para ele. Em contraste, o rei Shrewd tinha os olhos límpidos, a barba e o cabelo bem-feitos, e as roupas imaculadas. Ficou surpreso por alguns instantes e então comentou:

— Como vê, Regal, é como eu estava te contando. Uma oportunidade se apresenta e alguém se aproveita dela. Geralmente, alguém jovem ou alguém motivado pelas energias e ânsias da juventude. A realeza não pode se dar ao luxo de ignorar oportunidades como essas ou deixar que sejam criadas para outros.

O rei continuou a andar, passando por mim, ocupado com o seu discurso, enquanto Regal me lançava olhares furiosos, com os olhos injetados. Com um aceno de mão, ordenou que eu desaparecesse dali. Fiz que sim com um rápido movimento de cabeça, mas corri primeiro à mesa. Enfiei uma maçã em cada bolso e quando eu pegava uma torta quase inteira, o rei subitamente se virou e gesticulou para mim. O Bobo imitou seu gesto. Eu congelei imediatamente.

— Olhe para ele — ordenou o velho rei. Regal lançou-me outro olhar furioso, mas não ousei mover uma palha. — O que você vai fazer com ele?

Regal parecia perplexo.

— Ele? É o Fitz. O bastardo de Chivalry. Se esgueirando e afanando coisas por aí, para variar.

— Bobo. — O rei Shrewd sorriu, mas os seus olhos continuaram firmes. O Bobo, pensando que o rei se referia a ele, sorriu docemente. — Seus ouvidos estão tampados com cera? Não ouve nada do que eu digo? Não te perguntei o que acha dele, mas sim o que vai fazer com ele! Aí está ele, jovem, forte e engenhoso. Os traços do rosto dele são tão aristocráticos quanto os do seu, embora tenha nascido no berço errado. Portanto, o que você vai fazer com ele? Vai fazer dele uma ferramenta? Uma arma? Um companheiro? Um inimigo? Ou vai deixá-lo andando por aí, até que outro o pegue e o use contra você?

Regal me olhou de esguelha, depois, passando por mim, olhou em volta e, não encontrando mais ninguém no salão, voltou a me encarar com um olhar intrigado. Sem se desgrudar de mim, um cachorro gemeu, lembrando-me que estávamos dividindo a comida. Adverti-o para que se calasse.

— O bastardo? É apenas uma criança.

O velho rei suspirou.

— Hoje. Agora, neste exato momento, é uma criança. Mas da próxima vez que passar por ele, será um jovem, ou pior, um homem, e aí já vai ser tarde demais para fazer qualquer coisa com ele. Porém, se pegar esse menino agora, Regal, e moldá-lo, você vai comandar a sua lealdade daqui a uma década. Em vez de um bastardo descontente que pode resolver se tornar um candidato ao trono, será um homem de confiança, unido à família quer pelo espírito, quer pelo sangue. Um bastardo, Regal, é uma coisa única. Coloque no dedo dele um anel com a marca da realeza e mande-o para longe, e terá criado um diplomata que nenhum líder estrangeiro ousará ignorar. Ele pode ser enviado com segurança a lugares onde um príncipe de sangue não pode se arriscar. Imagine os possíveis usos para alguém que é, mas não é, da linhagem real. Trocas de reféns. Alianças matrimoniais. Trabalhos discretos. A diplomacia da navalha.

Os olhos de Regal se arregalaram ao ouvir as últimas palavras do rei. Por alguns instantes, todos respiramos em silêncio, olhando-nos uns aos outros. Quando Regal falou, a voz soou como se houvesse um pão seco preso em sua garganta.

— Você fala essas coisas na frente do garoto. De usá-lo como uma ferramenta, como uma arma. Você pensa que ele não vai se lembrar dessas palavras quando for adulto?

O rei Shrewd gargalhou, e o som ecoou nas paredes de pedra do Grande Salão.

— Se lembrará dessas palavras? Mas é claro que sim. Conto com isso. Olhe para os olhos dele, Regal. Há inteligência ali e possivelmente há potencial para o Talento. Eu seria um idiota se mentisse para ele. Seria mais estúpido ainda se começasse a treiná-lo e a educá-lo sem lhe dar qualquer explicação. Pois isso deixaria a mente dele lavrada e descansada para quaisquer sementes que os outros pudessem plantar nela. Não é mesmo, garoto?

Ele me encarava com firmeza e, de repente, percebi que eu lhe devolvia o mesmo olhar. Ficamos nos estudando, cara a cara, durante todo o discurso. Nos olhos daquele homem que era meu avô havia uma honestidade firme e evidente. Não havia consolo no seu olhar, mas eu sabia que podia contar sempre com a sua presença. Concordei com a cabeça, lentamente.

— Venha cá.

Fui indo devagar em direção a ele. Quando o alcancei, ele flexionou um joelho, ficando com os olhos na mesma altura que os meus. O Bobo ajoelhou-se solenemente ao nosso lado, olhando com seriedade de um rosto para o outro. Regal baixou os olhos para nós três. Naquele momento não percebi a ironia que era o velho rei se ajoelhar diante do neto bastardo. Fiquei, portanto, imóvel, em uma pose imponente, enquanto ele tirava uma tortinha das minhas mãos e a atirava aos cachorros atrás de mim. Retirou um alfinete do lenço de seda que estava em volta do seu pescoço e prendeu-o com solenidade no tecido grosseiro da minha camisa.

— A partir de agora você é meu — disse, e o tom da voz dele indicava que considerava essa reivindicação mais importante do que qualquer sangue que compartilhássemos. — Você não precisa comer os restos de ninguém. Daqui em diante, eu vou cuidar de você, e cuidarei bem. Se alguma vez qualquer homem ou mulher tentar te virar contra mim, oferecendo mais do que eu te der, venha até mim e me diga quanto é a oferta, e eu a cobrirei. Nunca serei avarento contigo, e você nem vai poder alegar maus-tratos da minha parte como razão para me trair. Acredita em mim, garoto?

Eu concordei com a cabeça, do jeito mudo que ainda era hábito, mas aqueles olhos castanhos e firmes demandavam mais.

— Sim, senhor.

— Ótimo. Eu te darei algumas ordens. Procure agir sempre de acordo com elas. Se alguma ordem te parecer estranha, fale com Burrich. Ou comigo. Simplesmente venha até a porta dos meus aposentos e mostre este alfinete. Será recebido.

Eu fiquei encarando a pedra vermelha que cintilava num ninho de prata.

— Sim, senhor — consegui dizer outra vez.

— Ah — disse ele suavemente.

Pude perceber uma nota de pesar na sua voz e me perguntei por quê. Os olhos dele me libertaram e, de repente, eu estava outra vez mais consciente das coisas em volta de mim, dos cãezinhos, do Grande Salão, de Regal observando-me com uma nova expressão de desagrado no rosto, e do Bobo acenando entusiasmadamente com a cabeça, daquele jeito ausente que era típico dele. Então o rei se levantou. Quando virou as costas para mim, senti um arrepio, como se de repente tivesse ficado sem meu agasalho. Aquela foi a primeira experiência que tive do Talento manipulado pelas mãos de um mestre.

— Você não concorda com isso, não é, Regal? — O tom do rei era ameno.

— O meu rei pode fazer o que bem entender — respondeu ele, amuado.

O rei Shrewd suspirou.

— Não foi isso que eu te perguntei.

— A minha mãe, a rainha, certamente não estará de acordo. Favorecer o garoto só dará a entender que o reconhece. Isso vai deixar a cabeça dele cheia de ideias, e a dos outros também.

— Ah! — O rei gargalhou como se aquilo o divertisse.

Regal ficou instantaneamente indignado.

— A minha mãe, a rainha, não vai concordar com você, nem vai ficar contente. A minha mãe...

— Não concorda comigo, nem fica contente comigo há muitos anos. Já quase nem percebo isso mais, Regal. Ela vai ficar brava, fazer escândalo e ameaçar outra vez voltar para Vara, para ser duquesa lá, e você será duque depois dela. E, se estiver mesmo furiosa, ela ainda vai ameaçar que, caso isso aconteça, Lavra e Vara farão uma rebelião e se tornarão um reino independente, tendo ela como rainha.

— E eu como rei depois dela! — Regal acrescentou em tom de desafio.

Shrewd assentiu.

— Sim, eu já imaginava que ela estivesse plantando essa traição sórdida na sua cabeça. Ouça-me, garoto. Ela pode até xingar e atirar louças nos criados, mas nunca fará mais do que isso. Porque sabe que é melhor ser rainha de um reino pacífico do que ser duquesa de um ducado em rebelião. E Vara não tem nenhuma razão para se rebelar contra mim, a não ser as que sua mãe inventa na cabeça dela. As ambições dela sempre ultrapassaram as habilidades que ela tem. — O rei fez uma pausa e olhou Regal diretamente nos olhos. — Na realeza, esse é um dos defeitos mais lamentáveis que se pode ter.

Eu podia sentir as vibrações de raiva que Regal se forçava a reprimir enquanto olhava para o chão.

— Venha, siga-me — disse o rei, e Regal o seguiu, obediente como um cachorro qualquer, mas o olhar de despedida que lançou para mim foi venenoso.

Ali em pé, vendo o velho rei deixar o salão, tive uma súbita sensação de perda. Homem estranho. Embora eu fosse bastardo, ele poderia ter se declarado meu avô, e teria apenas de pedir aquilo que resolveu comprar. Na porta, o Bobo pálido parou. Por um instante, olhou para mim e fez um gesto incompreensível com as mãos magras. Talvez um insulto, talvez uma bênção, talvez o simples abanar das mãos de um bobo. Então sorriu, mostrou a língua para mim, virou-se e correu atrás do rei.

Apesar das promessas do rei, enchi os bolsos do gibão com pedaços de bolo. Os cachorros e eu compartilhamos as iguarias à sombra, atrás do estábulo. Foi um café da manhã maior do que qualquer um de nós estava habituado a ter, e o meu estômago resmungou infeliz por horas depois de termos terminado a refeição. Os cachorrinhos se enroscaram um no outro e pegaram no sono, mas eu hesitei entre o receio e a expectativa. Quase desejei que nada acontecesse depois daquilo, que o rei se esquecesse das suas palavras. Mas não.

Quando a noite caiu, eu finalmente me recolhi, subindo os degraus e entrando no quarto de Burrich. Tinha passado o dia avaliando que consequências teria para mim a conversa daquela manhã. Poderia ter me poupado do trabalho. Porque, quando entrei, Burrich deixou de lado o freio do arreio que estava remendando e focou toda a atenção em mim. Ele ficou me estudando em silêncio por algum tempo, e eu lhe devolvi o olhar fixo. Alguma coisa estava diferente, e eu fiquei assustado. Desde que tinha dado um fim no Narigudo, eu acreditava que Burrich também tinha o poder de vida e morte sobre mim — que um bastardo podia ser descartado com a mesma facilidade que um cãozinho. Isso não tinha me impedido de desenvolver um sentimento de proximidade em relação a ele. Não é preciso amar para depender de alguém. Essa sensação de poder confiar em Burrich era a única terra firme que eu tinha na vida, e agora eu sentia que ela tremia debaixo de mim.

— Pois é — disse ele, enfim, dando um tom de finalidade às palavras. — Pois é. Você tinha de dar um jeito de aparecer na frente dele, não é? Tinha que chamar a atenção para você. Bem. Ele decidiu o que vai fazer com você. — Burrich suspirou, e seu silêncio se transformou. Por um breve instante, quase pensei que ele estivesse com pena de mim, mas depois de um momento recomeçou a falar.

— Deram-me ordens para que eu escolhesse um cavalo para você. Ele sugeriu que fosse um cavalo jovem, e que eu treinasse vocês dois juntos. Mas o convenci a iniciar a sua aprendizagem com um animal mais velho e firme. Um aluno de cada vez, eu lhe disse. Tenho, porém, as minhas próprias razões para te dar um animal que seja... menos impressionável. Dê um jeito de se comportar bem, pois vou saber se você ficar de brincadeira. Entende o que eu quero dizer?

Assenti brevemente.

— Responda, Fitz. Você vai ter de usar a língua para lidar com tutores e mestres.

— Sim, senhor.

Aquilo era tão a cara de Burrich. Na cabeça dele, deixar um cavalo à minha disposição tinha sido a coisa mais importante daquilo tudo. Tendo já resolvido o que cabia a ele, anunciou-me o resto, quase por acaso.

— De agora em diante, você levanta com o raiar do sol, garoto. Durante a manhã, vai aprender comigo como cuidar de um cavalo e como dominá-lo. E a caçar com os seus mastins, como deve ser, fazendo-os te respeitarem. Como um homem controla seus animais, é isso o que eu vou te ensinar.

Esta última frase foi pronunciada com uma forte ênfase e seguida de uma longa pausa para garantir que eu entendesse o que ele queria dizer. Senti um aperto no meu coração, mas concordei com um aceno da cabeça que logo corrigi:

— Sim, senhor.

— À tarde, você será deles. Armas e essas coisas. Eventualmente o Talento. Nos meses de inverno, será ensinado a portas fechadas. Línguas e símbolos. Escrever, ler e números, tenho certeza. Histórias também. O que fará com isso tudo não faço a menor ideia, mas vê lá se aprende tudo direitinho para agradar o rei. Ele não é um homem para ser desagradado, e não pense sequer em enganá-lo. O comportamento mais sábio é não deixar que ele te note, mas eu não havia te avisado nada disso, e agora é tarde demais.

De repente, ele limpou a garganta e inspirou.

— Ah, e tem outra coisa que vai mudar. — Ele pegou o freio de couro em que estava trabalhando e curvou-se sobre ele outra vez. Parecia que falava para os seus dedos. — A partir de agora, você vai ter um quarto mais apropriado, só seu. Lá em cima, na torre, onde todos aqueles que têm sangue nobre dormem. Você já estaria dormindo lá agora, se tivesse se preocupado em chegar na hora certa.

— O quê? Não entendo. Um quarto?

— Ah, então quer dizer que você consegue falar depressa, quando te interessa? Você me ouviu bem, garoto. Vai ter um quarto só para você, lá em cima na torre — ele fez uma pausa e continuou, revigorado. — E eu finalmente terei a minha privacidade de volta. Ah, e com certeza vão tirar as suas medidas para roupas novas amanhã. E botas. Embora não veja sentido em pôr uma bota em um pé que ainda está crescendo, eu não...

— Não quero um quarto lá em cima.

Por mais que tivesse se tornado opressivo viver com Burrich, de repente percebi que aquilo era preferível ao desconhecido. Imaginei um quarto grande e frio, com paredes de pedra e sombras se escondendo nos cantos.

— Bem, você vai ter um — anunciou Burrich sem piedade. — E já está mais que na hora de isso acontecer. Apesar de não ser um filho bem-nascido, você é filho de Chivalry, e deixá-lo morando aqui embaixo, no estábulo, como um cachorrinho vagabundo, bem, isso não é certo.

— Eu não me importo — arrisquei, desesperado.

Burrich levantou os olhos e encarou-me secamente.

— Ora, ora. Estamos definitivamente tagarelas hoje, não é?

Baixei os meus olhos.

— Você mora aqui — observei, amuado — e não é um cachorrinho vagabundo.

— E também não sou o bastardo de um príncipe — disse ele, de supetão. — Você vai morar na torre de agora em diante, Fitz, e pronto.

Arrisquei-me a olhar para ele. Estava falando com os dedos outra vez.

— Antes eu fosse um cachorrinho vagabundo — aventurei-me a dizer. E então todos os meus medos fizeram minha voz falhar. — Você não deixaria isso acontecer com um cachorrinho vagabundo, mudarem tudo de uma vez. Quando deram aquele filhote caçador ao lorde Grimsby, você mandou junto a sua velha camisa com ele para que tivesse alguma coisa que cheirasse à antiga casa, até se habituar à nova morada.

— Bem — disse ele —, eu não... Venha cá, Fitz. Venha cá, garoto.

E, assim como um cachorrinho, fui até ele, o único mestre que eu conhecia, e ele me deu batidinhas de leve nas costas e afagou o meu cabelo, mais ou menos como teria feito com um cão.

— Não tenha medo. Não precisa ter medo de nada. E de qualquer maneira — disse, e eu senti que ele estava amolecendo — eles apenas disseram que você iria ter um quarto na torre. Ninguém disse que você vai ter de dormir lá todas as noites. De vez em quando, quando as coisas estiverem muito quietas por lá, você sabe o caminho até aqui. Que tal, Fitz? Isso serve?

— Acho que sim — murmurei.

Durante os quinze dias que se seguiram, as mudanças desabaram sobre a minha cabeça, rápidas e furiosas. Burrich me fez levantar de madrugada, e fui banhado e esfregado, o cabelo cortado na frente, para não cair sobre os meus olhos, e o resto preso atrás, em um rabo de cavalo igual aos que eu tinha visto na torre, sendo usados por homens mais velhos. Ele me mandou vestir as melhores roupas que eu tinha, mas soltou um muxoxo ao perceber como elas estavam pequenas para mim. Então encolheu os ombros e disse que teriam de servir.

Fomos então para o estábulo, onde me mostrou a minha nova égua. O pelo dela era cinza, com uns vestígios de pintas. A crina, cauda, nariz e pernas tinham uma tonalidade escura, como se ela tivesse passado no meio de uma nuvem de fuligem. E este era também o nome dela. Era um animal plácido, de boa constituição física e bem tratado. Uma cavalgada mais tranquila que aquela seria difícil de imaginar. Como eu era um garoto, tinha esperado ao menos um macho castrado e esperto. Em vez disso, o meu cavalo de montaria era a Fuligem. Tentei esconder o desapontamento, mas Burrich deve ter percebido.

— Não acha que ela é grande coisa, não é mesmo? Bem, que cavalo já teve antes, Fitz, que te faça torcer o nariz a um animal bem-disposto e saudável como a Fuligem? Ela está prenha daquele garanhão indecente do lorde Temperança, por isso vê se trata a égua com gentileza. Ela foi treinada pelo Cob até agora. Eu esperava fazer dela um cavalo de caça. Mas decidi que seria mais adequada para você. Ele ficou um pouco amuado por causa disso, mas prometi a ele que poderia recomeçar o treinamento com o potro.

Burrich tinha adaptado uma antiga sela para o meu treinamento, jurando que eu teria de mostrar minha capacidade de montar como um cavaleiro antes de deixar que fizessem uma sela nova para mim, independentemente do que o rei dissesse. Fuligem começou a andar com calma e respondeu prontamente às rédeas e aos meus joelhos. Cob tinha feito um trabalho magnífico com ela. O seu temperamento me lembrava um lago tranquilo. Se tinha pensamentos, não era sobre o que estávamos fazendo, e Burrich me vigiava de perto demais para que eu me arriscasse a tentar saber o que se passava na mente dela. Por isso, cavalguei-a cego, falando com ela apenas com os joelhos, com as rédeas e com as mudanças no apoio do meu peso. O esforço físico me deixou exausto muito antes de a primeira lição ter terminado, e Burrich percebeu, mas não me dispensou de limpá-la e alimentá-la, e de limpar a minha sela e todo o equipamento. Somente quando sua crina já estava toda desembaraçada e o velho couro da sela luzia de óleo, fui liberado para ir à cozinha e comer.

Porém, quando eu já ia sair em disparada, em direção à porta de trás da cozinha, a mão de Burrich segurou o meu ombro.

— Isso não é mais para você — disse-me com firmeza. — Isso serve para homens de armas, jardineiros e outros do mesmo gênero, mas há um salão onde as pessoas mais elevadas e os seus criados favoritos comem. E é lá onde você vai passar a comer de agora em diante.

E assim dizendo, ele me conduziu para um cômodo mal iluminado, onde se destacavam uma mesa comprida e outra, mais alta, à frente. Sobre a mesa comprida estava disposta uma grande variedade de comida, e em volta dela estavam pessoas ocupadas em diferentes partes da refeição, porque quando o rei, a rainha e os príncipes estavam ausentes da mesa alta — como era o caso naquele dia — ninguém se preocupava com formalidades.

Burrich me deu um empurrãozinho, indicando um lugar do lado esquerdo da mesa, para lá do meio, mas não muito. Ele próprio comia daquele lado, mas mais para cá. Eu estava com muita fome e ninguém estava olhando tanto a ponto de me incomodar, então eu devorei depressa um prato relativamente grande. A comida que eu surrupiava diretamente da cozinha era mais quente e mais fresca, mas esse tipo de coisa não faz muita diferença para um garoto em fase de crescimento, e, depois de uma manhã em jejum, acabei comendo bastante.

Já com o estômago cheio, estava pensando no aterro de areia, aquecido pelo sol da tarde e repleto de tocas de coelho, onde eu e os cachorrinhos frequentemente passávamos tardes sonolentas. Eu começava a me levantar da mesa quando de repente apareceu um rapaz atrás de mim dizendo:

— Senhor?

Olhei ao meu redor para ver com quem ele falava, mas todas as outras pessoas estavam ocupadas sobre suas tábuas de comida. O rapaz era mais alto do que eu, e muitas primaveras mais velho; por isso, fiquei encarando-o, espantado, quando ele olhou nos meus olhos e repetiu:

— Senhor? Já acabou de comer?

Balancei a cabeça, concordando, surpreso demais para falar qualquer coisa.

— Então o senhor pode vir comigo. Hod me enviou. Você está sendo aguardado para o treino de armas no pátio, hoje à tarde. Isso se Burrich não precisar mais de você, é claro.

Burrich apareceu subitamente ao meu lado e surpreendeu-me ao ajoelhar-se diante de mim. Arrumou meu gibão e ajeitou o meu cabelo enquanto dizia:

— Por enquanto, terminei. Bem, não fique tão espantado, Fitz. Por acaso você pensou que o rei não era um homem de palavra? Limpe a boca e siga seu rumo. Hod trata os alunos com mais rigor do que eu. Atrasos não são tolerados no pátio das armas. Dê um jeito de ir embora logo com Brant.

Obedeci às ordens dele, com o coração apertado. Enquanto seguia o rapaz para fora do salão, tentava imaginar um mestre mais rigoroso do que Burrich. Era uma imagem assustadora. Uma vez fora do salão, o rapaz rapidamente se livrou das maneiras finas.

— Como você se chama? — perguntou, enquanto me conduzia pelo trilho de saibro, em direção à armaria e ao pátio de treino em frente a ela.

Eu encolhi os ombros e olhei de relance ao nosso redor, fingindo um interesse repentino pelos arbustos que margeavam o caminho. Brant bufou, de propósito e em tom meio jocoso.

— Bem, as pessoas têm de te chamar de alguma coisa. Como é que o velho manco do Burrich te chama?

O desdém descarado do rapaz por Burrich me assustou tanto que respondi sem pensar:

— Fitz. Ele me chama de Fitz.

— Fitz? — Soltou um risinho meio abafado. — É mesmo a cara dele. É bem direto o velho coxo.

— Um javali atacou a perna dele — expliquei.

Aquele rapaz falava como se a perna manca de Burrich fosse um recurso idiota que ele usava para aparecer. Por alguma razão, eu me senti ofendido pelo deboche.

— Eu sei! — disse ele com desdém. — Rasgou-a até o osso. Um javali grande e velho ia acabar com a raça de Chivalry, mas Burrich se colocou no caminho dele. O bicho pegou Burrich em vez de Chivalry, e meia dúzia dos mastins, foi o que ouvi dizer.

Entramos pela abertura que havia em um muro coberto de heras, e o pátio de treino apareceu repentinamente diante dos nossos olhos.

— Chivalry tinha investido contra o javali pensando que só precisava dar um golpe para acabar com ele, quando o bicho saltou e avançou nele. Também partiu a lança do príncipe ao atacá-lo, foi o que ouvi dizer.

Eu seguia o rapaz de perto, imerso nas suas palavras, quando, de repente, ele se virou para mim. Surpreendeu-me tanto que quase caí, dando vários passos desordenados para trás. O garoto mais velho riu da minha cara.

— Parece que este foi o ano para o Burrich pegar para si todas as desgraças do Chivalry, não é? É o que ouço os homens dizerem. Que esse Burrich pegou a morte do Chivalry e a transformou numa perna coxa para si mesmo, que pegou o bastardo do Chivalry, fazendo dele a sua mascote. Mas o que eu gostaria de saber é como é que de repente você vai receber treinamento em armas? E um cavalo, também, segundo ouvi dizer?

Havia mais do que apenas inveja no seu tom de voz. Descobri mais tarde que muitos homens veem sempre a boa sorte dos outros como uma desfeita contra si próprio. Eu senti sua hostilidade crescendo, como a de um cão que tivesse me visto entrar no seu território sem avisar; mas no caso de um cão, eu podia ter tocado sua mente e deixado claras as minhas intenções. Em Brant havia apenas a hostilidade, como o início de uma tempestade. Comecei a pensar se ele iria me bater e se esperava que eu revidasse ou fugisse. Já tinha quase decidido fugir quando uma figura de grande porte, vestida de cinza da cabeça aos pés, apareceu atrás de Brant e segurou com firmeza a nuca dele.

— Ouvi que o rei disse que ele devia receber treino, sim, e um cavalo para aprender a montar. E isso é suficiente para mim e devia ser mais do que suficiente para você, Brant. E, pelo que ouvi, foi dito a você que o trouxesse até aqui e, em seguida, se reportasse ao mestre Tullume, que tem serviço para você. Não foi isso que você ouviu?

— Sim, senhora. — A combatividade de Brant transformou-se subitamente em consentimento atrapalhado.

— E já que você está "ouvindo" todas essas fofocas tão importantes, devo lembrá-lo de que nenhum homem sábio diz tudo o que sabe. E que aquele que traz consigo historinhas tem pouca coisa na cabeça. Você entende o que eu quero dizer, Brant?

— Acho que sim, senhora.

— Acha que sim? Bem, então me deixe ser mais explícita. Pare de ser um fofoqueiro e cuide das suas obrigações. Seja aplicado e mostre boa vontade, e talvez o povo comece a dizer que você é minha "mascote". Assim saberei que você está ocupado demais para fofocar.

— Sim, senhora.

— Você, garoto. — Brant já estava correndo pelo caminho quando ela se virou para mim. — Siga-me.

A velha não esperou para ver se eu lhe obedecia ou não. Simplesmente partiu em um passo firme e rápido através dos campos abertos de treinamento, forçando-me a correr atrás dela para conseguir acompanhá-la. A terra batida do campo era dura, e eu sentia o sol forte nos meus ombros. Fiquei quase imediatamente encharcado de suor, mas a mulher parecia não se sentir desconfortável no seu passo rápido.

Ela estava completamente vestida de cinza: uma túnica cinza, longa e escura, calças de malha em um cinza mais claro e, em cima de tudo isso, um avental cinza de couro que quase chegava aos joelhos. Ela era uma espécie de jardineira, foi o que imaginei, embora achasse estranho que ela calçasse botas cinza e macias de couro.

— Fui enviado para ter aulas... com Hod — consegui dizer, ofegante.

Ela assentiu bem rápido. Chegamos à sombra da armaria e os meus olhos ficaram aliviados, gratos por fugirem da claridade dos campos abertos.

— Devo ter aulas sobre armaduras e armas — disse-lhe, caso ela tivesse compreendido mal as minhas primeiras palavras.

Ela assentiu outra vez e abriu uma porta que dava para uma estrutura semelhante a um celeiro, que era a armaria exterior. Aqui, eu já sabia, eram guardadas as armas de treino. As de ferro e aço, de boa qualidade, eram mantidas dentro da própria torre. No interior da armaria havia uma meia-luz suave, um leve frescor e um cheiro de madeira, suor e junco que tinha acabado de ser espalhado pelo chão. Ela passou direto, e eu a segui até um suporte cheio de varas.

— Escolha um — disse-me, e essas foram as primeiras palavras que ela tinha pronunciado desde que me havia instruído a segui-la.

— Não seria melhor esperar por Hod? — perguntei timidamente.

— Eu sou Hod — respondeu-me ela com impaciência. — Agora escolha um bastão, garoto. Quero ter algum tempo a sós com você, antes que os outros cheguem. Para ver quem você é e o que sabe.

Não foi preciso muito tempo para ela chegar à conclusão de que eu não sabia praticamente nada e que era intimidado com facilidade. Após não muitas pancadas e golpes com o seu próprio bastão marrom, ela facilmente tomou o meu, em um movimento rápido que o lançou rodopiando para longe das minhas mãos doloridas.

— Hum — disse ela, sem rispidez nem simpatia.

Era o mesmo tipo de som que uma jardineira soltaria por causa de um canteiro de batatas que estivesse com um pouco de praga por cima. Tentei sondar a mente dela e encontrei a mesma espécie de quietude que tinha achado na minha égua. Ela não tinha nenhuma das proteções de Burrich em relação a mim. Acho que foi a primeira vez que percebi que algumas pessoas, assim como alguns animais, ficam completamente inconscientes do meu contato com elas. Podia ter continuado a sondá-la, aventurando-me mais nos confins da sua mente, mas estava tão aliviado por não encontrar nenhuma hostilidade que tive medo de agir de modo inconveniente. Por isso, continuei em pé, acanhado e imóvel durante a sua inspeção.

— Como se chama, garoto? — perguntou de repente. Outra vez.

— Fitz.

Ela franziu as sobrancelhas diante daquela palavra suave. Endireitei-me e falei mais alto.

— Fitz é como Burrich me chama.

Ela recuou um pouco.

— É a cara dele. Chama uma cadela de cadela, um bastardo de bastardo; assim é o Burrich. Bem... acho que consigo entender os motivos dele. Se você é Fitz, então Fitz é como eu te chamarei também. Agora, eu tenho que te mostrar por que a vara que escolheu é muito comprida para você, e muito grossa. Depois, você vai escolher outra.

E assim ela fez, e assim eu fiz, e ela me conduziu lentamente por um exercício que me pareceu incrivelmente complexo naquele momento, mas que, já no fim da semana, não era mais difícil do que fazer uma trança na crina de um cavalo. Terminamos bem na hora que os outros alunos dela chegaram. Eram quatro, todos mais ou menos da minha idade, mas todos mais experientes do que eu. Criou-se uma situação embaraçosa, já que agora havia um número ímpar de alunos, e nenhum dos antigos estava particularmente interessado em ter o recém-chegado como parceiro de treino.

Não sei como sobrevivi a esse dia, embora a memória dos detalhes desvaneça em uma abençoada névoa. Lembro-me de como eu estava todo dolorido quando ela finalmente nos dispensou; de como os outros saíram correndo pelo caminho de volta à torre enquanto eu segui desanimado atrás deles, repreendendo-me por ter chamado a atenção do rei. Foi uma longa subida até a torre, e o salão estava barulhento e cheio de gente. Estava cansado demais para comer muito. Guisado com pão — eu acho — foi tudo o que comi, e eu já tinha deixado a mesa, mancando em direção à porta, com os meus pensamentos concentrados apenas no calor e no silêncio dos estábulos, quando Brant me abordou outra vez.

— Os seus aposentos estão prontos — disse.

Lancei um olhar desesperado para Burrich, mas ele estava ocupado em uma conversa com o homem ao lado dele e nem percebeu a minha súplica. E assim, mais uma vez, segui Brant, desta vez para cima, por uma larga escadaria de pedra, em direção a uma parte da torre que eu nunca havia explorado. Fizemos uma pausa em um patamar da escada, e ele pegou um candelabro da mesa e acendeu as velas.

— A família real vive nesta ala — informou-me, como quem não quer nada. — O rei tem um quarto tão grande quanto o estábulo, lá no final deste corredor.

Assenti, acreditando cegamente em tudo o que me dizia, embora mais tarde tenha descoberto que um rapaz de recados como Brant jamais teria entrado na ala real, privilégio reservado a lacaios mais importantes. Conduziu-me por outro lance de escadas e fez mais uma pausa.

— Os visitantes são alojados aqui — disse ele, gesticulando com o candelabro, de modo que a corrente de ar causada pelo movimento agitou as chamas. — Os visitantes importantes, é claro.

E subimos mais um lance de escadas, os degraus estreitando-se perceptivelmente em relação aos dois lances anteriores. No patamar seguinte fizemos mais uma pausa, e olhei com temor para o lance de escadas acima, ainda mais estreitos e íngremes. Brant, porém, não me conduziu nessa direção. Em vez disso, seguimos nesta nova ala, passamos por três portas, e então ele destrancou uma porta e a abriu com um empurrão de ombro. Esta deslizou pesadamente e sem suavidade.

— O quarto não foi usado por uns tempos — observou, alegremente. — Mas agora é seu e você é bem-vindo aqui.

Com isso, colocou o candelabro sobre um baú, tirou uma vela e foi embora. Fechou a pesada porta atrás dele, deixando-me na penumbra de um quarto grande e estranho.

De alguma forma eu consegui conter o instinto de sair correndo atrás dele ou abrir a porta. Em vez disso, peguei o candelabro e acendi as velas dos candeeiros que ficavam nas paredes. Havia uma lareira com uma fagulha lastimável em brasa. Aticei-a um pouco, mais pela luz do que pelo calor, e comecei a explorar o meu novo aposento.

Era um quarto simples e quadrado, com uma única janela. As paredes de pedra, da mesma pedra que o chão sob os meus pés, eram suavizadas por uma tapeçaria pendurada. Ergui a vela para examiná-la, mas não consegui iluminá-la o suficiente. Pude enxergar uma espécie de criatura reluzente e alada, e um personagem majestoso suplicando diante dela. Disseram-me depois que era uma representação do rei Wisdom tornando-se amigo de um Antigo. Naquele momento, aquilo me pareceu ameaçador, e eu dei as costas para a figura.

Alguém tinha empreendido uma tentativa superficial de refrescar o quarto. Havia ervas e juncos limpos espalhados pelo chão, e a cama de penas tinha um aspecto afofado e de recém-arrumado. Os dois cobertores colocados em cima dela eram de boa lã. A cortina da cama tinha sido puxada para trás, e o baú e o banco que constituíam o resto da mobília estavam sem poeira. Aos meus olhos inexperientes, parecia ser, sem dúvida, um quarto luxuoso. Uma cama de verdade, com cobertas e cortina pendurada, e um banco com uma almofada e um baú para guardar coisas eram muito mais mobília do que eu conseguia me lembrar de ter tido alguma vez na vida. Havia também a lareira, à qual eu audaciosamente acrescentei outro pedaço de lenha, e a janela, com um assento de carvalho diante dela, fechada agora contra o ar da noite, mas provavelmente com vista para o mar.

O baú era simples, emoldurado com encaixes de cobre. Por fora era escuro, mas quando o abri, vi que o interior era claro e perfumado. Dentro do baú achei o meu limitado guarda-roupa, trazido do estábulo. Duas camisolas tinham sido adicionadas e um cobertor de lã estava enrolado num canto. E era tudo. Tirei uma camisola e fechei o baú.

Pus a camisola sobre a cama e me deixei cair em cima dela. Era cedo para pensar em dormir, mas o meu corpo doía, e parecia não haver mais nada para fazer. Naquele instante, lá embaixo, no quarto sobre o estábulo, Burrich estaria sentado, bebendo e remendando arreios e coisas assim. Haveria fogo na lareira e o som abafado dos cavalos, movendo-se nas baias embaixo de nós. O quarto cheiraria a couro, a óleo e ao próprio Burrich, e não a pedra úmida e pó. Puxei a camisola sobre a cabeça, empurrei para baixo os cobertores e aninhei-me na cama de penas; era fria, e senti um arrepio na pele que eriçou os meus pelos. Lentamente, o calor do meu corpo aqueceu-a e comecei a relaxar. Tinha sido um dia cheio e extenuante. Cada músculo do meu corpo parecia estar dolorido e cansado. Sabia que devia me levantar outra vez e apagar as velas, mas não conseguia concentrar a energia ou a força de vontade necessárias para soprá-las e deixar uma escuridão mais profunda invadir o quarto. E assim cochilei, com os olhos semicerrados observando as chamas se debaterem com dificuldade no diminuto fogo da lareira. Em vão, desejei algo diferente, uma situação qualquer que não fosse nem este quarto desamparado, nem a secura do quarto de Burrich; ansiei pela calma que talvez tivesse conhecido uma vez, em algum lugar, mas de que já não conseguia me lembrar. E assim caí no sono, rumo ao esquecimento.

APRENDIZADO

Conta-se uma história sobre o rei Victor, aquele que conquistou os territórios do interior, que no fim se tornariam o Ducado de Vara. Pouco tempo depois de anexar as terras de Juncorla ao seu domínio, mandou chamar a mulher que teria sido — se a conquista de Victor tivesse falhado — rainha de Juncorla. Ela viajou para Torre do Cervo muito nervosa, receando ir, mas receando ainda mais as consequências para o seu povo se ela lhes pedisse que a escondesse. Quando chegou, ficou impressionada e quase desapontada por Victor desejar usá-la não como criada, mas como preceptora dos filhos, para que eles pudessem aprender a língua e os costumes do povo dela. Quando ela lhe perguntou por que é que ele havia decidido fazê-los aprender as maneiras do povo dela, ele respondeu:

— Um governante deve governar todo o seu povo, e um homem só pode governar o que conhece.

Mais tarde, ela se tornou, por vontade própria, a esposa do filho mais velho dele e adotou o nome de rainha Graciousness na sua coroação.

Acordei com a luz do sol batendo no meu rosto. Alguém tinha entrado no quarto e aberto as persianas da janela para o dia. Uma bacia, um pano e um cântaro de água tinham sido deixados sobre o baú. Fiquei agradecido por ter aquelas coisas, mas nem lavar o rosto me refrescou. O sono tinha me deixado meio embriagado e me lembro de me sentir desconfortável com a ideia de que alguém pudesse entrar no meu quarto e andar por ali à vontade, sem me acordar.

Como eu tinha suspeitado, a janela dava para o mar, mas não tive muito tempo para apreciar a vista. Um olhar de relance para o sol me informou que eu tinha dormido demais. Vesti minhas roupas com pressa e corri em direção ao estábulo, sem parar para tomar o café da manhã. Mas Burrich tinha pouco tempo para mim naquela manhã.

— Volte à torre — aconselhou-me. — A sra. Hasty já enviou Brant aqui embaixo para te procurar. Ela quer tirar suas medidas para fazer roupas para você. É melhor ir procurá-la depressa; ela faz jus ao nome que tem e não vai gostar nem um pouco se você atrapalhar a rotina dela da manhã.

A corrida de volta à torre lembrou-me de todas as dores do dia anterior. Embora receasse procurar essa sra. Hasty e ter minhas medidas tiradas para roupas que eu tinha certeza de que não precisava, sentia-me aliviado por não estar em cima de um cavalo outra vez naquela manhã.

Depois de perguntar pela cozinha, finalmente encontrei a sra. Hasty em um aposento que ficava várias portas abaixo do meu quarto. Parei timidamente à porta e espreitei lá dentro. Três janelas altas enchiam o quarto com a luz do sol e uma tênue brisa salgada. Cestos de fio e lã tingida estavam empilhados contra uma das paredes, enquanto uma estante alta em outra parede guardava um arco-íris de tecidos. Duas jovens conversavam por cima de um tear e, no canto mais distante do quarto, um rapaz não muito mais velho do que eu balançava ao ritmo suave de uma roda de fiar. Não tinha dúvida de que a mulher que estava com as costas largas viradas para mim era a sra. Hasty.

As duas jovens se deram conta da minha presença e pararam de conversar. A sra. Hasty virou-se para ver para onde é que elas estavam olhando e, em um piscar de olhos, eu já estava preso nas suas garras. Ela não perdeu tempo com nomes ou me explicando o que estava fazendo. De repente eu estava numa cadeira, sendo virado e medido para lá e para cá, enquanto ela cantarolava, sem nenhum respeito pela minha dignidade ou mesmo pela minha humanidade. Fez pouco-caso das minhas roupas com as jovens, e comentou muito calmamente que eu lembrava bastante Chivalry quando criança, e que as minhas medidas e cor eram praticamente as mesmas que as dele quando tinha a mesma idade. Então, pediu opiniões enquanto segurava amostras de diferentes tecidos na minha frente.

— Aquele — disse uma das mulheres do tear. — Esse azul combina bem com a pele morena. Teria ficado bom no pai. Ainda bem que Patience nunca terá de ver este garoto. Os traços de Chivalry são óbvios demais na cara dele para restar a ela alguma dignidade.

E enquanto estava ali, envolto em tecidos de lã, ouvi pela primeira vez o que qualquer outra pessoa em Torre de Cervo estava farta de saber. As tecelãs discutiram em detalhes como a história da minha existência tinha chegado a Torre do Cervo e a Patience, muito antes de o meu pai poder contar-lhe tudo de sua própria boca, e a angústia profunda que isso havia causado nele. Porque Patience era estéril e, embora Chivalry nunca tivesse proferido uma palavra contra ela, todos presumiam o quão difícil deveria ser para um herdeiro não ter um filho que, algum dia, assumisse o seu posto. Patience interpretou a minha existência como a reprovação final, e a sua saúde, que nunca tinha sido boa depois de tantas gestações interrompidas, foi completamente arruinada, juntamente com a sua atitude diante da vida. Foi tanto para o seu bem, como por decência, que Chivalry tinha abdicado do trono e levado a esposa inválida para as terras quentes e suaves da sua província natal. Corria o boato de que lá viviam bem e com conforto, que a saúde de Patience estava se recuperando lentamente e que Chivalry, um homem consideravelmente mais discreto do que antes, estava aprendendo a administrar o vale rico em vinhedos. Uma pena que Patience também culpasse Burrich pelo lapso moral de Chivalry, e tivesse declarado que não toleraria mais ver o homem. Porque entre a ferida na perna e o seu abandono por Chivalry, o velho Burrich já não era o homem que tinha sido um dia. Houve tempos em que nenhuma mulher na torre passaria muito rápido por ele; em que chamar a atenção dele seria tornar-se invejada por praticamente todas as mulheres com idade suficiente para vestir saias. E agora? Chamavam-no de Velho Burrich, e ele ainda estava na flor da idade. Aquilo era tão injusto, como se um criado sequer tivesse influência nas ações do seu senhor. Mas talvez fosse melhor assim, diziam. Afinal de contas, Verity não era um príncipe herdeiro muito melhor do que Chivalry? Chivalry era tão rigorosamente nobre que fazia o povo se sentir negligente e mesquinho na sua presença; nunca concedia a si mesmo um momento de descanso, sempre preocupado em agir de forma exemplarmente correta e, embora fosse cortês demais para reprovar ou fazer pouco-caso dos que não eram capazes de agir como ele, a pessoa tinha sempre a sensação de que o seu comportamento perfeito era uma crítica silenciosa a todos os que tinham sido agraciados com menos autodisciplina. Ah, e afinal de contas, aqui estava o bastardo, depois de tantos anos — a prova de que ele afinal não era o homem que aparentava ser. Verity, este sim, era um homem entre os homens, um rei que o povo podia contemplar e reconhecer como realeza. Servia ao lado dos seus homens e, se de vez em quando se embriagava, ou se em certas ocasiões tivesse sido menos discreto, bem, o fato é que ele confessava sempre o que fazia, tão honesto quanto o seu nome. O povo podia compreender um homem assim e segui-lo.

Isso tudo eu escutava avidamente, embora em silêncio, enquanto vários tecidos eram colocados sobre mim, discutidos e selecionados. Pude entender de maneira bem mais profunda as razões pelas quais as crianças da torre me deixavam brincando sozinho. Se as mulheres pensaram que eu poderia ser afetado por aquela conversa, não mostraram nenhum sinal disso. O único comentário que me lembro de ouvir a sra. Hasty fazer especificamente para mim foi que eu devia ser mais cuidadoso para lavar o pescoço. Então ela me enxotou para fora do quarto como se eu fosse uma galinha irritante, e eu finalmente me pus a caminho da cozinha em busca de alguma comida.

Naquela tarde voltei ao pátio de Hod, e treinei até ter certeza de que o bastão tinha misteriosamente dobrado de peso. Em seguida, comer, deitar, levantar de manhãzinha outra vez e voltar aos cuidados de Burrich. A aprendizagem ocupava meus dias inteiros, e qualquer tempo livre que tivesse era absorvido por tarefas ligadas a essa aprendizagem, como cuidar do equipamento de montaria com Burrich, ou varrer a armaria e deixá-la em ordem para Hod. Alguns dias depois, encontrei não um nem dois, mas três trajes completos, incluindo meias, colocados sobre a minha cama. Dois eram razoavelmente normais, em um marrom familiar que todas as crianças da minha idade pareciam vestir; mas um era feito de um tecido azul muito fino, e no peito tinha sido bordada a cabeça de um cervo, em fio de prata. Burrich e os outros homens de arma traziam como emblema um cervo saltando. As únicas vezes que eu tinha visto aquela cabeça de cervo foram nos gibões de Regal e Verity. Por isso, olhei para ela por algum tempo, interrogando-me sobre o seu significado, mas curioso também em relação à linha vermelha bordada cortando o desenho na diagonal.

— Quer dizer que você é um bastardo — disse-me Burrich, sem rodeios, quando eu lhe perguntei sobre aquilo. — De sangue comprovadamente real, mas mesmo assim um bastardo. É tudo. É apenas um jeito rápido de mostrar que você tem sangue real, mas que não é da linhagem verdadeira. Se não gosta disso, pode mudá-lo. Tenho certeza de que o rei te concederia um nome e um brasão que fossem só seus.

— Um nome?

— Certamente. É um pedido simples. Bastardos são raros nas casas nobres, e em especial na casa do rei, mas não são inéditos.

Sob o pretexto de me ensinar a maneira certa de cuidar de uma sela, íamos andando pelo depósito de acessórios de montaria, inspecionando todo o equipamento velho e em desuso. Guardar e restaurar equipamentos velhos era uma das manias mais estranhas de Burrich.

— Invente um nome e um brasão para você e então vá pedir ao rei...

— Que nome?

— Ora, um nome de que goste. Esta parece estar arruinada; alguém a largou aqui molhada, e apodreceu. Mas vamos ver o que podemos fazer com isso.

— Não iria parecer verdadeiro.

— O quê? — Estendeu-me uma braçada de couro fedorento. Eu a peguei.

— Um nome que eu mesmo me desse. Não ia parecer que fosse meu de verdade.

— Bem, o que você pretende fazer, então?
Respirei fundo.

— O rei deveria me dar um nome. Ou você. — Tomei coragem. — Ou meu pai. Você não acha?

Burrich franziu as sobrancelhas.

— Você tem umas ideias estranhas. Pense nisso por um tempo. Você vai encontrar um nome que sirva.

— Fitz — disse eu com sarcasmo, e vi Burrich cerrar os dentes.

— Vamos logo remendar este couro — sugeriu calmamente. Nós o levamos para a mesa de trabalho e começamos a batê-lo.

— Bastardos não são assim tão raros — observei. — E na cidade os pais lhes dão nomes.

— Na cidade, bastardos não são raros mesmo — concordou Burrich depois de um momento. — Soldados e marinheiros se envolvem com muitas mulheres. São os modos vulgares do povo vulgar. Mas não da realeza. Ou de quem quer que tenha um resquício de orgulho. O que você teria pensado de mim, se quando você era mais novo, eu tivesse andado com mulheres à noite, ou as tivesse trazido para o quarto? Como veria as mulheres agora? Ou os homens? Tudo bem uma pessoa se apaixonar, Fitz, e ninguém vai negar a uma moça ou a um rapaz um beijo ou dois. Mas eu vi como fazem em Vila Bing. Os mercadores trazem moças bonitas ou jovens vigorosas para o mercado como galinhas ou batatas. E as crianças que elas acabam dando à luz podem até ter nomes, mas não muito mais do que isso. E mesmo quando se casam, isso não significa que vão parar com... os hábitos. Se alguma vez encontrar a mulher certa, vou querer que ela saiba que não vou sair à procura de outra. E vou querer saber que todos os meus filhos serão meus.

Burrich estava quase exaltado. Olhei para ele com tristeza.

— Então o que aconteceu com o meu pai?

Ele pareceu repentinamente cansado.

— Não sei, garoto. Não sei. Na época ele era bastante jovem, com uns vinte anos de idade apenas, e estava longe de casa, carregando um fardo pesado... sei que tudo isso não é motivo nem desculpa suficiente, mas é tudo o que saberemos um dia dessa história.

E isso foi tudo.

A minha vida se desenrolava de acordo com a rotina estabelecida. Eu passava minhas noites no estábulo, na companhia de Burrich, ou, mais raramente, no Grande Salão, quando algum menestrel viajante ou espetáculo de marionetes estava de passagem. Muito de vez em quando, eu conseguia escapulir para uma noite lá embaixo, na cidade, mas isso significava pagar no dia seguinte pelo sono perdido. Minhas tardes eram inevitavelmente passadas com algum tutor ou instrutor. Entendi que aquelas eram as minhas lições de verão e que no inverno — conforme Burrich havia me dito — eu seria iniciado a outro tipo de aprendizagem, relacionada a penas e letras. Eu era mantido mais ocupado do que jamais havia sido na minha jovem vida. Mas, apesar do meu horário tão cheio, passava a maior parte do tempo sozinho.

Solidão.

Ela me encontrava todas as noites, quando eu procurava em vão um cantinho pequeno e acolhedor na minha grande cama. Antes, quando eu dormia no andar de cima do estábulo, nos aposentos de Burrich, as noites eram confusas, os sonhos repletos de urzes coloridas, da satisfação quente e cansada dos animais que se mexiam durante o sono, batendo os cascos, no andar debaixo de mim. Cavalos e cães sonham, como bem sabe qualquer um que alguma vez tenha observado um cão latindo e se contorcendo em uma perseguição onírica. Os seus sonhos eram como o ar adocicado que emana da fornada quente de um bom pão. Agora, isolado, em um quarto com paredes de pedra, tinha finalmente tempo para aqueles sonhos devoradores e dolorosos que cabem aos humanos. Não tinha nenhuma mãe quente com filhotes junto à qual eu pudesse me aninhar, nenhuma sensação de irmãos ou parentes alojados por perto. Em vez disso, jazia desperto e pensava no meu pai e na minha mãe, em como ambos tinham me expulsado de suas vidas com tanta facilidade. Eu tinha ouvido as conversas dos outros, tão descuidados, nos meus ouvidos, e interpretava os seus comentários do meu jeito, apavorante. Eu imaginava o que seria de mim quando tivesse crescido e o velho rei Shrewd já estivesse morto; pensava, ocasionalmente, se Molly Sangra-Nariz e Kerry sentiriam a minha falta ou se já teriam encarado a minha súbita desaparição com a mesma facilidade com que tinham aceitado a minha chegada. Mas, mais que tudo, sofria de solidão porque, em toda a enorme torre central, não tinha nenhum amigo. Apenas os animais, e Burrich tinha me proibido de ter qualquer proximidade com eles.

Uma noite fui para a cama exausto, somente para ser atormentado por medos noturnos até o sono vir, de má vontade. Acordei com a luz batendo no meu rosto, mas despertei sabendo que alguma coisa estava errada. Não tinha dormido tempo suficiente, e aquela luz era amarela e tremeluzente, muito diferente da luz branca do sol que normalmente invade o quarto pela janela. Estremeci, relutante, e abri os olhos.

Ele estava em pé, junto aos pés da cama, segurando uma lamparina acima dos ombros. Aquilo por si só já era uma raridade em Torre do Cervo, mas havia outras coisas além da luz amanteigada da lamparina que chamaram a minha atenção. O próprio homem era estranho. A sua túnica tinha uma cor de lã sem tingir que tinha sido lavada, mas apenas ocasionalmente e não recentemente. O cabelo e a barba eram mais ou menos da mesma cor, e davam a impressão de desleixo. Apesar da cor do cabelo, não consegui concluir que idade tinha. Existem doenças de pele que deixam cicatrizes no rosto de um homem, mas nunca tinha visto uma pessoa tão marcada quanto ele, repleto de pequenas cicatrizes de pústulas, como pequenas queimaduras, em tons de cor-de-rosa e vermelho-vivo mesmo à luz amarela. As mãos dele eram puro osso e tendões envoltos em uma pele branca como papel. Ele me observava e, mesmo à luz da lamparina, os olhos eram do verde mais penetrante que eu já vi. Lembravam-me os olhos de um gato à caça de alguma coisa — a mesma combinação de alegria e ferocidade. Puxei o cobertor para cima, prendendo-o debaixo do queixo.

— Acordou. Ótimo. Levante-se e me siga.

Ele se virou abruptamente, afastando-se dos pés da cama e da porta do quarto, rumo a um canto sombrio entre a lareira e a parede. Como eu não me movi ele virou a cabeça para trás, olhando na minha direção, e ergueu a lamparina mais alto.

— Vamos, se apresse, garoto — disse com irritação e deu uma pancada na cama com o cajado que lhe servia de apoio.

Eu saí da cama, estremecendo quando meus pés descalços tocaram no chão frio. Tentei pegar as minhas roupas e sapatos, mas o homem não tinha a intenção de esperar por mim. Olhou outra vez de relance para ver o que estava me atrasando, e o seu olhar penetrante foi suficiente para me fazer largar as roupas e tremer.

Foi então que eu o segui, em silêncio, de camisola, sem saber muito bem por quê, exceto que parecia ser o que ele queria. Segui-o até uma porta que nunca tinha visto ali antes e para cima, por um estreito lance de degraus sinuosos, iluminados apenas pela lamparina que ele segurava acima da cabeça. A sua sombra se estendia atrás dele e sobre mim, de tal forma que eu andava em uma escuridão em movimento, tateando cada degrau com os pés. As escadas eram de pedra fria, gasta, lisa e perceptivelmente nivelada. A escadaria parecia não ter fim, e a partir de um dado momento, tive a impressão de que já tínhamos subido mais alto do que todas as torres que existiam ali. Uma brisa gelada soprava em direção ao topo, seguindo os degraus e subindo por dentro da minha camisola, arrepiando-me com mais do que de simples frio. Continuamos subindo sempre, até que finalmente ele empurrou uma porta maciça que, para minha surpresa, se moveu silenciosamente e com facilidade. Entramos em um quarto.

Estava iluminado por várias lamparinas, suspensas por correntes fininhas em um teto que eu não conseguia ver. O quarto era grande, mais de três vezes maior do que o meu. Um dos cantos chamou a minha atenção. Destacava-se pela enorme armação de uma cama repleta de mantas de penas e almofadas. Havia tapetes no chão, uns por cima dos outros, com os seus vermelhos e verdes-vivos e azuis, tanto em tons profundos quanto pálidos. Havia uma mesa feita de madeira da cor de mel silvestre e, sobre essa mesa, uma travessa de frutas tão perfeitamente maduras que eu podia sentir os seus aromas. Livros e rolos de pergaminhos espalhavam-se desordenados, como se o fato de serem raros não preocupasse nem um pouco o leitor. Todas as três paredes eram enfeitadas por tapeçarias que representavam paisagens de planícies abertas com montes repletos de árvores no horizonte. Comecei a andar naquela direção.

— Por aqui — disse o meu guia, conduzindo-me de forma implacável para o outro extremo do quarto. Havia ali um cenário diferente. Uma mesa com tampo de pedra se destacava, com a superfície chamuscada e cheia de manchas. Em cima jaziam vários utensílios, recipientes e acessórios, uma balança, um pilão e muitas coisas cujo nome eu não sabia. Uma fina camada de pó cobria muitas partes da mesa, como se vários projetos tivessem sido abandonados pela metade, meses ou até anos antes. Por trás da mesa havia prateleiras que continham uma coleção desorganizada de mais rolos de pergaminho, alguns adornados em azul ou dourado. O cheiro do quarto era ao mesmo tempo pungente e aromático; ramalhetes de ervas secavam em outras prateleiras. Ouvi um ruído e vi de relance um movimento pelo canto do olho, mas o homem não me deu tempo para investigar. A lareira que já devia ter aquecido aquele canto do quarto era um buraco negro e frio. As brasas pareciam úmidas e há muito tempo extintas. Levantei os olhos na direção do meu guia. Ele pareceu surpreso com o desânimo que viu no meu olhar. Virou-se e, lentamente, ele próprio examinou o quarto. Refletiu um pouco e eu percebi o seu descontentamento envergonhado.

— Isso está uma bagunça. Mais do que uma bagunça, suponho. Mas, enfim. Já faz algum tempo, suponho. Mais do que algum tempo. Bem, logo tudo se ajeita. Mas, primeiro, vamos às apresentações. Suponho que seja um tanto enregelante estar aqui vestido só com uma camisola. Por aqui, garoto.

Segui-o até o lado confortável do quarto. Ele se sentou em uma cadeira de madeira maltratada envolta em cobertores. Os meus dedos dos pés descalços afundaram-se agradecidos na pelugem de um tapete de lã. Fiquei em pé diante dele, aguardando, enquanto os olhos verdes me sondavam. Por alguns minutos, fez-se silêncio. E então ele falou.

— Primeiro, deixe-me apresentá-lo a você mesmo. A sua linhagem está presente em todos os seus traços. Shrewd optou por reconhecer isso porque todas as suas recusas não teriam convencido ninguém do contrário. — Ele fez uma pequena pausa e sorriu como se achasse graça. — Pena que Galen se recuse a te ensinar o Talento. Foi proibido há muitos anos, por receio de que se tornasse uma ferramenta comum demais. Aposto que se o velho Galen tentasse lhe ensinar, encontraria aptidão em você. Mas não temos tempo para nos preocupar com o que não vai acontecer.

Suspirou como se refletisse sobre alguma coisa e ficou silencioso por um momento. Recomeçou abruptamente:

— Burrich te mostrou como trabalhar e como obedecer. Duas coisas em que o próprio Burrich é excelente. Você não é especialmente forte, rápido ou esperto. Não pense que é. Contudo, terá a teimosia para cansar qualquer um que seja mais forte, mais rápido ou mais esperto do que você. E isso é mais perigoso para você do que para qualquer outro. Porém, neste momento, isso não é o mais importante sobre você.

E continuou:

— Você é um homem do rei agora. E deve começar a compreender, aqui, neste lugar, que isso é mais importante sobre você. Ele te dá o que comer, o que vestir e garante que receba educação. E tudo o que ele pede em troca, por enquanto, é a sua lealdade. Mais tarde, irá pedir o seu serviço. Essas são as condições para que eu te ensine a ser um homem do rei, completamente leal a ele. Porque, sob diferentes condições, seria perigoso demais educá-lo na minha arte.

Ele fez uma pausa e, por um longo momento, simplesmente olhamos um para o outro.

— Concorda? — perguntou, e eu sabia que não era uma simples pergunta, mas o selar de um pacto.

— Sim — eu disse, e depois, vendo que ele ainda aguardava por alguma coisa —, dou a minha palavra.

— Bom — disse ele com entusiasmo. — Agora passemos a outras coisas. Você já me viu antes?

— Não.

Percebi de repente como aquilo era estranho. Pois, embora frequentemente aparecessem na torre visitantes que eu desconhecia, era óbvio que este homem residia aqui havia muito tempo. E eu conhecia, pelo menos de vista, quando não de nome, quase todos os habitantes da torre.

— Sabe quem eu sou, garoto? Ou por que está aqui?

Neguei com um movimento de cabeça a ambas as perguntas.

— Bem, ninguém mais sabe, de qualquer maneira. Portanto, preste atenção para que as coisas continuem como estão. Compreenda isto claramente: não falará a ninguém nem do que fazemos, nem de nada do que vai aprender aqui. Você me entendeu?

O meu aceno afirmativo com a cabeça deve tê-lo satisfeito, pois pareceu relaxar na cadeira. As mãos ossudas agarraram as patelas dos joelhos sobre a veste de lã.

— Ótimo. Ótimo. Agora pode me chamar de Chade. E como eu devo chamá-lo? — Fez uma pausa e ficou esperando, mas quando eu não ofereci um nome, ele completou: — Garoto. Não são os nossos verdadeiros nomes, mas vão servir, durante o tempo que passarmos juntos. Portanto, eu sou Chade, e sou mais um dos professores que Shrewd arranjou para você. Demorou um tempo até ele se lembrar de que eu estava aqui, e depois demorou um tempo até ele se decidir a me pedir que te ensinasse. E depois demorou ainda mais até que eu concordasse em te ensinar. Mas tudo isso está resolvido agora. Quanto ao que eu vou te ensinar, bem...

Levantou-se e caminhou em direção à lareira. Inclinou a cabeça enquanto fitava as chamas e, em seguida, curvou-se para pegar num carvão e remexer as brasas, avivando a fogueira.

— É assassinato, mais ou menos. A fina arte do assassinato diplomático. Matar pessoas. Ou cegá-las, ensurdecê-las, debilitá-las, paralisá-las, provocar nelas tosses debilitantes ou impotência; ou senilidade precoce, ou loucura ou... mas não interessa. Tudo isso é o meu ofício. E será o seu se concordar, agora mesmo, desde o início, que eu vou te ensinar a matar pessoas. A serviço do seu rei. E não da forma vistosa que Hod está te ensinando, não no campo de batalha, onde os outros te veem e te incentivam. Não. Vou te ensinar maneiras sórdidas, discretas e delicadas de matar pessoas. E pode ser que venha a desenvolver um gosto por tais artes, mas também pode ser que não. Isso vai depender de você, e não é algo sobre o qual eu tenha algum controle. Mas te garanto que saberá como fazê-lo. E te garanto também outra coisa, uma coisa que estipulei como condição ao rei Shrewd antes de aceitar te ensinar: que saberá o que é isso que eu estou te ensinando, como eu nunca soube quando tinha a sua idade. Portanto, devo te ensinar a ser um assassino. Tudo bem para você, garoto?

Indiquei que sim com a cabeça outra vez, inseguro, mas não sabendo se tinha outra escolha.

Ele me olhou de esguelha.

— Você sabe falar, não sabe? Não é mudo, além de bastardo, ou é?

Engoli em seco.

— Não, senhor. Eu sei falar.

— Bem, então faça o favor de falar. Não fique aí fazendo que sim com a cabeça. Diga-me o que é que pensa de tudo isso. De quem eu sou e do que acabei de te propor que façamos.

Convidado a falar, continuei calado. Fitei a cara dele, cheia de marcas, e a pele fina das mãos e senti o brilho dos seus olhos verdes sobre mim. Movi a língua no interior da boca, mas encontrei apenas silêncio. A atitude dele me convidava a falar, mas o seu rosto era mais aterrorizante do que qualquer coisa que eu tivesse alguma vez imaginado.

— Garoto — disse, e a gentileza na voz dele me surpreendeu de tal forma que forçou os meus olhos a fitarem os dele. — Posso te ensinar mesmo que me odeie, mesmo que despreze as lições que te dou. Posso te ensinar se estiver aborrecido, se for preguiçoso ou estúpido. Mas não posso te ensinar se tiver medo de falar comigo. Pelo menos, não da forma que eu quero te ensinar. E não posso te ensinar se você decidir que isso é algo que não quer aprender. Mas você tem de me dizer isso. Você aprendeu a proteger tão bem os seus pensamentos que quase tem medo de deixá-los serem conhecidos por você mesmo. Mas tente dizê-los em voz alta, agora, para mim. Você não será punido.

— Não gosto muito disso — balbuciei de repente. — A ideia de matar gente.

— Ah! — exclamou, e fez uma pausa. — Nem eu gostei, quando tive de fazer isso. Nem gosto ainda — suspirou fundo. — Cada vez que a situação surgir, é você quem vai decidir. A primeira vez é a mais difícil. Mas fique sabendo, desde já, que essa decisão está a muitos anos de distância. E, entretanto, você tem muito o que aprender — ele hesitou. — E tem mais, garoto. E deve lembrar-se disso em todas as situações, não só nesta. Aprender nunca é errado. Mesmo aprender como matar não é errado. Ou certo. É apenas uma coisa, aprender algo que eu posso te ensinar. É isso. Por enquanto, você acha que poderia aprender como fazer isso, e então, mais tarde, decidir se realmente quer fazer?

Era uma pergunta complexa demais para se fazer a um garotinho. Mesmo assim, um instinto me eriçou os pelos da nuca e farejou com desconfiança a ideia, mas, garotinho que era, não pude encontrar nenhuma objeção. Além disso, a curiosidade me roía por dentro.

— Eu posso aprender a fazer isso.

— Ótimo — ele sorriu, mas o rosto mostrava cansaço, e não tinha a aparência de estar assim tão satisfeito quanto àquilo. — Por enquanto, é suficiente. Mais do que suficiente. — Olhou em volta do quarto. — Podemos começar esta noite. Vamos primeiro arrumar um pouco isso aqui. Há uma vassoura ali. Ah, mas antes de qualquer coisa, tire essa camisola e vista algo... ah, há uma velha túnica aqui. Por enquanto, vai servir. Não podemos ter o pessoal da lavanderia se perguntando por que é que a sua camisola cheira a cânfora e a analgésico, não é? Agora, enquanto você varre o chão eu vou arrumar umas coisas.

E assim se passaram as horas seguintes. Eu varri e esfreguei o chão de pedra. Ele me orientou enquanto eu limpava a parafernália na grande mesa. Virei as ervas sobre a grelha onde secavam. Dei de comer aos três lagartos que ele mantinha enjaulados em um canto, cortando alguns pedaços de carne velha e pegajosa que eles engoliram de uma só vez. Limpei vários potes e tigelas e os guardei. Ele trabalhava ao meu lado, parecendo grato pela companhia, e papeava comigo como se fôssemos ambos velhos. Ou ambos jovens.

— Nada de letras ainda? Nada de cifras? Que absurdo! O que é que o velho está pensando? Bem, vou me assegurar de que isso seja resolvido logo. Você tem as sobrancelhas do seu pai, garoto, e o mesmo jeito de franzi-las. Alguém já tinha te falado isso? Ah, aí está, Sorrateiro, seu patife! O que é que você anda aprontando?

Uma doninha marrom apareceu por trás de uma tapeçaria, e fomos apresentados um ao outro. Chade me deixou alimentar Sorrateiro com ovos de codorna de uma tigela que estava em cima da mesa e riu quando o pequeno animal me perseguiu, mendigando por mais. Deu-me um bracelete de cobre que achei debaixo da mesa, avisando que poderia deixar o meu pulso verde e que, se alguém me perguntasse sobre ele, deveria dizer que o tinha encontrado atrás do estábulo.

Em dado momento, paramos para comer bolos de mel e beber vinho quente com especiarias. Sentamo-nos a uma mesa baixa, sobre uns tapetes em frente à lareira, e observei a luz do fogo dançando no seu rosto cheio de cicatrizes e perguntei a mim mesmo por que antes tinha achado aquilo tão assustador. Ele percebeu que eu o observava, e suas feições se contraíram em um sorriso.

— Ele te parece familiar, não é, garoto? O meu rosto, eu quero dizer.

Não parecia. Eu estava era vendo as cicatrizes grotescas na pele pálida. Não fazia ideia do que ele queria dizer. Encarei-o intrigado, tentando descobrir o que era.

— Não se preocupe com isso, garoto. Deixa marcas em todos nós, e mais cedo ou mais tarde você vai se acostumar com elas. Mas por enquanto, bem... — Ele se levantou, espreguiçando-se, de tal forma que a sua túnica revelou umas coxas magras e brancas. — Agora é tarde. Ou cedo, dependendo de que parte do dia você gosta mais. É tempo de voltar à sua cama. Agora. Você vai se lembrar de que tudo isso é um segredo que deve ser bem guardado, não vai? Não só este quarto, mas a coisa toda, o acordar à noite e as lições sobre como matar pessoas, e tudo isso.

— Vou me lembrar, sim — disse-lhe e então, percebendo-me de que talvez significasse algo para ele, acrescentei: — Tem a minha palavra.

Ele gargalhou e em seguida concordou, quase com tristeza. Troquei de roupa, vestindo outra vez a camisola, e ele me acompanhou pelos degraus abaixo. Segurou a luz brilhante da lamparina ao pé da minha cama, enquanto eu subia nela, e aconchegou os cobertores sobre mim como ninguém tinha feito desde que eu deixara os aposentos de Burrich. Penso que adormeci antes que ele deixasse a beira da cama.

Brant foi enviado para me acordar, de tão atrasado que eu estava. Despertei, como se estivesse embriagado, e senti uma forte dor latejante na cabeça. Contudo, logo que ele partiu, saltei da cama e corri até o canto do quarto. Ao empurrar a parede, as minhas mãos encontraram apenas pedra fria, e nenhuma fenda na pedra ou na argamassa revelava a existência da porta secreta que tinha estado ali na noite anterior. Nem por um instante pensei que Chade tivesse sido um sonho. De qualquer forma, o simples bracelete de cobre no meu pulso provava a sua existência.

Vesti minhas roupas apressadamente e passei pela cozinha para pegar um pedaço de pão e queijo que ainda estava comendo quando cheguei às baias. Burrich ficou irritado com o meu atraso e achou defeitos em tudo o que tentei fazer, fosse montar a cavalo ou cuidar das baias. Lembro-me bem de como me repreendeu:

— Não pense que, porque você tem um quarto no topo da torre e um brasão no gibão, pode se tornar um malandro que perambula por aí, ronca na cama até quando quer e só se levanta para ajeitar o cabelo. Não vou tolerar isso. Bastardo você pode ser, mas é o bastardo de Chivalry, e vou fazer de você um homem de quem ele se orgulhe.

Fiquei imóvel e, com a escova de pentear os cavalos ainda nas mãos, perguntei:

— Está se referindo a Regal, não é?

A pergunta inesperada o surpreendeu.

— O quê?

— Quando fala de malandros que passam toda a manhã na cama e não fazem nada senão se preocupar com o cabelo e com as roupas, está falando de Regal.

Burrich abriu a boca e fechou-a em seguida. As maçãs do rosto coradas pelo vento tornaram-se ainda mais vermelhas. Por fim, resmungou:

— Nem eu nem você estamos em posição de criticar qualquer um dos príncipes. E te digo isso apenas como uma regra geral, que dormir de manhã não fica bem a um homem, e ainda pior a um garoto.

— E nunca a um príncipe — disse isso e parei para perguntar a mim mesmo de onde é que eu tinha tirado aquele pensamento.

— E nunca a um príncipe — Burrich concordou, sério.

Ele estava ocupado na baia, tratando a perna machucada de um potro. O animal estremeceu de repente, e ouvi Burrich grunhir com o esforço de segurá-lo.

— O seu pai nunca dormia até mais tarde do que o ponto médio do sol só porque tinha bebido na noite anterior. Claro que ele tinha uma resistência ao vinho como nunca vi antes, mas também tinha disciplina com isso. Não tinha um criado designado para acordá-lo. Se levantava sozinho da cama todos os dias e esperava que os seus homens seguissem o exemplo. Nem sempre isso o tornava popular, mas os soldados o respeitavam. Homens gostam disso em um líder, que exija de si mesmo o que espera deles. E vou te dizer outra coisa: o seu pai não gastava dinheiro se enfeitando como um pavão. Quando era mais jovem, antes de se casar com lady Patience, estava jantando uma noite numa dessas torres menores. Eu estava sentado não muito longe dele, o que era uma grande honra para mim, e eu ouvi um pouco da sua conversa com a filha do dono da casa, que haviam esperançosamente colocado ao lado do príncipe herdeiro. Ela lhe perguntou o que achava das esmeraldas que ela trazia no pescoço, e ele lhe fez um elogio. "Estava me perguntando, senhor, se gosta de joias, pois não está usando nenhuma esta noite", disse ela então em um tom provocante. E ele respondeu, com seriedade, que as joias dele luziam tão brilhantes quanto as dela, e muito maiores. "Ah, e onde guarda essas joias, pois adoraria vê-las." E ele lhe respondeu que teria o maior gosto em mostrá-las a ela mais tarde, naquela mesma noite, quando estivesse mais escuro. Ela corou, esperando algum tipo de convite secreto. Mais tarde, de fato ele a convidou a acompanhá-lo até a muralha, mas levou também com eles metade dos convidados do jantar. Lá, ele apontou as luzes das torres de vigia na costa, brilhando claramente na escuridão, e disse a ela que considerava aquelas as suas melhores e mais queridas joias, e que tinha gastado o dinheiro dos impostos pagos pelo pai dela para mantê-las brilhando assim. E então mostrou aos convidados as luzes tremeluzentes dos guardas daquele homem nobre, dispostas ao longo das fortificações do castelo, e disse-lhes que, quando olhassem para o duque, deviam ver aquelas luzes brilhantes como joias em sua testa. Foi um belo elogio ao duque e à duquesa, e os outros nobres prestaram muita atenção àquele gesto. Os ilhéus tiveram muito poucas invasões bem-sucedidas naquele verão. Era assim que Chivalry reinava. Pelo exemplo e pelo encanto de suas palavras. Assim deveria fazer qualquer verdadeiro príncipe.

— Eu não sou um verdadeiro príncipe. Sou um bastardo. — Foi estranho ouvir da minha própria boca aquela palavra que ouvia com tanta frequência e dizia tão raramente.

Burrich suspirou.

— Seja o seu sangue, garoto, e ignore o que os outros pensam sobre você.

— Às vezes fico cansado de ter de fazer sempre as coisas mais difíceis.

— Eu também.

Absorvi isso em silêncio por um tempo, enquanto esfregava o ombro de Fuligem. Burrich, ainda ajoelhado ao lado do potro, falou de repente:

— Não te peço mais do que a mim mesmo. Sabe que é verdade.

— Eu sei disso — respondi, surpreendido de que ele falasse daquilo outra vez.

— Só quero fazer o melhor por você.

Aquilo era uma ideia totalmente nova para mim. Depois de um momento, perguntei:

— Porque se você pudesse fazer com que Chivalry sentisse orgulho de mim, do que você fez de mim, talvez ele voltasse?

O som rítmico das mãos de Burrich esfregando bálsamo na perna do potro diminuiu de velocidade e então parou de vez. Mas ele continuou de cócoras ao lado do cavalo e falou calmamente através da parede da baia.

— Não. Não penso isso. Não acho que nada possa trazê-lo de volta. E, ainda que viesse — Burrich começou a falar mais lentamente —, ainda que viesse, não seria o homem que costumava ser. Antes, quero dizer.

— É tudo culpa minha, que ele tenha ido embora, não é?

As palavras das mulheres enquanto costuravam ecoaram na minha cabeça. *Se não fosse pelo garoto, ele ainda seria o sucessor do rei.*

Burrich fez uma longa pausa.

— Não acho que seja culpa de algum homem nascer... — Suspirou, e as palavras pareceram vir à sua boca com mais relutância. — E é fato que não tem como um bebê deixar de ser bastardo. Não. Chivalry provocou a própria queda, embora seja uma coisa difícil para eu dizer.

Ouvi as mãos dele voltarem ao trabalho na perna do potro.

— E a sua queda, também.

Eu disse isso para o ombro de Fuligem, suavemente, nunca imaginando que ele pudesse me ouvir. Mas, um instante ou dois depois, pude ouvi-lo murmurar:

— Eu faço o que está ao meu alcance, Fitz. O que está ao meu alcance.

Burrich acabou a sua tarefa e veio até a baia de Fuligem.

— Hoje sua língua está solta como a dos fofoqueiros da cidade, Fitz. O que é que deu em você?

Foi a minha vez de fazer uma pausa e ficar pensando. Alguma coisa relacionada a Chade, concluí. Alguma coisa relacionada a alguém que queria que eu compreendesse e tivesse algo a dizer sobre o que estava sendo ensinado para mim, soltando a minha língua para eu finalmente fazer todas as perguntas que havia carregado comigo durante tantos anos. Mas, como não podia dizer isso a ele, encolhi os ombros e respondi, sem mentir:

— São apenas coisas sobre as quais me pergunto há muito tempo.

Burrich respondeu com um grunhido, aceitando aquela resposta.

— Bem. Suas perguntas são sem dúvida um avanço, embora eu não possa prometer que tenha sempre uma resposta. É bom ouvi-lo falar como um homem. Faz com que eu tenha menos receio em te perder para os animais.

Por um momento, ele olhou intensamente para mim e depois se afastou, coxeando. Fiquei vendo-o ir embora e lembrei-me daquela primeira noite em que o tinha visto, e como um olhar dele tinha sido suficiente para domar um salão inteiro cheio de homens-feitos. Já não era o mesmo homem. E não tinha sido apenas o jeito manco de andar que tinha mudado o seu porte e a maneira como os outros o viam. Ainda era respeitado como mestre dos estábulos e ninguém contestava a sua autoridade ali, mas já não era o braço direito do príncipe herdeiro. A não ser por tomar conta de mim, ele tinha deixado de ser o homem de confiança de Chivalry. Não era de admirar que não pudesse me olhar sem ressentimento. Ele não tinha feito o bastardo que provocara a sua queda. Pela primeira vez desde que o conheci, o medo que tinha dele foi tocado pela compaixão.

LEALDADE

Em alguns reinos e terras, faz parte da tradição que o filho varão preceda a filha nas questões de herança. Esse nunca foi o caso dos Seis Ducados. Os títulos são herdados exclusivamente por ordem de nascimento.

Aquele que herda o título deve supostamente encará-lo como uma responsabilidade de administração. Se um senhor ou senhora for insensato a ponto de cortar muitos hectares de floresta de uma só vez, ou negligenciar os vinhedos, ou deixar que a qualidade do gado seja muito afetada por procriação consanguínea, o povo do Ducado pode contestar e vir ao rei para pedir justiça. Isso já aconteceu, e todo nobre tem consciência de que pode acontecer outra vez. O bem-estar do povo pertence ao povo, e este tem o direito de reclamar se seu duque o administrar mal.

Quando o portador do título se casa, é esperado que tenha isso em mente. O companheiro escolhido — ele ou ela — deve também estar disposto a ser um administrador. Por essa razão, o companheiro que possui o título inferior deve passá-lo ao irmão mais novo. Um indivíduo pode administrar de verdade só uma propriedade. Em certas ocasiões, isso tem causado discórdia. O rei Shrewd casou-se com lady Desire, que teria se tornado duquesa de Vara caso não tivesse escolhido aceitar a oferta e tornar-se rainha. Dizem que ela chegou a lamentar a decisão e convenceu-se de que, se tivesse continuado duquesa, teria mais poder. Casou-se com Shrewd sabendo bem que era a sua segunda rainha e que a primeira já havia lhe dado dois herdeiros. Nunca escondeu o desdém que sentia pelos dois príncipes mais velhos e frequentemente expunha categoricamente que, uma vez que sua estirpe era muito mais elevada do que a da primeira rainha do rei Shrewd, considerava o seu filho, Regal, mais nobre do que os dois meios-irmãos. Tentou instigar essa ideia nos outros ao escolher o nome do filho. Infelizmente, para os seus planos, a maioria das pessoas considerou esse estratagema de mau gosto. Muitos se referiam a ela em tom de piada como a rainha do Interior, pois, quando embriagada, afirmava que tinha a influência política necessária para unificar Vara e Lavra em um novo reino, que se livraria da submissão ao rei Shrewd e se proclamaria rainha. Muitos consideram, porém, que tais afirmações eram devidas ao seu gosto por substâncias embriagantes — fossem as alcoólicas, fossem as extraídas de ervas. É verdade, contudo, que, antes de ter sucumbido aos seus vícios, ela foi responsável por alimentar a rixa entre o Ducado do Interior e o Ducado Costeiro.

Com o tempo, comecei a ansiar pelos encontros noturnos com Chade. Nunca tinha hora ou dia certo, nem qualquer padrão que eu pudesse distinguir. Uma semana, mesmo duas, podiam se passar entre os encontros, ou podia acontecer de ele vir me chamar todas as noites durante uma semana, deixando-me zonzo de cansaço durante as minhas obrigações diurnas. Às vezes, ele me convocava logo que toda a torre dormia; em outras ocasiões, chamava-me a altas horas da madrugada. Era um horário extenuante para um garoto em fase de crescimento e, contudo, nunca pensei em reclamar para Chade ou recusar um chamado dele. Nem penso que alguma vez tenha lhe ocorrido que as lições noturnas me causassem alguma dificuldade. Sendo ele próprio uma criatura noturna, é provável que aquele horário lhe parecesse perfeitamente natural para o meu ensino. E as lições que aprendi com ele eram peculiarmente adequadas às horas mais sombrias do mundo.

As suas lições eram extremamente diversificadas. Uma noite podia ser gasta no estudo laborioso das ilustrações de um grande herbanário que ele tinha, com a exigência de que no dia seguinte eu colhesse seis amostras que correspondessem às ilustrações. Nunca achava que devia me sugerir onde procurar por essas ervas, se nos jardins da cozinha ou nos cantos mais sombrios da floresta, mas eu as encontrava sempre, aprendendo muito sobre capacidade de observação durante o processo.

Ele também fazia jogos. Por exemplo, dizia-me para que, de manhã, eu fosse até Sara, a cozinheira, e lhe perguntasse se o presunto daquele ano era mais magro do que o do ano anterior. Depois, na noite seguinte, devia contar a conversa toda a Chade, nos mínimos detalhes, palavra por palavra, e responder a uma dúzia de perguntas: como era a sua postura, se era canhota ou não, se ela parecia um pouco surda, e o que estava cozinhando no momento em que eu fui falar com ela. A minha timidez e discrição nunca eram consideradas desculpas suficientes para falhar nesse tipo de missão, e assim acabei encontrando e conhecendo muitos criados da torre. Embora as minhas perguntas fossem inspiradas por Chade, o povo todo ficava contente com o meu interesse e compartilhava de bom grado os conhecimentos que tinha. Sem querer, comecei a construir uma reputação de "jovem esperto" e "bom rapaz". Anos depois, percebi que a lição não tinha apenas o objetivo de exercitar a minha memória, mas também de me ensinar a ganhar a amizade das pessoas e perceber como elas pensavam. E, com efeito, houve depois muitas ocasiões em que um sorriso, um elogio sobre o modo como o meu cavalo tinha sido tratado e uma rápida pergunta feita a um rapaz do estábulo me trouxeram informações que não seriam tiradas dele por suborno nenhum.

Outros jogos serviam para treinar, além do meu poder de observação, a minha audácia. Um dia, Chade me mostrou a meada de um fio de lã e me disse que eu, sem fazer perguntas à sra. Hasty, deveria descobrir exatamente onde ela mantinha estoques de um fio que correspondesse exatamente àquele, e quais eram as ervas que tinham sido usadas para tingi-lo. Três dias depois, eu deveria surrupiar as melhores lãs que ela tivesse, escondê-las por três horas atrás de uma certa fileira de garrafas na adega e voltar a pô-las no lugar, tudo isso sem ser detectado nem por ela, nem por qualquer outra pessoa. No começo, esses exercícios apelavam ao gosto natural de um garoto por travessuras, e eu raramente falhava. Se falhasse, as consequências eram problema meu. Chade tinha me avisado que não tentaria me proteger da ira de ninguém e sugeriu que tivesse uma boa história preparada para explicar a minha presença em lugares onde não devia estar, ou a posse de algum objeto que não tivesse qualquer razão para tê-lo comigo.

Aprendi a mentir muito bem. Não creio que isso tenha sido ensinado a mim por acidente.

Todos esses exercícios eram lições de introdução ao ofício de assassino. E mais: truques com as mãos; a arte de se movimentar às escondidas; onde golpear um homem para deixá-lo inconsciente; onde golpear um homem para matá-lo sem que gritasse; onde apunhalar um homem para que morresse sem derramar muito sangue. Aprendi tudo isso rapidamente e bem, progredindo sob o olhar aprovador de Chade.

Logo ele começou a me usar para pequenas tarefas na torre. Nunca me dizia, antes do tempo, se eram testes às minhas habilidades ou verdadeiras missões que desejava ver cumpridas. Para mim não tinha nenhuma diferença: executava cada uma delas com determinação e devoção a Chade e a tudo o que ele me ordenava. Na primavera desse ano, preparei as taças de vinho de uma delegação visitante de mercadores de Vila Bing para que ficassem muito mais bêbados do que pretendiam. Mais tarde, nesse mesmo mês, escondi um boneco de uma trupe de teatro de marionetes, para que tivessem de apresentar *O incidente do par de taças*, um breve conto popular, em vez do longo drama histórico que haviam planejado para aquela noite. No Festival do Solstício, adicionei uma certa erva à chaleira que continha o chá da tarde de uma criada, de modo que ela e três amigas suas fossem acometidas por diarreia e não pudessem servir à mesa naquela noite. No outono, amarrei uma linha em volta do calcanhar do cavalo de um nobre visitante, para que o animal ficasse temporariamente manco, convencendo o nobre a permanecer em Torre do Cervo por dois dias a mais do que havia planejado. Nunca sabia das razões por trás das tarefas que Chade me dava. Naquela idade, concentrava os meus pensamentos mais em como fazer uma coisa do que no porquê dela. E isso também era algo que creio ter sido ensinado intencionalmente para mim: obedecer sem questionar a razão por que a ordem foi dada.

Houve uma tarefa que me deliciou. Mesmo na ocasião, sabia que a missão era mais do que um capricho de Chade. Ele me chamou no final da noite, um pouco antes da madrugada.

— Lorde Jessup e sua esposa estão aqui de visita há duas semanas. Você os conhece de vista; ele tem um bigode muito longo e ela vive ajeitando o cabelo, mesmo à mesa. Sabe de quem estou falando?

Franzi a sobrancelha. Muitos nobres estavam reunidos em Torre do Cervo para formar um conselho com o intuito de discutir o aumento de invasões dos ilhéus. Pelo que eu tinha percebido, os Ducados Costeiros queriam mais navios de guerra, mas os Ducados do Interior opunham-se à partilha dos impostos para aquilo que viam como um problema puramente costeiro. Lorde Jessup e lady Dahlia eram do interior. Jessup e os seus bigodes pareciam ter um temperamento instável e estar constantemente em comoção. Lady Dahlia, em contrapartida, parecia não se interessar muito pelo conselho, e passava a maior parte do tempo explorando Torre do Cervo.

— Ela sempre usa flores no cabelo? Que vivem caindo?

— Essa mesma — respondeu Chade enfaticamente. — Bem. Você a conhece. Agora, esta é a missão, e não tenho tempo de planejá-la em mais detalhes com você. Em um dado momento durante o dia de hoje, ela vai enviar um mensageiro ao quarto do príncipe Regal. O mensageiro irá entregar qualquer coisa — um bilhete, uma flor, um objeto qualquer. Você deverá retirar esse objeto do quarto de Regal antes que ele o veja. Entendeu?

Eu concordei e abri a boca para dizer algo, mas Chade se levantou subitamente e quase me expulsou do quarto.

— Não temos tempo, já está quase amanhecendo! — anunciou.

Eu dei um jeito de estar no quarto de Regal, escondido, quando a mensageira chegou. Pela maneira como a mocinha entrou no quarto, convenci-me de que não era a sua primeira missão. Colocou um pequeno rolo de pergaminho e um botão de flor na almofada de Regal e esgueirou-se para fora do quarto. No instante seguinte, ambos os objetos estavam no meu gibão e, mais tarde, debaixo do meu próprio travesseiro. Penso que a parte mais difícil dessa missão foi me conter para não abrir o rolo de pergaminho. Entreguei a Chade o rolo e a flor mais tarde naquela noite.

Durante os dias que se seguiram, esperei, certo de que haveria alguma espécie de furor e na expectativa de ver Regal extremamente frustrado. Mas, para minha surpresa, nada disso aconteceu. Regal continuou se comportando como era usual dele, exceto que se arrumava ainda melhor que de costume e flertava de forma ainda mais escandalosa com todas as damas. Quanto a lady Dahlia, despertou-lhe um súbito interesse pelas sessões do conselho e deixou o marido perplexo ao tornar-se uma apoiante fervorosa dos impostos para navios de guerra. A rainha expressou o seu desagrado por essa mudança de lado, excluindo lady Dahlia de uma degustação de vinhos nos seus aposentos. Tudo aquilo me deixou confuso, mas quando finalmente fiz um comentário a Chade, ele me repreendeu.

— Lembre-se, você é um homem do rei. Se uma tarefa é dada a você, você a executa. E devia estar bem satisfeito consigo mesmo por completar a tarefa que lhe foi dada. Isso é tudo o que precisa saber. Apenas Shrewd pode planejar as jogadas e montar uma estratégia para o jogo dele. Você e eu somos peças desse jogo, talvez. Mas somos suas melhores peças, disso você pode ter certeza.

Mas, desde o início, Chade descobriu os limites da minha obediência. Quando pediu que eu deixasse um cavalo manco, ele sugeriu que eu cortasse a ranilha do pé do animal. Nunca sequer considerei fazer isso. Informei-o, com toda a sabedoria de quem tinha crescido rodeado de cavalos, que havia muitas maneiras de fazer um cavalo mancar sem precisar realmente fazer mal a ele, e que devia confiar em mim para escolher uma forma apropriada. Até hoje, não sei o que Chade achou dessa recusa. Na ocasião, não expressou nem condenação nem aprovação em relação ao meu ato. Quanto a isso, como em muitas outras coisas, guardou para si mesmo as suas opiniões.

Mais ou menos uma vez a cada três meses, o rei Shrewd mandava me chamar aos seus aposentos. Normalmente, minha convocação acontecia logo cedo, pela manhã. Eu ficava em pé diante dele, enquanto ele tomava banho, ou enquanto trançavam seu cabelo com ouro, daquele jeito que apenas o rei podia usar, ou enquanto o criado preparava as suas roupas. O ritual era sempre o mesmo. Ele me inspecionava cuidadosamente, estudando o meu crescimento e porte, como se eu fosse um cavalo que ele estivesse pensando em comprar. Perguntava-me uma ou duas coisas, geralmente sobre minhas aulas de equitação ou treino com armas, e ouvia, compenetrado, minha curta resposta. Então, perguntava, de um jeito quase formal:

— E você acha que estou cumprindo a minha parte do acordo?

— Sim, senhor — respondia sempre.

— Então trate de cumprir a sua parte também — era sempre a resposta com que me dispensava. E qualquer que fosse o criado que o assistia ou que abria a porta para eu entrar ou sair, não parecia sequer notar a minha presença ou as palavras do rei.

Foi no final do outono desse ano, já em uma pontinha de início do inverno, que me foi dada a missão mais difícil até então. Chade me chamou aos seus aposentos quase no instante exato em que eu tinha apagado a minha vela. Estávamos dividindo umas guloseimas e um pouco de vinho com especiarias, sentados em frente à lareira. Ele tinha acabado de esbanjar elogios à minha última façanha, que tinha sido virar do avesso todas as camisas penduradas para secar no varal do pátio da lavanderia, sem ser pego. Tinha sido uma tarefa difícil, e a parte mais complicada foi me segurar para não cair na gargalhada, o que entregaria o meu esconderijo dentro de um tonel de tintura, quando dois dos moços mais jovens da lavanderia se convenceram de que o meu truque tinha sido obra de duendes das águas e se recusaram a lavar mais roupa nesse dia. Chade, como de costume, estava a par de tudo o que tinha acontecido mesmo antes de eu ter lhe contado, e se deliciou ao me contar como o mestre Lew da lavanderia tinha ordenado que se pendurasse erva-de-são-joão em cada canto do pátio e enfeitasse cada poço com uma grinalda, para proteger dos duendes o trabalho do dia seguinte.

— Você tem um dom para isso, rapaz. — Chade gargalhou, passando a mão no meu cabelo. — Quase chego a pensar que não há tarefa que você não seja capaz de concluir.

Ele estava sentado em uma cadeira diante do fogo, e eu, no chão ao seu lado, encostado em uma das suas pernas. Deu umas pancadinhas nas minhas costas, da mesma maneira que Burrich daria em um perdigueiro que tivesse se comportado bem, e então se inclinou para a frente e disse em um tom de voz suave:

— Mas tenho um desafio para você.

— O que é? — perguntei ansiosamente.

— Não será fácil, mesmo para alguém com um passo tão leve quanto o seu — avisou-me.

— Deixe-me tentar — desafiei-o de volta.

— Oh, dentro de um mês ou dois, talvez, quando tiver aprendido mais. Tenho um jogo para te ensinar hoje, um que fará com que o seu olhar e a sua memória fiquem mais aguçados.

Pegou uma bolsa e retirou de lá um punhado de qualquer coisa. Abriu a mão por um instante diante de mim: pedras coloridas. A mão se fechou.

— Havia amarelas?

— Sim. Chade, qual é o desafio?

— Quantas?

— Pude ver duas. Chade, aposto que conseguiria fazer isso agora.

— Será que podia haver mais do que duas?

— Sim, se algumas estivessem completamente escondidas embaixo das de cima. Mas não parece provável. Chade, qual é o desafio?

Ele abriu a mão ossuda e mexeu as pedras com o longo dedo indicador.

— Tinha razão. Apenas duas amarelas. Outra vez?

— Chade, eu consigo.

— Pensa que sim, não é? Olhe outra vez, eis as pedras. — Um, dois, três e fechou. — Havia alguma vermelha?

— Sim. Chade, qual é a missão?

— Havia mais vermelhas do que azuis? Trazer algo pessoal da mesa de cabeceira do rei.

— O quê?

— Havia mais pedras vermelhas do que azuis?

— Não, o que eu quero dizer é, qual é a missão?

— Errado, garoto! — Chade anunciou alegremente. Abriu o punho. — Está vendo, três vermelhas, três azuis. Exatamente a mesma quantidade. Você vai ter de olhar mais depressa do que isso se quiser ser bem-sucedido no meu desafio.

— E sete verdes. Eu sei disso, Chade. Mas... você quer que eu roube do rei? Não conseguia acreditar no que tinha acabado de ouvir.

— Não roubar, pegar emprestado. Como fez com as lãs da sra. Hasty. Não há mal nenhum num truque desses, ou há?

— Nenhum, exceto que seria chicoteado se fosse pego. Ou pior.

— E está com medo de ser pego. Está vendo, eu te disse que é melhor esperarmos um mês ou dois, deixar que as suas habilidades se desenvolvam mais.

— Não é a punição. É que, se eu for pego... o rei e eu... temos um acordo...

As minhas palavras se desvaneceram. Encarei-o, confuso. A instrução de Chade era parte do acordo que Shrewd e eu tínhamos feito. Cada vez que nos encontrávamos, antes de ele começar a me instruir, lembrava-me desse acordo. Eu tinha dado a Chade, assim como ao rei, a minha palavra de que seria leal. Com certeza ele podia perceber que, se eu agisse contra o rei, estaria quebrando a minha parte do acordo.

— É um jogo, garoto — disse Chade pacientemente. — É só isso. Uma brincadeirinha de mau gosto. Não é realmente tão sério quanto pensa. A única razão para eu escolher essa tarefa é que o quarto do rei e as coisas dele são vigiados de perto. Qualquer um pode roubar as lãs de uma costureira. Do que estamos falando é de um verdadeiro exercício secreto de infiltração, entrar nos aposentos do rei e trazer de lá algo que lhe pertença. Se conseguir fazer isso, acreditaria que usei bem o meu tempo te ensinando. Sentiria que é grato ao que te ensinei.

— Sabe bem que sou grato ao que você me ensina — disse eu rapidamente. Não era bem isso. Chade parecia ignorar completamente o meu argumento. — Eu iria me sentir... desleal. Como se estivesse usando o que você me ensinou para enganar o rei. Como se estivesse rindo da cara dele.

— Ah! — Chade reclinou-se na cadeira, um sorriso no rosto. — Não deixe isso te aborrecer, rapaz. O rei Shrewd sabe apreciar uma boa piada. O que quer que traga, eu levarei de volta ao rei. Será um sinal para ele do quão bem eu te ensinei e do quão bem você aprendeu. Traga algo simples, se isso te preocupa tanto; não precisa tirar a coroa da cabeça dele ou o anel de um dedo dele! A escova dele ou qualquer pedaço de papel, mesmo a luva ou cinto é suficiente. Nada de grande valor, apenas uma prova.

Pensei em parar para ponderar, mas percebi que tinha a certeza de não precisar refletir sobre o assunto.

— Não posso fazer isso. Quero dizer, não vou fazer. Não com o rei Shrewd. Escolha qualquer outro, o quarto de qualquer um, e eu farei. Lembra-se de quando peguei o rolo de pergaminho de Regal? Veja, eu posso me infiltrar em qualquer lugar e...

— Garoto — a voz de Chade veio lentamente, intrigada. — Não confia em mim? Estou te dizendo que não tem problema. Estamos falando apenas de um desafio, não de uma grande traição. E desta vez, se for pego, prometo que irei interceder e explicar tudo. Você não será punido.

— Não é isso — disse eu, exaltado. Podia notar que Chade estava ficando cada vez mais intrigado com a minha recusa. Procurei uma maneira de lhe explicar. — Prometi ser leal a Shrewd. E isto...

— Não há nada de desleal nisto! — Chade exclamou.

Olhei para cima e vi um brilho irado nos olhos dele. Sobressaltado, afastei-me. Nunca o tinha visto assim enraivecido.

— O que é que você está dizendo, garoto? Que estou te pedindo para trair o seu rei? Não seja idiota. É apenas um teste, uma maneira de ver sua capacidade e mostrar ao próprio Shrewd o que você aprendeu, e você se recusa. E tenta disfarçar sua covardia com essa historinha de lealdade. Garoto, você me envergonha. Pensei que você tinha costas mais largas do que estas, ou nunca teria começado a te ensinar.

— Chade! — comecei a falar, horrorizado. As palavras dele me deixaram em estado de choque. Ele se afastou de mim, e eu senti o meu pequeno mundo desmoronando à minha volta enquanto a voz dele continuava friamente.

— O melhor é voltar para a cama, garotinho. Pense exatamente no quanto você me insultou hoje. Insinuar que de alguma forma estou sendo desleal ao nosso rei. Rasteje pelas escadas, seu covardezinho. E, da próxima vez que eu te chamar... isto é, se eu voltar a te chamar, venha preparado para me obedecer. Ou nem venha. Agora vá.

Chade nunca tinha falado comigo daquele jeito antes. Não conseguia me lembrar de alguma vez ele ter sequer levantado a voz. Fiquei olhando, quase sem nenhuma capacidade de compreensão, o braço magro marcado por cicatrizes de varíola que se destacavam sob as mangas da veste, o longo dedo que apontava com tanto desdém na direção da porta e das escadas. Ao me levantar, senti-me fisicamente doente. Cambaleei e tive de recorrer a uma cadeira para me apoiar. Mas continuei, obedecendo ao que tinha sido ordenado, incapaz de pensar em agir de forma diferente. Chade, que tinha se tornado o pilar central do meu mundo, que me havia feito acreditar que eu tinha algum valor, agora me tirava tudo. Não só a sua aprovação, mas o nosso tempo juntos, e a minha esperança de que eu seria alguma coisa na vida.

Fui tropeçando e me arrastando pelas escadas abaixo. Elas nunca tinham parecido ser tantas e tão frias. A porta no fundo do vão da parede rangeu atrás de mim ao se fechar, e fiquei no meio da escuridão total. Tateei o caminho até a cama, mas os cobertores não conseguiam me aquecer, e não consegui pregar o olho durante a noite toda. Contorcia-me de agonia. O pior de tudo era não ser capaz de me sentir indeciso. Não podia fazer o que Chade tinha me pedido. Portanto, eu iria perdê-lo. Sem os seus ensinamentos, eu não seria de nenhum valor para o rei. Mas essa não era a agonia. A agonia era simplesmente a falta de Chade na minha vida: não conseguia me lembrar de como eu tinha conseguido viver antes dele, tão sozinho. Voltar à modorra de viver o dia a dia, de tarefa em tarefa, parecia impossível.

Tentei desesperadamente pensar em algo que pudesse fazer, mas parecia não haver resposta. Podia ir até Shrewd, mostrar-lhe o alfinete e ter permissão, e contar-lhe do meu dilema. Mas o que ele iria me dizer? Será que não me veria como um garotinho bobo? Será que me diria que eu devia ter obedecido Chade? Pior, e se ele me dissesse que eu tinha razão para ter desobedecido e se virasse contra Chade? Essas questões eram muito difíceis para a cabeça de uma criança, e não encontrei respostas que me ajudassem.

Quando a manhã finalmente chegou, saí da cama ainda me arrastando e fui me apresentar a Burrich, como de costume. Desempenhei as minhas tarefas em uma dormência cinzenta que a princípio me trouxe críticas e mais tarde perguntas sobre o estado da minha barriga. Disse-lhe simplesmente que não tinha dormido bem, e ele me dispensou sem o tônico que tinha ameaçado me dar. Não me comportei melhor no treino de armas. O meu estado de distração era tal que deixei um garoto muito mais novo me acertar uma pancada forte na cabeça. Hod nos advertiu pela falta de cuidado e me disse para ir descansar um pouco.

Quando voltei à torre, minha cabeça latejava de dor e minhas pernas tremiam. Fui para o quarto, pois não tinha estômago nem para a refeição do meio-dia, nem para as conversas em voz alta que a acompanhavam. Deitei-me na cama, com a intenção de fechar os olhos por apenas um momento, mas caí num sono profundo. Acordei no meio da tarde e pensei nas broncas que eu ia levar por faltar às minhas lições da tarde, mas isso não me fez levantar, e adormeci outra vez, para ser acordado apenas na hora do jantar por uma criada que tinha vindo saber do meu estado a pedido de Burrich. Eu me livrei dela dizendo-lhe que estava com azia e que ia ficar de jejum até que melhorasse. Depois que ela saiu, cochilei, mas não dormi de verdade. Não conseguia. A noite foi se tornando mais escura no quarto sem iluminação, e ouvi o resto da torre ir se deitar. Na escuridão e quietude, continuei deitado, esperando por um chamamento a que não teria a coragem de responder. E se a porta se abrisse? Não podia ir até Chade, pois não podia lhe obedecer. O que seria pior: que não me chamasse, ou que abrisse a porta para mim e eu ousasse me recusar a ir? Passei a noite toda me atormentando, e à chegada cinzenta da manhã, recebi a resposta. Ele nem sequer se deu ao trabalho de me chamar.

Mesmo agora, não gosto de relembrar os dias que se seguiram. Passava um dia atrás do outro com as costas curvadas, tão enjoado que não conseguia comer nem descansar direito. Não era capaz de me concentrar em nenhuma tarefa e encarava as críticas dos professores com uma sombria resignação. Adquiri uma dor de cabeça que nunca passava, e meu estômago estava tão apertado que a comida não despertava o meu interesse. A simples ideia de comer já me deixava cansado. Burrich aturou isso por dois dias antes de me confrontar e me forçar a engolir um tônico sanguíneo e um gole de vermífugo. A combinação me fez vomitar o pouco que eu tinha comido nesse dia. A seguir, forçou-me a lavar a boca com vinho de ameixas, e até hoje não consigo beber vinho de ameixas sem enjoar. Então, para minha surpresa, arrastou-me pelas escadas acima, aos seus aposentos, e ordenou-me que descansasse ali por um dia. Quando a noite veio, ele me fez subir à torre e, sob o seu olhar atento, fui forçado a consumir uma tigela de sopa aguada e um pedaço de pão. Ele teria me levado de volta aos seus aposentos outra vez se eu não tivesse insistido que queria a minha própria cama. A verdade é que eu tinha de estar no quarto. Tinha de saber se Chade tentaria, ao menos, chamar-me, independentemente de eu ser capaz ou não de responder ao seu chamado. Ao longo de mais uma noite inteira sem dormir, fiquei olhando a escuridão no canto sombrio do quarto.

Mas ele não me chamou.

A manhã surgiu cinzenta na minha janela. Rolei para o lado e continuei na cama. A desolação profunda que havia se instalado em mim era pesada demais para que eu conseguisse combatê-la. Todas as escolhas possíveis me levavam a finais assim, cinzentos. Não conseguia enfrentar o quão inútil seria sair da cama. Uma espécie de mescla entre o quase sono e a dor de cabeça me assolava. Qualquer som parecia alto demais aos meus ouvidos, e eu me sentia ou quente demais ou frio demais, independentemente da forma como remexia os cobertores. Fechei os olhos, mas mesmo os sonhos eram claros e irritantes. Vozes em discussão, tão altas como se estivessem na cama comigo, e ainda mais incômodas porque soavam como um homem discutindo consigo mesmo e tomando ambos os lados da disputa.

— Acabe com ele como você acabou com o outro! — resmungava com raiva.

— Você e os seus testes estúpidos!

E então:

— Não dá para ser cuidadoso demais. Não dá para depositar confiança em qualquer um. O sangue vai se revelar. Teste a resistência dele, simplesmente.

— A resistência... Se você quer uma lâmina cega, forje-a você mesmo. Malhe-a até ficar plana.

E então, com mais serenidade:

— Não tenho coragem de fazer isso. Não serei usado outra vez. Se desejava testar o meu caráter, você conseguiu.

E então:

— Não venha me falar de sangue e família. Lembre-se do que sou para você! Não é com a lealdade dele que ela está preocupada, nem com a minha.

As vozes raivosas se separaram, fundiram-se, tornaram-se uma discussão diferente, mais aguda. Forcei para abrir minhas pálpebras. O quarto tinha se transformado na cena de uma pequena batalha. Acordei no meio de uma intempestiva discussão entre Burrich e a sra. Hasty sobre de quem era a jurisdição. Os cheiros de emplasto de mostarda e de camomila pairavam sobre mim, tão fortes que eu queria me forçar a vomitar. Burrich manteve-se impassível entre ela e a cama. Seus braços estavam cruzados sobre o peito e Raposa estava sentada aos seus pés. As palavras da sra. Hasty se agitavam na minha cabeça como cascalho. "Na torre"; "esses lençóis limpos"; "sei sobre garotos"; "esse cão fedorento". Não me lembro de Burrich dizer uma palavra. Manteve-se simplesmente ali, tão firme que eu podia senti-lo com os olhos fechados.

Mais tarde, ele desapareceu, mas Raposa estava na cama, não nos meus pés, mas ao meu lado, arfando de um jeito carregado, mas se recusando a me trocar pelo chão fresco. Abri os olhos outra vez, mais tarde ainda, e era início de crepúsculo. Burrich tinha retirado a minha almofada, abanado-a um pouco, e a enfiava desajeitadamente debaixo da minha cabeça, com o lado mais fresco para cima. Então se sentou pesadamente na cama.

Limpou a garganta:

— Fitz, você não tem nenhum problema que eu já tenha visto antes. Pelo menos, qualquer que seja esse problema, não está nas tripas, nem no sangue. Se você fosse mais velho, suspeitaria que tivesse problemas com mulheres. Você está agindo como um soldado em uma bebedeira de três dias, mas sem o vinho. Garoto, o que é que está acontecendo com você?

Olhou para mim com uma preocupação sincera. Era o mesmo olhar que lançava quando receava que uma égua fosse abortar, ou quando caçadores traziam de volta cães que os javalis tinham atacado. A sua consternação me tocou e, sem querer, sondei sua mente. Como sempre, a barreira estava lá, mas Raposa gemeu levemente e encostou o focinho no meu rosto. Tentei exprimir o que estava na minha alma sem trair Chade.

— Estou tão sozinho, agora — eu me ouvi dizer, e até para mim soou como uma reclamação sem importância.

— Sozinho? — As sobrancelhas de Burrich se juntaram. — Fitz, eu estou aqui. Como pode dizer que está sozinho?

E ali acabou a conversa, com ambos olhando um para o outro e sem realmente nos compreendermos. Mais tarde, ele trouxe comida para mim, mas não insistiu para que eu comesse, e deixou Raposa me fazendo companhia durante a noite. Uma parte de mim tentava imaginar como é que ela reagiria se a porta se abrisse, mas outra parte de mim sabia que eu não precisava me preocupar com isso. Aquela porta nunca se abriria outra vez.

A manhã veio de novo, e Raposa me afocinhou, gemendo que queria sair. Destruído demais para me preocupar caso Burrich me pegasse, sondei a mente dela. Estava esfomeada, com sede e com a bexiga quase estourando, e de repente o desconforto dela também se tornou meu. Vesti uma túnica e levei-a escada abaixo rumo à parte de fora e, em seguida, de volta à cozinha para comer. Cook ficou mais contente por me ver do que eu imaginei que alguém pudesse ficar. Raposa ganhou uma tigela generosa do guisado da noite passada, enquanto Cook insistiu em me arranjar seis tiras de bacon cortado grosso sobre a crosta quente do primeiro pão do dia. O nariz apurado de Raposa e o seu forte apetite atiçaram os meus sentidos, e dei por mim comendo, não com o meu apetite normal, mas com os sentidos apurados de uma jovem criatura.

Dali ela me levou ao estábulo e, embora já tivesse desconectado a minha mente da dela antes de entrar, eu me senti de alguma forma rejuvenescido pelo contato. Burrich se endireitou, interrompendo uma tarefa qualquer que estava fazendo quando entrei, olhou-me de cima a baixo, olhou de relance para Raposa, resmungou secamente para si mesmo e colocou uma mamadeira na minha mão.

— Não há muito na cabeça de um homem que não possa ser curado com o trabalho e a responsabilidade de cuidar de alguma coisa. A Rateira pariu há alguns dias, e há um filhote fraco demais para competir com os outros. Vê se consegue mantê-lo vivo hoje.

Era um cãozinho feio, de uma pele cor-de-rosa que aparecia através do pelo malhado. Os olhos ainda estavam completamente fechados, e a pele em excesso, que se encheria à medida que crescesse, acumulava-se sobre o focinho. A cauda pequena e magrinha parecia a de um rato, então eu fiquei pensando se a mãe não atormentaria os filhos até a morte, só para corresponder às expectativas da raça. Estava fraco e preguiçoso, mas eu o importunei com o leite quente até que sugou um pouquinho, e derramou tanto em cima dele mesmo que incitou a mãe a lambê-lo e aninhá-lo. Tirei uma das irmãs mais fortes da teta da mãe e coloquei-o no lugar dela. A barriga da cadelinha estava esticada e redonda, ela só estava ali sugando por pura obstinação. Ia ser branca com uma mancha negra sobre um dos olhos. Pegou o meu dedo mindinho e o sugou, e eu já podia sentir a força imensa que aquelas mandíbulas teriam um dia. Burrich já tinha me contado histórias de rateiros que se agarravam ao nariz de um touro e que se mantinham ali independentemente do que o touro fizesse. Embora não gostasse de homens capazes de ensinar um cão a fazer uma coisa dessas, não conseguia conter o respeito que sentia pela coragem de um cão que enfrentasse um touro. Os nossos rateiros eram reservados para caçar ratazanas e levados em patrulhas regulares pelos celeiros e silos de milho.

Passei a manhã toda ali e fui embora à tarde, com a gratificação de ver a barriguinha do cachorro redonda e esticada de tanto leite. Passei a tarde limpando as baias. Burrich me manteve ocupado, dando-me uma nova tarefa logo que eu acabava outra, sem tempo para fazer mais nada que não fosse trabalhar. Não falou comigo nem me fez perguntas, mas parecia estar sempre ocupado com alguma coisa a uma dúzia de passos de distância de mim. Era como se tivesse levado ao pé da letra a minha reclamação de estar sozinho e estivesse disposto a estar sempre no meu campo de visão. Terminei o dia outra vez ao lado do meu cãozinho, que estava substancialmente mais forte do que de manhã. Embalei-o no colo e ele me escalou por baixo do queixo, o focinho pequeno e pouco aguçado procurando por leite. Fez cócegas em mim. Puxei-o para baixo e olhei para ele. Ia ter o nariz cor-de-rosa. Há quem diga que os rateiros com narizes cor-de-rosa são os mais selvagens na luta. Aconcheguei-o de forma protetora e elogiei-o pela nova força que mostrava. Ele se sacudiu. E Burrich inclinou-se sobre a divisória da baia ao lado e bateu na minha cabeça com os nós dos dedos, fazendo soltar dois gemidos em uníssono, de mim e do cachorro.

— Chega disso — avisou-me com firmeza. — Isso não é coisa que um homem faça, e não vai resolver o que anda consumindo a sua alma. Devolva o cachorro à mãe agora.

E assim fiz, mas a contragosto, e não totalmente seguro de que Burrich estivesse certo quando dizia que me apegar ao cãozinho não resolveria coisa nenhuma. Ansiava pelo seu pequeno mundinho caloroso de palha e irmãos e leite e mãe. Nesse momento não podia imaginar nada melhor.

Então Burrich e eu fomos comer. Levou-me ao refeitório dos soldados, onde um homem mostrava as maneiras que tinha e ninguém esperava conversa. Era reconfortante ser despreocupadamente ignorado, ter comida passada sobre a cabeça sem ninguém ser atencioso comigo. Mas Burrich prestou atenção ao que comi, e depois nos sentamos do lado de fora, em frente à porta dos fundos da cozinha, e bebemos. Eu tinha tomado cerveja e vinho antes, mas nunca tinha bebido com a determinação que Burrich agora me mostrava. Quando Cook ousou aparecer do lado de fora e o repreendeu por dar bebidas alcoólicas fortes a um garoto, ele a fitou com um dos seus olhares silenciosos que me lembrou da noite em que o conheci, quando fez um salão inteiro de soldados ficar calado, em respeito pelo bom nome de Chivalry. E ela saiu.

Ele mesmo me acompanhou até o quarto, tirou a minha túnica, passando-a pela minha cabeça, enquanto eu tentava me manter em pé, cambaleando ao lado da cama, e então ele me jogou para cima do colchão despreocupadamente e lançou um cobertor sobre mim.

— E agora durma — ordenou numa voz grossa. — E amanhã faremos o mesmo. E sempre assim. Até que um dia irá acordar e descobrir que seja lá o que for que aconteceu com você, não veio para te matar.

Apagou a vela e saiu. A minha cabeça girava e o meu corpo doía depois de um dia de trabalho, mas ainda assim não dormi. O que acabei fazendo foi chorar. A bebida tinha libertado um nó qualquer que me mantinha sob controle, e eu chorei. E não silenciosamente. Solucei e gemi com o queixo tremendo. Minha garganta se fechou, o meu nariz começou a escorrer incessantemente, e chorei com tanta força que tive a sensação de que não podia respirar. Penso que chorei cada lágrima que não tinha derramado desde o dia em que o meu avô tinha forçado a minha mãe a me abandonar.

— Mero! — Eu me ouvi gritar, e subitamente havia braços à minha volta, segurando-me com firmeza.

Chade me segurou e me embalou como se eu fosse uma criança de colo. Mesmo na escuridão, reconhecia aqueles braços ossudos e o cheiro de ervas e pó. Descrente, agarrei-me a ele e chorei até ficar rouco, com a boca tão seca que não produzia som algum.

— Você tinha razão — disse, falando contra o meu cabelo, calmo, plácido. — Você tinha razão. Eu estava te pedindo para fazer algo errado, e você fez bem em recusar. Não será testado dessa forma outra vez. Não por mim.

Quando finalmente fiquei quieto, deixou-me só por algum tempo e, quando voltou, trazia para mim uma bebida, morna e quase sem sabor, mas que não era água. Levou a caneca à minha boca, e bebi sem fazer perguntas. Em seguida, deitei-me para trás, tão subitamente sonolento que nem sequer me lembro de Chade deixar o quarto.

Acordei quase de madrugada e me reportei a Burrich depois de um café da manhã substancial. Fui rápido na execução de todas as tarefas e atento aos meus deveres, e não conseguia compreender por que é que ele tinha acordado maldisposto e com dores de cabeça. Ele resmungou qualquer coisa sobre "a mesma cabeça do pai para o álcool" e me dispensou mais cedo, dizendo-me que levasse os meus assobios para outras bandas.

Três dias depois, o rei Shrewd me chamou logo ao raiar do dia. Ele já estava vestido e havia uma bandeja com comida para mais de uma pessoa. Logo que cheguei, mandou o criado se retirar e pediu para eu me sentar. Ocupei uma cadeira diante da pequena mesa do quarto e ele, sem me perguntar se eu tinha fome, serviu-me comida com a própria mão e sentou-se à minha frente para comer. O gesto me sensibilizou, mas mesmo assim não conseguiu me fazer comer muito. Falou apenas de comida, e não disse nada de acordos ou lealdade ou de manter a palavra. Quando viu que eu tinha acabado de comer, empurrou o próprio prato para longe. Mexeu-se com desconforto no seu lugar.

— Foi ideia minha — disse de repente, em um tom quase áspero. — Não foi dele. Ele nunca concordou. Eu insisti. Quando for mais velho, você vai entender. Não posso correr riscos com ninguém. Mas prometi a ele que você saberia disso diretamente da minha boca. Foi tudo ideia minha, não dele. E nunca pedirei a ele para testar a sua resistência desse jeito outra vez. Nisso eu te dou a minha palavra de rei.

Fez um gesto para me mandar embora. Eu me levantei, mas então peguei da bandeja uma pequena faca de prata toda entalhada que ele tinha usado para cortar a fruta. Olhei nos olhos dele enquanto fiz aquilo, e enfiei-a descaradamente na manga. Os olhos do rei Shrewd se arregalaram de espanto, mas não disse uma palavra.

Duas noites depois, quando Chade me chamou, as nossas lições recomeçaram como se nunca tivesse existido uma pausa. Ele falou, eu ouvi, jogamos o jogo com as pedras e não cometi nenhum erro. Ele me deu uma missão e fizemos pequenas brincadeiras juntos. Mostrou-me como Sorrateiro, a doninha, dançava para ganhar uma salsicha. Estava tudo bem entre nós outra vez. Porém, antes de deixar os aposentos dele nessa noite, fui até a lareira. Sem uma palavra, coloquei a faca no meio da prateleira em cima da lareira. Na verdade, enfiei-a, com a lâmina de frente, dentro da madeira da prateleira. Em seguida, retirei-me sem falar nada e sem olhar para ele. Nós nunca falamos disso, de fato, um com o outro.

Acredito que a faca ainda esteja lá.

A SOMBRA DE CHIVALRY

Há duas tradições sobre o costume de dar aos filhos da realeza nomes que sugerem virtudes ou habilidades. A mais comum é aquela que diz que, de alguma maneira, são mandatórios; que quando um certo nome é atribuído a uma criança que será treinada no uso do Talento, de alguma forma o Talento marca a criança com o nome, e ela não consegue evitar crescer praticando a virtude indicada pelo seu nome. Essa primeira tradição é aquela em que acreditam as pessoas com mais propensão para tirar o chapéu na presença de qualquer um da mais baixa nobreza.

Uma tradição mais antiga atribui tais nomes a um acaso, pelo menos no começo. Diz-se que o rei Taker e o rei Ruler, os dois primeiros ilhéus a governar a região que mais tarde se tornaria os Seis Ducados, de fato não tinham nomes dessa natureza. Em vez disso, os seus verdadeiros nomes na sua língua nativa soavam de modo similar a outras palavras na língua dos Seis Ducados, e assim vieram a ser conhecidos por esses homônimos, em vez dos verdadeiros nomes. Mas, para os propósitos da realeza, é melhor que o povo acredite que um garoto que recebe um nome nobre tem de desenvolver uma natureza nobre.

— Garoto!

Levantei a cabeça. Da cerca de meia dúzia de outros rapazes sentados em frente à lareira, nenhum outro sequer se moveu. As garotas sequer reagiram quando eu me sentei do outro lado da mesa baixa, em oposição ao lugar onde o mestre Fedwren se ajoelhava. Ele tinha se tornado especialista em um truque de entonação que fazia todos saberem quando "garoto" queria dizer "garoto" e quando queria dizer "bastardo".

Acomodei os joelhos sob a mesa baixa e sentei-me sobre os pés, mostrando a Fedwren a minha folha de papel. Enquanto ele corria os olhos pelas minhas cuidadosas fileiras de letras, deixei minha atenção vagar.

O inverno tinha nos juntado e mantido ali, todos juntos no Grande Salão. Lá fora, uma tempestade marítima castigava as paredes da torre, enquanto grandes ondas se chocavam contra os rochedos com tamanha força que ocasionalmente faziam tremer o chão de pedra sob os nossos pés. As nuvens pesadas roubavam as poucas horas de luz fraca que o inverno tinha nos deixado. Parecia que a escuridão pairava sobre nós como um nevoeiro, tanto do lado de fora como de dentro. A penumbra se infiltrava nos meus olhos, fazendo-me sentir sonolento sem estar cansado. Por um breve instante, deixei os sentidos se expandirem e captei a lentidão invernal dos cães nos cantos onde dormiam. Nem ali conseguia encontrar algum pensamento ou imagem que me interessasse.

Chamas ardiam em todas as três grandes lareiras, e diferentes grupos tinham se reunido diante de cada uma. Em uma, flecheiros estavam ocupados com o seu trabalho, na expectativa de que o dia seguinte fosse claro o suficiente para lhes permitir uma caçada. Desejei estar entre eles, pois a voz gentil de Sherf subia e descia de tom no contar de alguma história, interrompida com frequência pelos risos de apreciação dos que o escutavam. Na lareira do fundo, vozes de criança entoavam o refrão de uma canção. Reconhecia-a como a "Canção do pastor", uma cantiga para aprender a contar. Algumas mães estavam de guarda, batendo o pé enquanto se debruçavam sobre os seus bordados, e os velhos dedos murchos de Jerdon nas cordas da harpa mantinham as vozes infantis quase afinadas.

Na nossa lareira, crianças suficientemente crescidas para se sentarem quietas e aprender as letras faziam exatamente isso. Fedwren se responsabilizava por isso. Nada escapava aos seus penetrantes olhos azuis.

— Aqui — disse-me, apontando para a folha. — Você se esqueceu de cruzar as pernas dele. Lembra-se de como eu te mostrei? Justice, abra os olhos e volte ao trabalho. Cochile outra vez e eu te faço ir lá fora buscar mais lenha para a lareira. E você, Charity, vai ajudá-lo se tirar sarro outra vez. Fora isso — e a atenção dele estava subitamente virada outra vez para o meu trabalho —, as suas letras têm melhorado muito, não só nos caracteres Ducais, mas também nas runas dos ilhéus, embora essas não possam ser convenientemente inscritas em papel de tão pobre qualidade. A superfície é muito porosa e absorve demais a tinta. Folhas de carvalho bem batidas são o que precisa para runas. — E, em um gesto apreciativo, passou o dedo sobre a folha em que ele próprio estava trabalhando. — Continue a mostrar esse tipo de trabalho e, antes que o inverno termine, eu o deixarei fazer uma cópia do *Remédios da rainha Bidewell*. O que você acha disso?

Tentei sorrir e mostrar-me apropriadamente lisonjeado. O trabalho de copista não era normalmente dado a estudantes; um bom papel era raro demais, e uma pincelada descuidada arruinava a folha. Eu sabia que *Remédios* era uma coletânea relativamente simples de propriedades de ervas e profecias, mas qualquer trabalho de copista era uma honra a ser aspirada. Fedwren me deu uma folha limpa de papel. Quando me levantei para voltar ao meu lugar, ele ergueu a mão para me parar.

— Garoto?

Parei.

Fedwren parecia pouco confortável.

— Não sei para quem perguntar isso, senão a você. A forma apropriada seria falar com os seus pais, mas...

Ele deixou a frase morrer, misericordiosamente. Coçou a barba com os dedos respingados de tinta.

— O inverno acabará em breve, e eu vou embora outra vez. Sabe o que faço no verão, garoto? Ando para todos os lados dos Seis Ducados, coletando ervas, sementes e raízes para as minhas tintas e preparando estoques dos papéis de que preciso. É uma vida boa, passear livremente pelas estradas no verão e hospedar-se aqui durante todo o inverno. Há muito a ser dito sobre a profissão de escriba.

Olhou para mim, pensativo. Eu lhe devolvi o olhar, tentando imaginar aonde é que ele queria chegar.

— Levo comigo um aprendiz de tempos em tempos. Com alguns funciona, e eles continuam a carreira como escribas para torres menores. Com outros não. Alguns não têm paciência para o detalhe, ou memória para as tintas. Creio que você teria. O que é que pensa sobre se tornar escriba?

A pergunta me pegou completamente de surpresa, e olhei para ele em silêncio. Não era só a ideia de me tornar escriba — era todo o conceito de Fedwren me querer como aprendiz, para segui-lo nas suas andanças e aprender os segredos da sua arte. Vários anos tinham se passado desde o selar do meu acordo com o velho rei. Além das noites passadas com Chade e das tardes roubadas com Molly e Kerry, nunca tinha imaginado que alguém sequer me considerasse uma companhia aceitável, quanto mais um bom candidato a aprendiz. A proposta de Fedwren me deixou sem palavras. Ele deve ter notado a minha confusão, pois mostrou o seu cordial sorriso — meio jovem, meio velho.

— Bem, pense nisso, garoto. Ser escriba é um bom ofício, e que outras perspectivas você tem? Cá entre nós, penso que algum tempo longe de Torre do Cervo poderia fazer bem a você.

— Longe de Torre do Cervo? — repeti, maravilhado.

Era como se alguém abrisse uma cortina. Nunca tinha considerado aquela ideia. De repente, as estradas que partiam de Torre do Cervo luziam na minha mente, e os mapas usados que eu tinha sido forçado a estudar tornavam-se lugares aonde eu poderia ir. Aquela ideia me deixou pasmo.

— Sim — disse Fedwren suavemente. — Deixar Torre do Cervo. À medida que você for envelhecendo, a sombra de Chivalry vai enfraquecer. Não te protegerá para sempre. Seria melhor que adquirisse a sua independência, com uma vida e uma vocação próprias para servirem aos seus interesses, antes que a proteção dele se desvaneça por completo. Mas não precisa me responder agora. Pense nisso. Fale sobre o assunto com Burrich, talvez.

    Ele me mandou de volta ao meu lugar. Eu pensei nas palavras dele, mas não foi a Burrich que as levei. Nas primeiras horas de um novo dia, Chade e eu estávamos curvados, cabeça contra cabeça, e eu apanhava os fragmentos vermelhos de uma vasilha partida que Sorrateiro tinha deixado cair, enquanto Chade tentava recuperar as finas sementes negras que tinham se espalhado por todos os lados. Sorrateiro se pendurava no topo de uma tapeçaria meio curvada e emitia um som melódico em pedido de desculpas, mas eu podia sentir o seu divertimento.

— Vieram diretamente de Kalibar, estas sementes, sua tripa de casaco de pele! — repreendeu-o Chade.

— Kalibar — disse eu, e aproveitei a deixa —, um dia de viagem para além da nossa fronteira com Juncorla.

— Exatamente, meu garoto — balbuciou Chade em tom de aprovação.

— Alguma vez já esteve lá?

— Eu? Ah, não. Comentava apenas que as sementes vinham de muito longe. Tive de mandar buscá-las em Topabeto. Lá tem um grande mercado, que atrai comércio de todos os Seis Ducados e também de muitos dos nossos vizinhos.

— Ah. Topabeto. Alguma vez já esteve lá?

Chade ficou pensando.

— Uma vez ou duas, quando era mais jovem. Lembro-me especialmente do barulho e do calor. O interior, longe da costa, é assim, bem seco, bem quente. Fiquei contente ao voltar para Torre do Cervo.

— Tem algum lugar aonde foi que tenha gostado mais do que de Torre do Cervo?

Chade endireitou-se devagar, a mão pálida, em concha, cheia de finas sementes negras.

— Por que é que você simplesmente não me pergunta o que quer, em vez de ficar aí dando voltas?

E eu lhe contei sobre a oferta de Fedwren e de como subitamente eu tinha percebido que os mapas eram mais do que linhas e cores. Eram lugares e possibilidades, e eu podia sair dali e ser alguém diferente, ser um escriba ou...

— Não — interrompeu Chade, suave, mas abruptamente. — Para onde quer que vá, ainda será o bastardo de Chivalry. Fedwren é mais perspicaz do que pensei que fosse, mas, mesmo assim, não percebe. Não vê as circunstâncias. Ele entende que aqui na corte você tem de ser sempre um bastardo, tem de ser sempre uma espécie de pária. O que ele não percebe é que aqui, compartilhando as posses do rei Shrewd, aprendendo as suas lições sob os olhos dele, não é uma ameaça para ele. Definitivamente você está sob a sombra de Chivalry. Definitivamente isso te protege. Mas, se estiver longe, em vez de não precisar dessa proteção, você se tornaria uma ameaça para o rei, e uma ameaça ainda maior para os seus herdeiros. Não teria uma simples vida de liberdade como escriba viajante. Em vez disso, seria encontrado algum dia na sua pousada de estadia com a garganta cortada, ou com uma flecha atravessada no peito, à beira de uma estrada qualquer.

Um calafrio percorreu meu corpo todo.

— Mas por quê? — perguntei suavemente.

Chade suspirou. Despejou as sementes em um prato, esfregou as mãos delicadamente para se livrar daquelas que ainda estavam agarradas aos seus dedos.

— Porque você é um bastardo real, e refém da sua própria linhagem. Por enquanto, como digo, você não é uma ameaça para Shrewd. Você é muito novo e, além disso, está exatamente onde ele pode te vigiar. Mas Shrewd pensa no futuro, e você devia fazer o mesmo. Estamos vivendo tempos de agitação. Os ilhéus estão se tornando cada vez mais ousados nas suas invasões. O povo que vive na costa está começando a se queixar, dizendo que precisamos de mais navios de patrulha, e alguns dizem que precisamos dos nossos próprios navios de assalto, para atacarmos aqueles que nos atacam. Mas os Ducados do Interior não querem participar do pagamento de navios de qualquer tipo, e especialmente não de navios de guerra que possam nos levar a um conflito geral. Queixam-se de que a costa é tudo em que o rei pensa, sem se preocupar com as suas lavouras. O povo da montanha está se tornando cada vez mais cauteloso para autorizar o acesso aos seus desfiladeiros. Os pedágios estão se tornando cada vez mais altos a cada mês. Portanto, os mercadores resmungam e reclamam uns aos outros. No sul, em Juncorla e mais além, há seca e os tempos são difíceis. E a população de lá protesta, como se o rei e Verity fossem também culpados disso. Verity é uma excelente companhia para uma noite de bebedeira, mas não é nem o soldado nem o diplomata que Chivalry era. Prefere sair por aí caçando cervos, ou ouvir um menestrel à lareira, a viajar pelas estradas invernais com o tempo ruim, simplesmente para manter contato com os outros ducados. Mais cedo ou mais tarde, se as coisas não melhorarem, as pessoas vão começar a olhar ao redor e dizer: "Bem, um bastardo não é nada assim tão grave para se fazer tanto barulho. Se Chivalry chegasse ao poder, já teria acabado com isso. Tudo bem que era um pouco rígido com os protocolos, mas pelo menos fazia as coisas acontecerem, e não teria deixado estrangeiros nos menosprezarem".

— Então Chivalry ainda pode se tornar rei?

A pergunta fez nascer uma estranha empolgação em mim. De repente, eu estava imaginando o seu retorno triunfante a Torre do Cervo, o nosso eventual encontro e então... e então o quê?

Chade parecia estar lendo a minha mente.

— Não, garoto. Isso não é nada provável. Mesmo que todo o povo quisesse, duvido que ele iria contra aquilo que impôs a si próprio, ou contra os desejos do rei. Mas haveria murmúrios e reclamações, e isso poderia levar a tumultos e a conflitos e, em geral, a um ambiente ruim para um bastardo sair correndo livremente por aí. Você tem que ser resolvido de uma maneira ou de outra. Seja como cadáver ou como instrumento do rei.

— Instrumento do rei. Entendo.

Uma sensação de opressão se instalou no meu íntimo. O rápido vislumbre de céus azuis arqueando sobre estradas amarelas e de minhas viagens por elas montado em Fuligem desvaneceu de repente. Em vez disso, vi os mastins nos canis, e o falcão, encapuzado e atado, preso ao pulso do rei e apenas libertado para fazer a vontade dele.

— Não tem de ser assim tão ruim — disse Chade calmamente. — A maior parte das nossas prisões é criada por nós mesmos. Um homem também faz a própria liberdade.

— Eu nunca irei para lugar algum, não é?

Apesar da novidade da ideia, viajar de repente parecia algo imensamente importante para mim.

— Não diria isso. — Chade estava remexendo as coisas à procura de algo que servisse de tampa para o prato cheio de sementes. Finalmente, contentou-se em colocar um pires por cima. — Você irá a muitos lugares. Discretamente e quando os interesses da família exigirem que vá até lá. Mas isso não é muito diferente para um príncipe de sangue. Por acaso você pensa que Chivalry podia escolher onde tratar de assuntos diplomáticos? Pensa que Verity gosta de ser enviado para observar aldeias saqueadas pelos ilhéus, que gosta de ouvir as queixas das pessoas que insistem que uma fortificação melhor ou mais soldados garantiriam que nada daquilo tivesse acontecido? Um verdadeiro príncipe tem muito pouca liberdade no que se refere a aonde deve ir ou a como usa o seu tempo. É provável que Chivalry tenha mais liberdade agora do que teve alguma vez no passado.

— Exceto por não poder voltar a Torre do Cervo? — Com as minhas mãos cheias de fragmentos de vidro, fiquei petrificado com aquela compreensão repentina.

— Exceto por não poder voltar a Torre do Cervo. Não é boa ideia agitar o povo com visitas de um ex-príncipe herdeiro. O melhor a se fazer é desaparecer discretamente.

Atirei os pedaços de vidro na lareira.

— Pelo menos ele pode ir a algum lugar — resmunguei. — Eu nem sequer posso ir à cidade...

— E isso é importante para você? Ir lá para baixo, ao porto sujo e pegajoso que é a Cidade de Torre do Cervo?

— Há outras pessoas lá... — hesitei. Nem sequer Chade sabia dos meus amigos da cidade. Prossegui. — Lá me chamam de Novato. E não pensam "o bastardo" cada vez que olham para mim.

Nunca tinha colocado aquilo em palavras antes, mas de repente a minha atração pela cidade ficou muito clara para mim.

— Ah — disse Chade, e os ombros se moveram como se suspirasse, mas permaneceu em silêncio.

Um momento depois, estava me dizendo como era possível fazer um homem adoecer dando-lhe simplesmente ruibarbo e espinafre ao mesmo tempo; adoecer fatalmente, caso as doses fossem suficientes, e sem nunca pôr nada de veneno à mesa. Perguntei-lhe como evitar que outras pessoas à mesma mesa também adoecessem, e a nossa discussão prosseguiu a partir daí. Apenas um tempo depois tive a impressão de que as suas palavras sobre Chivalry tinham sido quase proféticas.

Dois dias depois, para minha surpresa, fui informado de que Fedwren havia requisitado os meus serviços por um dia ou dois. Fiquei ainda mais surpreso quando ele me deu uma lista de provisões de que ele precisava da cidade, e pratas suficientes para comprá-las, além de duas moedas de cobre para mim. Prendi a minha respiração, esperando que Burrich ou outro tutor me proibisse, mas, em vez disso, disseram para eu me apressar. Passei os portões com um cesto no braço e a cabeça inebriada com a súbita liberdade. Contei os meses desde a última vez em que conseguira escapulir de Torre do Cervo e fiquei chocado ao perceber que tinha sido há mais de um ano. Imediatamente planejei renovar a antiga familiaridade com o povo da cidade. Ninguém tinha me dito quando deveria voltar, e estava confiante de que poderia utilizar uma hora ou duas para mim mesmo sem que ninguém se desse conta.

A variedade de itens na lista de Fedwren levou-me a todos os cantos da cidade. Não fazia ideia do uso que um escriba faz para Cabelos de Sereia desidratados ou nozes silvestres. Talvez os utilizasse para fazer tintas coloridas, pensei, e quando não consegui encontrá-los nas lojas normais, fui até o bazar do porto, onde qualquer pessoa com uma manta no chão ou alguma coisa para vender podia se declarar mercador. Encontrei as algas rapidamente, e aprendi que eram um ingrediente comum de caldeirada. Demorei mais tempo para achar as nozes, pois vinham do interior e não do mar, e havia menos mercadores que vendessem esse tipo de coisa. Mas, de qualquer maneira, encontrei-as ao lado de cestos de espinhos de ouriço, peças entalhadas em madeira, pinhas e fibra de casca de carvalho batida. A mulher que tomava conta dessa manta era velha, e o seu cabelo tinha se tornado prateado em vez de branco ou cinzento. Tinha um nariz reto e forte, e os olhos se apoiavam em prateleiras ossudas sobre as maçãs do rosto. Era uma herança racial que me parecia ao mesmo tempo estranha e curiosamente familiar, e um arrepio desceu pelas minhas costas quando subitamente percebi que ela era oriunda das montanhas.

— Keppet — disse a mulher na barraca ao lado, quando finalizei a compra.

Olhei para ela, pensando que estava falando com a mulher a quem tinha acabado de pagar, mas ela estava olhando para mim.

— Keppet — ela disse, insistente, e fiquei pensando no que poderia significar aquilo na língua dela.

Parecia um pedido, mas a mulher mais idosa apenas encarava friamente a rua, e eu encolhi os ombros em um gesto de desculpas à sua vizinha mais nova e virei as costas para elas a fim de ir embora, acomodando as nozes no cesto.

Não tinha andado mais de uma dúzia de passos quando a ouvi gritar "Keppet!" outra vez. Olhei para trás para ver as duas mulheres engalfinhadas em uma luta. A mais velha agarrava os pulsos da mais nova, enquanto a mais nova se debatia e dava pontapés para se livrar dela. Em volta, os outros mercadores se agitavam, alarmados, e retiravam rapidamente as suas mercadorias da zona de perigo. Talvez tivesse voltado atrás para presenciar a disputa, se os meus olhos não tivessem encontrado nesse momento um rosto mais familiar.

— Sangra-Nariz! — exclamei.

Ela se virou para olhar para mim e por um instante pensei que talvez tivesse me enganado. Já tinha passado um ano desde a última vez que nos vimos. Como pode uma pessoa mudar tanto? O seu cabelo negro, que costumava estar preso em tranças firmes atrás das orelhas, caía agora livremente pelos ombros. Além disso, em vez do gibão e das calças largas, vestia uma blusa e uma saia. As vestes adultas me deixaram sem palavras. Poderia ter me virado para o lado e fingido falar com outra pessoa, se os seus olhos negros não tivessem me desafiado enquanto ela me perguntava com compostura:

— Sangra-Nariz?

Permaneci firme no meu lugar.

— Você não é a Molly Sangra-Nariz?

Levantou a mão para afastar uma madeixa de cabelo da face.

— Sou a Molly Veleira. — Vi o reconhecimento nos seus olhos, mas a voz continuava fria. — Não tenho certeza se eu te conheço. Qual o seu nome, senhor?

Confuso, reagi sem pensar. Sondei a mente dela, encontrei o seu nervosismo e fui surpreendido pelos seus receios. Em pensamentos e no tom de voz, tentei acalmá-los.

— Sou o Novato.

Os olhos dela se arregalaram de surpresa, e ela começou a rir, achando graça na situação. A barreira que tinha sido erguida entre nós desapareceu como o estouro de uma bolha de sabão e, subitamente, eu a conhecia como antes. Havia a mesma calorosa familiaridade entre nós que me fazia pensar, mais do que qualquer outra coisa, em Narigudo. Toda a timidez desapareceu. Uma multidão estava se formando em volta das mulheres em luta, mas nós nos afastamos dali, subindo pela calçada. Eu olhei com admiração para a sua saia, e ela me disse calmamente que tinha começado a vestir saias já havia vários meses e que as preferia às calças. Essa que agora vestia tinha sido da sua mãe; tinham dito a ela que hoje em dia era impossível encontrar uma lã entrelaçada de modo tão fino, ou tingida de um vermelho tão vivo. Admirou-se com as minhas roupas, e subitamente percebi que eu devia estar tão diferente aos olhos dela como ela aos meus. Vestia a minha melhor camisa, as calças tinham sido lavadas havia apenas alguns dias, e calçava botas tão finas como as de qualquer homem de armas, apesar das objeções de Burrich, que achava um desperdício fazer botas daquelas para um garoto em rápido crescimento. Perguntou-me o que eu fazia por ali, e respondi que estava a serviço do mestre escriba da torre. Disse-lhe também que precisava de duas velas de cera de abelha, uma total invenção da minha parte, mas que me permitiria continuar ao lado dela enquanto subíamos lentamente a rua sinuosa. Os nossos cotovelos se esbarravam amigavelmente, e ela falava. Também levava um cesto no braço. Trazia nele vários pacotes e embrulhos de ervas, para velas perfumadas, disse-me. A cera de abelha absorvia cheiros com muito mais facilidade do que o sebo, na opinião dela. As melhores velas perfumadas de Torre do Cervo eram feitas por ela; até mesmo dois outros artesãos de vela da cidade admitiam isso. Isto, cheire isto. É lavanda. Não é agradável? Era o cheiro favorito da mãe dela, e também o seu. Isto é erva-cidreira, e isto, bergamota silvestre. Isto é raiz de ceifeiro, que não era a sua favorita, não, mas havia quem dissesse que servia para fazer uma boa vela contra enxaquecas e melancolia de inverno. Mavis Fiapo tinha lhe dito que uma vez a mãe de Molly tinha misturado raiz de ceifeiro com outras ervas e feito uma vela magnífica, que acalmava até um bebê com cólicas. E, assim, Molly tinha decidido tentar para ver se conseguia encontrar as ervas certas e recriar a receita da mãe.

Aquela calma exibição do seu saber e talentos me deixou desesperado para impressioná-la.

— Conheço bem a raiz de ceifeiro — eu lhe disse. — Alguns a usam para fazer unguento para ombros e costas doloridas. É daí que vem o nome dela. Mas, se destilar a tintura dela e misturá-la bem em um vinho, não tem sabor, e pode fazer um homem adulto dormir um dia e uma noite e mais outro dia, ou fazer uma criança morrer durante o sono.

Os seus olhos se arregalaram enquanto eu falava, e as minhas últimas palavras trouxeram uma expressão horrorizada ao rosto dela. Fiquei silencioso e me senti profundamente atrapalhado outra vez.

— Como sabe dessas coisas? — disse ela, sem fôlego.

— Eu... eu ouvi uma velha parteira ambulante falando com a nossa parteira na torre — improvisei. — E ela estava... contando uma história muito triste, de um homem ferido a quem deram um pouco de raiz de ceifeiro para ajudá-lo a dormir, mas o seu filho bebê também tomou. Uma história muito, muito triste.

O rosto dela se suavizou e senti que ela se tornava mais amigável outra vez.

— Digo isso apenas para que você seja cuidadosa com essa raiz. Não a deixe em nenhum lugar ao alcance de uma criança.

— Obrigada. Terei cuidado. Você se interessa por ervas e raízes? Não sabia que um escriba se interessava por essas coisas.

Subitamente percebi que ela pensava que eu era o ajudante do escriba. Não vi qualquer razão para lhe contar uma história diferente.

— Ah, Fedwren usa muitas coisas para as tintas. Algumas das cópias são feitas de modo bastante simples, mas outras são mais elaboradas, cheias de pássaros e gatos e tartarugas e peixes. Ele me mostrou um herbanário com as partes verdes e as flores de cada erva pintadas na margem das páginas.

— Adoraria ver isso — disse ela com entusiasmo, e eu de imediato fiquei pensando em maneiras de emprestar o herbanário para ela por alguns dias.

— Talvez eu possa arranjar uma cópia para você ler... não para ficar com ela, mas para estudá-la por uns dias — ofereci, hesitante.

Ela riu, mas havia uma certa timidez no riso.

— Como se eu pudesse ler! Oh, mas imagino que tenha aprendido algumas letras, prestando serviços a um escriba.

— Algumas — disse-lhe, e fiquei surpreso com a inveja que ela tinha nos olhos quando lhe mostrei a minha lista e acabei confessando que podia ler todas as sete palavras escritas ali.

Uma timidez súbita tomou conta dela. Começou a andar mais devagar, e percebi que nos aproximávamos da casa de velas. Perguntei a mim mesmo se o pai dela ainda lhe batia, mas não ousei falar sobre isso. Pelo menos o rosto dela não mostrava nenhum sinal. Chegamos até a porta da casa de velas e paramos. Ela tomou uma decisão súbita, pois segurou a manga da minha camisa, inspirou fundo e perguntou:

— Acha que poderia ler algo para mim? Pelo menos uma parte?

— Posso tentar — ofereci.

— Quando eu... agora que visto saias, meu pai me deu as coisas da minha mãe. Ela foi criada de uma dama na torre, quando era moça, e ensinaram-lhe as letras. Tenho algumas tábuas que ela escreveu. Gostaria de saber o que dizem.

— Posso tentar — repeti.

— Meu pai está na loja.

Não disse mais do que isso, mas algo no modo como a sua mente ressoou na minha foi suficiente.

— Preciso de duas velas de cera de abelha para Fedwren — lembrei-lhe. — Não posso voltar à torre sem elas.

— Não seja tão familiar comigo — ela me preveniu e abriu a porta.

Eu a segui, mas lentamente, como se uma coincidência tivesse nos trazido à porta ao mesmo tempo. Não precisava ter sido tão discreto. O pai dormia profundamente numa cadeira diante da lareira. Fiquei chocado com o quanto ele estava diferente. A sua magreza tinha se tornado esquelética, e a aparência do seu rosto lembrava uma massa de torta que assou demais sobre um recheio grumoso de fruta. Chade tinha me ensinado bem. Olhei para as unhas e os lábios do homem e, mesmo àquela distância, de um extremo da loja ao outro, sabia que ele não viveria por muito tempo. Talvez já não batesse em Molly por falta de força. Molly fez um sinal para que eu ficasse quieto. Desapareceu atrás de umas cortinas que dividiam a casa da loja, deixando-me sozinho para explorar o estabelecimento.

Era um lugar agradável, não muito grande, mas com o teto mais alto do que o da maior parte das lojas e casas em Cidade de Torre do Cervo. Suspeitava que era o zelo de Molly que mantinha o lugar varrido e arrumado. Os aromas agradáveis e a luz suave dos produtos do seu trabalho se espalhavam por todo o ambiente. As mercadorias dela, unidas aos pares pelos pavios, pendiam de varões compridos em um suporte. Ao lado, velas de sebo para navios, de preço mais razoável, enchiam uma prateleira. Tinha inclusive três lamparinas de cerâmica esmaltada, para quem pudesse gastar dinheiro com coisas daquele tipo. Além de velas, descobri que vendia potes de mel, um produto secundário das colmeias que ela mantinha atrás da loja e que forneciam a cera para os seus artigos mais refinados.

Então Molly reapareceu e ordenou que eu fosse me juntar a ela. Trouxe uma série de velas estreitas e um conjunto de tábuas e as colocou em cima da mesa. Deu um passo para trás e apertou os lábios como se duvidasse se teria tomado uma decisão sensata.

As tábuas eram feitas à moda antiga. Simples pedaços de madeira tinham sido cortados nos veios de uma árvore e alisados com uma lixa. As letras tinham sido pinceladas cuidadosamente, e depois seladas na madeira com uma camada amarelada de resina. Eram cinco tábuas, muitíssimo bem pinceladas. Quatro eram relatos rigorosos de receitas de ervas para velas medicinais. À medida que lia cada uma delas em voz alta, mas suave, podia ver Molly se esforçando em memorizá-las. Na quinta tábua, hesitei.

— Esta não é uma receita — eu lhe disse.

— Bem, o que é? — perguntou num sussurro.

Encolhi os ombros e comecei a ler para ela.

— "Neste dia nasceu a minha Molly Nariz-Alegre, doce como um ramo de flores. Para o parto, queimei dois círios de bagas de loureiro e duas lamparinas perfumadas com dois punhados de minivioletas, que crescem perto do Moinho de Dowell, e um punhado de raiz cor de fogo, cortada em lascas muito finas. Se ela puder fazer o mesmo quando chegar a hora de ela dar à luz uma criança, o parto será tão fácil como o meu, e o fruto igualmente perfeito. Assim espero."

Era tudo e, quando terminei de ler, ficamos em silêncio. Molly pegou a última tábua das minhas mãos, segurou-a e fitou-a, como se lesse nas letras algo que eu não tinha conseguido decifrar. Mexi os pés, e o som a lembrou de que eu estava ali. Silenciosamente, recolheu todas as tábuas e sumiu com elas outra vez.

Quando voltou, foi rapidamente a uma prateleira e pegou dois longos círios de cera de abelha, e depois à outra prateleira, de onde tirou duas velas grossas cor-de-rosa.

— Apenas preciso de...

— Shhh. Estas são de graça. As de flor de baga doce vão te proporcionar sonhos tranquilos. Gosto muito delas, e creio que você também vai gostar.

A voz era amigável, mas quando as pôs no cesto, soube que queria que eu fosse embora. Ainda assim, acompanhou-me até a porta e abriu-a suavemente, para não acordar o pai.

— Adeus, Novato — disse, e então me deu um sorriso verdadeiro. — Nariz-Alegre. Nunca soube que ela me chamava assim. Sangra-Nariz era como me chamavam nas ruas. Suponho que os mais velhos sabiam do nome que ela tinha me dado e achavam isso engraçado. Após algum tempo, acabaram se esquecendo de que o original era outro. Bem. Não importa. Agora sei. Um nome dado pela minha mãe.

— Combina com você — disse, em um súbito ataque de galanteio, e então, enquanto ela me encarava e o calor corava as minhas bochechas, caminhei apressadamente porta afora.

Surpreendi-me ao descobrir que já era final de tarde, quase noite. Fiz o resto das coisas correndo, implorando através das persianas fechadas da janela de um mercador pelo último item da lista, uma pele de doninha. Ele abriu a porta para mim com má vontade, reclamando que gostava de comer o seu jantar quente, mas eu lhe agradeci com tanto entusiasmo que ele deve ter me achado um pouco bobo.

Ia andando com pressa pela parte mais íngreme da estrada de volta à torre quando ouvi o som inesperado de cavalos atrás de mim. Vinham da região das docas, em um galope forçado. Era ridículo. Ninguém mantinha cavalos na cidade, pois as estradas eram íngremes demais e o pavimento desigual demais para o uso. Além disso, a cidade estava concentrada em uma área tão pequena que andar a cavalo seria mais uma vaidade do que uma conveniência. Deviam, portanto, ser cavalos do estábulo da torre. Andei para um dos lados do caminho e esperei, curioso para ver quem arriscaria a ver a ira de Burrich, fazendo cavalos galopar naquela velocidade, sobre o pavimento desigual e polido, debaixo de uma luz tão fraca.

Para meu choque, tratava-se de Regal e Verity, montados nos gêmeos negros que eram o orgulho de Burrich. Verity levava um bastão emplumado, como faziam os mensageiros que chegavam à torre, quando as notícias que traziam eram da maior importância. Ao me verem plantado ao lado da estrada, ambos puxaram os arreios dos cavalos tão violentamente que o de Regal virou para o lado e quase caiu de joelhos.

— Burrich vai ter um ataque se quebrar as pernas do cavalo — gritei, consternado, e corri na sua direção.

Regal deu um grito desarticulado e, meio instante depois, Verity se sacudia de tanto rir dele.

— Também pensou que era um fantasma, não é? Ei, garoto, você nos deu um susto, de tão quieto que estava. É tão parecido com ele. Não é mesmo, Regal?

— Verity, você é um idiota. Segure a língua. — Regal deu um puxão violento às rédeas do seu cavalo e alisou o gibão. — O que você está fazendo na estrada a uma hora dessas, bastardo? O que é que você pensa que está tramando, fugindo da torre e indo à cidade tão tarde?

Estava acostumado ao desdém de Regal. Essa recriminação dura, contudo, era algo novo. Normalmente, fazia pouco mais do que me evitar ou se manter longe de mim como se eu fosse estrume fresco. A surpresa fez com que eu respondesse apressadamente:

— Estou retornando, senhor. Estava a serviço de Fedwren. — E levantei o cesto como prova.

— Claro que estava — zombou ele. — Uma historinha tão verossímil. É um pouco de coincidência demais, bastardo. — De novo ele jogou a palavra na minha cara.

Devo ter demonstrado que fiquei magoado e confuso, pois Verity bufou do seu jeito repentino e disse:

— Não dê importância a ele, garoto. Você nos deu um susto e tanto. Um barco dos rios acabou de chegar à cidade, com a flâmula das mensagens especiais erguida. Quando Regal e eu cavalgamos para ir até lá, descobrimos que é de Patience, dizendo que Chivalry morreu. Então, quando subíamos a estrada, o que é que vemos senão a imagem dele menino, quieto e silencioso diante de nós, e claro que estávamos naquele estado de espírito e...

— Você é um idiota, Verity — xingou Regal. — Anuncie com uma trombeta para a cidade toda ouvir, antes de o rei ser informado. E não ponha na cabeça do bastardo a ideia de que ele se parece com Chivalry. Pelo que ouço, ele tem ideias demais, e podemos bem agradecer ao nosso querido pai por isso. Ande. Temos uma mensagem para entregar.

Regal puxou a cabeça do cavalo para cima outra vez e cutucou o animal com a espora. Fiquei vendo-o ir embora e, por um instante, juro que tudo o que pensei foi que devia ir até o estábulo quando voltasse à torre, para ver em que condição estaria o pobre animal, e o quão gravemente ferida estaria a sua boca. Mas, por alguma razão, levantei a cabeça para olhar Verity e disse:

— Meu pai está morto.

Ele se acomodou quieto em cima do cavalo. Maior e mais corpulento do que Regal, ainda assim montava melhor. Penso que era o soldado que havia nele. Olhou-me em silêncio por um momento e disse:

— Sim, meu irmão está morto. — Meu tio me concedeu um instante de familiaridade, e penso que, ao fazê-lo, mudou para sempre a forma como eu o encarava. — Venha de carona comigo, garoto, e eu te levo de volta à torre — ofereceu.

— Não, obrigado. Se nos visse juntos em cima do mesmo cavalo em uma estrada destas, Burrich me esfolaria vivo.

— Isso é bem verdade, garoto — concordou Verity, em tom amigável. — Desculpe-me por te contar desta maneira. Não estava pensando direito. Isso ainda não parece real.

Vislumbrei a sua dor verdadeira, e então ele se inclinou e falou com o cavalo, que saiu saltitante. Eu estava outra vez sozinho na estrada.

Uma chuva fininha começou a cair, a última luz do dia morreu e eu continuei ali. Olhei para cima, em direção à torre, negra contra as estrelas, com uma luzinha tremeluzente aqui e ali. Por um momento, pensei em pousar o cesto no chão e fugir, fugir pela escuridão adentro e nunca mais voltar. Será que alguém viria à minha procura? Mas, em vez disso, mudei o cesto para o outro braço e comecei a minha lenta caminhada morro acima, de volta à torre.

UMA MISSÃO

Houve rumores de veneno quando a rainha Desire morreu. Decidi registrar aqui o que realmente sei como verdade. A rainha Desire morreu por envenenamento, mas foi autoadministrado, durante um longo período, e o rei não teve nada a ver com isso. Com muita frequência ele havia tentado dissuadi-la de se intoxicar tão livremente como ela fazia. Médicos foram consultados, bem como herbalistas, mas mal ele a convencia de deixar uma substância, logo ela descobria outra para experimentar.

No final do último verão da sua vida, tornou-se ainda mais imprudente, usando vários tipos de substâncias ao mesmo tempo e nem sequer tentando esconder os seus hábitos. O seu comportamento tornou-se um fardo pesado para Shrewd, pois quando estava embriagada com vinho ou alterada por algum fumo fazia acusações desenfreadas e declarações exaltadas, sem qualquer preocupação com quem estava presente ou qual era a ocasião. É possível imaginar que esses excessos no final da vida teriam desiludido os seus seguidores. Mas, em vez disso, eles declararam que Shrewd a teria levado à autodestruição ou ele próprio a tinha envenenado. Posso dizer, porém, com total conhecimento de causa, que não houve dedo do rei na sua morte.

Burrich cortou o meu cabelo para o luto, deixando-o apenas com um dedo de comprimento. Raspou a própria cabeça, mesmo a barba e as sobrancelhas. As partes pálidas da cabeça dele contrastavam fortemente com as bochechas e o nariz corados, deixando-o muito estranho, mais estranho ainda do que os homens da floresta que vinham à cidade com o cabelo grudado com piche e os dentes tingidos de vermelho e preto. As crianças costumavam olhar, admiradas, para esses homens selvagens e sussurrar umas às outras, com as mãos em concha, quando eles passavam, mas, quando viam Burrich, encolhiam-se e ficavam silenciosas.

Penso que era por causa dos seus olhos. Já vi órbitas vazias numa caveira com mais vida do que os olhos de Burrich durante aqueles dias.

Regal enviou um homem para repreender Burrich por ter raspado a própria cabeça e cortado o meu cabelo. Aquilo era luto por um rei coroado, e não por um homem que havia abdicado o trono. Burrich encarou o homem em silêncio até que ele foi embora. Verity tinha cortado um palmo do cabelo e da barba, e isso era luto por um irmão. Alguns dos guardas da torre cortaram, em comprimentos variados, seus rabos de cavalo trançados, como um guerreiro faz por um companheiro caído em combate. Mas o que Burrich tinha feito nele mesmo e em mim era extremo. As pessoas ficavam espantadas ao ver tal coisa. Quis perguntar a ele por que eu devia ficar de luto por um pai que nunca tinha visto, por um pai que nunca tinha vindo me ver, mas bastava olhar por um instante para os seus olhos e boca gélidos para não ousar dizer uma palavra. Ninguém comentou com Regal sobre a madeixa de luto que ele cortou da crina de cada cavalo, ou do fogo fedorento em que consumiu todo o nosso cabelo sacrificial. Eu tinha a vaga ideia de que esse ritual significava que Burrich tinha enviado uma parte dos nossos espíritos com o de Chivalry — era um costume do povo de sua avó.

Era como se o próprio Burrich tivesse morrido. Uma força gélida impulsionava o seu corpo, fazendo-o executar as suas tarefas com perfeição, mas sem calor ou satisfação. Subalternos que no passado tinham competido pelo mais breve sinal de elogio fugiam agora do seu olhar, como se estivessem envergonhados dele. Apenas Raposa não o abandonou. A velha cadela seguia-o aonde quer que fosse, sem receber nenhum olhar ou afago como recompensa, mas sempre ao seu lado. Abracei-a uma vez, por simpatia, e me atrevi até mesmo a sondar sua mente, mas ao tocá-la encontrei apenas uma dormência assustadora. Ela sofria com o dono.

As tempestades de inverno cortavam as falésias, uivando através das pedras. Os dias eram de um frio sem vida que negava qualquer possibilidade de uma primavera. Chivalry foi sepultado na Floresta Mirrada. Houve um Jejum de Luto na torre, mas foi breve e discreto. Não era mais do que o cumprimento de uma formalidade, e não um verdadeiro luto. Aqueles que realmente choravam por ele pareciam ser julgados e culpados de mau gosto. A sua vida pública tinha terminado com a abdicação; quanta indelicadeza da parte dele chamar mais atenção sobre si mesmo morrendo.

Uma semana após a morte do meu pai, acordei com a corrente de ar familiar que vinha da escadaria secreta e a luz amarela que acenava para mim. Levantei e subi correndo pelas escadas, rumo ao meu refúgio. Seria bom fugir de toda aquela estranheza, misturar ervas e fazer fumos estranhos com Chade de novo. Estava farto daquela sensação estranha de suspensão de mim mesmo que sentia desde que tinha ouvido sobre a morte de Chivalry.

Mas o canto da mesa de trabalho do aposento estava escuro, e a lareira, fria. Em vez disso, Chade estava sentado diante do seu próprio fogo. Indicou-me com um gesto que me sentasse ao lado da cadeira dele. Sentei-me e olhei-o, mas ele fitava fixamente o fogo. Ergueu a mão cheia de cicatrizes e pousou-a sobre o meu cabelo espetado. Por alguns momentos ficamos assim, fitando juntos o fogo.

— Bem, aqui estamos, meu garoto — disse, por fim, e em seguida mais nada, como se tivesse dito tudo o que precisava dizer. E afagou o meu cabelo curto.

— Burrich cortou o meu cabelo — disse-lhe subitamente.

— Estou vendo.

— Detesto isso. Pinica quando encosto a cabeça no travesseiro e não consigo dormir. O capuz não fica direito. E estou com cara de estúpido.

— Você parece um garoto que está de luto pelo pai.

Fiquei calado por um momento. Pensava que o meu cabelo era uma versão mais longa do corte extremo de Burrich, mas Chade tinha razão. Era o comprimento adequado para um rapaz em luto pela morte do pai, e não o luto de um subalterno pelo rei, e isso apenas me deixou com mais raiva.

— Mas por que eu deveria ficar de luto por ele? — perguntei a Chade, como não tinha ousado perguntar a Burrich. — Eu nem sequer o conhecia.

— Era seu pai.

— Ele me fez em uma mulher qualquer. Quando descobriu a minha existência, foi embora. Um pai... Ele nunca se preocupou comigo.

Eu me senti rebelde ao finalmente dizer aquilo em voz alta. Tinha ficado furioso por causa do luto profundo e selvagem de Burrich, e agora pela tristeza serena de Chade.

— Você não sabe. Apenas ouve o que os bisbilhoteiros dizem. Não tem idade suficiente para perceber certas coisas. Nunca viu um pássaro bravo atrair os predadores para longe da sua cria, fingindo estar ferido.

— Não acredito nisso — disse, mas de repente me senti menos confiante ao dizer aquilo. — Ele nunca fez nada que me fizesse pensar que se preocupava comigo.

Chade virou-se para me olhar, e os seus olhos pareciam mais velhos, encovados e vermelhos.

— Se você tivesse sabido que ele se preocupava, outros também saberiam. Quando você for homem, talvez venha a compreender o quanto isso custou a ele. Não te conhecer para te manter seguro. Para fazer os inimigos dele te ignorarem.

— Bem, não irei conhecê-lo até o fim dos meus dias — eu disse, amuado.

Chade suspirou.

— E o fim dos seus dias virá muito mais tarde do que se ele tivesse te reconhecido como herdeiro dele.

Fez uma pausa, e então me perguntou cautelosamente:

— O que quer saber sobre ele, meu garoto?

— Tudo. Mas como é que você poderia saber? — Quanto mais tolerante Chade era, mais malcriado eu me sentia.

— Conheci-o por toda a vida. Eu... trabalhei com ele. Muitas vezes. A mão e a luva, como diz aquele provérbio.

— E você era a mão ou a luva?

Não importava o quão rude eu fosse, Chade se recusava a ficar zangado.

— A mão — disse ele, depois de uma breve consideração. — A mão que se move invisível, oculta pela luva de veludo da diplomacia.

— O que você quer dizer? — Fiquei intrigado, meio a contragosto.

— Há certas coisas que podem ser feitas — Chade limpou a garganta. — Coisas podem acontecer, tornando a diplomacia mais fácil. Ou tornando um grupo mais disposto a negociar. Coisas podem acontecer...

O meu mundo chacoalhou. A realidade me atingiu tão subitamente como uma visão, fazendo-me conhecer a totalidade do que Chade era e do que eu viria a ser.

— Quer dizer que um homem pode morrer, e que pode ser mais fácil negociar com o seu sucessor por causa disso. Mais favorável à nossa causa, por medo ou...

— Gratidão. Sim.

Um horror gélido me fez estremecer enquanto todas as peças do quebra-cabeça se encaixavam. Todas as lições e instruções cuidadosas levavam a isso. Comecei a me levantar, mas a mão de Chade subitamente agarrou o meu ombro.

— Ou um homem pode viver, dois anos ou cinco ou uma década a mais do que pensava que poderia, e trazer a sabedoria e tolerância da idade às negociações. Ou um bebê pode ser curado de uma tosse sufocante, e a mãe subitamente vê com gratidão o que podemos oferecer e como pode ser benéfico para todos os envolvidos. A mão nem sempre administra a morte, meu garoto. Nem sempre.

— Mas com frequência suficiente.

— Nunca menti para você sobre isso.

Ouvi na voz de Chade algo que eu nunca tinha ouvido antes: um tom defensivo e magoado. Mas a juventude não tem misericórdia.

— Não sei se eu quero aprender mais com você. Acho que vou falar com Shrewd e dizer a ele que arranje outro para matar gente para ele.

— A decisão é sua. Mas não te aconselho a fazer isso, por enquanto.

A tranquilidade dele me pegou desprevenido.

— Por quê?

— Porque negaria tudo o que Chivalry tentou fazer por você. Atrairia atenção sobre você. E, neste momento, isso não é uma boa ideia. — As palavras vieram ponderadamente lentas, carregadas de verdade.

— Por quê? — Notei que eu estava sussurrando.

— Porque alguns vão querer pôr um ponto-final na história de Chivalry. E a melhor maneira de fazer isso seria te eliminando. Irão observar como você reage à morte do seu pai. Será que isso enche a sua cabeça de ideias, te deixa inquieto? Será que você vai se tornar um problema, como ele era?

— O quê?

— Meu garoto — Chade disse e me puxou para perto dele. Pela primeira vez ouvi um tom de possessão em suas palavras. — Este é um momento para você ficar quieto e ser cuidadoso. Compreendo por que Burrich cortou o seu cabelo, mas, na verdade, preferiria que ele não tivesse feito isso. Preferiria que ninguém tivesse sido lembrado de que Chivalry era seu pai. Você ainda é um menino... mas me ouça. Por enquanto, não mude nada do que você faz. Espere seis meses, ou um ano. E então decida. Mas por enquanto...

— Como é que meu pai morreu?

Os olhos de Chade examinaram meu rosto.

— Não ouviu que ele caiu de um cavalo?

— Sim. E ouvi Burrich rogar uma praga ao homem que disse isso, dizendo que Chivalry não cairia, e que aquele cavalo nunca o derrubaria.

— Burrich precisa segurar a língua.

— Então como meu pai morreu?

— Não sei. Mas, como Burrich, não acredito que tenha caído de um cavalo.

Chade ficou em silêncio. Sentei-me no chão ao lado dos seus pés ossudos e fitei o fogo.

— Eles vão me matar também?

Ele continuou sem dizer nada por muito tempo.

— Não sei. Não se eu puder fazer alguma coisa. Acho que primeiro precisam convencer o rei Shrewd de que é necessário e, se fizerem isso, eu saberei.

— Então você acha que é alguém de dentro da torre.

— Sim.

Chade aguardou muito tempo, mas permaneci em silêncio, recusando-me a perguntar. Não obstante, ele respondeu:

— Não soube de nada antes de acontecer. Não tive dedo nisso, de qualquer forma. Eles nem sequer me contataram. Provavelmente porque sabem que eu faria mais do que simplesmente recusar. Eu iria garantir que nunca acontecesse.

— Ah — eu me senti um pouco mais tranquilo, mas ele já tinha me treinado muito bem sobre o modo de pensar da corte. — Então provavelmente não virão até você, caso decidam querer dar um fim em mim. Também teriam receio de que você me avisasse.

Chade segurou o meu queixo em sua mão e virou o meu rosto de modo que eu o olhasse nos olhos.

— A morte do seu pai deveria ser o alerta de que você precisa, hoje e sempre. Você é um bastardo, Fitz. Somos sempre um risco e uma vulnerabilidade. Somos sempre dispensáveis. Exceto quando nos tornamos uma necessidade absoluta para a segurança deles. Eu te ensinei bastante durante os últimos anos. Mas mantenha esta lição mais próxima de você e mais presente do que qualquer outra na sua vida. Porque se alguma vez você fizer algo que os leve a não precisarem mais de você, eles vão te matar.

Olhei para ele com os olhos esbugalhados.

— Eles não precisam de mim agora.

— Ah não? Eu estou ficando velho. Você é jovem e cortês, com o rosto e o porte da família real. Desde que não demonstre ambições inapropriadas, não terá problemas. — Fez uma pausa e enfatizou com cuidado: — Pertencemos ao rei, rapaz. Apenas a ele, exclusivamente, de um jeito que talvez você nunca tenha pensado. Ninguém sabe o que eu faço e a maioria esqueceu quem eu sou. Ou quem eu fui. Se alguém sabe de nós, é pelo rei.

Eu me sentei, tentando ponderar tudo aquilo que ele tinha me dito.

— Então... você disse que era alguém de dentro da torre. Mas se você não foi usado, então não veio do rei... A rainha! — disse, com uma certeza repentina.

Os olhos de Chade ocultavam os seus pensamentos.

— Essa é uma conclusão perigosa. Ainda mais perigosa se você pensar que, de alguma maneira, deve agir em função dela.

— Por quê?

Chade suspirou.

— Quando você compra uma ideia e decide que é verdade, sem provas, fica cego diante de quaisquer outras possibilidades. Considere todas, garoto. Talvez tenha sido mesmo um acidente. Talvez Chivalry tenha sido assassinado por alguém que ele ofendeu na Floresta Mirrada. Talvez não tenha tido nada a ver com o fato de ele ser um príncipe. Ou talvez o rei tenha outro assassino, do qual eu não sei nada, e foi a mão do rei que agiu contra o próprio filho.

— Você não acredita em nenhuma dessas opções — eu disse, com convicção.

— Não, não acredito. Porque não tenho nenhuma prova de que sejam verdadeiras. Assim como não tenho nenhuma prova de que a morte do seu pai tenha sido um golpe da mão da rainha.

É tudo o que me lembro dessa conversa. Mas tenho certeza de que Chade tentava deliberadamente me fazer considerar quem poderia ter agido contra meu pai, para me instigar desconfiança e cautela em relação à rainha. Retive esse pensamento na mente, e não apenas nos dias que se seguiram. Permaneci sossegado, ocupado com as minhas tarefas, e lentamente o meu cabelo cresceu e, por volta do começo do verdadeiro verão, tudo parecia ter voltado à normalidade. De vez em quando, após um intervalo de algumas semanas, estava eu a caminho da cidade para fazer alguns serviços. Depressa comecei a perceber que, independentemente de quem me enviasse, um ou dois dos itens na lista acabavam nos aposentos de Chade, e assim descobri quem estava por trás desses pequenos períodos de liberdade. Sempre que ia à cidade, não conseguia passar nenhum tempo com Molly, mas para mim era suficiente ficar plantado em frente à janela da casa de velas até que ela notasse a minha presença e trocasse comigo um aceno de mão. Uma vez ouvi alguém no mercado falar da qualidade das suas velas perfumadas, e de como ninguém tinha feito um círio tão agradável e saudável desde os tempos da sua mãe. Sorri e fiquei feliz por ela.

O verão chegou, trazendo ventos mais quentes às nossas costas e, com eles, os ilhéus. Alguns vieram como mercadores honestos, com produtos das terras frias para fazer comércio — peles, âmbar, marfim e garrafas de óleo — e relatos incríveis, daqueles que me faziam arrepiar o pescoço, como os que eu ouvia quando era pequeno. Os nossos marinheiros não confiavam neles e os chamavam de espiões e coisa pior, mas os produtos que vendiam eram excelentes, e o ouro que traziam para comprar os nossos vinhos e grãos era sólido e pesado, e os nossos mercadores o aceitavam.

Também havia outros ilhéus que visitavam as nossas costas, embora não tão perto de Torre do Cervo. Vinham com facas e tochas, com arcos e aríetes, para pilhar e destruir as mesmas aldeias que tinham pilhado e destruído durante anos. Às vezes parecia uma competição metódica e sangrenta, eles tentando encontrar aldeias desprevenidas ou mal armadas, e nós tentando atraí-los para alvos aparentemente vulneráveis, de modo que eles próprios fossem massacrados e pilhados. Mas, sendo competição ou não, as coisas correram muito mal para nós naquele verão. Em cada uma das minhas visitas à cidade, voltava cheio de notícias de destruição e de queixas do povo.

Na torre, entre os homens de armas, havia um sentimento coletivo de imbecilidade que eu compartilhava. Os ilhéus driblavam os nossos navios de patrulha com facilidade e nunca caíam nas nossas armadilhas. Atacavam sempre onde estivéssemos em menor número e mais desprevenidos. O mais afrontado de todos era Verity, pois a ele cabia a tarefa de defender o reino desde o momento em que Chivalry tinha abdicado. Nas tabernas, eu ouvia murmúrios de que, desde que ele tinha perdido o bom conselho do irmão mais velho, tudo ia de mal a pior. Ninguém ainda falava contra Verity, mas era perturbador que ninguém falasse com convicção a seu favor também.

Aos meus olhos de criança, os ataques dos ilhéus pareciam algo distante, que não me atingiam pessoalmente. É claro que era algo ruim, e eu sentia pena, de um jeito meio vago, dos aldeões daquelas casas queimadas e saqueadas. Mas, seguro em Torre do Cervo, eu não tinha a experiência de toda a vigilância e o medo constantes que os outros portos tinham de suportar, e nem as agonias dos aldeões que a cada ano tinham de reconstruir os povoados, apenas para verem o resultado dos seus esforços arder no ano seguinte. Não sabia disso naquela época, mas minha inocência ignorante não seria mantida por muito tempo.

Em uma manhã, fui até Burrich para a minha "aula". Para falar bem a verdade, costumava gastar tanto tempo tratando dos animais e treinando potros quanto sendo ensinado. Em grande parte, eu tinha tomado o lugar de Cob nas baias, enquanto este tinha se tornado o rapaz do estábulo e tratador de cães de Regal, mas, nesse dia, para minha surpresa, Burrich me levou ao andar de cima, no seu quarto, e sentou-se comigo à mesa. Receei ter de passar uma manhã entediante consertando arreios.

— Vou te ensinar boas maneiras hoje — anunciou Burrich subitamente.

Havia um tom de dúvida na voz dele, como se não acreditasse na minha capacidade em aprender esse tipo de coisa.

— Com os cavalos? — perguntei, incrédulo.

— Não. Essas você já tem. Com as pessoas. À mesa e depois, quando as pessoas se sentam e falam umas com as outras. Esse tipo de boas maneiras.

— Por quê?

Burrich franziu as sobrancelhas.

— Por razões que fogem do meu entendimento, você deve acompanhar Verity em uma viagem à Baía Limpa para ver o duque Kelvar de Rippon. Kelvar não tem cooperado com o duque Shemshy na guarda das torres costeiras. Shemshy o acusa de deixar as torres completamente desprovidas de sentinelas, de modo que os navios dos ilhéus podem facilmente passar e até ancorar fora da Ilha de Vigia, e então atacar as aldeias de Shemshy no Ducado de Shoaks. O príncipe Verity vai consultar Kelvar sobre essas alegações.

Compreendi completamente a situação. Era o assunto das conversas na Cidade de Torre do Cervo. O duque Kelvar do Ducado de Rippon tinha três torres de vigia a seu cargo. As duas que eram situadas ao redor de Baía Limpa estavam sempre bem guardadas, pois protegiam o melhor porto no Ducado de Rippon. Mas a torre da Ilha de Vigia protegia poucas áreas de Rippon que tivessem algum valor para o duque Kelvar. A sua linha costeira, alta e rochosa, acomodava poucos povoados, e qualquer bando de salteadores teria sérias dificuldades em manter os navios afastados das rochas durante os ataques. A costa sul era raramente incomodada. A Ilha de Vigia por si só abrigava pouco mais do que gaivotas, cabras e uma vasta população de mexilhões, mas a torre era de suma importância na defesa antecipada de Angra do Sul, no Ducado de Shoaks. Tinha vista sobre ambos os canais, interno e externo, e estava situada em um ponto alto natural que permitia que as suas fogueiras de sinalização fossem facilmente avistadas do continente. O próprio Shemshy tinha uma torre de vigia na Ilha Ovo, mas a ilha era pouco mais que uma porção de areia saliente sobre as ondas durante a maré alta. Não permitia nenhuma verdadeira vista da água e necessitava constantemente de reparos por causa da movimentação da areia e das ocasionais marés de tempestade que o submergiam. Era possível, contudo, ver o brilho de uma fogueira de sinalização acesa na Ilha de Vigia e passar a mensagem adiante, desde que a Torre da Ilha de Vigia acendesse tal fogueira.

Tradicionalmente, as áreas de pesca e as margens que abrigam os mexilhões da Ilha de Vigia eram território do Ducado de Rippon, e, portanto, a guarda da torre era de responsabilidade desse ducado, mas manter uma guarda naquele lugar significava levar para lá homens e provisões, abastecer a torre com madeira e óleo para as fogueiras e manter em bom estado a própria torre, por sua vez sujeita às brutais tempestades oceânicas que varriam a pequena ilha estéril. Era um posto pouco popular como lugar de trabalho para homens de armas, e corriam rumores de que ser enviado para lá era uma forma sutil de ser punido por falta de disciplina e orientações políticas inconvenientes. Mais de uma vez, sob efeito do álcool, Kelvar tinha proclamado que, se guardar aquela torre era assim tão importante para o Ducado de Shoaks, então o duque Shemshy devia fazê-lo ele mesmo, mas claro que o Ducado de Rippon não estava disposto a ceder as áreas pesqueiras em torno da ilha, nem as ricas praias de mexilhões.

E assim, quando os povoados de Shoaks foram atacados, sem aviso e em rápida sucessão no início da primavera — ataques que destruíram todas as esperanças de que os campos fossem plantados a tempo, assim como causaram a matança, o roubo ou a debandada da maior parte das ovelhas prenhas —, o duque Shemshy protestou pessoalmente ao rei que Kelvar tinha sido negligente ao guardar as torres. Kelvar negou e assegurou que a pequena guarda que havia se instalado lá era adequada para uma localização que raras vezes necessitava ser defendida.

— Sentinelas, e não soldados, é do que a Torre da Ilha de Vigia necessita — declarou e, fazendo jus às suas palavras, recrutou um grupo de homens e mulheres idosos para guardar a torre.

Alguns tinham sido soldados, mas a maior parte era de refugiados de Baía Limpa: gente endividada, batedores de carteira e prostitutas muito velhas, diziam alguns, ao passo que os simpatizantes de Kelvar asseguravam que se tratava de cidadãos idosos necessitados de um emprego seguro.

De tudo isso eu sabia mais do que Burrich imaginava, graças às conversas nas tabernas e às lições de política de Chade, mas mordi a língua e sentei-me quieto e calado durante a sua detalhada e lenta exposição. Como já havia sucedido anteriormente, percebi que ele me achava um pouco lento. Interpretava erradamente os meus silêncios como falta de esperteza, em vez de falta de necessidade de falar.

E assim, laboriosamente, Burrich começou a me instruir sobre as boas maneiras que — disse-me ele — outros garotos aprendiam simplesmente pelo convívio com os familiares mais velhos. Devia cumprimentar as pessoas quando as encontrasse pela primeira vez a cada dia ou quando entrasse em um quarto e o achasse ocupado; escapulir silenciosamente não era educado. Devia tratar as pessoas pelos nomes e, se elas fossem mais velhas do que eu ou de posição política mais elevada do que eu — como, lembrou-me, seria o caso com quase toda a gente que eu encontraria durante essa viagem —, deveria dirigir-me a elas fazendo uso dos seus títulos. Em seguida, encheu a minha cabeça de protocolos: quem precedia quem ao sair de um quarto e em que circunstâncias (quase todo mundo em quase todas as situações tinha precedência sobre mim). Seguiram-se as maneiras à mesa. Devia prestar atenção ao lugar onde estava sentado; devia prestar atenção a quem quer que ocupasse a cabeceira da mesa e ajustar o tempo que eu demorava para comer de acordo com essa pessoa; explicou-me como participar de um brinde ou de uma série de brindes, sem beber demais, e como falar de forma simpática ou, mais adequadamente, como escutar atentamente quem quer que estivesse sentado ao meu lado durante um jantar. Continuou por aí afora, interminavelmente, até que comecei a sonhar acordado com uma apetecível eternidade limpando arreios.

Burrich chamou a minha atenção com uma cutucada brusca.

— E também não deve fazer isso. Parece um imbecil, sentado aí, fazendo que sim com a cabeça, e os pensamentos sabe-se lá onde. Não pense que ninguém percebe quando você faz isso. E não faça essa cara de bravo quando te corrigem. Sente-se direito e ponha uma expressão agradável na cara. Não esse sorriso vazio, seu idiota. Ah, Fitz, o que vou fazer com você? Como posso te proteger se constantemente você atrai problemas? E por que eles querem te levar daqui desse jeito?

As duas últimas perguntas, feitas a si mesmo, traíam a sua verdadeira preocupação. Talvez eu fosse um pouco estúpido por não tê-lo compreendido antes. Ele não ia comigo. Eu ia. E não havia nenhuma boa razão que ele pudesse compreender. Burrich tinha vivido tempo suficiente perto da corte para ser tão cauteloso. Pela primeira vez desde que eu tinha sido confiado a ele, eu estava sendo afastado da sua proteção. Não tinha passado assim tanto tempo desde o enterro do meu pai, e, portanto, ele se indagava, embora não ousasse dizer, se eu voltaria ou se alguém estava criando uma oportunidade para se ver livre de mim discretamente. Compreendi o golpe que seria no seu orgulho e reputação caso eu "sumisse"; portanto, respirei fundo e sugeri que talvez quisessem uma mãozinha extra para tratar dos cavalos e dos cães. Verity não ia para lugar nenhum sem Leon, o seu cão caçador de lobos. Apenas dois dias antes, tinha me elogiado pela maneira como tratava dele. Contei isso a Burrich e foi gratificante ver como esse pequeno subterfúgio funcionou bem. Um alívio se espalhou pelo seu rosto, seguido do orgulho de ter me ensinado bem. Rapidamente o assunto mudou de boas maneiras para a forma correta de cuidar de um cão caçador de lobos. Se a lição de boas maneiras tinha me cansado, a recapitulação de toda a sua sabedoria a respeito de cães de caça foi quase dolorosamente entediante. Quando me liberou para as minhas outras lições, saí flutuando.

Passei o resto do dia vagamente distraído, o que levou Hod a me ameaçar com uns bons golpes de chicote, caso eu não prestasse atenção no que estava fazendo. Então ela abanou a cabeça, suspirou e disse para eu ir embora e voltar quando recuperasse a mente outra vez. Tive todo o gosto em lhe obedecer. A ideia de deixar Torre do Cervo e viajar o caminho todo até Baía Limpa era tudo o que passava pela minha cabeça. Sabia que devia questionar o motivo da minha inclusão na viagem, mas tinha a certeza de que Chade me informaria sobre isso em breve. Iríamos por terra ou por mar? Desejei ter perguntado isso a Burrich. As estradas que levavam a Baía Limpa não eram as melhores, tinha ouvido dizer, mas isso não me incomodaria. Fuligem e eu nunca tínhamos ido em uma longa viagem juntos, mas uma viagem por mar, em um barco de verdade...

Peguei o caminho mais longo de volta à torre, subindo uma trilha que passava por uma área pouco arborizada de uma encosta rochosa. Bétulas se esforçavam para sobreviver naquele lugar, assim como alguns amieiros, mas a maior parte da vegetação consistia em arbustos comuns. A luz do sol e uma leve brisa brincavam com os ramos mais altos, dando ao dia uma aparência irreal, enchendo o ar com pinceladas de luz. Levantei os olhos para os ofuscantes raios de sol, através dos ramos das bétulas, e, quando voltei a olhar para baixo, o bobo da corte do rei Shrewd estava à minha frente.

Eu parei de repente, surpreso. Por instinto, procurei pelo rei, apesar do quão ridículo teria sido encontrá-lo ali, mas o Bobo estava sozinho. E fora, à luz do dia! O pensamento arrepiou os pelos dos meus braços e da nuca. Todo mundo na torre sabia que o bobo do rei não suportava a luz do dia. Todo mundo sabia disso. Contudo, apesar do que cada pajem ou criada de cozinha repetia, ali estava Bobo, com o cabelo claro flutuando na leve brisa. A seda azul e vermelha do gibão e das calças de bufão era chocantemente brilhante em contraste com a palidez da pele dele, mas os olhos não eram tão desbotados como pareciam quando vistos nas passagens escuras da torre. Ao receber o seu olhar fixo a apenas alguns metros de distância à luz do dia, percebi que havia nos seus olhos um tom azul, muito claro, como se uma só gota de cera azul tivesse caído dentro de uma travessa branca.

A brancura da pele dele era também uma ilusão, pois ali fora, na luz salpicada de sombras, podia ver uma cor rosada que se difundia de dentro do corpo.

— Sangue — percebi com um súbito receio. — Sangue vermelho aparecendo através da pele.

Bobo não percebeu o meu comentário sussurrado. Em vez disso, levantou um dedo, como se quisesse forçar uma pausa não apenas dos meus pensamentos, mas do próprio dia à nossa volta. A minha atenção não poderia ter sido mais completa e, quando se convenceu disso, Bobo sorriu, mostrando pequenos dentes muito separados, como um novo sorriso de bebê na boca de um garotinho.

— Fitz! — entoou em uma voz flauteada. — Fitz findz fizcas fixa. Banhabasta.

Parou abruptamente, e me deu outra vez aquele sorriso. Devolvi o olhar, incerto, sem palavras nem movimento.

De novo o dedo se ergueu e, dessa vez, foi abanado na minha direção.

— Fitz! Fitz finda fa iscas fixia. Banhabasta.

Inclinou a cabeça para mim e, com o movimento, sua cabeleira veio junto, como a penugem de um dente-de-leão, pairando em uma nova direção.

Estava começando a perder o medo dele.

— Fitz — eu disse cuidadosamente, e bati no meu peito com o dedo indicador. — Fitz sou eu. Sim, o meu nome é Fitz. Você está perdido?

Tentei fazer a minha voz soar gentil e tranquilizadora para não alarmar a pobre criatura. Com certeza ele tinha se perdido da torre e era por isso que se mostrava tão contente por encontrar um rosto familiar.

Ele inspirou profundamente pelo nariz e abanou a cabeça violentamente, até que o cabelo ficou todo em pé em torno da sua cabeça, como uma chama em volta de uma vela soprada pelo vento.

— Fitz! — disse enfaticamente, a voz tornando-se um pouco áspera e aguda. — Fitz finda a faísca as fixa. Banhabasta.

— Está tudo bem — eu disse, em uma voz tranquilizadora.

Agachei um pouco, embora na verdade não fosse muito mais alto do que ele. Sem movimentos bruscos, fiz um gesto suave com a mão aberta, convidando-o a se aproximar.

— Venha cá, então. Venha cá. Eu te mostro o caminho de volta para casa. Está bem? Vamos, não tenha medo.

Abruptamente, Bobo deixou cair as mãos para os lados. Em seguida, levantou o rosto e virou os olhos para o céu. Olhou outra vez para mim e contraiu os lábios como se se preparasse para cuspir.

— Vamos, venha cá — chamei-o outra vez.

— Não — disse ele sem rodeios, numa voz exaltada. — Ouça bem, seu idiota. Fitz finda a faísca as fixia. Banhabasta.

— O quê? — perguntei assustado.

— Eu disse — ele pronunciou elaboradamente — Fitz finda a faísca asfixia. Banhabasta. — Fez uma reverência, virou as costas para mim e foi embora, subindo a trilha.

— Espere!

As minhas orelhas estavam ficando vermelhas de vergonha. Como se pode explicar educadamente a alguém que você acreditou durante anos que essa pessoa era retardada mental, além de louca? Impossível. Portanto:

— O que significa essa coisa toda de fitz-fisca-fixa? Você está zombando de mim?

— Difícil. — Fez uma longa pausa até se virar e dizer: — Fitz finda faísca asfixia. Banhabasta. É uma mensagem, creio eu. Um chamado para um ato de grande importância. Como você é o único que eu conheço que aceita ser chamado de Fitz, creio que é para você. Agora, sobre o significado, como é que eu vou saber? Sou um bobo e não um intérprete de sonhos. Bom dia.

De novo ele virou as costas para mim, mas, dessa vez, em vez de continuar pela trilha, abandonou-a, enfiando-se no meio de uma moita de arbusto de cervo. Corri atrás dele, mas, quando cheguei ao ponto onde ele tinha abandonado a trilha, já tinha desaparecido. Fiquei imóvel, examinando o bosque aberto e salpicado de luz, pensando que devia ver pelo menos um ramo oscilando ou vislumbrar em algum lugar o gibão colorido, mas não havia nenhum sinal dele.

E nenhum significado discernível na sua mensagem absurda. Refleti sobre aquele estranho encontro durante todo o caminho de volta à torre. Por fim, deixei-o de lado, considerando que aquilo tinha sido um acontecimento estranho, mas sem nenhuma importância.

Não foi nessa noite, mas na seguinte, que Chade me chamou. Ardendo de curiosidade, subi as escadas correndo, mas, quando cheguei ao topo, parei, sabendo imediatamente que as perguntas teriam de esperar. Porque ali estava Chade, sentado à mesa de pedra, com Sorrateiro empoleirado no ombro e um novo rolo de pergaminho aberto na mesa diante dele. Um copo de vinho servia de peso a uma das pontas do pergaminho enquanto o dedo encurvado de Chade se movia lentamente para baixo, por uma espécie de listagem. Olhei-a de relance. Era uma lista de povoados e datas.

Debaixo do nome de cada povoado havia um conjunto de valores — quantidade de guerreiros, mercadores, ovelhas, barris de cerveja, grãos e assim por diante. Sentei-me do lado oposto da mesa e esperei. Tinha aprendido a não interromper Chade.

— Meu garoto — disse suavemente, sem levantar os olhos do pergaminho. — O que faria se um valentão te surpreendesse pelas costas e te desse uma pancada na cabeça? Mas só quando estivesse de costas. Como você lidaria com isso?

Pensei por um instante.

— Viraria as costas e fingiria estar olhando para outra coisa, mas teria um cajado longo e grosso nas mãos. Quando ele tentasse me dar a pancada, viraria e racharia a cabeça dele.

— Hum. Sim. Bem, nós tentamos isso, mas não importa o quão distraídos pareçamos, os ilhéus sempre sabem quando estamos fingindo e nunca atacam. Bem, na verdade, conseguimos enganar um ou dois dos salteadores normais, mas nunca os Salteadores dos Navios Vermelhos. E são eles que queremos pegar.

— Por quê?

— Porque são os que estão nos atingindo mais. Está vendo, garoto, nós estamos habituados aos ataques. Podemos quase dizer que nos adequamos a eles. Plantamos um hectare a mais, fazemos mais tecido, criamos mais um boi. Os nossos camponeses e habitantes da cidade tentam sempre produzir um pouco mais do que o estritamente necessário e, quando o celeiro de alguém é queimado ou um armazém é incendiado durante a confusão de um ataque, todo mundo aparece para ajudar a erguer outra vez as vigas. O problema é que os Salteadores dos Navios Vermelhos não se limitam a roubar e a destruir apenas o que precisam destruir no processo todo do roubo. Não. Eles vêm mesmo é com a intenção de destruírem tudo o que podem, e quando levam alguma coisa com eles parece ser quase por acidente.

Chade fez uma pausa e fitou a parede como se enxergasse através dela.

— Não faz sentido — ele continuou a conjecturar, mais para si próprio do que para mim. — Ou pelo menos não faz nenhum sentido que eu possa decifrar. É como matar uma vaca que dá à luz um bom bezerro todos os anos. Os Salteadores dos Navios Vermelhos ateiam fogo aos grãos e à forragem que ainda estão nos campos. Matam todo o gado que não conseguem levar com eles. Há três semanas, em Terra Meeira, puseram fogo no moinho e rasgaram os sacos de grão e farinha que estavam lá. Que proveito eles tiram disso? Por que arriscam suas vidas com o simples intuito de destruir? Eles não fizeram nenhum esforço para conquistar territórios; não têm nenhuma razão para desejar vingança contra nós que tenham sequer pronunciado. Contra um ladrão podemos nos proteger, mas esses assassinos e destruidores são imprevisíveis. Terra Meeira não será reconstruída: a população que sobreviveu não tem nem vontade nem recursos necessários para fazer isso. Deixaram o local, uns se reunindo a familiares em outros povoados, outros se tornando pedintes nas nossas cidades. É um padrão que começamos a ver com muita frequência.

Suspirou e em seguida abanou a cabeça para desanuviá-la. Quando olhou para cima, concentrou-se totalmente em mim. Era um jeito que Chade tinha. Podia deixar um problema de lado tão completamente que uma pessoa seria capaz de jurar que ele tinha se esquecido dele. E naquele momento anunciou, como se fosse esta a sua única preocupação:

— Você vai acompanhar Verity quando ele for falar com o duque Kelvar em Baía Limpa.

— Burrich me disse isso também, mas ficou intrigado, assim como eu. Por quê?

Chade pareceu perplexo.

— Você não reclamou há alguns meses de estar cansado de Torre do Cervo e que queria ver mais dos Seis Ducados?

— Com certeza, mas duvido que seja por causa disso que Verity queira me levar.

Chade riu.

— Como se Verity prestasse atenção a quem faz parte do seu séquito. Ele não tem paciência para os detalhes; e, por conseguinte, não tem o talento de Chivalry para lidar com as pessoas. Contudo, Verity é um bom soldado e, em longo prazo, talvez seja disso que precisaremos. Não, tem razão. Verity não faz a mínima ideia da razão por que você vai. Mas o seu rei, sim. Ele e eu conversamos sobre isso. Está pronto para começar a retribuir aquilo que ele fez por você? Está pronto para começar o seu serviço para a família?

Disse isso tão calmamente e olhou tão abertamente para mim que foi quase fácil ficar tranquilo e perguntar:

— Vou ter de matar alguém?

— Talvez. — Ele se mexeu na cadeira. — Você é quem vai decidir isso. Decidir e fazer... é diferente de simplesmente ser comunicado: "Este é o homem e tem de ser feito". É muito mais difícil, e não estou completamente seguro de que você esteja pronto.

— Algum dia eu estarei pronto? — Tentei sorrir e mostrei os dentes como se tivesse sido acometido por um espasmo muscular. Fiz um esforço para tirá-lo do rosto, mas não consegui. Um estranho tremor passou por mim.

— Provavelmente não. — Chade ficou em silêncio e, em seguida, concluiu que eu tinha aceitado a missão. — Você vai como criado de uma nobre senhora idosa que também participará da viagem, para visitar parentes em Baía Limpa. Não será uma tarefa muito difícil. Ela é muito idosa e a sua saúde não é boa. Lady Thyme viajará em uma liteira fechada. Você vai cavalgar ao lado dela, para ver se a liteira não balança demais, para trazer água se ela te pedir, e para tomar conta de quaisquer outros pequenos pedidos que ela lhe faça.

— Não me parece muito diferente de tratar do cão de Verity.

Chade fez uma pausa e sorriu.

— Excelente. Essa será também sua responsabilidade. Torne-se indispensável a todas as pessoas nessa viagem. Então você terá razões para ir a todo lado e ouvir tudo, e ninguém questionará a sua presença.

— E a minha verdadeira tarefa?

— Escutar e aprender. Tanto Shrewd como eu achamos que esses Salteadores dos Navios Vermelhos conhecem bem demais as nossas estratégias e forças. Recentemente, Kelvar tem se mostrado relutante em dispensar os fundos necessários para guardar como convém a Torre da Ilha de Vigia. Por duas vezes foi negligente no seu dever e por duas vezes as vilas da costa do Ducado de Shoaks pagaram por sua negligência. Será que esse comportamento dele é apenas desleixo, ou traição? Será que Kelvar anda trocando ideias com o inimigo para proveito próprio? Queremos que vá farejar por lá, para ver o que consegue descobrir. Se tudo o que encontrar for inocência ou se tiver apenas fortes suspeitas, traga-nos notícias de volta, mas se descobrir alguma traição e estiver certo disso, então nunca será cedo demais para nos livrarmos dele.

— E os meios? — Não estava seguro de que aquela fosse a minha voz. Tão casual, tão contida.

— Preparei um pó, sem sabor na comida, sem cor no vinho. Confiamos na sua engenhosidade e discrição para aplicá-lo.

Ele levantou a tampa de um prato de terracota que estava sobre a mesa. Dentro dele havia um pacote feito de um papel muito fino, mais fino do que qualquer coisa que Fedwren alguma vez tivesse me mostrado. Estranho como o primeiro pensamento que me ocorreu foi o quanto o meu mestre escriba adoraria trabalhar com um papel daquele. Dentro do pacote estava o mais fino dos pós brancos, que se agarrava ao papel e flutuava no ar. Chade protegeu a boca e o nariz com um pano, enquanto retirava uma cuidadosa medida e a colocava em um pedaço dobrado de papel oleado. Estendeu-me, e eu recebi a morte com a palma da mão aberta.

— E como será o efeito nele?

— Não tão depressa. Ele não cairá morto sobre a mesa, se é isso que você está me perguntando, mas, se esvaziar o copo, ele vai se sentir indisposto. Conhecendo Kelvar, suspeito que o estômago borbulhante vai levá-lo para a cama e ele nunca mais vai acordar.

Coloquei o papel no bolso.

— Verity sabe alguma coisa disso?

Chade refletiu sobre a pergunta.

— Verity faz jus ao nome. Ele não conseguiria se sentar à mesa com um homem que estivesse prestes a ser envenenado e esconder isso. Não, nessa tarefa, a discrição nos servirá melhor do que a verdade. — E olhou diretamente nos meus olhos. — Você vai trabalhar sozinho, sem nenhum aconselhamento que não seja o seu próprio.

— Entendi. — Eu me remexi na cadeira alta de madeira. — Chade?

— Sim?

— Foi assim com você? A primeira vez?

Ele baixou a cabeça para olhar as mãos e, por um momento, passou os dedos pelas cicatrizes vermelhas irritadas que percorriam as costas da sua mão esquerda. O silêncio se prolongou, mas eu esperei.

— Eu era um ano mais velho do que você — disse, por fim. — E foi simplesmente fazer a coisa, não decidir se ela deveria ser feita. Isso basta para você?

Eu me senti subitamente envergonhado sem saber por quê.

— Suponho que sim — gaguejei.

— Bom. Sei que não fez por mal, garoto, mas um homem não fala do tempo que passa entre os lençóis com uma dama. E nós, assassinos, não falamos sobre o nosso... trabalho.

— Nem mesmo de professor para aprendiz?

Chade afastou o olhar para um canto escuro do teto.

— Não. — E um momento depois acrescentou: — Daqui a duas semanas talvez você compreenda por quê.

E foi tudo o que alguma vez dissemos sobre o assunto.

Pelas minhas contas, eu tinha treze anos de idade.

LADY THYME

Uma história dos Ducados é um estudo da sua geografia, gostava muito de dizer o escriba da corte do rei Shrewd, o mestre Fedwren. Não posso dizer que tenha encontrado prova que o contradissesse. Talvez todas as histórias sejam a narração de fronteiras naturais. Os mares e o gelo que nos separavam dos ilhéus tornavam-nos povos isolados, enquanto as ricas pradarias e campos férteis dos Ducados criavam riquezas que nos tornavam inimigos; talvez fosse este o primeiro capítulo de uma história dos Ducados. Os rios Urso e Vin são a causa dos ricos vinhedos e pomares de Lavra, tão seguramente como as Montanhas dos Cumes Pintados erguendo-se sobre Juncorla guardavam e isolavam o povo que ali vivia e o deixavam vulnerável aos nossos exércitos organizados.

Acordei sobressaltado antes que a lua tivesse rendido o seu domínio do céu, surpreso por ter mesmo dormido. Burrich tinha supervisionado os meus preparativos para a viagem com tanto detalhe durante a noite anterior que, se tivesse dependido de mim, poderia ter partido um minuto depois de engolir a aveia matinal.

Mas não é assim que acontece quando um grupo de pessoas se prepara para fazer em conjunto o que quer que seja. O sol estava bem acima do horizonte antes que estivéssemos aglomerados e preparados.

— A realeza — Chade havia me prevenido — nunca viaja leve. Verity levará consigo nessa excursão o peso da espada do rei. Todo aquele que o vir passar tem de saber disso sem que lhe seja dito. As notícias devem chegar antes dele a Kelvar e a Shemshy. A mão imperial prepara-se para reconciliá-los. Ambos devem ser levados a desejar nunca haverem tido quaisquer diferenças. Esse é o segredo de governar bem. Fazer as pessoas desejarem viver de forma que não haja necessidade da intervenção do regente.

E assim Verity viajou com uma pompa que claramente irritava a sua alma de soldado. Um grupo seleto de homens trajava as suas cores e o brasão do cervo que representava os Farseer, e cavalgava à frente das tropas regulares. Aos meus olhos jovens, isso bastaria para impressionar quem quer que fosse. Contudo, para evitar que o impacto fosse militar demais, Verity ia acompanhado também de nobres, que tinham como função providenciar conversas e diversão ao fim de cada dia. Falcões e cães de caça com os seus tratadores, músicos e poetas, um apresentador de marionetes, criados que serviam e carregavam senhores e damas, outros que cuidavam das roupas, cabelos e de cozinhar os pratos favoritos deles, burros de carga, todos seguiam atrás dos nobres bem montados e constituíam o final daquela procissão.

O meu lugar era mais ou menos no meio da comitiva. Ia montado em Fuligem, impaciente, ao lado de uma liteira ornamentada puxada por dois capões cinzentos sonolentos. A um dos rapazes do estábulo mais inteligentes, cujo nome era Hands, tinha sido designado um pônei e atribuída a responsabilidade pelos cavalos que carregavam a liteira. Eu devia tomar conta da mula que transportava a nossa bagagem e servir a ocupante da liteira. Tratava-se da muito idosa lady Thyme, que eu nunca tinha conhecido antes. Quando por fim ela apareceu para entrar na liteira, estava tão envolta em capas, véus e lenços que consegui apenas ficar com a impressão de que era idosa de uma forma mais descarnada do que roliça, e que o seu perfume fazia Fuligem espirrar. Acomodou-se no meio de um ninho de almofadas, cobertores, peles e cobertas, e ordenou de imediato que as cortinas fossem fechadas e atadas, apesar da agradável manhã. As duas pequenas aias que a tinham acompanhado até ali dispararam alegremente para longe e deixaram-me sozinho, como seu único assistente. Fiquei com o coração apertado. Tinha esperado que pelo menos uma delas viajasse na liteira com lady Thyme. Quem iria cuidar das suas necessidades pessoais quando a tenda fosse montada? Eu não fazia ideia do que era servir uma mulher, e ainda menos uma tão idosa. Resolvi seguir o conselho de Burrich para jovens que tivessem de lidar com senhoras idosas: ser atento e educado, bem-disposto e agradável. As velhas são facilmente conquistadas por um jovem simpático, ele tinha me dito. Aproximei-me da liteira.

— Lady Thyme? Está confortável?

Um longo intervalo se sucedeu sem resposta. Talvez ela fosse ligeiramente surda.

— Está confortável? — perguntei mais alto.

— Pare de me importunar, jovem! — foi a resposta surpreendentemente enérgica. — Se eu precisar de você, eu te digo.

— Peço perdão — disse rapidamente.

— Pare de me importunar, já disse! — resmungou ela, indignada. E acrescentou, em meio-tom: — Caipira estúpido.

Ao ouvir isso, tive o bom senso de ficar calado, embora a minha irritação tivesse aumentado dez vezes. A esperança de que a viagem fosse alegre e divertida foi por água abaixo. Por fim ouvi as trompas soarem e vi o estandarte de Verity erguido a distância, à nossa frente. A poeira que voou na minha direção me indicou que a guarda avançada tinha iniciado a viagem. Longos minutos se passaram antes que os cavalos adiante começassem a se mexer. Hands forçou os cavalos que puxavam a liteira a andarem e eu assobiei para Fuligem. Ela se colocou em movimento com boa vontade, e a mula nos seguiu, resignada.

Lembro-me bem desse dia. Lembro-me da poeira de todos os que nos precediam, pairando espessa no ar à nossa frente, e de como Hands e eu conversávamos em voz baixa, pois, na primeira vez que rimos alto, lady Thyme gritou:

— Parem com esse barulho!

Também me lembro do azul-claro do céu formando um arco de colina a colina à medida que seguíamos as ondulações suaves da estrada costeira. Do topo das colinas, a vista para o mar era maravilhosa; e o ar, espesso e inebriante da fragrância das flores nos vales. Havia também as pastoras, todas enfileiradas em cima de um muro de pedra soltando risinhos e apontando para nós, corando enquanto passávamos. O seu rebanho lanoso espalhava-se pela ladeira atrás delas, e Hands e eu soltamos exclamações de espanto ao ver como elas tinham posto as saias coloridas de lado e as haviam atado num nó, deixando joelhos e pernas nuas ao sol e ao vento. Fuligem estava inquieta e aborrecida com a lenta progressão, ao passo que o pobre Hands constantemente dava pancadas nas costelas do velho pônei para forçá-lo a manter o passo.

Fizemos duas pausas durante o dia, para que os cavaleiros pudessem descer dos cavalos, esticar as pernas e deixar os animais beberem água. Lady Thyme não saiu da liteira nenhuma vez, mas, em algum momento, lembrou-me rispidamente de que eu já devia ter trazido água para ela. Mordi a língua e fui buscar-lhe uma bebida. Foi o mais perto que estivemos de ter uma conversa.

Quando paramos, o sol ainda estava acima do horizonte. Hands e eu montamos a pequena tenda de lady Thyme enquanto ela jantava dentro da liteira, comendo, de um cesto de vime, carnes frias, queijo e vinho que ela tinha se lembrado de trazer. Hands e eu comemos mal, rações de soldado, constituídas de pão duro, queijo ainda pior e carne-seca. No meio da refeição, lady Thyme requisitou que eu a acompanhasse da liteira à tenda. Saiu agasalhada e velada como se fosse atravessar uma tempestade de neve. Suas vestes eram de cores variadas e de várias épocas, mas todas tinham sido caras e de bom corte um dia. Naquele momento, enquanto ela apoiava em mim todo o seu peso e mancava para a frente, eu podia sentir um cheiro repulsivo e misturado de pó, mofo e perfume, com um cheiro de urina mal disfarçado. À porta da liteira, ela me mandou embora rispidamente e avisou que tinha uma faca e que a usaria, caso eu tentasse entrar ou incomodá-la de alguma maneira.

— E olha que eu sei bem como usá-la, jovem! — ameaçou-me.

As nossas acomodações eram sempre as mesmas que as dos soldados: o chão e as nossas capas. Mas a noite estava agradável e fizemos uma pequena fogueira. Hands zombou da minha cara e riu do meu suposto desejo por lady Thyme e da faca que me esperava, caso tentasse algo. Isso levou a uma disputa entre nós, que terminou quando lady Thyme começou a gritar, ameaçando-nos por não deixá-la dormir. A partir desse momento, começamos a falar em voz baixa, e Hands me disse que ninguém tinha me invejado ao saber que eu tinha sido designado para acompanhá-la; que todas as pessoas que alguma vez tinham viajado com ela passaram a evitá-la. Avisou-me também que a pior tarefa ainda estava por vir, mas se recusou veementemente, embora os seus olhos se enchessem de lágrimas de riso, a me dizer do que se tratava.

Adormeci facilmente, pois, como uma criança, tinha tirado da cabeça a minha verdadeira missão até que tivesse de encará-la.

Acordei ao raiar do dia, com o gorjeio dos pássaros e o mau cheiro insuportável de um penico que estava cheio à entrada da tenda de lady Thyme. Embora o meu estômago tivesse se fortalecido de tanto limpar estábulos e canis, tive de me forçar a despejá-lo e lavá-lo antes de lhe devolver. Naquele instante, ela já estava me criticando da porta da tenda por eu ainda não ter trazido água para ela, quente ou fria, nem cozinhado o seu mingau, cujos ingredientes tinha deixado à minha disposição. Hands tinha desaparecido para ir partilhar da fogueira e das rações dos soldados, deixando-me com a minha tirana. Quando eu tinha terminado de servi-la em uma bandeja — que ela insistiu que estava desmazeladamente arrumada — e devolvido os pratos e o pote lavados, o resto da procissão já estava quase pronto para partir, mas ela não nos deixava desfazer a tenda sem antes estar bem acomodada dentro da liteira. Conseguimos empacotar tudo em uma pressa frenética, e finalmente eu já me encontrava sobre o cavalo sem uma migalha de café da manhã dentro de mim.

Estava esfomeado depois daquela manhã de trabalho. Hands olhava o meu rosto sombrio com alguma simpatia e pediu-me com um gesto que cavalgasse mais perto dele. Inclinou-se para falar comigo.

— Todo mundo, com exceção de nós, já tinha ouvido falar dela — disse, com um breve aceno de cabeça em direção à liteira de lady Thyme. — O mau cheiro que ela produz todas as manhãs é lendário. Whitelock diz que ela costumava acompanhar Chivalry em muitas viagens... Tem parentes espalhados por todos os Seis Ducados e pouco o que fazer senão visitá-los. Todos os soldados dizem que aprenderam há muito tempo a manter distância ou ela os manda fazer serviços trabalhosos e inúteis. Ah, e Whitelock mandou isso para você. Ele disse para você não esperar por uma ocasião em que possa se sentar, e para comer enquanto a serve, mas ele tentará deixar algo separado para você todas as manhãs.

Hands me passou um pedaço de pão com três tiras de bacon, oleosas e frias. Tinha um sabor delicioso. Engoli as primeiras mordidas com avidez.

— Caipira! — guinchou lady Thyme do interior da liteira. — O que você está fazendo aí? Fofocando sobre os seus superiores, sem dúvida. Volte já à sua posição. Como é que você vai tratar das minhas necessidades se fica aí andando à frente?

Puxei rapidamente os arreios de Fuligem e esperei até me encontrar ao lado da liteira. Engoli um grande pedaço de pão com bacon e consegui perguntar:

— Há algo que vossa senhoria queira?

— Não fale com a boca cheia — retorquiu. — E pare de me importunar. Moleque estúpido.

E assim continuamos. A estrada seguia a linha da costa e, no nosso passo carregado, levamos cinco dias inteiros para chegar a Baía Limpa. Com exceção de duas pequenas aldeias, a paisagem consistia em falésias cheias de vento, vales, prados e ocasionalmente grupos de árvores retorcidas e mirradas. E, contudo, parecia repleta de belezas e maravilhas, pois cada curva da estrada me levava a um lugar que nunca tinha visto antes.

À medida que a viagem prosseguia, lady Thyme se tornava cada vez mais tirânica. Lá pelo quarto dia, o fluxo de queixas era constante, e eu não podia fazer muita coisa em relação a elas. A liteira balançava demais e a enjoava. A água que eu lhe trazia de uma ribeira era muito fria, e a dos meus cantis, muito quente. Os homens e os cavalos à nossa frente levantavam poeira demais, e estavam fazendo aquilo de propósito, disso ela tinha certeza. E era para pararem de cantar canções grosseiras. De tão ocupado que eu estava cuidando dela, não tinha tempo para pensar em matar ou não matar o duque Kelvar, mesmo que quisesse.

No início do quinto dia avistamos a fumaça que se erguia das chaminés de Baía Limpa e por volta do meio-dia pudemos distinguir os edifícios maiores e a torre de vigia nos penhascos acima do vilarejo. Baía Limpa era um lugar muito mais calmo do que Torre do Cervo. A estrada descia, serpenteando através de um vale amplo. As águas azuis de Baía Limpa abriam-se à nossa frente. As praias eram arenosas, e a frota pesqueira era constituída por veleiros ocos com fundos chatos e pequenos barcos a remo que cortavam as ondas como gaivotas. Baía Limpa não tinha o ancoradouro fundo de Torre do Cervo e, por causa disso, não era o estaleiro e porto comercial que nós éramos, mas mesmo assim parecia ser um belo lugar para se viver.

Kelvar enviou uma guarda de honra para nos receber, e claro que isso levou a uma parada, para os homens de Kelvar trocarem formalidades com as tropas de Verity.

— Como dois cães cheirando os cus um do outro — observou Hands em um tom azedo.

Em pé nos meus estribos, consegui ver de longe o suficiente para observar as posturas oficiais, e com má vontade acenei a minha concordância. Por fim, pusemo-nos outra vez a caminho e logo estávamos cavalgamos pelas ruas da Cidade de Baía Limpa.

Todos os outros seguiram diretamente para a torre de Kelvar, mas eu e Hands fomos obrigados a escoltar a liteira de lady Thyme por várias ruazinhas até chegarmos à estalagem que ela tinha insistido em usar. A julgar pela expressão da camareira, ela já tinha pernoitado lá antes. Hands levou os cavalos e a liteira para os estábulos, mas eu tive de suportá-la, apoiando todo o seu peso no meu braço enquanto a acompanhava até o quarto. Eu me questionei sobre o que ela teria comido, com um tempero tão nojento, que cada exalação do seu hálito era um verdadeiro sacrifício para mim. Mandou-me embora quando chegamos à porta, ameaçando-me com uma infinidade de punições, caso eu não voltasse pontualmente depois de sete dias. Quando parti, senti pena da camareira, pois a voz de lady Thyme já se elevava em um discurso em voz alta sobre as criadas ladras que tinha encontrado no passado, e de exatamente como queria as roupas da cama arrumadas.

Com o coração leve, montei Fuligem e chamei Hands para que se apressasse. Vagueamos pelas ruas de Baía Limpa e conseguimos alcançar o final da procissão de Verity quando esta entrava na torre de Kelvar. A Guarda da Baía tinha sido construída em um terreno plano que oferecia pouca defesa natural, mas era fortificada por uma série de muros e fossos que um inimigo teria de ultrapassar antes de encarar as sólidas paredes de pedra da torre. Hands me disse que nenhum exército atacante tinha alguma vez passado do segundo fosso, e eu acreditei nele. Havia homens trabalhando na manutenção dos muros e fossos quando passamos, mas pararam e ficaram olhando maravilhados a chegada do príncipe herdeiro à Guarda da Baía.

Quando os portões da fortaleza se fecharam atrás de nós, houve outra interminável cerimônia de acolhimento. Todos, homens e cavalos, ficamos plantados sob o sol do meio-dia enquanto Kelvar e a Guarda da Baía davam as boas-vindas a Verity. Trombetas soaram e, em seguida, o murmúrio de vozes oficiais, abafadas pelo barulho dos cavalos e dos homens que se mexiam. Finalmente a cerimônia acabou, o que foi marcado por um movimento súbito de homens e animais enquanto as formações à nossa frente se dispersavam.

Os homens desceram dos seus cavalos, e os rapazes do estábulo de Kelvar subitamente já estavam diante de nós, indicando-nos onde poderíamos dar água aos nossos animais, pernoitar e — de suma importância para soldados — comer e nos lavar. Segui atrás de Hands enquanto levávamos Fuligem e o pônei ao estábulo. Ouvi o meu nome e me virei para ver Sig, de Torre do Cervo, indicando-me a alguém que trajava as cores de Kelvar.

— Ali está ele, o Fitz. Ei, Fitz! Sitswell diz que estão te chamando. Verity quer que você vá aos seus aposentos. Leon está doente. Hands, cuide de Fuligem para o Fitz.

Quase podia sentir a comida sendo arrancada da minha boca. Mas inspirei fundo e apresentei-me com um rosto alegre a Sitswell, como Burrich tinha me aconselhado. Duvido que aquele homem seco sequer notasse isso. Para ele eu era apenas mais um subalterno em um dia agitado. Levou-me aos aposentos de Verity e lá me deixou, sentindo-se visivelmente aliviado por voltar ao estábulo. Bati à porta com suavidade, e um dos homens de Verity imediatamente a abriu para mim.

— Ah! Graças a Eda que é você. Entre lá, o animal não come, e Verity tem certeza de que é grave. Ande logo, Fitz.

O homem usava o brasão de Verity, mas eu não me lembrava de alguma vez tê-lo conhecido. Às vezes, era desconcertante perceber quantos sabiam quem eu era, ao passo que eu não fazia a mínima ideia de quem eles fossem. Em um quarto anexo, Verity se banhava e instruía alguém em voz alta sobre as vestes que desejava para a noite. Contudo, não era ele a minha preocupação, mas Leon.

Sondei a mente do bicho, pois não tinha escrúpulos em relação a isso quando Burrich não estava por perto. Leon ergueu a cabeça ossuda e olhou-me com olhos de mártir. Estava deitado sobre a camisa suada de Verity, em um canto ao lado de uma lareira apagada. Sentia-se muito quente, aborrecido e, se não fôssemos caçar nada, preferia voltar para casa.

Fingi que o examinava, passando as mãos por seu corpo, erguendo seus beiços para examinar as gengivas e pressionando sua barriga firmemente com a mão. Acabei a inspeção afagando atrás das suas orelhas e disse ao homem de Verity:

— Não há nada de errado com ele, está apenas sem fome. Vamos dar um pote de água fria para ele e esperar. Quando quiser comer, ele vai nos avisar. E agora levemos isso tudo daqui antes que estrague no calor, ele o coma e fique realmente doente.

Referia-me aos restos de torta em uma bandeja que tinha sido preparada para Verity. Nada daquilo era comida adequada para um cão, mas eu estava tão esfomeado que não teria me importado eu mesmo de jantar aqueles restos; e, de fato, o meu estômago roncava só de olhar para eles.

— Será que se fosse à cozinha, não teriam por lá um osso fresco para ele? Algo que servisse mais de brinquedo do que comida é o que o agradaria neste momento...

— Fitz. É você? Venha cá, garoto! Qual é o problema do meu Leon?

— Vou buscar o osso — assegurou-me o homem, e eu me levantei e fui ao quarto anexo.

Verity se levantou, pingando do banho, e pegou a toalha que o criado lhe estendia. Passou-a energicamente pelo cabelo e perguntou-me outra vez enquanto se secava:

— Qual é o problema do Leon?

Aquele era o jeito de ser de Verity. Meses tinham se passado desde a última vez em que tínhamos conversado, mas nem por isso gastou seu tempo com saudações. Chade dizia que era um dos seus defeitos, que não fazia os seus homens se sentirem importantes para ele. Pessoalmente, suponho que ele acreditava que se algo de importante tivesse acontecido comigo, alguém teria lhe dito. Havia uma qualidade vigorosa e direta nele que me agradava, uma suposição de que tudo ia bem a menos que alguém lhe dissesse o contrário.

— Não tem nada de grave, senhor. Está um pouco desconfortável com o calor e com a viagem. Uma noite de repouso em um lugar fresco vai deixá-lo revigorado; mas eu não o encheria de pedaços de torta, não com este tempo quente.

— Bem. — Verity curvou-se para secar as pernas. — Você tem razão, garoto. Burrich sempre diz que você leva jeito com os cães, e não vou ignorar o que ele diz. Só que Leon parecia tão distraído, e normalmente tem bom apetite para tudo, principalmente para o que estiver no meu prato.

Pareceu envergonhado, como se tivesse sido pego paparicando uma criança. Fiquei sem saber o que dizer.

— Se é tudo, senhor, devo voltar ao estábulo?

Olhou-me de relance, por cima do ombro, intrigado.

— Parece ser um pouco de perda de tempo. Hands pode cuidar do seu cavalo, não é? Você precisa se lavar e se vestir se quer ir a tempo do jantar. Charim? Tem água para ele?

O criado estava curvado, colocando as vestes de Verity sobre a cama. Endireitou-se para responder:

— Imediatamente, senhor. E vou preparar também as roupas para ele.

No curto espaço da hora seguinte, o meu lugar no mundo pareceu virar-se de cabeça para baixo. Sabia com antecedência o que iria acontecer. Tanto Burrich como Chade tinham tentado me preparar para este momento. Mas passar subitamente de insignificante parasita em Torre do Cervo a membro da comitiva formal de Verity era um pouco desconcertante. Todo mundo presumia que eu estava a par do que se passava.

Verity já estava vestido e fora do quarto antes de eu entrar na banheira. Charim me informou que ele tinha ido falar com o seu capitão da guarda. Fiquei agradecido por Charim ser um bisbilhoteiro. Não achava que o meu escalão fosse tão elevado que o impedisse de papear e reclamar na minha frente.

— Vou preparar uma cama de palha aqui para você passar a noite. Duvido que vá ficar com frio. Verity disse que queria ter você alojado perto dele e não apenas para tratar do cão. Tem outras tarefas para você?

Charim fez uma pausa esperançosamente. Dissimulei o meu silêncio mergulhando a cabeça na água morna e ensaboando o cabelo para me livrar do suor e da poeira. Em seguida, emergi para respirar.

Ele suspirou.

— Vou preparar as suas roupas. Deixe as sujas comigo. Vou lavá-las para você.

Era muito estranho para mim ter alguém me servindo enquanto eu me lavava, e ainda mais estranho ter alguém cuidando das minhas roupas. Charim insistiu em endireitar as costuras do meu gibão e garantiu que as mangas enormes da minha nova melhor camisa ficassem o mais volumosas possível. Meu cabelo tinha voltado a crescer e agora era longo o suficiente para ter nós que ele desembaraçou rápida e dolorosamente. Para um rapaz acostumado a se vestir sozinho, toda aquela pompa e arrumação pareciam intermináveis.

— O sangue se revela — disse uma voz admirada à entrada do quarto.

Eu me virei para encontrar Verity me contemplando com um misto de dor e divertimento no rosto.

— É a imagem de Chivalry quando tinha essa idade, não é, senhor? — Charim soava muitíssimo contente consigo próprio.

— É, sim. — Verity fez uma pausa para limpar a garganta. — Nenhum homem pode duvidar de quem é o seu pai, Fitz. Eu me pergunto o que meu pai estava pensando quando me disse para deixá-lo bem-visto... Shrewd é astuto como diz seu nome, mas gostaria de saber o que espera ganhar com isso. Ah, bem. — Ele suspirou. — É o jeito que ele tem de reinar e não tenho de me meter nisso. A minha função é simplesmente perguntar a um velho vaidoso por que não consegue manter as suas torres de vigia adequadamente guardadas por seus homens. Ande, garoto. Está na hora de descermos.

Ele se virou e foi embora, sem esperar por mim. Quando tentei correr atrás dele, Charim me segurou pelo braço.

— Três passos atrás e à esquerda dele. Lembre-se.

E foi assim que o segui. À medida que ele se movia pelo corredor abaixo, mais pessoas da nossa comitiva saíam dos seus aposentos e seguiam o príncipe. Vinham todos enfeitados com os mais elaborados adornos, para tirar máximo proveito da oportunidade de serem vistos e invejados fora de Torre do Cervo. O exagero das minhas mangas volumosas parecia bastante razoável quando comparado com o que alguns vestiam. Pelo menos os meus sapatos não tinham pequenos sinos pendurados ou contas de âmbar chacoalhando.

Verity fez uma pausa no topo da escadaria, e uma quietude se abateu sobre a multidão reunida logo abaixo. Olhei os rostos que se viravam para observar o príncipe e tive tempo de ler neles todas as emoções conhecidas pela humanidade. Algumas mulheres se desmanchavam em sorrisos abobados, enquanto outras não contiveram olhares de desdém. Alguns jovens assumiram poses que exibiam as suas roupas; outros, vestidos com mais simplicidade, endireitaram-se como se estivessem em posição de guarda. Vi inveja e amor, desdém, medo e, em alguns rostos, ódio. Mas Verity não deu a ninguém mais do que um olhar de relance antes de descer. A multidão abriu alas diante de nós para revelar o duque Kelvar em pessoa, esperando para nos conduzir ao salão de jantar.

Kelvar não era o que eu esperava. Verity o tinha chamado de vaidoso, mas o que vi foi um homem que envelhecia rapidamente, magro e preocupado, que trajava roupas extravagantes como se fossem uma armadura contra o tempo. Tinha o cabelo grisalho puxado para trás em um fino rabo de cavalo, como se fosse ainda um homem de armas, e andava com o passo peculiar de um experiente espadachim.

Olhei para ele como Chade tinha me ensinado a olhar para as pessoas, e pensei que o compreendia suficientemente bem mesmo antes de nos sentarmos, mas foi após tomarmos os nossos lugares à mesa (e o meu, para minha surpresa, não era muito longe dos mais altos dignitários) que obtive o mais profundo vislumbre da alma do homem, e que não foi proporcionado por nenhum ato dele, mas pelo porte da sua senhora quando chegou e se juntou a nós.

Duvido que a diferença de idade entre mim e a lady Grace de Kelvar não pudesse ser contada nos dedos de uma mão. Estava enfeitada como o ninho de uma gralha. Nunca tinha visto antes vestimentas que falassem tão espalhafatosamente de gastos e tão pouco de gosto. Tomou o seu lugar em uma chuva de floreios e gestos que lembravam um pássaro em rituais de acasalamento. O seu perfume avançou sobre mim como uma onda, e este também falava mais de moedas do que de flores. Trazia um pequeno cão consigo, que era todo pelo sedoso e olhos esbugalhados. Falou com ele em tons de mimo, enquanto o acomodava no colo, e o pequeno animal aninhou-se de encontro a ela e pousou o queixo na borda da mesa. Os olhos de lady Grace mantinham-se fixos no príncipe Verity, tentando ver se ele a notava e se estava impressionado. Da minha parte, observei Kelvar encarando-a enquanto flertava com o príncipe e pensei: *aí está mais da metade dos nossos problemas em manter as torres de vigia guardadas.*

O jantar foi um suplício. Estava com muita fome, mas as boas maneiras me proibiam de mostrá-la. Comi como tinha sido instruído, pegando na minha colher quando Verity pegava na sua, e pondo um prato de lado assim que ele tivesse mostrado desinteresse por ele. Ansiava por uma boa travessa de carne quente com pão ensopado de molho, mas, em vez disso, o que nos ofereceram foram pedacinhos de carne temperada de um jeito estranho, compotas exóticas de fruta, pães brancos e legumes cozidos até ficarem sem cor e então condimentados. Era uma demonstração impressionante de boa comida maltratada em nome da cozinha da moda. Podia notar que o apetite de Verity estava tão frouxo quanto o meu e me perguntei se todos podiam notar que o príncipe não estava muito impressionado.

Chade tinha me ensinado melhor do que eu me dera conta. Fui capaz de assentir educadamente à minha companheira de jantar, uma jovem mulher sardenta, e acompanhar a sua conversa sobre as dificuldades em obter tecido de linho de qualidade em Rippon naqueles dias, enquanto deixava os ouvidos divagarem o suficiente para captar o essencial das demais conversas à mesa. Nenhuma era sobre o assunto que tinha nos trazido ali. Este seria debatido entre Verity e o duque Kelvar, em uma discussão a portas fechadas no dia seguinte, mas muito do que ouvi se referia à guarda da torre da Ilha de Vigia e esboçava os estranhos contornos daquela situação.

Ouvi reclamações de que as estradas não eram tão bem conservadas quanto antes. Alguém comentou que ficaria contente se visse os trabalhos nas fortificações de Guarda da Baía serem retomados. Um homem se queixou de que os bandidos no interior eram tantos que ele mal podia esperar que dois terços das suas mercadorias chegassem de Vara. Isso também parecia ser o fundamento das reclamações da minha companheira de mesa sobre a falta de tecido de qualidade. Olhei para o duque Kelvar e para a forma como ele tomava nota de todos os gestos da jovem esposa. Como se Chade sussurrasse ao meu ouvido, ouvi a sua análise da situação.

— Eis um duque cuja mente não está na tarefa de governar o seu ducado.

Suspeitei que lady Grace estivesse vestindo os reparos de que as estradas necessitavam e os salários dos soldados que teriam mantido as rotas mercantes devidamente guardadas contra os salteadores. Talvez as joias que pendiam das suas orelhas tivessem servido para pagar a guarda das torres da Ilha de Vigia.

O jantar finalmente acabou. O meu estômago estava cheio, mas a fome persistia, de tão pouco substanciosa que a refeição tinha sido. Depois disso, dois menestréis e um poeta nos mantiveram entretidos, mas deixei os ouvidos mais afinados para as conversas casuais dos presentes do que para os finos versos do poeta e as baladas dos menestréis. Kelvar sentou-se à direita do príncipe, enquanto a sua senhora se sentou à esquerda, o cachorrinho dividindo a cadeira com ela.

Grace estava encantada com a presença do príncipe. As suas mãos mexiam-se frequentemente para tocar em um brinco ou bracelete. Não estava acostumada a usar tantas joias. A minha suspeita era de que ela vinha de uma família simples e estava fascinada com a própria posição. Um menestrel cantou "Bela rosa no meio do trevo", com os olhos fixos nela, e foi recompensado com o rubor das suas bochechas. Contudo, à medida que transcorria a noite, e eu me sentia mais cansado, fui notando que lady Grace murchava. Bocejou uma vez, levantando a mão tarde demais para encobrir a boca. O pequeno cão tinha adormecido no seu colo, e contorcia-se e gania ocasionalmente nos sonhos do seu pequeno cérebro. À medida que se tornava mais sonolenta, comecei a achá-la mais parecida com uma criança; afagava o cão como se fosse uma boneca, e encostou a cabeça ao canto da cadeira. Começou a cambalear por duas vezes. Vi-a beliscar disfarçadamente a pele dos pulsos em um esforço para se manter acordada. Ficou visivelmente aliviada quando Kelvar chamou os menestréis e o poeta para recompensá-los pelo sarau. Tomou o braço do seu senhor para segui-lo rumo ao quarto sem nunca largar o cão que acomodava no colo.

Senti-me aliviado ao subir a escadaria em direção à antessala de Verity. Charim tinha arrumado uma cama de penas para mim e alguns lençóis. Era tão confortável quanto a minha própria cama. Estava ansioso para dormir, mas Charim fez um gesto para que eu fosse ao quarto de Verity. Verity, sempre soldado, não precisava de lacaios para andarem por ali e descalçarem as suas botas. Apenas Charim e eu o servimos. Charim papagueava e resmungava enquanto seguia os passos de Verity, pegando e alisando as vestimentas que o príncipe casualmente largava. Imediatamente levou as botas de Verity para um canto e começou a espalhar mais cera no couro. Verity enfiou uma camisola pela cabeça e virou-se para mim.

— E então? O que tem para me contar?

Fiz um relatório para ele como costumava fazer para Chade, contando-lhe tudo o que tinha ouvido dizer, tão fielmente quanto podia, e indicando quem tinha falado e com quem. Por fim, acrescentei as minhas próprias suposições sobre o significado daquilo tudo.

— Kelvar é um homem que tomou uma esposa jovem, a qual se impressiona facilmente com opulência e prendas — concluí. — Não faz a menor ideia das responsabilidades da própria posição, quanto mais das dele. Kelvar desvia dinheiro, tempo e pensamentos dos seus deveres para encantá-la. Se não fosse desrespeitoso dizer isto, eu imaginaria que a virilidade dele começa a falhar, e que, em troca, procura satisfazer a jovem esposa com prendas.

Verity suspirou pesadamente. Tinha se jogado para cima da cama durante a segunda parte do meu discurso. Agora cutucava o travesseiro mole demais e o dobrava para que oferecesse mais apoio à cabeça.

— Maldito Chivalry — disse de forma distraída. — Este é o tipo de problema para ele, e não para mim. Fitz, você fala como seu pai. E, se ele estivesse aqui, encontraria uma forma sutil de lidar com a situação. Neste momento, Chiv já teria resolvido o assunto, com um dos seus sorrisos e um beijo na mão de alguém. Mas não é a minha maneira de fazer as coisas e não vou fingir que seja.

Mexeu-se na cama desconfortavelmente, como se esperasse que eu o criticasse pela forma como cumpria os seus deveres.

— Kelvar é um homem e um duque. Tem obrigações. Deve guardar aquela torre de forma adequada. É suficientemente simples, e eu tenho intenção de dizer isso a ele sem rodeios. Que ponha soldados decentes na torre e que os mantenha lá, e contentes o suficiente para fazerem o trabalho deles. Isso me parece simples. E não vou fazer disso uma dança diplomática.

Mexeu-se pesadamente na cama e então, de forma abrupta, virou as costas para mim.

— Apague a luz, Charim.

E foi o que Charim fez, com tanta presteza que fiquei em pé no escuro e tive de tatear o caminho para fora do quarto e de volta à minha cama. Enquanto estava deitado, ponderei a incapacidade demonstrada por Verity para ver mais do que uma pequena parte do problema. É certo que podia forçar Kelvar a guardar a torre, mas não podia forçá-lo a fazer isso de forma competente, ou a sentir-se empenhado e orgulhoso disso. Para obter esse tipo de coisa era necessário recorrer à diplomacia. E medidas a respeito dos trabalhos na estrada, da manutenção das fortificações e do problema dos salteadores? Todos esses problemas tinham de ser remediados. E de uma forma que o orgulho de Kelvar fosse mantido intacto, e que a sua posição em relação ao duque Shemshy fosse simultaneamente corrigida e afirmada. E alguém tinha de levar a cabo a tarefa de ensinar à sua esposa as suas responsabilidades. Tantos problemas. Mas, mal a minha cabeça tocou no travesseiro, adormeci.

BANHABASTA

Bobo chegou a Torre do Cervo no décimo sétimo ano do reinado do rei Shrewd. Esse é um dos poucos fatos conhecidos sobre ele. Dizia-se que tinha sido um presente dos mercadores de Vila Bing, mas sobre a sua origem apenas se podem fazer suposições. Várias histórias foram surgindo. Uma diz que Bobo era um prisioneiro dos Salteadores dos Navios Vermelhos, e que os mercadores de Vila Bing o tinham resgatado do poder deles. Outra diz que Bobo foi encontrado ainda bebê, à deriva em um pequeno barco, protegido por um guarda-sol feito de pele de tubarão, e deitado numa cama almofadada cheia de ramos de urze e lavanda espalhados. Tudo isso pode ser atribuído ao resultado de uma imaginação fantasiosa. Não temos conhecimento real da vida de Bobo antes da sua chegada à corte do rei Shrewd.

É quase certo que Bobo nasceu da raça humana, embora não totalmente de pais humanos. Relatos de que ele nasceu dos Outros são quase certamente falsos, pois os seus dedos não têm membranas e ele nunca demonstrou qualquer medo de gatos. As características físicas incomuns de Bobo (a ausência de cor, por exemplo) parecem ser próprias da sua outra ascendência, e não uma aberração individual, embora tal conjectura possa também ser incorreta.

No que diz respeito a Bobo, aquilo que não sabemos é quase mais significativo do que o que sabemos. A idade de Bobo na ocasião da sua chegada a Torre do Cervo tem sido tema de suposições. Da minha experiência pessoal, posso garantir que Bobo parecia ser muito mais novo e mais imaturo em tudo do que nos dias de hoje. Contudo, visto que sempre mostrou poucos sinais de envelhecimento, pode ser que não fosse afinal tão jovem quanto inicialmente parecia, mas que, em vez disso, estivesse no final de uma infância prolongada.

O sexo do Bobo tem sido discutido. Quando diretamente questionado a respeito disso por uma pessoa mais jovem e com menos rodeios do que eu, Bobo respondeu que ninguém tinha nada a ver com isso, senão ele.

No que diz respeito às suas previsões e às formas irritantemente vagas como se expressa, não há consenso se é a manifestação de um dom individual ou racial. Alguns acreditam que ele sabe tudo antes de acontecer, e que até sabe sempre se alguém, em algum lugar, está falando dele. Outros dizem que tudo não passa do seu grande prazer em dizer "Eu te avisei!" e que, por causa disso, se apega às coisas mais obscuras que disse antes e as distorce de forma que pareçam ter sido profecias. Pode ser que algumas vezes tenha sido assim, mas, em muitos casos bem testemunhados, ele previu, ainda que obscuramente, eventos que mais tarde aconteceriam.

A fome me despertou pouco antes da meia-noite. Fiquei deitado, acordado, ouvindo a barriga roncar. Fechei os olhos, mas a necessidade de comer era suficiente para me deixar enjoado. Levantei-me e tateei o caminho até a mesa onde a bandeja de tortas de Verity estava, mas os criados já a tinham retirado.

Abrindo a porta do quarto, saí para o corredor mal iluminado. Os dois homens que Verity tinha colocado ali olharam para mim em interrogativa.

— Estou morrendo de fome — disse a eles. — Por acaso sabem onde fica a cozinha?

Nunca conheci um soldado que não soubesse onde ficava a cozinha. Agradeci e prometi trazer para eles alguma coisa do que encontrasse por lá. Segui pelo corredor sombrio. Enquanto descia os degraus, estranhei ter madeira em vez de pedra sob os pés. Movi-me como Chade tinha me ensinado, pousando os pés silenciosamente, andando pelos cantos mais escuros das passagens, escolhendo os lados dos corredores onde as tábuas do chão tinham menor probabilidade de estalar. E tudo isso era natural para mim.

O resto da torre parecia estar entregue ao sono. Dos poucos guardas pelos quais passei, a maioria cochilava e nenhum me perguntou o que quer que fosse. Na ocasião, atribuí tal fato aos meus movimentos dissimulados. Mas agora imagino se eles teriam considerado um menino magricela e de cabelos emaranhados uma ameaça com que valesse a pena se incomodar.

Encontrei a cozinha com facilidade. Era um cômodo grande e aberto, com paredes de pedra que serviam de defesa contra incêndios. Havia três fogões grandes com fogueiras bem preparadas para durar a noite inteira. Apesar de já ser muito tarde, ou cedo demais, o lugar estava bem iluminado. A cozinha de uma torre nunca fica completamente adormecida.

Vi as panelas cobertas e senti o cheiro do pão fermentando. Um caldeirão imenso de guisado era mantido quente na beirada de um dos fogões. Quando espreitei debaixo da tampa, constatei que não sentiriam falta de uma tigela ou duas. Examinei o lugar. Encontrei pão numa prateleira e, em outro canto, achei um recipiente de manteiga mantida fria dentro de um grande barril de água. Nada muito elaborado. Ainda bem. Apenas a comida simples pela qual tinha ansiado o dia todo.

Estava na metade da segunda tigela quando ouvi um arrastar suave de passos. Olhei para cima com o meu sorriso mais encantador, esperando que a cozinheira se mostrasse tão coração mole quanto a de Torre do Cervo. Mas era uma criada, com uma manta sobre os ombros, por cima da camisola, trazendo nos braços um bebê envolto em cobertores. Chorava. Desviei os olhos dela, sentindo-me pouco confortável com a situação.

De qualquer forma, ela apenas me olhou de relance. Colocou o bebê enrolado em cobertores sobre a mesa, pegou uma tigela e a encheu de água fria, o tempo todo falando em voz baixa. Inclinou-se sobre o bebê.

— Aqui, meu amor, meu querido. Isso vai ajudar. Tome um pouquinho. Oh, amorzinho, não consegue lamber? Abra a boca, então. Vamos lá, abra a boquinha.

Não pude deixar de observá-la. Segurava a tigela desajeitadamente e tentava levá-la à boca do bebê, ao passo que usava a outra mão para forçar o bebê a abrir a boca, usando muito mais força do que eu alguma vez tinha visto uma mãe usar com uma criança. Por fim, inclinou demais a tigela e a água derramou. Ouvi um gorgolejo sufocante seguido de um som abafado. Quando saltei do meu assento para protestar, a cabeça de um cãozinho emergiu da trouxa de cobertores.

— Oh, ele está engasgando outra vez! Está morrendo! O meu pobre Faísca está morrendo e ninguém se importa. Ele continua roncando, eu não sei o que fazer e o meu amorzinho está morrendo.

Abraçou com força o cachorro enquanto este se sufocava. O animal abanou a cabecinha freneticamente e em seguida pareceu acalmar-se. Se não tivesse ouvido sua respiração ofegante, juraria que ele tinha morrido nos braços dela. Os olhos bojudos e negros encontraram os meus e senti a força do pânico e da dor do pequeno animal. *Calma.*

— Escute — eu me ouvi dizer. — Você não o está ajudando ao apertá-lo com tanta força. Ele quase não consegue respirar. Solte-o. Desembrulhe-o. Deixe-o decidir como se sente mais confortável. Assim todo embrulhado está muito quente, e ele está tentando arfar e se engasga, tudo ao mesmo tempo. Solte-o.

Ela era uma cabeça mais alta do que eu e, por alguns instantes, pensei que ia ter de enfrentá-la, mas ela deixou que eu pegasse o pobre cão embrulhado dos seus braços e o libertasse das várias camadas de tecido. Coloquei-o na mesa.

A miséria do animalzinho era total. Mantinha-se de pé, com a cabeça decaída entre as patas dianteiras. O focinho e o peito estavam lustrosos de saliva, a barriga distendida e dura. Começou outra vez a ter ânsias de vômito e a se engasgar. A pequena mandíbula se escancarara, os lábios se contorceram e se arreganharam, mostrando os pequenos dentes pontiagudos. A língua muito vermelha comprovava a violência dos seus esforços. A moça deu um grito e saltou para a frente tentando pegá-lo outra vez, mas eu a empurrei para trás severamente.

— Não o pegue — disse-lhe impacientemente. — Ele está tentando colocar alguma coisa para fora e não consegue fazer isso se você ficar apertando as tripas dele.

Ela parou.

— Tentando colocar alguma coisa para fora?

— Ele está agindo como se alguma coisa estivesse presa na goela. Ele comeu ossos ou penas?

Ela pareceu arrasada.

— Havia espinhas no peixe. Mas só aquelas pequenininhas.

— Peixe? Que idiota é que deixa o cachorro comer peixe? Era fresco ou podre?

Eu já tinha visto o quão doente um cão pode ficar por comer salmão podre na margem de um rio. Se este animalzinho tinha comido a mesma coisa, não tinha chance nenhuma de sobreviver.

— Era fresco e bem cozido. A mesma truta que eu comi no jantar.

— Bem, pelo menos não há chance de ser venenosa para ele. Por enquanto, é só a espinha. Mas, se cair no estômago dele, ainda é provável que o mate.

Ela arquejou.

— Não, não pode ser! Ele não pode morrer. Ele vai ficar bem. Tem apenas um mal-estar no estômago. Eu dei muita comida para ele. Vai ficar bem. De qualquer forma, o que você sabe disso tudo, garoto da cozinha?

Observei o cão ter outra ânsia de vômito, quase convulsiva. Nada veio à sua boca, com exceção de bile amarela.

— Não sou um garoto da cozinha. Sou um garoto dos cães. Do cão do próprio Verity, se você quer saber. E, se não ajudarmos este filhotinho, ele vai morrer. Em breve.

Ela me observou, no rosto uma mistura de fascínio e terror, enquanto eu agarrava firmemente a sua pequena mascote. *Estou tentando te ajudar*. Ele não acreditou em mim. Abri à força a boca dele e enfiei os dedos goela abaixo. O cão começou a ter ânsias de vômito ainda mais fortes e começou a me bater freneticamente com as patas dianteiras. As unhas dele estavam precisando ser cortadas. Com as pontas dos dedos, consegui sentir a espinha na garganta dele. Mexi e senti que ela se movia, mas estava entalada, atravessada na garganta do pobre animal. Ele soltou um uivo estrangulado e se contorceu freneticamente nos meus braços. Eu o soltei.

— Bem. Ele não vai se livrar daquilo sem ajuda — observei.

Deixei-a choramingando. Pelo menos, não o pegou nem o apertou. Enchi a mão com um pouco da banha do barril e a despejei na minha tigela. Agora precisava de algo em forma de gancho, ou pelo menos bem curvado, mas não muito grande... Procurei nos cestos e, finalmente, achei um gancho curvo de metal com um cabo. Provavelmente era usado para tirar panelas quentes do fogo.

— Sente-se — disse à moça.

Ela olhou para mim, boquiaberta, e em seguida se sentou obedientemente no banco para o qual eu tinha apontado.

— Agora segure-o firme, entre os joelhos. E não o deixe escapulir, não importa o quanto ele bata em você com as patas, ou o quanto se contorça ou comece a ganir. E segure as patas dianteiras dele para que ele não me arranhe enquanto eu faço isso. Entendeu?

Ela inspirou profundamente, engoliu em seco e assentiu. Lágrimas rolavam pelo rosto dela. Coloquei o cachorro no colo e pus as mãos dela em cima dele.

— Segure com firmeza — disse-lhe. Peguei um pedaço de banha com uma colher. — Vou usar a gordura para lubrificar a garganta dele. Depois, tenho que abrir a boca dele à força, enganchar a espinha e puxá-la para fora. Está pronta?

Ela assentiu novamente. As lágrimas tinham parado de correr e os lábios estavam fechados bem firmes. Fiquei contente ao ver que havia alguma força nela. Acenei de volta.

A parte fácil foi pôr a banha goela abaixo. Contudo, isso bloqueou a garganta dele, e o seu pânico aumentou, afetando o meu autocontrole com aquelas ondas de terror. Não tinha tempo para ser gentil enquanto forçava a boca do cachorro a se abrir e enfiava o gancho em sua goela. Só esperava que não rasgasse a carne do animal. Mas, se fizesse isso, bem, ele morreria de qualquer forma. Girei a ferramenta na sua garganta enquanto ele se sacudia, gania e urinava na dona. O gancho pescou a espinha e eu a puxei para cima, em um esforço firme e contínuo.

A coisa saiu em uma mistura de espuma, bile e sangue. Era um pequeno osso, parte do esterno de um passarinho, e não uma espinha. Joguei-o em cima da mesa.

— E ele também não devia ter acesso a ossos de aves — falei em tom severo.

Não creio que ela tenha me ouvido. O cãozinho estava arfando de gratidão no colo dela. Peguei o prato de água e dei para ele beber. Ele farejou, bebeu um pouquinho e se enrolou, exausto. Ela o pegou e o embalou nos braços, com a cabeça inclinada sobre a dele.

— Tem uma coisa que eu quero de você — comecei.

— Tudo o que quiser — disse ela para o pelo do cachorro. — Diga e será seu.

— Em primeiro lugar, pare de dar a ele sua comida. Por um tempo, dê-lhe apenas carne vermelha e grãos cozidos. E, para um cão desse tamanho, não mais do que um punhado. E não o carregue para todo lado. Ponha-o para correr, para ganhar um pouco de músculo e desgastar as unhas. E lave-o. Ele cheira mal, tanto o pelo quanto o hálito, por causa da comida condimentada demais. Senão ele não vai viver mais do que um ano ou dois.

Ela ergueu os olhos, assustada. Levou a mão à boca. E algo no movimento, tão semelhante à forma autoconsciente como tinha tocado nas joias durante o jantar, me fez perceber quem é que eu estava repreendendo. Lady Grace. E eu tinha feito o cão urinar em cima da camisola dela.

Algo no meu rosto deve ter me denunciado. Ela sorriu, deliciada, e segurou o cãozinho mais perto de si.

— Farei como sugere, garoto dos cães. Mas e para você? Não há nada que queira me pedir como recompensa?

Ela pensava que eu iria lhe pedir uma moeda, ou um anel, ou mesmo um emprego na sua casa. Em vez disso, com tanta firmeza quanto pude, olhei para ela e disse:

— Por favor, lady Grace. Peço que interceda com o seu senhor para que guarde a torre da Ilha de Vigia com os seus melhores homens, para pôr fim à disputa entre os ducados de Rippon e Shoaks.

— Como?

Aquela pergunta de uma só palavra revelou muito sobre ela. O sotaque e a inflexão não tinham sido aprendidos enquanto lady Grace.

— Peça ao seu senhor que guarde bem as torres. Por favor.

— Por que é que um garoto dos cães se preocupa com esse tipo de coisa?

A pergunta dela foi muito direta. Onde quer que Kelvar a tivesse encontrado, não era de nascimento nobre, ou de grandes posses. O prazer que demonstrou quando a reconheci, a forma como havia trazido o cão para o conforto familiar da cozinha ela mesma, envolto no cobertor, revelava uma moça do povo, elevada depressa demais e acima demais da sua condição prévia. Estava sozinha e insegura, e ninguém tinha lhe ensinado o que era esperado dela. Pior, sabia que era ignorante, e esse fato a consumia por dentro e amargava seus prazeres com medo. Se não aprendesse como ser uma duquesa antes que a juventude e a beleza entrassem em declínio, apenas longos anos de solidão e humilhação a esperavam. Necessitava de um mentor, alguém secreto, como Chade. Precisava dos conselhos que eu pudesse lhe dar, imediatamente. Mas eu tinha de ser cuidadoso, pois ela não aceitaria conselhos de um garoto dos cães. Apenas uma moça do povo podia fazer isso, e a única coisa que ela sabia sobre si mesma neste momento era o fato de que já não era uma moça do povo, mas uma duquesa.

— Tive um sonho — disse a ela, subitamente inspirado. — Tão claro. Como uma visão. Ou um aviso. Isso me acordou e me fez vir à cozinha.

Deixei os meus olhos desfocados. Os olhos dela se arregalaram. Eu a tinha em meu poder.

— Sonhei que uma mulher tinha proferido palavras sábias e transformado três homens poderosos em uma muralha unida que os Salteadores dos Navios Vermelhos não podiam transpor. Ela os encarou, com joias nas mãos, e lhes disse: "Que as torres de vigia brilhem mais intensamente do que as joias destes anéis. Que os soldados vigilantes que as guardam orlem a nossa costa como estas pérolas costumavam orlar o meu pescoço. Que as fortalezas sejam reforçadas outra vez contra os que ameaçam a nossa gente. Porque eu andaria alegremente despojada diante do rei e do homem do povo se as defesas que guardam a nossa gente se tornassem as joias da nossa terra". E o rei e os seus duques ficaram maravilhados com o coração sábio e os modos nobres dessa mulher. E o povo a amou mais que a todos, pois sabia que ela o amava mais que ao ouro e à prata.

Era um discurso desajeitado, longe da explanação habilidosa que eu esperara alcançar, mas caiu no gosto dela. Pude vê-la imaginando-se aprumada e nobre em frente ao príncipe herdeiro e deixando-o maravilhado com o seu sacrifício. Senti nela o desejo ardente de se destacar, de ser admirada pelo povo do qual provinha. Talvez tivesse sido antes leiteira ou criada da cozinha, e assim ainda a vissem os que a tinham conhecido. Isso mostraria a eles que ela era agora uma duquesa, mais do que apenas um nome. O duque Shemshy e o seu séquito divulgariam o seu feito pelo Ducado de Shoaks. Os menestréis celebrariam as suas palavras em canções. E seu marido, por sua vez, ficaria surpreendido com ela. Passaria a vê-la como alguém que se preocupava com a terra e o povo, e não apenas como uma coisinha bonita que tinha caçado com o seu título. Podia quase ver os pensamentos desfilarem pela mente dela. Os seus olhos tinham se tornado distantes e o seu rosto estampava um sorriso abstrato.

— Boa noite, garoto dos cães — disse ela gentilmente, e saiu da cozinha, o cão aninhado junto ao peito.

Ela trazia o cobertor em volta dos ombros como se fosse um manto de arminho. Representaria muito bem o seu papel no dia seguinte. Esbocei subitamente um grande sorriso, imaginando que talvez tivesse cumprido a minha missão sem necessitar de veneno. Não que tivesse realmente investigado se Kelvar era culpado de traição, mas tinha a impressão de ter cortado o mal pela raiz. Podia apostar que as torres de vigia seriam bem guardadas antes de uma semana.

Refiz o caminho de volta à cama. Tinha roubado um pedaço de pão fresco da cozinha, que ofereci aos guardas que me deixaram voltar ao quarto de Verity. Em uma parte distante de Guarda da Baía alguém anunciou a hora. Não prestei muita atenção. Eu me enfiei outra vez na cama, a barriga satisfeita e o espírito antecipando o espetáculo que lady Grace daria no dia seguinte. Adormeci enquanto apostava comigo mesmo que ela vestiria algo liso, simples e branco, e que usaria o cabelo solto.

Nunca cheguei a saber como se passou. Tive a impressão de que se passaram apenas alguns momentos até me acordarem com um chacoalhão. Abri os olhos para encontrar Charim debruçado em cima de mim. A luz fraca de uma vela acesa projetava sombras alongadas nas paredes do quarto.

— Acorde, Fitz — sussurrou numa voz rouca. — Um mensageiro veio à torre, a mando de lady Thyme. Requer a sua presença imediatamente. O seu cavalo está sendo preparado.

— A minha presença? — perguntei estupidamente.

— Claro. Separei umas roupas para você. Vista-se sem fazer barulho. Verity ainda está dormindo.

— Ela precisa de mim para quê?

— Não sei. A mensagem não era específica. Talvez esteja doente, Fitz. O mensageiro disse apenas que ela requer a sua presença imediatamente. Suponho que você vai descobrir quando chegar lá.

Aquilo era um suave consolo, mas suficiente para despertar a minha curiosidade e, de qualquer forma, eu tinha de ir. Não sabia exatamente qual era a relação de lady Thyme com o rei, mas ela estava bem acima de mim em importância. Não ousava ignorar as suas ordens. Vesti-me depressa à luz da vela e deixei o quarto pela segunda vez na noite. Hands tinha deixado Fuligem equipada e pronta, juntamente com uma piada de mau gosto sobre aquela convocação. Sugeri como ele poderia se distrair sozinho o resto da noite e fui embora. Recebi passagem imediata pelos guardas, que tinham sido previamente avisados da minha chegada.

Dentro do povoado, virei duas vezes na direção errada. Tudo parecia diferente à noite e não tinha prestado muita atenção ao caminho da primeira vez. Por fim, encontrei o pátio da estalagem. A dona do estabelecimento, preocupada, estava acordada e tinha uma luz acesa à janela.

— Ela está gemendo e chamando por você faz quase uma hora — disse-me ansiosamente. — Temo que seja sério, mas ela não deixa ninguém entrar, a não ser você.

Corri pelo corredor em direção à porta dela. Bati com cautela, meio à espera de ouvir a voz estridente me dizer que fosse embora e que parasse de importuná-la. Em vez disso, uma voz trêmula me chamou:

— Oh, Fitz, é você finalmente. Ande logo, garoto. Preciso de você.

Inspirei fundo e levantei a tranca. Entrei na semiescuridão do quarto mal ventilado, segurando a respiração em defesa contra os vários odores que atacavam as minhas narinas. *Um fedor de morte dificilmente poderia ser pior do que isso*, pensei.

A única luz no quarto provinha de uma só vela que estava derretendo no suporte. Peguei-a e aventurei-me para mais perto da cama.

— Lady Thyme? — perguntei suavemente. — Qual é o problema?

— Garoto. — A voz calma vinha de um canto escuro do quarto.

— Chade — disse, e não me lembrava de ter me sentido tão tolo alguma vez na vida.

— Não há tempo para explicar tudo. Não se sinta mal, garoto. Lady Thyme tem enganado muita gente ao longo do tempo, e vai continuar fazendo isso. Pelo menos espero que seja assim. Agora. Confie em mim e não faça perguntas. Faça apenas o que eu te disser. Primeiro, vá até a dona da estalagem. Diga-lhe que lady Thyme teve um dos seus ataques e que precisa repousar por alguns dias. Diga-lhe que de forma alguma ela deve ser incomodada. E que a sua bisneta virá tomar conta dela.

— Quem?

— Isso já foi arranjado. E diga que a bisneta trará comida e todo o resto de que ela precisa, enfatize que lady Thyme precisa de silêncio e deve ser deixada sozinha. Vá e faça isso agora.

E assim eu fiz, e minha agitação era suficiente para ser bem convincente. A dona da estalagem me prometeu que não deixaria ninguém sequer bater à porta, pois não queria arriscar estragar a boa imagem que lady Thyme tinha da sua estalagem e do seu negócio. Pelo que captei, lady Thyme lhe pagava generosamente.

Voltei a entrar no quarto, silenciosamente, fechando a porta de leve atrás de mim. Chade baixou a tranca e acendeu uma vela nova. Estendeu um pequeno mapa ao lado desta, sobre a mesa. Notei que ele estava vestido para viajar — capa, botas, gibão e calças, tudo preto. De súbito, parecia um homem diferente, em boa forma e enérgico. Comecei a pensar se o velho nas vestes gastas pelo uso não seria também um disfarce. Levantou os olhos para me olhar de relance e, por um momento, poderia jurar que era Verity, o soldado, quem me encarava, mas ele não me deu tempo para suposições.

— As coisas aqui vão ter de acontecer independentemente do que houver entre Verity e Kelvar. Você e eu temos trabalho à nossa espera no outro lado. Recebi uma mensagem. Os Salteadores dos Navios Vermelhos atacaram aqui, em Forja. Tão perto de Torre do Cervo que é mais do que apenas um insulto: é uma verdadeira ameaça. E será levada a cabo enquanto Verity está na Baía Limpa. Não me diga que eles não sabiam que estava aqui, fora de Torre do Cervo. Mas isso não é tudo. Fizeram reféns e os arrastaram para os seus navios. E enviaram uma mensagem a Torre do Cervo, ao próprio rei Shrewd. Exigem ouro — muito — ou devolverão os reféns à aldeia.

— Você quer dizer que eles matarão os reféns se não receberem o ouro?

— Não. — Chade balançou a cabeça irritado, como um urso incomodado por abelhas. — Não, a mensagem era bastante clara. Se o ouro for pago, eles matarão os reféns. Caso contrário, irão libertá-los. O mensageiro era de Forja, um homem cuja mulher e filho tinham sido raptados. E ele insistiu que tinha entendido bem qual era a ameaça.

— Não vejo isso como um problema — disse.

— À primeira vista, eu também não. Mas o homem que levou a mensagem a Shrewd ainda estava tremendo, apesar da longa cavalgada. Não podia explicar mais claramente a situação nem dizer se achava que o ouro devia ser pago. Tudo o que conseguia fazer era repetir constantemente como o capitão do navio tinha sorrido enquanto lhe ditava o ultimato, e como os outros salteadores tinham gargalhado com as suas palavras. Portanto, iremos lá ver isso, você e eu. Antes que o rei anuncie uma resposta oficial, antes que Verity saiba. Agora preste atenção. Esta é a estrada por onde viemos. Vê como segue a curva da costa? E este é o caminho por onde iremos. É muito mais reto, mas também mais inclinado e, em alguns lugares, pantanoso, já que nunca foi usado por carroças. Mas muito mais rápido para homens a cavalo. Aqui, um pequeno barco está à nossa espera; atravessar a baía desse modo encurtará em muitas milhas e tempo a nossa viagem. Acostaremos neste ponto, e daí subiremos em direção a Forja.

Estudei o mapa. Forja ficava a norte de Torre do Cervo. Fiquei imaginando quanto tempo o nosso mensageiro tinha demorado para nos alcançar e se, quando chegássemos lá, a ameaça dos Salteadores dos Navios Vermelhos já teria sido consumada. Mas não valia a pena ficar supondo.

— E um cavalo para você?

— Isso já foi arranjado. Pela mesma pessoa que trouxe essa mensagem. Há um cavalo baio lá fora com três patas brancas. Esse é para mim. O mensageiro irá providenciar também uma bisneta para lady Thyme. O barco espera por nós, vamos.

— Um momento — eu disse, e ignorei sua testa franzida por causa do atraso. — Tenho de perguntar isto, Chade. Você estava aqui porque não confia em mim?

— É justo que me pergunte isso, eu suponho. Não. Estava aqui para ficar à escuta do povoado, das conversas das mulheres, da mesma forma que você estava à escuta da torre. As chapeleiras e as vendedoras de botões podem saber mais do que um conselheiro do rei, mesmo sem saberem que sabem. Agora vamos embora?

Foi o que fizemos. Deixamos a estalagem pela entrada lateral, e um cavalo baio estava logo à saída. Fuligem não gostou muito dele, mas se comportou. Senti a impaciência de Chade, mas ainda assim ele manteve os cavalos a um passo sossegado até deixarmos as ruas pavimentadas de Baía Limpa. Quando as luzes das casas estavam bem atrás de nós, fizemos os cavalos correrem a um galope suave. Chade liderava, e eu estava surpreendido com o quão bem ele cavalgava e com a facilidade que demonstrava em escolher os caminhos no escuro. Fuligem não gostava de viajar a uma velocidade tão grande durante a noite. Se não fosse a lua quase cheia, não penso que tivesse conseguido persuadi-la a acompanhar o baio.

Nunca vou esquecer aquela cavalgada noturna. Não porque tenha sido um galope desenfreado para salvar alguém, mas precisamente porque não foi isso. Chade nos guiou e usou os cavalos como se fossem peças de xadrez em um tabuleiro. Não jogou depressa, mas jogou para ganhar. E assim houve momentos em que fizemos os cavalos andarem devagar para deixá-los recuperar o fôlego e momentos em que descemos dos cavalos e os conduzimos para passar em segurança por locais traiçoeiros.

Quando a manhã começou a acinzentar o céu, paramos para comer das provisões trazidas por Chade. Estávamos no topo de um monte tão densamente povoado de árvores que dificilmente enxergávamos o céu acima delas. Podia ouvir o oceano e sentir o seu cheiro, mas não conseguia vislumbrá-lo. O nosso caminho tinha se tornado sinuoso, pouco mais do que uma trilha de veados através da floresta. Agora que estávamos parados, podia sentir o cheiro e o barulho de vida à nossa volta. Os pássaros gorjeavam, e ouvi o movimento de pequenos animais na moita e nos ramos acima de nós. Chade tinha se espreguiçado e sentado sobre uma camada grossa de musgo, encostado a uma árvore. Bebeu longamente de um cantil de água e depois, em menos tempo, de um frasco de aguardente. Parecia cansado, e a luz do dia revelava a sua idade de uma forma mais cruel do que a luz da vela alguma vez tinha feito. Não sabia se ele conseguiria suportar a viagem ou se o esforço o faria sucumbir.

— Vou ficar bem — disse, quando me pegou observando-o. — Já precisei executar tarefas mais árduas do que esta, e com menos tempo de sono. Além disso, temos umas boas cinco ou seis horas de descanso no barco, se a travessia for calma. Portanto, não há razão para ansiar por dormir. Vamos, garoto.

Cerca de duas horas mais tarde, o nosso caminho se bifurcou, e pegamos outra vez a ramificação mais obscura. Daí em diante, tive de ir praticamente deitado no pescoço de Fuligem para evitar os ramos baixos. Era úmido e abafado sob as árvores, e fomos agraciados com enxames de pequenas moscas que torturavam os cavalos e se agarravam às roupas em busca de carne para se deleitarem. Os enxames eram tão densos que, quando finalmente ganhei coragem suficiente para perguntar a Chade se estávamos perdidos, quase me sufoquei com as moscas que entraram na minha boca.

Por volta do meio-dia emergimos na encosta de um monte que era mais aberta, e onde ventava muito. Vi outra vez o oceano. O vento refrescou os cavalos suados e varreu os insetos para longe. Era um prazer imenso simplesmente sentar-me ereto na sela outra vez. A trilha era larga o suficiente para que pudesse cavalgar ao lado de Chade. As marcas roxas se destacavam em contraste com sua pele pálida;

ele parecia mais débil do que Bobo. Círculos escuros desenhavam-se sob os seus olhos. Ele me pegou observando-o e franziu as sobrancelhas.

— Faça um relatório, em vez de ficar boquiaberto olhando para mim como um tolo — ordenou-me, e foi o que eu fiz.

Era difícil seguir o caminho e a cara dele ao mesmo tempo, mas, da segunda vez que bufou, olhei-o de relance para encontrar em seu rosto uma expressão de divertimento irônico. Terminei o relatório, e ele abanou a cabeça.

— Sorte! A mesma sorte que seu pai costumava ter! A sua diplomacia de cozinha pode ter sido suficiente para resolver a situação, se o problema for apenas esse. E, a julgar pelos rumores que ouvi, foi isso mesmo. Bem. Kelvar era um bom duque antes disso, e parece que tudo o que aconteceu foi uma jovem noiva que lhe subiu à cabeça — suspirou de repente. — De qualquer forma, isso é ruim, com Verity ali para repreender um homem por não se preocupar com as torres, e o próprio Verity sofrendo um ataque a uma aldeia de Torre do Cervo. Caramba! Tem tanta coisa que não sabemos. Como os Salteadores conseguiram passar pelas nossas torres sem serem avistados? Como eles souberam que Verity estava longe de Torre do Cervo, em Baía Limpa? Ou será que não sabiam? Será que tiveram sorte? E o que significa esse ultimato estranho? É uma ameaça ou uma piada?

Por um momento, Chade cavalgou em silêncio.

— Gostaria de saber o que Shrewd fará. Quando me enviou o mensageiro, ainda não tinha decidido. Pode ser que cheguemos à Forja para descobrir que ele já cuidou de tudo. E eu gostaria de saber exatamente que mensagem ele enviou via Talento para Verity. Dizem que antigamente, quando mais gente era treinada no Talento, um homem podia saber o que o seu líder estava pensando simplesmente ficando em silêncio e atento por algum tempo. Mas isso pode ser apenas uma lenda. Não há muitos que sejam ensinados para usar o Talento nos dias de hoje. Penso que foi o rei Bounty quem decidiu isso. Se o Talento se mantivesse mais secreto, reservado como ferramenta da elite, seria mais valioso. Era essa a lógica, naqueles tempos. Eu nunca a compreendi. E se dissessem o mesmo de bons arqueiros ou navegadores? Por outro lado, suponho que uma aura de mistério pode conferir a um líder mais prestígio entre os seus homens ou, para um homem como Shrewd... ora, ele gostaria de deixar os súditos com a impressão de que ele realmente pode saber o que eles pensam sem que pronunciem uma palavra sequer. Sim, Shrewd gostaria disso.

Primeiro, pensei que Chade estivesse muito preocupado, ou até com raiva. Nunca o tinha ouvido divagar tanto sobre um assunto. Mas, quando o seu cavalo se sobressaltou por causa de um esquilo que atravessou o seu caminho, Chade quase caiu da sela. Estiquei a mão e alcancei as rédeas dele.

— Está bem? O que está acontecendo?

Ele abanou a cabeça lentamente.

— Nada. Quando alcançarmos o barco, ficarei bem. Temos apenas de continuar. Já não estamos muito longe.

A pele pálida tinha ficado cinza e, a cada passo do baio, ele vacilava na sela.

— Vamos descansar um pouco — sugeri.

— As marés não esperam. E o descanso não me ajudaria, não o tipo de descanso que eu desfrutaria se parássemos agora, preocupado como estou com a possibilidade de o nosso barco se despedaçar contra as rochas. Não. Temos de continuar.

E acrescentou:

— Confie em mim, garoto. Sei o que posso fazer, e não sou tão tolo a ponto de fazer mais do que isso.

Portanto, continuamos. Havia pouco mais que pudéssemos fazer. Tive, contudo, o cuidado de cavalgar perto da cabeça do cavalo dele, de onde poderia pegar as rédeas, caso fosse preciso. O barulho do oceano ficava cada vez mais alto, e a trilha, muito mais íngreme. Logo me vi liderando a marcha, quisesse eu ou não.

Nós nos livramos da vegetação assim que alcançamos uma falésia com vista para uma praia arenosa.

— Graças a Eda, estão aqui — murmurou Chade atrás de mim, e então eu vi a embarcação rasa quase encalhada, próximo ao cabo.

Um homem que estava de vigia gritou para chamar a nossa atenção e acenou com o gorro. Levantei o braço em resposta ao cumprimento.

Descemos até a praia, deslizando mais que cavalgando, e Chade embarcou imediatamente, deixando-me com os cavalos. Nenhum deles estava ansioso para entrar no mar, e muito menos para passar por cima da murada baixa e subir no convés. Tentei sondar a mente deles, para indicar a eles o que eu queria. Pela primeira vez na vida descobri que estava simplesmente cansado demais para isso. Não conseguia encontrar a concentração necessária. E assim, três marinheiros, muitos palavrões e dois mergulhos foram precisos para finalmente embarcá-los. Todos os freios de couro e todas as fivelas dos seus arreios foram encharcados pela água salgada. Como eu ia explicar isso a Burrich? Era este o pensamento que dominava a minha mente enquanto me acomodava na proa e observava os remadores se curvarem para pegar os remos e nos levar rumo a águas mais profundas.

O HOMEM PUSTULENTO

O tempo e a maré não esperam por ninguém. Eis um adágio sem idade. Com isso, os marinheiros e os pescadores apenas querem dizer que os horários de um barco são determinados pelo oceano, e não pelas conveniências humanas. Mas por vezes eu me sento aqui, depois de o chá ter acalmado o pior da minha dor, e penso. As marés não esperam por ninguém, e isso eu sei bem que é verdade. Mas o tempo? Será que a época em que nasci não esperou pelo meu nascimento? Os acontecimentos não ressoaram em uma determinada direção, como as grandes engrenagens de madeira do relógio dos Sayntann, entrelaçando-se com a minha concepção e levando consigo a minha vida? Não reivindico para mim nenhuma grandeza. E, contudo, se eu não tivesse nascido, se os meus pais não tivessem sucumbido a um acesso de desejo, tantas coisas teriam sido diferentes. Tão diferentes. Melhores? Creio que não. E então pisco os olhos e tento focar, e fico pensando se esses pensamentos vêm de mim ou da droga que corre no meu sangue. Seria bom poder aconselhar-me com Chade uma última vez.

O sol já tinha se movido em direção ao final da tarde quando alguém me acordou com um leve empurrão.

— O seu senhor está te chamando — foi tudo o que ele disse, e eu me levantei em um sobressalto.

Gaivotas voando em círculos, o ar fresco do mar e o balançar do barco lembraram-me onde eu estava. Fiquei em pé, envergonhado por ter adormecido sem sequer me preocupar se Chade estava confortável. Corri de imediato à parte coberta.

Foi então que constatei que Chade tinha se apoderado da pequena mesa do barco. Estava debruçado sobre um mapa que tinha estendido sobre ela, mas foi a grande sopeira de caldeirada de peixe que prendeu a minha atenção. Ele indicou com um gesto, sem tirar os olhos do mapa, e eu me servi de bom grado. Havia biscoitos de marinheiro e um vinho tinto avinagrado para acompanhar.

Não percebi o quanto eu estava esfomeado até ter acabado de comer. Eu raspava o prato com um pedaço de biscoito quando Chade me perguntou:

— Melhor?

— Bastante — disse. — E você?

— Melhor — disse ele, e olhou para mim com aquele olhar familiar de falcão.

Para meu alívio, ele parecia totalmente recuperado. Empurrou os meus pratos para o lado e deslizou o mapa na minha direção.

— À tardinha — disse ele — estaremos lá. O desembarque vai ser pior do que foi o embarque. Se tivermos sorte, teremos vento quando precisarmos. Se não, perderemos a melhor maré, e a corrente será mais forte. Poderemos acabar fazendo os cavalos nadarem para a margem enquanto tentamos nos aproximar da costa no barco. Espero que não, mas prepare-se para essa possibilidade. Quando desembarcarmos...

— Você está cheirando a semente de carris — eu disse, não acreditando nas minhas próprias palavras.

Mas tinha captado o odor doce e inconfundível da semente e do óleo no seu hálito. Eu tinha comido bolos de semente de carris durante a Festa da Primavera, quando todas as pessoas os comem, e sabia da energia impulsiva que mesmo uma pequena quantidade da semente em cima de um bolo pode trazer. Todo mundo celebrava o Limiar da Primavera dessa maneira. Uma vez por ano, que mal podia fazer? Mas sabia também que Burrich tinha me avisado para nunca comprar um cavalo que cheirasse a semente de carris. E tinha me avisado também que se eu pegasse alguém pondo óleo de semente de carris nos grãos dos nossos cavalos, ele o mataria. Com as próprias mãos.

— Ah, estou? Imaginem só. Agora, sugiro que, se tiver de fazer os cavalos nadarem, ponha a camisa e a capa em um saco e o entregue para mim no barco. Dessa forma, terá pelo menos alguma coisa seca para vestir quando chegarmos à praia. Da praia, a nossa estrada será...

— Burrich diz que a partir do momento em que um animal ingere as sementes, nunca mais é o mesmo. Acontecem coisas com os cavalos. Diz que podem ser usadas para ganhar uma corrida, ou capturar um veado, mas, depois disso, o animal nunca será o que era. Diz que vendedores de cavalos desonestos as usam para fazer um animal parecer melhor durante a venda; as sementes lhes dão coragem e fazem os olhos deles brilharem, mas isso passa depressa. Burrich diz que tiram a sensação de cansaço deles, e que continuam ativos, além do ponto em que já deveriam ter caído de exaustão. Burrich me disse que muitas vezes, quando o efeito passa, o cavalo simplesmente cai onde estiver.

As palavras transbordaram de mim como água fria contra as rochas.

Chade levantou o olhar do mapa. Fitou-me calmamente.

— Imagino o Burrich sabendo disso tudo sobre sementes de carris. Fico contente que você o tenha escutado tão atentamente. Agora talvez possa ter a bondade de me dar a mesma atenção enquanto planejamos a próxima fase da nossa travessia.

— Mas Chade...

Ele me paralisou com os olhos.

— Burrich é um bom mestre de cavalos. Mesmo quando garoto já demonstrava muita aptidão. Raramente se engana... no que diz respeito a cavalos. Agora preste atenção no que eu estou te dizendo. Precisaremos de uma lanterna para alcançar as falésias da praia. O caminho é muito ruim, talvez tenhamos que levar para cima um cavalo de cada vez, mas me disseram que é possível fazer isso. Daí, vamos a Forja. Não há estrada que nos leve lá rápido o suficiente para que seja de alguma utilidade. É um território montanhoso, mas não arborizado. E será à noite, de modo que as estrelas terão de servir de mapa para nós. Espero que consigamos chegar a Forja no meio da tarde. Chegaremos como viajantes, você e eu. É isso o que decidi até agora, o resto terá de ser planejado de hora em hora...

E lá se foi o momento em que eu poderia ter perguntado a ele como é que ele conseguia usar a semente e não morrer disso; aquilo tinha sido posto de lado pelos seus planos cuidadosos e detalhes precisos. Durante mais meia hora, continuou a fazer uma exposição de pormenores, e então me mandou abandonar a cabine, dizendo que tinha outros preparativos para fazer e que eu devia ver como estavam os cavalos e aproveitar para descansar o quanto pudesse.

Os cavalos estavam na parte da frente do barco, dentro de uma cerca provisória feita com cordas no convés, atapetado com palha para protegê-lo dos cascos e excrementos. Um ajudante de cara azeda consertava um pedaço da grade que Fuligem tinha deslocado com um coice. Não parecia disposto a falar, e os cavalos estavam tão calmos e confortáveis quanto se poderia esperar. Dei uma voltinha pelo convés. Estávamos em uma embarcação pequena e bem tratada, um navio usado para comércio entre ilhas, mais largo do que fundo. A sua forma rasa lhe permitia subir rios e alcançar praias sem sofrer danos, mas o seu desempenho em águas mais profundas deixava muito a desejar. Movia-se lateralmente, com um mergulho aqui e um salto ali, como uma camponesa que carrega peso deslocando-se no meio de um mercado cheio de gente. Parecia que éramos a sua única carga. Um marujo me deu um par de maçãs para dividir com os cavalos, mas pouca conversa. E, portanto, depois de ter repartido a fruta, acomodei-me perto dos animais na palha e segui o conselho de Chade sobre descansar.

Os ventos foram favoráveis, e o capitão nos levou mais perto das falésias ameaçadoras do que pensei ser possível, mas retirar os cavalos da embarcação foi, ainda assim, uma tarefa desagradável. Todo o discurso e os avisos de Chade não tinham me preparado para a escuridão da noite sobre a água. As lanternas no convés pareciam tentativas patéticas, confundindo-me mais com as sombras que criavam do que ajudando com a luz fraca. Por fim, um marujo levou Chade à costa, no pequeno barco a remo do navio. Eu fui para a água com os cavalos relutantes, pois sabia que Fuligem se debateria contra uma corda de orientação e provavelmente faria afundar o barco a remo. Agarrei-me a Fuligem e a encorajei, confiando no seu bom senso para nos encaminhar em direção à lanterna turva na costa. Puxava o cavalo de Chade com uma corda longa, pois não queria que ele ficasse perto demais de nós, batendo os cascos na água. O mar estava frio, a noite era negra e, se eu tivesse alguma noção, teria desejado estar em outro lugar, mas há algo em um garoto que o faz pegar o mundanamente difícil e desagradável e transformá-lo em um desafio pessoal, em uma aventura.

Saí da água pingando, gelado e completamente exultante. Segurei as rédeas de Fuligem e instiguei o cavalo de Chade a me seguir. Quando finalmente consegui submeter ambos ao meu controle, Chade já estava ao meu lado, com uma lanterna na mão, rindo. O marujo já ia longe, remando em direção ao navio. Chade me deu as minhas coisas secas, mas elas não me serviram muito por cima das roupas encharcadas.

— Onde está o caminho? — perguntei, a voz tremendo.

Chade soltou uma bufada irônica.

— Caminho? Dei uma olhada rápida nele enquanto você estava puxando o cavalo. Não é um caminho, não é nada mais do que o curso que a água toma quando escoa das falésias. Mas vai ter de servir.

Na verdade, era um pouco melhor do que ele tinha descrito, mas não muito. Era estreito e íngreme, e o cascalho que o cobria desprendia-se debaixo dos pés. Chade foi à frente com a lanterna. Eu o segui, com os cavalos em fila indiana. Em um dado momento, o baio de Chade se recusou a continuar, puxando-me para trás, desequilibrando-me e quase fazendo Fuligem cair de joelhos ao tentar puxar na direção contrária. Continuei a andar em frente, com o meu coração saindo pela boca, até alcançarmos o topo da falésia.

Foi então que a noite e a ladeira aberta se estenderam diante de nós, sob a lua navegante e as estrelas dispersas, e o espírito aventureiro tomou conta de mim outra vez. Suponho que possa ter sido a atitude de Chade. A semente de carris deixava os olhos dele grandes e brilhantes, mesmo à luz da lanterna, e a energia, embora não fosse natural, era contagiante. Mesmo os cavalos pareciam afetados, resfolegando e abanando a cabeça. Chade e eu rimos insanamente enquanto ajustávamos os arreios e montávamos. Chade olhou para as estrelas e em volta da ladeira que se inclinava para baixo diante de nós. Com uma altivez despreocupada, atirou a lanterna para o lado.

— Até o fim! — anunciou à noite, e bateu com o pé no baio, que saltou em frente.

Fuligem não ficou para trás, e assim arrisquei como nunca tinha ousado antes, galopando por um terreno desconhecido à noite. É um milagre que não tenhamos quebrado nosso pescoço. Mas aí está: às vezes a sorte protege as crianças e os loucos. E nessa noite senti que éramos as duas coisas.

Chade liderou e eu o segui. Nessa noite juntei outra peça do quebra-cabeça que Burrich sempre tinha sido para mim. Pois há uma paz muito estranha em submeter a nossa capacidade de tomar decisões a outra pessoa, em dizer "Você vai liderar, e eu vou te seguir e confiar cegamente que você não vai me guiar em direção à morte ou ao perigo". Naquela noite, enquanto forçávamos os cavalos a um duro esforço, e Chade nos guiava unicamente em função do céu noturno, não pensei no que poderia acontecer conosco se nos enganássemos, ou se um dos cavalos se ferisse ao tropeçar inesperadamente. Não me sentia responsável pelos meus atos. Subitamente, tudo era fácil e claro. Fazia simplesmente o que Chade me dizia para fazer, e tinha plena confiança de que ele faria tudo acontecer como devia. A minha alma seguia na crista dessa onda de fé, e em dado momento da noite ocorreu-me que era assim que Burrich tinha agido com Chivalry, e era disso que sentia falta tão desesperadamente.

Cavalgamos a noite inteira. Chade deixava os cavalos recuperarem o fôlego, mas não com tanta frequência quanto Burrich teria deixado. E parou mais do que uma vez para inspecionar o céu noturno e o horizonte para se certificar de que o curso estava certo.

— Está vendo aquele monte ali, junto às estrelas? Você não pode vê-lo muito bem, mas eu o conheço. De dia, tem a forma de um boné de manteigueiro; Keeffashaw, é assim que é chamado. Temos de mantê-lo a oeste da nossa posição. Vamos.

Outra vez, parou no topo de um morro. Fiz o cavalo ficar imóvel ao lado do dele. Chade ficou sentado, quieto e ereto. Parecia uma estátua de pedra. Levantou um braço e apontou. Sua mão tremia ligeiramente.

— Está vendo aquela ravina ali embaixo? Andamos um pouco demais para leste.

A ravina era invisível para mim, um vulto mais escuro na penumbra da paisagem iluminada pelas estrelas. Comecei a pensar como Chade podia saber que ela estava ali. Foi talvez meia hora mais tarde que ele apontou para a nossa esquerda onde, em uma elevação do terreno, tremeluzia uma luz solitária.

— Alguém está acordado em Estofo — comentou. — Provavelmente o padeiro, pondo o pão da manhã para fermentar.

Deu meia-volta na sela e senti, mais do que vi, o seu sorriso.

— Nasci a menos de dois quilômetros deste lugar. Vamos, rapaz, vamos cavalgar. Não gosto de pensar nos Salteadores tão perto de Estofo.

E continuou, por uma ladeira abaixo, tão íngreme que senti os músculos de Fuligem se avolumarem à medida que ela se sustentava nas coxas e deslizava mais de metade da descida.

A madrugada acinzentou o céu antes que eu sentisse o cheiro do mar outra vez. Ainda era cedo quando alcançamos um pico e olhamos para baixo e vimos o pequeno povoado de Forja. Em alguns aspectos, era um lugar pobre; o ancoradouro só podia ser usado em certas marés. Fora isso, os navios tinham de ancorar mais longe e usar pequenas embarcações para ir até a margem. Praticamente tudo o que Forja tinha para se manter no mapa era a mina de ferro. Não tinha esperado ver uma cidade cheia de atividade, mas também não estava preparado para os tentáculos de fumo que se erguiam dos telhados abertos dos edifícios escurecidos. Em um lugar qualquer, uma vaca que não tinha sido ordenhada mugia. Uns poucos barcos com o casco furado repousavam mesmo perto da margem, os mastros destacando-se como árvores mortas. A madrugada abateu-se nas ruas vazias.

— Onde estão as pessoas? — eu me perguntei em voz alta.

— Mortas, feitas reféns, ou ainda escondidas na floresta.

Havia uma contenção na voz de Chade que atraiu os meus olhos para o seu rosto. Fiquei impressionado com a dor que vi. Ele percebeu que eu o olhava e encolheu os ombros em silêncio.

— A sensação de que este povo te pertence, de que a ruína dele é fracasso seu... você vai sentir isso quando crescer. Vem com o sangue.

Ele me deixou refletindo sobre essas palavras enquanto punha o cavalo para andar. Fizemos o caminho monte abaixo, em direção ao povoado.

Ir mais devagar parecia ser a única cautela que Chade tinha. Éramos apenas dois, sem armas, em cavalos cansados, cavalgando em direção a um povoado onde...

— O navio já partiu, garoto. Um navio pirata não se move sem um suplemento completo de remadores. Não com a corrente desta parte da costa. O que é outra surpresa. Como sabiam das nossas marés e correntes suficientemente bem para atacarem aqui? E por que afinal atacar aqui? Para roubar minério de ferro? É muito mais fácil assaltar um navio mercante. Não faz sentido, garoto. Não faz sentido nenhum.

O orvalho tinha se acumulado pesadamente durante a noite. Havia um fedor de casas queimadas e úmidas que emanava do povoado. Aqui e ali ainda ardiam umas poucas moradias. Em frente a algumas, os bens jaziam espalhados pela rua, mas não era possível saber se os habitantes tinham tentado salvar parte das suas posses, ou se os salteadores tinham começado a carregar as coisas e depois mudado de ideia. Uma caixa de sal sem tampa, vários metros de tecidos de lã verde, um sapato, uma cadeira partida; os destroços falavam mudos, mas eloquentes sobre tudo o que antes tinha sido confortável e seguro ali e que estava agora quebrado e atolado na lama para sempre. Um terror austero tomou conta de mim.

— Chegamos tarde demais — disse Chade suavemente.

Puxou as rédeas do cavalo e Fuligem parou ao lado dele.

— O quê? — perguntei estupidamente, acordado de repente dos meus pensamentos.

— Os reféns. Eles nos devolveram.

— Onde?

Chade olhou para mim, incrédulo, como se eu fosse louco ou muito estúpido.

— Ali. Nas ruínas daquele edifício.

É difícil explicar o que aconteceu comigo no momento seguinte. Tantas coisas ocorreram, e todas ao mesmo tempo. Levantei os olhos e vi um grupo de pessoas, de todas as idades e sexos, no interior dos restos queimados de uma loja. Murmuravam entre si enquanto faziam uma busca no lugar. Estavam molhados e sujos, mas não pareciam incomodados com isso. Enquanto eu os observava, duas mulheres pegaram na mesma chaleira ao mesmo tempo e começaram a se esbofetear, cada uma tentando forçar a rival a se afastar para poder reivindicar o objeto como seu. Elas me faziam lembrar um par de corvos lutando por uma casca de queijo. Grasnavam, batiam e xingavam uma à outra enquanto puxavam a chaleira cada uma por uma alça. Os outros não prestavam atenção nelas, mas continuavam ocupados com o próprio saque.

Esse comportamento era muito estranho para aldeões. Eu sempre tinha ouvido falar de como, depois de um ataque, o povo da aldeia se juntava, limpando e tornando habitáveis os edifícios que tivessem sido deixados em pé, e ajudando uns aos outros a resgatar os bens mais valiosos, repartindo o que fosse necessário até que as cabanas pudessem ser reconstruídas e as lojas, reocupadas, mas essas pessoas pareciam completamente despreocupadas com o fato de todos terem perdido quase tudo o que tinham, e de que família e amigos haviam morrido durante o ataque. Em vez disso, tinham se aglomerado para lutar uns contra os outros pelo pouco que restava.

Perceber isso era suficientemente aterrorizante.

Mas eu também não conseguia senti-los.

Não os tinha visto ou ouvido até Chade chamar a minha atenção para a sua presença. Poderia ter passado a cavalo ao lado deles sem notá-los. E a outra coisa que aconteceu naquele momento foi ter percebido que eu era diferente de todas as pessoas que conhecia. Imagine uma criança que enxerga e que cresce em uma aldeia de cegos, onde ninguém sequer suspeita da possibilidade de tal sentido. A criança não teria palavras para as cores, ou para gradações de luz. Os outros não teriam nenhuma ideia da maneira como essa criança compreendia o mundo. Assim era naquele instante, enquanto permanecíamos sentados nos nossos cavalos e fitávamos aquele povo. Pois Chade pensava em voz alta, num tom cheio de tristeza:

— Qual é o problema deles? O que eles têm?

Eu sabia.

Todos os vínculos que vão e vêm entre as pessoas, que entrelaçam mãe e filho, homem e mulher, todas as relações que se estendem a familiares e vizinhos, a bichos de estimação e criação, mesmo aos peixes do mar e aos pássaros no céu, todos tinham desaparecido.

Toda a vida, sem perceber, tinha dependido desses vínculos emocionais para saber quando outras coisas vivas estavam por perto. Cães, cavalos, mesmo galinhas os tinham, assim como os humanos. E por isso eu olhava para a porta antes de Burrich entrar por ela, ou sabia que havia mais um cãozinho recém-nascido nos estábulos, quase enterrado debaixo da palha. Assim eu acordava quando Chade abria a escadaria. Porque podia sentir as pessoas. E esse sentimento era o que me alertava sempre primeiro, e me dizia para utilizar os olhos e os ouvidos e o nariz para determinar o que faziam.

Mas essas pessoas não transmitiam quaisquer sentimentos.

Imagine água sem peso nem umidade. Assim eram aquelas pessoas para mim. Desprovidas do que as fazia não só humanas, mas também vivas. Para mim, era como se observasse pedras se levantando da terra e lutando e resmungando umas com as outras. Uma menina pequena encontrou um frasco de compota e enfiou o punho inteiro nele, puxando um punhado do doce com o intuito de lambê-lo. Um homem virou as costas à pilha de tecido queimado que estava vasculhando e moveu-se em direção à garota. Pegou o frasco e empurrou a criança para o lado, ignorando os gritos raivosos dela.

Ninguém interferiu.

Inclinei-me para a frente e tomei as rédeas de Chade quando ele se preparava para descer do cavalo. Gritei sem palavras a Fuligem e, embora ela estivesse cansada, o medo na minha voz a encheu de energia. Ela saltou para a frente, e dei um puxão nas rédeas que trouxe o baio de Chade para cavalgar atrás de nós. Chade quase caiu, mas se grudou à sela, e levei nós dois para fora do povoado morto tão depressa quanto podíamos. Ouvi gritos atrás de nós, mais frios do que o uivar dos lobos, frios como uma tempestade de vento que desce pela chaminé, mas estávamos montados e eu estava aterrorizado. Não parei nem deixei Chade tomar as próprias rédeas até que as casas estivessem bem atrás de nós. A estrada fez uma curva e, ao lado de um pequeno bosque, finalmente parei. Penso que nem sequer ouvi os pedidos de explicação furiosos de Chade até aquele momento.

Não lhe dei uma justificação muito coerente. Inclinei-me para a frente sobre o pescoço de Fuligem e a abracei. Podia sentir o seu cansaço e os tremores do meu próprio corpo. Sabia que, de alguma forma, ela compartilhava o desconforto que eu sentia. Pensei naquela gente vazia que tínhamos deixado para trás em Forja e incitei Fuligem com o joelho. Ela começou a andar cansada e Chade nos acompanhou, exigindo que eu lhe explicasse qual era o problema. Minha boca estava seca e a minha voz tremia. Não o olhei enquanto arfava para me libertar do medo e preparar uma explicação daquele sentimento deturpado que me consumia.

Enquanto permanecia em silêncio, os cavalos continuaram a descer pela estrada de terra batida. Por fim, ganhei coragem e encarei Chade, que me olhava como se cornos de veado tivessem crescido no topo da minha cabeça. Uma vez consciente desse meu novo sentido, não podia ignorá-lo. Senti o ceticismo dele, mas também senti Chade se distanciar de mim, pôr-se ligeiramente na retaguarda, erguendo uma tênue barreira de proteção contra alguém que de repente tinha se tornado um pouco menos familiar. E isso me magoava ainda mais porque ele não tinha se colocado assim diante das pessoas de Forja, e elas eram cem vezes mais estranhas do que eu.

— São como marionetes — eu disse a Chade. — Como coisas de madeira representando uma peça maligna. E se nos tivessem visto, não teriam hesitado em nos matar por causa dos cavalos e capas, ou por um pedaço de pão. Eram... — Procurei por palavras. — Deixaram de ser sequer animais. Nada vem deles. Nada. São coisas separadas. Como uma coleção de livros, ou pedras ou...

— Garoto — disse Chade, num tom que mesclava gentileza e irritação —, você precisa se controlar. Foi uma longa noite de viagem para nós dois e você está cansado. Foi tempo demais sem sono, e a mente começa a nos trair, com sonhos acordados e...

— Não. — Eu estava desesperado para convencê-lo. — Não é isso. Não é algo que mude com o sono.

— Voltaremos lá — ele disse.

A brisa da manhã moveu em redemoinho a capa negra em torno dele, de uma forma tão normal que senti meu coração partindo. Como podiam existir aquelas pessoas na aldeia e esta simples brisa da manhã no mesmo mundo? E Chade falando em uma voz tão calma e normal?

— Aquela gente é apenas gente comum, garoto, mas passaram por uma experiência muito ruim, e por causa disso estão agindo de uma forma estranha. Conheci uma moça que viu o pai ser morto por um urso. E foi assim que ela ficou, pasma e grunhindo, sem se mover sequer para cuidar de si mesma, por mais de um mês. Aquelas pessoas vão se recuperar assim que voltarem às suas vidas normais.

— Alguém está à nossa frente! — avisei-o.

Não tinha ouvido nada, nem visto nada, sentira apenas um puxão naquela rede de ligações que acabara de descobrir. Mas, quando olhamos para a estrada diante de nós, constatamos que nos aproximávamos do fim de uma procissão de maltrapilhos. Alguns traziam consigo burros de carga, outros empurravam ou puxavam carrinhos de mão cheios de objetos molhados e sujos. Olharam-nos por cima dos ombros, montados nos nossos cavalos, como se fôssemos demônios que se levantaram da terra para persegui-los.

— O Homem Pustulento! — gritou um homem perto do fim da linha, e levantou a mão para apontar na nossa direção.

Tinha o rosto cansado e branco de medo. A voz dele falhou.

— São as lendas ganhando vida — avisou os outros, que, assustados, pararam e se viraram para nos encarar. — Fantasmas desalmados vagueiam em forma corpórea pela nossa aldeia em ruínas, e o Homem Pustulento da capa negra nos traz a doença. Vivemos uma vida muito indolente, e os deuses antigos estão nos punindo. As nossas vidas abundantes serão a morte de todos nós.

— Maldito seja. Não tinha a intenção de ser visto assim — bufou Chade.

Observei as mãos pálidas dele tomarem as rédeas para fazer virar o baio.

— Siga-me, garoto.

Não olhou para o homem que ainda apontava um dedo trêmulo na nossa direção. Moveu-se lentamente, quase apático, enquanto guiava o cavalo para fora da estrada, subindo uma ladeira coberta de moita. Era o mesmo jeito calmo de se mover que Burrich usava quando tinha de confrontar um cavalo ou um cão atiçado. O baio cansado deixou a vereda macia com relutância. Chade foi em direção a um grupo de abetos que ficava no topo do monte. Encarei-o sem compreender nada.

— Siga-me, garoto — indicou por cima do ombro quando hesitei. — Quer ser apedrejado na estrada? Não é uma experiência agradável.

Eu me movi cuidadosamente, guiando Fuligem para fora da estrada como se não percebesse as pessoas em pânico à nossa frente. Elas pairaram por ali, entre a fúria e o medo. A sensação que eu tinha daquilo era a de uma mancha preta e vermelha no frescor do dia. Vi uma mulher saltar para a frente e um homem largar o carrinho de mão e se virar.

— Aí vêm eles! — avisei Chade, ao mesmo tempo que eles desataram a correr na nossa direção.

Empunhavam pedras ou varas de ramos verdes, recém-colhidos da floresta. Todos tinham o ar sujo e cansado de pessoas acostumadas a morar em um povoado e forçadas a sobreviver em campo aberto. Aqui estava o restante dos moradores de Forja, os que não tinham sido capturados como reféns pelos Salteadores. Compreendi tudo isso no instante entre o bater dos meus calcanhares e o salto em frente de Fuligem. Nossos cavalos estavam esgotados; os esforços de um galope veloz eram feitos a contragosto, apesar da chuva de pedras que caíam em pancadas secas no solo atrás de nós. Se aquelas pessoas estivessem mais descansadas, ou menos assustadas, teriam nos alcançado com facilidade, mas penso que se sentiram aliviadas ao nos ver fugindo. As suas mentes se concentravam mais no que andava nas ruas do povoado deles do que em forasteiros em fuga, independentemente do quão agourentos fossem.

Continuaram plantados na estrada, gritando e abanando suas varas, à medida que adentrávamos o arvoredo. Chade tinha assumido a liderança e eu não o questionava, enquanto nos fazia seguir por um caminho paralelo que nos mantinha fora da vista das pessoas que deixavam Forja. Os cavalos tinham desacelerado e seguiam a um ritmo obstinado. Sentia-me grato pelos montes ondulantes e pelas árvores dispersas que nos escondiam de qualquer perseguição. Quando vi o brilho de um curso d'água, fiz um gesto para indicá-lo, sem uma palavra. Em silêncio, demos de beber aos cavalos e lhes oferecemos um pouco dos grãos que Chade trazia consigo. Afrouxei os arreios e esfreguei os dorsos sujos dos animais com um punhado de erva. Para nós, havia a água fria do rio e o pão duro da viagem. Cuidei dos cavalos o melhor que pude. Chade parecia imerso em pensamentos, e por muito tempo respeitei a intensidade da sua concentração. Mas finalmente não consegui mais conter a curiosidade e perguntei:

— Você realmente é o Homem Pustulento?

Chade se sobressaltou e me encarou. O seu olhar era tanto de pena como de espanto e divertimento.

— O Homem Pustulento? O lendário arauto de doença e desastre? Por favor, garoto, você não é ignorante. A lenda tem centenas de anos. Com certeza você não pode acreditar que eu seja assim tão velho.

Encolhi os ombros. Queria dizer "você tem marcas de pústulas no rosto e traz a morte", mas não pronunciei uma palavra sequer. Por vezes Chade aparentava ser muito idoso, mas em outras ocasiões era tão cheio de energia que parecia um jovem no corpo de um velho.

— Não, não sou o Homem Pustulento — continuou, mais para si próprio do que para mim. — Mas, a partir de hoje, os rumores da presença dele vão se espalhar pelos Seis Ducados como pólen ao vento. Haverá histórias de doença e peste e punições divinas por más ações imaginadas. Gostaria de não ter sido visto dessa maneira. As pessoas do reino já têm o suficiente para ter medo de mim. Mas há preocupações maiores para nós do que superstições. Como quer que tenha sabido, você tinha razão. Estava pensando cautelosamente em tudo o que vi em Forja. E nas palavras dos que tentaram nos apedrejar. E a aparência de todos. Conheci os moradores de Forja, em tempos passados. Eram pessoas fortes, não do tipo que se põe a fugir em pânico supersticioso. Mas pelo que vimos na estrada, era exatamente isso que estavam fazendo. Deixando Forja, para sempre, ou pelo menos tinham intenção de fazer isso. Levando tudo o que lhes restava e que poderiam carregar. Deixando as casas onde seus avós nasceram. E deixando para trás familiares se arrastando e pilhando as ruínas. A ameaça dos Navios Vermelhos não era vã. Penso naquelas pessoas e tremo. Algo estava dolorosamente errado, garoto, e temo o que virá em seguida. Porque se os Navios Vermelhos podem capturar o nosso povo e exigir que lhes paguemos para que os matem, por medo de que então os devolvam no estado em que aqueles estavam... que escolha amarga! E mais uma vez atacaram onde estávamos menos preparados para recebê-los.

Virou-se para mim como se fosse dizer mais alguma coisa, e subitamente titubeou. Sentou-se abruptamente, sua pele se acinzentando. Inclinou a cabeça e cobriu o rosto com as mãos.

— Chade! — gritei em pânico e corri para perto dele, mas ele se virou para o outro lado.

— Semente de carris — ele disse, através das mãos que abafavam a sua voz. — O pior é a maneira súbita como ela te abandona. Burrich tem muita razão em te prevenir em relação a ela, garoto. Mas às vezes não há opções que não sejam ruins. Às vezes, em situações como estas.

Ele levantou a cabeça. Tinha os olhos turvos, a boca frouxa.

— Agora preciso descansar — disse, tão merecedor de pena quanto uma criança doente.

Segurei-o quando caiu para o lado e ajudei-o a se estender no chão. Fiz um travesseiro para a cabeça dele com os meus alforjes e o cobri com as capas. Ele ficou deitado e imóvel, o pulso lento e a respiração pesada, desde aquele momento até a tarde do dia seguinte. Dormi a noite toda junto às suas costas, esperando mantê-lo quente, e no dia seguinte usei o que restava dos mantimentos para alimentá-lo.

À tardinha, ele já estava recuperado o suficiente para conseguir viajar, e assim começamos a nossa deprimente jornada de regresso. Fomos devagar e durante a noite. Chade escolhia os caminhos, mas eu liderava, e, com frequência, ele era pouco mais do que uma carga inerte sobre o cavalo. Levamos dois dias para percorrer a distância que tínhamos atravessado naquela noite desenfreada. A comida era pouca e a conversa ainda menos. Pensar era o suficiente para cansar Chade, e o que quer que pensasse era sombrio demais para que se expressasse em palavras.

Ele me apontou o lugar onde eu devia acender o sinal de fogo que nos traria de volta o barco. Enviaram uma chalupa à costa, e ele embarcou sem dizer uma palavra. Isso me mostrou o quão exausto ele estava. Ele simplesmente aceitava que eu seria capaz de levar os cavalos cansados para o navio. E assim o meu orgulho me forçou a conseguir executar essa tarefa e, uma vez a bordo, dormi como não dormia há vários dias. E então desembarcamos outra vez e fizemos uma caminhada exaustiva de volta a Baía Limpa. Chegamos de manhã, e lady Thyme imediatamente fixou residência na estalagem.

Na tarde do dia seguinte, pude dizer à dona da estalagem que a senhora idosa estava muito melhor e que apreciaria ter uma travessa da cozinha, quando fossem enviadas para os quartos. Chade parecia mesmo melhor, embora de vez em quando suasse profusamente, e ficasse nesses momentos com um cheiro rançoso de semente de carris. Comeu vorazmente e bebeu grandes quantidades de água. Dois dias depois, disse-me para avisar a dona da estalagem que lady Thyme partiria na manhã seguinte.

Eu me recuperei mais depressa, e tive várias tardes para vaguear pela Baía Limpa, olhando as lojas e os vendedores e mantendo os ouvidos atentos para os rumores que Chade considerava tão preciosos. Dessa maneira, fiquei sabendo que muito do que tínhamos esperado acontecera. A diplomacia de Verity tinha corrido bem, e lady Grace era agora querida em toda a cidade. Já se podia notar um aumento de trabalho nas estradas e fortificações. A Ilha de Vigia estava guardada pelos melhores homens de Kelvar, e o povo já se referia a ela como a Torre de Grace. Também havia rumores sobre os Navios Vermelhos, que tinham se esgueirado pelo meio das torres de Verity, e sobre os estranhos acontecimentos em Forja. Ouvi mais do que uma vez referências a aparições do Homem Pustulento, e os relatos que se contavam à lareira da estalagem sobre as pessoas que vagueavam por Forja me faziam ter pesadelos.

Os que fugiram de Forja contavam relatos arrepiantes, de familiares que tinham se tornado frios e cruéis, e que continuavam vivendo por lá, como se ainda fossem humanos, mas aqueles que os tinham conhecido melhor eram os que menos se deixavam enganar. Essas pessoas cometiam à luz do dia atos que jamais haviam sido vistos em Torre do Cervo. Os murmúrios daqueles males excediam a minha imaginação. Os navios deixaram de parar em Forja. Teriam de encontrar minério de ferro em outro lugar. Dizia-se que ninguém queria sequer acolher as pessoas que tinham fugido, pois quem podia saber se não trariam consigo algo contagioso. Afinal de contas, o próprio Homem Pustulento tinha aparecido para elas. E, contudo, de alguma forma, era ainda mais difícil ouvir as pessoas comuns dizerem que em breve tudo estaria terminado, que as criaturas de Forja se matariam, e darem graças aos céus que assim fosse. A boa gente de Baía Limpa desejava a morte daqueles que tinham sido um dia a boa gente de Forja, e desejavam isso como se fosse a única coisa de bom que lhes poderia acontecer. E assim era.

Na noite antes de lady Thyme e eu nos juntarmos ao séquito de Verity para voltar a Torre do Cervo, encontrei, ao acordar, uma vela solitária acesa e Chade sentado, encarando a parede. Antes que eu tivesse tempo de dizer uma palavra, ele se virou para mim:

— É preciso que ensinem o Talento para você, garoto — disse, como se fosse uma decisão que tinha lhe custado muito para tomar. — A era do mal chegou, e veio para ficar muito tempo conosco. É uma era em que os homens de bem devem preparar todas as armas que puderem. Vou falar com Shrewd novamente, e dessa vez vou exigir isso. São tempos difíceis, rapaz, e não sei se algum dia irão acabar.

Nos anos que se seguiram, tive muitas vezes a mesma dúvida.

OS FORJADOS

O Homem Pustulento é uma figura bem conhecida no folclore e teatro dos Seis Ducados. É considerado pobre o grupo de titereiros que não possua uma marionete do Homem Pustulento, não apenas para utilização nos seus papéis tradicionais, mas para servir como um augúrio de desastre em peças originais. Algumas vezes, a marionete do Homem Pustulento é mostrada simplesmente encostada ao pano de fundo, para projetar um tom agourento sobre uma cena. Nos Seis Ducados, é um símbolo universal.

Diz-se que a origem da lenda remonta aos habitantes originais dos Ducados, não aos Farseer ilhéus que os conquistaram, mas à povoação mais antiga do lugar, fruto de imigrações anteriores. Mesmo os ilhéus têm uma versão mais básica da lenda. É uma história de advertência, da ira de El, o Deus do Mar, ao ser abandonado pelos adoradores.

Quando o mar era jovem, El, o primeiro Ancião, acreditou no povo das ilhas. A esse povo ele deu o seu mar e, com o mar, tudo o que nele nadava, e todas as terras que o mar tocava. Por muitos anos, o povo foi grato a ele. Pescava do mar, vivia nas margens sempre que podia, e atacava quaisquer outros que ousassem fazer morada onde El lhe tinha dado a primazia. Todos os que ousassem navegar no seu mar eram presa legítima do povo. E o povo prosperou e tornou-se severo e forte, pois o mar de El o protegia. As suas vidas eram rudes e perigosas, mas isso fazia os seus meninos crescerem e tornarem-se homens fortes; e as moças, mulheres destemidas à lareira ou no convés. O povo respeitava El, e a esse Ancião oferecia as suas preces e apenas em seu nome amaldiçoava os inimigos. E El se orgulhava do seu povo.

Mas El, na sua generosidade, abençoou demais o povo. Não eram suficientes os que morriam durante os invernos rigorosos, e as tempestades que ele enviava eram muito amenas para conquistar marinheiros tão competentes. E assim o povo cresceu em número. Assim cresceram também os rebanhos. Em anos de abundância, as crianças fracas não morreram, mas cresceram, e ficaram em casa, e araram a terra para alimentar os rebanhos crescentes e outros rebentos tão fracos quanto eles próprios. Esses vermes da terra não louvavam El pelos ventos fortes e correntes. Em vez disso, abençoavam e amaldiçoavam apenas em nome de Eda, que é a Anciã dos que lavram, plantam e tratam dos animais. E assim Eda agraciou os seus fracos com o aumento do número de suas plantas e animais. E isso não agradou a El, mas ele os ignorou, pois ainda tinha o povo robusto dos barcos e das ondas. Estes abençoavam em seu nome, amaldiçoavam em seu nome, e para encorajar neles a força, ele lhes enviava tempestades e invernos frios.

Mas veio uma época em que aqueles que eram leais a El começaram a desaparecer. O povo ocioso da terra seduziu os marinheiros e deu a eles filhos que apenas serviam para tratar da lama. E o povo deixou as costas invernais e as pastagens marcadas pelo gelo e se deslocou para o sul, para as brandas terras de uvas e grãos. Menos eram os que vinham cada ano lavrar as ondas e colher o peixe que El tinha decretado a eles. Menos frequentemente El ouvia o seu nome em uma bênção ou em uma maldição. Até que, por fim, veio o dia em que restava apenas um homem que só abençoava ou amaldiçoava em nome de El. E ele era um velho magro, com idade demais para o mar, inchado e com dores nos ossos e com poucos dentes restando na boca. E as suas bênçãos e maldições eram coisas fracas e insultavam mais do que agradavam a El, a quem pouco serviam velhos raquíticos.

Por fim, veio uma tempestade que devia ter acabado com o velho e o seu pequeno barco. Mas quando as ondas frias se fecharam sobre ele, agarrou-se aos destroços do barco e ousou implorar a misericórdia de El, embora todos saibam que ele não tem misericórdia. El ficou tão irritado com aquela blasfêmia que se recusou a receber o velho no seu mar, mas, em vez disso, atirou-o para a costa e amaldiçoou-o para que nunca mais navegasse e nunca morresse. E quando ele rastejou para as ondas salgadas, seu rosto e corpo se encheram de pústulas, como se tivesse pegado sarna, e ele se levantou, cambaleando, e caminhou em direção às terras brandas. E, aonde quer que fosse, via apenas os vermes da terra. E avisou-os da sua insensatez, e que El criaria um novo povo mais severo a quem daria a sua herança. Mas as pessoas não quiseram ouvir, de tão ociosas e acomodadas que tinham se tornado. E, por todo lado onde o velho andava, as doenças o seguiam. E ele espalhava todas as doenças pustulentas, as que não se importam se um homem é forte ou fraco, duro ou mole, mas levam todos os que tocam. E era adequado que assim fosse, pois todos sabem que as doenças pustulentas se levantam da terra sofrível e se espalham no revirar do solo.

Assim reza a lenda. E assim o Homem Pustulento se tornou o arauto de morte e doença, e um aviso para os que vivem vidas ociosas e fáceis porque as suas terras são férteis.

O regresso de Verity a Torre do Cervo foi gravemente prejudicado pelos acontecimentos em Forja. Verity, pragmático ao extremo, tinha deixado Guarda da Baía assim que os duques Kelvar e Shemshy entraram em um acordo sobre a Ilha de Vigia. Sendo assim ele e sua tropa de elite partiram da Guarda da Baía antes que eu e Chade retornássemos à estalagem. E assim a cansativa viagem de volta teve uma sensação de vazio. Durante o dia, e em torno das fogueiras à noite, o povo falava de Forja e, mesmo na nossa caravana, os relatos se multiplicavam e eram floreados.

A minha viagem de volta para casa foi estragada pela retomada por Chade da repugnante farsa da velha senhora malvada. Tive de servi-la e fazer serviços para ela até o momento em que as aias em Torre do Cervo apareceram para acompanhá-la de volta aos seus aposentos. "Ela" vivia na ala das mulheres e, embora eu tivesse me dedicado, nos dias que se seguiram, a ouvir todo e qualquer rumor sobre ela, não ouvi nada com exceção de que era reclusa e difícil. Como Chade a tinha criado e mantido aquela existência fictícia nunca descobri ao certo.

Torre do Cervo, na nossa ausência, parecia ter sofrido uma enxurrada de novos acontecimentos, de tal forma que senti que tínhamos ficado fora dez anos, e não apenas algumas semanas. Nem sequer Forja conseguia ofuscar por completo o desempenho de lady Grace. A história era contada e recontada, com menestréis competindo para ver qual versão se tornaria a padrão. Ouvi que o duque Kelvar tinha se ajoelhado e beijado a ponta dos seus dedos depois de ela ter falado, muito eloquentemente, em fazer das torres as grandiosas joias da terra de ambos. Uma fonte até me contou que o duque Shemshy tinha agradecido pessoalmente à senhora e pedido que dançasse com ela aquela noite, quase precipitando uma desavença de um tipo completamente diferente entre os ducados vizinhos.

Fiquei contente com o seu sucesso. Ouvi até mesmo comentários, mais de uma vez, de que o príncipe Verity devia arranjar para si mesmo uma dama com sentimentos semelhantes. Como acontecia com frequência quando estava ausente, resolvendo assuntos internos e perseguindo os salteadores, o povo começava a sentir a necessidade de um regente forte em casa. O velho rei, Shrewd, ainda era nominalmente o soberano, mas, como Burrich observou, as pessoas tendem a olhar para o futuro.

— E — acrescentou — as pessoas gostam de saber que o príncipe herdeiro tem uma cama quente para onde voltar. Dá a eles algo para imaginar. Poucos podem ter romance nas suas próprias vidas, por isso imaginam tudo o que podem para o rei. Ou o príncipe.

Mas o próprio Verity, eu sabia, não tinha tempo para pensar em camas bem aquecidas, ou sequer em qualquer tipo de cama. Forja tinha sido, ao mesmo tempo, um exemplo e uma ameaça. Outras se seguiram, três em rápida sucessão.

Quintinha, perto das Ilhas Próximas, tinha sido aparentemente "Forjada pelos Salteadores", como se começou a dizer algumas semanas antes. As notícias demoraram a chegar das costas geladas, mas, quando chegaram, eram assustadoras. De Quintinha também foram levados reféns. O conselho da povoação tinha ficado, como Shrewd, estupefato com o ultimato dos Navios Vermelhos de que deveriam pagar tributo ou os reféns seriam devolvidos. Não pagaram. E, como em Forja, os reféns foram devolvidos, na maior parte saudáveis de corpo, mas destituídos de quaisquer das emoções mais bondosas da humanidade. O rumor era de que Quintinha tinha sido mais direta na solução do problema. O clima severo das Ilhas Próximas cria um povo severo, que considerou um ato de caridade passar pela lâmina da espada os familiares agora desprovidos de alma.

Dois outros povoados foram atacados depois de Forja. Em Porta da Rocha, a população decidiu pagar o resgate. Partes de corpos apareceram na costa no dia seguinte, e a vila se uniu para sepultá-los. As notícias chegaram à Torre do Cervo sem pedidos de desculpa; apenas com a acusação velada de que, se o rei tivesse sido mais cauteloso, teriam recebido pelo menos um aviso antes do ataque.

Os habitantes de Charco da Ovelha enfrentaram o desafio de um jeito direto. Recusaram-se a pagar tributos, mas, com os rumores de Forja ainda correndo frescos pela terra, prepararam-se. Foram ao encontro dos reféns devolvidos com cabrestos e algemas. Pegaram de volta os seus, em alguns casos tendo de espancá-los até perderem os sentidos antes de os atarem, e os levaram de volta para casa. O povoado se uniu na tentativa de trazê-los de volta àquilo que tinham sido. As histórias de Charco da Ovelha eram as mais contadas: de uma mãe que se pôs aos berros quando puseram ao seu lado o filho para que o embalasse, declarando, enquanto rogava pragas ao pequeno, que não havia utilidade para aquela criatura choramingona e molhada; da criança que chorava e gritava por estar algemada, para logo dar um salto em direção ao pai com um espeto de assar carne no momento em que o pobre senhor, de coração partido, a tinha libertado. Alguns praguejavam, e lutavam, e cuspiam nos seus familiares. Outros se acomodaram a uma vida de cativeiro e de ócio, comendo a comida e bebendo a cerveja que eram servidas a eles, sem oferecer quaisquer palavras de gratidão ou afeto. Estes, libertados das amarras, não atacavam as próprias famílias, mas também não trabalhavam nem se juntavam aos seus passatempos durante o serão. Roubavam sem remorso, mesmo os próprios filhos, desperdiçavam dinheiro e devoravam comida como glutões. Não traziam alegria a ninguém nem ofereciam uma palavra de gentileza. Apesar disso, as notícias de Charco da Ovelha eram de que o povo de lá tinha a intenção de perseverar até que a "doença dos Navios Vermelhos" passasse, o que deu aos nobres de Torre do Cervo uma fagulha de esperança à qual se agarrar. Falaram da coragem dos habitantes da vila com admiração e pronunciaram votos de que eles também agiriam assim, caso seus familiares fossem Forjados pelos Salteadores.

Charco da Ovelha e os seus bravos habitantes tornaram-se um símbolo unificador para os Seis Ducados. O rei Shrewd instaurou mais impostos em nome deles. Alguns serviram para prover com grãos aqueles que estavam tão ocupados cuidando de seus familiares em cativeiro que deixavam de ter tempo para refazer os rebanhos pilhados ou voltar a plantar os campos incendiados. Outros foram utilizados na construção de mais navios e na contratação de mais homens para patrulhar a linha costeira.

A princípio, o povo se sentiu orgulhoso do que fazia. Os que viviam perto do mar, nas falésias, começaram a prestar serviço voluntário como sentinelas. Mensageiros, pássaros de alerta e fogueiras de sinalização foram estabelecidos. Algumas vilas enviaram rebanhos e provisões para Charco da Ovelha, para serem doados a quem mais precisasse de ajuda. Contudo, à medida que as semanas passavam sem que surgissem quaisquer sinais de que algum dos reféns devolvidos tivesse recuperado a personalidade, essas esperanças e devoções começaram a parecer mais patéticas do que nobres. Os que mais tinham suportado tais esforços declaravam agora que, caso fossem pegos como reféns, prefeririam ser cortados em pedaços e jogados no mar a ser devolvidos para causar às famílias tanta miséria e sofrimento.

Ainda pior, creio, foi o trono não apresentar uma única ideia firme sobre o que devia ser feito durante esse período. O decreto de um édito real que tivesse ditado ao povo se devia ou não pagar o tributo reclamado pelos reféns teria melhorado as coisas. Qualquer opção que o rei tivesse escolhido desagradaria parte da população, mas, pelo menos, o rei teria tomado uma posição, e daria às pessoas a sensação de que a ameaça estava sendo confrontada. Em vez disso, o aumento de patrulhas e sentinelas apenas fez parecer que Torre do Cervo se encontrava em estado de terror diante da nova ameaça, mas que não tinha nenhuma estratégia para confrontá-la. Na ausência de um édito real, os vilarejos costeiros tomaram a iniciativa. Os conselhos se reuniram para decidir o que fazer se fossem Forjados. E alguns decidiram de uma maneira, e outros de outra.

— Mas, em todo caso — disse-me Chade, cansado —, pouca diferença faz o que eles decidirem, porque isso enfraquece a lealdade deles ao reino. Paguem tributo ou não, os Salteadores podem muito bem rir de nós enquanto bebem as suas cervejas de sangue. Porque, ao decidirem, as pessoas nas suas mentes já não estão dizendo "se fôssemos Forjados", mas sim "quando formos Forjados". E assim já foram violados em espírito, se não na carne. Eles olham para as famílias, da mãe à criança, do homem aos pais, e já os perderam para a morte ou o Forjamento. E o reino falha porque, à medida que cada povoado tem de decidir sozinho, é separado do todo. Vamos nos fragmentar em milhares de pequenas aldeias-estado, cada qual se preocupando apenas com o que fará quando for pilhada. Se Shrewd e Verity não agirem rapidamente, o reino irá se tornar uma coisa que existe apenas de nome e na mente dos seus ex-regentes.

— Mas o que eles podem fazer? — perguntei. — Qualquer édito que seja emitido estará errado.

Peguei nas pinças e empurrei o cadinho de que eu estava tomando conta um pouco mais para dentro das chamas.

— Às vezes — resmungou Chade — é melhor estar errado, mas desafiador, do que silencioso e resignado. Olha, garoto, se você, um mero rapaz, pode compreender que em uma situação como esta qualquer decisão seja errada, outras pessoas também podem perceber isso. Mas pelo menos esse édito nos daria uma resposta conjunta. Não seria como se cada povoado fosse deixado sozinho lambendo as próprias feridas. E, em conjunto com esse édito, Shrewd e Verity deviam tomar outras ações — inclinou-se mais perto para olhar o líquido borbulhante. — Mais calor — sugeriu.

Peguei um pequeno fole e dobrei-o cuidadosamente.

— Por exemplo?

— Organizar ataques em resposta contra os ilhéus. Providenciar barcos e mantimentos a quem quer que tenha vontade de levar a cabo tal ataque. Proibir os rebanhos de andar tão tentadoramente pelas pastagens nas proximidades da costa. Abastecer as vilas com mais armas, se não podemos dar a cada uma delas soldados para a protegerem. Pelo arado de Eda, por que não lhes dar semente de carris e erva-moura para carregarem numa bolsa atada aos pulsos de forma que, caso sejam capturados num ataque, possam tirar a própria vida em vez de se tornarem reféns? Qualquer coisa, garoto. A essa altura, qualquer coisa que o rei fizesse seria melhor do que esta maldita indecisão.

Sentei-me encarando Chade. Nunca o tinha ouvido falar com tanta veemência nem o tinha visto criticar Shrewd tão abertamente. Fiquei chocado. Segurei a respiração, esperando que dissesse mais, mas quase temeroso do que pudesse ouvir. Ele parecia não notar o meu olhar fixo.

— Empurre-o um pouco mais para dentro do fogo, mas tenha cuidado. Se explodir, o rei Shrewd pode vir a ter dois homens pustulentos em vez de um. — Olhou-me de relance. — Sim, foi assim que fiquei marcado. Mas olhe, bem que podia ter sido uma doença pustulenta, a julgar pela maneira como Shrewd ouve o que tenho para lhe dizer ultimamente. "Pode proferir quantos augúrios e avisos você quiser", disse-me, "mas eu acho que você quer que o garoto seja treinado no Talento simplesmente porque você não foi. É uma ambição ruim, Chade. Deixe-a de lado." Assim fala o fantasma da rainha com a língua do rei.

A amargura de Chade me imobilizou.

— Chivalry. Era dele que precisávamos agora — continuou, depois de um momento. — Shrewd hesita, e Verity é um bom soldado, mas ouve demais o pai. Verity foi criado para ser o segundo, não o primeiro. Não toma a iniciativa. Precisamos de Chivalry. Ele teria ido àquelas vilas, falado com os que perderam os entes queridos em Forjamentos. Caramba, ele teria falado até com os próprios Forjados...

— Você acha que teria servido de alguma coisa? — perguntei delicadamente. Quase não ousava me mexer. Parecia que Chade falava mais consigo próprio do que comigo.

— Não teria resolvido nada, não, mas o povo sentiria que o regente se preocupa. Às vezes é o que é preciso, garoto, mas tudo o que Verity faz é marchar com os seus soldados de brinquedo por aí e ponderar estratégias. E Shrewd observa as coisas acontecerem, e não pensa no seu povo, mas apenas em como garantir que Regal seja mantido a salvo e a postos para tomar o poder, se Verity acabar sendo morto.

— Regal? — balbuciei, surpreso.

Regal, com as suas roupinhas bonitas e as suas poses de frangote? Eu o via andar sempre atrás de Shrewd, mas nunca tinha pensado nele como um verdadeiro príncipe. Ouvir o nome dele aparecer em uma discussão daquelas me espantou.

— Tornou-se o favorito do pai — resmungou Chade. — Shrewd não tem feito mais do que estragá-lo com mimos desde que a rainha morreu. Tenta comprar o coração do rapaz com presentes, agora que a mãe não está aí para reclamar a sua lealdade. E Regal tira proveito disso. Diz apenas o que o velho quer ouvir, e Shrewd lhe dá liberdade demais. Deixa-o vagueando por aí, esbanjando dinheiro em visitas inúteis a Vara e a Lavra, onde o povo de sua mãe o enche de manias de grandeza. O rapaz devia ser mantido em casa e forçado a prestar contas de como ocupa o seu tempo. E o dinheiro do rei. O que ele gasta se divertindo dava para equipar um navio de guerra.

E então, subitamente irritado:

— Isso está muito quente! Você vai estragar tudo, tire-o logo daí.

Mas as palavras vieram tarde demais, pois o cadinho estalou em um ruído que parecia gelo se partindo, e o conteúdo encheu a torre de Chade de um fumo acre que pôs fim a todas as lições e conversas daquela noite.

Não fui chamado de novo durante algum tempo. As outras lições continuaram, mas sentia falta de Chade, à medida que as semanas passavam e ele não me chamava. Sabia que não estava chateado comigo, mas com muitas preocupações. Quando um dia, em um momento ocioso, sondei a mente dele, senti apenas segredo e discórdia. E uma pancada na nuca, quando Burrich me pegou fazendo isso.

— Pare! — sibilou ele, e ignorou o meu olhar dissimulado de inocência assustada. Olhou de relance a baia que eu estava limpando como se esperasse encontrar um cão ou um gato escondido em um canto.

— Não tem nada aqui!

— Apenas estrume e palha — concordei, esfregando a nuca.

— Então você estava fazendo o quê?

— Sonhando — murmurei. — Só isso.

— Você não me engana, Fitz. E não vou tolerar isso. Não no meu estábulo. Você não vai perverter os meus animais com isso. Ou degradar o sangue de Chivalry. Lembre-se do que eu te disse.

Cerrei os dentes, baixei os olhos e continuei trabalhando. Passado algum tempo, ouvi-o suspirar e sair. Continuei a limpar o estábulo com o ancinho, jurando nunca mais deixar Burrich me flagrar.

O resto do verão foi um turbilhão de acontecimentos que acho difícil lembrar em que ordem as coisas se passaram. De um dia para o outro, mesmo a sensação do ar pareceu mudar. Quando ia ao povoado, as conversas eram todas sobre fortificações e estar a postos. Apenas mais dois vilarejos foram Forjados naquele verão, mas parecia que havia sido centenas, a julgar pelas narrativas que eram repetidas e exaltadas de boca em boca.

— Até parece que é apenas disso que todo mundo vai falar de agora em diante — queixou-se Molly.

Passeávamos ao longo da Grande Praia, à luz do sol de uma tarde de verão. O vento que vinha da água era de um frescor bem-vindo depois de um dia de calor abafado. Burrich tinha sido chamado em Boca da Nascente para ver se conseguia descobrir por que é que todo o gado da região estava desenvolvendo chagas grandes no pelo. Para mim, isso significava manhãs livres de lições, mas muito mais trabalho com os cavalos e cães, especialmente porque Cob tinha viajado a Lago do Bode com Regal para tratar dos seus cavalos e cães durante uma caçada de verão.

Em compensação, os meus finais de tarde eram menos supervisionados, e eu tinha mais tempo para visitar o povoado.

Meus passeios vespertinos com Molly tinham se tornado quase uma rotina agora. A saúde do pai dela estava fraca e ele não precisava beber muito para todas as noites cair bem cedo num sono pesado. Molly trazia um pouco de queijo e salsichas, ou algum pão e peixe defumado; então arranjávamos um cesto e uma garrafa de vinho barato e andávamos pela praia até o quebra-mar. Sentávamos ali, sobre os rochedos que irradiavam o último calor do dia, e Molly me contava do seu trabalho e das fofocas do dia, e eu a escutava. Às vezes os nossos cotovelos se tocavam enquanto andávamos.

— Sara, a filha do açougueiro, disse-me que quer que o inverno volte. Os ventos e o gelo vão fazer os Navios Vermelhos regressarem às suas próprias costas por um tempo, e irão nos dar um período de descanso do medo, diz ela. Mas Kelty diz que, embora seja verdade que poderemos então deixar de ter medo dos

Forjamentos, ainda teremos de temer os Forjados que andam à solta nas nossas terras. Há rumores de que alguns de Forja deixaram o local, agora que já não há nada por lá para roubar, e vagueiam pelas nossas terras, como bandidos, assaltando os viajantes.

— Duvido. O mais provável é que outros estejam executando os assaltos, mas tentando se passar por Forjados para escaparem da punição. Os Forjados não têm noção suficiente de comunidade para formar bandos do que quer que seja — eu a contrariei de um jeito um pouco indolente. Estava observando a baía, com os olhos quase fechados por causa do brilho do sol sobre a água. Não precisava olhar Molly para senti-la ali, perto de mim. Era uma tensão interessante, uma tensão que eu não compreendia por completo. Ela tinha dezesseis anos, e eu cerca de catorze, e esses dois anos pairavam entre nós como uma barreira intransponível. Contudo, ela sempre arranjava tempo para mim e parecia apreciar a minha companhia. Ela parecia me notar tanto quanto eu a notava, mas, quando eu sondava sua mente, ela se escondia, parando para tirar uma pedrinha do sapato ou falando de repente da doença do pai e do quanto ele precisava dela. Por outro lado, quando eu afastava os meus sentidos daquela tensão, ela se tornava insegura e calada, e tentava olhar o meu rosto, a curva da minha boca e os meus olhos. Não compreendia aquilo, mas era como se segurássemos um fio tenso entre nós. Naquele momento, percebi uma certa irritação nas suas palavras.

— Ah, estou vendo. E você conhece muito os Forjados, não conhece? Mais do que aqueles que foram roubados por eles?

As palavras ásperas dela me pegaram de surpresa, e por um momento ou dois não soube o que dizer. Molly não estava a par de nada sobre o meu relacionamento com Chade, quanto mais sobre a minha viagem a Forja. Para ela, eu era um garoto de recados da torre, trabalhando para o mestre do estábulo, quando não estava fazendo compras para o escriba. Não podia revelar a ela nada do meu conhecimento em primeira mão, e ainda menos de como eu tinha sentido o que realmente era um Forjamento.

— Ouço os guardas falando disso, quando estão perto do estábulo e da cozinha à noite. Soldados como eles já viram todo tipo de gente e são eles que dizem que os Forjados já não têm mais nada de amizades, nem família, nem laços de parentesco. Ainda assim, suponho que, se um deles começasse a assaltar viajantes, outros o imitariam, e o resultado seria quase o mesmo que um grupo de assaltantes.

— Talvez. — Ela parecia apaziguada com meus argumentos. — Olha, vamos ali em cima para comer.

"Ali em cima" era uma saliência na orla da falésia, e não no quebra-mar. Mas concordei, e gastamos os minutos seguintes para subirmos eu, ela e o cesto. Tal feito exigiu uma escalada mais árdua do que as nossas expedições anteriores.

Dei por mim observando a forma como Molly lidava com as saias e aproveitando as oportunidades que surgiam para segurá-la pelo braço a fim de equilibrá-la ou pegar na sua mão para ajudá-la em um ponto mais íngreme, enquanto ela segurava o cesto. Nesse momento, percebi que a sugestão de Molly para que fôssemos ali em cima tinha sido a sua maneira de manipular a situação para fazer acontecer precisamente isso. Por fim, chegamos à saliência do rochedo e nos sentamos, olhando o horizonte sobre o mar com o cesto entre nós, e eu me deliciando com a percepção do interesse dela por mim. A situação me lembrou das clavas dos malabaristas na Festa da Primavera, de como eles as manejavam de um lado para o outro, cada vez mais depressa. O silêncio durou até o momento em que um de nós tinha de dizer alguma coisa. Olhei-a, mas ela desviou o olhar. Olhou para o cesto e disse:

— Ah, vinho de dente-de-leão? Pensei que só estivesse bom para beber em meados do inverno.

— É do ano passado... teve um inverno para amadurecer — disse-lhe e peguei a garrafa para soltar a rolha com a faca. Ela observou minha tentativa durante algum tempo. Depois, tirou a garrafa das minhas mãos e, desembainhando a própria faca fininha, espetou a rolha e virou-a com um jeito experiente que me deixou com inveja.

Ela notou a maneira como eu a olhava e encolheu os ombros.

— Abri garrafas para meu pai a vida toda. Costumava ser eu porque ele estava sempre muito bêbado. Agora é porque ele já não tem força nas mãos, mesmo quando está sóbrio.

Dor e amargura se misturaram nas palavras dela.

— Ah. — Mudei para um assunto mais agradável. — Olha, o *Donzela da Chuva*. — Apontei para um navio de casco lustroso que se aproximava a remos do porto. — Sempre o achei o navio mais belo do porto.

— Ele está de patrulha. Os mercadores de tecidos fizeram uma arrecadação. Quase todos os comerciantes da cidade contribuíram. Até eu, embora somente pudesse oferecer velas para as lanternas. Está guarnecido de guerreiros agora e escolta os navios mercantes daqui até os Fundaltos, onde o *Borrifo Verde* vai ao seu encontro e continua adiante com eles, pela costa.

— Não sabia nada disso. — Fiquei surpreso por não ter ouvido falar daquele assunto na torre. O meu coração se partiu: até a Cidade de Torre do Cervo estava tomando medidas, independentemente do conselho ou consentimento do rei. E foi o que eu pude dizer.

— Bem, o povo tem de se mexer, se tudo o que o rei Shrewd vai fazer em relação ao problema é dar um estalo com a língua e franzir a testa. É bonito da parte dele nos pedir para sermos fortes, enquanto ele está sentado a salvo no castelo. Não é como se o seu filho ou irmão ou sua caçula estivessem em risco de serem Forjados.

Fiquei envergonhado por não poder dizer nada em defesa do meu rei. E a vergonha me incitou a dizer:

— Bem, você está quase tão a salvo quanto o próprio rei, vivendo aqui em Cidade de Torre do Cervo.

Molly encarou os meus olhos:

— Eu tinha um primo trabalhando como aprendiz em Forja. — Fez uma pausa e disse cuidadosamente: — Você vai me achar cruel se eu te disser que ficamos aliviados ao ouvir dizer que ele tinha apenas morrido? Ficamos sem saber por uma semana, mas finalmente recebemos a notícia de alguém que o viu morrer. E meu pai e eu ficamos ambos aliviados. Podíamos chorar por ele, sabendo que a sua vida tinha simplesmente acabado e que teríamos saudades dele. Não tínhamos que ficar imaginando se ele ainda estaria vivo e se comportando como um bicho, levando miséria aos outros e vergonha a si mesmo.

Fiquei em silêncio por algum tempo. E então disse:

— Lamento muito.

Tive a impressão de que foi pouco, e então eu me estiquei para dar uma palmada amigável na sua mão imóvel. Por um segundo, foi quase como se eu não pudesse senti-la ali, como se a dor a tivesse colocado em estado de choque, em um entorpecimento emocional comparável ao de um Forjado. Mas então ela suspirou e senti a sua presença outra vez a meu lado.

— Sabe — arrisquei —, talvez o próprio rei não saiba o que fazer. Talvez esteja tão desesperado atrás de uma solução como nós.

— Ele é o rei! — protestou Molly. — E se chamando Shrewd, devia ser astuto. Dizem por aí que ele continua sem fazer nada para poder manter bem apertados os cordões da sua bolsa de moedas. Por que ele pagaria com o seu tesouro quando mercadores desesperados contratam mercenários dos próprios bolsos? Mas chega disso... — Ela levantou a mão para interromper as minhas palavras. — Não foi para isso que viemos até este lugar de paz e frescor, para falar de política e medo. Conte para mim o que você tem feito. A cadela malhada já deu cria?

E assim falamos de outras coisas, dos cachorrinhos de Pintada e do garanhão teimoso que conseguiu emprenhar uma égua no cio, embora estivesse destinada a outro, e ela me contou que andava juntando pinhas para perfumar as velas e colhendo amoras-pretas, e de como estaria ocupada durante a semana seguinte, tentando fazer conservas de amoras para o inverno enquanto tomava conta da loja e fazia velas.

Falamos, comemos, bebemos e observamos o sol tardio de verão enquanto ele se enfraquecia, baixo no horizonte, quase na iminência de se pôr. Sentia a tensão entre nós como uma coisa agradável, um maravilhoso estado de suspensão. Era como uma extensão do meu estranho novo sentido, e me surpreendia por Molly parecer ser também capaz de senti-lo e de reagir a ele. Queria falar com ela sobre isso, perguntar se ela percebia as outras pessoas da mesma maneira que eu. Mas temia que, se lhe perguntasse aquilo, eu me revelasse a ela como tinha feito a Chade, ou que ela ficasse enojada como Burrich. Portanto, sorri e conversamos, e guardei os meus pensamentos para mim mesmo.

Acompanhei-a até sua casa pelas ruas tranquilas e lhe desejei boa-noite à porta da casa de velas. Ela ficou imóvel por um momento, como se pensasse em outra coisa que queria me dizer, e então me lançou um olhar interrogativo e murmurou suavemente:

— Boa noite, Novato.

Voltei para casa sob um céu profundamente azul, perfurado de estrelas brilhantes, passei pelas sentinelas ocupadas em um eterno jogo de dados e subi para o estábulo. Fiz uma rápida ronda pelas baias, mas tudo ali estava calmo e bem, mesmo com os novos cachorrinhos. Notei dois cavalos estranhos em um dos cercados, e o palafrém de uma dama em uma baia. Concluí que alguma senhora nobre tinha vindo à corte. Fiquei imaginando o que a teria trazido aqui no final do verão e me admirei com a qualidade dos animais. Então deixei os cavalos e fui para a torre.

Por hábito, o meu caminho me levou para a cozinha. Cook estava habituada aos apetites dos rapazes do estábulo e homens de armas, e sabia que as refeições regulares nem sempre eram suficientes para deixá-los satisfeitos. Ultimamente, em especial, eu vivia com fome toda hora, e a sra. Hasty tinha dito recentemente que, se eu não parasse de crescer, ia ter de me embrulhar como um selvagem, pois já não tinha ideia de como fazer parecer que as roupas me serviam. Quando entrei pela porta da cozinha, estava já pensando na grande tigela de barro que Cook mantinha cheia de biscoitos macios e coberta com um pano, e naquela peça de queijo bem curado, e em como ambos iriam bem com uma cerveja.

Havia uma mulher à mesa. Estava comendo uma maçã e um pedaço de queijo, mas, no momento em que me viu entrar pela porta, deu um pulo de onde estava e colocou a mão sobre o coração, como se pensasse que se tratava do próprio Homem Pustulento. Parei.

— Não tinha intenção de assustá-la, senhora. Eu simplesmente estava com fome e pensei em vir buscar algo para comer. Incomodo-a se ficar?

A dama deixou-se afundar lentamente no assento. Fiquei pensando o que alguém da sua classe estaria fazendo na cozinha, desacompanhada, à noite. Pois o nascimento nobre dela era algo que não se disfarçava com a simples veste cor de creme que trajava ou com o cansaço que o rosto revelava. Era sem dúvida a amazona do palafrém no estábulo e não a aia de alguma senhora. Se tinha acordado com fome durante a noite, por que é que não teria se limitado a chamar uma criada para que viesse buscar alguma coisa para ela na cozinha?

Ela levou a mão, que apertava o peito, aos lábios, como se tivesse a intenção de acalmar a respiração descontrolada. Quando falou, a voz era bem modulada, quase musical.

— Não quero te impedir de pegar a sua comida. Eu só fiquei um pouco assustada. Você... chegou tão de repente.

— Obrigado, senhora.

Caminhei pela cozinha grande, do tonel de cerveja para o queijo e para o pão, mas, para onde quer que fosse, os olhos dela me seguiam. A sua comida jazia ignorada na mesa, onde ela a tinha largado assim que eu cheguei. Depois de encher uma caneca de cerveja, eu me virei para encontrar os seus olhos arregalados em cima de mim. Baixou-os rapidamente. A boca dela se abriu, mas não disse nada.

— Posso fazer alguma coisa por você? — perguntei educadamente. — Ajudá-la a encontrar alguma coisa? Gostaria de um pouco de cerveja?

— Se tivesse a gentileza.

Ela disse as palavras com suavidade. Eu lhe trouxe a caneca que tinha acabado de encher e coloquei-a sobre a mesa diante dela. Ela se encolheu quando me aproximei, como se eu fosse portador de alguma doença contagiosa. Comecei a pensar se eu estaria cheirando mal por causa do trabalho no estábulo. Entendi que não, pois Molly certamente teria mencionado uma coisa dessas. Molly era sempre muito franca comigo sobre esses assuntos.

Tirei uma caneca de cerveja para mim e, em seguida, olhando ao redor, pensei que seria melhor levar a comida comigo para o quarto. A atitude da senhora mostrava que ela estava pouco à vontade na minha presença. Mas, quando estava me esforçando para manter em equilíbrio biscoitos e queijo e caneca, ela fez um gesto em direção ao banco diante dela.

— Sente-se — ela me disse, como se lesse os meus pensamentos. — Não é justo que eu te afugente da sua refeição.

O tom não era nem de comando nem de convite, mas qualquer coisa entre os dois. Sentei no lugar que ela me indicou, derramando um pouco de cerveja, enquanto tentava colocar a comida e a caneca no lugar. Senti os seus olhos sobre mim ao me sentar. A comida dela continuou ignorada à sua frente. Baixei a cabeça para evitar o olhar fixo sobre mim e comi com pressa, tão furtivo quanto um rato num canto suspeitando de que houvesse um gato atrás da porta à espera. Ela não me encarava de uma forma rude, mas me observava escancaradamente, com o tipo de atenção que deixava as minhas mãos atrapalhadas e que subitamente me fez ter consciência de que, sem pensar, tinha acabado de limpar a boca nas costas da manga.

Não me ocorria nada que pudesse dizer e, contudo, o silêncio me feria. O biscoito parecia seco na minha boca, fazendo-me tossir e, quando tentei empurrá-lo com cerveja, me engasguei. As sobrancelhas dela franziram, e a boca ficou mais firme. Mesmo com os olhos fixos no prato, senti o olhar dela. Comi com pressa, querendo apenas escapar dos olhos cor de avelã e da boca silenciosa. Empurrei os últimos pedaços de pão e queijo para dentro da boca e me levantei com rapidez, tropeçando contra a mesa e quase derrubando o banco na minha pressa. Fui para a porta e então me lembrei das instruções de Burrich sobre como sair na presença de uma senhora.

— Boa noite para você, dama — balbuciei, pensando que as palavras não estavam muito corretas, mas incapaz de encontrar melhores. Fui em direção à porta como um caranguejo.

— Espere — ela disse, e quando parei, perguntou: — Você dorme em cima ou lá fora, no estábulo?

— Nos dois. Às vezes. Quero dizer, algumas vezes em um lugar, outras vezes no outro. Ah, boa noite então, senhora.

Virei-me e quase desatei a fugir. Já estava no meio das escadas quando comecei a pensar na estranheza da pergunta. Foi apenas ao me despir, antes de me deitar, que percebi que ainda segurava a caneca de cerveja vazia. Fui dormir, sentindo-me um idiota, e tentando entender por quê.

PATIENCE

Os Salteadores dos Navios Vermelhos já eram sinal de miséria e aflição para o próprio povo muito antes de se tornarem um problema nas costas dos Seis Ducados. Com um início ritualístico obscuro, eles ascenderam e apoderaram-se do poder religioso e político por meio de táticas impiedosas. Chefes e líderes que se recusaram a se enquadrar em suas crenças descobriam com frequência que as mulheres e crianças tinham se tornado vítimas do que nós passamos a chamar de Forjamento, em memória do vilarejo de má sorte de Forja. Embora os ilhéus sejam, pelos nossos padrões, impiedosos e cruéis, é fato que têm a tradição de um forte sentido de honra e penalidades horríveis para aqueles que quebram as regras de parentesco. Imaginem a angústia do pai Ilhéu ao descobrir que o filho foi Forjado. Tem que escolher entre esconder os crimes do filho enquanto o rapaz mente, rouba e abusa das mulheres da casa, ou ver o filho ser esfolado vivo por seus crimes e sofrer as perdas simultâneas do herdeiro e do respeito das outras casas. A ameaça de Forjamento era um poderoso meio de dissuadir a oposição ao poder político dos Salteadores dos Navios Vermelhos.

Na época em que os Salteadores dos Navios Vermelhos começaram a assediar seriamente as nossas costas, já tinham subjugado a maior parte da oposição nas Ilhas Externas. Os que tinham se oposto abertamente a eles tinham morrido ou fugido. Outros pagavam tributos contra a sua vontade e cerravam os dentes diante das afrontas dos que controlavam o culto. Mas muitos se juntaram a eles de bom grado, pintaram de vermelho os cascos dos seus navios de pilhagem e nunca questionaram a integridade do que faziam. É possível que esses convertidos proviessem, sobretudo, das casas da baixa nobreza, que nunca tinham tido antes a oportunidade de aumentar a sua influência. Mas aquele que controlava os Salteadores dos Navios Vermelhos não se importava minimamente com quem eram os antepassados de um homem, desde que pudesse ter a lealdade inabalável desse homem.

Vi a senhora mais duas vezes antes de descobrir quem ela era. A segunda vez que a vi foi na noite seguinte, por volta do mesmo horário. Molly estava ocupada com as suas amoras, e eu tinha saído para uma noite de música na taberna com Kerry e Dirk. Tinha tomado pelo menos duas canecas de cerveja a mais do que devia. Não estava tonto nem enjoado, mas andava com cautela, pois já tinha tropeçado em um buraco na estrada escura.

Separada, mas adjacente ao pátio poeirento da cozinha com suas calçadas e espaço para carroças, há uma área cercada por tapume. É normalmente referida como o Jardim das Mulheres, não porque seja exclusivamente destinada a elas, mas apenas porque são elas que cuidam e entendem do jardim. É um lugar agradável, com uma lagoa no meio, e muitos canteiros baixos de ervas, dispostos entre plantações de flores, vinhas com frutos e caminhos de pedra esverdeados. Eu sabia que não devia ir direto para a cama estando naquelas condições. Se tentasse dormir agora, a cama ia começar a girar, e dentro de uma hora eu estaria vomitando. O serão tinha sido agradável, e me pareceu que aquela seria uma forma desprezível de terminá-lo; então, fui ao Jardim das Mulheres em vez de ir para o quarto.

A um canto do jardim, entre uma parede aquecida pelo sol e uma lagoa pequena, crescem sete variedades de timo. As fragrâncias podem ser estonteantes num dia quente, mas, naquele momento, com a tarde virando noite, os odores misturados pareciam acalmar a minha cabeça. Molhei o rosto na lagoa e me encostei à parede de rocha que ainda emanava o calor do sol. As rãs coaxavam umas às outras. Baixei os olhos e observei a superfície calma da lagoa para evitar que minha cabeça girasse.

Passos. E então uma voz de mulher me perguntou em um tom ríspido:

— Você está bêbado?

— Não exatamente — respondi, afável, pensando que era Tilly, a moça do pomar. — Não tive tempo nem dinheiro suficientes para isso — acrescentei em tom de brincadeira.

— Suponho que aprendeu isso com Burrich. Esse homem é um beberrão e um devasso, e andou cultivando as mesmas características em você. Consegue sempre rebaixar ao seu nível aqueles que o rodeiam.

A amargura na voz da mulher me fez olhar para cima. Olhei-a com os olhos semicerrados através da luz clara, tentando distinguir os traços da sua fisionomia. Era a senhora da noite anterior. Imóvel na trilha do jardim, trajando vestes simples, parecia à primeira vista ser pouco mais que uma menina. Era magra e mais baixa do que eu, embora eu não fosse muito alto para os meus catorze anos, mas o rosto dela era o de uma mulher-feita e, nesse momento, tinha a boca arqueada em uma linha que expressava claramente a condenação dos meus atos, confirmada pelas sobrancelhas franzidas sobre os olhos cor de avelã. O cabelo era escuro e encaracolado e, embora tivesse tentado prendê-lo, algumas madeixas tinham escapado para a testa e o pescoço.

Não que eu me sentisse compelido a defender Burrich, mas é que o meu estado não era responsabilidade dele. Portanto, tentei explicar-lhe que Burrich estava a quilômetros de distância, em outras terras, de modo que dificilmente ele poderia ser considerado responsável por aquilo que eu punha na boca e engolia.

A senhora deu dois passos na minha direção.

— Mas nunca te ensinou nada melhor, não é? Nunca te aconselhou contra a bebedeira, não é?

Há um ditado nas Terras do Sul que diz que há verdade no vinho. Deve haver alguma na cerveja também. E eu a disse naquela noite.

— Na verdade, senhora, ele estaria imensamente descontente comigo neste momento. Primeiro, me censuraria por não me levantar quando uma dama está falando comigo. — E então eu bruscamente me coloquei de pé. — E depois, ele me daria um sermão longo e severo sobre o comportamento esperado de alguém que tem nas veias o sangue de um príncipe, senão os títulos. — Consegui fazer uma reverência e, contente com o meu sucesso, endireitei-me com um floreio. — Portanto, boa noite para você, gentil dama do jardim. Desejo-lhe boa-noite e retiro este ignorante da sua presença.

Passava já sob o arco da entrada quando ela me chamou:

— Espere!

Mas o meu estômago fez um ruído de protesto, e fingi não ouvir. Ela não veio atrás de mim, mas tive a certeza de que me observava, e me mantive de cabeça erguida e no passo certo até estar fora do pátio da cozinha. Arrastei-me até as baias, onde vomitei em cima de uma pilha de excrementos, e acabei dormindo em uma baia limpa e vazia porque as escadas que levavam aos aposentos de Burrich me pareceram inclinadas demais.

Mas a juventude é incrivelmente resiliente, em especial quando se sente ameaçada. Estava em pé na madrugada do dia seguinte, pois sabia que a chegada de Burrich era esperada à tarde. Eu me lavei no estábulo e percebi que a túnica que tinha usado nos últimos três dias precisava ser substituída. Fiquei duplamente consciente da sua condição quando, no corredor à entrada do quarto, a senhora me confrontou. Olhou-me de cima a baixo e, antes que eu pudesse dizer alguma coisa, falou para mim:

— Troque a camisa — disse-me. E então acrescentou: — Essas calças fazem você parecer uma cegonha. Diga à sra. Hasty que elas precisam ser substituídas.

— Bom dia, senhora — disse.

Não era uma resposta, mas foram as únicas palavras que vieram à minha boca no meu estado de espanto. Decidi que era muito excêntrica, mais até do que lady Thyme. A minha melhor maneira de lidar com ela seria tentar agradar-lhe e fazer suas vontades. Esperei que virasse as costas e fosse embora. Em vez disso, ela continuou com os olhos presos em mim.

— Você toca algum instrumento musical?

Balancei a cabeça, mudo.

— Então canta?

— Não, senhora.

Pareceu incomodada ao perguntar:

— Então talvez tenha sido ensinado a recitar os Épicos e os versos eruditos, das ervas, das curas e de navegação... esse tipo de coisa?

— Apenas os que se referem ao tratamento de cavalos, falcões e cães — disse-lhe, quase honestamente.

Burrich tinha exigido que eu aprendesse esses. Chade tinha me ensinado alguns sobre venenos e antídotos, mas tinha me prevenido de que não eram conhecidos pela maior parte das pessoas, e não eram para ser recitados casualmente.

— Mas você dança, é claro. E foi instruído na composição de versos?

Estava completamente confuso.

— Senhora, penso que deve ter me confundido com outro. Talvez esteja pensando em August, o sobrinho do rei. É um ano ou dois mais novo que eu e...

— Não estou enganada. Responda à pergunta! — exigiu, numa voz quase estridente.

— Não, senhora. Os ensinamentos de que está falando são para aqueles de... nascimento nobre. A mim não foram ensinados.

A cada uma das minhas negações, ela parecia mais indignada. A boca endireitou-se mais, e os olhos cor de avelã ficaram nublados.

— Isso é intolerável — declarou e, virando-se em um alvoroço de saias, desceu correndo pelo corredor.

Passado um momento, fui para o quarto, troquei de camisa e vesti as calças mais compridas que eu tinha. Tirei a senhora dos meus pensamentos e me empenhei nas tarefas e lições do dia.

Estava chovendo nessa tarde quando Burrich voltou. Encontrei-o à porta do estábulo e fiquei segurando a cabeça do cavalo enquanto ele saltava com dificuldade da sela.

— Você cresceu, Fitz — comentou, e me inspecionou com um olhar crítico, como se eu fosse um cavalo ou um cão que estivesse mostrando um potencial inesperado.

Abriu a boca como se fosse dizer mais alguma coisa, mas então abanou a cabeça e soltou uma meia bufada.

— E então? — perguntou, e comecei o meu relatório.

Burrich tinha estado fora pouco mais de um mês, mas gostava de saber das coisas nos mínimos detalhes. Caminhou ao meu lado, ouvindo, enquanto eu conduzia o cavalo para uma baia e começava a cuidar dele.

Às vezes eu me surpreendia com o quão parecido ele podia ser com Chade. Eram muito semelhantes na maneira como esperavam que eu me lembrasse de detalhes exatos, e que fosse capaz de relatar as atividades da semana ou do mês anterior na ordem correta. Aprender a fazer relatórios para Chade não tinha sido muito difícil; tinha apenas formalizado os requisitos do que Burrich exigia de mim há muito tempo. Anos mais tarde, percebi como aquilo era semelhante a um homem de armas se reportando aos seus superiores.

Outro homem teria ido para a cozinha ou tomar banho depois de ouvir a minha versão resumida do que tinha acontecido na sua ausência. Mas Burrich insistiu em andar pelas baias, parando aqui para conversar com um rapaz do estábulo e ali para falar em voz suave a um cavalo. Quando chegou ao velho palafrém da senhora, parou. Olhou o cavalo durante alguns minutos em silêncio.

— Eu treinei este animal — disse abruptamente, e, ao ouvir a sua voz, o cavalo se virou no estábulo para encará-lo e relinchou suavemente. — Seda — disse, e fez um afago no seu focinho. Suspirou de repente. — Portanto, lady Patience está aqui. Ela já te viu?

Aquela era uma pergunta difícil de responder naquele momento. Um milhão de pensamentos assolou a minha cabeça de uma só vez. Lady Patience, a esposa do meu pai e, de certa maneira, a maior responsável por ele ter abandonado a corte e a mim. Era com ela que eu tinha conversado na cozinha e a quem eu fizera uma saudação embriagado. Foi ela quem tinha me interrogado naquela manhã sobre a minha educação. Para Burrich, balbuciei:

— Não formalmente. Mas já nos encontramos.

Ele me surpreendeu ao começar a rir.

— A sua cara diz tudo, Fitz. Posso ver que ela não mudou muito só pela sua reação. A primeira vez que eu a encontrei foi no pomar do pai dela. Estava sentada no topo de uma árvore. Pediu que eu removesse uma lasca do pé dela e tirou o sapato e a meia ali mesmo para que eu pudesse fazer isso. Ali mesmo, na minha frente. E não fazia ideia de quem eu era. Nem eu dela. Pensei que fosse a aia da senhora. Isso foi há muitos anos, é claro, e mesmo alguns anos antes de o meu príncipe conhecê-la. Suponho que eu não era muito mais velho do que você é agora — fez uma pausa e o rosto dele se tranquilizou. — Ela tinha um cãozinho miserável que trazia sempre consigo em um cesto. Estava sempre ofegando e se engasgando com bolas do próprio pelo. O nome dele era Espanador. — Parou por um momento e sorriu quase afetuosamente. — Que coisa para lembrar, depois de todos esses anos.

— Ela gostou de você, quando te conheceu? — perguntei, com falta de tato.

Burrich olhou para mim e os olhos ficaram opacos, o homem desaparecendo por trás do olhar fixo.

— Mais do que gosta agora — disse abruptamente. — Mas isso pouco importa. E me diga lá, Fitz. O que ela achou de você?

Ora, essa era uma pergunta totalmente diferente. Eu me empenhei num relato dos nossos encontros, passando por cima dos detalhes o quanto pudesse. Estava no meio do encontro no jardim quando Burrich levantou uma mão.

— Pare — disse calmamente.

Calei-me.

— Quando você corta partes verdadeiras em um relato para evitar que pareça tolo, acaba, em vez disso, soando como um idiota. Vamos começar outra vez.

E assim fiz, e não lhe poupei nada, seja do meu comportamento, seja dos comentários da senhora. Quando terminei, fiquei à espera do seu julgamento. Em vez disso, ele afagou o focinho do palafrém.

— Algumas coisas mudam com o tempo — disse, por fim. — E outras não.

Suspirou.

— Bem, Fitz, você tem um dom especial para se apresentar exatamente às pessoas que mais intensamente deveria evitar. Tenho certeza de que haverá consequências disso, mas não tenho a mínima ideia de quais serão. Assim sendo, não vale a pena nos preocuparmos. Vamos lá ver os cachorrinhos da Rateira. Você disse que ela teve seis?

— E sobreviveram todos — eu disse orgulhosamente, pois a cadela tinha um histórico de partos difíceis.

— Vamos esperar que nós mesmos sejamos capazes de fazer igual — Burrich balbuciou enquanto caminhávamos pelo estábulo, mas, quando olhei de relance para ele, surpreso, tive a impressão de que não estava falando exatamente comigo.

— Pensei que você ia ter bom senso suficiente para evitá-la — resmungou Chade.

Não era o cumprimento que eu estava esperando depois de mais de dois meses de ausência dos seus aposentos.

— Não sabia que era lady Patience. Fiquei surpreso por não ter havido rumores sobre a sua chegada.

— Ela é enfaticamente contra rumores — informou-me Chade.

Ele estava sentado na cadeira em frente ao fogo brando da sua lareira. Os aposentos de Chade eram frios, e ele era vulnerável ao frio. Também parecia cansado nessa noite, desgastado pelo que quer que tivesse andado fazendo nas semanas desde a última vez que o tinha visto. As mãos, especialmente, pareciam velhas, ossudas e inchadas nas articulações. Tomou um gole de vinho e continuou.

— E ela tem as suas maneirinhas excêntricas de lidar com os que falam dela pelas costas. Sempre quis preservar sua privacidade. É uma das razões por que seria uma péssima rainha. Não que Chivalry se importasse. O casamento foi escolha dele e não por motivos políticos. Penso que foi o primeiro grande desapontamento que causou ao pai. Depois disso, nada do que fez agradou Shrewd por completo.

Sentei-me quieto como um rato. Sorrateiro veio pendurar-se no meu joelho. Era raro Chade ser tão falante, especialmente sobre assuntos relativos à família real. Eu quase não respirava, com medo de interrompê-lo.

— Às vezes penso que havia algo em Patience que Chivalry instintivamente sabia que precisava. Ele era um homem esclarecido, organizado, sempre muito educado, sempre consciente do que se passava à sua volta. Era um cavalheiro, garoto, no melhor sentido da palavra. Não cedia a impulsos feios ou mesquinhos. E isso significava que ele exalava sempre um certo ar de contenção. E, assim, aqueles que não o conheciam o julgavam frio ou dissimulado. E então conheceu aquela menina, pois ela era pouco mais do que uma menina. E não havia mais substância nela do que nas teias de aranha e na espuma do mar. Pensamentos e língua sempre saltando disto para aquilo, sem pausa ou conexão que eu pudesse estabelecer. Costumava ficar estafado apenas de ouvi-la. Mas Chivalry sorria, e se maravilhava. Talvez fosse por ela não se mostrar minimamente fascinada por ele. Talvez fosse por ela não parecer particularmente ansiosa para conquistá--lo. Mas, mesmo com inúmeras damas mais elegíveis, de melhor nascimento e maior inteligência, andando atrás dele, escolheu Patience. E sequer era um bom momento para se casar, quando ele a tomou como esposa e fechou a porta para uma dúzia de alianças possíveis que uma noiva poderia ter lhe trazido. Não havia sequer uma boa razão para se casar naquele momento. Nada.

— Exceto que ele queria fazer isso — eu disse, e mordi logo a língua, pois Chade acenou que sim, agitando-se um pouco. Desviou o olhar do fogo e olhou para mim.

— Bem. Chega disso. Não vou te perguntar como é que você a impressionou desse jeito, ou o que mudou na opinião dela a seu respeito. Mas na semana passada ela foi até Shrewd e pediu que você fosse reconhecido como filho de Chivalry e herdeiro, e que fosse dada a você uma educação apropriada para um príncipe.

Fiquei atordoado. As tapeçarias das paredes teriam começado a rodopiar à minha frente, ou era uma alucinação?

— Claro que ele recusou — continuou Chade sem piedade. — Tentou explicar a ela por que é que tal coisa seria totalmente impossível. E tudo o que ela continuava a repetir era: "Mas você é o rei. Como é que pode ser impossível?", e ele lhe disse: "Os nobres nunca o aceitariam. Significaria guerra civil. E pense no que seria a um garoto despreparado ser atirado subitamente para o meio disso tudo".

— Ah — eu disse calmamente.

Não conseguia lembrar o que tinha sentido por alguns instantes. Regozijo? Raiva? Medo? Sabia apenas que o sentimento tinha passado, e que eu me sentia estranhamente desnudado e humilhado por não sentir mais nada.

— Patience, claro, não ficou totalmente convencida. "Então prepare o garoto", disse ela ao rei. "E, quando ele estiver pronto, julgue-o você mesmo." Só Patience poderia pedir uma coisa dessas, e em frente a Verity e Regal. Verity ouviu calmamente, sabendo como a discussão tinha de terminar, mas Regal estava furioso. Ele fica nervoso com muita facilidade. Mesmo um idiota deveria saber que Shrewd não podia ceder ao pedido de Patience. Mas sabe quando aceitar um compromisso. Quanto ao resto, sucumbiu aos pedidos dela, sobretudo, penso eu, para fechar-lhe a boca.

— Quanto ao resto? — perguntei estupidamente.

— Algumas coisas a nosso favor, outras em nosso prejuízo. Ou, pelo menos, inconvenientes para nós. — Chade parecia, ao mesmo tempo, irritado e fascinado. — Espero que você possa encontrar mais horas no seu dia, garoto, pois não estou disposto a sacrificar nenhum dos meus planos por causa dos dela. Patience pediu que você fosse educado como é adequado ao seu sangue. E assumiu ela própria a responsabilidade por essa educação. Música, poesia, dança, canto, etiqueta... espero que seja mais tolerante para essas coisas do que eu fui. Apesar de nada disso alguma vez ter parecido difícil para Chivalry. Às vezes até encontrava utilidade para esses conhecimentos. Mas isso vai tomar uma boa parte do seu dia. Você também vai servir de pajem a Patience. Já é velho demais para isso, mas ela insistiu. Pessoalmente, penso que ela se arrepende de muita coisa e está tentando compensar o tempo perdido, algo que nunca funciona. Você vai ter de reduzir o seu treino de armas. E Burrich vai ter de achar outro rapaz para o estábulo.

Eu não me importava com o treino de armas. Como Chade tinha me feito notar com frequência, um bom assassino trabalha de perto e silenciosamente. Se eu aprendesse bem a minha profissão, não ficaria manejando espadas longas contra ninguém. Mas o tempo que costumava passar com Burrich... mais uma vez tive a sensação estranha de não saber o que sentia. Odiava Burrich. Às vezes. Ele era dominador, ditatorial e insensível. Esperava que eu fosse perfeito e, contudo, dizia-me sem rodeios que eu nunca devia esperar nenhuma recompensa por isso, mas também era aberto e direto, e acreditava que eu podia ser bem-sucedido naquilo que ele exigia de mim...

— Você provavelmente está pensando que vantagem ela nos trouxe — Chade continuava, sem se dar conta do meu conflito interno. Reconheci uma empolgação suprimida na voz dele. — É algo que já tentei conseguir para você duas vezes, e duas vezes recusaram. Mas Patience teimou e teimou até que ele se rendeu. É o Talento, garoto. Você vai ser treinado para o Talento.

— O Talento — repeti, sem nenhuma ideia do que estava dizendo. Era tudo muito rápido para mim.

— Sim.

Tentei organizar os meus pensamentos.

— Burrich me falou disso uma vez. Há muito tempo.

Abruptamente, lembrei-me do contexto dessa conversa. Depois de Narigudo ter nos entregado acidentalmente. Falava disso como o oposto do que quer que fosse o sentido que eu partilhava com os animais. O mesmo sentido que tinha me revelado a mudança no povo de Forja. Será que treinar um me libertaria do outro? Ou seria uma privação? Pensei na familiaridade que partilhava com cavalos e cães quando sabia que Burrich não estava por perto. Lembrava-me de Narigudo, em uma mistura de comoção e sofrimento. Nunca tinha estado tão perto, antes ou depois, de outra criatura viva. Será que este novo treino para o Talento iria me privar disso?

— Qual é o problema, garoto? — A voz de Chade era gentil, mas preocupada.

— Não sei — hesitei. Mas nem mesmo a Chade eu ousava revelar o meu medo. Ou a minha mácula. — Nada.

— Você tem ouvido os relatos antigos sobre o treino — tentou adivinhar, completamente errado. — Ouça, garoto, não pode ser assim tão ruim. Chivalry passou por isso. E Verity também. E, com a ameaça dos Navios Vermelhos, Shrewd decidiu voltar aos velhos costumes, e estendeu o treino a outros possíveis candidatos. Quer criar um círculo, ou até dois, para complementar o que ele e Verity podem fazer. Galen não está muito entusiasmado, mas creio que é uma ideia muito boa. Embora, por eu mesmo ser um bastardo, nunca me tenha sido permitido o treino. Portanto, não tenho nenhuma ideia concreta de como o Talento pode ser usado para defender as nossas terras.

— Você é um bastardo? — As palavras irromperam de mim. Todos os meus pensamentos emaranhados foram subitamente cortados ao meio por essa revelação. Chade me encarou, tão chocado com as minhas palavras quanto eu com as suas.

— Claro. Pensei que você já tivesse percebido isso há muito tempo. Garoto, para alguém tão perceptivo, você tem alguns pontos cegos muito estranhos.

Olhei para Chade como se fosse pela primeira vez. As cicatrizes talvez o tivessem escondido de mim. A semelhança estava lá. A sobrancelha, a maneira como as orelhas se inclinavam, a linha do lábio inferior.

— Você é filho de Shrewd — lancei ao acaso, guiando-me apenas pela aparência. Mesmo antes de ele falar, percebi quão disparatada tinha sido aquela afirmação.

— Filho? — Chade soltou uma gargalhada medonha. — Como ele ia ficar zangado se te ouvisse dizendo isso! Mas a verdade o deixaria ainda mais carrancudo. Ele é meu meio-irmão mais novo, garoto, apesar de ter sido concebido em uma cama conjugal e eu, em uma campanha militar perto de Juncorla. — E acrescentou suavemente: — A minha mãe era soldado quando fui concebido. Mas voltou para casa para me dar à luz, e mais tarde se casou com um oleiro. Quando a minha mãe morreu, o marido dela me colocou em cima de um burro, deu-me um colar que tinha sido dela e me disse para levá-lo ao rei em Torre do Cervo. Eu tinha dez anos. Era uma longa e dura viagem de Estofo a Torre do Cervo, naqueles dias.

Não consegui achar nada que pudesse dizer.

— Mas chega disso. — Chade endireitou-se com rigor. — Galen vai instruí-lo no Talento. Shrewd convenceu-o a fazer isso. Ele acabou cedendo, mas com reservas. Ninguém deve interferir em nenhum dos seus estudantes durante o treino. Preferia que fosse de outra maneira, mas não há nada que possa fazer quanto a isso. Você vai ter que ter cuidado. Conhece Galen, não é?

— Um pouco — respondi. — Apenas o que os outros dizem dele.

— E o que você, por si só, sabe dele? — Chade me perguntou.

Inspirei fundo e considerei a pergunta.

— Come sozinho. Nunca o vi à mesa, seja com os homens de armas ou no salão de jantar. Nunca o vi andando por aí ou conversando simplesmente, nem no pátio de atividades, nem na corte das lavadeiras, nem em nenhum dos jardins. Sempre que o vejo, está indo para algum lugar, sempre apressado. Não leva jeito com animais. Os cães não gostam dele, e ele controla tanto os cavalos que acaba com a boca dele e com seus humores. Suponho que tem mais ou menos a idade de Burrich. Veste-se bem, quase tão enfeitado quanto Regal. Ouvi dizer que é um homem da rainha.

— Por quê? — perguntou Chade rapidamente.

— Hum, foi há muito tempo. Gage. É um homem de armas. Veio até Burrich uma noite, um pouco bêbado e ferido. Tinha brigado com Galen, e Galen acertou a cara dele com um pequeno chicote, ou qualquer coisa do gênero. Gage pediu a Burrich para tratá-lo, porque era tarde, e ele supunha que Burrich não estivesse bebendo naquela noite. Era quase hora da sua guarda, ou qualquer coisa assim. Gage confidenciou a Burrich que tinha ouvido Galen dizer que Regal era duas vezes mais real do que Chivalry ou Verity, e que era apenas uma tradição estúpida que o afastava do trono. Galen tinha dito que a mãe de Regal era de melhor nascimento que a primeira rainha de Shrewd. O que todo mundo sabe. Mas o que deixou Gage irritado a ponto de começar uma briga foi Galen ter dito que a rainha Desire era mais real do que o próprio Shrewd, pois tinha sangue Farseer de ambos os pais, enquanto Shrewd só o tinha do lado do pai. Portanto, Gage tentou esmurrá-lo, mas Galen se esquivou e acertou o rosto dele com alguma coisa.

Fiz uma pausa.

— E? — Chade me encorajou.

— E, portanto, ele prefere Regal a Verity e mesmo ao rei. E Regal, bem, o aceita. É mais amigável com ele do que costuma ser com serventes e soldados. Parece aconselhar-se com ele, considerando as poucas vezes que vi os dois juntos. É quase divertido observá-los um ao lado do outro; poderia dizer que Galen estava imitando Regal, de tal modo que se veste e anda como o príncipe. Às vezes até parecem ser gêmeos.

— Ah, é? — Chade curvou-se para chegar mais perto de mim, aguardando. — E o que mais você notou?

Procurei na memória por algum outro conhecimento em primeira mão sobre Galen.

— É tudo, eu acho.

— Ele falou alguma vez com você?

— Não.

— Entendo. — Chade acenou com a cabeça. — E o que você sabe da reputação dele? Do que suspeita? — Ele estava tentando me guiar para alguma conclusão, mas eu não conseguia adivinhar qual era.

— Ele é de Vara. Um homem do interior. A família dele chegou a Torre do Cervo com a segunda rainha do rei Shrewd. Ouvi dizer que tem medo da água, de navegar ou nadar. Burrich o respeita, mas não gosta dele. Diz que é um homem que sabe do seu trabalho e o faz, mas Burrich não consegue se dar bem com quem quer que seja que maltrate um animal, mesmo quando faz isso por ignorância. O pessoal da cozinha também não gosta dele. Ele está sempre fazendo os mais jovens chorarem. Acusa as moças de deixarem cair cabelo nas suas refeições e de estarem com as mãos sujas, e diz que os rapazes não têm modos e que não servem a comida corretamente. E, por isso, os cozinheiros também não gostam dele, porque quando os aprendizes estão nervosos, não trabalham bem.

Chade continuava olhando para mim, na expectativa, como se esperasse por algo muito importante. Puxei na memória para me lembrar de outros rumores.

— Ele usa uma correia com três gemas incrustadas. A rainha Desire deu para ele, por algum serviço especial que ele prestou a ela. Bobo o detesta. Disse-me uma vez que, quando ninguém está por perto, Galen o chama de aberração e atira coisas nele.

As sobrancelhas de Chade se ergueram.

— O Bobo fala com você?

O tom era mais do que incrédulo. Endireitou-se na cadeira tão subitamente que o vinho saltou do seu copo e entornou sobre o seu joelho. Esfregou-o distraidamente com a manga.

— Às vezes — confessei cautelosamente. — Não com muita frequência. Apenas quando lhe apetece. Simplesmente aparece e me diz coisas.

— Coisas? Que tipo de coisas?

De repente percebi que eu nunca tinha contado a ele sobre a charada do fitz-finda-faísca-asfixia. Parecia muito complicado naquele momento abordar o assunto.

— Ah, apenas coisas esquisitas. Há mais ou menos dois meses, ele me parou e me disse que o dia seguinte seria ruim para caçar. Mas foi bom. Burrich pegou aquele veado grande nesse dia. Lembra? Foi no mesmo dia em que encontramos aquele carcaju, que feriu gravemente dois dos cães.

— Se eu me lembro bem, ele quase te pegou. — Chade inclinou-se para a frente, com uma expressão estranhamente satisfeita no rosto.

Encolhi os ombros.

— Burrich o atropelou. E então cansou de me rogar pragas, como se fosse minha culpa, e disse que teria me espancado se a fera tivesse machucado Fuligem. Como se eu pudesse ter adivinhado que ela se atiraria em mim. — Hesitei. — Chade, eu sei que o Bobo é estranho. Mas gosto quando ele vem falar comigo. Fala por enigmas, me insulta, faz pouco-caso de mim, e se dá o direito de me dizer coisas que acha que eu devo fazer, como lavar o cabelo, ou não vestir amarelo. Mas...

— Sim? — Chade me incitou a continuar, como se o que eu estava dizendo fosse muito importante.

— Gosto dele. Zomba de mim, mas, vindo dele, parece uma espécie de bondade. Ele faz com que eu me sinta... bem, importante. O fato de me escolher para falar.

Chade reclinou-se na cadeira. Levou a mão à boca para esconder um sorriso, mas não percebi qual era a piada.

— Confie nos seus instintos. E preste atenção aos conselhos que o Bobo te dá. E, como tem feito, mantenha em segredo o que ele fala com você. Alguém poderia ficar descontente com isso.

— Quem? — perguntei.

— O rei Shrewd, talvez. Afinal de contas, o Bobo é dele. Comprado e pago.

Uma dezena de perguntas me veio à cabeça. Chade viu a minha expressão no rosto, mas levantou uma mão para me interromper.

— Agora não. Por enquanto, é tudo o que você precisa saber. Na verdade, é mais do que você precisa saber, mas fiquei surpreso com a sua revelação. Não tenho o hábito de contar segredos que não me pertencem. Se o Bobo quiser que saiba mais, pode falar por si mesmo. Mas, que eu me lembre, parece que estávamos falando de Galen.

Deixei meu corpo cair na cadeira com um suspiro.

— Galen. Pois é. É desagradável com aqueles que não podem desafiá-lo, veste-se bem e come sozinho. O que mais preciso saber, Chade? Tive professores severos e tive professores desagradáveis. Penso que vou aprender a lidar com ele.

— É melhor que seja assim. — Chade estava sendo completamente sincero. — Porque ele te odeia. Ele te odeia mais do que amava Chivalry. A força do sentimento dele por seu pai me dava nos nervos. Nenhum homem, nem sequer um príncipe, merece uma devoção tão cega, especialmente quando aparece de uma forma tão súbita. E você, ele odeia com ainda mais intensidade. Isso me assusta.

Algo no tom de Chade provocou um calafrio nauseante que percorreu o meu estômago. Senti um mal-estar que quase me fez vomitar.

— Como você sabe disso?

— Porque ele disse isso a Shrewd, quando Shrewd lhe ordenou que te incluísse entre os seus pupilos. "O bastardo não deve aprender qual é o seu lugar? Ele não deve se contentar com o que decretou para ele?" E então ele se recusou a te ensinar.

— Ele recusou?

— Eu te disse. Mas Shrewd foi inflexível. E como é rei, Galen deve obedecer-lhe, por mais que seja um homem da rainha. E, assim, Galen se conformou e disse que tentaria te ensinar. Você vai se encontrar com ele todos os dias. Vai começar daqui a um mês. Até lá, você pertence a Patience.

— Onde?

— Há o topo de uma torre, chamado Jardim da Rainha. Lá você será admitido. — Chade fez uma pausa, como se quisesse me dar um aviso, mas não desejasse me assustar. — Tenha cuidado — disse, por fim —, pois entre as paredes do jardim não possuo nenhuma influência. Lá, sou cego.

Era um aviso estranho, e eu o guardei bem.

FERREIRINHO

Lady Patience estabeleceu a sua excentricidade em uma idade jovem. Quando criança, as amas descobriram que ela era teimosamente independente e, contudo, não tinha o bom senso necessário para tomar conta de si mesma. Uma delas comentou:
— Andava o dia todo com o cadarço frouxo porque não sabia amarrá-lo, e não aceitava que ninguém fizesse isso para ela.

Antes dos seus dez anos, já tinha decidido esquivar-se dos estudos tradicionais adequados a uma menina do seu nível e, em vez disso, interessou-se por trabalhos manuais que provavelmente pouco viriam a ser úteis: olaria, tatuagem, fabricação de perfumes e o crescimento e propagação de plantas, em especial as estrangeiras.

Não tinha escrúpulos em se ausentar por longas horas da supervisão dos tutores. Preferia os bosques e os pomares aos pátios e jardins de sua mãe. Alguém poderia pensar que tais hábitos produziriam uma criança resistente e prática. Nada estaria mais longe da verdade. Parecia ser constantemente afligida por alergias, irritações e mordidas de insetos, perdia-se com frequência e nunca desenvolveu uma cautela sensata em relação a homens e animais.

Sua educação foi em grande parte autodidata. Aprendeu cedo a ler e a escrever, e daí em diante estudava qualquer pergaminho, livro ou tábua que lhe aparecesse no caminho com um interesse voraz e sem discriminação. Os tutores ficavam frustrados com seu jeito distraído e as frequentes ausências que não pareciam afetar em nada a sua capacidade de aprender praticamente qualquer coisa depressa e bem. Contudo, aplicar esses conhecimentos definitivamente não lhe interessava. A sua cabeça estava cheia de fantasia e imaginação, havia substituído lógica e etiqueta por poesia e música, e não expressava nenhum interesse pelos eventos sociais e habilidades de mulheres.

E, contudo, casou-se com um príncipe, que a cortejou com um entusiasmo obsessivo, o que seria o primeiro escândalo da vida dele.

— Fique em pé direito!

Eu me aprumei.

— Desse jeito não! Você parece um peru com o pescoço esticado à espera do machado. Relaxe mais. Não, mas ponha os ombros para trás, não fique corcunda. Sempre que você fica de pé deixa os pés assim, separados?

— Senhora, é apenas um garoto. São sempre assim, magrelos e desajeitados. Deixe-o entrar e ficar à vontade.

— Ah, está bem. Entre, então.

Fiz um gesto de gratidão para a aia de rosto redondo que me devolveu um sorriso. Ela me indicou um banco tão coberto por almofadas e xales que quase não havia espaço livre para eu me sentar. Fiquei empoleirado na beirada dele e examinei os aposentos de lady Patience.

Eram piores que os de Chade. Teria pensado que estavam atolados de coisas devido a anos de uso, se não soubesse que ela tinha chegado ali recentemente. Mesmo um inventário completo do quarto não teria conseguido descrevê-lo, pois era a justaposição de objetos que o fazia tão digno de observação. Um leque de penas, uma luva de esgrima e um ramo de juncos estavam todos enfiados dentro de uma bota muito gasta. Uma pequena cadela negra e dois cachorrinhos gordinhos dormiam em um cesto revestido com uma capa de pele e algumas meias de lã. Uma família de morsas esculpidas empoleirava-se numa tábua com escritos sobre ferraduras de cavalos. Mas o elemento dominante era a profusão de plantas. Havia nuvens espessas de vegetação transbordando de vasos de barro; xícaras de chá, tigelas e vasos plantados de caules, flores colhidas e verduras; vinhas sendo reveladas de dentro de canecas sem alças e copos partidos. Experiências sem sucesso evidenciavam-se em pedaços de paus lisos, erguendo-se de vasos cheios de terra. As plantas empoleiravam-se e amontoavam-se em qualquer lugar aonde o sol chegasse pelas janelas de manhã ou à tarde. O efeito era como um jardim entrando pelas janelas e crescendo em torno da bagunça no quarto.

— Ele deve estar com fome também, não é, Lacy? Ouvi dizer isso dos garotos. Deve ter um pouco de queijo e uns biscoitos em cima da estante, ao lado da minha cama. Você poderia trazê-los para ele, por favor, querida?

Lady Patience estava em pé a pouco mais de um braço de distância de mim enquanto falava com a aia, como se eu fosse invisível.

— Não estou com fome, na verdade, muito obrigado — balbuciei, antes que Lacy conseguisse ficar em pé. — Estou aqui porque me disseram... para eu me colocar à sua disposição, de manhã, pelo tempo que desejar.

Isso era uma cuidadosa reformulação. O que o rei Shrewd de fato tinha me dito era:

— Vá aos aposentos dela todas as manhãs, e faça o que quer que ela pense que você deve fazer, de modo que ela me deixe em paz. E continue fazendo isso até que ela se canse tanto de você como eu estou cansado dela.

A rude franqueza do rei tinha me surpreendido, pois nunca o tinha visto tão tenso como nesse dia. Verity entrou no momento em que eu me retirava, e ele também parecia muito nervoso e cansado. Ambos falavam e moviam-se como se tivessem bebido muito vinho na noite anterior e, contudo, eu tinha visto os dois à mesa ao serão e esse jantar tinha sido marcado por uma ausência tanto de boa disposição quanto de vinho. Verity fez um afago no meu cabelo quando passei por ele.

— Cada dia mais parecido com o pai — observou, provocando um trejeito de desagrado em Regal, que vinha atrás dele.

Regal me lançou um olhar de raiva ao entrar nos aposentos do rei e fechou a porta atrás de si, espalhafatosamente.

E assim, ali estava eu, nos aposentos da senhora, enquanto ela hesitava e me rodeava como se eu fosse um animal que pudesse subitamente atacá-la ou sujar seu carpete. Eu podia ver que Lacy estava achando muito engraçada aquela situação.

— Sim, já sabia disso. Veja, porque fui eu que pedi ao rei que você fosse enviado aqui — explicou-me cautelosamente lady Patience.

— Sim, senhora.

Eu me mexi um pouco no pequeno espaço do meu assento e tentei parecer inteligente e de boas maneiras. Lembrando-me das vezes anteriores em que tínhamos nos encontrado, dificilmente poderia culpá-la por me tratar como um idiota.

Fez-se silêncio. Olhei o quarto em volta. Lady Patience olhou na direção da janela. Lacy sentou-se, esboçou um sorriso e fingiu começar a bordar.

— Ah, aqui.

Ágil como um falcão mergulhando na direção de uma presa, lady Patience inclinou-se e capturou o pequeno cãozinho preto pelo cangote. Ele ganiu de surpresa, e a mãe olhava para cima, aborrecida, enquanto lady Patience o atirava nos meus braços.

— Este é para você. É seu a partir de agora. Todo garoto deve ter um animal de estimação.

Peguei o cãozinho, que se contorcia, e consegui segurá-lo antes que ela o largasse.

— Ou talvez prefira um pássaro? Tenho uma gaiola de tentilhões no quarto de dormir. Pode ficar com um deles, se você preferir.

— Hum, não. Um cãozinho está bom. Um cãozinho é ótimo.

A segunda parte da declaração foi feita para o cachorro. Minha resposta instintiva ao seu agudo "ih-ih-ih" foi sondar sua mente com calma. A mãe percebeu o meu contato com ele e aprovou. Voltou a acomodar-se no cesto junto do cãozinho branco, com uma despreocupação displicente. O cãozinho olhou para mim e me encarou diretamente. Isso, de acordo com minha experiência, era bastante fora do comum. A maior parte dos cães evitava um prolongado contato visual. Mas também era fora do comum a percepção que ele tinha das coisas que o rodeavam. Sabia, de minhas experiências furtivas no estábulo, que a maior parte dos cachorrinhos da idade dele tinha pouco mais do que uma autoconsciência confusa, e estava mais receptiva à mãe, ao leite e às necessidades imediatas. Este fulaninho tinha uma identidade sólida estabelecida e um profundo interesse por tudo o que se passava à sua volta. Gostava de Lacy, que lhe dava pedaços de carne para comer, e desconfiava de Patience, não porque fosse cruel, mas porque tropeçava nele e passava a vida colocando-o de volta no cesto cada vez que, com muito custo, conseguia pular para fora. Pensava que o meu cheiro era muito interessante, e os odores dos cavalos e pássaros e outros cães eram cores na sua mente, imagens de coisas que por enquanto não tinham forma nem realidade para ele, mas que mesmo assim achava fascinantes. Eu lhe transmiti as imagens que correspondiam aos odores, e ele escalou meu peito, abanando a cauda, me farejando e lambendo de exaltação. *Leve-me, mostre-me, leve-me.*

— ... me ouvindo?

Estremeci, esperando que Burrich me desse uma pancada na nuca, e então percebi onde eu estava e a pequena mulher à minha frente com as mãos nas ancas.

— Acho que tem alguma coisa errada com ele — comentou ela abruptamente para Lacy. — Viu como ele estava ali sentado, olhando pasmado para o cãozinho? Pensei que ele ia ter algum tipo de ataque.

Lacy sorriu com bondade e continuou a bordar.

— Na verdade, ele me lembrou um pouco da senhora, quando começa a tratar das suas folhas e pedaços de plantas e acaba olhando pasmada para a terra.

— Bem — disse Patience, claramente descontente. — Uma coisa é um adulto ficar pensativo — observou com firmeza —, outra é um garoto ficar assim pasmado, como se fosse um bobo.

Mais tarde, prometi ao cãozinho.

— Peço desculpas — disse tentando parecer arrependido. — Só estava distraído com o cãozinho.

Ele tinha se aninhado na curva do meu braço e casualmente dava mordidinhas na beirada do meu gibão. É difícil explicar o que senti. Precisava dar atenção a lady Patience, mas aquela pequena criatura encostada em mim irradiava deleite e contentamento. É uma coisa inebriante ser subitamente proclamado o centro do mundo de alguém, mesmo que esse alguém seja um cãozinho de oito semanas de vida. Isso me fez perceber o quão profundamente sozinho eu me sentia, e há quanto tempo.

— Obrigado — disse, e mesmo eu fiquei surpreso com a gratidão na minha voz. — Muitíssimo obrigado.

— É apenas um cãozinho — disse lady Patience e, para minha surpresa, parecia quase envergonhada.

Virou-se para o lado e olhou pela janela. O cãozinho lambeu o nariz e fechou os olhos. *Quente. Sono.*

— Fale-me de você — pediu-me abruptamente.

Fiquei perplexo.

— O que gostaria de saber, senhora?

Fez um pequeno gesto de frustração.

— O que faz todo dia? O que é que te ensinaram?

Tentei ceder ao pedido, mas logo pude ver que a resposta não a satisfazia. Apertava fortemente os lábios a cada menção do nome de Burrich. Não estava impressionada com meu treinamento marcial. De Chade, não podia lhe contar nada. Acenou com a cabeça em uma aprovação a contragosto do estudo de línguas, escrita e cifras.

— Bem — interrompeu-me de repente. — Pelo menos você não é totalmente ignorante. Se pode ler, pode aprender o que quer que seja. Se tiver vontade. Tem vontade de aprender?

— Suponho que sim — foi uma resposta morna, mas começava a me sentir acossado. Nem sequer o cãozinho de presente podia compensar o menosprezo dela pelos meus estudos.

— Suponho que aprenderá, então. Porque quero que você tenha vontade, mesmo se ainda não a tem. — E, de repente, tornou-se severa, em uma mudança de atitude que me deixou completamente desnorteado. — E como é que te chamam, garoto?

A mesma pergunta outra vez.

— "Garoto" está bom — balbuciei.

O cãozinho adormecido nos meus braços ganiu agitado. Forcei-me a me acalmar por causa dele.

Tive a satisfação de ver uma expressão de choque passar brevemente pelo rosto de Patience.

— Vou te chamar... hum... Thomas. Tom no dia a dia. Está de acordo?

— Suponho que sim.

Burrich se esforçava mais do que aquilo para dar nome a um cão. Não tínhamos nem Pretinhos nem Malhados no estábulo. Burrich dava o nome a cada animal como se fosse para um nobre, dava nomes que os descreviam ou a características que desejava para eles. Mesmo o nome de Fuligem revelava um fogo gentil que eu tinha passado a respeitar. Mas essa mulher me deu o nome de Tom em um só fôlego. Olhei para baixo para que ela não pudesse ver meus olhos.

— Bem, então — disse, um pouco bruscamente. — Venha amanhã na mesma hora. Terei algumas coisas preparadas para você. Eu te aviso, desde já, que ficarei à espera de um esforço voluntário da sua parte. Bom dia, Tom.

— Bom dia, senhora.

Virei-me e fui embora. Os olhos de Lacy me acompanharam e, em seguida, viraram-se para a senhora. Podia sentir que estava desapontada, mas não sabia com o quê.

Ainda era cedo. Essa primeira recepção tinha levado menos de uma hora. Eu não era esperado em nenhum lugar: este tempo era meu. Fui para a cozinha, com o intuito de pedir algumas sobras para o meu cãozinho. Teria sido fácil levá-lo comigo para o estábulo, mas, se fizesse isso, Burrich saberia dele. Não me iludia com o que aconteceria a seguir. O cachorro ficaria no estábulo. Seria nominalmente meu, mas Burrich faria o necessário para garantir que essa nova ligação fosse cortada. Eu não tinha intenção de deixar que isso acontecesse.

Fiz meus planos. Um cesto das lavadeiras e uma camisa velha sobre palha para servir de cama para ele. Os dejetos que ele produzisse agora seriam pequenos e, à medida que se tornasse mais velho, meu vínculo com ele seria mais fácil de ser treinado. Por enquanto, teria de ficar sozinho durante uma parte de cada dia. Mas conforme fosse crescendo poderia me acompanhar. Mais cedo ou mais tarde, Burrich iria descobri-lo. Afastei esse pensamento resolutamente. Daria um jeito nisso depois. Neste momento, precisava de um nome. Olhei-o de cima a baixo. Não era um daqueles terriers de pelo encaracolado que soltam ganidos estridentes. Seu pelo seria curto e lustroso, e teria um pescoço grosso. Mesmo adulto não bateria no meu joelho; por isso, não podia ter um nome muito pesado. Não queria que fosse um lutador. Portanto, nada de Triturador ou Feroz. Seria persistente e atento. Tenaz, talvez. Ou Sentinela.

— Ou Bigorna. Ou Forja.

Olhei para cima. O Bobo saiu de uma alcova e seguiu-me pelo pátio abaixo.

— Por quê? — perguntei.

Há tempos que tinha deixado de questionar a forma como o Bobo conseguia adivinhar o que eu estava pensando.

— Porque o seu coração será martelado sobre ele, e sua força ganhará têmpera no fogo dele.

— Parece um pouco dramático demais — discordei. — E Forja é uma palavra ruim nos dias de hoje. Não quero deixar o meu cãozinho marcado com ela. Ainda outro dia, no povoado, ouvi um bêbado gritar a um batedor de carteira: "Que a sua mãe seja Forjada!". Todas as pessoas na rua pararam para olhar.

O Bobo encolheu os ombros.

— Eles poderiam muito bem fazer isso. — Seguiu-me para dentro do quarto. — Ferreiro, então. Ou Ferreirinho. Deixe-me vê-lo.

Relutantemente, dei-lhe o cãozinho. O filhote se mexeu, acordou e se sacudiu nas mãos do Bobo. *Não tem cheiro, não tem cheiro.* Fiquei surpreso ao concordar com ele. Mesmo com o pequeno focinho negro trabalhando para mim, o Bobo não tinha nenhum odor que pudesse ser detectado.

— Cuidado. Não o deixe cair.

— Sou um Bobo, não sou um imbecil — disse o Bobo, mas se sentou na cama e pôs o cachorro ao seu lado.

Ferreirinho começou logo a farejar e amarrotar a cama. Sentei-me do outro lado dele para evitar que se aventurasse demais perto da beirada.

— Então — perguntou o Bobo em tom casual —, vai deixá-la te comprar com presentes?

— Por que não? — tentei ser desdenhoso.

— Seria um erro para ambos. — O Bobo puxou de leve a pequena cauda de Ferreirinho, que rebolou com um rosnar de filhote. — Ela vai querer te dar coisas. Terá de aceitá-las, pois não há maneira educada de recusar. Mas terá de decidir se vão servir para criar entre vocês uma ponte ou um muro.

— Você conhece Chade? — perguntei-lhe abruptamente, pois o Bobo estava parecendo tanto com ele que de repente tinha de saber.

Nunca tinha mencionado o nome de Chade a nenhuma outra pessoa, com exceção de Shrewd, nem tinha ouvido ninguém falar dele na torre.

— Escuro como breu ou claro como o dia, sei quando devo ter tento na língua. Seria bom para você se aprendesse o mesmo. — O Bobo se levantou de repente e se dirigiu para a porta. Parou ali por um momento. — Ela apenas o odiou durante os primeiros meses. E não era verdadeiramente ódio de você: era ciúme cego da sua mãe, que pôde dar um filho a Chivalry, o que ela não conseguiu. Depois disso, o coração dela amoleceu. Queria mandar te chamar e te educar como se fosse filho dela. Alguns poderão dizer que queria simplesmente possuir qualquer coisa que se relacionasse a Chivalry. Mas não creio que fosse isso.

Eu estava pasmado olhando para o Bobo.

— Você parece um peixe, com a boca assim aberta — observou. — Mas, claro, o seu pai recusou. Disse que podia parecer que tinha formalmente te aceitado como seu filho bastardo. Mas também não penso que fosse bem isso. Penso que teria sido perigoso para você.

O Bobo fez um gesto esquisito com a mão, e um espeto com carne-seca apareceu nos dedos dele. Sabia que estava escondido na manga, mas era incapaz de ver como conseguia fazer os seus truques. Atirou a carne sobre a minha cama, e o cãozinho deu um pulo em cima dela, gananciosamente.

— Pode magoá-la, se você quiser — sugeriu-me. — Sente-se muito culpada por você viver tão sozinho. E você se parece tanto com Chivalry que o que quer que você diga será para ela como se viesse diretamente dos lábios dele. Ela é como uma pedra preciosa com uma rachadura. Um toque preciso seu e ela vai se estilhaçar em pedacinhos. Está meio maluca, sabe? Eles nunca teriam conseguido matar Chivalry se ela não tivesse consentido com a abdicação. Pelo menos, não o teriam feito com uma indiferença tão displicente em relação às consequências. E ela sabe disso.

— Quem é "eles"? — perguntei.

— Quem *são* eles? — o Bobo me corrigiu e desapareceu.

Quando cheguei à porta, já não estava por perto. Sondei em busca da mente dele, mas não o encontrei. Era quase como se fosse um Forjado. Tremi ao pensar nisso, e depois fui outra vez ficar com Ferreirinho. Estava mastigando a carne, deixando alguns pedaços viscosos espalhados por toda a cama. Comecei a observá-lo.

— O Bobo foi embora — disse a Ferreirinho. Ele abanou o rabo como sinal casual de que tinha me ouvido e voltou à carne.

Ele era meu, dado para mim. Não era um cachorro de estábulo do qual eu tratava, mas meu, e fora do conhecimento ou autoridade de Burrich. Além das roupas e da pulseira de cobre que Chade me dera, tinha poucos bens. Mas ele era compensação suficiente por todas as coisas que nunca tive.

Era lustroso e saudável. O pelo era macio agora, mas se tornaria crespo à medida que crescesse. Quando o levantei na frente da janela, pude ver manchas fracas de cor. Seria preto com pintas, então. Descobri uma mancha branca no queixo e outra na perna traseira esquerda. Cravou as pequenas mandíbulas na manga da minha camisa e a abanou violentamente, emitindo rosnadas ferozes de cãozinho. Lutei com ele sobre a cama, até que caiu em um sono profundo. Então, coloquei-o sobre a almofada de lã e fui relutantemente para as lições e tarefas da tarde.

A primeira semana com Patience foi um teste difícil para nós dois. Tinha aprendido a manter sempre um fio de conexão com Ferreirinho, de forma que nunca se sentisse suficientemente sozinho para começar a uivar quando eu o deixasse. Mas aquilo requeria prática, e assim eu me sentia sempre um pouco distraído. Burrich franziu a sobrancelha ao perceber, mas insisti que era devido às sessões com Patience.

— Não faço ideia do que essa mulher quer de mim — disse-lhe no terceiro dia. — Ontem foi música. No intervalo de duas horas, tentou me ensinar a tocar harpa, tubos do mar e flauta. A cada vez que eu chegava perto de descobrir como produzir algumas notas em um deles, ela me retirava o instrumento da mão e ordenava que eu tentasse outro. Ela terminou dizendo que eu não tinha aptidão para música. Na manhã de hoje foi poesia. Ela se empenhou em me ensinar aquele poema sobre a rainha Panaceia e o seu jardim. Há uma longa parte que fala de todas as ervas que plantava e para que servia cada uma. E ela continuava a confundir tudo e ficava brava comigo quando eu repetia o que ela tinha dito, dizendo que eu devia saber que erva-de-gato não é para cataplasmas e que estava fazendo pouco-caso dela. Foi quase um alívio quando disse que eu tinha provocado uma dor de cabeça tão forte nela que precisávamos parar. E quando me ofereci para lhe trazer alguns botões do arbusto de mão-de-dama para dor de cabeça, sentou-se ereta e disse: "Está vendo! Sabia que estava fazendo pouco-caso de mim". Não sei como agradá-la, Burrich.

— E por que precisa agradá-la? — resmungou ele, e deixei o assunto morrer.

Nessa noite, Lacy veio até o meu quarto. Bateu à porta e entrou, torcendo o nariz.

— É melhor que traga algumas ervas aromáticas para espalhar pelo quarto se você for manter esse cachorro aqui. E use um pouco de vinagre e água quando esfregar os dejetos dele. Isso aqui está com cheiro de estábulo.

— Imagino que sim — admiti. Olhei-a com curiosidade e esperei.

— Trouxe isto para você. Pareceu-me que foi do que você gostou mais.

Ofereceu-me os tubos do mar. Peguei os tubos curtos e grossos unidos por tiras de couro. Preferira esse instrumento entre os três que experimentei. A harpa tinha cordas demais e a flauta me pareceu um pouco estridente mesmo quando Patience a tocou.

— Foi lady Patience quem os enviou? — perguntei, intrigado.

— Não. Ela nem sequer sabe que eu os peguei. Vai imaginar que estão perdidos no meio da bagunça, como de costume.

— Então por que você os trouxe?

— Para que possa praticar. Quando tiver um pouco de habilidade com eles, traga-os de volta e mostre a ela.

— Por quê?

Lacy suspirou.

— Porque a faria se sentir melhor. E deixaria a minha vida mais fácil. Não há nada pior do que ser a aia de alguém de coração tão triste quanto lady Patience. Ela deseja desesperadamente que você seja bom em alguma coisa. Passa o tempo te testando, esperando que manifeste algum talento súbito, para que ela possa mostrá-lo por aí e dizer às pessoas: "Veja. Eu disse que havia algo nele". Ora, eu tive os meus próprios garotos e sei que os garotos não são desse jeito. Não aprendem, nem crescem, nem têm boas maneiras quando estamos olhando para eles. Mas, se virarmos as costas e depois voltarmos, lá estarão eles, mais espertos, mais altos e encantando todo mundo, exceto as próprias mães.

Eu me sentia um pouco perdido.

— Quer que eu aprenda a tocar isto para fazer Patience feliz?

— Para que ela possa sentir que te deu algo.

— Ela me deu o Ferreirinho. Nada que possa me dar será melhor do que ele.

Lacy ficou surpresa com a minha súbita sinceridade. E eu também.

— Bem. Você pode dizer isso para ela. Mas pode também tentar aprender a tocar os tubos do mar e a recitar a balada e cantar uma das antigas orações. São coisas que ela perceberá melhor.

Depois que Lacy foi embora, me sentei e fiquei pensando, preso entre a ira e a melancolia. Patience desejava que eu fosse um sucesso e sentia que precisava descobrir algo que eu pudesse fazer. Como se antes dela eu nunca tivesse feito ou sido bem-sucedido em nada. Mas à medida que refletia sobre os meus atos e sobre o que Patience conhecia de mim, percebi que ela tinha mesmo que ter uma imagem bastante rasa de mim. Sabia ler e escrever e tomar conta de um cavalo ou de um cão. Também podia destilar venenos, fazer poções soníferas, roubar, mentir e surrupiar, tudo coisas que não lhe agradariam mesmo que soubesse. Portanto, havia algo em mim, além de ser espião ou assassino?

Na manhã seguinte, acordei cedo e procurei Fedwren. Ficou contente quando lhe pedi que me emprestasse pincéis e tintas. O papel que me deu era melhor do que as folhas de exercício, e me fez prometer que lhe mostraria o resultado dos meus esforços. Enquanto subia as escadas, comecei a pensar como teria sido acompanhá-lo como aprendiz. Com certeza não seria mais difícil do que aquilo que tinha sido exigido de mim nos últimos tempos.

Mas a tarefa a que me propus provou ser mais difícil do que qualquer coisa a que Patience tivesse me submetido. Observava Ferreirinho adormecido em sua almofada. Como a curva do dorso podia ser tão diferente da curva de uma runa, as sombras das orelhas tão diferentes dos sombreados das ilustrações do herbanário que com muito esforço eu copiava do trabalho de Fedwren? Mas eram, e desperdicei folha após folha de papel até que de repente percebi que eram as sombras em torno do cachorro que faziam as curvas do dorso e a linha da coxa. Precisava pintar menos, não mais, e pôr na folha o que o olho via em vez do que a mente sabia.

Era tarde quando lavei os pincéis e os deixei de lado. Tinha duas folhas aceitáveis e uma terceira de que gostava, embora fosse disforme e embaçada, mais como o sonho de um cãozinho do que um cãozinho de verdade. Mais o que eu sentia do que o que via, pensei comigo mesmo.

Mas, quando cheguei à porta de lady Patience, olhei para os papéis na mão e de repente me vi como uma criança pequena se preparando para mostrar dentes-de-leão amassados e ressecados à mãe. Que passatempo adequado era esse para um jovem? Se eu fosse verdadeiramente o aprendiz de Fedwren, exercícios desse tipo seriam apropriados, pois um bom escriba deve ilustrar e esclarecer tão bem quanto escreve. Mas a porta se abriu antes que eu batesse, e ali estava eu, os dedos ainda sujos de tinta e as folhas úmidas na mão.

Estava sem palavras quando Patience irritadamente me disse para entrar, que já estava atrasado demais. Eu me empoleirei na beirada de uma cadeira onde jaziam uma capa amarrotada e um trabalho de costura inacabado. Coloquei as pinturas ao meu lado, sobre uma pilha de tábuas.

— Eu acho que você poderia aprender a recitar um verso, se quisesse — observou com alguma aspereza. — E, portanto, poderia aprender a compor versos, se quisesse. Ritmo e metro não são mais que... isso é o cãozinho?

— É o que pretende ser — balbuciei, e não consigo me lembrar de ter me sentido mais terrivelmente acanhado em toda a minha vida.

Ela ergueu as folhas com cuidado e as examinou uma a uma, segurando-as primeiro de perto e depois com o braço esticado. Fitou por mais um tempo a pintura embaçada.

— Quem fez estas pinturas? — perguntou, por fim. — Não que seja desculpa para você estar atrasado. Mas eu podia achar bom uso para alguém que consegue pôr no papel o que os olhos veem, com cores tão verdadeiras. Esse é o problema de todos os herbanários que tenho. Todas as ervas são pintadas com o mesmo verde, não importa que sejam cinzentas ou cor-de-rosa quando crescem. Tábuas assim são inúteis se você está tentando aprender com elas...

— Suspeito que ele próprio pintou o cãozinho, senhora — interrompeu Lacy com bondade.

— E o papel, é melhor do que eu tive que... — Patience parou de repente. — Você, Thomas? — (E acho que essa foi a primeira vez em que se lembrou de usar o nome que tinha atribuído a mim.) — Você pinta assim?

Consegui fazer um gesto que sim diante do seu olhar incrédulo. Levantou outra vez as imagens.

— Seu pai não era capaz de desenhar uma linha curva, exceto em um mapa. Sua mãe sabia desenhar?

— Não tenho memórias dela, senhora.

A resposta foi seca. Não conseguia me lembrar de ninguém que tivesse tido a coragem de me perguntar uma coisa dessas.

— O quê? Nenhuma? Mas você tinha cinco anos de idade. Deve se lembrar de alguma coisa: a cor do cabelo, a voz, do que ela te chamava...

Será que estava sentindo na sua voz uma ânsia dolorosa, uma curiosidade que quase não suportava satisfazer?

Por um momento, quase lembrei. Um cheiro de menta ou era... tinha passado.

— Nada, senhora. Se ela quisesse que eu me lembrasse dela, teria ficado comigo, suponho.

Fechei o coração. Com certeza eu não devia nenhuma lembrança à mãe que havia me rejeitado e que nunca tinha procurado por mim desde que tínhamos nos separado.

— Bem. — Creio que pela primeira vez Patience percebeu que tinha levado a conversa para uma área difícil. Fitou o dia cinzento pela janela. — Alguém te ensinou bem — observou de repente, com bastante entusiasmo.

— Fedwren — falei e, como ela não disse nada, acrescentei: — O escriba da corte, sabe? Queria que eu fosse seu aprendiz. As minhas letras lhe agradam e agora ele me ensina a copiar as imagens. Quando temos tempo. Estou muitas vezes ocupado, e ele se ausenta com frequência, nas suas buscas por novos juncos para fazer papel.

— Juncos para fazer papel? — perguntou ela distraidamente.

— Ele usa um papel especial. Tinha várias resmas dele, mas aos poucos as gastou. Obteve-o de um mercador, que o tinha obtido de outro, e esse por sua vez de outro, e, portanto, não sabe de onde veio. Mas, pelo que lhe foi dito, era feito de juncos esmagados. Esse papel é de uma qualidade muito melhor do que qualquer um dos que fazemos: é fino, flexível e não estraga tanto com o tempo, e, apesar disso, recebe bem a tinta, sem encharcá-la de modo que os cantos das runas borrem. Fedwren diz que, se pudéssemos duplicá-lo, muita coisa mudaria. Com um papel resistente e de boa qualidade, qualquer um poderia ter uma cópia de qualquer tábua de saber da torre. Se o papel fosse mais barato, mais crianças poderiam ser ensinadas a ler e escrever, diz ele. Não percebo por que é tão...

— Não sabia que havia alguém aqui que partilhava do meu interesse — uma animação súbita iluminou o rosto da dama. — Tentou papel feito de raízes de lírio esmagadas? Tive algum sucesso com isso. E também com papel que você cria trançando e depois umedecendo e prensando folhas feitas de fios de casca da árvore de quinu. É forte e flexível, mas a superfície deixa muito a desejar. Ao passo que este papel...

Olhou outra vez de relance para as folhas que segurava na mão e ficou silenciosa. Então perguntou hesitantemente:

— Você gosta tanto assim deste cãozinho?

— Sim — disse simplesmente, e os nossos olhos se encontraram de repente.

Fitou-me da mesma forma distraída com que olhava frequentemente pela janela. De repente, seus olhos se encheram de lágrimas.

— Às vezes você fica tão parecido com ele que... — a voz dela falhou. — Devia ter sido meu! Não é justo, devia ter sido meu! — ela gritou com tanta ferocidade que pensei que me atacaria.

Em vez disso, ela saltou sobre mim e apertou-me em um abraço, ao mesmo tempo pisando no cão e deixando cair um vaso de plantas. O cão saltou para trás com um ganido, o vaso se espatifou no chão, lançando água e estilhaços em todas as direções, enquanto a testa da senhora me acertou com força no queixo, de forma que por um momento tudo o que vi foram estrelas. Antes que pudesse reagir, largou-me e saiu correndo para o quarto de dormir com um grito que lembrava um gato escaldado, batendo a porta atrás de si. E, durante todo esse tempo, Lacy continuou entretida com o seu bordado.

— Ela tem isso, às vezes — observou com bondade e acenou com a cabeça na direção da porta. — Volte amanhã. — Então acrescentou: — Sabe, lady Patience está ficando bastante apegada a você.

GALEN

Galen, filho de um tecelão, chegou à Torre do Cervo quando era garoto. O pai era um dos criados pessoais que vieram de Vara com a rainha Desire. Solicity era nessa época a mestra do Talento em Torre do Cervo. Tinha instruído no Talento o rei Bounty e o filho Shrewd e, portanto, quando os filhos deste eram garotos, ela já era muito idosa. Pediu ao rei Bounty que lhe permitisse ter um aprendiz, e ele consentiu. Galen era um grande favorito da rainha e, com os enérgicos incitamentos da consorte do príncipe herdeiro — Desire —, Solicity escolheu o jovem Galen como aprendiz. Nessa época, como hoje em dia, o Talento era negado aos bastardos da Casa dos Farseer, mas quando o Talento florescia, inesperado, entre os que não eram da realeza, era cultivado e recompensado. Sem dúvida, Galen tinha sido um desses casos, um garoto que, mostrando um estranho e inesperado dom, tinha captado abruptamente a atenção de um mestre do Talento.

Quando os príncipes Chivalry e Verity já tinham crescido o bastante para receber instrução no Talento, Galen tinha evoluído o suficiente para ajudar nessa instrução, embora fosse apenas um ano mais velho do que eles.

De novo a minha vida procurou por um ponto de equilíbrio e o encontrou por um breve período. A falta de jeito com lady Patience foi se desgastando e se tornou gradualmente a aceitação em comum acordo de que nunca poderíamos nos tornar indiferentes ou muito próximos um do outro. Nenhum de nós sentia necessidade de compartilhar sentimentos; em vez disso, mantínhamos uma distância formal um do outro e, contudo, conseguimos ganhar uma boa compreensão mútua. Porém, na dança formal do nosso relacionamento, havia ocasiões de genuína alegria e, às vezes, até dançávamos ao som da mesma música.

Quando desistiu de me ensinar tudo o que um príncipe Farseer devia saber, conseguiu que eu aprendesse muita coisa. Muito pouco disso foi o que inicialmente ela quis me ensinar. Ganhei um conhecimento aceitável de música, mas isso foi decorrente dos empréstimos de instrumentos e de muitas horas de experimentação privada. Tornei-me mais seu garoto de recados do que pajem, e, no processo, aprendi muito da arte da perfumaria e ampliei bastante o meu conhecimento sobre plantas. Mesmo Chade ficou entusiasmado quando descobriu o meu novo talento para cultivar raízes e folhas, e seguiu com interesse as experiências, das quais poucas foram bem-sucedidas, em que lady Patience e eu nos empenhamos para fazer os botões de uma árvore desabrocharem quando enxertados em outra árvore. Este era um truque de que ela ouviu falar, mas que nunca havia tentado. Ainda hoje existe no Jardim das Mulheres uma macieira com um galho que produz peras. Quando demonstrei curiosidade em relação à arte da tatuagem, recusou-se a me deixar marcar meu próprio corpo, dizendo que eu era jovem demais para tomar uma decisão dessas. Mas me deixava observar sem qualquer hesitação, e finalmente me deixou assisti-la no lento processo de agulhar com tinta o próprio tornozelo e barriga da perna, o que resultaria numa grinalda de flores.

Mas tudo isso demorou meses e anos para acontecer, e não dias. Depois de dez dias, tínhamos estabelecido uma cortesia mútua de falar sem rodeios. Ela conheceu Fedwren e alistou-o no seu projeto de fazer papel de raízes. O cãozinho crescia bem e era um grande prazer para mim todo dia. Os serviços no povoado que lady Patience me solicitava davam-me mais do que suficientes oportunidades para ver os meus amigos da cidade, especialmente Molly, que se tornou uma guia de valor inestimável nas visitas às bancas de fragrâncias onde eu comprava os refis de perfume de lady Patience. Os Forjamentos e os Salteadores dos Navios Vermelhos ainda podiam nos ameaçar vindos do horizonte, mas durante aquelas poucas semanas pareciam um terror remoto, como o ar frio de inverno lembrado em um dia de verão. Por um breve período fui feliz e, o que constituía uma dádiva ainda mais rara, eu sabia que era feliz.

E então as lições com Galen começaram.

Na noite anterior ao início das lições, Burrich me chamou. Fui até ele tentando imaginar que tarefa eu tinha executado mal e pela qual seria repreendido. Encontrei-o à minha espera fora do estábulo, mexendo os pés tão inquietamente como um garanhão enclausurado. Imediatamente ele me fez um gesto para que o seguisse e me encaminhou para os seus aposentos.

— Chá? — ofereceu, e quando assenti, serviu-me uma caneca de um bule ainda quente da lareira.

— Qual é o problema? — perguntei ao recebê-la.

Estava tenso como nunca o tinha visto. Aquilo era tão distante da maneira de ser de Burrich que temi notícias terríveis — que Fuligem estava doente, ou morta, ou que tinha descoberto Ferreirinho.

— Nada — mentiu, e fez isso tão mal que ele próprio imediatamente reconheceu. — É o seguinte, garoto. Galen veio falar comigo hoje. Disse-me que você ia ser instruído no Talento e exigiu que, enquanto ele estiver te ensinando, eu não interfira de maneira nenhuma: que não te aconselhe, ou te peça para executar tarefas, ou sequer partilhe uma refeição contigo. Ele foi muito... direto a respeito disso.

Burrich fez uma pausa, e comecei a imaginar qual outra palavra ele tinha rejeitado. Ele desviou o olhar.

— Houve um tempo em que esperei que essa chance fosse oferecida para você, mas, quando não foi, pensei, bem, talvez seja o melhor. Galen pode ser um professor difícil. Um professor muito difícil. Ouvi falar disso antes. Coage muito os pupilos, mas diz que não espera mais deles do que de si mesmo. E, garoto, já ouvi dizerem a mesma coisa a meu respeito também, você acredita?

Eu me permiti um pequeno sorriso, que provocou em Burrich uma expressão irada como resposta.

— Ouça o que estou te dizendo. Galen não esconde que não tem nenhuma afeição por você. É claro que ele não te conhece de fato, o que não é culpa sua. É uma opinião baseada unicamente no... no que você é, no que você causou, e El sabe que não foi culpa sua. Mas se Galen admitisse isso, teria de admitir que foi culpa de Chivalry, e eu nunca o vi admitir que Chivalry tivesse quaisquer culpas ou defeitos... mas você pode admirar um homem e ainda assim reconhecer seus defeitos.

Burrich deu uma volta pelo quarto e, em seguida, voltou ao seu lugar, ao lado da lareira.

— Simplesmente me diga o que você quer me dizer — sugeri.

— Estou tentando — disse. — Não é fácil saber o que dizer. Não sei nem se deveria estar falando com você. Isto é uma interferência ou um aconselhamento? Mas as lições ainda não começaram. Por isso, digo-te uma coisa. Faça o melhor que puder. Não responda a Galen. Seja respeitador e cortês. Ouça tudo o que ele te diz e aprenda bem e o mais depressa que puder.

Fez outra pausa.

— Não tinha intenção de agir de outra maneira — observei com alguma aspereza, pois podia notar que nada disso era o que Burrich estava tentando dizer.

— Eu sei, Fitz! — Suspirou de repente e jogou-se sobre a mesa à minha frente. Pressionou as têmporas com ambas as mãos, como se estivessem doendo. Nunca o tinha visto tão agitado. — Há muito tempo falei para você dessa outra... magia. A Manha. Essa vivência com os animais, que quase faz um humano se tornar um deles.

Fez uma pausa e examinou o quarto com um olhar como se receasse que alguém pudesse ouvi-lo. Inclinou-se mais para perto de mim e falou suavemente, mas com firmeza. — Não a use. Tentei o melhor que pude para te fazer ver que é vergonhoso e errado. Mas nunca tive a impressão de que você concordasse comigo. Ah, eu sei que você obedeceu à regra que eu te impus contra isso, pelo menos a maior parte do tempo. Mas às vezes percebi, ou suspeitei, que você fazia experiências com aquilo que nenhum homem de bem deve mexer. Eu te digo, Fitz, preferiria vê-lo... preferiria vê-lo Forjado. Sim, não faça uma cara tão assustada, é o que eu sinto de verdade. E quanto a Galen... ouça, Fitz, não pense sequer em mencionar isso na presença dele. Não fale disso, nem pense nisso perto dele. Sei pouco sobre o Talento e como funciona. Mas às vezes... ah, às vezes, quando o seu pai sondava a minha mente, parecia que sabia o que eu tinha na alma antes que eu soubesse, e via coisas que eu mantinha escondidas de mim mesmo.

Um súbito e profundo rubor se espalhou pelo rosto sombrio de Burrich, e pensei ter visto lágrimas sob os seus olhos negros. Virou-se para o fogo, e senti que estávamos chegando ao âmago do que ele precisava me dizer. Precisava, mas não queria. Havia um medo profundo nele, um medo que negava a si próprio. Um homem menor, um homem menos severo consigo mesmo, teria tremido com tal coisa.

— ... temo por você, garoto — falou para as pedras sobre a moldura da lareira, e a voz era um som tão cavernoso e grave que quase não consegui compreendê-lo.

— Por quê? — Uma pergunta simples sempre funcionava melhor, Chade tinha me ensinado.

— Não sei se ele não verá isso em você. Ou o que fará nesse caso. Ouvi dizer... não. Sei que foi assim. Havia uma mulher, pouco mais do que uma menina, na verdade. Tinha um jeito especial com os pássaros. Vivia nos montes a oeste daqui, e dizia-se que podia chamar um falcão selvagem do céu. Algumas pessoas a admiravam e diziam que era um dom. Levavam-lhe aves domésticas doentes, ou chamavam-na quando as galinhas não punham ovos. Não fazia mais do que ajudar, pelo que ouvi. Mas Galen fez declarações contra ela. Disse que era uma aberração e que seria pior para o mundo se ela vivesse para procriar. E uma manhã ela foi achada espancada até a morte.

— Foi Galen quem fez isso?

Burrich encolheu os ombros, um gesto que não combinava com a sua personalidade.

— O cavalo dele esteve fora do estábulo naquela noite. Isso eu sei. E as mãos dele estavam feridas, e tinha arranhões no rosto e no pescoço. Mas não eram arranhões do tipo que uma mulher teria feito nele, garoto. Eram marcas de garras, como se um falcão o tivesse atacado.

— E você não disse nada? — perguntei, incrédulo.

Soltou uma gargalhada amarga.

— Outra pessoa falou antes que eu pudesse. Galen foi acusado pelo primo da moça, que por acaso trabalhava aqui no estábulo. Galen não negou. Foram às Pedras Testemunhais e lutaram um contra o outro pela justiça de El, que ali sempre persevera. Mais alta do que a justiça dos reis é a resposta a uma questão colocada, e ninguém pode contestá-la. O rapaz morreu. Todo mundo disse que foi a justiça de El, que o rapaz fez uma falsa acusação contra Galen. Disseram isso a Galen, que respondeu que a justiça de El foi a moça ter morrido antes de procriar, e o seu primo corrompido também.

Burrich se calou. Fiquei enjoado com o que ele tinha me dito, e um medo gélido irrompeu dentro de mim. Uma questão decidida nas Pedras Testemunhais não pode ser levantada outra vez. Era superior à lei, era a própria vontade dos deuses. Portanto, eu seria ensinado por um assassino, um homem que tentaria me matar se suspeitasse que eu tinha a Manha.

— Sim — disse Burrich como se eu tivesse falado em voz alta. — Ah, Fitz, meu filho, tenha cuidado, seja prudente.

E, por um momento, fiquei pensativo, por aquilo ter soado como se ele temesse mesmo por mim. Mas então acrescentou:

— Não me envergonhe, garoto. Nem ao seu pai. Não deixe Galen dizer que deixei o filho do meu príncipe crescer metade animal. Mostre a ele que o sangue de Chivalry realmente corre em você.

— Vou tentar — balbuciei. E fui para a cama nessa noite sentindo-me desgraçado e amedrontado.

O Jardim da Rainha não ficava perto nem do Jardim das Mulheres nem da horta, nem de nenhum outro jardim em Torre do Cervo. Em vez disso, ficava no topo de uma torre circular. Os muros do jardim eram altos nas laterais que davam para o mar, mas, nos sentidos sul e oeste, eram baixos e tinham assentos dispostos ao longo deles. Os muros de pedra captavam o calor do sol e filtravam os ventos salgados do mar. O ar ali era parado, quase como se as mãos em concha cobrissem meus ouvidos. E, contudo, havia um certo ar indômito, selvagem, naquele jardim enraizado em pedra. Havia bacias de pedra, talvez para pássaros tomarem banho ou antigos jardins de água, e vários baldes, vasos e valas com terra, entremeados por estátuas. Alguma vez, os baldes e vasos tinham transbordado de vegetações e flores. Das plantas, apenas uns poucos caules e terra musguenta resistiam. O esqueleto de uma videira subia por uma treliça meio apodrecida. Aquilo produziu em mim uma tristeza antiga mais gelada do que o frio do inverno que também tinha chegado. *Patience devia tomar posse deste lugar*, pensei. *Ela o traria de volta à vida.*

Fui o primeiro a chegar. August chegou pouco depois. Tinha a compleição robusta de Verity, da mesma forma que eu tinha a altura de Chivalry, e o tom de pele escuro dos Farseer. Como de costume, era distante, mas educado. Fez um sinal com a cabeça e em seguida começou a passear pelo jardim, olhando as estátuas.

Outros apareceram logo depois dele. Fiquei surpreso com quantos éramos, mais de uma dúzia. Com exceção de August, filho da irmã do rei, nenhum podia ostentar tanto sangue Farseer quanto eu. Eram primos em primeiro e segundo graus, de ambos os sexos e de várias idades. August era provavelmente o mais jovem, dois anos mais novo que eu. Serene, uma mulher de vinte e poucos anos, era provavelmente a mais velha. Era um grupo estranhamente tranquilo. Alguns se reuniram, falando em voz baixa, mas a maior parte ficou andando por ali, explorando os jardins vazios ou olhando as estátuas.

Então Galen chegou.

Deixou a porta que dava para as escadas bater atrás dele. Vários deram um salto. Ficou nos observando e nós o olhamos em silêncio.

Há uma coisa que tenho notado em homens muito magros. Alguns, como Chade, parecem tão preocupados com suas vidas que, ou se esquecem de comer, ou queimam toda e qualquer substância nutritiva que consomem nos fogos da apaixonada fascinação pela vida. Mas há outro tipo, o dos que se movem pelo mundo como cadáveres, de rosto chupado, ossos protuberantes, e uma pessoa pode sentir que ele tem uma opinião tão negativa do mundo inteiro que lamenta cada pedacinho desse mundo que leva para dentro de si. Naquele momento, eu teria apostado que Galen nunca apreciou realmente uma garfada de comida ou um gole de bebida em toda a sua vida.

A sua indumentária me deixava perplexo. Era ricamente enfeitada, com pele no colarinho e pescoço. A veste era adornada de pedras de âmbar tão grandes que o teriam protegido contra uma espada. Mas os tecidos ricos ficavam apertados para ele, as roupas tão estritamente costuradas para servir nele que uma pessoa se perguntaria se não teria faltado ao alfaiate tecido suficiente para terminar o traje. Em uma época em que mangas bufantes com tiras coloridas eram a marca de um homem rico, ele vestia uma camisa tão apertada quanto a pele de um gato. As botas eram altas e ajustadas às panturrilhas, e trazia consigo um pequeno açoite, como se chegasse de uma cavalgada. Suas roupas pareciam desconfortáveis e, combinadas com sua magreza, davam-lhe uma impressão de avareza.

Seus olhos pálidos varriam friamente o Jardim da Rainha. Observou-nos por alguns instantes e imediatamente nos achou desprovidos de quaisquer virtudes. Expirou pelo seu nariz de falcão, como um homem faz ao se preparar para uma tarefa desagradável.

— Limpem uma área — ele nos instruiu. — Empurrem o lixo todo para o lado. Empilhem tudo aqui, contra a parede. Depressa. Não tenho paciência para preguiçosos.

E, assim, as últimas fileiras do jardim foram destruídas. Os arranjos de vasos e canteiros que eram sombras dos passeios de antigamente foram varridos. Os vasos foram movidos para um lado, as adoráveis pequenas estátuas empilhadas em cima deles. Galen falou apenas uma vez comigo.

— Depressa, bastardo — ordenou-me, quando eu me esforçava para mover um vaso pesado cheio de terra, e bateu nos meus ombros com o açoite. Não foi um golpe muito forte, mais uma pancada, mas me pareceu um ato tão deliberado que interrompi todos os meus esforços e olhei para ele.

— Não me ouviu? — perguntou.

Fiz que sim com a cabeça e continuei a mover o vaso. Do canto do olho, vi nele uma expressão estranha de contentamento. O golpe, senti, tinha sido um teste, mas não sabia se tinha sido bem-sucedido ou se tinha falhado.

O topo da torre tornou-se um espaço desnudado, onde apenas as linhas verdes de musgo e os antigos sulcos na terra indicavam a existência passada do jardim. Ele nos mandou formar duas filas. E nos organizou por idade e tamanho, separando-nos por sexo, pondo as moças atrás dos rapazes e afastadas para o lado direito.

— Não vou tolerar distrações ou comportamentos que perturbem o trabalho. Vocês estão aqui para aprender, não para brincar — ele nos avisou.

Então ele nos fez aumentar as distâncias entre nós e, para confirmar que não podíamos nos tocar nem com a ponta de um dedo, fez com que esticássemos os braços em todas as direções. Por causa disso, fiquei à espera de que se seguissem alguns exercícios físicos, mas, em vez disso, mandou-nos ficar em pé e quietos, com as mãos pendentes ao lado do corpo, prestando atenção nele. E assim, enquanto permanecíamos de pé no topo da torre fria, fez um discurso.

— Há dezessete anos sou o mestre do Talento nesta torre. Até hoje, minhas lições foram dadas a pequenos grupos, discretamente. Aqueles que falharam em mostrar potencial foram recusados em silêncio. Durante esse tempo, os Seis Ducados não tiveram necessidade de que mais do que um punhado fosse treinado. Treinei apenas os mais hábeis, sem perder tempo com os que não tinham nem capacidade nem disciplina. E, durante os últimos quinze anos, não iniciei ninguém no Talento.

"Mas estamos diante de tempos de maldade. Os ilhéus pilham as nossas costas e forjam o nosso povo. O rei Shrewd e o príncipe Verity usam o Talento para nos proteger. Grandes são os seus esforços e muitos os seus sucessos, embora o povo nem sequer imagine o que eles fazem. Asseguro a vocês que, contra mentes treinadas por mim, os ilhéus têm poucas chances. Podem ter ganhado algumas vitórias magras, pegando-nos desprevenidos, mas as forças que eu criei para se oporem a eles irão triunfar!"

Os olhos pálidos se incendiaram, e ele levantou as mãos ao céu enquanto falava. Manteve um longo silêncio, olhando para o alto, e os braços estenderam-se por cima da cabeça, como se absorvesse energia do próprio céu. E então deixou os braços caírem lentamente.

— Isso eu sei — continuou em uma voz mais calma. — Isso eu sei. As forças que criei irão triunfar. Mas o nosso rei, que todos os deuses o honrem e abençoem, duvida de mim. E enquanto ele for o meu rei, cumprirei a sua vontade. E ele deseja que procure entre vocês os de sangue menos nobre, e veja se existe alguém com a habilidade e a vontade, a pureza de propósito e o rigor da alma necessários para que seja treinado no Talento. E isso eu farei, pois assim o meu rei ordenou. As lendas dizem que antigamente havia muitos que eram treinados no Talento, que trabalhavam ao lado dos reis para proteger a nossa terra. Talvez tenha sido assim; ou talvez as antigas lendas exagerem. Em todo caso, o meu rei me ordenou que tentasse criar um tipo de excedente de Talentosos, e tentarei cumprir essa tarefa.

Ignorou totalmente as cinco mulheres do grupo. Nem uma única vez os seus olhos se viraram para elas. A exclusão foi tão óbvia que me fez pensar de que maneira elas o teriam ofendido. Conhecia um pouco Serene, pois ela também era uma pupila competente de Fedwren. Podia quase sentir o calor do seu desagrado. Na fila atrás de mim, um dos rapazes se mexeu. Em um relâmpago, Galen saltou para a frente dele.

— Estamos aborrecidos, não é? Impacientes com a conversa de um velho?

— Apenas uma cãibra na perna, senhor — o rapaz retorquiu tolamente.

Galen o esbofeteou com as costas da mão, fazendo a cabeça do rapaz balançar.

— Fique calado e pare quieto. Ou vá embora. Para mim dá na mesma. Já é óbvio que falta a você a resistência necessária para o uso do Talento. Mas o rei achou que você é merecedor de estar aqui, por isso tentarei te ensinar.

Estremeci por dentro. Porque quando Galen falou com o rapaz, foi a mim que ele encarou. Como se o movimento do rapaz fosse de alguma maneira culpa minha. Uma forte repugnância a ele tomou conta de mim. Tinha recebido golpes de Hod durante a instrução em bastões e espadas, e suportado desconforto mesmo com Chade, quando me demonstrava pontos de contato, técnicas de estrangulamento e meios de silenciar um homem sem incapacitá-lo. Tinha sofrido a minha dose de joelhadas, pontapés e pancadas de Burrich, algumas justificadas, outras causadas pela necessidade de um homem muito ocupado exprimir as suas frustrações. Mas nunca tinha visto um homem bater em um rapaz com o aparente deleite que Galen tinha acabado de demonstrar. Eu me esforcei para manter uma expressão impassível e olhar para ele sem parecer encará-lo. Porque sabia que, se virasse a cara para ele, seria acusado de não prestar atenção.

Satisfeito, Galen acenou com a cabeça para si mesmo e retomou o discurso. Para nos ensinar a dominar o Talento, precisava primeiro nos ensinar a dominar a nós mesmos. Privação física era a chave. Amanhã deveríamos chegar antes que o sol estivesse acima do horizonte. Não poderíamos vestir sapatos, meias, capas ou quaisquer peças de lã. As cabeças deveriam estar descobertas. O corpo deveria estar escrupulosamente limpo. Pediu-nos que o imitássemos na alimentação e nos hábitos do dia a dia. Teríamos de evitar carne, frutas doces, pratos temperados, leite e "comidas frívolas". Afirmou que deveríamos comer papas de aveia e água fria, pães simples e tubérculos cozidos. Deveríamos evitar todas as conversas desnecessárias, especialmente com o sexo oposto. Advertiu-nos demoradamente contra qualquer tipo de desejos "sensuais", nos quais incluiu desejos de comida, sono e calor. E nos informou que tinha requisitado uma mesa separada para nós no salão, onde poderíamos comer comida apropriada e não ser distraídos por conversas ociosas. Ou perguntas. Acrescentou a última frase quase como uma ameaça.

E então nos fez realizar uma série de exercícios. Fechem os olhos e rolem os globos oculares para cima o máximo possível. Esforcem-se para rolá-los completamente para olhar o interior do próprio crânio. Sintam a aflição criada por esse exercício. Imaginem o que poderiam ver se conseguissem rolar tanto os olhos. Valeu a pena e é certo aquilo que viram? De olhos ainda fechados, equilibrem-se em uma perna só. Esforcem-se para se manter completamente imóveis. Encontrem um equilíbrio, não apenas do corpo, mas do espírito. Afastem da mente todos os pensamentos sem valor e poderão se manter assim indefinidamente.

Enquanto estávamos ali, sempre de olhos fechados, executando esses exercícios variados, ele andava entre nós. Podia detectá-lo pelo som do açoite. "Concentre-se!", ordenava, ou "Tente, pelo menos, tente!". Eu próprio senti o açoite ao menos quatro vezes nesse dia. Era uma coisa trivial, pouco mais do que uma leve pancada, mas era desconcertante ser tocado com um chicote, mesmo sem dor. Da última vez que caiu em cima de mim foi sobre o ombro, e enrolou-se em torno do meu pescoço nu enquanto a ponta acertava o meu queixo. Estremeci, mas consegui manter os olhos fechados e o meu equilíbrio precário sobre um joelho dolorido. À medida que ele se afastava, eu podia sentir o lento gotejar de sangue quente se formando no queixo.

Manteve-nos ali o dia inteiro, libertando-nos quando o sol tinha a forma de metade de uma moeda de cobre no horizonte e os ventos da noite começavam a se levantar. Nem uma vez nos deixou parar para comida, água ou qualquer outra necessidade. Com um sorriso inflexível no rosto, observou-nos passar diante dele em fila, e apenas quando tínhamos passado pela porta nos sentimos livres para cambalear e fugir escadaria abaixo.

Eu estava faminto, com as mãos inchadas e vermelhas do frio, e com a boca tão seca que não teria conseguido falar mesmo se quisesse. Os outros aparentavam estar mais ou menos na mesma, embora alguns tivessem sofrido mais intensamente do que eu. Pelo menos eu estava habituado a tarefas que levavam longas horas, muitas delas ao ar livre. Merry, cerca de um ano mais velha do que eu, estava acostumada a ajudar a sra. Hasty com a costura. O rosto redondo tinha se tornado mais branco que vermelho com o frio, e eu a ouvi falar alguma coisa em segredo para Serene, que pegou na mão dela enquanto descíamos as escadas.

— Não teria sido tão ruim se ele tivesse nos dedicado pelo menos um momento de atenção — respondeu Serene em segredo. Então tive a desagradável experiência de vê-las olhar de relance para trás, receosas, verificando se Galen tinha visto as duas falarem uma com a outra.

O jantar dessa noite foi a mais triste refeição que alguma vez eu tinha suportado em Torre do Cervo. Foram servidas para nós uma papa fria de grão cozido, pão, água e nabos cozidos e amassados. Galen, sem comer, sentou-se à cabeceira da nossa mesa. Não houve conversas. Penso que nem sequer olhamos uns para os outros. Comi as porções que foram designadas para mim e deixei a mesa quase tão esfomeado como quando tinha chegado.

Na metade do caminho de volta ao quarto, lembrei-me de Ferreirinho. Voltei à cozinha para buscar os ossos e restos que Cook guardara para mim e uma jarra de água para reabastecer a tigela dele. Pareceram um terrível fardo para mim enquanto subia as escadas. Achei estranho que um dia de relativa inatividade, lá fora no frio, tivesse me cansado tanto quanto um dia de trabalho pesado.

Assim que cheguei ao quarto, o cumprimento acolhedor de Ferreirinho e o seu consumo ávido da carne foram como uma cura milagrosa. Logo que acabou de comer, nós nos aninhamos na cama. Ele queria me morder e lutar comigo, mas desistiu depressa. Deixei o sono tomar conta de mim.

Acordei, como se tivesse sido atingido por um relâmpago, no meio da escuridão, receoso de ter dormido demais. Um olhar rápido para o céu me informou que eu conseguiria vencer o sol em uma corrida para o topo da torre, mas por pouco. Não tinha tempo de me lavar ou comer ou limpar o quarto, e ainda bem que Galen tinha proibido sapatos ou meias, pois também não tinha tempo de calçar os meus. Estava cansado demais para até mesmo me sentir um idiota ao correr pelo terreiro e pelas escadas acima, para a torre. Podia ver os outros correndo na minha frente debaixo da luz trêmula da tocha, e, quando emergi da escadaria, o açoite de Galen desceu sobre minhas costas.

Atingiu-me com uma precisão inesperada através da camisa fina. Gritei tanto de surpresa quanto de dor.

— Fique em pé como um homem e tenha domínio sobre si mesmo, bastardo — disse-me Galen duramente e me bateu outra vez com o açoite.

Os outros tinham voltado aos seus lugares do dia anterior. Pareciam tão desgastados quanto eu, e a maior parte também parecia tão chocada quanto eu pela forma como Galen tinha me tratado. Até hoje não sei o porquê, mas fui silenciosamente para o meu lugar e fiquei ali, encarando Galen.

— Quem quer que chegue em último lugar estará atrasado e será tratado assim — avisou-nos.

Aquilo me pareceu ser uma regra cruel, pois a única maneira de evitar o açoite no dia seguinte seria chegar suficientemente cedo para vê-lo açoitar um dos meus companheiros.

Seguiu-se outro dia de desconforto e castigo aleatório. Assim vejo a situação agora. E creio que sabia na ocasião ser esse o caso, no fundo do meu coração, mas ele falava sempre de provarmos que éramos merecedores, de nos tornarmos duros e fortes. Falava de estar em pé no frio, com os pés descalços ficando entorpecidos contra a pedra gelada, como se isso constituísse uma honra. Ele nos colocou em competição não apenas uns contra os outros, mas contra as tristes imagens que ele fazia de nós.

— Provem-me que estou enganado — dizia inúmeras e inúmeras vezes. — Imploro a vocês, provem-me que estou enganado, para que possa mostrar pelo menos um pupilo merecedor do meu tempo.

E assim tentamos. Como é estranho agora olhar para trás e espantar-me comigo mesmo. Mas, no espaço de um dia, ele tinha conseguido nos isolar e nos mergulhar numa outra realidade, onde as regras de cortesia e de bom senso estavam suspensas. Ficávamos em pé, silenciosos, no frio, em várias posições desconfortáveis, de olhos fechados, vestindo pouco mais do que roupas íntimas. E ele andava entre nós, distribuindo golpes do chicotezinho ridículo e insultos da língua sórdida. E nos empurrava brutalmente vez ou outra, o que é muito mais doloroso quando se está gelado até os ossos.

Aqueles que tremiam ou vacilavam era acusados de fraqueza. Durante todo o dia, ele nos criticou pela falta de valor e repetiu que apenas tinha consentido em tentar nos ensinar porque essa era a vontade do rei. Ignorava as mulheres e, embora falasse de príncipes e reis passados que haviam usado o Talento em defesa do reino, nenhuma vez mencionou as rainhas e princesas que tinham feito o mesmo. Não nos deu nem uma ideia do que estava tentando nos ensinar. Havia apenas o frio e o desconforto dos exercícios, e a incerteza em relação a quando seríamos golpeados outra vez. Por que nos esforçamos para suportar tudo isso eu não sei. E assim, rapidamente, nos tornamos todos cúmplices da nossa própria degradação.

O sol finalmente se aventurou outra vez em direção ao horizonte. Mas Galen tinha guardado duas surpresas finais para nós nesse dia. Deixou que nos levantássemos, abríssemos os olhos e nos alongássemos livremente por alguns momentos. E então fez um discurso final, este para nos advertir contra aqueles entre nós que tentariam prejudicar o treino de todos por causa de autoindulgências tolas. Andava devagar entre nós enquanto falava, serpenteando por dentro e por fora das fileiras, e vi muitos olhares se virarem e ouvi muitas inspirações profundas à medida que passava. E então, pela primeira vez nesse dia, aventurou-se em direção ao canto das mulheres.

— Alguns — avisou enquanto perambulava — pensam que estão acima das regras. Pensam que são merecedores de atenções e indulgências especiais. Tais ilusões de superioridade precisam ser expulsas de vocês antes que possam aprender alguma coisa. É dificilmente merecedor do meu tempo ensinar estas lições a preguiçosos e imbecis. É uma pena que eles tenham encontrado um jeito de participar da nossa reunião. Mas estão aqui entre nós, e eu vou honrar a vontade do meu rei e tentar ensiná-los. Muito embora haja apenas uma maneira de acordar tais cabeças preguiçosas.

Deu duas batidas rápidas em Merry com o chicote, e empurrou Serene com força, fazendo-a ficar apoiada em um joelho, e açoitou-a quatro vezes. Para minha vergonha, fiquei ali com os outros, enquanto cada golpe era dado, e desejei apenas que ela não gritasse e provocasse maior punição para si mesma.

Todavia Serene se aprumou, cambaleou uma vez e se levantou outra vez, olhando por cima da cabeça das moças à sua frente. Exalei um suspiro de alívio. Mas logo Galen estava de volta, movendo-se em círculos como um tubarão em torno de um barco de pesca, falando agora daqueles que se achavam bons demais para partilhar da disciplina do grupo, daqueles que comiam carne em fartura enquanto os outros se limitavam a grãos integrais e alimentos puros. Comecei a pensar quem teria sido tão louco de visitar a cozinha depois do jantar.

Então senti o toque quente do chicote nos ombros. Se tivesse pensado que antes o açoite tinha sido usado com toda a força, ele teria nesse instante provado que eu estava errado.

— Pensou que tinha me enganado. Pensou que eu nunca iria saber que Cook guardava para o precioso bichinho de estimação dela um prato de gulodices, não foi? Mas eu sei tudo o que se passa em Torre do Cervo. Não se iluda quanto a isso.

Compreendi então que estava falando dos restos de carne que eu tinha levado para Ferreirinho.

— Essa comida não era para mim — protestei, e em vez de dizer isso, podia ter arrancado a minha própria língua a dentada.

Os seus olhos brilharam friamente.

— Você tenta mentir para que seja poupado um pouco da dor que merece. Você nunca dominará o Talento. Nunca será merecedor dele. Mas o rei me ordenou que tentasse te ensinar, e assim tentarei. Apesar de você e da sua baixa linhagem.

Recebi, humilhado, os golpes que me deu. Ele ia me repreendendo à medida que dava cada golpe, dizendo aos outros que as regras antigas contra ensinar o Talento a um bastardo tinham sido criadas justamente para prevenir coisas como aquelas.

Depois disso, levantei-me, silencioso e humilhado, enquanto ele atravessava as fileiras, dando alguns golpes aleatórios com o açoite a cada um dos meus companheiros, explicando enquanto fazia isso que todos devíamos pagar pelas falhas de cada indivíduo. Não importava que aquela declaração não fizesse nenhum sentido ou que o açoite golpeasse os outros levemente em relação ao que Galen tinha me infligido. Era a ideia de que todos estavam pagando pela minha transgressão. Nunca me senti tão envergonhado na vida.

E então nos mandou embora, rumo a outra triste refeição, semelhante à do dia anterior. Desta vez, ninguém falou nas escadas ou durante a refeição. Em seguida, subi diretamente para o quarto.

Carne em breve, prometi ao cãozinho esfomeado que esperava por mim. Apesar das costas e músculos doloridos, eu me forcei a limpar o quarto, esfregando os dejetos de Ferreirinho e indo buscar juncos frescos para espalhar pela cama dele. Ferreirinho estava um pouco amuado depois de ser deixado sozinho o dia inteiro, e fiquei preocupado quando percebi que não tinha ideia de quanto tempo esse treino desgraçado duraria.

Esperei até tarde, quando todas as pessoas já estivessem nas suas camas, antes de me aventurar a sair do quarto para ir buscar comida para ele. Aterrorizava-me a ideia de poder ser descoberto por Galen, mas que outras opções eu tinha? Estava na metade da segunda escadaria quando vi uma vela solitária tremeluzente vindo na minha direção. Encolhi-me contra a parede, certo de que era Galen. Mas foi o Bobo que veio em minha direção, tão branco e pálido quanto a vela de cera que trazia. Na outra mão tinha uma cesta de comida com uma jarra de água se equilibrando em cima dela. Silenciosamente, ele fez um sinal para que eu voltasse ao quarto.

Uma vez dentro do quarto, com a porta fechada, ele se virou para mim.

— Posso tomar conta do cãozinho para você — disse-me secamente. — Mas não posso tomar conta de você. Use a cabeça, rapaz. O que pode aprender com o que ele está fazendo com você?

Encolhi os ombros e estremeci.

— É apenas para nos fortalecer. Não creio que continue muito tempo assim antes que comece a nos ensinar. Posso aguentar tudo isso. — E então: — Espere

— disse, enquanto ele dava pedaços de carne da cesta para Ferreirinho comer.
— Como é que você sabe o que Galen está fazendo conosco?
— Ah, isso seria contar segredos — disse com indiferença. — E eu não posso fazer isso. Contar segredos.

Deu o resto da cesta para Ferreirinho, encheu sua tigela de água e levantou-se.

— Darei de comer ao cãozinho — disse-me. — Vou até tentar levá-lo lá fora, para passear durante o dia. Mas não limparei os seus dejetos. — Parou à porta. — É aí que ponho o meu limite. E você, é melhor que decida onde é que você põe o seu. E depressa. Bem depressa. O perigo é maior do que você pensa.

Então foi embora, levando a vela e os seus avisos consigo. Deitei e adormeci com os sons de Ferreirinho mordiscando um osso e dando rosnadas de filhote para si mesmo.

AS PEDRAS TESTEMUNHAIS

O Talento é, na sua forma mais simples, o estabelecimento de uma ponte entre os pensamentos de duas pessoas. Ele pode ser usado de muitas maneiras. Durante uma batalha, por exemplo, um comandante pode enviar uma simples informação e comandar diretamente os seus oficiais, se estes tiverem sido treinados para recebê-la. Um indivíduo muito Talentoso pode usar sua habilidade para influenciar até mesmo mentes que não tenham sido treinadas ou as mentes dos seus inimigos, inspirando neles medo, confusão ou dúvida. Homens tão dotados são raros. Mas, se incrivelmente agraciado com o Talento, um homem pode aspirar a falar diretamente com os Antigos, estes que são inferiores apenas aos próprios deuses. Poucos ousaram fazer isso alguma vez, e, entre os que o fizeram, menos ainda foram os que obtiveram o que pediram. Pois dizem que é possível fazer perguntas aos Antigos, mas a resposta que darão não é necessariamente à pergunta que foi feita, mas talvez à pergunta que deveria ter sido feita. E essa resposta pode ser de tal ordem que um homem não seja capaz de ouvi-la e viver.

Porque quando se fala com os Antigos, a doçura do Talento é mais forte e mais perigosa. E é disso que qualquer praticante do Talento, fraco ou forte, deve sempre se proteger. Pois, no Talento, o seu utilizador experimenta uma clareza de vida, uma elevação do ser que pode fazer um homem se esquecer de inspirar o próximo fôlego. Esse sentimento é atrativo, mesmo nas utilizações mais normais do Talento, e viciante para qualquer um a quem falte uma força de vontade treinada, mas a intensidade da exultação experimentada em uma conversa com os Antigos é uma coisa para a qual não existe termo de comparação. Tanto os sentidos como o juízo podem ser para sempre erradicados de um homem que use o Talento para falar com um Antigo. Esse homem morre delirante, mas também é verdade que morre delirante de alegria.

O Bobo tinha razão. Eu não fazia ideia do perigo que enfrentava. Não tenho vontade de entrar em detalhes em relação às semanas que se seguiram. Basta dizer que, a cada dia, Galen nos tinha mais sob a sua influência, e também se tornava mais cruel e manipulador. Alguns dos pupilos desistiram depressa. Merry foi um desses casos. Parou de vir depois do quarto dia. Eu a vi apenas uma vez depois disso, arrastando-se pela torre com uma expressão no rosto que era, ao mesmo tempo, desolada e envergonhada. Descobri mais tarde que Serene e as outras mulheres se afastaram dela assim que desistiu do treino, e que, depois disso, quando falavam dela, não era como se tivesse falhado num exame, mas como se tivesse cometido um ato baixo e repugnante pelo qual nunca poderia ser perdoada. Não sei para onde foi, apenas sei que deixou Torre do Cervo e nunca mais voltou.

Da mesma forma que o oceano dispõe as pedrinhas da areia em uma praia e as estratifica na margem da maré alta, os golpes e carícias de Galen separaram os seus pupilos. Inicialmente, todos nos esforçamos para ser os melhores. Não porque gostássemos dele ou o admirássemos. Não sei o que os outros sentiam; no meu coração, não havia mais do que ódio por ele, mas era um ódio tão intenso que me impelia contra a ideia de ser destruído por esse homem. Depois de dias de abuso, obter uma só palavra involuntária de reconhecimento da parte dele era como uma torrente de cumprimentos de qualquer outro mestre. Dias sendo desprezado deveriam ter me deixado insensível à humilhação. Em vez disso, acabei acreditando em muito do que ele dizia e tentava futilmente mudar.

Competíamos constantemente uns com os outros pela atenção dele. Alguns emergiram claramente como favoritos. August era um deles, e ouvíamos com frequência que devíamos imitá-lo. Eu era claramente o mais detestado. E, contudo, isso não me impediu de ansiar por me destacar diante dele. Depois da primeira vez, nunca mais fui o último a chegar ao topo da torre. Nunca vacilava diante dos golpes dele. Quem também não fazia isso era Serene, que partilhava comigo a distinção de ser detestada. Serene tornou-se a seguidora mais fervorosa de Galen, nunca soltando uma palavra de crítica em relação a ele desde aquele primeiro açoite. E, apesar disso, ele constantemente achava defeitos nela, criticava-a, humilhava-a e açoitava-a com muito mais frequência do que qualquer outra das moças. E tudo isso só a tornava mais determinada em provar que conseguia suportar o abuso; depois do próprio Galen, era ela a mais intolerante em relação a quem vacilasse ou duvidasse do treino.

O inverno tornou-se mais rigoroso. Estava frio e escuro no topo da torre, com exceção da luz que vinha da escadaria. Era o lugar mais isolado do mundo, e Galen era o seu deus. Ele nos moldou em uma unidade. Acreditamos ser uma elite, superiores e privilegiados por sermos instruídos no Talento. Mesmo eu, que suportava humilhação e espancamentos, acreditava que era assim. Aqueles que ele destruiu eram desprezados por nós. Víamos apenas uns aos outros durante esse tempo, e ouvíamos apenas Galen. No começo, senti saudades de Chade. Tentei imaginar o que Burrich e Patience estariam fazendo. Mas, à medida que os meses passavam, essas ocupações menores deixaram de parecer interessantes. Até mesmo o Bobo e Ferreirinho se tornaram quase distrações incômodas para mim, tão obsessivamente eu tentava obter a aprovação de Galen. O Bobo ia e vinha silenciosamente. Mas havia momentos em que eu estava mais cansado e dolorido do que o normal, em que o toque do focinho de Ferreirinho no meu rosto era o único conforto que me restava; e havia momentos em que me sentia envergonhado do pouco tempo que dedicava ao meu cãozinho em crescimento.

Depois de três meses de frio e crueldade, Galen tinha nos reduzido a oito candidatos. O verdadeiro treino finalmente começou, e também nessa ocasião ele nos devolveu um pouco de conforto e dignidade. O que recebemos nos pareceu então não apenas um rol de grandes luxos, mas uma dádiva de Galen pela qual devíamos ser agradecidos. Um pouco de fruta seca com as refeições, permissão para usar sapatos, breves conversas toleradas à mesa — era tudo, mas rastejávamos de gratidão por causa disso. Porém, as mudanças estavam apenas começando.

Tudo volta à minha memória como vislumbres de cristal. Lembro-me da primeira vez que ele me tocou com o Talento. Estávamos no topo da torre, ainda mais espalhados do que antes, agora que éramos em menor número.

Ele foi passando por nós, ficando um momento diante de cada um, enquanto os demais esperavam em silêncio reverente.

— Preparem a mente para o toque. Estejam abertos para ele, mas não se rendam ao prazer que advém dele. O propósito do Talento não é o prazer.

Serpenteou o seu caminho pelo meio de nós, sem nenhuma ordem específica. Como estávamos muito afastados, não podíamos ver o rosto uns dos outros, nem agradava a Galen que os nossos olhos seguissem os seus movimentos. Portanto, ouvíamos apenas as palavras breves e ríspidas dele, seguidas do exalar ofegante daquele que tinha acabado de ser tocado. Para Serene, ele disse com desgosto:

— Abra-se ao toque, já te disse. Não se encolha como um cão que apanhou.

Por fim, chegou a minha vez. Ouvi as palavras dele e, como ele tinha nos aconselhado antes, tentei me libertar de todas as minhas percepções sensoriais e me abrir apenas para ele. Senti o toque da sua mente na minha, como cócegas suaves na testa. Mantive-me firme. Tornou-se mais forte, um calor, uma luz, mas eu me recusei a me deixar levar. Senti Galen dentro da minha mente, olhando-me severamente, e, usando as técnicas de concentração que ele tinha nos ensinado (imagine um balde da mais pura madeira branca e você mergulhando nele), consegui me manter firme diante dele, esperando, consciente da atração do Talento, mas não cedendo a ele. Três vezes o calor invadiu-me e três vezes me mantive firme diante dele. Então ele se retirou. Com má vontade, fez um aceno com a cabeça, mas nos seus olhos, em vez de aprovação, vi sinais de medo.

Aquele primeiro toque foi como a faísca que finalmente acende o pavio. Compreendi o que era. Ainda não conseguia fazer aquilo, ainda não podia transmitir os meus pensamentos, mas tinha um conhecimento que não cabia em palavras. Tinha capacidade para usar o Talento. E, com esse conhecimento, a minha determinação se tornou mais forte, e não haveria nada, nada que Galen pudesse fazer para me impedir de aprendê-lo.

Penso que ele sabia disso, pois se virou contra mim nos dias que se seguiram com uma crueldade que agora acho incrível. Ele me maltratou com palavras duras e golpes, mas nada me fazia virar as costas. Golpeou-me uma vez na cara com o açoite. Deixou uma marca visível em mim e, por acaso, aconteceu de eu entrar no salão de jantar e Burrich estar lá. Vi os olhos dele se arregalarem. Eu o vi levantar-se da mesa, a mandíbula apertada de uma maneira que eu conhecia muito bem, mas evitei o olhar dele baixando os olhos. Ficou em pé por um momento, olhando raivoso para Galen, que respondeu com um olhar de superioridade. Então, com os punhos cerrados, Burrich virou as costas para ele e deixou o salão. Fiquei aliviado, pois não haveria um confronto. Mas, naquele momento, Galen olhou para mim, e o triunfo que vi no rosto dele gelou o meu coração. Eu era dele, e ele sabia disso.

Dor e vitória misturaram-se durante a semana que se seguiu. Ele nunca perdia uma oportunidade de me humilhar. E, contudo, eu sabia que desempenhava com excelência cada exercício que nos dava. Sentia os outros tentando sentir o toque do Talento dele, mas para mim era tão simples quanto abrir os olhos. Vivi um momento de intenso medo. Ele tinha entrado na minha mente e me dado uma frase para repetir em voz alta.

— Sou um bastardo e mancho a honra do nome do meu pai — eu disse em voz alta, calmamente.

E então ele falou outra vez dentro da minha mente. *Você obtém a sua força de algum lugar, bastardo. Isso não é o seu Talento. Pensou que eu não ia achar a fonte?* Então desisti e fugi ao toque, escondendo Ferreirinho dentro da mente. O sorriso dele mostrava todos os seus dentes.

Nos dias que se seguiram, brincamos de esconde-esconde. Eu tinha de deixá-lo entrar na minha mente para aprender a usar o Talento. Mas, mal o deixava entrar, eu pulava em brasa para proteger os meus segredos. Não apenas Ferreirinho, mas também Chade e o Bobo, Molly, Kerry e Dirk, e outros segredos mais antigos que eu não revelava nem mesmo para mim. Ele buscava todos eles, e eu fazia malabarismos desesperados para mantê-los fora do seu alcance. Mas, apesar de tudo isso, ou talvez por causa disso, sentia que me tornava mais forte no Talento.

— Não zombe de mim! — ele rugiu depois de uma sessão, e ficou furioso ao ver que os outros alunos trocavam olhares chocados. — Prestem atenção aos seus próprios exercícios! — rugiu para eles.

Estava se afastando quando, de repente, deu meia-volta e se atirou contra mim. Com os punhos e a bota, atacou-me como Molly uma vez tinha feito, e não pensei em mais nada senão proteger o meu rosto e a barriga. Os golpes que choviam sobre mim eram mais como uma birra de criança que o ataque de um homem. Senti a sua ineficácia e então percebi, com um arrepio de medo, que eu o estava *repelindo*. Não tão fortemente que ele pudesse sentir, apenas o suficiente para que nenhum dos golpes caísse exatamente como ele queria. Percebi que ele não tinha ideia do que eu estava fazendo. Quando finalmente deixou cair os braços, e eu ousei levantar os olhos, senti que, momentaneamente, eu tinha ganhado. Pois todos os outros no topo da torre estavam olhando para ele com uma mistura de repugnância e medo. Ele tinha ido longe demais mesmo para Serene. Pálido, ele virou as costas para mim. E, naquele momento, senti que ele tinha acabado de tomar uma decisão.

À noite, no meu quarto, senti-me extremamente cansado, mas estava muito nervoso para conseguir dormir. O Bobo tinha deixado comida para Ferreirinho, e eu o estava desafiando com uma junta de boi bem grande. Ele tinha fincado os dentes na minha manga e a mordia enquanto eu mantinha o osso fora do seu alcance. Era o tipo de jogo que ele adorava. Rosnava com uma ferocidade fingida enquanto chacoalhava o meu braço. Tinha se tornado quase tão grande quanto seria quando adulto, e senti com orgulho os músculos do seu pequeno pescoço grosso. Com a mão livre, belisquei sua cauda e ele deu um salto, rosnando. Atirei o osso de uma mão para a outra, e os seus olhos iam de um lado para o outro enquanto saltava atrás dele.

— Burro — zombei dele. — Tudo o que você consegue pensar é no que quer. Burro, burro.

— Exatamente como o dono.

Estremeci, e nesse segundo Ferreirinho pegou o osso. Aninhou-se no chão com ele, dando ao Bobo não mais do que um abanar de cauda mecânico. Sentei, com falta de ar.

— Nem sequer ouvi a porta abrir. Ou fechar.

Ele ignorou meu comentário e foi direto ao assunto que desejava tratar.

— Você pensa que Galen vai deixar você conseguir?

Eu ri, contente comigo mesmo.

— Acha que ele pode evitar isso?

O Bobo se sentou ao meu lado com um suspiro.

— Sei que pode. E ele pode mesmo. O que não sei com certeza é se ele é cruel o suficiente. Mas suspeito que sim.

— Então, deixe-o tentar — disse eu, irreverentemente.

— Não tenho muita escolha. — O Bobo estava muito sério. — Eu tinha esperança de te dissuadir de tentar.

— Você está pedindo que eu desista? Agora?

— Era o que eu faria.

— Por quê? — perguntei.

— Porque — começou ele, e então parou, frustrado. — Não sei. Muitas coisas convergem. Talvez, se eu soltar um dos fios, o nó não se forme.

Senti-me subitamente cansado, e o entusiasmo anterior do meu triunfo desapareceu diante daqueles avisos sombrios. A minha irritabilidade tomou conta de mim e eu explodi:

— Se não consegue falar claramente, por que é que afinal você fala?

Ficou tão silencioso como se eu tivesse batido nele.

— Isso é outra coisa que não sei — disse por fim e levantou-se para sair.

— Bobo...

— Sim. É isso que eu sou — disse ele, e partiu.

E assim persisti, tornando-me mais forte. Comecei a ficar impaciente com o lento progresso da nossa instrução. Repetíamos os mesmos exercícios todos os dias; gradualmente, os outros começaram a dominar o que a mim parecia algo tão natural. Como eles podiam ter sido tão fechados ao resto do mundo?, eu me perguntava. Como podia ser tão difícil para eles abrir a mente ao Talento de Galen? No meu caso, a dificuldade não era abrir, mas sim manter fechadas as coisas que não desejava compartilhar. Com frequência, quando ele negligentemente me tocava com o Talento, eu sentia um tentáculo buscando e movendo-se furtivo em direção da minha mente, mas eu o evitava.

— Vocês estão prontos — anunciou ele em um dia gelado.

Era de tarde, mas as estrelas mais luminosas já se mostravam na escuridão azul do céu. Eu sentia falta das nuvens que no dia anterior tinham nevado sobre nós, mas que pelo menos tinham mantido esse frio mais intenso na baía. Dobrei os dedos dos pés dentro dos sapatos de couro que Galen tinha permitido que usássemos, tentando aquecê-los para senti-los outra vez.

— Antes eu os toquei com o Talento, para que vocês se habituassem a ele. Agora, hoje, tentaremos um compartilhamento completo. Vocês irão sondar a minha mente quando eu sondar a mente de vocês. Mas tenham cuidado! A maior parte de vocês conseguiu resistir às distrações de um toque do Talento. Mas o poder que sentiram foi o mais suave dos toques. Hoje será mais forte. Resistam a ele, mas se mantenham abertos ao Talento.

Começou o seu lento giro entre nós. Esperei, nervoso, mas sem medo. Tinha aguardado por essa tentativa. Estava pronto.

Alguns claramente falharam, e foram repreendidos pela preguiça e estupidez. August foi elogiado. Serene foi esbofeteada por sondar a mente dele com muita avidez. Então ele se aproximou de mim.

Eu me preparei para uma luta. Senti o toque da sua mente na minha e lhe ofereci um cauteloso pensamento de contato. *Assim?*

Sim, bastardo. Assim.

Por um momento, estávamos em equilíbrio, como duas crianças em uma gangorra. Senti-o tornar o contato mais firme. Então, de repente, atirou-se com força contra mim. Senti exatamente como se o ar tivesse sido roubado dos meus pulmões por um golpe no estômago, mas de uma forma mais mental do que física. Em vez de ficar incapaz de recuperar o fôlego, fiquei incapaz de dominar os meus pensamentos. Ele entrou na minha mente invadindo minha privacidade e eu estava impotente. Ele tinha vencido e sabia disso. Mas, nesse seu momento de triunfo descuidado, encontrei uma brecha nas suas defesas. Tentei agarrá-lo, tentei capturar a mente dele como ele tinha capturado a minha. Agarrei-o e apertei-o, e em um momento confuso percebi que eu era mais forte do que ele, e que poderia lhe impor qualquer pensamento que desejasse.

— Não! — gritou, e tive uma vaga percepção de que no passado ele lutara da mesma maneira com outra pessoa que tinha desprezado. Alguém que ganhara dele, como eu tinha a intenção de fazer.

— Sim! — insisti.

— Morra! — ordenou-me ele, mas eu sabia que não iria. Sabia que ia ganhar e concentrei minha vontade e o apertei com mais força.

O Talento não se importa com quem ganha. Não permite que ninguém se renda completamente a um único pensamento nem sequer por um instante. Mas foi isso que fiz. E, quando o fiz, esqueci de me proteger contra o êxtase que é, ao mesmo tempo, o mel e o ferrão do Talento. A euforia inundou-me em um turbilhão, afogando-me, e afogando Galen também. Ele afundou nela, não mais tentando explorar a minha mente, mas desejando apenas voltar à sua.

Nunca tinha sentido nada como o que senti naquele momento.

Galen tinha chamado aquilo de prazer, e eu tinha esperado uma sensação agradável, como o calor no inverno, ou a fragrância de uma rosa, ou um sabor doce na boca. Não era nada disso. Prazer é uma palavra física demais para descrever o que senti. Não tinha nada a ver com a pele ou com o corpo. Espalhou-se por mim e me inundou como uma onda indomável. O êxtase me encheu e fluiu através de mim. Eu me esqueci de Galen e de todo o resto. Senti-o escapar e soube que era importante, mas não consegui ficar preocupado com isso. Esqueci tudo, exceto a exploração daquela sensação.

— Bastardo! — berrou Galen, e bateu com o punho no lado da minha cabeça.

Caí, desamparado, pois a dor não tinha sido suficiente para me despertar do transe do Talento. Senti Galen me dando pontapés, senti o frio das pedras debaixo de mim que me feriam e arranhavam e, contudo, estava agarrado, sufocado por um lençol de euforia que não me deixava prestar atenção ao espancamento. A minha mente me assegurava de que, apesar da dor, tudo estava bem, não havia necessidade de lutar ou fugir.

Em dado momento, a onda começou a baixar, deixando-me na praia lutando por ar. Galen se erguia sobre mim, desalinhado e suando profusamente. Sua respiração era um vapor visível no ar frio quando se aproximou de mim:

— Morra! — disse, mas eu não podia escutar as suas palavras, apenas sentir. Ele largou a minha garganta e eu caí.

Ao acordar do êxtase devorador do Talento, fui invadido por um fracasso e culpa que faziam da dor física um vazio. Meu nariz sangrava, sentia dores ao respirar, e a força dos pontapés que ele tinha me dado fez a minha pele ficar toda esfolada como se eu tivesse sido arrastado pelas pedras do chão. As diferentes dores contradiziam-se umas às outras, cada uma exigindo atenção, de tal forma que não conseguia avaliar quais danos me tinham sido causados. Não podia sequer me controlar o suficiente para me levantar. Mas, acima de tudo isso, eu tinha a consciência de que tinha falhado. Fora derrotado, não tinha nenhum valor e Galen provara isso.

Como se o som viesse de muito longe, ouvi-o gritar aos outros, dizendo-lhes que fossem cautelosos, pois era assim que trataria os que fossem tão indisciplinados que não conseguissem resistir ao prazer do Talento. Avisou todos do que aconteceria a um homem que tentasse usar o Talento e caísse no feitiço do prazer que o Talento oferecia. Esse homem perderia a cabeça, uma criança, sem fala, sem visão, sujando-se, esquecendo-se de pensar, esquecendo-se mesmo de comer e beber, até cair morto. Um homem assim era pior que ser repugnante.

Eu era um desses. E me afundei na minha vergonha. Desamparado, comecei a soluçar. Eu bem que merecia o tratamento que ele tinha me dado. Merecia pior. Apenas uma piedade errônea impedira Galen de me matar. Havia desperdiçado o seu tempo, recebido a cuidadosa instrução que me dera e transformado tudo em autoindulgência egoísta. Fugi de mim mesmo, retirando-me mais e mais para dentro, mas encontrando apenas nojo e ódio por mim mesmo espalhados por todos os pensamentos. Era melhor estar morto. Se me atirasse do telhado da torre, não seria um ato suficiente para apagar a minha vergonha, mas pelo menos não precisaria mais estar consciente dela. Fiquei quieto chorando.

Os outros partiram. À medida que cada um passava por mim, oferecia-me uma palavra, um cuspe, um pontapé ou um soco. Quase não notei. Eu mesmo me rejeitei mais completamente do que eles poderiam. Por fim, todos já tinham partido, e havia apenas Galen debruçado sobre mim. Deu-me um toque com o pé, mas fui incapaz de responder. Subitamente, ele estava por todos os lados, em cima, embaixo, em volta e dentro de mim, e eu não podia negá-lo.

— Está vendo, bastardo? — disse ele irônica e calmamente. — Tentei dizer a eles que você não era merecedor. Tentei dizer a eles que o treino te mataria. Mas você não ouviu. Você se esforçou para usurpar o que foi dado a outros. Mais uma vez, eu estava certo. Bem. Nada disso foi tempo perdido se serviu para nos vermos livres de você.

Não sei quando ele saiu. Depois de algum tempo percebi que era a lua que me olhava, e não Galen. Rolei e fiquei de barriga para baixo. Não podia me levantar, mas podia rastejar. Não podia fazer depressa, nem sequer levantando o estômago completamente do chão, mas podia me arrastar. Com um propósito único, comecei a fazer o caminho em direção ao muro mais baixo. Pensei que podia me arrastar para um banco e daí para cima do muro. E depois para baixo. Acabar com isso.

Mas era uma longa travessia, no frio e no escuro. Em algum lugar, podia ouvir um choramingo e me detestei por isso também. Mas enquanto ia me esfolando pelo chão, o gemido crescia, como uma faísca à distância se torna fogo à medida que nos aproximávamos. Não permitia que eu o ignorasse. Crescia em intensidade na minha mente, um lamento contra o destino, uma pequena voz de resistência que me proibia de morrer, que negava o meu fracasso. Era quente e luminosa, e foi crescendo e crescendo, enquanto eu tentava identificar a sua fonte.

Parei.

Fiquei deitado e quieto.

Estava dentro de mim. Quanto mais o procurava, mais forte se tornava. Amava-me. Amava-me mesmo se eu não conseguisse, se não quisesse amar a mim mesmo. Amava-me mesmo se eu o detestasse. Fincara os dentes minúsculos na minha alma e agarrava-a de tal maneira que eu não podia continuar rastejando. Quando tentava, soltava um uivo de desespero, queimando-me, proibindo-me de quebrar uma confiança tão sagrada.

Era Ferreirinho.

Ele chorava com as minhas dores, física e mental. Quando parei de tentar alcançar o muro, entrou em uma exultação de alegria, uma celebração do nosso triunfo. E tudo o que pude fazer para recompensá-lo foi ficar deitado e quieto e deixar de tentar me destruir. Ele me assegurou que isso bastava, que era uma plenitude, uma alegria. Fechei os olhos.

A lua já estava alta quando Burrich me virou. O Bobo segurava uma tocha, e Ferreirinho dançava e saltava em torno dos seus pés. Burrich me pegou e me ergueu, como se eu ainda fosse a criança que tinha acabado de ser deixada a cargo dele. Vi de relance o seu rosto escuro, mas não consegui ler nada nele. Carregou-

-me pela longa escadaria de pedra abaixo, com o Bobo iluminando o caminho. Levou-me para fora da torre, de volta ao estábulo, rumo ao seu quarto. Ali o Bobo nos deixou — a mim, Burrich e Ferreirinho —, e não me lembro de nenhuma palavra ter sido pronunciada. Burrich me instalou na cama dele e a arrastou para perto do fogo. Com o calor veio uma grande dor, e deixei o meu corpo ao encargo de Burrich, a alma a Ferreirinho, e abandonei a minha consciência por um longo período.

Abri os olhos e era noite. Não sabia quanto tempo tinha passado. Burrich estava sentado ao meu lado, quieto, a postos, nem sequer acomodado na cadeira. Senti o aperto das ataduras nas costelas. Ergui uma mão para tocá-las, mas fiquei surpreso ao notar que tinha dois dedos presos a uma tala. Os olhos de Burrich seguiram o meu movimento.

— Estavam inchados por algo mais do que frio. Inchados demais para eu poder dizer se havia fraturas, ou apenas torções. Coloquei-os em uma tala como medida de precaução. Creio que eram apenas torções. Se estivessem quebrados, a dor que eu teria causado em você ao mexer neles o teria acordado até no estado em que te encontrei.

Falava em um tom calmo, como se estivesse me dizendo que tinha eliminado um novo cão com vermes como precaução contra um contágio. Da mesma forma que a sua voz firme e o toque calmo teriam funcionado com um animal furioso, funcionaram comigo. Relaxei, pensando que se ele estava calmo era porque não havia problemas maiores. Pôs um dedo debaixo das ataduras que sustentavam as minhas costelas, verificando se não estariam muito apertadas.

— O que aconteceu? — perguntou, e virou-se para pegar uma xícara de chá enquanto falava, como se a pergunta e a resposta não fossem de grande importância.

Forcei-me a recordar as últimas semanas, tentando encontrar uma maneira de explicar. Os acontecimentos dançavam na minha mente, fugiam-me. Lembrei-me apenas da derrota.

— Galen me testou — falei lentamente. — Eu falhei. Ele me puniu.

Com essas palavras, uma onda de tristeza, vergonha e culpa caiu sobre mim, levando com ela o breve conforto que eu tinha obtido do ambiente familiar. Ao lado da lareira, Ferreirinho, adormecido, acordou abruptamente e sentou-se. Instintivamente, acalmei-o antes que começasse a ganir. *Deite-se. Descanse. Está tudo bem.* Para meu alívio, ele fez o que eu pedi. Para meu alívio ainda maior, Burrich parecia não ter percebido o que tinha acabado de acontecer entre nós. Ofereceu-me a xícara.

— Beba isto. Você precisa de água, e as ervas vão acalmar a dor e deixá-lo dormir. Beba tudo de uma vez.

— O cheiro é ruim — disse-lhe, e ele fez que sim com a cabeça, e segurou a xícara em torno da qual as minhas mãos feridas não conseguiam se fechar. Bebi tudo e me deitei.

— Foi só isso? — perguntou-me cuidadosamente, e eu sabia do que ele estava falando. — Ele te testou sobre uma coisa que te ensinou e você não passou no teste... e ele fez isso com você?

— Não consegui fazer o que ele pediu. Não tive a... autodisciplina. E por isso me puniu.

Os detalhes fugiam à minha memória. A vergonha me inundava, afogando-me em desespero.

— A autodisciplina não se ensina espancando alguém até deixá-lo meio-morto.

Burrich falava cuidadosamente, como se explicasse a verdade a um idiota. Seus movimentos eram muito precisos ao pousar a xícara outra vez na mesa.

— Não era para me ensinar... não creio que ele ache que eu possa ser ensinado. Foi para mostrar aos outros o que aconteceria se falhassem.

— Muito pouco conhecimento valioso é ensinado pelo medo — disse Burrich, obstinado. E com mais entusiasmo: — É um mau professor aquele que tenta instruir com golpes e ameaças. Imagine domesticar um cavalo dessa maneira. Ou um cão. Mesmo o cão mais cabeça dura aprende melhor com uma mão aberta do que com um pau.

— Você já me bateu, ao tentar me ensinar algumas coisas.

— Sim. Sim. Já fiz isso. Mas para dar uma sacudida, ou avisar, ou acordar. Não para ferir. Nunca para partir um osso ou cegar um olho ou incapacitar uma mão. Nunca. Nunca diga a ninguém que bati desse jeito em você, ou em qualquer criatura deixada a meu cargo, porque não é verdade.

Ele estava indignado por eu ter até mesmo sugerido tal coisa.

— Não. Nisso você tem razão. — Tentei pensar como eu poderia fazer Burrich perceber por que eu tinha sido punido. — Mas é diferente, Burrich. É um tipo diferente de aprendizagem, um tipo diferente de ensinamento.

Sentia-me compelido a defender a justiça de Galen. Tentei lhe explicar.

— Eu mereci isso, Burrich. O erro não foi do método de ensino. Eu falhei. Eu tentei. Eu tentei mesmo. Mas, como Galen, agora acredito que há uma razão para o Talento não ser ensinado a bastardos. Há em mim uma mácula, uma fraqueza fatal.

— Isso é conversa de merda.

— Não. Pense nisso, Burrich. Se cruzasse uma égua de sangue ruim com um belo garanhão, o potro que resultaria seria tão capaz de ter as fraquezas da mãe como a elegância do pai.

O silêncio que se seguiu foi longo. E então:

— Duvido muito que o seu pai tivesse se deitado com uma mulher que fosse de sangue ruim. Sem alguma fineza, algum sinal de humor ou inteligência, ele não faria isso. Não conseguiria.

— Ouvi dizer que foi colocado em transe por uma bruxa das montanhas — repeti pela primeira vez o que tinha ouvido ser murmurado com frequência.

— Chivalry não era homem para cair em feitiços. E o filho dele não é um bebê chorão, um idiota, um pobre de espírito que fica caído em um canto gemendo e dizendo que mereceu ser espancado.

Ele chegou mais perto de mim e se inclinou, tocando-me gentilmente um pouco abaixo da têmpora. Uma descarga de dor fez minha consciência oscilar.

— Veja quão perto você esteve de perder um olho para esse "método de ensino".

Estava ficando com raiva e decidi manter a boca fechada. Burrich deu uma volta rápida pelo quarto e virou a cara para mim.

— Aquele cãozinho. É da cadela de Patience, não é?

— Sim.

— Mas você não... ah, Fitz, diga-me, por favor, que não foi por ter usado a Manha que isso aconteceu com você. Se ele fez o que fez com você por causa disso, não há nada que eu possa dizer a ninguém, ou nenhum par de olhos que eu ainda possa encarar nesta torre ou no reino inteiro.

— Não, Burrich, juro, não teve nada a ver com o cãozinho. Foi o meu fracasso em aprender o que ele tentou me ensinar. A minha fraqueza.

— Chega — ele me ordenou com impaciência. — Chega de falar. Eu te conheço bem o suficiente para saber que a sua promessa será sempre verdadeira. Quanto ao resto, não está fazendo nenhum sentido. Volte a dormir. Vou sair, mas não vou demorar muito. Descanse porque o descanso é a verdadeira cura.

Um propósito tinha se firmado em Burrich. As minhas palavras o satisfizeram e pareceram levá-lo a tomar uma decisão. Vestiu-se depressa, calçando as botas, trocando a camisa por outra mais larga e colocando uma jaqueta de couro por cima. Ferreirinho levantou-se e ganiu ansiosamente quando Burrich saiu, mas não conseguiu me transmitir sua preocupação. Em vez disso, veio para perto da cama, subiu nela com esforço e se enterrou nos cobertores ao meu lado para me confortar com a sua fidelidade. Em meio ao desespero desolado que tinha se instalado dentro de mim, ele era minha única luz. Fechei os olhos e as ervas de Burrich me fizeram mergulhar em um sono sem sonhos.

Acordei mais tarde, no fim do dia. Uma lufada de ar fresco precedeu a entrada de Burrich no quarto. Ele examinou os meus ferimentos, abrindo casualmente os meus olhos e apalpando as minhas costelas e meus outros machucados com as mãos experientes. Soltou um grunhido de satisfação e trocou a sua camisa rasgada e enlameada por uma nova. Cantarolava enquanto fazia isso, aparentando estar de muito bom humor, em contraste com as minhas dores e depressão. Foi quase um alívio quando foi embora outra vez. Lá de baixo, ouvi-o assobiar enquanto dava ordens aos rapazes do estábulo. Tudo soava tão normal e cotidiano que desejei participar daquilo com uma intensidade que me surpreendeu. Queria de volta o cheiro quente dos cavalos, cães e palha, as tarefas simples desempenhadas com competência e o bom sono de exaustão no fim do dia. Desejei tudo aquilo, mas a sensação de falta de valor que tomava conta de mim me fazia acreditar que mesmo nisso eu iria falhar. Galen frequentemente fazia piada dos que desempenhavam tarefas tão simples. Sentia somente desprezo pelas criadas de cozinha e cozinheiras, desdém pelos rapazes do estábulo e pelos homens de armas que nos guardavam com espadas e arcos e que eram, nas suas palavras, "arruaceiros e idiotas, destinados a brandir armas ao mundo e tentar dominar com espadas o que não conseguem dominar com a mente". Portanto, naquele momento, eu me sentia estranhamente dividido. Desejava voltar a fazer o tipo de coisas que Galen tinha me convencido serem merecedoras de desdém e, no entanto, ainda assim eu estava cheio de dúvidas e desesperado por não acreditar ser capaz de executar sequer esse tipo de funções.

 Fiquei de cama durante dois dias. Um Burrich jovial tratava de mim com uma descontração e boa disposição que eu não conseguia compreender. Estava cheio de uma vitalidade e de uma autoconfiança que o faziam parecer um homem muito mais novo. Ver que as minhas lesões o punham em tão boa forma piorava ainda mais o meu abatimento. Contudo, depois de dois dias de repouso na cama, Burrich me instruiu que havia um limite para o tempo de imobilidade que fazia bem a um homem, e que era o momento de me levantar e me mexer, se desejava ficar curado. Arranjou-me várias pequenas tarefas para executar, nenhuma delas tão pesada que pudesse exaurir minhas forças, mas mais do que suficientes para me manter ocupado, pois tinha de descansar com frequência. Acredito que o objetivo dele era me manter ocupado, mais do que realizar qualquer tarefa, pois tudo o que eu tinha feito naqueles dois dias que se passaram tinha sido deitar na cama e olhar para a parede e me desprezar. Confrontado com essa depressão incessante, mesmo Ferreirinho tinha começado a recusar a comida, embora continuasse a ser a minha única fonte real de conforto. Seguir-me pelo estábulo era a mais pura forma de diversão que ele alguma vez tinha tido. Cada odor e visão que partilhava comigo tinham uma intensidade que, apesar da minha desolação, renovava em mim o fascínio que tinha sentido da primeira vez que mergulhei no mundo de Burrich. Ferreirinho era selvagemente possessivo em relação a mim, disputando mesmo com Fuligem o direito de me cheirar, e acabando por ganhar uma pancada de Raposa, que o mandou de volta latindo e se escondendo atrás dos meus calcanhares.

Implorei a Burrich que deixasse o dia seguinte livre para mim, e fui até a Cidade de Torre do Cervo. Levei mais tempo do que nunca antes para percorrer o caminho, mas Ferreirinho ficou felicíssimo com essa passada lenta, pois tinha bastante tempo para farejar cada moita e cada árvore no caminho. Tinha pensado que ver Molly me animaria, que traria de volta algum sentido à minha vida, mas, quando cheguei à casa de velas, ela estava ocupada com três grandes encomendas de navios que se preparavam para partir. Sentei-me perto da lareira. O pai dela estava sentado na minha frente, bebendo e me lançando um olhar zangado. Embora a doença o tivesse enfraquecido, não tinha mudado o seu temperamento, e nos dias em que estava suficientemente bem para se sentar, estava suficientemente bem para beber. Depois de algum tempo, desisti de puxar conversa e passei apenas a observá-lo em silêncio, enquanto ele bebia e desdenhava da própria filha. Molly corria freneticamente de um lado para o outro, tentando ao mesmo tempo ser eficiente e hospitaleira com os clientes. A triste banalidade de tudo aquilo me deprimiu.

À tarde, Molly disse ao pai que fecharia a loja para entregar uma encomenda. Deu-me um pacote de velas, pegou ela mesma um outro e fomos embora, fechando a porta atrás de nós. O pai dela praguejou nas nossas costas, mas ela o ignorou. Já do lado de fora, sob o forte vento de inverno, segui Molly enquanto ela se dirigia apressadamente para os fundos da loja. Pediu-me silêncio com um gesto, abriu a porta dos fundos e colocou ali a sua carga. Descarreguei o meu pacote de velas ao lado do dela e fomos embora.

Por algum tempo, nós nos limitamos a vaguear pela cidade, falando pouco. Ela fez um comentário sobre o meu rosto ferido, e eu lhe disse que tinha caído. O vento era frio e constante, e por causa disso as bancas do mercado estavam quase vazias, tanto de fregueses como de vendedores. Ela deu muita atenção a Ferreirinho, o que ele adorou. Na caminhada de volta, paramos em uma casa de chá; ela me ofereceu um vinho quente e elogiou tanto Ferreirinho que ele se deitou de costas e todos os seus pensamentos se concentraram em apreciar sua afeição. Fiquei surpreso ao perceber o quão consciente Ferreirinho estava dos sentimentos de Molly, ao passo que ela não sentia os dele, exceto no nível mais superficial. Sondei a mente dela suavemente, mas a encontrei evasiva, como um perfume que chega forte e, em seguida, se torna fraco na mesma rajada de ar. Sabia que podia ter forçado um pouco mais, mas, de alguma maneira, tudo aquilo me parecia inútil. Uma solidão, uma melancolia mortal se instalou em mim ao perceber que ela nunca tinha dado, nem nunca daria, mais atenção a mim do que dava naquele momento a Ferreirinho. Recebi, portanto, as breves palavras que ela dirigiu a mim como um pássaro que bica migalhas de pão seco, e não tentei impedi-la de criar silêncios entre nós. Não demorou muito até que ela me dissesse que não podia demorar muito, porque, se fizesse isso, acabaria sendo pior para ela, pois, embora o pai já não tivesse força para bater nela, ainda era bem capaz de estilhaçar sua caneca de cerveja no chão ou derrubar as prateleiras cheias de coisas na loja, para mostrar a ela o seu descontentamento por ela ter sido negligente. Esboçou um estranho sorrisinho enquanto me dizia isso, como se o comportamento dele se tornasse menos horrível caso conseguíssemos achá-lo divertido. Não consegui sorrir, e ela desviou o olhar.

Ajudei-a a vestir a capa e partimos, subindo pela colina em direção contrária ao vento. De repente, aquela situação me pareceu uma metáfora de toda a minha vida. À porta da loja, ela me surpreendeu ao me dar um abraço e um beijo no canto do queixo, um abraço tão breve que foi quase como se alguém esbarrasse em mim no mercado.

— Novato... — disse ela, e então: — Muito obrigada. Por compreender.

Então desapareceu para dentro da loja e fechou a porta atrás de si, deixando-me gelado e perplexo. Tinha me agradecido por compreendê-la em um momento em que eu me sentia mais isolado do que nunca, dela e de todas as outras pessoas. Durante a subida de volta à torre, Ferreirinho foi tagarelando sobre todos os perfumes que tinha cheirado nela e de como ela o tinha coçado exatamente no lugar onde ele nunca conseguia chegar, em frente às orelhas, e do biscoito doce que ela lhe dera para comer na casa de chá.

No meio da tarde, voltamos ao estábulo. Fiz alguns trabalhos e, em seguida, voltei ao quarto de Burrich, onde Ferreirinho e eu adormecemos. Acordei com Burrich em pé ao meu lado, a sobrancelha ligeiramente franzida.

— De pé, vamos dar uma olhada em você — ordenou.

Levantei-me devagar e fiquei imóvel enquanto ele examinava os meus ferimentos com as mãos hábeis. Ficou contente com o estado da minha mão e me disse que não precisava mais deixá-la imobilizada a partir de agora, mas que era para manter as ataduras em torno das costelas e voltar toda noite para ajustá-las.

— E quanto ao resto das feridas, mantenha-as limpas e secas, e não coce as crostas. Se alguma delas começar a inflamar, venha me ver.

Encheu um pequeno pote com um unguento que aliviava as dores musculares e o deu para mim; deduzi que ele esperava que eu partisse.

Fiquei parado segurando o pequeno pote de medicamento. Uma tristeza terrível me invadiu, e contudo não conseguia encontrar palavras para expressá-la. Burrich olhou para mim, franziu a sobrancelha e virou as costas.

— Agora pare com isso — ele me ordenou, zangado.

— O quê? — perguntei.

— Às vezes você olha para mim com os olhos do meu senhor — disse com tranquilidade e, em seguida, assumindo um tom tão severo quanto antes: — E, bem, você ia fazer o quê? Esconder-se no estábulo para o resto da vida? Não. Você tem de voltar. Tem de voltar, levantar a cabeça e fazer as suas refeições entre as pessoas da torre, dormir no seu próprio quarto e viver a sua própria vida. Sim, e terminar essas suas malditas lições do Talento.

As primeiras ordens pareciam difíceis, mas a última, esta eu sabia bem que era impossível.

— Não posso — disse, não acreditando no quão estúpido ele era. — Galen não me deixaria voltar ao grupo. E, mesmo que deixasse, nunca poderia recuperar todas as lições que perdi. Já falhei nisso, Burrich. Falhei e está feito, e preciso encontrar outra coisa para fazer. Gostaria de aprender a cuidar dos falcões, por favor.

Eu me ouvi dizer essa última frase com alguma surpresa, pois na verdade aquilo nunca tinha passado pela minha cabeça antes. A resposta de Burrich foi tão ou mais estranha.

— Não pode, porque os falcões não gostam de você. Você é muito quente e se mete demais na vida dos outros. Agora me ouça. Você não falhou, seu idiota. Galen tentou fazê-lo desistir. Se não voltar, vai deixá-lo ganhar. Você tem de voltar e forçá-lo a te ensinar. Mas — e aqui se virou para mim, e a ira nos seus olhos estava direcionada para os meus — não tem de ficar quieto como um burro de carga enquanto ele te bate. Você tem direito, um direito que é de nascimento, ao tempo e aos conhecimentos dele. Force-o a te dar o que é seu. E não fuja. Ninguém nunca ganhou o que quer que fosse fugindo.

Fez uma pausa, ia começar a dizer mais, mas parou.

— Perdi muitas lições. Nunca vou...

— Você não perdeu coisa nenhuma — disse Burrich obstinadamente. Virou a cara para mim, e eu não soube como interpretar o seu tom de voz quando ele acrescentou: — Não houve lições desde que você foi embora. Você será capaz de recomeçar exatamente onde parou.

— Mas eu não quero voltar.

— Não desperdice o meu tempo com discussões — disse-me com a voz firme. — Não ouse testar desse jeito a minha paciência. Já te disse o que você vai fazer. Faça.

De repente, eu tinha cinco anos outra vez, e um homem em uma cozinha calava uma multidão com um olhar. Tremi e me encolhi. De repente, era mais fácil enfrentar Galen do que desafiar Burrich. Mesmo quando acrescentou:

— E terá de deixar o cachorro comigo até que as lições acabem. Estar fechado em um quarto o dia inteiro não é vida para um cão. O pelo dele vai estragar e os músculos não se desenvolverão como devem. Mas é melhor que venha aqui todas as noites para tratar dele e de Fuligem, ou terá de se ver comigo. E estou pouco me lixando para o que Galen vai dizer sobre isso também.

E assim me mandou embora. Comuniquei Ferreirinho de que devia ficar com Burrich, o que ele acatou com uma serenidade que me surpreendeu tanto quanto magoou. Desanimado, peguei o meu pote de unguento e fui me arrastando de volta à torre. Fui até a cozinha buscar comida, pois não tinha coragem de encarar ninguém à mesa, e subi para o quarto. Estava frio e escuro, sem fogo na lareira, nem velas nos suportes, e os juncos espalhados pelo chão fediam. Fui buscar velas e lenha, acendi o fogo e, enquanto estava à espera de que as paredes e o chão de pedra aquecessem, ocupei-me removendo os juncos velhos do chão. Então, como Lacy tinha me aconselhado, esfreguei bem o quarto, com água quente e vinagre. Sem perceber, tinha arranjado um vinagre aromatizado com estragão e, portanto, quando terminei, o quarto cheirava a essa erva. Exausto, me joguei na cama e adormeci perguntando a mim mesmo por que é que nunca descobrira como abrir a porta escondida que dava para os aposentos de Chade. Não tinha dúvidas de que teria me mandado embora, pois era um homem de palavra e não interferiria até que Galen não quisesse mais saber de mim. Ou até descobrir que eu não queria mais saber de Galen.

As velas do Bobo me acordaram. Eu estava completamente desorientado em termos de tempo e lugar até que ele disse:

— Você tem tempo para se lavar e comer, e ainda ser o primeiro a chegar ao topo da torre.

Trazia para mim água quente em uma jarra de boca larga e pãezinhos quentes dos fornos da cozinha.

— Não vou.

Foi a primeira vez que vi o Bobo parecer surpreso.

— Por que não?

— É inútil. Não vou conseguir. Simplesmente não tenho aptidão e estou cansado de bater a cabeça na parede.

Os olhos do Bobo se abriram mais.

— Pensei que você estava indo bem, antes de...

Foi a minha vez de me surpreender.

— O quê? Por que é que você pensa que ele zomba de mim e me bate? Como recompensa pelo sucesso? Não. Não fui capaz de compreender o que é o Talento. Todos os outros já me ultrapassaram. Por que haveria eu de voltar? Para que Galen pudesse provar outra vez o quão certo sempre esteve?

— Alguma coisa não está certa — disse o Bobo cuidadosamente. Ele ponderou por um momento. — Antes, pedi que você desistisse das lições. E você se recusou. Você se lembra disso?

Tentei me lembrar.

— Sou teimoso, às vezes — admiti.

— E se te pedisse agora que continuasse? Que subisse ao topo da torre e continuasse a tentar?

— E por que você mudou de ideia?

— Porque o que tentei evitar que acontecesse aconteceu, e você sobreviveu. Portanto, procuro... — Suas palavras sumiram. — É como você diz. Por que afinal eu devo falar, se não sei falar claramente?

— Se te disse isso, desculpe-me. Não é coisa que se diga a um amigo. Não me lembro disso.

Ele esboçou um sorriso.

— Se não se lembra, eu também não me lembrarei. — Estendeu o braço e pegou as minhas mãos com a sua. O toque era estranhamente frio e provocou um arrepio por todo o meu corpo. — Continuaria se eu te pedisse? Como amigo?

A palavra soou estranha, vinda dos lábios dele. Pronunciou-a sem piada, cuidadosamente, como se dizê-la muito alto destruísse o seu significado. Seus olhos descorados encaravam os meus. Descobri que não podia dizer não. Portanto, concordei.

Mesmo assim, levantei-me com relutância. Ele me observou com um interesse impassível enquanto eu endireitava as roupas com que eu tinha dormido, passava água na cara e comia o pão que ele tinha levado para mim.

— Não quero ir — disse-lhe enquanto terminava o primeiro pão e pegava o segundo. — Não vejo o que possa conseguir com isso.

— Não percebo por que é que ele se preocupa com você — concordou o Bobo. O cinismo habitual dele estava de volta.

— Galen? Ele tem de... o rei...

— Burrich.

— Ele simplesmente gosta de me dar ordens — reclamei, mas mesmo eu percebi como a frase tinha soado infantil.

O Bobo abanou a cabeça.

— Você não tem a mínima ideia, não é?

— De quê?

— De como o mestre do estábulo arrastou Galen da sua cama, e daí para as Pedras Testemunhais. Eu não estava lá, claro, ou teria sido capaz de te dizer como Galen o amaldiçoou e atacou primeiro, com o mestre do estábulo o ignorando. Ele simplesmente curvou os ombros diante dos golpes do homem e se manteve em silêncio. Agarrou o mestre do Talento pelo colarinho, de modo que o homem ficasse quase asfixiado, e o arrastou. Então os soldados, os guardas e os rapazes do estábulo seguiram em fila até se tornarem uma verdadeira torrente de homens. Se eu tivesse estado lá, poderia te contar como nenhum homem ousou interferir, pois era como se o mestre do estábulo tivesse se tornado o Burrich de antigamente, um homem com músculos de ferro e temperamento sombrio, como se uma loucura pudesse tomar conta dele. Na época, ninguém teria ousado enfrentar esse temperamento e, naquele dia, era como se Burrich fosse outra vez esse homem. Ainda mancava, mas ninguém notava isso. Quanto ao mestre do Talento, ele bateu com o seu açoitezinho e praguejou, e então ficou quieto, e todos suspeitaram que usava as suas artimanhas contra aquele que o tinha capturado. Mas, se ele fez isso, não lhe serviu muito, exceto para fazer com que o mestre do estábulo apertasse com mais força o seu pescoço. E se Galen fez algum esforço para convencer alguém a ficar do seu lado, não deve também ter tido muito efeito, porque a verdade é que ninguém reagiu. Talvez o fato de estar sendo esganado e arrastado pelo chão fosse suficiente para quebrar a concentração dele. Ou talvez o seu Talento não seja tão forte quanto se diz. Ou talvez muitos se lembrem bem de como foram maltratados por ele e isso os torne pouco vulneráveis aos seus truques. Ou talvez...

— Bobo! Continue a história! O que é que aconteceu? — Um leve suor envolveu o meu corpo, e eu fiquei arrepiado, não sabendo o que esperar.

— Eu não estava lá, claro — assegurou o Bobo docemente. — Mas ouvi dizer que o homem escuro arrastou o homem magricela até o topo das Pedras Testemunhais. E aí, ainda segurando o mestre do Talento de forma que este não pudesse falar, firmou o seu desafio. Lutariam. Sem armas, apenas com as mãos, da mesma forma que o mestre do Talento tinha atacado um certo garoto no dia anterior. E as Pedras serviriam de testemunhas. Se Burrich ganhasse, então Galen não tinha tido o direito de bater no garoto nem o direito de se recusar a ensiná-lo. E Galen teria recusado o desafio e ido falar com o próprio rei, não fosse o homem escuro já ter invocado as Pedras como testemunhas. E, portanto, eles lutaram, da mesma forma que um touro luta contra um fardo de palha quando o atira, pisoteia e espeta com os chifres. E, quando deu por terminado o combate, o mestre do estábulo se inclinou e murmurou algo no ouvido do mestre do Talento, antes de ele e todos os outros virarem as costas e deixarem o homem ali caído, com as Pedras testemunhando como choramingava e sangrava.

— E o que ele disse? — perguntei.

— Eu não estava lá. Não vi, nem ouvi nada disso. — O Bobo se levantou e se espreguiçou. — Você vai chegar atrasado se não se apressar — lembrou-me e foi embora.

Deixei o quarto, pensativo, e subi a torre alta até o jardim desnudado da rainha, e ainda estava a tempo de ser o primeiro a chegar.

LIÇÕES

De acordo com as antigas crônicas, aqueles que utilizavam o Talento se organizavam em círculos de seis. Esses grupos normalmente não incluíam ninguém de puro sangue real, mas eram limitados a primos e sobrinhos da linha direta de sucessão, ou àqueles que haviam demonstrado alguma aptidão e sido julgados valorosos. Um dos mais famosos, o Círculo do Fogo Cruzado, nos dá um exemplo esplêndido de como funcionavam. Dedicados à rainha Visão, Fogo Cruzado e os outros do seu círculo tinham sido treinados por um mestre do Talento chamado Tactic. Os companheiros nesse círculo tinham se escolhido mutuamente e recebido treino especial de Tactic para se juntarem em uma unidade fechada. Quer estivessem espalhados pelos Seis Ducados para coletar ou disseminar informações, ou reunidos em grupo com o propósito de confundir e desmoralizar o inimigo, os seus feitos tornaram-se lendários. O seu ato de heroísmo final, detalhado na balada "O sacrifício do Fogo Cruzado", foi acumular forças e canalizá-las para a rainha Visão durante a Batalha de Besham. Sem o conhecimento da rainha exausta, canalizaram-lhe mais energia do que podiam, e no meio da celebração da vitória todos os elementos do círculo foram descobertos na sua torre, ocos e mortos. Talvez o amor do povo pelo Círculo do Fogo Cruzado fosse decorrente, em parte, do fato de todos eles serem aleijados de uma forma ou de outra: cego, manco, com lábio leporino ou desfigurado pelo fogo, eram assim todos os seis, e, contudo, no Talento, a sua força era superior à do maior navio de guerra, e mais que determinante para a defesa da rainha.

Durante os anos pacíficos do reinado do rei Bounty, a instrução do Talento para a criação de círculos foi abandonada. Os círculos existentes acabaram se dispersando em razão da idade, morte ou simplesmente por falta de propósito. A instrução do Talento começou a ser limitada apenas aos príncipes e, por algum tempo, foi vista como uma arte bastante arcaica. Na ocasião dos ataques dos Navios Vermelhos, apenas o rei Shrewd e o seu filho Verity eram praticantes ativos do Talento. Shrewd esforçou-se para localizar e recrutar os antigos praticantes, mas a maior parte deles era já idosa demais e os que não eram tinham perdido a habilidade.

Galen, então mestre do Talento de Shrewd, foi incumbido da tarefa de criar novos círculos para a defesa do reino. E ele resolveu pôr de lado a tradição. A decisão de pertencer a um determinado Círculo era uma obrigação, em vez de escolha entre os membros. Os métodos de ensinamento de Galen eram severos, e o objetivo do treino era que cada membro se tornasse uma parte incondicional da unidade, uma ferramenta que o rei pudesse usar como bem entendesse. Esse aspecto em particular foi um desígnio pessoal de Galen, e o primeiro círculo de Talento que criou foi apresentado por ele ao rei Shrewd como se fosse uma dádiva sua a este. Pelo menos um membro da família real expressou a sua repugnância por essa ideia. Mas os tempos eram de desespero, e o rei Shrewd não podia resistir a empunhar a arma que tinha sido colocada em suas mãos.

Tanto ódio. Ah, como eles me odiavam. À medida que cada estudante surgia da escadaria para o telhado da torre, encontrava-me ali e se posicionava no seu lugar à espera, mostrava o seu desprezo por mim. Eu sentia o desdém deles, tão palpável como se cada um tivesse jogado em mim um balde de água gelada. No momento em que o sétimo e último estudante apareceu, a frieza do ódio deles era como um muro em volta de mim. Mas me mantive em pé, silencioso e contido, no meu lugar de costume, e encarei todos os olhos que encontraram os meus. Isso, penso, foi a razão por que ninguém me disse uma palavra. Eram forçados a ocupar os seus lugares à minha volta. E também não falaram uns com os outros.

E esperamos.

O sol nasceu e foi iluminando o muro em volta da torre; ainda assim, Galen não veio. Mas eles permaneceram nos seus lugares e esperaram, e eu fiz o mesmo.

Finalmente ouvi passos hesitantes nas escadas. Quando ele emergiu, piscou os olhos diante da claridade do sol, olhou para mim de relance e ficou visivelmente sobressaltado. Permaneci firme no meu lugar. Olhamos um para o outro. Ele podia ver o fardo de ódio que os outros impuseram sobre mim, e isso lhe agradava, assim como as ataduras que eu ainda trazia sobre a têmpora. Mas encarei os seus olhos e não hesitei. Não ousei fazer isso.

Então eu me tornei consciente do desalento que os outros sentiam. Ninguém podia olhar para ele e não ver o tanto que ele tinha sido espancado. As Pedras Testemunhais tinham achado que ele era culpado, e todos os que o viam sabiam disso. O seu rosto esquelético era uma paisagem de roxos e verdes cobertos por uma camada de amarelo. O lábio inferior estava rasgado ao meio e cortado no canto da boca. Trajava uma veste de mangas longas que cobria completamente os seus braços, mas a largura desta contrastava tanto com o aperto das habituais camisas e vestes que era como vê-lo de camisola. As mãos dele também estavam roxas e proeminentes, mas não conseguia me lembrar de ter visto contusões no corpo de Burrich. Concluí que ele tinha usado as mãos em uma vã tentativa de proteger o rosto. Ainda carregava o açoitezinho consigo, mas duvidei que tivesse sequer a capacidade de brandi-lo com eficácia.

E assim nós nos examinamos. Não tive nenhuma satisfação ao ver os seus machucados e a sua desgraça. Sentia qualquer coisa semelhante a vergonha por causa deles. Tinha acreditado tão intensamente na sua invulnerabilidade e superioridade que essa prova da sua mera humanidade fez com que eu me sentisse um idiota. A minha reação abalou a sua compostura. Por duas vezes abriu a boca para falar comigo. Na terceira, virou as costas ao grupo e disse:

— Comecem os exercícios de aquecimento físico. Vou observá-los para ver se vocês se movimentam corretamente.

Pronunciava as palavras de forma arrastada, vindas de uma boca dolorida. E enquanto nós dedicadamente nos alongávamos, balançávamos e curvávamos, ele mancava desajeitado pelo jardim da torre, como um caranguejo. Tentou não se encostar no muro ou parar para descansar com muita frequência. Tinha desaparecido o bater constante do chicote contra a coxa que antes orquestrava os nossos esforços. Em vez disso, agarrava-o como se tivesse medo de deixá-lo cair. Da minha parte, estava agradecido de que Burrich tivesse me forçado a levantar e a me mexer. As costelas sob as ataduras não me permitiam a flexibilidade de movimentos que Galen teria exigido no passado, mas fiz um esforço honesto.

Ele não nos ofereceu nada de novo nesse dia, apenas repassou o que já tínhamos aprendido. E a lição acabou cedo, antes mesmo de o sol começar a se pôr.

— Comportaram-se bem — disse em uma voz fraca. — Mereceram essas horas livres, pois estou contente de que tenham continuado a estudar na minha ausência.

Antes de nos mandar embora, chamou cada um de nós diante dele, para um breve toque do Talento. Os outros partiram relutantemente, muitos espiando para trás, curiosos sobre como ele lidaria comigo. À medida que o número de colegas se reduzia, fui me preparando para um confronto solitário.

Mas mesmo isso foi um desapontamento. Fui chamado até ele, e eu fui, tão silencioso e aparentemente respeitoso quanto os outros. Coloquei-me diante dele como eles tinham feito, e ele executou alguns breves movimentos de mãos em frente ao meu rosto e sobre a minha cabeça. Então disse em uma voz fria:

— Você se protege bem demais. Precisa aprender a baixar a guarda dos seus pensamentos, se quiser ser capaz de transmitir ou receber os pensamentos de outras pessoas. Vá.

E eu parti, como os outros tinham partido, mas me sentindo triste. Não tinha certeza de que ele tivesse realmente feito algum esforço para usar o Talento em mim. Não tinha sentido realmente o toque. Desci as escadas, dolorido e amargurado, tentando compreender por que eu estava me esforçando.

Voltei ao quarto e então fui para o estábulo. Escovei Fuligem apressadamente enquanto Ferreirinho observava. Ainda assim me sentia exausto e insatisfeito. Sabia que devia descansar, que me arrependeria se não fizesse isso. *Andar pelas pedras?* Ferreirinho sugeriu e eu concordei em levá-lo ao povoado. Saltitou e farejou o caminho, andando em círculos à minha volta, enquanto descíamos da torre à cidade. Era uma tarde inquieta depois da manhã calma; uma tempestade se anunciava no horizonte. Mas o vento era quente, fora de estação, e senti o ar fresco clareando a minha mente; o ritmo firme do passeio me acalmou e alongou meus músculos, que estavam pesados e doloridos por causa dos exercícios de Galen. O constante tagarelar de Ferreirinho, carregado de impressões sensoriais, alicerçou-me com muita firmeza no mundo imediato, não me deixando remoer as minhas frustrações.

Disse a mim mesmo que foi Ferreirinho quem nos levou direto para a loja de Molly. Como todos os cachorrinhos, voltara aonde o tinham recebido bem antes. O pai de Molly tinha passado o dia na cama, e a loja estava relativamente calma. Apenas um freguês, que estava falando com Molly. Ela o apresentou para mim. Chamava-se Jade. Era o imediato de algum navio mercante da Baía das Focas. Tinha quase vinte anos de idade e falava comigo como se eu tivesse dez, ignorando-me e sorrindo para Molly o tempo todo. Estava cheio de relatos sobre os Navios Vermelhos e tempestades no mar. Tinha um brinco com uma pedra vermelha em uma das orelhas e uma barba recente contornando o rosto. Passou muito tempo escolhendo velas e uma nova lamparina de metal, mas finalmente foi embora.

— Feche a loja por um tempinho — instiguei Molly. — Vamos à praia. O vento está tão agradável hoje.

Ela abanou a cabeça com tristeza.

— Estou atrasada com o trabalho. Tenho de fazer velas durante a tarde toda, se não tiver fregueses. E, se tiver fregueses, preciso estar aqui.

Senti-me injustamente desapontado. Sondei sua mente e descobri o quanto ela efetivamente desejava ir.

— Não resta muita luz do dia — eu disse, persuasivo. — Você pode fazer velas à noite. E os seus clientes vão voltar amanhã se encontrarem a loja fechada hoje.

Ela inclinou a cabeça e pareceu refletir. De repente, colocou de lado a tira porosa de fazer pavios.

— Você tem razão, sabe? O ar fresco vai me fazer bem.

E pegou a capa com um entusiasmo que deliciou Ferreirinho e me surpreendeu. Fechamos a loja e partimos.

Molly começou a andar no seu passo apressado normal. Ferreirinho ia aos saltos em torno dela, deliciado. Conversamos superficialmente. O vento enrubescia as suas bochechas, e os olhos dela pareciam mais brilhantes no frio. Achei que ela olhava para mim com mais frequência e de um jeito mais pensativo do que de costume.

A cidade estava quieta, e o mercado praticamente abandonado. Fomos para a praia e andamos tranquilamente por onde tínhamos corrido e gritado poucos anos antes. Ela me perguntou se eu tinha aprendido a acender uma lanterna antes de descer os degraus à noite, o que me deixou sem entender, até que me lembrei de ter justificado as minhas lesões com uma queda ao descer uma escada no escuro. Perguntou-me se o professor da escola e o mestre dos cavalos ainda estavam zangados um com o outro, e foi aí que eu percebi que o desafio entre Burrich e Galen nas Pedras Testemunhais já tinha se tornado uma lenda local. Assegurei-lhe que a paz tinha sido restabelecida. Passamos um tempo colhendo um tipo de alga que ela queria usar para aromatizar a sopa daquela noite. Então, como eu estava com falta de ar, nós nos sentamos entre algumas rochas, ao abrigo do vento, e observamos Ferreirinho em várias tentativas de expulsar da praia todas as gaivotas.

— Então, ouvi dizer que o príncipe Verity vai se casar — começou ela.

— O quê? — perguntei, espantado.

Ela riu.

— Novato, nunca conheci ninguém tão imune a fofocas quanto você. Como pode viver lá em cima na torre e não saber nada do que estão comentando na cidade? Verity concordou em arranjar uma noiva, para assegurar a sua sucessão. Mas o que se diz pela cidade é que está ocupado demais para cortejar uma donzela pessoalmente, então Regal vai achar uma noiva para ele.

— Ah, não.

O meu desapontamento era honesto. Estava imaginando que grande furada seria Verity casado com uma das mulheres feitas de açúcar de Regal. Sempre que havia um festival qualquer na torre, fosse o Limiar da Primavera ou o Coração do Inverno ou o Dia da Colheita, lá vinham elas, de Chalced, Vara ou Bearns, em carruagens, palafréns vistosamente enfeitados ou liteiras. Usavam vestidos que pareciam asas de borboleta, comiam de um jeito tão afetado quanto pardais e pareciam esvoaçar de um lado para o outro. Empoleiravam-se sempre perto de Regal, que se sentava no meio delas, envolto nos próprios tons de seda e veludo, enfeitando-se enquanto as vozes musicais delas tilintavam em volta dele e os leques e as rendas sacudiam nos seus dedos. "Caçadoras de príncipes", eram chamadas, mulheres nobres que se mostravam como produtos na vitrine de uma loja, na esperança de casarem com um dos homens da realeza. O comportamento delas não era exatamente impróprio, mas aos meus olhos pareciam desesperadas; Regal, cruel, sorria primeiro para uma e dançava a noite toda com outra, e no dia seguinte levantava-se para tomar um café da manhã tardio e passear com uma terceira pelos jardins. Eram as adoradoras de Regal. Tentei imaginar uma delas segurando no braço de Verity enquanto ele olhava de pé os pares dançantes durante um baile, ou calmamente trabalhando com o tear na sala dele, enquanto Verity refletia e fazia esboços sobre os mapas que tanto amava. Nada de voltinhas pelos jardins; Verity preferia passear pelas docas e no meio dos campos cultivados, parando com frequência para falar com os marinheiros e agricultores atrás dos arados. Chinelos finos e saias ornadas certamente não o acompanhariam a esses lugares.

Molly colocou uma moeda na minha mão.

— Isso é para quê?

— Para pagar pelo que você estava pensando tão profundamente que ficou sentado sobre a ponta da minha saia enquanto eu te pedia duas vezes que se levantasse. Acho que você não ouviu uma palavra do que eu te disse.

Suspirei.

— Verity e Regal são tão diferentes, não consigo imaginar como um possa escolher a esposa do outro.

Molly pareceu intrigada.

— Regal escolherá uma mulher que seja bonita, rica e de bom sangue. Será capaz de dançar e cantar e tocar sinos. Irá se vestir esplendidamente, terá joias no cabelo à mesa do café da manhã e cheirará sempre a flores que crescem nos Ermos Chuvosos.

— E Verity será feliz com uma mulher dessas?

A confusão no rosto de Molly dava a sensação de que eu tinha acabado de insistir que o mar era feito de sopa.

— Verity merece uma companheira, não um enfeite para usar na manga — protestei com desdém. — Se eu fosse Verity, ia querer uma mulher capaz de fazer coisas. Não apenas escolher joias ou trançar o cabelo. Uma mulher capaz de costurar uma camisa, ou cuidar do próprio jardim, ou ter alguma atividade especial que possa executar por si própria, como escrever pergaminhos ou lidar com ervas.

— Novato, esse tipo de coisas não é para as senhoras finas — repreendeu-me Molly. — Elas devem ser bonitas e ornamentais. E são ricas. Não devem fazer tais trabalhos.

— Claro que devem. Olhe para lady Patience e a sua aia Lacy. Andam sempre ocupadas fazendo coisas. Os aposentos dela são ocupados por uma verdadeira selva que é a sua coleção de plantas, e, várias vezes, pode-se ver que ela fica com os punhos dos vestidos um pouco pegajosos por fazer papel. Outras vezes, tem pedaços de folhas no cabelo por trabalhar com ervas... E, ainda assim, é tão bela quanto as outras damas nobres. De qualquer forma, beleza não é tudo o que importa em uma mulher. Vi as mãos de Lacy fazerem uma rede de pesca para uma das crianças da torre com apenas um pouco de juta. Mãos tão rápidas e inteligentes quanto os dedos de um artesão de redes; ora, isso é uma coisa bonita que não tem nada a ver com a cara. E Hod, que ensina armas? Ela ama seus trabalhos com prata e gravações. Fez um punhal para o pai, no aniversário dele, que tem na base a imagem de um veado saltando, feito tão habilidosamente que é um conforto na mão, e não tem nenhuma ponta ou aresta que atrapalhe quem o empunha. Ora, essa é a beleza que irá persistir muito depois de os cabelos se tornarem grisalhos ou o rosto se encher de rugas. Um dia, os netos dela irão olhar para esse trabalho e pensar que ela foi uma mulher habilidosa.

— Você realmente pensa assim?

— Com certeza.

Eu me remexi um pouco, subitamente consciente do quão perto Molly estava de mim. Mexi, mas não me afastei. No fundo da praia, Ferreirinho fez outra incursão em direção a um bando de gaivotas. A língua dele ia pendurada quase até os joelhos, mas ele continuava correndo.

— Mas se as damas nobres fizerem essas coisas todas, arruinarão as mãos com o trabalho, e o vento irá ressecar o cabelo delas e queimar seus rostos. Com certeza Verity não merece uma mulher que se pareça com um marujo, não é?

— Claro que sim. Merece muito mais do que uma mulher que se pareça com uma carpa vermelha e gorda, dentro de uma tigela.

Molly riu.

— Alguém que monte a cavalo ao seu lado, quando ele levar Caçador para galopar, ou alguém que olhe para a parte de um mapa que ele tenha acabado de fazer e que de fato compreenda o excelente trabalho que é esse mapa. Esse é o tipo de mulher que Verity merece.

— Nunca montei um cavalo — Molly objetou de repente. — E sei pouco de letras.

Olhei para ela com curiosidade, tentando perceber por que de um momento para o outro ela parecia tão abatida.

— E qual é o problema? Você é suficientemente inteligente para aprender o que quer que deseje aprender. Olhe para tudo o que você aprendeu sozinha sobre velas e ervas. Não me diga que veio do seu pai. Às vezes, quando passo na loja, seu cabelo e seu vestido estão cheirando a ervas frescas, e eu sei que você tem experimentado novos perfumes para as velas. Se quisesse ler ou escrever, conseguiria aprender facilmente. Quanto a montar um cavalo, seria instintivo para você. Você tem equilíbrio e força... olhe como sobe as rochas sobre as falésias. E os animais gostam de você. Você arrebatou o coração do Ferreirinho...

— Aff! — Ela me deu um empurrão de leve com o ombro. — Você fala como se algum nobre fosse vir da torre cavalgando para me levar com ele.

Pensei em August e nas suas maneiras enfadonhas, ou Regal oferecendo a ela um dos seus sorrisos afetados.

— Que Eda te livre deles. Você seria desperdiçada. Não teriam inteligência vivaz o suficiente para te compreender, ou o coração para te apreciar.

Molly olhou para as suas mãos gastas pelo trabalho.

— Quem teria, então? — ela perguntou delicadamente.

Garotos são todos bobos. A conversa tinha crescido e se entrelaçava à nossa volta, as palavras vindo tão naturalmente à minha boca como o ar que eu respirava. Não tive nenhuma intenção de bajulação, nem de um galanteio sutil. O sol começava a mergulhar nas águas, sentamo-nos muito perto um do outro, e a praia diante de nós era como o mundo aos nossos pés. Se tivesse dito naquele momento "eu teria", penso que o coração dela teria caído em minhas mãos desajeitadas como o fruto maduro de uma árvore. Penso que teria me beijado e se guardado para mim por vontade própria. Mas eu não conseguia conceber a imensidão do que subitamente sabia ter começado a sentir por ela. E isso afastou a verdade simples dos meus lábios, e fiquei sentado feito um bobo. Um instante depois, Ferreirinho chegou, molhado e cheio de areia, atirando-se em cima de nós, de tal forma que Molly se colocou de pé em um salto para salvar sua saia, e a oportunidade se perdeu para sempre, dispersada como espuma do mar ao vento.

Nós nos espreguiçamos, Molly exclamou que já era tarde e eu senti todas as dores de uma só vez no meu corpo convalescente. Sentar-me e deixar meu corpo esfriar numa praia gelada tinha sido uma coisa estúpida que eu certamente não teria permitido a nenhum cavalo. Acompanhei Molly até a casa dela e houve um momento embaraçoso à porta antes de ela se inclinar para dar um abraço de despedida em Ferreirinho. Depois fiquei sozinho, com exceção do meu cãozinho curioso que me pedia que lhe explicasse por que eu ia tão devagar e que insistia que estava morto de fome e queria subir correndo o caminho da torre.

Subi penosamente o morro, gelado por dentro e por fora. Devolvi Ferreirinho ao estábulo, fui dar boa-noite para Fuligem e então subi à torre. Galen e as suas crias já tinham terminado a refeição minguada e ido embora. A maior parte das pessoas da torre já tinha comido, e assim dei por mim de volta aos meus antigos hábitos. Havia sempre comida na cozinha e companhia no posto dos guardas, ao lado da cozinha. Ali, homens de armas iam e vinham a todas as horas do dia e da noite; por causa disso, Cook sempre mantinha um caldeirão fervendo lentamente, acrescentando água, carne e legumes à medida que o nível baixava. Também havia vinho, cerveja e queijo, e a companhia simples daqueles que guardavam a torre. Esses tinham me aceitado como um dos seus desde o primeiro dia que eu fora deixado a cargo de Burrich. Portanto, preparei para mim mesmo uma refeição simples, longe de ser tão escassa quanto Galen teria me oferecido, mas também não tão grande e rica quanto eu desejaria. Era um ensinamento de Burrich: alimentei-me como teria alimentado um animal ferido.

Escutei casualmente as conversas em volta, concentrando-me na vida da torre como não tinha feito durante meses. Fiquei surpreso com tudo o que não sabia por causa da minha total imersão nos ensinamentos de Galen. A noiva de Verity era o principal tema das conversas. Havia as típicas piadas rudes dos soldados — que são esperadas a respeito desse tipo de assunto —, bem como muita comiseração pela pouca sorte de Verity em ter a futura esposa escolhida por Regal. Que a escolha seria baseada em alianças políticas, isso nunca tinha sido colocado em questão: a mão de um príncipe não pode ser desperdiçada em algo tão tolo quanto a própria vontade. Isso tinha provocado, em grande parte, o escândalo em torno da escolha teimosa de Chivalry por Patience. Ela provinha de dentro do reino, filha de um dos nossos nobres, e uma família já muito amiga da família real. Nenhuma vantagem política tinha advindo desse casamento.

Mas Verity não seria desperdiçado dessa maneira. Especialmente com os Navios Vermelhos nos ameaçando ao longo de toda a nossa esparsa linha costeira. Portanto, as especulações corriam à solta. Quem seria a escolhida? Uma mulher das Ilhas Próximas, ao norte no Mar Branco? As ilhas eram pouco mais do que pedaços rochosos dos ossos da terra se erguendo no meio do mar, mas uma série de torres dispostas sobre elas poderia nos avisar previamente sobre as incursões dos salteadores nas nossas águas. A sudoeste das nossas fronteiras, além dos Ermos Chuvosos onde ninguém governava, havia a Costa das Especiarias. Uma princesa dessas terras ofereceria poucas vantagens defensivas, mas alguns argumentavam em favor dos ricos acordos de comércio que poderia trazer consigo. A dias de viagem rumo ao sul e a leste no mar, havia muitas ilhas grandes onde cresciam árvores com que os nossos construtores de barcos sonhavam. Poderiam ser achados ali um rei e uma filha, capazes de trocar os ventos quentes e os frutos suaves por um castelo em uma terra rochosa, fazendo fronteira com as zonas geladas? O que pediriam por uma mulher gentil do sul e o comércio com a sua ilha rica em boa madeira? Peles, diziam alguns, e grãos, diziam outros. E havia os reinos montanhosos atrás de nós, com um invejável domínio dos desfiladeiros que conduziam às terras da tundra. Uma princesa desses lugares poderia comandar guerreiros do seu povo, bem como contatos comerciais com os negociantes de marfim e os pastores de renas que viviam além das suas fronteiras. Na fronteira ao sul havia uma passagem que levava à nascente do grande rio Chuvoso que flui pelos Ermos Chuvosos. Qualquer um dos soldados no grupo tinha ouvido as velhas lendas de tesouros em templos abandonados nos baixios desse rio, dos grandes deuses esculpidos que presidiam ainda às fontes sagradas, e dos veios de ouro salpicados pelos afluentes. Talvez uma princesa das montanhas, então?

Cada possibilidade era debatida com muito mais inteligência e sofisticação do que Galen teria acreditado que esses simples soldados fossem capazes de demonstrar. Levantei-me do meio deles envergonhado por tê-los julgado tão inferiores; Galen tinha precisado de pouco tempo para me levar a pensar neles como tipos ignorantes, homens de muito músculo e pouco cérebro. Eu vivera entre eles a minha vida toda; deveria saber melhor. Não, eu sabia melhor. Tinha sido a minha necessidade de me colocar mais alto, de provar, sem sombra de dúvida, o meu direito àquela magia da realeza que me fizera aceitar voluntariamente qualquer disparate que ele decidisse me apresentar. Algo mudou no meu íntimo, como se uma peça essencial de um quebra-cabeça tivesse subitamente se encaixado. Eu tinha sido subornado com a oferta de sabedoria como outro homem teria sido subornado com moedas.

As coisas que pensei de mim mesmo enquanto subia as escadas para o quarto não foram muito agradáveis. Deitei-me para dormir com a decisão de não deixar mais que Galen me enganasse, nem que me convencesse a me enganar. Também decidi com firmeza que iria aprender o Talento, independentemente de quão doloroso ou difícil pudesse ser.

E assim, na escuridão da manhã seguinte, mergulhei outra vez por completo na rotina das lições. Prestei atenção a cada palavra de Galen, forcei-me a fazer cada exercício, físico ou mental, até o limite da minha capacidade. Mas à medida que a semana e depois o mês passavam dolorosamente devagar, ia me sentindo cada vez mais como um cão com a carne suspensa apenas um pouco acima do alcance dos dentes. Para os outros, algo óbvio estava acontecendo. Uma rede de pensamentos compartilhados estava sendo criada entre eles, uma comunicação que os fazia virar-se uns para os outros antes de falar e executar os exercícios físicos compartilhados como um só ser. Quieta e ressentidamente, eles se revezavam em parceria comigo, mas eu não sentia nada vindo deles, e de mim eles sentiam um arrepio e se afastavam, reclamando a Galen que a força que eu exercia sobre eles era ou como um sussurro ou como um aríete.

Eu olhava quase desesperado enquanto eles dançavam em pares, partilhando o controle dos músculos uns dos outros, ou enquanto um atravessava vendado um labirinto de brasas, guiado pelos olhos do companheiro sentado. Às vezes eu sabia que tinha o Talento. Podia senti-lo crescendo dentro de mim, desabrochando como uma semente em desenvolvimento, mas era uma coisa que me sentia incapaz de direcionar ou controlar. Em um momento estava em mim, batendo com estrondo como uma maré contra falésias rochosas; no momento seguinte tinha partido, e tudo em mim era areia seca e desértica. Quando se revelava em plena força, eu podia compelir August a se levantar, a fazer uma reverência, a andar. Mas na vez seguinte ele estaria ali, olhando para mim, desafiando-me a contatá-lo.

E ninguém parecia capaz de alcançar o meu interior.

— Baixe a guarda, baixe os muros — ordenava-me Galen com raiva, parado na minha frente, tentando em vão me comunicar a mais simples direção ou sugestão.

Eu sentia apenas o mais leve dos toques do seu Talento contra mim. Mas não podia deixá-lo entrar na minha mente da mesma forma que não podia ficar complacente enquanto um homem enfiava uma espada entre as minhas costelas. Por mais que eu quisesse me forçar, fugia ao seu toque, físico ou mental, e não conseguia, de jeito nenhum, sentir os toques dos meus colegas.

Eles progrediam diariamente, enquanto eu os observava e me debatia para dominar os princípios mais básicos. Houve um dia em que August olhava para a página de um livro e, do outro lado do telhado, um colega a lia em voz alta, enquanto um conjunto de dois pares jogava uma partida de xadrez em que os que comandavam os movimentos não podiam ver fisicamente o tabuleiro. E Galen estava contente com todos, exceto comigo. Todos os dias nos mandava embora depois de um toque, um toque que eu raramente sentia. E todos os dias eu era o último a sair e ele me lembrava friamente que desperdiçava o seu tempo com um bastardo apenas porque o rei tinha lhe ordenado.

A primavera estava chegando e Ferreirinho tinha crescido de filhote para um cão adulto. Fuligem pariu sua cria enquanto eu frequentava minhas aulas — uma bela potranca, cujo pai era o garanhão de Verity. Vi Molly uma vez, e passeamos juntos pelo mercado quase sem falar. Havia uma nova banca montada, com um homem rude que vendia pássaros e animais, todos capturados em estado selvagem e enjaulados por ele. Tinha corvos, pardais, uma andorinha e uma jovem raposa tão fraca por causa de vermes que quase não conseguia ficar em pé. A morte a libertaria mais cedo do que qualquer comprador, e mesmo que eu tivesse dinheiro suficiente para comprá-la, ela tinha chegado a um estado em que os remédios para os vermes a envenenariam tanto quanto os parasitas. Fiquei enjoado e, por isso, parei ali, sondando a mente dos pássaros com sugestões de como bicar um pedaço específico de metal brilhante que abriria as portas das gaiolas. Mas Molly pensou que eu estava olhando apenas os próprios animais, e eu a senti se tornar mais fria e mais distante de mim do que nunca antes. Enquanto a acompanhava até a casa de velas, Ferreirinho choramingava como um mendigo pela atenção dela, e assim ganhou de Molly um afago e uma pancadinha na cabeça antes de partirmos. Invejei dele a capacidade de choramingar tão bem. O meu choramingo parecia ser inaudível.

Com os ares primaveris, todos no porto marítimo se prepararam, pois em breve o tempo seria propício aos ataques dos salteadores. Eu comia com os guardas todas as noites e ouvia os rumores com atenção. Os Forjados tinham se tornado assaltantes nas nossas estradas, e os relatos das perversões e depredações deles tomavam conta das conversas das tabernas. Na condição de predadores, eram mais desprovidos de decência e misericórdia do que qualquer animal selvagem. Era fácil esquecer que um dia tinham sido humanos e detestá-los com uma maldade nunca antes vista.

O medo de ser Forjado aumentou proporcionalmente. Os mercados ofereciam bolinhas de veneno mergulhadas em doce para as mães darem aos filhos, caso a família fosse capturada pelos salteadores. Havia rumores de que alguns habitantes das vilas costeiras tinham colocado todos os pertences em carroças e se mudado para o interior, abdicando de suas ocupações tradicionais como pescadores e comerciantes para se tornarem lavradores e caçadores longe das ameaças vindas do mar. Era notório que a quantidade de vagabundos na cidade estava aumentando. Um Forjado veio à própria Cidade de Torre do Cervo e perambulou pelas ruas, tão intocável como um louco, enquanto se servia do que quer que lhe apetecesse das bancas do mercado. Antes que um segundo dia tivesse se passado, desapareceu, e os rumores mais sinistros diziam que devíamos esperar que o corpo fosse trazido pelo mar à praia. Outros rumores diziam que uma esposa para Verity tinha sido encontrada entre os povos da montanha. Alguns diziam que era para garantir o acesso às passagens; outros, que não podíamos ter um inimigo potencial atrás de nós, quando em toda a orla marítima tínhamos de temer os Navios Vermelhos. E havia ainda um burburinho de que nem tudo ia bem com o príncipe Verity. Alguns diziam que ele estava cansado e doente; outros faziam piada dizendo que se tratava apenas de um noivo nervoso e preocupado. Alguns sugeriam que ele andava na bebedeira e que era visto apenas de dia, quando a sua dor de cabeça era pior.

Descobri que a minha preocupação em relação a esses últimos boatos era mais profunda do que teria esperado. Ninguém da realeza nunca tinha prestado muita atenção em mim, pelo menos de uma forma pessoal. Shrewd supervisionava a minha educação e o meu conforto e tinha, há muito tempo, comprado a minha lealdade, de modo que agora eu era seu, sem sequer pensar em qualquer alternativa. Regal me desprezava, e havia muito tempo eu tinha aprendido a evitar o olhar raivoso dele, as pancadas casuais e os empurrões escondidos que em outra época já tinham me feito tropeçar, quando eu ainda era garotinho. Mas Verity sempre tinha sido bondoso comigo, de um jeito distraído, e amava os seus cães, cavalo e falcões de uma forma que eu conseguia compreender. Queria vê-lo firme e orgulhoso no seu casamento, e esperava um dia me colocar atrás do seu trono da mesma maneira que Chade se colocava atrás do trono de Shrewd. Esperava que estivesse bem, e, contudo, não tinha nada que eu pudesse fazer se ele não estivesse, nem mesmo havia um jeito de poder vê-lo. Mesmo se tivéssemos horários semelhantes, os círculos em que convivíamos eram raramente os mesmos.

Ainda não era plenamente primavera quando Galen nos fez o seu comunicado. O resto da torre estava ocupado com as preparações para a Festa da Primavera. As bancas no mercado iam ser lixadas e pintadas novamente com cores vivas, e os ramos das árvores iam ser trazidos para dentro e gentilmente deflorados de modo que as flores e folhinhas pudessem embelezar a mesa do banquete na Noite de Primavera. Mas legumes tenros e pão de ló coberto com sementes de carris não eram o que Galen tinha em mente para nós, nem espetáculos de marionetes e danças de caça. Em vez disso, com a chegada da nova estação, seríamos testados, para que provássemos ser merecedores.

— Dispensados — repetia ele, e se estivesse condenando à morte os descartados, a atenção dos outros pupilos não teria sido maior. Entorpecido, tentei compreender o que significaria se falhasse. Não acreditava minimamente que ele me testaria com justiça, ou que eu conseguiria passar no teste mesmo se ele agisse assim.

— Vocês irão formar um círculo, aqueles que provarem estar à altura. Um círculo como esse nunca foi visto antes, assim espero. No auge da Festa da Primavera, eu mesmo apresentarei vocês ao nosso rei, e ele verá a maravilha que criei. Como vocês chegaram até aqui comigo, sabem que não deixarei que me envergonhem diante dele. E assim, eu mesmo testarei vocês, e testarei até o limite de cada um, para ter certeza de que a arma que colocarei nas mãos do meu rei tem uma lâmina valiosa ao seu propósito. Daqui a um dia, vou espalhar vocês pelo reino, como sementes ao vento. Preparei as coisas de modo que vocês sejam levados, por cavalos rápidos, aos seus destinos. E então cada um de vocês será deixado sozinho. Nenhum de vocês saberá onde os outros estão.

Fez uma pausa. Acho que para deixar que cada um de nós sentisse a tensão vibrando no ambiente. Sabia que todos os outros vibravam em uníssono, partilhando a emoção, quase uma única mente, enquanto recebiam a sua instrução. Suspeitei que ouviam muito mais do que meras palavras dos lábios de Galen. Sentia-me um estrangeiro ali, ouvindo palavras em um idioma que não conseguia compreender. Com certeza eu falharia.

— Dois dias depois de serem deixados, serão chamados. Por mim. Eu os informarei com quem deverão entrar em contato e onde. Cada um receberá a informação de que necessita para fazer o seu caminho de volta para cá. Se tiverem aprendido, e aprendido bem, o meu círculo estará presente aqui na Noite de Primavera, pronto para ser apresentado ao rei.

De novo fez uma pausa.

— Não pensem, contudo, que tudo o que devem fazer é encontrar o caminho de volta a Torre do Cervo na ocasião da Noite de Primavera. Quero que vocês se tornem um círculo, e não pombos-correios. A forma como vierem e em que companhia estiverem mostrarão se vocês dominam o seu Talento. Estejam prontos para partir amanhã de manhã.

Então nos mandou embora, um a um, mais uma vez dando um toque do Talento em cada aluno, e uma palavra de elogio, com exceção de mim. Fiquei quieto diante dele, enquanto abria a mente o quanto podia, tão vulnerável quanto ousava estar, e, contudo, o toque do Talento era menos do que o do vento. Ele me encarou de cima enquanto eu o olhava por baixo, e não precisei do Talento para sentir que ele me odiava e desprezava. Fez um som de escárnio e olhou para o lado, liberando-me. Comecei a me afastar:

— Muito melhor — disse ele, na sua peculiar voz cavernosa. — Teria sido muito melhor se você tivesse se jogado do muro naquela noite, bastardo. Muito melhor. Burrich pensou que eu tinha te maltratado. Eu estava apenas te oferecendo uma escapatória, a coisa mais próxima de um caminho honrado que você alguma vez será capaz de achar. Vá embora e morra, garoto, ou pelo menos vá embora. Você mancha o nome do seu pai por existir. Por Eda, não sei como você veio ao mundo. Que um homem como o seu pai pudesse descer tanto o nível a ponto de se deitar com uma coisa qualquer e deixar que você viesse ao mundo, isso vai além da minha capacidade de imaginação.

Como sempre, havia um tom de fanatismo na voz dele quando falava de Chivalry, e os seus olhos se tornaram quase vazios com aquela idolatria cega por ele. Quase com a mente ausente, ele se virou e partiu. Chegou ao topo das escadas e deu meia-volta outra vez, muito lentamente.

— Tenho de perguntar — disse ele, e o veneno na sua voz estava sedento de ódio. — Você é o catamito dele, não é? É por isso que ele te deixa sugar a força dele? É por isso que ele é tão possessivo em relação a você?

— Catamito? — repeti, não conhecendo aquela palavra.

Ele sorriu, fazendo o rosto cadavérico se parecer ainda mais com uma cabeça de caveira.

— Você pensou que eu não ia descobrir? Pensou que poderia utilizar a força dele no teste? Não poderá. Esteja ciente disso, bastardo, não poderá.

Virou-se e desceu as escadas, deixando-me ali sozinho no terraço. Não tinha ideia do que as últimas palavras dele queriam dizer; mas a força do seu ódio me deixara enjoado e fraco, como se ele tivesse colocado um veneno no meu sangue. Aquilo me fez lembrar da última vez que ele tinha me deixado sozinho no topo daquela torre. Senti-me compelido a andar até o limiar e olhar para baixo. Aquele canto da torre não ficava em frente ao mar, mas havia muitas rochas pontiagudas lá embaixo. Ninguém sobreviveria a uma queda daquelas. Se pudesse tomar uma decisão firme que durasse apenas um segundo, eu me livraria de tudo aquilo. E seja lá o que Burrich ou Chade ou quem quer que fosse pudesse pensar, eu não teria de me preocupar mais com isso.

Ouvi o eco distante de um ganido.

— Já vou, Ferreirinho — balbuciei, e dei as costas para o precipício.

O TESTE

A Cerimônia do Homem deve acontecer uma lua depois do décimo quarto aniversário de um rapaz. Nem todos são honrados com ela. É necessário que um Homem apadrinhe e nomeie o candidato, e ele deve encontrar outros Homens que reconheçam que o rapaz é merecedor e está preparado. Vivendo entre homens de armas, eu sabia da cerimônia, e sabia o suficiente sobre a sua importância e seletividade para nunca esperar participar dela. Uma das razões era ninguém saber a minha data de nascimento. A outra era eu não ter conhecimento de ninguém que fosse um Homem, e muito menos ainda de doze Homens que pudessem me achar merecedor.

Mas, certa noite, meses depois de ter resistido ao teste de Galen, acordei e encontrei a minha cama rodeada de figuras vestindo robes e capuzes. E debaixo dos capuzes escuros pude enxergar as máscaras dos Pilares.

Ninguém pode falar ou escrever os detalhes da cerimônia. Isso, creio eu, posso dizer. À medida que cada vida era colocada em minhas mãos, peixe, pássaro e quadrúpede, escolhi libertá-las, não para a morte, mas de volta à existência livre. Assim, nada morreu na minha cerimônia e, por isso, ninguém se banqueteou. Mas mesmo no estado de espírito em que me encontrava naquele momento, senti que tinha havido sangue e morte à minha volta mais que suficientes para uma vida inteira, e me recusei a matar com as mãos ou dentes. O meu padrinho ainda assim escolheu me dar um nome, demonstrando que ele pode não ter ficado totalmente desagradado comigo. O meu nome é da língua antiga, não tem letras e não pode ser escrito. E nunca encontrei ninguém com quem tenha decidido partilhar o conhecimento do meu nome de Homem. Mas o seu significado ancestral, imagino, posso divulgar aqui. Catalisador. O Causador de Mudanças.

Fui direto ao estábulo, primeiro para ver Ferreirinho e, em seguida, Fuligem. A angústia que sentia ao pensar na manhã seguinte passou da minha mente para o meu corpo, e fiquei parado em frente à baia de Fuligem, com a cabeça encostada no seu lombo. Sentia-me nauseado. Foi ali que Burrich me encontrou. Reconheci a sua presença e a cadência firme das suas botas enquanto descia pelo caminho em direção ao estábulo. Por fim, parou de repente em frente à baia de Fuligem. Senti que ele olhava para mim.

— Bem, e agora? — perguntou asperamente, e eu ouvi na sua voz como ele já estava cansado de mim e dos meus problemas. Se eu estivesse um pouco menos indisposto, o meu orgulho teria me feito calar e declarar que não havia problema nenhum.

Em vez disso, balbuciei, virado para o pelo de Fuligem:

— Amanhã Galen vai nos testar.

— Eu sei. Ele me ordenou de repente que lhe fornecesse cavalos para o seu plano idiota. Teria recusado, se ele não tivesse um sinete do rei lhe conferindo autoridade. Sei apenas que quer os cavalos, por isso não me pergunte nada — acrescentou de mau humor quando olhei subitamente para ele.

— Eu não ia fazer isso — respondi, taciturno. Ou me colocaria honestamente à prova de Galen, ou não faria isso de maneira nenhuma.

— Você não tem nenhuma chance de passar nesse teste que ele inventou, não é? — O tom de Burrich era casual, mas eu podia ouvir como ele se preparava para ser desapontado pela resposta.

— Nenhuma — respondi secamente, e ficamos ambos silenciosos por um momento, escutando o fim daquela palavra.

— Bem. — Ele pigarreou e ajustou o cinto. — Então é melhor dar logo um fim nisso e voltar para cá. Não significa que você não tenha tido sorte com o resto da sua aprendizagem. Não se pode esperar que um homem seja bem-sucedido em tudo o que tenta. — Ele tentava fazer o meu fracasso no Talento soar como uma coisa de pouca importância.

— Suponho que não. Você vai tomar conta do Ferreirinho enquanto eu estiver fora?

— Sim. — Ele já estava se virando para sair e então se voltou outra vez para mim, quase relutantemente. — O quanto esse cão vai sentir sua falta?

Ouvi sua outra pergunta, mas tentei evitá-la.

— Não sei. Tive de deixá-lo tanto tempo sozinho durante as minhas lições que imagino que ele nem vá sentir a minha falta.

— Duvido disso — falou Burrich com desânimo. Virou-se para sair. — Duvido mesmo muito disso — ele disse enquanto se afastava por entre as baias. E soube que ele sabia, e que estava enojado, e não apenas por eu partilhar uma ligação com Ferreirinho mas também por me recusar a admitir isso.

— Como se fosse uma opção admitir isso para ele — resmunguei para Fuligem.

Despedi-me dos meus animais, tentando explicar a Ferreirinho que várias refeições e noites se passariam antes de me ver outra vez. Abanou-se, sacudiu a cauda e protestou que eu devia levá-lo comigo, que ia precisar dele. Ele já era grande demais para que eu pudesse levantá-lo e abraçá-lo. Sentei-me no chão, ele veio para o meu colo e eu o abracei. Ele era tão quente e seguro, tão próximo e real. Por um momento, senti o quão certo ele estava, que ia precisar dele para ser capaz de sobreviver a esse fracasso. Mas lembrei que ele estaria aqui, esperando por mim quando chegasse, e lhe prometi vários dias do meu tempo só para ele quando voltasse. Eu o levaria numa longa caçada, para a qual não tínhamos tido tempo antes. *Agora*, ele sugeriu, e *em breve*, eu prometi. Então subi de volta à torre para preparar uma muda de roupas e um pouco de comida para a viagem.

A manhã seguinte teve muita pompa e teatro e pouco bom senso, na minha opinião. Os outros que iam ser testados pareciam debilitados e entusiasmados. Dos oito que se preparavam para partir, eu era o único que parecia pouco impressionado pelos cavalos inquietos e pelas oito liteiras cobertas. Galen nos alinhou e nos vendou enquanto mais de sessenta pessoas nos observavam. A maioria era composta de familiares, ou amigos, ou bisbilhoteiros da torre. Galen fez um breve discurso, aparentemente para nós, mas nos dizendo o que já sabíamos: que seríamos levados para locais diferentes e lá deixados; que teríamos de trabalhar em conjunto, usando o Talento, para que fizéssemos os nossos caminhos de volta à torre; que, se conseguíssemos, nós nos tornaríamos um círculo, serviríamos magnificentemente ao nosso rei e seríamos essenciais na derrota dos Salteadores dos Navios Vermelhos. Essa última parte impressionou os espectadores, pois ouvi murmúrios enquanto era escoltado à liteira e ajudado a entrar.

Seguiu-se um dia e meio terrível. A liteira balançava e, sem ar fresco no rosto e nenhuma paisagem para me distrair, logo me senti enjoado. O homem que guiava os cavalos tinha feito uma jura de silêncio e manteve a palavra. Fizemos uma pausa breve nessa noite. Recebi uma parca refeição — pão, queijo e água —, então fui transportado outra vez e os solavancos e sacudidelas recomeçaram.

Por volta do meio-dia do dia seguinte, a liteira ficou imóvel. Fui assistido para descer da liteira. Nenhuma palavra foi dita para mim, e fiquei em pé, rígido, com a cabeça latejando e os olhos vendados, debaixo de um vento forte. Quando ouvi os cavalos partindo, entendi que chegara ao meu destino e comecei a desatar a venda. Galen a tinha apertado bem e levei algum tempo para tirá-la.

Estava na encosta de um monte, coberta de mato. O meu acompanhante já ia longe por uma estrada que serpenteava para lá da base do monte, movendo-se rapidamente. O mato batia nos meus joelhos, ressecado pelo inverno, mas verde na base. Podia ver outros montes verdejantes com pedras salientes nas laterais e faixas de árvores que se refugiavam nos sopés. Encolhi os ombros e olhei em volta, tentando me localizar. Era uma região acidentada, mas eu conseguia sentir o cheiro do mar e uma maré baixa em algum lugar a leste. Tinha a sensação inquietante de que aquela região me era familiar; não que tivesse estado naquele exato lugar antes, mas que a aparência geral daquela área, de alguma forma, me dizia algo. Olhei em volta e, para oeste, vi a Sentinela. Não tinha como confundir o dente duplo bem no topo. Tinha copiado um mapa para Fedwren havia menos de um ano, e o criador escolhera o pico característico da Sentinela como motivo para a margem ornamentada. Portanto, o mar ali, a Sentinela acolá e, com um súbito aperto no estômago, soube onde estava. Nas imediações de Forja.

Dei por mim rodopiando rapidamente, observando a encosta do monte, os bosques e a estrada. Não havia quaisquer sinais de indivíduos. Sondei em volta, quase freneticamente, mas achei apenas pássaros, pequenos mamíferos e um cervo, que levantou a cabeça e farejou o ar, tentando perceber o que eu era. Por um momento, senti-me reconfortado, até me lembrar que os Forjados que eu tinha encontrado antes não eram detectados pelo meu sentido especial.

Desci o monte até onde várias rochas se salientavam da encosta e sentei-me ao abrigo delas. Não que o vento fosse frio, pois o dia prometia logo a primavera, mas queria ter algo firme para apoiar minhas costas e sentir que eu não era um alvo tão óbvio quanto seria no topo do monte. Tentei pensar friamente no que fazer em seguida. Galen tinha sugerido que ficássemos quietos no lugar onde fôssemos deixados, meditando e mantendo os sentidos abertos. Em algum lugar, nos próximos dois dias, ele deveria tentar me contatar.

Nada tira mais o ânimo de um homem do que ter a expectativa de falhar. Não acreditava muito que ele realmente fosse tentar me contatar, e muito menos que eu fosse receber alguma impressão clara, caso ele fizesse isso. Nem tinha certeza de que o local que ele havia escolhido para eu ser deixado fosse seguro. Sem pensar muito mais do que isso, eu me levantei, sondando mais uma vez a área à procura de alguém que pudesse estar me observando, e então comecei a andar rumo ao cheiro do mar. Se eu estivesse onde supunha, seria capaz de ver da costa a Ilha Galhada, e, em um dia claro, a Ilha do Linho. Uma dessas seria suficiente para me dizer o quão longe de Forja eu estava.

Enquanto andava, dizia a mim mesmo que só queria ver quão longa seria minha caminhada de volta a Torre do Cervo. Apenas um tolo imaginaria que os Forjados ainda representavam algum tipo de problema. O inverno com certeza tinha acabado com eles, ou os tinha deixado muito esfomeados e enfraquecidos para ameaçarem quem quer que fosse. Eu não dava nenhuma credibilidade aos relatos que as pessoas faziam deles, de que se juntavam em grupos de degoladores e ladrões. Não estava assustado. Queria apenas ver onde eu estava. Se Galen quisesse me contatar de verdade, o lugar onde eu estava não deveria ser um impedimento. Ele tinha nos assegurado inúmeras vezes que era a pessoa que ele sondava, e não o lugar. Da mesma forma que ele podia me encontrar na praia, podia no topo do monte.

No fim da tarde, eu estava no topo das falésias rochosas, olhando o mar. Podia ver a Ilha Galhada e um nevoeiro depois dela que devia ser a Ilha do Linho. Estava a norte de Forja. A estrada costeira que levava para casa era pela direita, atravessando as ruínas dessa vila. Não era um pensamento reconfortante.

O que fazer, agora?

Ao cair da noite, estava de volta ao topo do meu monte, deitado entre duas rochas grandes. Tinha percebido que era um lugar tão bom para esperar quanto outro qualquer. Apesar das minhas dúvidas, ia continuar esperando onde eu tinha sido deixado até que o tempo para o contato tivesse terminado. Comi pão e peixe salgado e bebi água comedidamente. A minha muda de roupas incluía uma segunda capa. Eu me envolvi nela e expulsei todos os pensamentos de fazer uma fogueira. Por menor que fosse, teria sido um chamariz para quem quer que passasse ao lado do monte, pela estrada de terra batida.

Acho que não existe nada mais cruelmente entediante que o nervosismo ininterrupto. Tentei meditar e abrir-me para o Talento de Galen, constantemente tremendo de frio e recusando-me a admitir que estava com medo. A criança em mim continuava a imaginar figuras sombrias e esfarrapadas rastejando silenciosamente pelo monte acima e em volta de mim, gente Forjada que me espancaria e mataria para obter a capa que eu usava e a comida que eu trazia na bolsa. Tinha preparado um cajado ao fazer o caminho de volta à encosta do monte, e eu o segurava com as duas mãos, mas me parecia uma arma fraca. Às vezes cochilava, apesar dos meus medos, mas os sonhos que vinham eram sempre de Galen se regozijando com o meu fracasso, enquanto Forjados me encurralavam, e acordava sempre em um sobressalto, inspecionando freneticamente o espaço em volta de mim, para ver se os pesadelos tinham se tornado realidade.

Assisti ao nascer do sol através das árvores e tirei cochilos irregulares a manhã toda. A tarde me trouxe uma espécie de paz desgastada. Eu me distraí sondando ao redor a vida selvagem do monte. Ratos e pássaros eram pouco mais do que brilhantes faíscas de fome na minha mente, e os coelhos pouco mais do que isso, mas havia uma raposa no cio à procura de companheiro e, mais longe, um cervo batia a pele aveludada nos seus cornos com tanto propósito quanto um ferreiro na bigorna. O pôr do sol foi muito longo. Surpreendeu-me como foi difícil aceitar, à medida que a noite caía, que eu não tinha sentido nada, nem a mais leve pressão do Talento. Ou ele não tinha me chamado, ou eu não tinha ouvido. Comi pão e peixe no escuro e disse a mim mesmo que aquilo não importava. Por algum tempo, tentei me encher de raiva, mas o meu desespero era uma coisa muito viscosa e escura para as chamas da ira conseguirem vingar sobre ele. Tive certeza de que Galen tinha me enganado, mas nunca seria capaz de provar isso, nem sequer a mim mesmo. Eu teria sempre de imaginar se o seu desprezo por mim era justificado. Na escuridão total, apoiei as costas numa rocha, o cajado sobre os joelhos e decidi dormir.

Os meus sonhos foram confusos e desagradáveis. Regal se levantava diante de mim, e eu era outra vez uma criança dormindo no meio da palha. Ria-se e empunhava uma faca. Verity encolheu os ombros e me deu um sorriso de desculpas. Chade virou as costas para mim, desapontado. Molly sorriu para Jade, que passava por mim, esquecendo-se de que eu estava ali. Burrich me segurou pelo colarinho da camisa e me chacoalhou, dizendo para eu me comportar como um homem e não como um animal. Mas eu continuei deitado na palha e em uma camisa velha, mordiscando um osso. A carne era muito boa, e eu não conseguia pensar em mais nada.

Estava muito confortável até que alguém abriu a porta do estábulo e a deixou escancarada. Uma corrente de ar desagradável começou a vir sorrateiramente através do chão do estábulo, deixando-me com frio, e eu olhei para cima com um rosnado. Cheirei Burrich e cerveja. Burrich veio lentamente através do escuro, resmungando: "Está tudo bem, Ferreirinho", enquanto passava por mim. Baixei a cabeça enquanto ele começava a subir as escadas.

De repente, houve um grito e homens rolando escadas abaixo. Debatiam-se enquanto caíam. Fiquei em pé, num sobressalto, rosnando e latindo. Caíram em cima de mim. Uma bota tentou me chutar e eu agarrei a perna, cravando nela os meus dentes e apertei com força a mandíbula. Abocanhei mais bota e calça do que carne, mas ele soltou um silvo de raiva e dor, e me atacou.

A faca acertou-me de lado.

Cerrei os dentes com mais força e aguentei, rosnando. Outros cães tinham acordado e estavam latindo, os cavalos batendo os cascos dentro das baias. *Garoto, garoto!*, chamei por ajuda. Senti que ele estava comigo, mas não veio. O intruso me deu um pontapé, mas não o larguei. Burrich jazia na palha e eu sentia o cheiro do seu sangue. Não se mexia. Ouvi a velha Raposa se atirar de encontro à porta no andar de cima, tentando em vão alcançar o dono. A faca me penetrou uma vez, e outra, e outra. Gritei pelo garoto uma última vez, e então não consegui mais aguentar. Fui atirado pela perna que me dava pontapés, indo bater contra a lateral de uma baia. Estava me afundando, sangue na minha boca e narinas. Pés correndo. Dor na escuridão. Arrastei-me para mais perto de Burrich. Empurrei o focinho embaixo da sua mão. Ele não se mexeu. Vozes e luzes vindo, vindo, vindo...

Acordei na encosta escurecida do monte, agarrando o cajado com tanta força que as minhas mãos estavam dormentes. Nem por um momento pensei que aquilo tivesse sido um sonho. Não podia deixar de sentir a faca entre as costelas e o sabor do sangue na boca. Como o refrão de uma canção macabra, as memórias se repetiam uma atrás da outra, a corrente de ar frio, a faca, a bota, o sabor do sangue do meu inimigo na boca e o sabor do meu próprio sangue. Esforcei-me para compreender o que Ferreirinho tinha visto. Alguém estava no topo das escadas de Burrich, à espera dele. Alguém com uma faca. E Burrich tinha caído, e Ferreirinho tinha farejado sangue...

Levantei-me e juntei as minhas coisas. A presença de Ferreirinho era esparsa, debilitada, pequena e calorosa na minha mente. Fraca, mas ainda presente. Sondei a mente dele com cuidado e parei quando percebi o quanto lhe custaria me sentir. *Quieto. Fique quieto. Estou a caminho.* Estava frio e os meus joelhos tremiam, mas o suor escorria pelas minhas costas. Nenhuma vez questionei o que tinha de fazer. Desci o monte até a estrada de terra batida. Era uma pequena estrada de mercadores, um caminho para mascates, e eu sabia que, se seguisse nele, cruzaria, em algum momento, a estrada da costa. E eu a seguiria, encontraria a estrada da costa e faria o meu próprio caminho de volta para casa. E, com a ajuda de Eda, chegaria a tempo de ajudar Ferreirinho. E Burrich.

Caminhei, recusando-me a correr. Uma marcha firme me levaria longe mais depressa do que uma corrida louca pela escuridão. A noite era clara, e o caminho, reto. Considerei por uma vez o fato de que estava acabando para sempre com qualquer oportunidade de provar que conseguia usar o Talento. Tudo o que tinha dedicado a ele, tempo, esforço, dor, tudo desperdiçado. Mas teria sido impossível ficar sentado e esperar outro dia para que Galen tentasse me alcançar. Para abrir a minha mente a um possível toque do Talento de Galen, teria de limpá-la do laço tênue que mantinha com Ferreirinho. E isso eu não estava disposto a fazer. Quando punha tudo na balança, o Talento tinha muito menos peso que Ferreirinho. Ou Burrich.

Por que Burrich? Comecei a pensar. Quem o odiaria tanto a ponto de armar uma emboscada para ele? E bem na porta dos seus próprios aposentos. Tão claramente como se eu me reportasse a Chade, comecei a juntar os fatos. Alguém que o conhecia suficientemente bem para saber onde vivia; isso excluía alguma ofensa ocasional cometida em uma taberna da Cidade de Torre do Cervo. Alguém que tinha trazido uma faca; isso excluía alguém que quisesse apenas espancá-lo. A faca era afiada, e o homem que a tinha empunhado sabia usá-la. Estremeci outra vez com a recordação.

Eram esses os fatos. Cautelosamente, comecei a construir hipóteses sobre eles. Alguém que conhecia os hábitos de Burrich e que tinha uma séria necessidade de vingança contra ele, séria o suficiente para justificar assassinato. Os meus passos tornaram-se de repente mais lentos. Por que Ferreirinho não tinha percebido antes o homem que esperava lá em cima? Por que Raposa não tinha começado a latir do outro lado da porta? Passar despercebido por cães no próprio território indicava alguém com prática de infiltração.

Galen.

Não. Eu apenas queria que fosse Galen. Recusei-me a ir direto para essa conclusão. Fisicamente, Galen não podia se equiparar a Burrich, e ele sabia disso. Nem sequer com uma faca, no escuro, com Burrich meio bêbado e pego de surpresa. Não. Galen poderia querer fazer isso, mas não faria. Não ele próprio.

Poderia ter enviado outra pessoa? Refleti sobre essa hipótese e concluí que não sabia. Pense mais. Burrich não era um homem paciente. Galen era o inimigo que ele tinha feito mais recentemente, mas não o único. Organizei os fatos várias vezes, tentando chegar a uma conclusão sólida. Mas simplesmente não havia indícios suficientes para construir uma.

Depois de um bom tempo, cheguei a um riacho e bebi um pouco de água. Recomecei minha caminhada. O bosque se tornava mais denso, e a lua estava a maior parte do tempo oculta pelas árvores que delineavam a estrada. Não voltei para trás. Forcei-me a seguir em frente, até que a minha trilha fluiu para a estrada da costa como um afluente alimenta um rio. Segui em direção do sul, e a estrada mais larga brilhava como prata ao luar.

Andei e refleti a noite toda. À medida que os primeiros tentáculos da manhã começaram a recolorir a paisagem, eu me senti incrivelmente exausto, mas não menos determinado. A minha preocupação era um fardo que não podia descansar. Agarrei com força o tênue vínculo de calor que me informava que Ferreirinho ainda estava vivo, e comecei a pensar em Burrich. Não tinha como saber o quão seriamente ele fora ferido. Ferreirinho tinha cheirado o seu sangue; portanto, a faca o atingira pelo menos uma vez. E a queda da escada? Tentei deixar de lado a preocupação. Nunca tinha pensado que Burrich pudesse ser ferido daquela maneira e, menos ainda, no que eu sentiria numa situação dessas. Não conseguia encontrar nome para o estado de espírito em que eu me encontrava. *Apenas vazio*, pensei. *Vazio e cansaço*.

Comi um pouco enquanto ia caminhando e enchi meu odre em um riacho. Na metade da manhã o céu se encheu de nuvens e choveu um pouco. No princípio da tarde, abruptamente, o céu se desanuviou. Continuei andando. Tinha esperado encontrar algum tipo de tráfego na estrada da costa, mas não vi nada. No fim da tarde, a estrada mudou de direção, aproximando-se das falésias. Podia olhar para baixo, através de uma pequena mata, e ver o lugar que antes havia sido Forja. A tranquilidade que pairava ali era arrepiante. Nenhuma fumaça subia das cabanas, nenhum barco se movia em volta do porto. Sabia que a estrada me levaria exatamente a atravessar aquele lugar. Não era uma ideia que me agradava, mas o vínculo caloroso da vida de Ferreirinho me incitava a continuar.

Ergui a cabeça ao ouvir o som arrastado de passos sobre a pedra. Apenas os reflexos adquiridos durante o meu longo treino com Hod me salvaram. Virei-me, com o cajado de prontidão, e varri o ar em torno de mim num círculo defensivo que acertou a mandíbula de um deles. Os outros recuaram. Outros três. Todos Forjados, vazios como pedra. O que eu tinha golpeado estava se remexendo e gritando no chão. Ninguém deu atenção a ele, com exceção de mim. Dei outro golpe rápido nas costas dele. Gritou mais alto e se contorceu de dor. Mesmo naquela situação, a minha atitude me surpreendeu. Sabia que era sensato assegurar que um inimigo incapacitado se mantivesse incapacitado, mas também sabia que nunca teria dado pontapés em um cão da forma como dei naquele homem. Mas lutar contra esses Forjados era como lutar contra fantasmas. Não sentia a presença de nenhum deles; não tinha nenhuma percepção da dor que causava ao homem, nenhum eco da sua raiva ou medo. Era como bater uma porta com força, violência sem vítima, enquanto atacava-o outra vez, para ter a certeza de que ele não tentaria me agarrar enquanto eu saltava sobre ele, rumo a um espaço livre na estrada.

Fiz o cajado dançar ao meu redor, mantendo os outros a distância. Eles estavam vestidos com trapos e malnutridos, mas ainda assim pensei que seriam capazes de me alcançar se eu tentasse fugir. Já estava cansado, e eles eram como lobos esfomeados. Iriam me perseguir até que eu fosse vencido pela fadiga. Um deles chegou perto demais, e eu dei um golpe rápido no pulso dele. A faca de peixe enferrujada caiu da sua mão e ele a encostou no peito, urrando. Como da vez anterior, os outros dois não prestaram nenhuma atenção no homem contundido. Recuei.

— O que querem? — perguntei.

— O que você tem? — disse um deles. A voz era rouca e hesitante, como se não fosse usada há muito tempo, e as palavras não tinham nenhuma entonação. Moveu-se lentamente em torno de mim, em um círculo amplo que me deixou girando. *Homens mortos falando*, pensei comigo mesmo, e não pude impedir o pensamento de ecoar pela minha mente.

— Nada — arfei, manuseando o cajado para impedi-los de se aproximarem mais. — Não tenho nada para vocês. Não tenho dinheiro, não tenho comida, nada. Perdi tudo o que tinha na estrada.

— Nada — ouvi o outro dizer, e pela primeira vez percebi que tinha sido uma mulher, tempos atrás. Agora era esse fantoche oco e malvado, cujos olhos embaçados de repente se acenderam com cobiça enquanto dizia: — Capa. Quero a sua capa.

Ela parecia satisfeita por ter formulado esse pensamento, e isso a deixou suficientemente descuidada para me dar a oportunidade de desferir um golpe no seu queixo. Olhou atônita para o ferimento e continuou a mancar na minha direção.

— Capa — ecoou o outro. Por um momento, eles se entreolharam, percebendo estupidamente a sua rivalidade. — Eu. Minha — acrescentou.

— Não. Eu te mato — respondeu ela calmamente. — E mato você também. — Lembrou-se de mim e aproximou-se outra vez. Agitei o cajado na sua direção, mas ela saltou para trás e tentou agarrá-lo quando passou ao seu lado. Virei-me bem a tempo de desferir um golpe naquele cujo pulso eu já tinha machucado. Então saltei por cima dele e desci correndo pela estrada. Corri desajeitadamente, segurando o cajado com uma mão enquanto me debatia com a fivela da capa com a outra. Por fim, a capa se soltou, e eu a deixei cair enquanto continuava correndo. Uma impressão de que as minhas pernas eram feitas de borracha me avisou de que essa era a minha última cartada. Mas, alguns momentos depois, eles devem ter chegado até a capa, pois ouvi gritos raivosos e urros enquanto lutavam entre si por ela. Rezei para que aquilo fosse suficiente para ocupar todos os quatro e continuei correndo. Cheguei a uma curva na estrada, não muito acentuada, mas suficiente para me tirar da linha de visão deles. Ainda assim, continuei a correr e, depois, a caminhar apressadamente enquanto podia, antes de ousar olhar para trás. A estrada reluzia, ampla e vazia, atrás de mim. Eu me esforcei para continuar em frente e, quando vi um lugar apropriado, abandonei a estrada.

Encontrei um denso grupo de arbustos e forcei caminho por entre eles. Tremendo e exausto, eu me agachei no meio daqueles arbustos cheios de espinhos e me esforcei para tentar ouvir qualquer sinal de perseguição. Tomei golinhos de água e tentei me acalmar. Não tinha tempo para esse atraso; tinha de voltar a Torre do Cervo, mas não ousei sair dali.

Ainda é inconcebível para mim que eu tenha adormecido naquele lugar, mas foi o que fiz.

Despertei aos poucos. Atordoado, tive certeza de que estava me recuperando de alguma ferida grave ou de uma doença de longa duração. Meus olhos estavam pegajosos, a boca inchada e amarga. Forcei-me a abrir as pálpebras e olhei em volta, sentindo-me totalmente desnorteado. A luz estava diminuindo, e nuvens cinzentas venciam a lua.

Minha exaustão era tão grande que eu tinha me inclinado sobre os arbustos cheios de espinhos e dormido, apesar das inúmeras picadas. Libertei-me dos espinhos com muita dificuldade, deixando pedaços de roupa, cabelo e pele para trás. Saí do meu esconderijo tão cautelosamente quanto qualquer animal perseguido, não só sondando o mais longe que os meus sentidos me permitiam, mas farejando também o ar e mirando tudo ao meu redor. Sabia que isso não me revelaria nenhum Forjado, mas esperava que, se eles estivessem por perto, os animais da floresta os tivessem visto e reagido. Mas tudo estava quieto.

Retomei cautelosamente a estrada. Era larga e estava vazia. Olhei uma vez para o céu e recomecei a caminhar em direção a Forja. Fui me mantendo sempre perto da beira da estrada, onde as sombras das árvores eram mais densas. Tentei me mover ao mesmo tempo depressa e silenciosamente, e não consegui fazer nenhuma das duas coisas tão bem quanto queria. Tinha parado de pensar no que quer que fosse, exceto em ser cauteloso e na necessidade de voltar para Torre do Cervo. A vida de Ferreirinho era o mais tênue vínculo na minha mente. Penso que a única emoção ainda ativa em mim era o medo que me mantinha olhando para trás e examinando as árvores de ambos os lados da estrada enquanto caminhava.

Estava completamente escuro quando cheguei à encosta do monte que se elevava sobre Forja. Por algum tempo fiquei ali parado, olhando o povoado, procurando algum sinal de vida, e então me forcei a continuar andando. O vento soprou e me proporcionou um luar oscilante. Era uma dádiva enganadora, que confundia tanto quanto revelava. Fazia as sombras se moverem nos cantos das casas abandonadas e projetava reflexos súbitos, que brilhavam como facas, nas poças de água que se espalhavam pela rua. Mas ninguém andava em Forja. O porto não tinha barcos, e nenhuma fumaça se erguia das chaminés. Os habitantes normais tinham abandonado o local não muito depois daquele ataque fatídico, e era evidente que os Forjados também o tinham abandonado, uma vez que ali não havia mais comida ou conforto. O povoado nunca tinha se reconstruído realmente depois do ataque, e uma longa temporada de tempestades de inverno e marés tinha tentado completar o que os Navios Vermelhos começaram. Apenas o porto parecia quase normal, exceto pelos cais vazios. Os quebra-mares ainda se curvavam sobre a baía como mãos protetoras, formando uma concha que envolvia as docas, mas não restava nada que necessitasse dessa proteção.

Segui cautelosamente pela desolação que era Forja. Sentia minha pele formigar à medida que passava pelas portas despencadas de suas molduras partidas em construções meio queimadas. Foi um alívio deixar para trás o cheiro de mofo das cabanas abandonadas e me colocar sobre as docas, contemplando a água. A estrada passava direto pelas docas e se curvava pela margem. Um acostamento de pedra rudemente trabalhada, em outros tempos, tinha resguardado a estrada do mar ganancioso, mas um inverno de marés e tempestades sem intervenção humana o estava destruindo. As pedras iam se desprendendo, e pedaços de madeira flutuante, que tinham servido de aríetes ao mar, abandonados pela maré, enchiam a parte baixa da praia. Antes, carroças cheias de lingotes de ferro eram empurradas por essa estrada abaixo até os barcos que as esperavam. Caminhei ao longo do quebra-mar e percebi que o que tinha parecido ser tão duradouro visto da encosta do monte suportaria talvez mais uma ou duas estações invernais sem manutenção, antes que o mar o engolisse.

Acima da minha cabeça, as estrelas brilhavam intermitentemente através de nuvens que passavam rápidas, impelidas pelo vento. A lua oscilante se velava e se revelava também, concedendo-me vislumbres ocasionais do porto. Os rumores das ondas eram como o respirar de um gigante inebriado. Era uma noite oriunda de um sonho, e quando olhei para o horizonte sobre a água, avistei o fantasma de um Navio Vermelho abrindo caminho através do luar ao entrar no porto de Forja. O casco era longo e lustroso, os mastros desprovidos de velas. Deslizava em direção ao porto. O vermelho do casco e da proa era brilhante como sangue fresco derramado, como se cortasse canais de sangue, em vez de água salgada. No povoado morto atrás de mim, ninguém soltou um grito de aviso.

Fiquei parado como um idiota, colado ao quebra-mar, tremendo enquanto fitava aquela aparição, até que o ranger de remos e o gotejar prateado de água na ponta de um deles tornaram o Navio Vermelho real.

Eu me joguei de barriga para baixo na estrada que se estendia sobre o quebra-mar, ficando colado nela, e me arrastei da superfície lisa da estrada para o meio dos rochedos e dos pedaços de madeira flutuante que tinham se acumulado junto do quebra-mar. O terror não me permitia respirar. Todo o meu sangue se acumulava na cabeça, fazendo-a latejar, e não havia ar nos meus pulmões. Tive de enfiar a cabeça entre os braços e fechar os olhos para recuperar o autocontrole. Naquele instante, os pequenos sons que mesmo uma embarcação furtiva tem de fazer chegaram até mim, suaves, mas distintos, através da água. Um homem pigarreou, um remo chacoalhou na toleteira, algo pesado bateu no convés. Esperei por um grito ou comando que revelasse que eu tinha sido visto, mas não aconteceu nada. Ergui a cabeça cautelosamente, olhando através das raízes esbranquiçadas de um dos troncos de madeira flutuantes. Tudo estava quieto, com exceção do navio que ia se aproximando à medida que os remadores o traziam para o porto. Os remos se erguiam e caíam num movimento único, quase silencioso.

Pouco depois, pude ouvi-los falando em uma língua parecida com a nossa, mas pronunciada de uma forma tão áspera que podia apenas discernir o significado de algumas palavras com grande dificuldade. Um homem saltou do barco com uma corda na mão e patinhou até a margem. Prendeu o navio à costa, a não mais que uma distância de dois navios do lugar onde eu me escondia entre os rochedos e os pedaços de madeira. Outros dois saltaram para fora, com facas nas mãos, e escalaram o quebra-mar. Correram pela estrada em direções opostas, para assumir posições de sentinela. Um se colocou quase diretamente acima de mim. Fiquei bem encolhido e quieto. Agarrei-me mentalmente a Ferreirinho, da mesma forma que uma criança se agarra a um brinquedo favorito como proteção contra pesadelos. Precisava voltar para casa e para ele; portanto, não podia ser descoberto. O conhecimento de que eu tinha de fazer a primeira dessas coisas, de alguma maneira, fazia a segunda parecer mais possível.

Os homens saíam apressadamente do navio. Tudo neles indicava familiaridade. Não conseguia compreender por que eles tinham aportado aqui até que os vi descarregar tonéis de água vazios. Os tonéis foram transportados ocos, rolando pela estrada sobre o quebra-mar, e lembrei-me do poço pelo qual tinha passado antes. A parte da minha mente que pertencia a Chade notou o quão bem conheciam Forja, para aportar quase exatamente em frente àquele poço. Não era a primeira vez que esse navio tinha parado aqui para se abastecer de água. "Envenene o poço antes de partir", sugeriu para mim aquele pedacinho da minha cabeça. Mas eu não tinha as provisões necessárias para nada do gênero, nem coragem para fazer o que quer que fosse, a não ser me manter escondido.

Outros tripulantes emergiram e começaram a andar, esticando as pernas. Ouvi uma discussão entre uma mulher e um homem. Este desejava permissão para acender uma fogueira com um pouco da madeira flutuante encostada nos quebra-mares e assar carne. Ela o proibiu, dizendo que não estavam suficientemente longe ainda, e que o fogo seria visível demais. Compreendi que tinham executado um ataque recentemente, para ter carne fresca, e não muito longe daqui. Ela lhe deu permissão para outra coisa que não consegui entender muito bem, até que os vi descarregar dois barris cheios. Outro homem veio à costa com uma peça inteira de presunto no ombro, e a jogou sobre um dos tonéis colocados em pé. Desembainhou uma faca e começou a cortar pedaços de presunto, enquanto um dos seus companheiros abria o outro barril. Iam ficar por um tempo. E se decidissem fazer uma fogueira, ou se ficassem até o amanhecer, a sombra do meu tronco de madeira não me serviria de esconderijo. Tinha de sair dali depressa.

Através de ninhos de pulga-do-mar e montes disformes de algas, por baixo e entre troncos e pedras, fui me arrastando pela areia e o saibro. Juro que todas as raízes pontudas se engancharam em mim e que todas as placas soltas de pedra bloquearam o meu caminho. A maré tinha mudado. As ondas batiam barulhentas contra as rochas, e a espuma de água salgada era carregada pelo vento. Logo fiquei ensopado. Tentei sincronizar os movimentos com o bater das ondas, para esconder os meus pequenos sons nos delas. As pedras estavam cheias de cracas, e a areia entrava nos cortes que elas faziam em minhas mãos e joelhos. O cajado tinha se tornado um fardo incrível, mas me recusava a abandonar a minha única arma. Muito depois de já não poder ver ou ouvir os salteadores, continuava, sem ousar me levantar, rastejando e me movendo de uma pedra a um pedaço de madeira. Por fim, aventurei-me a subir até a estrada e continuei rastejando sobre ela. Quando alcancei a sombra de um armazém em ruínas, eu me levantei, abraçado à parede, e perscrutei a escuridão ao meu redor.

Tudo estava silencioso. Ousei dar dois passos rumo à estrada, mas mesmo ali não podia ver nem o barco nem as sentinelas. Talvez isso quisesse dizer que eles também não podiam me ver. Inspirei fundo para me acalmar. Sondei em busca de Ferreirinho da mesma forma que alguns homens apalpam os bolsos para ter certeza de que as suas moedas estão seguras. Encontrei-o, fraco e quieto, a sua mente como uma poça silenciosa.

— Estou a caminho — sussurrei, com medo de agitá-lo. E me coloquei outra vez na estrada.

O vento era impiedoso, e as minhas roupas molhadas de água salgada colavam-se no meu corpo e esfolavam a minha pele. Estava esfomeado, com frio e cansado. Meus sapatos úmidos estavam em petição de miséria. Mas não me passava pela cabeça parar. Corri como um lobo, os olhos continuamente mudando de foco, os ouvidos em estado de alerta para qualquer som. Em um momento, a estrada estava vazia e escura atrás de mim. No momento seguinte, a escuridão tinha se transformado em homens. Dois diante de mim e, quando me virei, um atrás. O bater das ondas tinha acobertado o som dos seus passos, e a lua esquiva não me oferecera mais do que vislumbres deles enquanto fechavam o cerco à minha volta. Encostei contra a parede sólida de um armazém, coloquei o meu cajado em posição de ataque e esperei.

Observei-os vir, silenciosos e furtivos. Aquela atitude me intrigou. Por que razão não haviam gritado pelos outros, por que razão a tripulação toda do navio não tinha vindo observar a minha captura? Mas esses homens observavam tanto uns aos outros como me observavam. Não caçavam como um bando, mas cada um esperava que os outros morressem na tentativa de me matar e deixassem os restos para ele. Não eram Salteadores, eram Forjados.

Uma frieza terrível irrompeu em mim. O menor ruído de uma briga traria os Salteadores, disso eu estava seguro. Portanto, se os Forjados não acabassem comigo, os Salteadores dariam um jeito nisso. Mas quando todos os caminhos levam à morte certa, não há qualquer razão para desatar a correr por qualquer um deles. Resolvi tratar dos problemas à medida que viessem. Eram três.

Um tinha uma faca. Mas eu tinha um cajado e treino no seu uso. Eram magros, esfarrapados, pelo menos tão esfomeados quanto eu, e igualmente congelados. Um, penso, era a mulher da noite anterior. À medida que se aproximavam de mim, muito silenciosos, suspeitei que estivessem cientes da presença dos salteadores e que estes os atemorizassem tanto quanto a mim. Não era bom considerar o desespero que os incitaria a me atacar nessas condições. Mas no meu fôlego seguinte lembrei que os Forjados provavelmente não sentiam nem desespero, nem nenhuma outra coisa. Talvez estivessem entorpecidos demais para perceberem o perigo.

Todo o conhecimento secreto e misterioso que Chade tinha me transmitido e todas as estratégias brutais e elegantes para lutar com dois ou mais oponentes de

Hod foram levados pelo vento. Pois quando os dois primeiros entraram na minha zona de alcance, senti o pequeno calor de Ferreirinho escapar da minha mão.

— Ferreirinho! — sussurrei, em um pedido desesperado para que de alguma forma continuasse comigo.

Vislumbrei a ponta de uma cauda se mexendo em um derradeiro esforço para abanar. Então, o fio se rompeu e a centelha se apagou. Eu estava sozinho.

Uma torrente negra de força tomou conta de mim como um ataque de loucura. Saltei para a frente e, em um golpe profundo, enfiei a ponta do cajado no rosto de um homem, puxei-o rapidamente de volta e aproveitei o embalo para lançá-lo com força através da mandíbula da mulher. O golpe foi tão forte que a simples madeira foi suficiente para esmigalhar a parte inferior do rosto dela. Golpeei-a outra vez enquanto caía, e foi como bater com um bastão em um tubarão capturado nas redes de pesca. O terceiro veio para cima de mim, pensando, suponho, que estava perto demais para que eu pudesse utilizar o cajado com eficiência. Não me importei. Larguei o cajado e o agarrei. Era ossudo e fedia. Empurrei-o até cairmos nós dois, ele de costas, e o hálito que expeliu na minha cara tinha um cheiro de carne em putrefação. Rasguei-o com os dedos e os dentes, tão inumano quanto ele. Eles tinham me impedido de estar com Ferreirinho enquanto ele morria. Não me importava com o que fosse fazer nele, desde que o machucasse. Ele revidou. Arrastei a cara dele ao longo das pedras da calçada, empurrei o meu polegar para dentro de um dos seus olhos. Ele cravou os dentes no meu pulso e arranhou minha bochecha com as unhas, deixando-a ensanguentada. E quando, por fim, ele parou de lutar contra o aperto estrangulador das minhas mãos, arrastei-o até o quebra-mar e atirei o seu corpo para os rochedos.

Fiquei parado em pé, arfando, com os punhos ainda cerrados. Olhei furiosamente na direção dos Salteadores, desafiando-os a virem, mas a noite era calma, apesar das ondas, do vento e do suave gargarejar da mulher enquanto morria. Ou os Salteadores não tinham ouvido nada, ou estavam muito preocupados em passar despercebidos, eles próprios, para investigar sons na noite. Esperei em vão alguém se dar ao trabalho de vir me matar. Não houve nenhum movimento. Um vazio fluiu sobre mim, sobrepondo-se à loucura. Tanta morte em uma só noite, e tão pouco significado, exceto para mim.

Deixei os outros corpos estraçalhados sobre o quebra-mar, que estava prestes a desmoronar, para que as ondas e as gaivotas se desfizessem deles, e eu me afastei. Não tinha sentido nada vindo deles quando os matei. Nem medo, nem raiva, nem dor, nem sequer desespero. Tinham sido coisas. E quando recomecei minha longa caminhada de volta a Torre do Cervo, não senti nada vir de dentro de mim. Talvez, pensei, o Forjamento fosse como uma doença contagiosa que agora tinha me contaminado. Não conseguia forçar em mim nenhuma preocupação com o que quer que fosse.

Pouca coisa dessa jornada ficou guardada na minha mente. Fiz o caminho todo andando, com frio, cansado e faminto. Não encontrei mais Forjados, e os poucos outros viajantes que vi na estrada não estavam mais ansiosos do que eu para falar com um estranho. Eu pensava apenas em voltar a Torre do Cervo. E em Burrich. Cheguei a Torre do Cervo no segundo dia da Festa da Primavera. Os guardas no portão tentaram primeiro me parar. Olhei para eles.

— É o Fitz — constatou um deles, surpreso. — Disseram que você tinha morrido.

— Cale a boca — resmungou o outro. Era Gage, que eu conhecia bem e que disse rapidamente: — Burrich foi ferido. Ele está na enfermaria, garoto.

Assenti com a cabeça e passei por eles.

Durante todos os meus anos em Torre do Cervo, nunca tinha pisado na enfermaria. Burrich tinha sempre tratado das minhas doenças de criança e dos meus acidentes. Mas sabia onde era. Passei sem ver os grupos de foliões, e subitamente me senti como se tivesse seis anos de idade e chegado pela primeira vez a Torre do Cervo. Tinha me agarrado ao cinto de Burrich. Todo aquele longo caminho desde o Olho da Lua, ele com a perna ferida e com curativos. Mas nenhuma vez ele tinha me posto no cavalo de outro, ou havia confiado a outro a responsabilidade de cuidar de mim. Forcei o caminho pelo meio das pessoas, com os seus sinos, flores e bolos doces, para alcançar a parte interna da torre. Atrás da caserna ficava um edifício à parte, feito de pedra caiada. Não havia ninguém ali, e entrei, sem que me perguntassem nada, pela antessala, rumo ao quarto.

Havia juncos frescos espalhados pelo chão, e as janelas largas deixavam entrar uma lufada de ar de primavera e luz, mas o quarto ainda dava uma sensação de confinamento e doença. Não era um bom lugar para Burrich. Todas as camas estavam vazias, com exceção de uma. Nenhum soldado ficava na cama durante a Festa da Primavera, salvo se fosse obrigado a isso. Burrich jazia, de olhos fechados, em uma parte do quarto coberta pela luz do sol, sobre uma maca estreita. Nunca o tinha visto tão imóvel. Os cobertores estavam amontoados de lado e o peito dele estava enfaixado com ataduras. Avancei silenciosamente e me sentei no chão, ao lado da cama. Ele estava muito quieto, mas eu podia senti-lo, e as ataduras se moviam com a lenta respiração. Peguei na mão dele.

— Fitz — ele disse, sem abrir os olhos, e agarrou com força a minha mão.

— Sim.

— Você está de volta. Está vivo.

— Estou. Vim imediatamente para cá, o mais depressa que pude. Ah, Burrich, fiquei com medo de que você estivesse morto.

— Pensei que *você* estivesse morto. Os outros voltaram há vários dias — ele inspirou o ar como se os pulmões estivessem em frangalhos. — Claro, o bastardo deixou cavalos para todos os outros.

— Não — eu o lembrei, sem largar sua mão. — Eu sou o bastardo, lembra?

— Desculpe. — Abriu os olhos. No branco do olho esquerdo um labirinto de sangue estava desenhado. Tentou sorrir. Eu podia ver que o inchaço no lado esquerdo do rosto ainda estava diminuindo. — Bem. Formamos uma boa dupla. Você devia pôr um unguento na sua bochecha. Está inflamando. Parece uma ferida feita pelas garras de um animal.

— Forjados — comecei, mas não consegui explicar mais. Disse apenas, suavemente: — Ele me deixou a norte de Forja, Burrich.

A raiva provocou um espasmo no rosto dele.

— Ele se recusou a me dizer. A mim e a todos. Até enviei um homem a Verity, para pedir ao príncipe que o forçasse a dizer o que tinha feito com você. Não recebi resposta. Eu devia matá-lo.

— Deixe para lá — eu disse. — Estou de volta e vivo. Falhei no teste dele, mas o teste não me matou. E, como você tinha dito para mim, há outras coisas na minha vida.

Burrich mexeu-se ligeiramente na cama. Pude ver que o movimento não o fez se sentir mais confortável.

— Bem. Ele vai ficar desapontado com isso. — Exalou um sopro trêmulo. — Fui surpreendido. Alguém com uma faca. Não sei quem.

— Você está muito mal?

— Não estou muito bem, na minha idade. Para um garoto novo como você seria apenas um susto. Ainda assim, ele apenas conseguiu me apunhalar uma vez, mas caí e bati com a cabeça. Fiquei desacordado por dois dias. E, Fitz. O seu cão. Uma coisa estúpida e sem sentido, mas ele matou o seu cão.

— Eu sei.

— Ele morreu depressa — disse Burrich, como se aquilo pudesse ser um conforto.

Fiquei imóvel, ao ouvir a mentira.

— Ele morreu bem — eu o corrigi. — Se não tivesse morrido, você teria sido apunhalado mais vezes.

Burrich ficou muito quieto.

— Você estava lá, não estava? — disse por fim.

Não era uma pergunta, e não tinha como interpretá-la errado.

— Sim — eu me ouvi dizer, simplesmente.

— Estava lá, com o cão, nessa noite, em vez de tentar usar o Talento? — ele levantou a voz, indignado.

— Burrich, não foi dessa...

Ele soltou a mão da minha e virou-se para tão longe de mim quanto podia.

— Me deixe.

— Burrich, não foi Ferreirinho. Eu simplesmente não tenho o Talento. Portanto, deixe-me ter o que tenho, deixe-me ser quem eu sou. Não uso isso de um jeito ruim. Mesmo sem isso, sou bom com os animais. Você me fez ser. Se usar isso, posso...

— Fique longe do meu estábulo. E fique longe de mim. — Ele virou-se outra vez para me encarar e, para minha surpresa, uma lágrima solitária percorria seu rosto escuro. — Você falhou? Não, Fitz, eu falhei. Fui suave demais para expulsar isso de você no primeiro sinal. "Eduque-o bem", Chivalry me disse. Foi a última ordem que me deu. E eu falhei com ele. E com você. Se não tivesse te envolvido na Manha, Fitz, você teria sido capaz de aprender o Talento. Galen teria sido capaz de te ensinar. Não me admira que ele tenha te enviado para Forja. — Ele fez uma pausa. — Bastardo ou não, você teria sido um filho digno de Chivalry. Mas jogou tudo por água abaixo. E por quê? Por um cão. Sei bem o que um cão pode ser para um homem, mas não se desperdiça a vida por causa de...

— Não era apenas um cão — eu o interrompi. — Ferreirinho. O meu amigo. E não foi apenas por causa dele. Desisti da espera e vim até você. Pensando que poderia precisar de mim. Ferreirinho morreu há dias. Eu sabia disso. Mas voltei por você, pensando que poderia precisar de mim.

Ficou em silêncio por tanto tempo que pensei que não ia voltar a falar comigo.

— Não precisava — disse em uma voz calma. — Sei tomar conta de mim mesmo. — E em uma voz mais dura: — Você sabe. Sempre fiz isso.

— E de mim — admiti. — Você sempre tomou conta de mim.

— Caramba, e que bem isso fez para nós dois? — disse lentamente. — Veja no que você se tornou. Agora você é apenas... Desapareça. Simplesmente, desapareça.

Virou as costas outra vez, e senti que algo o abandonava.

Levantei-me lentamente.

— Vou fazer uma solução de folhas-de-helena para o seu olho. Trarei hoje à tarde.

— Não me traga nada. Não me faça nenhum favor. Tome o seu próprio rumo e seja o que você quiser. Não quero ter mais nada a ver com você.

Falava para a parede. Na sua voz não havia nenhum sinal de piedade por nenhum de nós.

Olhei brevemente para trás ao deixar a enfermaria. Burrich não tinha se mexido, mas até as suas costas pareciam mais velhas e menores.

Foi assim o meu retorno a Torre do Cervo. Era uma criatura diferente da criança desamparada que tinha saído dali. Fizeram pouca festa por eu não estar morto, como havia sido suposto. Não dei oportunidade a ninguém para fazer isso. Da cama de Burrich fui diretamente para o meu quarto. Tomei banho e troquei de roupa. Dormi, mas não bem. Durante o resto da Festa da Primavera, comi à noite, sozinho na cozinha. Escrevi um bilhete para o rei Shrewd, sugerindo que os Salteadores poderiam estar usando regularmente os poços de água em Forja. Não me deu nenhuma resposta, e fiquei contente com isso. Não procurei entrar em contato com mais ninguém.

Com muita pompa e cerimônia, Galen apresentou o seu círculo completo ao rei. Um outro além de mim tinha fracassado. Eu me envergonho agora por não conseguir lembrar o seu nome, e, se alguma vez soube o que aconteceu com ele, já me esqueci. Como Galen, suponho que o deixei de lado, considerando-o insignificante.

Galen falou comigo apenas uma vez até o fim daquele verão, e indiretamente. Passamos um pelo outro no pátio, pouco depois da Festa da Primavera. Ele ia andando e conversando com Regal. Quando passaram por mim, olhou-me por cima da cabeça de Regal e disse em tom de piada:

— Mais vidas que um gato.

Parei e olhei para eles até que ambos fossem forçados a olhar para mim. Fiz Galen encarar os meus olhos; então sorri e assenti com a cabeça. Nunca confrontei Galen sobre a sua tentativa de me enviar direto para a morte. Depois disso, parecia nunca me ver; seus olhos passavam deslizando sobre mim, e ele deixava o ambiente assim que eu entrava.

Parecia que eu tinha perdido tudo ao perder Ferreirinho. Ou talvez, na minha amargura, eu tenha me empenhado em destruir o pouco que me restava. Perambulei amuado pela torre durante semanas, insultando qualquer um que fosse suficientemente tolo para falar comigo. O Bobo me evitava. Chade não me chamava. Vi Patience três vezes. Das duas primeiras, fui até ela porque me chamou. Fiz apenas o mínimo esforço para ser educado. Da terceira vez, aborrecido com a tagarelice dela sobre as mudas de rosas, levantei-me e saí sem dizer nada. Não voltou a me chamar.

Mas chegou um momento em que senti que precisava me aproximar de alguém. Ferreirinho tinha deixado um grande vazio na minha vida. E não tinha esperado que o meu exílio do estábulo fosse ser tão devastador. Encontros ocasionais com Burrich eram incrivelmente desconfortáveis, visto que ambos aprendemos dolorosamente a fingir que não nos víamos.

Queria desesperadamente ir até Molly, para lhe contar as minhas desgraças, tudo o que tinha acontecido comigo desde que tinha chegado pela primeira vez a Torre do Cervo. Imaginava em detalhes como nos sentaríamos na praia enquanto eu falava, e como, quando eu terminasse, ela não me julgaria ou tentaria me oferecer conselhos, mas apenas seguraria a minha mão na sua e ficaria quieta a meu lado. Finalmente ela saberia tudo, e não teria mais de esconder tanta coisa dela. Não ousei imaginar nada além daquilo. Desejava desesperadamente fazer isso, e receava fazê-lo com o medo que apenas um rapaz cuja amada é dois anos mais velha conhece. Se contasse a ela todos os meus infortúnios, ela me consideraria uma criança infeliz e teria piedade de mim? Será que me odiaria por tudo o que nunca tinha lhe contado antes? Uma dúzia de vezes esse pensamento fez os meus pés evitarem o caminho para a Cidade de Torre do Cervo.

Mas, dois meses depois, em um dia em que me aventurei a ir à cidade, meus pés traiçoeiros me levaram à casa de velas. Aconteceu que eu trazia um cesto comigo, com uma garrafa de quirche dentro, e quatro ou cinco pequenas rosas amarelas, obtidas com grandes perdas de pele no Jardim das Mulheres, onde a sua fragrância se sobrepunha até aos canteiros de tomilho. Disse a mim mesmo que não tinha um plano. Não precisava dizer a ela tudo sobre mim. Não precisava sequer vê-la. Podia decidir o que fazer à medida que fosse andando. Mas, no fim, as decisões já estavam todas tomadas e não tinham nada a ver comigo.

Cheguei bem a tempo de ver Molly partir de braço dado com Jade. Iam com as cabeças quase encostadas, e ela se inclinava no braço dele enquanto falavam em vozes suaves. À porta da casa de velas, ele parou para contemplar o rosto dela. Ela ergueu os olhos para encontrar os dele. Quando o homem ergueu uma mão hesitante para tocar o seu rosto, Molly tornou-se subitamente uma mulher, e eu não a conhecia. Os dois anos de diferença entre nós eram um abismo imenso que eu nunca poderia esperar atravessar. Virei apressadamente a esquina antes que ela pudesse me ver e virei-me para o lado, com a cabeça baixa. Passaram por mim como se eu fosse uma árvore ou uma pedra. A cabeça dela se reclinava no ombro dele, e andavam lentamente. Demorou uma eternidade até que desaparecessem.

Nessa noite fiquei mais bêbado do que alguma vez tinha estado, e acordei no dia seguinte deitado em uns arbustos, no meio da estrada que levava até a torre.

ASSASSINATOS

Chade Tombastrela, conselheiro pessoal do rei Shrewd, fez um amplo estudo sobre o Forjamento durante o período que precedeu as guerras dos Navios Vermelhos. Das suas tábuas, temos o seguinte relato:

"Netta, filha do pescador Gill e da lavradora Ryda, foi capturada viva da aldeia de Boágua no décimo sétimo dia depois da Festa da Primavera. Foi Forjada pelos Salteadores dos Navios Vermelhos e devolvida à aldeia três dias depois. O pai foi morto no mesmo ataque, e a mãe, tendo cinco crianças mais novas, não foi capaz de lidar com Netta, que tinha, na ocasião em que foi Forjada, catorze primaveras. Ela veio até mim seis meses depois do Forjamento.

Quando ela foi trazida, estava suja, maltrapilha e muito enfraquecida devido à falta de comida e de abrigo. Conforme as minhas instruções, foi lavada, vestida e instalada em aposentos próximos dos meus. Procedi com ela como teria feito com um animal selvagem. Cada dia lhe trazia comida com as minhas próprias mãos e ficava perto dela enquanto comia. Tive o cuidado de me certificar de que os seus aposentos fossem mantidos aquecidos, a cama limpa, e que lhe providenciassem as comodidades que uma mulher pode esperar: água para se lavar, escovas e pentes, e todos os outros utensílios que uma mulher considera necessários. Além disso, certifiquei-me de que fosse provida de vários tipos de utensílios de costura, pois tinha descoberto que, antes do Forjamento, demonstrava grande dedicação e aptidão pelos trabalhos de costura ornamental, e que tinha até criado várias peças bem trabalhosas. A minha intenção com tudo isso era ver se, em circunstâncias propícias, um Forjado poderia voltar a se parecer com a pessoa que era antes.

Mesmo um animal selvagem teria se tornado um pouco mais manso nessas circunstâncias. Mas Netta reagia a tudo com indiferença. Tinha perdido não só os hábitos de uma mulher, mas também o bom senso de um animal. Comia até se saciar, com as mãos, e deixava cair no chão tudo o que tivesse sobrado, para ser pisoteado. Não se lavava, nem tomava conta de si mesma de maneira alguma. Até a maior parte dos animais só suja uma parte do covil, mas Netta era como um rato que deixa seus excrementos cair para todo lado, sem se preocupar em manter limpo o lugar onde dorme.

Era capaz de falar de forma sensata se assim decidisse fazer ou se quisesse muito alguma coisa. Quando falava por iniciativa própria, era geralmente para me acusar de roubar coisas suas, ou para emitir ameaças contra mim se não lhe desse imediatamente alguma coisa que ela tinha decidido querer. A sua atitude habitual em relação a mim era cheia de suspeitas e ódio. Ignorava as minhas tentativas de ter uma conversa normal, mas, ao tirar o seu acesso à comida, consegui obter respostas em troca de comida. Tinha recordações claras da família, mas não se interessava minimamente pelo que tinha sido feito dela. Em vez disso, respondia às perguntas sobre esse assunto como se estivesse respondendo sobre o tempo que fazia ontem. A respeito do Forjamento, disse apenas que se lembrava de ser mantida em cativeiro dentro de um navio, e que tinha recebido pouca comida e apenas água suficiente para todos os prisioneiros tomarem um gole. Que se lembrava, não tinha recebido nada de estranho para comer, nem tinha sido tocada de nenhuma maneira especial. E, portanto, não podia me fornecer nenhuma pista sobre o mecanismo do Forjamento. Isso foi um grande desapontamento para mim, pois esperava que, aprendendo como a coisa era feita, pudesse encontrar uma maneira de desfazê-la.

Eu me esforcei muito para trazê-la de volta a um comportamento humano usando argumentos racionais, mas de nada me serviram. Parecia compreender as minhas palavras, mas não agia em resposta a elas. Mesmo quando lhe eram dados dois pães e ela era alertada de que deveria guardar um para o dia seguinte ou não teria nada para comer, deixava o segundo pão cair no chão, pisava nele e, no dia seguinte, comia os restos que ela própria tinha jogado ao chão, não se importando com a sujeira presa neles. Não demonstrava nenhum interesse pelo trabalho de costura ou por qualquer outro passatempo, nem mesmo pelos brinquedos de uma criança. Além de comer e dormir, satisfazia-se passando a vida sentada ou deitada, a sua mente tão ociosa quanto o corpo. Se lhe oferecesse doces ou bolos, comia-os sem parar até vomitar, e depois disso comia ainda mais.

Tratei-a com vários elixires e infusões de ervas. Deixei-a em jejum, eu a fiz tomar banhos de vapor e dei purgantes para ela. Banhos quentes e frios não tiveram outro efeito que não fosse deixá-la com raiva. Eu a fiz dormir um dia e uma noite inteiros, o que não levou a nenhuma mudança. Eu a dopei com casco-de-elfo de tal forma que não conseguisse dormir por duas noites, mas isso apenas a tornou irritadiça. Mimei-a com gentilezas por algum tempo, mas, como nos períodos em que lhe impus as mais duras restrições, isso não ocasionou nenhuma diferença nem nela, nem na maneira como me encarava. Se tinha fome, fazia gentilezas e sorria agradavelmente quando instruída, mas logo que a comida era fornecida a ela, todas as ordens ou pedidos que se seguissem eram ignorados.

Era malignamente ciumenta do seu território e posses. Mais de uma vez tentou me atacar, por nenhuma outra razão que não fosse o fato de eu me aventurar perto demais da comida que ela estava comendo, e uma vez porque, subitamente, decidiu que queria ter um anel que eu estava usando. Matava regularmente os ratos que o seu desmazelo atraía, apanhando-os com uma impressionante rapidez e atirando-os contra a parede. Um gato que uma vez se aventurou nos seus aposentos teve um destino semelhante.

Parecia ter pouca noção do tempo que tinha passado desde o seu Forjamento. Podia fazer um bom relato da sua vida anterior, se ordenada a fazer isso quando estivesse com fome, mas a respeito dos dias após o seu Forjamento, havia apenas um longo 'ontem'.

De Netta, não pude aprender se algo tinha sido adicionado ou retirado dela para que fosse Forjada. Não descobri se era uma coisa consumida, cheirada, ouvida ou vista. Não determinei se era obra da habilidade ou mão de um homem, ou obra de demônios do mar, sobre os quais alguns Estrangeiros dizem ter poder. De uma longa e cansativa experiência, não aprendi nada.

A Netta dei uma dose tripla de sonífero em uma noite, dissolvida na sua água. Então mandei lavar o seu corpo, ajeitar o seu cabelo, e a enviei de volta à sua aldeia para ter um enterro decente. Pelo menos uma família pôde pôr fim a uma história de Forjamento. A maior parte das outras tem de imaginar, durante meses e anos, o que aconteceu aos que um dia amaram. A maior parte está bem melhor não sabendo de nada."

Nessa época, havia mais de mil almas conhecidas por terem sido Forjadas.

Burrich tinha falado sério. Não tinha mais nada a ver comigo. Eu já não era bem-vindo no seu estábulo e nos seus canis. Cob, em particular, deliciava-se selvagemente com isso. Embora frequentemente se ausentasse com Regal, se calhasse de ele estar no estábulo, aparecia para bloquear a minha entrada.

— Permita-me que traga o seu cavalo, senhor — dizia-me obsequiosamente. — O mestre do estábulo prefere que apenas os rapazes do estábulo lidem com os cavalos dentro das baias.

E assim eu era forçado a ficar esperando, como um fidalgote incompetente, enquanto ele punha a sela em Fuligem e a trazia para mim. O próprio Cob limpava a baia dela, levava a forragem e a escovava, e me corroía por dentro ver o quão rapidamente ela o tinha aceitado. É apenas um cavalo, dizia a mim mesmo, e não deve ser considerada culpada. Mas era mais um abandono.

De repente, tinha tempo demais à disposição. Antes disso, minhas manhãs eram sempre passadas trabalhando com Burrich. Agora, eram minhas. Hod estava ocupada treinando novatos para a defesa da costa. Aceitava que eu treinasse com eles, mas eram lições que eu já tinha aprendido havia muito tempo. Fedwren estava fora o verão todo, como era habitual. Não sabia como pedir desculpas a Patience, e não queria nem pensar em Molly. Mesmo as minhas incursões pelas tabernas de Torre do Cervo tinham se tornado solitárias. Kerry se tornara aprendiz de um titereiro; e Dick tinha zarpado como marinheiro. Eu estava desocupado e sozinho.

Foi um verão de tristeza, e não apenas para mim. Enquanto eu estava sozinho, amargo e me tornava grande demais para todas as minhas roupas, enquanto me irritava e rosnava a quem fosse suficientemente tolo para tentar falar comigo, e bebia até perder os sentidos várias vezes por semana, ainda tinha consciência do quanto os Seis Ducados estavam sendo torturados. Os Salteadores dos Navios Vermelhos, mais ousados do que nunca, assolavam constantemente a nossa linha costeira. Naquele verão, além de ameaças, começaram finalmente a fazer exigências. Grãos, gado, o direito de pegar o que desejassem dos nossos portos marítimos, o direito de acostar os seus barcos e viver das nossas terras e pessoas durante a estação, o direito de escolher gente do nosso povo como escravos... cada nova exigência era mais intolerável que a anterior, e a única coisa mais intolerável que essas exigências eram os Forjamentos que se seguiam a cada recusa do rei.

O povo começava a abandonar os portos marítimos e as aldeias da costa. Não se podia censurá-los por isso, embora essa reação tornasse a nossa linha costeira ainda mais vulnerável. Mais soldados foram contratados e os impostos foram aumentados para pagá-los, e o povo resmungava sob o fardo dos impostos e do medo dos Salteadores dos Navios Vermelhos. Ainda mais estranhos eram os ilhéus que vinham à nossa costa nos seus barcos de família, deixando os navios piratas para trás, implorando-nos asilo, contando narrativas incríveis de caos e tirania nas Ilhas Externas, onde os Navios Vermelhos tinham pleno domínio. Constituíam talvez uma bênção duvidosa. Eram contratados a baixo custo como soldados, embora pouca gente realmente confiasse neles. Mas, pelo menos, as narrativas das Ilhas Externas sob o domínio dos Navios Vermelhos eram suficientemente preocupantes para manter longe de todos a ideia de acatar as exigências dos Salteadores.

Algum tempo depois do meu regresso, Chade abriu a porta para mim. Eu estava de mau humor por causa da forma como ele me negligenciara durante todo esse tempo, e subi as escadarias mais lentamente do que alguma vez tinha feito. Quando cheguei lá, ele olhou para mim enquanto prosseguia com o trabalho de esmagar sementes com um pilão, e tinha o rosto muito cansado.

— Estou contente por te ver — disse, sem nenhum contentamento em sua voz.

— Por isso você veio tão depressa me dar as boas-vindas quando voltei — observei amargamente.

Ele fez uma pausa no trabalho.

— Lamento. Pensei que você precisasse de algum tempo sozinho, para se recuperar. — Voltou a olhar para as sementes. — O inverno e a primavera também não foram fáceis para mim. Não é melhor virarmos essa página e seguirmos em frente?

Era uma sugestão gentil e razoável. Eu sabia que era sensata.

— Tenho alguma escolha? — perguntei sarcasticamente.

Chade terminou de esmagar as sementes. Despejou o resultado em uma peneira fina e o colocou sobre uma taça para escorrer.

— Não — disse por fim, como se tivesse considerado bem o que eu tinha dito. — Não, você não tem, e eu também não. Em muitas coisas, não temos escolha.

Olhou para mim, percorrendo-me de cima a baixo, e a seguir começou a amassar as sementes outra vez.

— Você — disse — vai parar de beber tudo o que não seja água ou chá até o fim do verão. O seu suor está fedendo a vinho. E os seus músculos estão muito flácidos para alguém tão jovem. Um inverno com as meditações de Galen não fez bem nenhum ao seu corpo. Dê um jeito de se exercitar. Comece, a partir de hoje, a subir a torre de Verity quatro vezes por dia. Você levará para ele comida e os chás que eu te ensinarei como preparar. Nunca chegue perto dele com uma cara mal-humorada, mas, sim, seja sempre alegre e amistoso. Talvez algum tempo servindo Verity te convença de que eu tinha razões para não centrar a minha atenção em você. É isso o que você vai fazer todos os dias que estiver em Torre do Cervo. Haverá outros dias em que irá executar outras tarefas para mim.

Não foram necessárias muitas palavras de Chade para despertar vergonha em mim. A percepção que tinha da minha vida passou de grande tragédia a autocomiseração infantil em um intervalo de apenas alguns minutos.

— Tenho sido ocioso — admiti.

— Tem sido estúpido — Chade concordou. — Você teve um mês para dar um jeito na sua vida. E se comportou como... um fedelho mimado. Não me espanta que Burrich o despreze.

Havia muito tempo que eu tinha parado de me surpreender com o que Chade sabia, mas dessa vez estava certo de que ele não sabia a verdadeira razão, e eu não desejava partilhá-la com ele.

— Já descobriu quem tentou matá-lo?

— Não... tentei, na verdade.

Agora Chade parecia zangado, e depois intrigado.

— Garoto, você definitivamente não é mais o mesmo. Há seis meses você teria vasculhado o estábulo até deixá-lo de cabeça para baixo para desvendar um mistério desses. Há seis meses, se fosse dado a você um mês de férias, teria preenchido cada dia com algo que valesse a pena. O que é que te perturba?

Olhei para o chão, sentindo a verdade nas suas palavras. Queria contar para ele todas as desgraças que tinham acontecido comigo, mas não queria dizer uma palavra sobre aquilo a ninguém.

— Vou te contar tudo o que sei sobre o ataque a Burrich. — E assim fiz.

— E esse que viu tudo isso? — perguntou-me quando terminei. — Conhecia o homem que atacou Burrich?

— Não conseguiu vê-lo bem. — Eu me estiquei.

Era inútil dizer a Chade que eu sabia exatamente qual era o cheiro dele, mas tinha apenas uma vaga imagem de sua fisionomia.

Chade ficou em silêncio por um momento.

— Bem, tanto quanto puder, fique de ouvido em pé. Gostaria de saber quem se tornou tão corajoso que pensa que pode matar o mestre do estábulo do rei dentro do próprio estábulo.

— Então você não pensa que foi alguma desavença pessoal de Burrich? — perguntei cautelosamente.

— Talvez tenha sido. Mas não vamos tirar conclusões precipitadas. Para mim, tenho a sensação de ser uma jogada. Alguém está construindo alguma coisa, mas falhou na colocação do primeiro tijolo. Para nossa vantagem, espero.

— Pode me dizer por que você acha isso?

— Poderia, mas não farei. Quero deixar a sua mente livre para encontrar os seus próprios pressupostos, independentemente dos meus. Agora venha aqui. Vou te mostrar os chás.

Estava mais do que um pouco magoado por ele não ter me perguntado nada sobre o meu tempo com Galen ou o teste. Parecia aceitar o meu fracasso como uma coisa esperada. Mas quando me mostrou os ingredientes que tinha selecionado para os chás de Verity, fiquei horrorizado com a potência dos estimulantes que ele estava usando.

Tinha visto Verity pouco ultimamente. Em contrapartida, Regal estava sempre em destaque. Passara o mês anterior em idas e vindas. Estava sempre acabando de chegar ou prestes a partir, e cada uma das comitivas era mais rica e mais ornamentada do que a anterior. Parecia que estava usando a desculpa de andar à procura de uma noiva para o irmão com o intuito de se ornamentar com penas mais brilhantes do que as de qualquer pavão. A opinião comum era de que ele precisava se apresentar dessa maneira para impressionar aqueles com quem negociava. Pessoalmente, achava aquilo um desperdício de dinheiro que podia ter sido usado nas nossas defesas. Quando Regal estava fora, sentia-me aliviado, pois sua hostilidade em relação a mim tinha aumentado recentemente, e ele encontrava diversas pequenas maneiras de exprimir isso.

Nos breves encontros fortuitos que tive durante esse período com Verity ou o rei, ambos aparentavam estar sempre tensos e desgastados, mas Verity, em especial, parecia quase atordoado. Impassível e distraído, apenas uma vez percebeu a minha presença, e então sorriu cansadamente e disse que eu tinha crescido muito. A nossa conversa se resumira a isso. Mas eu tinha notado que ele comia como um inválido, sem apetite, recusando carne e pão como se fosse um esforço muito grande mastigar e engolir, e em vez disso vivia à custa de papas de cereais e sopas.

— Tem usado demais o Talento. Pelo menos assim me disse Shrewd. Mas por que é que o suga desse jeito e faz desaparecer a carne dos seus ossos, isso ele não conseguiu me explicar. Portanto, eu dou tônicos e elixires para ele e tento fazê-lo descansar. Mas ele não consegue. Diz que não ousa descansar. Diz apenas que todos os seus esforços são necessários para iludir os navegadores dos Navios Vermelhos, para enviar barcos contra rochedos, para desencorajar os capitães. E assim se levanta da cama e vai para a sua cadeira ao lado de uma janela, e ali fica sentado, o dia inteiro.

— E o círculo de Galen? Eles não servem para nada? — Fiz a pergunta com alguma inveja, quase desejando ouvir que não faziam diferença alguma.

Chade suspirou.

— Penso que os usa como eu usaria pombos-correios. Enviou-os para as torres e os usa para enviar avisos aos soldados e para receber deles a informação de que os navios foram avistados. Mas a tarefa de defender a costa ele não confia a nenhuma outra pessoa. Outros, diz ele, seriam muito inexperientes; poderiam se trair diante daqueles em quem utilizassem o Talento. Não entendo. Mas sei que ele não pode continuar assim por muito mais tempo. Rezo para que o verão acabe, para que as tempestades de inverno enviem os Navios Vermelhos de volta para casa. Deveria haver alguém que o substituísse nesse trabalho. Receio que o consuma por completo.

Tomei isso como uma crítica ao meu fracasso e me recolhi em um silêncio magoado. Vagueei pelos aposentos, achando-os ao mesmo tempo familiares e estranhos após meses de ausência. Os utensílios do trabalho dele com ervas estavam espalhados, como sempre. A presença de Sorrateiro era muito fácil de reconhecer, com pedaços de ossos fedorentos distribuídos pelos cantos. Como sempre, havia uma grande quantidade de tábuas e rolos de pergaminho dispostos sobre várias cadeiras. Este lote parecia dizer respeito sobretudo aos Antigos. Andei em volta deles, intrigado pelas ilustrações coloridas. Uma tábua, mais velha e mais elaborada do que as restantes, continha a representação de um Antigo como uma espécie de pássaro ornado de ouro com uma cabeça em forma humana coroada por penas. Comecei a decifrar as palavras. Eram em piche, uma língua antiga nativa de Chalced, ao sul dos Ducados. Muitos dos símbolos pintados tinham se apagado ou sido lascados em madeira antiga, e eu nunca fui fluente em piche. Chade veio e parou ao meu lado.

— Sabe — disse com gentileza —, não foi fácil para mim, mas mantive a minha palavra. Galen exigiu controle absoluto sobre os estudantes. Estipulou expressamente que ninguém poderia contatá-lo ou interferir do jeito que fosse na sua disciplina e instrução. E, como te disse, no Jardim da Rainha, sou cego e sem influência.

— Eu sabia disso — balbuciei.

— Contudo, não discordei das ações de Burrich. Apenas a palavra que dei ao meu rei me refreou de te chamar — fez uma pausa cautelosa. — Tem sido um período difícil, eu sei. Gostaria de ter podido te ajudar. E você não deve se sentir tão mal por ter...

— Falhado — contribuí com a palavra enquanto ele procurava por uma mais gentil. Suspirei e subitamente admiti a minha dor. — Deixemos isso para lá, Chade. É algo que eu não posso mudar.

— Eu sei — e então, ainda mais cautelosamente: — Mas talvez possamos usar o que você aprendeu do Talento. Se puder me ajudar a compreendê-lo, talvez possa arquitetar melhores maneiras de poupar Verity. Por muitos anos, o conhecimento foi mantido muito secreto... quase não há menção dele nos velhos rolos de pergaminhos, com exceção de dizerem que nessa e naquela batalha o resultado foi invertido por ação do Talento do rei sobre os soldados, ou que esse e aquele inimigos foram confundidos pelo Talento do rei. E, contudo, não há nada sobre como foi feito ou...

O desespero abateu-se sobre mim outra vez.

— Deixe isso para lá. Bastardos não têm de saber essas coisas. Parece que provei isso.

Um silêncio se instaurou entre nós. Por fim, Chade respirou pesadamente.

— Bem. Seja como for. Também estive estudando o Forjamento durante estes últimos meses. Mas tudo o que aprendi sobre isso foi o que não é e o que não funciona. A única cura que encontrei é o remédio mais antigo que se conhece para o que quer que seja.

Enrolei e apertei o pergaminho para o qual eu estava olhando, adivinhando o que estava por vir. E não me enganei.

— O rei me incumbiu de te dar uma missão.

Naquele verão, no espaço de três meses, matei dezessete vezes para o rei. Se não tivesse matado antes, por vontade própria e em legítima defesa, teria sido muito mais difícil.

De início, as missões pareciam ser simples. Eu, um cavalo e cestas de pão envenenado. Cavalgava estradas onde viajantes tinham relatado ser atacados e, quando os Forjados me atacavam, fugia, deixando cair um rastro de pães. Se fosse um homem de armas normal, talvez eu tivesse ficado menos assustado. Mas a vida toda eu tinha me acostumado a depender da Manha para perceber a presença de outros. Para mim, era equivalente a ter de trabalhar sem usar os olhos. E logo descobri que nem todos os Forjados tinham sido sapateiros ou tecelões. O segundo bando que envenenei continha vários soldados. Tive a sorte de a maior parte deles começar a brigar pelos pães quando me puxaram de cima do cavalo. Levei um corte profundo de uma faca, e até hoje tenho uma cicatriz no ombro esquerdo. Eram fortes e competentes e pareciam lutar como uma unidade, talvez porque tivessem sido treinados a fazer isso quando eram completamente humanos. Teria morrido se eu não tivesse gritado a eles que era bobagem lutarem comigo enquanto os outros comiam todo o pão. Eles me largaram, e eu, com esforço, retomei o cavalo e fugi.

Os venenos não eram mais cruéis do que precisavam ser, mas, para que fossem eficazes mesmo na menor dosagem, fomos forçados a usar alguns dos mais fortes. Os Forjados não morriam pacificamente, mas era a morte mais rápida que Chade tinha conseguido preparar. Agarravam ansiosamente as mortes que eu distribuía a eles, e eu não tinha de presenciar as convulsões espumantes, ou ver os corpos espalhados pela estrada. Quando as notícias de Forjados tombando pelas estradas do Reino chegaram à Torre do Cervo, Chade já tinha espalhado um rumor de que provavelmente tinham morrido por comer peixe estragado. Os familiares recolhiam os corpos e davam a eles um funeral adequado. Eu dizia a mim mesmo que provavelmente se sentiriam aliviados e que os Forjados tinham encontrado um fim mais rápido do que se morressem de fome durante o inverno. E assim me acostumei a matar, e tinha já mais de vinte mortes contabilizadas antes de ter de confrontar os olhos de um homem e então matá-lo.

Isso também não foi tão difícil como poderia ter sido. Ele era um fidalgote que possuía terras nas imediações do Lago do Bode. Um relato chegou a Torre do Cervo de que ele, em um acesso de cólera, tinha espancado a filha de um criado e a deixado mentalmente incapacitada. Isso foi suficiente para o rei Shrewd fazer uma careta. O nobre tinha pagado a dívida de sangue por completo e, ao aceitar o pagamento, o criado perdera o direito a qualquer forma de justiça do rei. Mas alguns meses mais tarde, veio à corte uma prima da garota e pediu uma audiência privada com Shrewd.

Fui enviado para confirmar o relato dela e vi como a garota era mantida como um cão aos pés da cadeira do nobre, e mais, como a barriga dela havia começado a crescer pela gravidez. Portanto, não foi difícil encontrar um momento, enquanto ele me oferecia vinho em copos de cristal fino e me implorava pelas mais recentes notícias da corte do rei em Torre do Cervo, em que pudesse erguer o copo dele diante da luz e elogiar a qualidade de ambos, copo e vinho. Parti alguns dias depois, com a missão completa, as amostras de papel que tinha prometido a Fedwren e os desejos comunicados pelo nobre de que eu tivesse uma boa viagem de volta para casa. O nobre estava indisposto nesse dia. Morreu, em meio a sangue, loucura e espuma enchendo a sua boca, cerca de um mês depois. A prima tomou conta da garota e da criança. Até hoje não tenho remorsos, seja pelo que fiz, seja pela escolha de uma morte lenta.

Quando não andava distribuindo a morte aos Forjados, servia ao meu senhor príncipe Verity. Lembro-me da primeira vez que subi todas aquelas escadas em direção à sua torre, equilibrando a bandeja enquanto subia. Tinha esperado encontrar um guarda ou sentinela lá no topo. Não havia ninguém. Bati à porta e, não recebendo nenhuma resposta, entrei silenciosamente. Verity estava sentado em uma cadeira ao lado da janela. Um vento quente de verão vinha do oceano e soprava dentro do cômodo. Era um quarto que poderia ter sido agradável, iluminado e cheio de ar fresco em um dia abafado de verão. Em vez disso, parecia uma cela. Havia a cadeira ao lado da janela e uma pequena mesa perto dela. Nos cantos do quarto, o chão estava poeirento e entulhado com pedaços de cana espalhados. Verity estava com o queixo apoiado no peito, como se cochilasse, não fosse pelo fato de que, para os meus sentidos, o quarto estava impregnado da intensidade do seu esforço. O cabelo estava desarrumado, o queixo com barba de um dia. As roupas pendiam sobre ele.

Fechei a porta, empurrando-a com um pé, e levei a bandeja para a mesa. Repousei-a e fiquei parado ao lado dela, esperando silenciosamente. Passados alguns minutos, ele voltou de onde quer que tivesse estado. Olhou para mim com um fantasma do seu antigo sorriso e, em seguida, para a bandeja.

— O que é isso?

— Café da manhã, senhor. Todo mundo comeu faz algumas horas, com exceção do senhor.

— Eu comi, garoto. Hoje cedo. Uma sopa de peixe horrível. Os cozinheiros deviam ser enforcados por isso. Ninguém devia ter de encarar um peixe logo de manhã.

Ele parecia hesitante, como um velhote trêmulo tentando lembrar os dias da juventude.

— Isso foi ontem, senhor.

Descobri os pratos. Pão quente com mel e passas, frios, um prato de morangos e um pequeno pote de creme de leite para acompanhá-los. Tudo servido em pequenas porções, doses quase infantis. Servi o chá vaporoso na xícara que estava à espera. Tinha sido fortemente temperado com gengibre e hortelã, para esconder o gosto forte do casco-de-elfo moído.

Verity olhou aquilo de relance e em seguida me encarou.

— Chade nunca tem piedade, não é? — ele falou aquilo muito casualmente, como se o nome de Chade fosse mencionado todos os dias pela torre inteira.

— Precisa comer, se pretende continuar — eu lhe disse numa voz neutra.

— Suponho que sim — respondeu ele, em um tom cansado, e virou-se para a bandeja como se aquela comida preparada com tanta habilidade fosse outro dever a ser desempenhado.

Comeu sem prazer, e bebeu o chá em um único gole resoluto, como se se tratasse de um medicamento, sem se deixar enganar pelo gengibre e pela hortelã. No meio da refeição, parou com um suspiro e fitou a janela por algum tempo. Então, parecendo voltar outra vez, forçou-se a consumir cada item completamente. Empurrou a bandeja para o lado e recostou-se na cadeira como se estivesse exausto. Fiquei pasmado. Eu mesmo tinha preparado aquele chá. A quantidade de casco-de-elfo que havia ali teria feito Fuligem saltar por cima das paredes da baia.

— Meu príncipe? — disse e, como não se mexeu, toquei levemente no seu ombro. — Verity? O senhor está bem?

— Verity — repetiu como se estivesse entorpecido. — Sim. Prefiro isso a "senhor" ou "príncipe" ou "meu senhor". É uma jogada do meu pai enviá-lo aqui. Bem. Posso ainda surpreendê-lo, talvez. Mas, sim, me chame de Verity. E diga a eles que eu comi, obediente como sempre. Vá, garoto. Tenho trabalho para fazer.

Pareceu se locomover com dificuldade, e mais uma vez o seu olhar foi para longe. Empilhei os pratos tão silenciosamente quanto pude sobre a bandeja e me dirigi para a porta. Mas, no momento em que eu levantava a tranca da porta, ele falou outra vez.

— Garoto?

— Senhor.

— Ah-ah! — ele me advertiu.

— Verity?

— Leon está nos meus aposentos. Leve-o a passear para mim, sim? Ele está sofrendo. Não é necessário que ambos passemos por isso.

— Sim, senhor. Verity.

Assim, o velho cão, para quem os melhores anos já tinham passado, ficou a meu cargo. Levava-o todos os dias do quarto de Verity, e caçávamos pelos montes, penhascos e praias atrás de lobos que já não andavam por ali havia muitos anos. Como Chade tinha suspeitado, eu estava em má condição física e, a princípio, essas caçadas simuladas eram a única atividade em que eu conseguia acompanhar o velho cão de caça. Mas, à medida que os dias passavam, recuperamos a força, e Leon até apanhou um coelho ou dois para mim. Agora que estava exilado dos domínios de Burrich, não tinha escrúpulos em utilizar a Manha sempre que desejava. Mas, como descobrira havia muito tempo, podia me comunicar com Leon, mas não havia um vínculo entre nós. Ele nem sempre prestava atenção em mim e, às vezes, nem sequer acreditava em mim. Se fosse um cãozinho recém-nascido, tenho certeza de que nos ligaríamos um ao outro. Mas ele era velho, e já tinha dado o seu coração, havia muito tempo, a Verity. A Manha não serve para controlar animais, é apenas uma forma de vislumbrar a vida deles.

Três vezes por dia, eu subia os íngremes degraus em caracol, para persuadir Verity a comer e trocar umas poucas palavras com ele. Em alguns dias, era como falar com uma criança ou com um idoso trêmulo. Em outros, ele perguntava por Leon e me interrogava sobre o que se passava na Cidade de Torre do Cervo. Às vezes, ausentava-me por vários dias, ocupado com as minhas outras tarefas. Normalmente ele parecia não notar, mas, uma vez, depois da incursão em que fui ferido com uma faca, ele observou que eu carregava desajeitadamente os pratos vazios na bandeja.

— Como eles vão rir se souberem que matamos a nossa própria gente.

Fiquei imóvel, pensando que resposta poderia dar a esse comentário, pois, pelo que sabia, as minhas tarefas eram apenas do conhecimento de Shrewd e Chade, mas os olhos de Verity estavam longe outra vez. Deixei o quarto silenciosamente.

Sem ter a intenção de fazer isso, comecei a mudar as coisas em volta dele. Um dia, enquanto ele comia, varri o seu quarto e, mais tarde, à noite, trouxe-lhe um saco cheio de juncos e ervas para espalhar pelo chão. Eu me preocupava porque poderia ser uma distração para ele, mas Chade tinha me ensinado a me mover silenciosamente. Trabalhei sem falar e, quanto a Verity, ele não dava sinais de perceber as minhas idas e vindas. Mas o quarto tinha se refrescado, e os botões de vervéria misturados com as ervas exalavam um cheiro vivificante. Quando entrei, eu o vi cochilando em sua cadeira. Trouxe para ele almofadas, as quais ignorou por vários dias, mas um dia ele finalmente as dispôs a seu modo. O quarto continuou desnudado, mas eu tinha compreendido que era assim que ele precisava que fosse, para preservar a capacidade de se concentrar num propósito único. Por isso, tudo o que trouxe para ele foram itens que lhe proporcionariam um mínimo de conforto, nada de tapeçarias nem penduricalhos para as paredes, nem vasos de flores, nem sinos de vento tilintantes, mas tomilhos em flor colocados em potes para acalmar as dores de cabeça que o atormentavam e, em um dia tempestuoso, um cobertor contra a chuva e o frio que entravam pela janela aberta.

Um dia, encontrei-o dormindo na cadeira, flácido como uma coisa morta. Dispus o cobertor sobre ele como se fosse um inválido e pousei a bandeja diante dele, mas a deixei tampada, para manter o calor da comida. Sentei-me no chão ao lado da cadeira, encostado em uma das almofadas jogadas, e escutei o silêncio do quarto. Parecia quase pacífico nesse dia, apesar da violenta chuva de verão que vinha de fora, pela janela aberta, e do vento forte que lufava de vez em quando. Devo ter cochilado, pois acordei com a mão dele no meu cabelo.

— Estão dizendo para você me vigiar assim, garoto, mesmo quando durmo? Do que eles têm medo, então?

— Nada que eu saiba, Verity. Dizem-me apenas para te trazer comida e tentar, o melhor que possa, que você coma. Nada mais do que isso.

— E cobertores e almofadas, e potes de flores agradáveis?

— Esses são coisa minha, meu príncipe. Nenhum homem merece viver num quarto tão deserto quanto este.

Nesse momento, percebi que não estávamos falando em voz alta e, em um sobressalto, sentei-me direito e olhei para ele.

Verity também pareceu ganhar consciência. Remexeu-se na sua cadeira pouco confortável.

— Dou graças por esta tempestade, que me deixa descansar. Escondi-a de três dos navios deles, persuadindo aqueles que olhavam para o céu de que não era mais do que um chuvisco de verão. Agora mexem freneticamente os remos e espiam através da chuva, tentando manter os cursos. E eu posso roubar uns poucos momentos de verdadeiro sono — fez uma pausa. — Perdoe-me, garoto. Às vezes, usar o Talento parece mais natural para mim do que falar. Não tinha intenção de me intrometer à força nos seus pensamentos.

— Não faz mal, meu príncipe. Mas fiquei surpreso. Não consigo usar o Talento, a não ser de um jeito leve e imprevisível. Não sei como consegui me abrir para você.

— Verity, garoto, não o seu príncipe. Não é príncipe de ninguém quem se senta com uma camisa suada e barba de dois dias. Mas que absurdo é esse que você disse? Tenho certeza de que foi combinado que você aprenderia o Talento. Lembro-me bem de como os golpes da língua de Patience demoliram a determinação do meu pai.

Permitiu a si mesmo esboçar um sorriso cansado.

— Galen tentou me ensinar, mas eu não tinha aptidão. Disseram-me que com bastardos é frequente...

— Espere — ele resmungou e, em um instante, estava dentro da minha mente. — Isso é mais rápido — explicou, como uma espécie de pedido de desculpas, e então, resmungando consigo mesmo: — O que é isto que te anuvia tanto? Ah! — E então desapareceu outra vez da minha mente, e tudo feito tão ágil e facilmente quanto Burrich ao tirar um carrapato da orelha de um cão. Sentou-se por muito tempo, calado, e eu também, pensativo.

— Eu sou forte nisso, como o seu pai era. Galen, não.

— Então como ele se tornou o mestre do Talento? — perguntei calmamente. Fiquei pensando se Verity não estaria dizendo aquilo apenas para me fazer sentir menos frustrado.

Verity fez uma pausa como se se tratasse de um assunto delicado.

— Galen era o... mascote da rainha Desire. Um favorito. A rainha indicou enfaticamente Galen como aprendiz de Solicity. Penso com frequência que a nossa velha mestra do Talento estava desesperada quando o aceitou como aprendiz. É que Solicity sabia que estava morrendo, entende? Creio que agiu apressadamente e, perto do fim, arrependeu-se da decisão que tomou. Não creio que ele tenha tido metade do treino que deveria antes de se tornar "mestre". Mas, enfim, anda por aí, e é o que nós temos.

Verity pigarreou e pareceu pouco à vontade.

— Vou falar com você o mais francamente que posso, garoto, pois vejo que sabe fechar a boca quando isso é prudente. O lugar foi dado a Galen como um emprego conveniente, e não porque ele merecesse. Não penso que alguma vez tenha compreendido completamente o significado de ser mestre do Talento. Ah, ele sabe bem que a posição traz poder, e não tem escrúpulos em se aproveitar disso. Mas Solicity fazia mais do que andar por aí se gabando por sua posição elevada. Solicity era conselheira de Bounty, e fazia a ligação entre o rei e todos os que utilizavam o Talento a seu serviço. Assumia a tarefa de procurar e ensinar tantos quantos manifestassem verdadeira aptidão e o juízo necessário para utilizar bem o Talento. Este círculo é o primeiro grupo que Galen treinou desde o tempo em que Chivalry e eu éramos rapazes. E não acho que foram bem ensinados. Não, eles estão treinados, como macacos e papagaios são ensinados a imitar homens, mas sem compreender o que fazem. Mas são o que tenho.

Verity olhou pela janela e falou suavemente:

— Galen não tem elegância ou sofisticação. É tão bruto quanto a mãe, e tão presunçoso quanto ela.

Verity fez uma pausa abruptamente, e suas bochechas enrubesceram como se tivesse dito algo que não devia. Continuou mais calmo:

— O Talento é como uma linguagem, garoto. Não preciso gritar para fazê-lo entender aquilo que eu quero. Posso pedir educadamente, ou sugerir, ou até deixar que você saiba o que quero com um sinal de cabeça ou um sorriso. Posso utilizar o Talento num homem, e deixá-lo pensando que foi ideia dele me agradar. Mas tudo isso escapa a Galen, tanto no uso do Talento como na forma de ensiná-lo. Privação e dor são uma maneira de baixar as defesas de um homem, e essa é a única maneira em que Galen acredita. Mas Solicity utilizava antes a astúcia em vez disso. Fazia-me olhar para um papagaio de papel, ou para um pouco de pó flutuando num raio de sol, focando-me nele como se não houvesse mais nada no mundo. E subitamente ali estava ela, dentro da minha mente comigo, rindo e me elogiando. Ela me ensinou que estar aberto era simplesmente não estar fechado. E que entrar na mente de outra pessoa depende sobretudo de sentir vontade de sair de dentro de si próprio. Compreende, garoto?

— Mais ou menos — eu me esquivei.

— Mais ou menos. — Ele suspirou. — Eu podia te ensinar a usar o Talento, se tivesse o tempo necessário, mas não tenho. Mas me diga: você não ia bem nas suas lições, antes de ele te testar?

— Não. Eu nunca tive nenhuma aptidão... espere! Não é verdade! O que estou dizendo, o que ando pensando?

Embora estivesse sentado, oscilei de repente e minha cabeça se inclinou até o braço da cadeira de Verity. Ele estendeu a mão e me segurou.

— Fui rápido demais, imagino. Acalme-se agora, garoto. Alguém anuviou a sua mente. Confundiu você, da mesma maneira como eu faço com os navegadores e timoneiros dos Navios Vermelhos. Convencê-los de que já avistaram a costa e que o curso está certo quando realmente estão se dirigindo para uma contracorrente. Convencê-los de que já passaram por um ponto que ainda não avistaram. Alguém te convenceu de que não podia usar o Talento.

— Galen — falei com certeza. Eu quase sabia em que momento aconteceu. Ele tinha se forçado para dentro de mim naquela tarde, e desde aí tudo mudou. Vivi num nevoeiro, todos aqueles meses...

— Provavelmente. Embora, se você tivesse tentado usar o seu Talento nele, com certeza veria o que Chivalry fez com ele. Ele odiava ardentemente o seu pai, antes de Chiv transformá-lo em um cãozinho de estimação. Nós nos sentimos muito mal por isso. Teríamos desfeito o que o seu pai fez, se tivéssemos descoberto uma maneira de fazer isso, e evitado que Solicity descobrisse. Mas Chiv era forte no Talento e nós éramos ainda garotos, e Chiv estava com muita raiva quando fez isso. Por causa de uma coisa que Galen tinha feito comigo, ironicamente. Mesmo quando Chivalry não estava zangado, senti-lo usando o Talento em você era como ser pisoteado por um cavalo. Ou puxado pelo curso rápido de um rio. Entrava apressadamente, intrometendo-se nos seus pensamentos, deixava a informação que desejava comunicar e ia embora. — Ele fez uma pausa outra vez e estendeu a mão para tirar a tampa de um prato de sopa na bandeja. — Creio que sempre imaginei que você sabia de tudo isso. Mas é claro que não tinha como você saber, caramba. Quem é que poderia ter te contado?

Tentei aproveitar uma brecha.

— Você podia me ensinar a usar o Talento?

— Se eu tivesse tempo. Muito tempo. Você parece comigo e com Chiv quando estávamos aprendendo. Errático. Forte, mas sem ideia de como tirar proveito dessa força. E Galen... bem... ele te traumatizou, suponho. Você tem muros que nem consigo começar a penetrar, e eu sou forte. Teria de aprender a baixá-los. É uma coisa difícil. Mas podia te ensinar, sim. Se você e eu tivéssemos um ano, e nada mais para fazer. — Ele empurrou a sopa para o lado. — Mas não temos.

As minhas esperanças foram outra vez esmagadas. Essa segunda onda de desapontamento me afundou, esmagando-me contra rochedos de frustrações. Todas as minhas memórias se reordenavam e, em um acesso de raiva, percebi tudo o que tinha sido feito comigo. Se não fosse Ferreirinho, teria atirado a minha vida às pedras na base da torre naquela noite. Galen tinha tentado me matar, tão seguramente como se tivesse empunhado uma faca. Ninguém teria sequer sabido como ele tinha me eliminado, com exceção do seu leal círculo. E, embora tenha falhado nisso, ele tinha roubado de mim a possibilidade de aprender como usar o Talento. Tinha me deixado incapacitado, e eu ia... fiquei de pé, em um sobressalto, furioso.

— Ei. Seja lento e cuidadoso. Você possui um motivo legítimo para querer se vingar, mas não podemos ter discórdia dentro da torre nos dias de hoje. Carregue-a contigo até ter uma chance de acertar as contas com tranquilidade, pela saúde do rei.

Baixei a cabeça à sabedoria do seu conselho. Ele ergueu a tampa do prato que continha uma pequena ave assada e a deixou cair outra vez.

— E, de qualquer maneira, por que iria querer aprender o Talento? É uma coisa terrível. Não é ocupação adequada para um homem.

— Para te ajudar — disse, sem pensar, e descobri de repente que era verdade. Antes, teria sido para me provar um verdadeiro e condigno filho de Chivalry, para impressionar Burrich ou Chade, para melhorar a minha posição na torre. Agora, depois de observar o que Verity fazia, dia após dia, sem elogios nem reconhecimento dos súditos, descobri que apenas queria ajudá-lo.

— Para me ajudar — repetiu ele. Os ventos da tempestade estavam diminuindo. Com uma resignação exausta, levantou os olhos para a janela. — Leve a comida daqui para fora. Não tenho tempo para comer.

— Mas você precisa de força — protestei. Com culpa, sabia que ele tinha gastado comigo o tempo que devia ter usado para comer e dormir.

— Eu sei. Mas não tenho tempo. Comer gasta energia. É estranho perceber isso. Não tenho nenhuma energia extra para dispensar neste momento.

Os seus olhos começaram a sondar à distância, fitando através da chuva que se tornava mais fina.

— Eu te daria a minha força, Verity. Se pudesse.

Olhou-me com estranheza.

— Tem certeza? Certeza absoluta?

Não podia compreender a intensidade da pergunta, mas sabia a resposta.

— Claro que sim. — E falei com mais tranquilidade: — Sou um homem do rei.

— E do meu próprio sangue — acrescentou ele.

E suspirou. Durante um momento, pareceu sentir-se enjoado. Olhou outra vez para a comida e outra vez para a janela.

— O tempo é exato — sussurrou. — E pode ser suficiente. Maldito seja, pai. Será que tem de ganhar sempre? Venha cá então, garoto.

Havia uma intensidade nas palavras dele que me assustou, mas obedeci. Assim que eu estava parado ao lado da sua cadeira, estendeu-me uma mão. Colocou-a no meu ombro, como se precisasse de ajuda para se levantar.

Olhei para cima em direção a ele, do chão. Havia uma almofada debaixo da minha cabeça, e o cobertor que eu trouxera antes tinha sido estendido em cima de mim. Verity estava em pé, debruçando-se na janela. Tremia com o esforço, e o Talento que estava manipulando era como um forte bater de ondas que eu quase podia sentir.

— Contra os rochedos — disse, com profunda satisfação, e virou as costas à janela. Sorriu para mim, um sorriso velho e feroz, que se apagou lentamente enquanto me olhava.

— Como um cordeiro para a matança — disse pesaroso. — Devia ter percebido que você não tinha ideia do que estava dizendo.

— O que aconteceu comigo? — consegui perguntar.

Meus dentes batiam uns contra os outros, e o meu corpo tremia todo como se estivesse resfriado. Senti que os meus ossos iam chacoalhar até saírem das juntas.

— Você me ofereceu a sua força. E eu a peguei. — Serviu uma xícara de chá e ajoelhou-se para levá-la à minha boca. — Beba devagar. Eu estava com pressa. Não te disse antes que Chivalry era como um touro usando o Talento? O que eu devo dizer sobre mim mesmo, então?

Tinha a sua velha sinceridade e boa natureza de volta. Esse era um Verity que eu não via há meses. Consegui tomar um gole de chá e senti o sabor picante do casco-de-elfo na boca e na garganta. Os tremores diminuíram. Verity tomou um gole casual da caneca.

— Antigamente — ele disse — um rei drenava poder do seu círculo. Meia dúzia de homens ou mais, todos sintonizados uns com os outros, capazes de juntar as suas forças e oferecê-las quando necessário. Era esse o verdadeiro propósito. Disponibilizar força ao rei, ou ao seu homem-chave. Não creio que Galen compreenda isso. O seu círculo é uma coisa imaginada por ele. São como cavalos, touros e burros, todos colocados juntos. Nada como um verdadeiro círculo. Falta a eles a união da mente.

— Você drenou a minha força?

— Sim. Acredite em mim, garoto, não teria feito isso, mas tive uma necessidade súbita e pensei que você sabia o que tinha me oferecido. Você até se referiu a si mesmo como um homem do rei, o velho termo. E visto sermos tão próximos de sangue, sabia que podia utilizar a sua força. — Ele descansou a caneca na bandeja com um baque. O seu descontentamento tornava a sua voz mais profunda. — Shrewd. Ele faz as coisas acontecerem, rodas girarem, pêndulos balançarem. Não foi por acidente que você foi escolhido para me trazer as refeições, garoto. Ele estava te colocando à minha disposição.

Deu uma volta rápida pelo quarto e então parou, ao meu lado:

— Não acontecerá outra vez.

— Não foi assim tão ruim — eu disse, em uma voz debilitada.

— Não? Então por que é que você não tenta ficar em pé? Ou até mesmo se sentar? Você é apenas um garoto, sozinho, e não um círculo. Se eu não tivesse percebido a sua ignorância e me retirado, poderia ter te matado. O seu coração e respiração teriam simplesmente parado. Não te drenarei desse jeito, por quem quer que seja. — Ele se inclinou e, sem esforço, me levantou e me colocou na sua cadeira. — Sente-se aqui um pouco. E coma. Não preciso disso agora. E quando estiver melhor, vá até Shrewd, da minha parte. Comunique-lhe que eu disse que você é uma distração. Quero um rapaz da cozinha para trazer as minhas refeições, de agora em diante.

— Verity — comecei.

— Não — ele me corrigiu. — Diga "meu príncipe". Porque nisso eu sou o seu príncipe e não estou disposto a discutir o assunto. Agora coma.

Baixei a cabeça, sentindo-me péssimo, mas comi, e o casco-de-elfo no chá me revitalizou mais depressa do que tinha esperado. Passado pouco tempo, já podia me levantar. Empilhei os pratos na bandeja e levei-os até a porta. Senti-me derrotado. Levantei a tranca.

— FitzChivalry Farseer.

Fiquei imóvel, paralisado pelas palavras. Virei-me lentamente.

— É o seu nome, garoto. Eu mesmo o escrevi, no registro militar, no dia em que você foi trazido até mim. Outra coisa que pensei que você sabia. Pare de pensar em você mesmo como o bastardo, FitzChivalry Farseer. E fale com Shrewd hoje mesmo.

— Adeus — disse tranquilamente, mas ele já estava outra vez com o olhar fixo na janela.

E assim nos encontrou o pleno verão. Chade com as suas tábuas, Verity à janela, Regal cortejando uma princesa para o irmão, e eu, matando silenciosamente para o rei. Os Ducados do Interior e os Ducados Costeiros sentaram-se às mesas do conselho, soltando silvos e cuspindo uns nos outros como gatos lutando por peixe. E, presidindo a tudo isso, estava Shrewd, mantendo cada pedaço da teia tão firme quanto uma aranha teria feito, e atento ao mínimo puxar de um fio. Os Navios Vermelhos nos atacaram, como peixes-rato em uma isca de carne, arrancando pedaços do nosso povo e Forjando-os. E os Forjados tornaram-se um tormento para as nossas terras, mendigos, predadores ou fardos para as suas famílias. O povo tinha medo de pescar, fazer comércio ou cultivar as planícies da boca do rio à beira-mar. E, contudo, os impostos precisavam ser aumentados, para alimentar os soldados e as sentinelas que pareciam incapazes de defender a terra, apesar dos seus números crescentes. Shrewd tinha me libertado a contragosto de servir Verity. Ele não me chamou durante mais de um mês até que uma manhã fui abruptamente requisitado para um desjejum.

— É um mau momento para casar — objetou Verity. — Eu não tenho tempo para isso. Vamos deixar assim por um ano. Tenho certeza de que será o suficiente para você.

Olhei o homem lívido e macilento que partilhava a mesa de café da manhã do rei e pensava se esse era o homem forte e caloroso da minha infância. Tinha piorado tanto em apenas um mês! Brincou com um pedaço de pão e o colocou de volta à mesa. O frescor desaparecera das suas bochechas e olhos, o cabelo estava opaco, a musculatura flácida. O branco dos olhos se tornara amarelado. Burrich o teria sacrificado, se fosse um cão.

Embora ninguém tivesse me perguntado nada, eu disse:

— Cacei com Leon há dois dias. Ele pegou um coelho.

Verity virou-se para mim, um fantasma do velho sorriso brincando no seu rosto.

— Você levou o meu cão de caçar lobos para pegar coelhos?

— Ele se divertiu. Mas está com saudades suas. Trouxe-me o coelho, e eu o elogiei, mas ele não parecia satisfeito.

Não podia dizer para ele como o cão de caça tinha me olhado e dito, *não é para você*, tanto com os olhos como com a atitude.

Verity levantou o copo. Sua mão tremeu muito rapidamente.

— Fico contente que saia com você, garoto. É melhor que...

— O casamento — interrompeu Shrewd — irá trazer alento ao povo. Estou ficando velho, Verity, e os tempos são difíceis. O povo não vê fim para os problemas, e eu não ouso prometer a eles soluções que não temos. Os ilhéus têm razão, Verity. Nós não somos os guerreiros que há tempos se estabeleceram aqui. Nós nos tornamos gente sedentária, e gente sedentária pode ser ameaçada com coisas que não afetariam nômades e corsários. Podemos ser destruídos dessas mesmas maneiras. Quando as pessoas sedentárias querem segurança, procuram continuidade.

Ao ouvir isso, levantei os olhos bruscamente. Essas palavras eram de Chade, apostava o meu sangue. Isso queria dizer que esse casamento era algo que Chade tinha ajudado a arquitetar? O meu interesse despertou e eu comecei a pensar outra vez por que teria sido requisitado para este café da manhã.

— É uma questão de tranquilizar o povo, Verity. Você não tem nem o charme de Regal, nem o porte que fazia Chivalry convencer quem quer que fosse de que podia resolver qualquer problema. Não digo isso para te menosprezar: você tem tanta aptidão para o Talento como eu nunca vi na sua linhagem e, em muitas eras, a sua proficiência em táticas militares teria sido mais importante do que a diplomacia de Chivalry.

Aquilo soava a discurso preparado. Observei Shrewd fazer uma pausa. Pôs queijo e compota em um pedaço de pão e o mordeu pensativo. Verity continuou sentado e silencioso, observando o pai. Ele me pareceu, ao mesmo tempo, atento e confuso. Como um homem tentando desesperadamente se manter acordado e em alerta, quando tudo em que consegue pensar é encostar a cabeça e fechar os olhos. As minhas breves experiências com o Talento, a concentração dividida que é necessária para resistir às suas seduções e, ainda assim, ter que submetê-lo à nossa vontade, faziam-me ficar assustado com a habilidade de Verity em utilizá-lo constantemente todos os dias.

Shrewd olhou de relance, de Verity para mim e outra vez para o filho.

— Pondo as coisas em termos simples, você precisa se casar. Além disso, precisa gerar um filho. Daria alento ao povo. Diriam: "Bem, as coisas não podem ser assim tão ruins, se o nosso príncipe não tem medo de se casar e ter um filho. Com certeza ele não faria isso se o reino estivesse à beira de um colapso".

— Mas você e eu sabemos mais do que isso, não é, pai? — Havia um tom envelhecido na voz de Verity, e uma amargura que eu nunca tinha ouvido antes.

— Verity... — começou Shrewd, mas o filho o interrompeu.

— Meu rei — disse formalmente. — Nós dois sabemos que estamos à beira do desastre. E agora, neste momento, não podemos relaxar a vigilância. Não tenho tempo para cortejar e galantear, e ainda menos para as sutis negociações que a obtenção de uma noiva real comporta. Enquanto o tempo for bom, os Navios Vermelhos atacarão. E quando o tempo se tornar ruim, e as tempestades empurrarem os navios deles de volta aos próprios portos, teremos de concentrar os nossos pensamentos e energias na tarefa de fortificar as linhas costeiras e treinar tripulações para equipar navios de guerra. E é isso que quero discutir com você. Deixe-nos construir a nossa própria frota, e não ricos navios mercantes para andarem por aí tentando os salteadores, mas ágeis navios de guerra, como os que tivemos há tempos e que os nossos construtores navais mais antigos ainda sabem construir. Levemos esta batalha aos ilhéus; sim, mesmo no meio das tempestades de inverno. Costumávamos ter esses navegadores e guerreiros entre nós. Se começarmos a construir e a treiná-los agora, na próxima primavera poderemos pelo menos mantê-los longe da costa, e possivelmente no próximo inverno poderemos...

— Será necessário dinheiro. E dinheiro não flui depressa das mãos de homens aterrorizados. Para angariar os fundos de que necessitamos é preciso termos os mercadores confiantes o suficiente para continuarem a fazer comércio, e camponeses sem medo de alimentar os rebanhos nas colinas e montes da costa. E tudo isso nos traz de volta à necessidade de você reivindicar uma esposa.

Verity, tão animado enquanto falava de navios de guerra, recostou-se na cadeira. Pareceu ficar abatido, como se alguma peça da sua estrutura interna tivesse fraturado. Quase esperei vê-lo entrar em colapso.

— Como quiser, meu rei — disse, mas ia abanando a cabeça enquanto falava, negando a afirmação das próprias palavras. — Farei aquilo que você considera sábio. É esse o dever de um príncipe ao rei e ao reino. Mas, como homem, pai, é uma coisa vazia e amarga, desposar uma mulher escolhida pelo meu irmão mais novo. Aposto que, depois de ter visto Regal primeiro, quando ela se colocar ao meu lado não me verá como um grande prêmio.

Verity baixou a cabeça e olhou para as mãos, para as cicatrizes de batalha e trabalho que agora se mostravam claramente na sua palidez. Ouvi o nome que tinha nas suas palavras, ao dizer em uma voz suave:

— Fui sempre o seu segundo filho. Atrás de Chivalry, com a sua beleza, força e sabedoria. E agora atrás de Regal, com a sua esperteza, charme e graça. Sei que pensa que ele seria um rei melhor para te suceder do que eu. Nem sempre discordo. Nasci em segundo, e educado para ser segundo. Sempre acreditei que o meu lugar seria atrás do trono e não sentado nele. Enquanto pensei que Chivalry iria sucedê-lo, não me importei com isso. Ele me dava muito valor, o meu irmão. A confiança dele em mim era uma honra; incluía-me em tudo o que realizava. Ser a mão direita de um rei desses seria melhor do que ser rei de uma terra menor. Acreditei nele tanto quanto ele acreditou em mim. Mas agora ele se foi. E não direi nada de surpreendente ao revelar que não existe essa ligação entre mim e Regal. Talvez seja por termos tantos anos de diferença; talvez Chivalry e eu fôssemos tão próximos que não deixamos espaço para um terceiro. Mas não penso que tenha procurado por uma mulher que possa me amar. Ou uma que...

— Ele escolheu uma rainha para você! — interrompeu severamente Shrewd.

Eu sabia que não era a primeira vez que isso era discutido e senti que Shrewd estava principalmente irritado pelo fato de eu presenciar a conversa.

— Regal escolheu uma mulher, não para você, ou para ele, ou qualquer absurdo desse tipo. Escolheu uma mulher para ser rainha deste reino, destes Seis Ducados. Uma mulher que possa nos trazer a fortuna, os homens e os acordos comerciais de que precisamos neste momento, se desejamos sobreviver aos Navios Vermelhos. Mãos suaves e um perfume doce não constroem os seus navios de guerra, Verity. Tem de deixar de lado esse ciúme do seu irmão; você não poderá se defender dos golpes do inimigo se não tem confiança naqueles que estão atrás de você.

— Exatamente — disse Verity com tranquilidade. Empurrou a cadeira para trás.

— Aonde vai? — perguntou Shrewd irritado.

— Cuidar das minhas obrigações — disse Verity. — Aonde mais posso ir?

Por um momento, até Shrewd pareceu ser pego de surpresa.

— Mas você não comeu quase nada... — começou a gaguejar.

— O Talento mata todos os outros apetites. Você sabe disso.

— Sim. — Shrewd fez uma pausa. — E sei também, como você sabe, que quando isso acontece um homem está à beira do abismo. O apetite pelo Talento devora um homem, não o alimenta.

Ambos pareceram se esquecer por completo da minha presença. Fui ficando menor e mais discreto, mordiscando o meu biscoito como se fosse um rato em um canto.

— Mas que importa um homem ser devorado, se isso salva um reino? — Verity não se deu ao trabalho de disfarçar a amargura na voz, e para mim era claro que não falava apenas do Talento. Empurrou o prato para o lado. — No fim das contas — acrescentou com um sarcasmo cansado —, não é como se você não tivesse ainda outro filho para usar a coroa. Um sem as cicatrizes do que o Talento faz aos homens. Um livre para se casar com quem lhe apetecer.

— Não é culpa de Regal que não possua o Talento. Era uma criança doente, muito doente para Galen treiná-lo. E quem poderia ter previsto que dois príncipes com o Talento não seriam suficientes? — protestou Shrewd. Levantou-se abruptamente e percorreu o quarto. Parou, encostando-se no peitoril da janela e examinando o mar. — Faço o que posso, filho — acrescentou em uma voz mais baixa. — Você acha que eu não me importo, que não vejo como você está sendo consumido?

Verity suspirou profundamente.

— Não. Eu sei. É o cansaço do Talento falando por mim. Um de nós, pelo menos, deve manter a cabeça limpa e tentar compreender a situação como um todo. Quanto a mim, não há mais nada senão sondar e seguir a triagem, tentar reconhecer o timoneiro dos remadores, encontrar indícios de medos secretos que o Talento possa ampliar, encontrar aqueles com pouca força de vontade e me aproveitar desses primeiro. Quando durmo, sonho com eles e, quando tento comer, são eles que ficam entalados na minha garganta. Sabe que eu nunca senti prazer nisso, pai. Nunca me pareceu digno de um guerreiro espiar e atacar de forma silenciosa a mente dos homens. Deem-me uma espada e eu explorarei com boa vontade as tripas deles. Prefiro enfrentar um homem com uma espada a atiçar os cães da sua própria mente para que mordam os seus calcanhares.

— Eu sei, eu sei — disse Shrewd com gentileza, mas não acredito que ele realmente soubesse.

Eu, pelo menos, compreendia realmente a aversão de Verity pela sua tarefa. Tenho de admitir que concordava com ele e que o achava de alguma forma maculado por ela. Mas quando me olhou de relance, o meu rosto e olhos não revelaram nenhuma acusação. Mais profunda em mim era a culpa sorrateira de ter falhado em aprender o Talento e de não servir para nada ao meu tio em um momento daqueles. Perguntei a mim mesmo se, quando ele olhou para mim, pensou em drenar a minha força outra vez. Era uma ideia assustadora, mas preparei meu coração para aceitar o seu pedido. Ele apenas sorriu com gentileza, de forma ausente, como se aquele pensamento nunca tivesse passado por sua cabeça. Então se levantou para sair. Quando passou por mim, afagou o meu cabelo como se eu fosse Leon.

— Leve o cão para passear por mim, mesmo que seja apenas para pegar coelhos. Detesto deixá-lo no quarto o dia todo, mas as suas pobres súplicas só iriam me distrair do que devo fazer.

Assenti com a cabeça, surpreso com o que sentia emanar dele. Uma sombra da mesma dor que eu tinha sentido ao ser separado dos meus próprios cães.

— Verity.

Ele virou-se para responder ao chamado de Shrewd.

— Quase me esqueci de dizer o motivo por que o chamei aqui. É, claro, a princesa da montanha. Ketkin, creio ser esse o nome...

— Kettricken. Lembro-me pelo menos disso. Uma criança pequenina e magricela, da última vez que a vi. Portanto é ela que você escolheu?

— Sim. Por todas as razões que já discutimos. E o dia foi marcado. Dez dias antes da Festa das Colheitas. Terá de partir durante a primeira parte do Tempo da Ceifa para chegar lá a tempo. Haverá uma cerimônia diante do povo dela, para unir vocês dois e selar todos os acordos, e um casamento formal depois, quando a trouxer para cá. Regal mandou dizer que você deve...

Verity interrompeu, o rosto revelando a sua frustração.

— Não posso. Você sabe que não posso. Se deixar o meu trabalho aqui enquanto ainda for o Tempo da Ceifa, não haverá nada para onde voltar com uma noiva. Os ilhéus são sempre mais ávidos e mais ousados no último mês, antes que as tempestades de inverno os mandem de volta às próprias costas miseráveis. Pensa que será diferente este ano? Voltaria para casa com Kettricken para encontrá-los se banqueteando em Torre do Cervo, com a sua cabeça na ponta de uma lança para me dar boas-vindas!

O rei Shrewd fez uma cara zangada, mas manteve a calma enquanto perguntava:

— Pensa realmente que eles poderiam nos esmagar dessa maneira se interrompesse os seus esforços por vinte dias?

— Tenho certeza absoluta disso — disse Verity, cansado. — Tão seguramente quanto sei que devia estar no meu posto neste momento e não discutindo com você. Pai, diga a eles que é preciso adiar. Irei até ela logo que tenhamos uma boa camada de neve no chão e um vendaval abençoado fustigando os navios, forçando-os a ficar nos portos.

— Não pode ser — disse Shrewd com pesar. — Eles têm suas próprias crenças, nas montanhas. Um casamento feito durante o inverno causa uma colheita estéril. Tem de esposá-la no outono, quando as terras estão produzindo, ou no fim da primavera, quando lavram os seus pequenos campos montanhosos.

— Não posso. Quando a primavera chega às montanhas, faz bom tempo aqui, com Salteadores às soleiras das nossas portas. Eles têm de compreender isso!

Verity meneou a cabeça, como um cavalo inquieto preso por uma rédea curta. Não queria estar ali. Por mais desagradável que achasse o seu trabalho com o Talento, este chamava por ele. E Verity queria ir até ele, queria-o de uma forma que não tinha nada a ver com a proteção do reino. Perguntei a mim mesmo se Shrewd sabia disso. Se o próprio Verity sabia.

— Compreender algo é uma coisa — expôs o rei. — Ignorar ostensivamente as tradições deles é outra. Verity, isso tem de ser feito, e tem de ser feito agora. — Shrewd esfregou a cabeça como se a situação o angustiasse. — Precisamos dessa união. Precisamos dos soldados dela, precisamos dos presentes de casamento dela, precisamos do pai dela nos apoiando. Não pode esperar. Não poderia talvez ir em uma liteira fechada, sem o estorvo de conduzir um cavalo e continuar o seu trabalho com o Talento durante a viagem? Poderia até fazer bem para você sair e viajar um pouco, para pegar um pouco de ar fresco e...

— NÃO! — Verity gritou e Shrewd se virou de onde estava, quase como se estivesse defendendo o peitoril da janela contra um ataque.

Verity avançou para a mesa e bateu nela com força, mostrando um temperamento do qual eu nunca tinha suspeitado nele.

— Não, não e não. Não posso fazer o trabalho que tenho de fazer para manter os Salteadores longe da nossa costa enquanto sou balançado e abanado em uma liteira. E não, não irei encontrar essa noiva que você me escolheu, essa mulher de quem mal me lembro, em uma liteira como um inválido ou um ignorante. Não a deixarei me ver nesse estado, nem quero ver os meus homens rindo disfarçadamente atrás de mim, dizendo: "Ah, a que ponto chegou o bravo Verity, deixar-se conduzir como um velho paralítico, unido a uma mulher qualquer como se ele fosse uma prostituta Ilhoa". Você perdeu o juízo para virem à sua cabeça planos tão estúpidos? Você esteve entre o povo da montanha, conhece os seus costumes. Pensa que uma das mulheres desse povo aceitaria um homem que viesse encontrá-la em um estado tão doentio? Mesmo a realeza deles expõe uma criança se for nascida sem o corpo inteiro. Estragaria o seu próprio plano e deixaria os Seis Ducados à mercê dos Salteadores ao mesmo tempo.

— Então talvez...

— Então talvez haja um Navio Vermelho neste preciso momento já não tão longe que não possa avistar a Ilha Ovo, e o capitão já começa a fazer pouco-caso do sonho de mau agouro que teve ontem à noite, e o navegador já está corrigindo o curso, perguntando a si mesmo como é que pôde confundir tanto os pontos de referência da nossa linha costeira. Já todo o trabalho que tive a noite passada, enquanto você dormia e Regal dançava e bebia com os seus cortesãos, está se desfazendo, enquanto nós estamos aqui tagarelando um com o outro. Pai, encarregue-se disso. Trate de planejar as coisas como desejar e puder, desde que não me envolva para ter de fazer qualquer outra coisa senão usar o Talento enquanto o bom tempo atormenta a nossa costa.

Verity tinha se movimentado o tempo todo enquanto falava, e o estrondo da porta dos aposentos do rei ao bater quase afogou as suas últimas palavras.

Shrewd ficou parado em pé e fitou a porta por alguns momentos. Então passou a mão nos olhos, esfregando-os, mas não posso dizer se por causa de cansaço, de lágrimas ou de pó. Olhou o quarto em volta, franzindo a sobrancelha no momento em que os seus olhos me encontraram, como se eu fosse uma coisa misteriosamente fora do lugar. Então, lembrando-se da razão pela qual eu estava ali, observou secamente:

— Bem, isso correu bem, não foi? Ainda assim, uma solução tem de ser encontrada. E quando Verity sair a cavalo para reivindicar a noiva, você irá com ele.

— Se assim deseja, meu rei — eu disse tranquilamente.

— Assim desejo. — Ele pigarreou e virou-se para olhar pela janela outra vez. — A princesa tem só um irmão, um irmão mais velho. Não é um homem saudável. Bem, ele já foi forte e saudável, mas nos Campos de Gelo foi atingido por uma flecha no peito. Trespassou-o, assim me contou Regal. As feridas no seu peito e costas sararam. Mas, durante o inverno, tosse e cospe sangue, e no verão não pode montar um cavalo nem treinar com os seus homens por mais do que meia manhã. Conhecendo o povo da montanha, é surpreendente que ainda seja o príncipe herdeiro. Normalmente, eles não toleram fracos.

Pensei em silêncio por alguns momentos.

— Entre o povo da montanha, o costume é o mesmo que o nosso. Homem ou mulher, a prole herda pela ordem de nascimento.

— Sim. É assim — disse Shrewd calmamente, e eu soube então que estava pensando que Sete Ducados seriam talvez mais fortes do que Seis. Por isso fui convocado para o café da manhã.

— E o pai da princesa Kettricken — perguntei —, como ele está de saúde?

— Tão firme e forte quanto se pode esperar, para um homem da sua idade. Estou seguro de que reinará por muitos e bons anos, pelo menos mais uma década, mantendo o reino inteiro e seguro para o herdeiro.

— É provável que, nessa ocasião, os nossos problemas com os Navios Vermelhos tenham acabado há muito tempo. Verity terá liberdade para voltar a atenção para outras coisas.

— É provável — concordou calmamente o rei Shrewd. Os seus olhos finalmente encararam os meus. — Quando Verity for reivindicar a noiva, irá com ele — disse outra vez. — Compreende qual será a sua tarefa? Confio que seja discreto.

Inclinei a cabeça para ele.

— Como desejar, meu rei.

VIAGEM

Falar do Reino da Montanha como um reino é começar com um equívoco básico em relação à área e ao povo que vive lá. É igualmente errado referir-se à região como Chyurda, embora os chyurdas sejam a etnia dominante nesse lugar. Em vez de ser um território de área única, o Reino da Montanha consiste em diversos pequenos povoados junto das encostas de montanhas, em vales de terra arável, em povoados de mercadores que se desenvolveram ao longo de estradas difíceis que dão para os desfiladeiros, e em clãs de pastores e caçadores nômades que vagueiam pelas terras inóspitas que ficam entre esses povoados. É pouco provável que pessoas tão diferentes se unam, porque os seus interesses estão frequentemente em conflito. Contudo, estranhamente, a única força mais poderosa do que a independência e os costumes insulares de cada grupo é a lealdade que dedicam ao "rei" do povo da montanha.

As tradições nos dizem que esta linhagem foi iniciada por uma profeta-juíza, uma mulher que não era apenas sábia, mas também uma filósofa, e que fundou uma teoria de governo cujo conceito-chave é a ideia de que o líder é o servidor supremo do povo e deve ser completamente altruísta quanto a isso. Não houve um momento definido em que o juiz se tornou rei; em vez disso, ocorreu uma mudança gradual, conforme a justiça e a sabedoria da pessoa abençoada que vivia em Jhaampe foram se espalhando. À medida que mais e mais gente ia até lá à procura de conselho, aceitando acatar a decisão da juíza, tornou-se natural que as leis daquele povoado passassem a ser respeitadas em toda parte das montanhas, e que mais e mais pessoas adotassem as leis de Jhaampe como sendo as suas. E assim os juízes tornaram-se reis, mas, surpreendentemente, mantiveram seus decretos de servidão e sacrifício pelo seu povo. A tradição de Jhaampe está repleta de narrativas de reis e rainhas que se sacrificavam pelo povo, de todas as formas concebíveis, desde proteger os filhos dos pastores de ataques de animais selvagens até se oferecer como reféns em tempos de conflito.

Há várias narrativas que sugerem que o povo da montanha seja rude, quase selvagem. Na verdade, a terra que habitam é intransigente, e as suas leis refletem essa condição. É verdade que crianças malformadas são expostas ou, como é mais comum, afogadas ou mortas por envenenamento. Os anciãos frequentemente optam pelo Isolamento, um exílio autoimposto em que o frio e a fome acabam com todas as enfermidades. Um homem que não honre a sua palavra pode ter a língua partida, além de ser forçado a entregar à outra parte o dobro do valor do acordo original. Tais costumes parecem exoticamente bárbaros àqueles que vivem nas regiões menos agrestes dos Seis Ducados, mas são irregularmente apropriados ao universo do Reino da Montanha.

Por fim, Verity conseguiu o que queria. Não sentiu o doce sabor do triunfo, tenho certeza, pois sua própria teimosia foi amparada por um súbito aumento na frequência dos ataques. No espaço de um mês, duas aldeias foram incendiadas e um total de trinta e dois habitantes levados para serem forjados. Dezenove deles transportavam os já populares frasquinhos de veneno e decidiram cometer suicídio. Um terceiro povoado, mais populoso, foi defendido com sucesso, não pelas tropas reais, mas por uma milícia de mercenários que a própria população tinha organizado e contratado. Muitos dos guerreiros, ironicamente, eram imigrantes Ilhéus, usando um dos poucos talentos que possuíam. Os murmúrios contra a aparente inatividade do rei aumentaram.

Não serviu de muito tentar explicar a eles o trabalho de Verity e do círculo. O que as pessoas queriam e do que necessitavam era dos seus próprios navios de guerra defendendo a linha costeira. Mas navios levam tempo para serem construídos, e os navios mercantes adaptados que já andavam na água eram coisas gordas e pesadas, se comparados com os ágeis Navios Vermelhos que nos assediavam. Por volta da primavera, promessas de navios de guerra constituíam um leve conforto para os lavradores e pastores que tentavam proteger as colheitas e rebanhos daquele ano. Os Ducados do Interior, sem acesso ao mar, vociferavam cada vez mais alto suas queixas contra o pagamento de impostos mais pesados com o propósito de serem empregados na construção de navios de guerra para proteger a linha costeira de que não faziam parte. Por sua vez, os líderes dos Ducados Costeiros perguntavam sarcasticamente como o povo do interior faria sem os seus portos e navios mercantes para exportar as mercadorias. Durante pelo menos uma reunião do Conselho de Estado, houve um turbulento bate-boca em que o duque Ram de Lavra sugeriu que seria uma perda pequena ceder as Ilhas Próximas e o Pontovelo aos Navios Vermelhos se isso abrandasse os ataques, e o duque Brawndy de Bearns retaliou, ameaçando parar todo o tráfego comercial pelo rio Urso, para ver se Lavra achava isso uma perda pequena. O rei Shrewd conseguiu suspender o conselho antes que chegassem às vias de fato, mas não antes de o duque de Vara ter deixado claro que estava do lado de Lavra. As linhas de divisão tornavam-se mais marcadas a cada mês que passava e a cada distribuição de impostos. Claramente, algo era necessário para reconstruir a unidade do reino, e Shrewd estava convencido de que esse algo era um casamento real.

E assim Regal dançou os passos diplomáticos, e foi combinado que a princesa Kettricken faria os votos a Regal, que agiria como representante do irmão, com todo o seu povo servindo de testemunha, e que a palavra de Verity seria dada pelo irmão. Uma segunda cerimônia se seguiria, é claro, em Torre do Cervo, com representantes adequados do povo de Kettricken presenciando o evento. Até lá, Regal continuava na capital do Reino da Montanha em Jhaampe. Sua presença lá criava um fluxo regular de emissários, presentes e mantimentos entre Torre do Cervo e Jhaampe. Rara era a semana que se passava sem que um desfile partisse ou chegasse, o que mantinha Torre do Cervo em um rebuliço constante.

Parecia-me uma forma embaraçosa e deselegante de começar um casamento. Ambos estariam casados quase um mês antes de se verem. Mas os expedientes políticos eram mais importantes do que os sentimentos dos principais participantes, e as celebrações separadas foram planejadas.

Eu tinha me recuperado já havia bastante tempo da vez em que Verity drenou a minha força. Estava levando mais tempo para compreender por completo o que a névoa colocada por Galen na minha mente tinha feito comigo. Creio que o teria confrontado, apesar do conselho de Verity, mas Galen estava fora de Torre do Cervo. Tinha partido na companhia de um dos grupos enviados para Jhaampe, para cavalgar com eles até Vara, onde tinha familiares que desejava visitar. Quando regressasse, eu estaria a caminho de Jhaampe, de modo que Galen continuaria fora do meu alcance.

Mais uma vez, tinha tempo de sobra. Ainda tratava de Leon, mas isso não ocupava mais do que uma hora ou duas por dia. Não tinha sido capaz de descobrir mais nada sobre o ataque a Burrich, nem Burrich mostrou nenhum sinal de amenizar o meu ostracismo. Tinha feito uma excursão à Cidade de Torre do Cervo, mas, quando passei por acaso em frente à casa de velas, estava fechada e silenciosa. As minhas perguntas na loja ao lado me trouxeram a informação de que a casa de velas estava fechada havia dez dias ou mais e que, a não ser que eu desejasse alguns arreios de couro, podia ir a outro lugar e deixar de importuná-lo. Pensei no jovem que tinha visto com Molly da última vez e desejei amargamente que nada de bom viesse dessa relação.

Por nenhuma outra razão que não fosse estar solitário, decidi procurar o Bobo. Nunca tinha tentado ir ao encontro dele antes. Ele mostrou ser mais esquivo do que eu alguma vez tinha imaginado.

Depois de algumas horas vagando ao acaso pela torre, esperando encontrá-lo, enchi-me de coragem e fui aos seus aposentos. Havia anos que eu sabia onde eram, mas nunca tinha ido lá antes, e não apenas porque eram numa parte da torre que ficava fora do caminho. O Bobo não dava abertura a nenhum tipo de intimidade, com exceção da que ele próprio decidia oferecer, e apenas quando ele próprio decidia fazer isso. Os seus aposentos eram no topo da torre. Fedwren havia me dito que muito tempo atrás aquele quarto tinha sido uma sala de mapas que oferecia uma visão irrestrita sobre as terras nos arredores de Torre do Cervo. Mas acréscimos posteriores a Torre do Cervo tinham bloqueado a vista, e torres mais altas o haviam substituído. Sua utilidade ficou para trás, seja lá para o que quer que fosse, exceto para servir como aposentos de um bobo.

Fui lá para cima, em um dia quente e úmido quando a época das colheitas já havia começado. A torre estava fechada, com exceção das seteiras que faziam pouco mais do que iluminar as partículas de poeira que os meus pés faziam dançar no ar parado. A princípio, a escuridão da torre tinha parecido mais fresca do que o dia abafado lá fora, mas, à medida que eu subia, parecia tornar-se mais quente e mais apertada, de forma que, no momento em que alcancei o último andar, sentia-me como se não tivesse ar suficiente para respirar. Ergui um punho cansado e bati à porta pesada.

— Sou eu, Fitz! — gritei, mas o ar parado e quente abafou a minha voz como um cobertor molhado apaga uma chama.

Devo usar isso como desculpa? Devo dizer que pensei que talvez ele não pudesse me ouvir e que, portanto, entrei para ver se ele estava lá? Ou devo dizer que me sentia tão quente e com sede que entrei para ver se os aposentos dele ofereciam um resquício que fosse de ar ou água? O porquê não interessa, imagino. Segurei a tranca, levantei-a e entrei.

— Bobo? — chamei, mas podia sentir que ele não estava lá.

Não da forma como normalmente sentia a presença ou ausência de gente, mas pela quietude que me recebeu. E, contudo, pus um pé dentro do quarto, e foi uma alma nua que se revelou diante dos meus olhos abertos de espanto.

Havia ali uma profusão de luz, flores e cores. Havia um tear num canto e cestos cheios de fios finos, em cores muito vivas. A colcha tecida sobre a cama e os adornos nas janelas abertas eram diferentes de tudo o que eu tinha visto antes, tecidos em padrões geométricos que de alguma forma sugeriam campos de flores sob um céu azul. Uma larga taça de cerâmica continha flores flutuantes, e um peixinho esguio e prateado nadava entre os caules e sobre as pedrinhas de cores vivas que forravam o fundo. Tentei imaginar o Bobo, pálido e cínico, em meio a toda aquela cor e arte. Dei mais um passo para dentro do quarto e vi algo que fez meu coração saltar do peito.

Um bebê. Foi o que pareceu ser a princípio e, sem pensar, dei os dois passos seguintes e ajoelhei-me ao lado do cesto que lhe servia de berço. Não era uma criança viva, mas um boneco, feito com uma arte tão incrível que quase fiquei esperando ver o pequeno peito se mover com a respiração. Estendi uma mão para aquele rosto delicado e pálido, mas não ousei tocá-lo. A curva da sobrancelha, as pálpebras fechadas, o rosa-claro que corava as minúsculas bochechas, até a pequena mão que descansava sobre a colcha eram mais perfeitos do que eu supunha que algo pudesse ser. Em que barro delicado tinha sido trabalhado eu não podia adivinhar, nem que mão tinha pintado os cílios minúsculos que se curvavam sobre as bochechas da criança. A pequena colcha tinha sido toda bordada com amores-perfeitos, e o travesseiro era de seda. Não sei quanto tempo fiquei ali ajoelhado, tão silencioso como estaria na presença de um bebê de verdade dormindo. Mas por fim eu me levantei, saí do quarto do Bobo e fechei a porta silenciosamente atrás de mim. Desci lentamente a miríade de degraus, apavorado pela ideia de poder encontrar o Bobo subindo, e com o peso do conhecimento de que tinha descoberto um habitante da torre que estava pelo menos tão sozinho quanto eu.

Chade me chamou nessa noite, mas, quando fui encontrá-lo, pareceu não ter mais propósito em me chamar do que me ver. Nós nos sentamos quase em silêncio diante da lareira sombria, e pensei que ele parecia mais velho do que nunca. Da mesma forma que Verity tinha sido devorado, Chade estava consumido. As mãos ossudas pareciam quase desidratadas, e o branco dos olhos parecia ter uma teia de sangue. Precisava dormir, mas, em vez disso, tinha me chamado. E, contudo, ali estava ele sentado, quieto e silencioso, mordiscando de vez em quando a comida que colocara diante de nós. Passado algum tempo, decidi ajudá-lo.

— Você tem receio de que eu não seja capaz de fazer isso? — perguntei delicadamente.

— Fazer o quê? — perguntou, distraído.

— Matar o príncipe da montanha, Rurisk.

Chade virou-se para me encarar. O silêncio foi mantido por um longo momento.

— Você não sabia que o rei Shrewd tinha me mandado fazer isso — gaguejei.

Virou-se lentamente para a lareira vazia e estudou-a cautelosamente como se houvesse chamas ali para ler.

— Sou apenas o homem que faz as ferramentas — disse, por fim, com tranquilidade. — Outro homem usa aquilo que eu faço.

— Pensa que essa é uma... tarefa ruim? Errada? — Tomei fôlego. — Pelo que me foi dito, ele não tem muito tempo de vida, de qualquer maneira. Poderia ser quase um ato de misericórdia, se a morte viesse tranquilamente durante a noite, em vez de...

— Garoto — observou Chade calmamente —, nunca finja que somos outra coisa além do que somos. Assassinos, e não agentes misericordiosos de um rei sábio. Assassinos políticos traficando morte para proveito da nossa monarquia. É isso que somos.

Era a minha vez de estudar fantasmas de chamas.

— Você está tornando isso muito difícil para mim. Muito mais do que já era. Por quê? Por que você fez de mim o que eu sou, se então tenta enfraquecer a minha determinação...? — A minha pergunta se esvaneceu, formulada apenas pela metade.

— Eu acho que... deixe para lá. Talvez seja uma espécie de ciúme meu, garoto. Fico pensando, imagino, nas razões que levam Shrewd a usar você e não a mim. Talvez eu esteja com medo de ter deixado de ser útil a ele. Talvez, agora que te conheço, deseje nunca ter começado a fazer de você aquilo...

E agora era a vez de Chade perder a fala, os pensamentos indo para onde as palavras não podiam segui-los.

Ficamos sentados, meditando sobre a minha missão. Aquilo não era servir à justiça do rei. Não era uma sentença de morte por um crime. Era simplesmente a eliminação de um homem que constituía um obstáculo para o poder maior. Fiquei sentado, quieto, até começar a me perguntar se eu faria aquilo. Então levantei os olhos e vi uma faca de prata, para cortar fruta, enterrada profundamente na prateleira em cima da lareira de Chade e pensei que sabia a resposta.

— Verity fez uma reclamação, em seu nome — disse Chade subitamente.

— Reclamação? — perguntei em uma voz debilitada.

— A Shrewd. Primeiro, que Galen tinha te maltratado e ludibriado. Apresentou essa reclamação formalmente, dizendo que Galen tinha privado o reino do seu Talento, em um momento em que teria sido muito útil. Sugeriu a Shrewd, informalmente, que acertasse as contas com Galen, antes que você se vingasse com suas próprias mãos.

Olhando para o rosto de Chade, pude ver que todo o conteúdo da minha discussão com Verity tinha sido revelado a ele. Não tinha certeza de como me sentia a respeito disso.

— Não faria isso, vingar-me de Galen com minhas próprias mãos. Não depois de Verity me pedir que não o fizesse.

Chade me deu um olhar de aprovação tranquila.

— Eu disse isso para Shrewd. Mas ele me disse para te informar que ele dará um jeito nisso. Dessa vez o rei fará a sua própria justiça. Aguarde e ficará satisfeito.

— O que ele vai fazer?

— Isso eu não sei. Não acho que o próprio Shrewd já saiba. O homem tem de ser repreendido. Mas temos de considerar que, se queremos treinar outros círculos,

Galen não deve se sentir muito maltratado. — Chade pigarreou e disse mais tranquilamente: — Verity fez também outra reclamação ao rei. Acusou-nos, a Shrewd e a mim, sem rodeios, de sermos capazes de te sacrificar para o bem do reino.

Essa, eu soube de repente, havia sido a razão por que Chade tinha me chamado naquela noite. Eu não disse nada.

Chade falou mais lentamente:

— Shrewd declarou não ter sequer considerado a possibilidade. Da minha parte, não tinha ideia de que uma coisa dessas fosse possível. — Suspirou outra vez, como se dizer essas palavras fosse um custo para ele. — Shrewd é um rei, garoto. A sua preocupação deve ser sempre, em primeiro lugar, o reino.

O silêncio se instalou entre nós.

— Você está me dizendo que ele me sacrificaria. Sem nenhuma piedade.

Ele não tirou os olhos da lareira.

— Você. Eu. Até mesmo Verity, se ele achasse isso necessário para a sobrevivência do reino. — Então ele se virou para me olhar. — Nunca se esqueça disso — disse.

Na noite antes de a comitiva do casamento partir de Torre do Cervo, Lacy veio bater à minha porta. Era tarde e, quando me disse que Patience desejava me ver, perguntei tolamente:

— Agora?

— Bem, você parte amanhã — observou Lacy, e eu a segui obedientemente, como se isso fizesse sentido.

Encontrei Patience sentada em uma cadeira almofadada, com uma túnica extravagantemente bordada sobre as vestes de dormir.

O cabelo dela batia nos ombros e, enquanto eu me sentava onde me indicou, Lacy recomeçou a escová-lo.

— Fiquei esperando que você viesse me pedir desculpas — observou Patience.

Abri imediatamente a boca para fazer isso, mas ela fez um gesto irritado com a mão para que eu me calasse.

— Mas, ao discutir o assunto com Lacy esta noite, descobri que já tinha te desculpado. Rapazes, entendi, têm simplesmente uma certa dose de rudeza que necessitam expressar. Entendi que você não tinha intenção de me ofender com a sua atitude; portanto, não há motivo para você me pedir desculpas.

— Mesmo assim, sinto que lhe devo desculpas — protestei. — Apenas não consegui decidir como deveria dizer...

— Agora é tarde demais para me pedir desculpas, visto que já te perdoei — disse ela bruscamente. — Além disso, não há tempo. Tenho certeza de que você já devia estar dormindo a esta hora. Mas como esta é a sua primeira verdadeira incursão na vida da corte, queria te dar uma coisa antes de você partir.

Abri a boca e fechei-a logo outra vez. Se ela queria considerar essa a minha primeira verdadeira incursão na vida da corte, não ia discutir isso com ela.

— Sente-se aqui — disse imperiosamente, e apontou para um lugar a seus pés.

Fui e me sentei obedientemente. Só então notei a pequena caixa que estava em cima do colo dela. Era de madeira escura, com um veado entalhado em baixo-relevo na tampa. Quando a abriu, senti um perfume de madeira aromática. Tirou de dentro dela um brinco e segurou-o perto da minha orelha.

— Pequeno demais — murmurou. — Qual é o propósito de usar joias quando ninguém pode vê-las?

Segurou e descartou vários outros, com comentários semelhantes. Finalmente pegou um que era como um pedaço de rede prateada com uma pedra azul presa nele. Fez uma careta ao olhar para ele e assentiu com a cabeça relutantemente.

— Aquele homem tem gosto. Independentemente de todo o resto que falta, bom gosto ele tem.

Segurou o brinco próximo da minha orelha outra vez e, sem nenhum aviso, enfiou o brinco no meu lóbulo.

Soltei um berro e levei a mão à orelha, mas ela a afastou com um tapa.

— Pare de agir feito um bebê. Só vai doer por um minuto. — Havia uma espécie de fecho que o prendia atrás da orelha, e ela dobrou a minha orelha com os dedos, sem misericórdia, para apertá-lo. — Pronto. Fica muito bem nele, não acha, Lacy?

— Muito — concordou Lacy, ocupada com o seu eterno trançar.

Patience me dispensou com um gesto. Quando me levantei, ela disse:

— Lembre-se disto, Fitz. Quer você possa usar o Talento ou não, quer você use o nome dele ou não, você é filho de Chivalry. Trate de se comportar com honra. Agora vá, e veja se dorme.

— Com a orelha assim? — perguntei, mostrando-lhe sangue na ponta dos dedos.

— Não pensei nisso. Desculpe... — começou, mas eu a interrompi.

— Tarde demais para pedir desculpas. Já a desculpei. E obrigado.

Lacy ainda estava rindo quando fui embora.

Levantei cedo na manhã seguinte para assumir o meu posto na comitiva do casamento. Presentes valiosos deviam ser levados como símbolo da nova união entre as famílias. Havia presentes para a própria princesa Kettricken: uma elegante égua de raça, joias, tecidos para roupas, servos e perfumes raros. E havia presentes para a sua família e seu povo. Cavalos, falcões e ouro trabalhado para o pai e o irmão, é claro, mas os presentes mais importantes eram os que seriam oferecidos ao reino, pois, de acordo com as tradições de Jhaampe, ela pertencia mais ao povo do que à família. Portanto, havia animais destinados à reprodução, gado, ovelhas, cavalos e aves, poderosos arcos de teixo, do tipo que o povo da montanha não tinha, ferramentas de metal de bom ferro de Forja, entre outros presentes considerados capazes de melhorar a vida do povo da montanha. Havia conhecimento, na forma de vários dos herbanários mais bem ilustrados de Fedwren, várias tábuas de curas e um rolo de pergaminho sobre falcoaria, que era uma cuidadosa cópia de um original escrito pelo próprio Falcoeiro. Estes últimos, supostamente, eram o meu propósito em acompanhar a caravana.

Foram postas aos meus cuidados, juntamente com um generoso fornecimento de ervas e raízes mencionadas no herbanário, sementes para cultivar aqueles que não podiam se manter em bom estado durante a viagem. Não era um presente trivial, e encarreguei-me de assegurar que seria bem entregue, com a mesma seriedade com que encarei a minha outra missão. Tudo estava bem embalado e colocado dentro de uma arca de cedro entalhado. Estava verificando os embrulhos uma última vez antes de levar o cesto para o terreiro quando ouvi o Bobo atrás de mim.

— Trouxe isso para você.

Eu me virei para encontrá-lo parado à porta de entrada do meu quarto. Não tinha ouvido sequer a porta se abrir. Ele estendia para mim um saco de couro com um fecho de cordão.

— O que é isso? — perguntei, e tentei não deixá-lo perceber nem sinal das flores e do boneco na minha voz.

— Purga-do-mar.

Ergui as sobrancelhas.

— Um purgante? Como presente de casamento? Suponho que algumas pessoas o achariam apropriado, mas as ervas que levo comigo podem ser plantadas e desenvolvidas nas montanhas. Não creio que...

— Não é um presente de casamento. É para você.

Aceitei o saco com sentimentos contraditórios. Era um purgante excepcionalmente poderoso.

— Obrigado por pensar em mim, mas normalmente não tenho propensão a indisposições em viagens e...

— Normalmente, quando está viajando, não corre o risco de ser envenenado.

— Há alguma coisa que você gostaria de me dizer?

Tentei fazer o meu tom de voz soar leve e brincalhão. Sentia falta das habituais caras irônicas e zombarias do Bobo nesta conversa.

— Apenas que seria sábio da sua parte comer alimentos leves, ou não comer, em hipótese alguma, nenhuma comida que você mesmo não tenha preparado.

— Em todos os banquetes e festas que vão acontecer lá?

— Não. Apenas naqueles que você queira sobreviver. — Virou as costas para ir embora.

— Peço desculpas — disse apressadamente. — Não tinha intenção de me intrometer. Fui te procurar, e estava tão quente, e a porta não estava trancada, por isso entrei. Não tinha intenção de bisbilhotar.

As costas dele continuaram viradas para mim enquanto perguntou:

— E você achou divertido o que viu?

— Eu... — Não consegui pensar em nada para dizer, de um jeito que eu garantisse a ele que o que eu tinha visto ficaria apenas na minha cabeça.

Ele deu dois passos para a frente e estava já encostando a porta. Eu deixei escapar:

— Eu desejei que houvesse um lugar que fosse tanto eu como aquele lugar é você. Um lugar que eu também pudesse manter em segredo.

A porta parou à distância de uma mão de se fechar.

— Preste atenção a este conselho e talvez sobreviva à viagem. Quando considerar a motivação de um homem, lembre-se de que não deve julgar o trigo dele com a sua medida. Afinal, pode ser que ele não use o mesmo padrão que você.

A porta se fechou e o Bobo foi embora. Mas suas últimas palavras tinham sido enigmáticas e frustrantes o suficiente para me deixarem pensando que talvez ele tivesse perdoado a minha invasão.

Enfiei a purga-do-mar no gibão, não a querendo, mas receoso de deixá-la. Olhei o quarto em volta de relance, mas como sempre era um lugar vazio e prático. A sra. Hasty tinha cuidado da minha bagagem, não confiando a mim a responsabilidade de arrumar as roupas novas. Eu tinha notado que o cervo marcado da minha insígnia havia sido substituído por um cervo com seus cornos baixados em posição de ataque.

— Verity ordenou que fosse assim — foi o que ela me disse quando lhe perguntei sobre o assunto. — Gosto mais do que do cervo riscado. Você não?

— Acho que sim — respondi, e a conversa parou ali. Um nome e uma insígnia. Balancei a cabeça para mim mesmo, peguei o baú de ervas e rolos de pergaminho e desci para me juntar à caravana.

Enquanto ia descendo os degraus, encontrei Verity, que vinha subindo. A princípio, quase não o reconheci, pois subia as escadas como um velho curvado. Fiquei de lado para deixá-lo passar e o reconheci quando me olhou de relance. É uma coisa estranha ver um homem, uma vez tão próximo, daquela maneira, encontrado por acaso como um estranho. Notei como as roupas estavam desalinhadas sobre ele e como o cabelo negro e farto de que eu me lembrava tinha agora traços grisalhos. Esboçou um sorriso ausente e, então, como se tivesse lhe ocorrido de repente, me parou.

— Vai partir para o Reino da Montanha? Para a cerimônia do casamento?

— Sim.

— Você faz um favor para mim, garoto?

— Claro — disse, surpreso com a sua voz rouca.

— Fale bem de mim para a princesa. E atenção: fale a verdade. Não peço que você minta. Mas fale bem de mim. Sempre achei que você gostava de mim.

— Sim — disse para as suas costas que se afastavam. — Sim, senhor. — Mas ele não se virou nem respondeu, e eu me senti do mesmo jeito de quando o Bobo me deixou.

O pátio estava um alvoroço de pessoas e animais. Não havia carroças desta vez; as estradas que levavam às montanhas eram notoriamente ruins e tinha ficado decidido que os animais de carga seriam suficientes, em nome da rapidez. Não era aceitável que o séquito real chegasse tarde para o casamento; era suficientemente ruim que o noivo não estivesse presente.

Os rebanhos tinham sido enviados à frente, dias antes. Era esperado que a nossa viagem demorasse duas semanas, e tinham sido reservadas três semanas para ela. Tratei de prender o baú de cedro a um animal de carga e, em seguida, parei ao lado de Fuligem e esperei. Mesmo no pátio pavimentado, o pó pairava espesso no ar quente de verão. Apesar de todo o cuidadoso planejamento despendido, a caravana ainda assim parecia caótica. Vi de relance Sevrens, o criado preferido de Regal. Regal o tinha enviado de volta a Torre do Cervo havia um mês, com instruções específicas a respeito de certas vestes que desejava que fossem confeccionadas para seu uso. Sevrens seguia Hands, agitado e discutindo alguma coisa e, fosse lá o que fosse, Hands não parecia muito paciente. Quando a sra. Hasty me deu as últimas instruções sobre como cuidar das minhas novas vestes, disse que Sevrens levava tantas vestes, chapéus e acessórios novos para Regal que tinham sido reservados para ele três animais de carga para carregar tudo. Imaginei que o tratamento desses três animais tivesse sido conferido a Hands, pois Sevrens era um excelente camareiro, mas tinha medo de animais grandes. Rowd, o homem para todos os serviços de Regal, seguia-os, firme, mal-humorado e impaciente. Sobre um dos grandes ombros carregava mais uma arca, e era talvez o transporte desse item adicional que deixava Sevrens nervoso. Logo eu os perdi no meio da multidão. Surpreendeu-me descobrir Burrich verificando as guias dos cavalos de reprodução e da égua de presente para a princesa. Com certeza, quem estivesse encarregado deles poderia fazer isso, pensei. E então, quando o vi montar, percebi que ele também era parte da procissão. Olhei em volta para ver quem o acompanhava, mas não vi nenhum dos rapazes do estábulo que conhecia, com exceção de Hands. Cob já estava em Jhaampe, com Regal. Portanto, Burrich tinha assumido ele mesmo essa tarefa. O que não me surpreendia.

August estava ali, montado em uma elegante égua cinzenta, esperando com uma impassibilidade que era quase inumana. O tempo que tinha passado no círculo já o tinha mudado. Tempos atrás, era um jovem cheinho, sossegado, mas simpático. Tinha o mesmo cabelo negro e farto de Verity, e ouvi dizer que se parecia muito com o primo, quando este era garoto. Imaginei então que, à medida que os seus deveres no uso do Talento aumentassem, provavelmente se pareceria ainda mais com Verity. Estaria presente no casamento como uma espécie de janela para Verity, enquanto Regal pronunciasse os votos em nome do irmão. A voz de Regal, os olhos de August, devaneei. E eu ia como o quê? O seu punhal?

Montei Fuligem, para ficar longe das pessoas que trocavam despedidas e instruções de última hora. Pedi a Eda que nos puséssemos a caminho. Pareceu levar uma eternidade até que a fila irregular se formasse, e que o colocar e o atar de correias a fardos de última hora terminassem. Então, quase abruptamente, os estandartes foram erguidos, uma trombeta foi tocada, e a fila de cavalos, animais de carga carregados e gente começou a se mover. Olhei uma vez para cima e vi que Verity tinha saído, se colocado no topo da torre, observando a nossa partida. Acenei para ele, mas duvido que me reconhecesse no meio de tantos. E então estávamos fora dos portões, seguindo pelo caminho montanhoso que nos levaria para longe de Torre do Cervo e para oeste.

O nosso caminho nos levaria pelas margens do rio Cervo, que percorreríamos nos extensos baixios perto do local onde as fronteiras dos Ducados de Cervo e Vara se tocavam. Daí, atravessaríamos as largas planícies de Vara, sob um calor escaldante que nunca tinha experimentado antes, até chegarmos ao Lago Azul. Do Lago Azul, seguiríamos um rio que se chamava simplesmente Frio, cujas fontes eram no Reino da Montanha. No Vau do Frio começava a estrada de mercadores, que seguia entre as montanhas e através das florestas, sempre subindo, até o Desfiladeiro das Tempestades, e daí rumo às densas florestas verdes dos Ermos Chuvosos. Não iríamos tão longe, mas pararíamos em Jhaampe, que era o povoado mais parecido com uma cidade que o Reino da Montanha possuía.

Em certos aspectos, aquela foi uma viagem com muito pouco de extraordinário, se fossem descontados todos os incidentes que inevitavelmente acontecem durante essas jornadas. Depois dos primeiros três dias, estabeleceu-se uma rotina notavelmente monótona, variada apenas pelas paisagens diferentes pelas quais passávamos. Cada pequena aldeia ou lugarejo ao longo da estrada aparecia para nos saudar e atrasar, oferecendo-nos os seus melhores votos oficiais e felicitações para as festividades de núpcias do príncipe herdeiro.

Depois de chegarmos às extensas planícies de Vara, esses lugarejos tornaram-se bastante raros e longínquos. As chácaras prósperas e cidades mercantis de Vara ficavam longe, a norte do nosso caminho, ao longo do rio Vin. Atravessamos as planícies de Vara, onde a população era constituída sobretudo de pastores nômades, que formavam aldeias apenas quando se instalavam ao longo das rotas de mercadores, nos meses de inverno, o qual chamavam de "estação verde". Passamos por rebanhos de ovelhas, cabras, cavalos ou, mais raramente, suínos perigosos e esguios que eles chamavam de *haragares*, mas o nosso contato com as pessoas da região era normalmente limitado à visão de suas tendas cônicas ao longe ou de algum pastor levantado na sela, segurando alto o seu cajado em um gesto de saudação.

Hands e eu retomamos a nossa familiaridade. Partilhávamos as refeições e a pequena fogueira que utilizávamos para cozinhar à noite, e ele me deliciava com narrativas das preocupações de Sevrens: pó que se juntava nas vestes de seda, insetos que se enfiavam nos colarinhos de pele, veludo que ia se puindo em pedaços pela longa jornada. Mais sombrias eram as suas queixas sobre Rowd. Eu próprio não tinha memórias agradáveis daquele homem, e Hands o achava um companheiro de viagem opressivo, pois parecia suspeitar constantemente que Hands tentava roubar os embrulhos de pertences de Regal. Uma noite, Rowd acabou vindo à nossa fogueira, onde, de um jeito muito prolixo, nos deu um aviso vago e indireto contra qualquer um que pudesse ser parte de uma conspiração para roubar o seu senhor.

O bom tempo continuou e, embora suássemos bastante de dia, as noites eram muito amenas. Eu dormia em cima do cobertor e raramente me dava ao trabalho de procurar qualquer outro abrigo. Todas as noites, checava o conteúdo da minha arca e tentava evitar, o melhor possível, que as raízes ficassem completamente desidratadas e que o movimento desgastasse os pergaminhos e tábuas. Houve uma noite em que acordei com um alto relincho de Fuligem e pensei que o baú de cedro tivesse sido ligeiramente movido de onde eu o havia colocado. Mas uma rápida verificação do seu conteúdo provou que tudo estava em ordem e, quando mencionei a ocorrência a Hands, ele apenas me perguntou se eu estava pegando a doença de Rowd.

Os lugarejos e rebanhos pelos quais passávamos nos abasteciam frequentemente com comidas frescas e eram muitíssimo generosos na oferta, de forma que sofremos poucas privações durante a jornada. Por outro lado, a água não era tão abundante em Vara como desejávamos, mas conseguíamos ainda assim encontrar todos os dias alguma fonte ou poço poeirento e, portanto, nem isso foi tão ruim quanto poderia ter sido.

Vi Burrich muito pouco. Levantava-se mais cedo do que o resto de nós e precedia a caravana, de forma que os animais a seu cargo pudessem obter o melhor pasto e a água mais limpa. Sabia que ele ia querer os cavalos em perfeitas condições quando chegássemos a Jhaampe. August, também, era quase invisível. Embora fosse tecnicamente o responsável pela expedição, deixava a gestão a cargo do capitão da sua guarda de honra. Eu não conseguia saber se ele fazia isso por ser sensato ou preguiçoso. De qualquer forma, mantinha-se a maior parte do tempo afastado e solitário, embora deixasse Sevrens assisti-lo, partilhando com ele a tenda e as refeições.

Da minha parte, era quase como retornar a uma espécie de infância. As minhas responsabilidades eram muito limitadas. Hands era um companheiro simpático e precisava de muito pouco encorajamento para me presentear com uma narrativa do seu vasto repertório de relatos e fofocas. Às vezes, passava-se quase um dia inteiro antes de eu me lembrar de que, no fim dessa viagem, teria de matar um príncipe.

Tais pensamentos vinham normalmente à minha cabeça quando acordava no meio da noite. O céu noturno sobre Vara parecia muito mais carregado de estrelas que sobre Torre do Cervo, e eu as fitava e mentalmente treinava maneiras de eliminar Rurisk. Havia outro baú, minúsculo, guardado cuidadosamente dentro do saco que trazia as minhas roupas e bens pessoais. Tinha-o preparado com muita atenção e ansiedade, pois essa missão teria de ser executada com perfeição. Teria de ser executada com limpeza, sem provocar sequer a sombra de uma suspeita. Além disso, era essencial que as coisas acontecessem na ordem certa. O príncipe não deveria morrer enquanto estivéssemos em Jhaampe. Nada poderia projetar a menor sombra sobre as núpcias. Nem deveria morrer antes que as cerimônias em Torre do Cervo acontecessem e que o casamento fosse consumado, pois isso poderia ser visto como um mau agouro para o casal. Não seria uma morte fácil de planejar.

Às vezes, eu me perguntava por que é que essa tarefa tinha sido confiada a mim e não a Chade. Seria algum tipo de teste, um teste em que o fracasso significaria a minha pena de morte? Era Chade muito velho para esse desafio, ou muito valioso para ser arriscado nisso? Seria a prioridade de Chade simplesmente zelar pela saúde de Verity? Quando conseguia forçar a minha mente a evitar essas questões, ficava me perguntando se eu deveria usar um pó que irritasse os pulmões danificados de Rurisk de forma que a tosse piorasse até matá-lo. Talvez pudesse polvilhar os seus travesseiros e cama com o veneno. Ou talvez pudesse lhe oferecer um remédio para dor, um que lentamente o viciasse e que o atraísse para um sono de morte. Tinha um tônico que fluidificava o sangue. Se os pulmões dele já sangravam cronicamente, talvez fosse suficiente para despachá-lo de vez. Trazia também comigo um veneno, rápido e mortífero e tão insípido quanto água, que poderia empregar, caso descobrisse uma forma de garantir que ele o tomaria num futuro suficientemente distante. Nenhum desses pensamentos me conduzia ao sono e, apesar disso, o ar fresco e o exercício de cavalgar o dia inteiro eram normalmente suficientes para isso, e eu com frequência acordava ansioso por mais um dia de viagem.

Quando finalmente avistamos o Lago Azul, foi como se visse um milagre a distância. Tinham se passado anos desde a última vez em que havia estado tanto tempo longe do mar, e me surpreendeu o prazer com que avistei a grande extensão de água. Todos os animais na caravana encheram os meus pensamentos com o aroma limpo da água. A paisagem tornava-se mais verde e menos agreste à medida que nos aproximávamos do grande lago, e foi difícil fazer com que os cavalos não pastassem demais nessa noite.

Hordas de barcos a vela exerciam o seu ofício mercante no Lago Azul. Suas velas coloridas indicavam não só o que vendiam, mas também para que família velejavam. Os povoados ao longo do Lago Azul eram alicerçados em palafitas construídas sobre as águas. Fomos bem recebidos lá, e nos banqueteamos com peixe de água-doce, que tinha um sabor estranho para o meu paladar habituado ao sabor do mar. Senti-me um grande viajante, e Hands e eu ficamos quase transbordantes de orgulho quando algumas moças de olhos verdes de uma família de mercadores de grãos vieram ficar conosco à nossa fogueira, uma noite, todas aos risinhos. Traziam com elas pequenos tambores, de cores vivas, cada um afinado para um tom diferente, e tocaram e cantaram para nós até que as mães vieram à procura delas, e ralharam com elas, levando-as de volta para casa. É uma experiência que sobe à cabeça de um rapaz, e o príncipe Rurisk nem passou pela minha cabeça nessa noite.

Seguimos para oeste e norte, atravessando o Lago Azul em barcaças de fundo raso nas quais senti pouca confiança. Do outro lado do lago, subitamente nos encontramos em meio a um território florestal, e os dias quentes de Vara se transformaram em uma memória saudosa. O caminho nos levou através de imensas florestas de cedro, salpicadas aqui e ali de aglomerados de bétulas de papel branco e pinceladas em áreas queimadas com amieiro e salgueiro. Os cascos dos nossos cavalos bateram na terra negra da trilha da floresta, e os odores doces do outono estavam por toda a parte. Vimos pássaros desconhecidos, e uma vez vislumbramos um grande veado de uma cor e tipo que eu nunca tinha visto antes nem voltaria a ver alguma vez na vida. O pasto da noite para os cavalos não era bom e ficamos satisfeitos com grãos que havíamos comprado do povo do lago. Acendemos fogueiras à noite, e Hands e eu dividimos a tenda.

O nosso caminho subia agora por um monte. Seguimos a trilha serpenteada entre as encostas mais inclinadas, mas estávamos já, sem dúvida, subindo as montanhas. Uma tarde, nós nos encontramos com uma delegação de Jhaampe, enviada para nos saudar e guiar. Depois disso, parecia que viajávamos mais depressa, e a cada noite éramos entretidos por músicos, poetas e malabaristas, e nos banqueteávamos com os seus petiscos. Todos os esforços possíveis eram realizados em nossa honra e para nos fazer sentir bem-vindos. Mas eram diferentes de nós a ponto de eu os achar estranhos e quase amedrontadores. Com frequência eu era forçado a me lembrar tanto do que Burrich quanto do que Chade haviam me ensinado sobre boas maneiras, enquanto o pobre Hands evitava qualquer contato com esses novos companheiros de viagem.

A maior parte deles era chyurda, e eram exatamente como eu havia esperado que fossem: gente alta, pálida, de cabelos e olhos claros, alguns com cabelos tão ruivos quanto uma raposa. Eram um povo forte e robusto, tanto os homens como as mulheres. Todos pareciam portar um arco ou uma atiradeira e sentiam-se claramente mais à vontade a pé do que a cavalo. Vestiam-se de lã e couro e até o mais humilde deles trajava peles finas como se não fossem mais do que tecido fiado em casa. Caminhavam ao nosso lado, enquanto nós cavalgávamos, e não pareciam ter dificuldades em acompanhar os cavalos durante um dia inteiro. Enquanto andavam, cantavam longas canções em uma língua antiga, que soavam quase fúnebres, mas que eram intercaladas por gritos de vitória ou deleite. Viria a aprender mais tarde que estavam cantando para nós a sua história, para que pudéssemos saber melhor a que espécie de povo o nosso príncipe estava se unindo. Vim a saber ainda que eram, na maioria, menestréis e poetas — os "hospitaleiros", assim seria a tradução ao pé da letra do termo que era usado para designá-los na sua própria língua, enviados tradicionalmente para saudar hóspedes e para fazê-los se sentirem felizes por terem vindo, mesmo antes de chegar.

Durante os dois dias que se seguiram, a trilha que percorríamos foi se alargando, pois outros caminhos e estradas se juntavam a ela à medida que nos aproximávamos de Jhaampe, até se tornar uma larga estrada de mercadores, por vezes pavimentada com pedras brancas trituradas. E a nossa procissão aumentava de tamanho, pois a nós se juntavam contingentes de aldeias e tribos, afluindo dos confins do Reino das Montanhas, para verem a sua princesa comprometer-se com o poderoso príncipe das terras baixas. E, em pouco tempo, com cães, cavalos e cabras de uma espécie que eles usavam como animal de carga, com carroças de presentes e gente de todas as profissões e posições sociais seguindo em famílias e grupos atrás de nós, chegamos a Jhaampe.

JHAAMPE

"... e, portanto, deixe que eles venham, o povo a quem pertenço, e, quando chegarem à cidade, deixe que se sintam em condições de dizer: 'Esta é a nossa cidade e a nossa casa, por tanto tempo quanto desejarmos ficar aqui'. Que haja sempre espaço livre, que [palavras ilegíveis] de rebanhos. Então não haverá estrangeiros em Jhaampe, apenas vizinhos e amigos, indo e vindo como lhes aprouver". E o desejo do Sacrifício foi cumprido, nisso como em todas as coisas.

Assim eu li, anos depois, no fragmento de uma tábua sagrada dos chyurdas, e assim finalmente vim a compreender Jhaampe. Mas, da primeira vez, quando subimos o monte, cavalgando em direção à cidade, fiquei ao mesmo tempo desapontado e fascinado pelo que vi.

Os templos, palácios e edifícios públicos lembravam-me imensos botões de tulipa fechados, tanto na cor como na forma. A forma tinha sido herdada dos abrigos de pele curtida que tinham sido um dia, em tempos tradicionais entre os nômades que fundaram a cidade; as cores resultavam apenas do amor que o povo da montanha tem por encher tudo de cores vivas. Os edifícios tinham sido pintados em preparação para a nossa chegada e para as núpcias da princesa e, portanto, eram exuberantes e quase excessivos. Os tons de púrpura eram dominantes, com amarelos contrastando, mas todas as cores estavam representadas. Um campo de açafrão brotando na neve e na terra negra talvez seja a melhor comparação para esse espetáculo, pois as rochas negras e desnudadas das montanhas e as sempre-vivas escuras tornavam as cores fortes dos edifícios ainda mais impressionantes. Além disso, a própria cidade era construída em uma área tão íngreme quanto a Cidade de Torre do Cervo, de forma que quando se olhava para ela de baixo, as suas tonalidades e linhas apresentavam-se em camadas, como um habilidoso arranjo floral em um cesto.

Porém, à medida que nos aproximávamos, conseguimos ver que, dispostos entre os grandes edifícios, havia tendas e cabanas temporárias e abrigos minúsculos de todos os tamanhos e feitios. Porque em Jhaampe apenas os edifícios públicos e as casas reais são permanentes. Todo o resto varia de acordo com o tipo de pessoas que vêm visitar a capital, ou pedir julgamento ao Sacrifício, que é como designam o rei ou a rainha que os governa, ou para visitar os repositórios dos seus tesouros e sabedoria, ou simplesmente para fazer comércio e encontrar outros nômades. Tribos vão e vêm, tendas são armadas e habitadas por um mês ou dois e depois, em uma manhã, não resta nada mais que terra vazia onde antes se encontravam, até que outro grupo chegue para reclamar o terreno. Contudo, não é um lugar desorganizado, pois as ruas são bem definidas, com escadarias de pedra dando acesso aos lugares mais íngremes. Poços, casas de banhos e córregos estão dispostos pela cidade toda, e regras extremamente rigorosas são observadas no que diz respeito a detritos e resíduos. É também uma cidade verde, pois a periferia é constituída de pastagens para aqueles que trazem rebanhos e cavalos, com espaços para abrigar as tendas demarcados por poços d'água e árvores que proporcionam boa sombra. Dentro da cidade, há espaços reservados para jardins, com flores e árvores esculpidas, mais habilidosamente tratados do que tudo o que eu já tinha visto em Torre do Cervo. Os visitantes deixam as suas criações nesses jardins, e estas podem tomar a forma de esculturas em pedra ou madeira entalhada, ou criaturas feitas de cerâmica e pintadas em cores vivas. De certa forma, o local me lembrou o quarto do Bobo, pois em ambos havia cores e formas expostas com o intuito único de agradar aos olhos.

Os nossos guias nos levaram até uma pastagem fora da cidade e nos disseram que tinha sido reservada para nós. Após algum tempo, tornou-se evidente que esperavam que deixássemos ali nossos cavalos e mulas e que prosseguíssemos a pé. August, o líder nominal da caravana, não lidou com o assunto de forma muito diplomática. Eu me encolhi envergonhado quando ele, quase com raiva, explicou que tínhamos trazido conosco muito mais do que era possível carregar sem animais, e que muitos de nós estávamos cansados demais da viagem para que nos agradasse a ideia de subir o monte a pé. Mordi o lábio e me forcei a ficar quieto e em silêncio, presenciando a confusão educada dos nossos anfitriões. Com certeza, Regal estava a par desses costumes; por que ele não nos avisou antes, para que não começássemos a visita exibindo um comportamento grosseiro e inflexível?

Mas as pessoas hospitaleiras que estavam nos assistindo adaptaram-se rapidamente aos nossos estranhos modos. Pediram-nos que descansássemos e imploraram que fôssemos pacientes com eles. Por algum tempo ficamos todos em pé por ali, tentando em vão parecer confortáveis. Rowd e Sevrens juntaram-se a Hands e a mim. Hands ainda tinha um gole ou dois de vinho em um odre e repartiu conosco, enquanto Rowd, de má vontade, retribuiu, oferecendo-nos um pouco de carne defumada em tiras. Conversamos, mas confesso que prestei pouca atenção à conversa. Desejava ter coragem de ir até August e pedir a ele que se mostrasse mais aberto aos costumes daquele povo. Nós éramos convidados, e já era suficientemente ruim que o noivo não tivesse vindo pessoalmente buscar a noiva. Observei à distância August consultar alguns nobres mais idosos que tinham vindo conosco, mas, pelos movimentos das mãos e cabeças, deduzi que se limitavam a concordar com ele.

Momentos depois, uma enxurrada de jovens chyurdas, robustos e de ambos os sexos, apareceu na estrada. Tinham sido chamados para nos ajudar a transportar a nossa carga até a cidade, e trouxeram tendas de algum lugar para os serventes que ficariam ali tratando dos cavalos e das mulas. Lamentei bastante que Hands pertencesse ao grupo que seria deixado para trás. Confiei Fuligem aos cuidados dele. Coloquei no ombro o baú de cedro que continha as ervas e joguei o meu saco de objetos pessoais em cima do outro ombro. Enquanto me juntava à procissão daqueles que se dirigiam à cidade, senti o cheiro de carne assando e tubérculos cozinhando, e vi que os nossos anfitriões armavam um pavilhão com as laterais abertas e montavam mesas no interior dele. Pensei que Hands não estaria mal servido, e quase desejei não ter mais nada para fazer além de cuidar de animais e explorar essa cidade tão animada.

Não tínhamos andado muito, subindo pela rua sinuosa que levava à cidade, quando fomos interceptados por uma verdadeira manada de liteiras carregadas por mulheres chyurdas de estatura elevada. Fomos convidados com muita seriedade a subir nessas liteiras e a sermos transportados até a cidade, e recebemos muitos pedidos de desculpas pelo fato de a viagem ter nos desgastado tanto. August, Sevrens, os nobres mais velhos e a maior parte das damas no grupo aceitaram essa oferta com muita rapidez e agrado, mas, para mim, era uma humilhação ser levado para a cidade em uma liteira; no entanto, teria sido ainda mais rude recusar a oferta que nos faziam com educada insistência; portanto, dei o meu baú a um rapaz obviamente mais novo do que eu e subi em uma liteira carregada por mulheres suficientemente velhas para serem minhas avós. Fiquei corado ao ver o espanto das pessoas que olhavam para nós nas ruas, e como paravam para falar rapidamente uns com os outros à medida que passávamos. Vi outras poucas liteiras, e as que vi estavam ocupadas por gente obviamente velha e enferma. Cerrei os dentes e tentei não pensar no que Verity teria achado dessa demonstração de ignorância. Tentei olhar simpaticamente para as pessoas por quem passava e deixar que a minha apreciação pelos graciosos jardins e edifícios transparecesse no meu rosto.

Devo ter sido bem-sucedido, porque a liteira começou a se mover mais devagar, para permitir que eu visse as coisas por mais tempo, e as mulheres apontavam para tudo o que pensassem que pudesse ter passado despercebido aos meus olhos. Falaram comigo em chyurda e ficaram fascinadas ao descobrir que eu possuía um conhecimento rudimentar da língua. Chade tinha me ensinado o pouco que sabia, mas não tinha me preparado para a forte musicalidade da língua, e depressa se tornou claro para mim que a entonação da palavra era tão importante quanto a pronúncia. Por sorte, tinha um bom ouvido para as línguas, por isso me lancei corajosamente em uma conversa desastrada com as minhas carregadoras, pensando que, quando chegasse o momento de eu falar com os nobres do palácio, já não soaria tanto como um forasteiro idiota. Uma mulher assumiu a função de fazer comentários sobre todos os locais por onde passávamos. Seu nome era Jonqui, e quando eu lhe disse que o meu era FitzChivalry, ela o repetiu em voz baixa para si mesma várias vezes, como se tentasse decorá-lo.

Com grande esforço, consegui persuadir as carregadoras a pararem uma vez e a me deixarem examinar um dos jardins em particular. Não foram as flores de cores vivas que chamaram a minha atenção, mas o que parecia ser uma espécie de salgueiro que crescia em espirais e caracóis, e não reto, como eu estava acostumado a ver. Passei os dedos pela casca macia de um dos ramos e tive certeza de que podia cortar uma muda e fazê-la brotar, mas não ousei partir um pedaço, o que poderia ter sido considerado grosseiro. Uma velha chegou perto de mim, sorriu e percorreu com a mão as pontas de um canteiro de ervas rasteiras com folhas minúsculas. A fragrância que se levantou das folhas agitadas era impressionante e ela deu uma gargalhada ao perceber o deleite no meu rosto. Gostaria de ter passado mais tempo ali, mas as carregadoras insistiram enfaticamente que devíamos nos apressar para alcançar os outros antes que chegassem ao palácio. Deduzi que ia ter uma cerimônia oficial de boas-vindas, à qual não podia faltar.

A procissão seguiu por uma rua sinuosa de casas com varandas, sempre subindo, até que as liteiras foram pousadas à entrada de um palácio que consistia em um agrupamento de estruturas vistosas em forma de botão. Os edifícios principais eram de cor púrpura com pontas brancas, o que me fazia lembrar dos lupinos à beira da estrada e das flores de ervilha-praiana que cresciam em Torre do Cervo. Fiquei parado ao lado da minha liteira, fitando o palácio, mas, quando me virei para dizer às carregadoras o quanto ele me agradava, elas já tinham ido embora. Reapareceram minutos depois, vestidas em amarelo-açafrão e azul-celeste, pêssego e cor-de-rosa, assim como as outras carregadoras, e caminharam conosco, oferecendo-nos bacias de água perfumada e toalhas de tecido suave para limpar o pó e o cansaço dos nossos rostos e pescoços. Garotos e jovens em túnicas azuis com cintos trouxeram vinho de amoras e pequenos bolos de mel. Quando todos os convidados já tinham se lavado e se servido de vinho e bolo, pediram-nos que os seguíssemos para dentro do palácio.

O interior do palácio era tão estranho quanto o resto de Jhaampe. Um grande pilar central sustentava a estrutura principal, e uma observação mais minuciosa me revelou que se tratava do imenso tronco de uma árvore, com as saliências criadas pelas raízes ainda evidentes por baixo das pedras do pavimento em volta da base. Os suportes das paredes graciosamente curvas eram igualmente árvores e, dias depois, vim a saber que o palácio tinha demorado quase cem anos para "crescer". A árvore central tinha sido selecionada, o terreno roçado, e então o círculo das árvores que serviriam de suporte foi plantado, cuidado e moldado durante o crescimento, com o auxílio de cordas e podas, de forma que todas se inclinassem para a árvore que ficava no centro. Em dado momento, todos os outros ramos haviam sido cortados e as copas das árvores trançadas umas às outras para formar uma coroa. Então, as paredes foram criadas, primeiro com uma camada de tecido cuidadosamente entrelaçado que em seguida foi envernizado até endurecer, e então revestido com camadas e camadas de tecido rústico feito de casca de árvore. Esse tecido de casca foi, em seguida, coberto com um tipo peculiar de barro existente na região, e depois revestido com uma camada brilhante de tinta resinosa. Nunca cheguei a descobrir se todos os edifícios da cidade tinham sido criados dessa forma laboriosa, mas o processo de "crescimento" do palácio tinha permitido aos criadores dar a ele uma graciosidade orgânica que a pedra nunca poderia imitar.

O imenso interior era aberto, não muito diferente do grande salão de Torre do Cervo, com um número comparável de lareiras. Havia mesas e áreas obviamente reservadas para cozinhar, tecer, fiar e fazer conservas, e todas as outras necessidades de uma grande casa. Os aposentos privados pareciam não ser mais do que alcovas separadas por cortinas, ou pequenas tendas dispostas ao longo da parede exterior. Havia também alguns apartamentos, em níveis mais elevados, acessíveis por meio de uma rede de escadarias de madeira, que lembravam tendas armadas sobre plataformas de estacas. Os alicerces de sustentação desses apartamentos eram feitos de troncos de árvore naturais. Percebi, com certo desalento, que teria bem pouca privacidade para qualquer trabalho "discreto" que necessitasse realizar.

Logo fui encaminhado à tenda que me serviria de aposento. Dentro, encontrei o baú de cedro e o saco à minha espera, juntamente com mais água quente perfumada e um prato de frutas. Troquei de roupa rapidamente, tirando as vestes empoeiradas que tinha usado durante a viagem e vestindo uma túnica bordada com mangas abertas e perneiras verdes combinando, as quais a sra. Hasty tinha determinado como apropriadas. Pensei outra vez no veado ameaçador bordado na túnica e, em seguida, afastei-o da mente. Talvez Verity tivesse pensado que essa insígnia alterada fosse menos humilhante do que aquela que proclamava tão claramente a minha ilegitimidade. De qualquer maneira, serviria. Ouvi o som de sinos e pequenos tambores do grande salão central e deixei meus aposentos apressadamente para descobrir o que estava acontecendo.

Sobre um estrado instalado diante do grande tronco e decorado com flores e grinaldas de sempre-vivas, August e Regal se perfilavam diante de um homem idoso flanqueado por dois servos em túnicas brancas simples. Uma multidão tinha se aglomerado em um grande círculo em volta do estrado, e eu me juntei rapidamente a ela. Uma das minhas carregadoras da liteira, agora vestida com roupas cor-de-rosa e adornada com uma coroa de hera, apareceu logo a meu lado. Ela sorriu para mim.

— O que está acontecendo? — perguntei.

— O nosso Sacrifício, hum... ah, vocês dizem, o rei Eyod dá boas-vindas a vocês. E vai mostrar a todos vocês sua filha, que está destinada a ser seu Sacrifício, hum... ah, rainha. E o filho, que reinará no lugar dela aqui.

Atrapalhou-se na explicação, fazendo muitas pausas, e com muitos meneios de cabeça meus servindo-lhe de encorajamento.

Com alguma dificuldade, tanto minha quanto dela, explicou-me que a mulher ao lado do rei Eyod era a sobrinha dela, e eu consegui fazer um comentário muito sem jeito de que ela tinha um ar saudável e forte. Nesse momento parecia ser a coisa mais gentil que eu conseguiria dizer a respeito da mulher impressionante que se colocava de forma protetora ao lado do rei. Tinha um amontoado imenso de cabelos amarelos a que eu começava a me acostumar em Jhaampe, com um pouco deles trançado em torno da cabeça e o resto solto, caindo pelas costas. O rosto dela era sério, os braços desnudos, musculosos. O homem do outro lado do rei Eyod era mais velho, mas, ainda assim, tão parecido com ela quanto um irmão gêmeo, com exceção do cabelo, cortado grosseiramente na altura do pescoço. Tinha os mesmos olhos cor de jade, nariz reto e boca séria. Quando consegui perguntar à mulher idosa se ele também era seu parente, sorriu como se eu não fosse muito esperto e me respondeu que, claro, era o seu sobrinho. Fez um sinal para que eu não falasse, como se eu fosse uma criança, pois o rei Eyod estava discursando.

Ele falou devagar e cuidadosamente, mas, mesmo assim, fiquei satisfeito pelas conversas com as carregadoras da liteira, pois fui capaz de compreender a maior parte do discurso. Saudou-nos formalmente, incluindo Regal, pois disse que o tinha saudado antes apenas como emissário do rei Shrewd e que agora o saudava como o símbolo da presença do príncipe Verity. August foi incluído na saudação, e foram oferecidos a ambos vários presentes, punhais incrustados de joias, um óleo aromático precioso e luxuosas estolas de peles. Quando as estolas foram colocadas sobre os seus ombros, pensei com desgosto que ambos agora se pareciam mais com enfeites do que príncipes porque, em contraste gritante com os trajes simples do rei Eyod e dos seus assistentes, Regal e August estavam enfeitados com pulseiras e anéis, e as suas vestimentas eram de tecidos opulentos e com um corte que não revelava nenhuma preocupação, seja com economia, seja com comodidade. Aos meus olhos, ambos pareciam enfeitados demais e fúteis, mas esperava que os nossos anfitriões pensassem que a aparência bizarra fosse parte dos costumes estrangeiros.

E então, para minha grande tristeza, o rei chamou o seu assistente e apresentou-o à nossa assembleia como sendo o príncipe Rurisk. A mulher ao lado dele era, claro, a princesa Kettricken, a prometida de Verity.

Finalmente compreendi que aquelas mulheres que tinham nos servido de carregadoras de liteiras e que tinham nos oferecido bolo e vinho não eram servas, mas mulheres da casa real, as avós, tias e primas da noiva de Verity, todas seguindo a tradição de Jhaampe de servir o povo. Estremeci ao pensar que tinha conversado com elas de forma tão pessoal e casual, e mais uma vez amaldiçoei Regal por não prever que aquilo pudesse acontecer e não nos enviar mais informações sobre os costumes deles, em vez das longas listas de roupas e joias para si próprio. A mulher idosa ao meu lado era, portanto, a própria irmã do rei. Acho que ela deve ter percebido a minha confusão, pois me deu uma leve pancadinha no ombro e sorriu ao ver as minhas bochechas coradas, enquanto eu tentava gaguejar um pedido de desculpas.

— Você não fez nada para se envergonhar — disse-me ela, e a seguir me pediu que não a chamasse de "minha senhora", mas de Jonqui.

Observei August apresentar à princesa as joias que Verity tinha escolhido para enviar a ela. Havia uma rede de finas correntes de prata com gemas vermelhas para adornar o seu cabelo, e um colar de prata também com pedras vermelhas, mas maiores. Havia uma argola de prata, trabalhada na forma de uma vinha, cheia de chaves tilintantes, as quais August lhe explicou serem as chaves da casa para quando ela se unisse a Verity em Torre do Cervo, e oito anéis de prata simples para os seus dedos. Ficou quieta enquanto o próprio Regal colocava as joias nela. Pensei comigo mesmo que a prata com pedras vermelhas teria ficado melhor em uma mulher de pele mais escura, mas o deleite em Kettricken era visível no seu sorriso, e ao meu redor as pessoas viraram-se e murmuraram em tom aprovador umas às outras, ao ver a sua princesa assim enfeitada. Talvez, pensei, ela pudesse apreciar as nossas cores estranhas e ornamentos.

Eu me senti grato pela brevidade do discurso seguinte do rei Eyod. Porque tudo o que ele acrescentou foi a expressão do seu desejo de que nos sentíssemos bem-vindos e um convite para que descansássemos, relaxássemos e nos divertíssemos na cidade. Se precisássemos do que quer que fosse, devíamos simplesmente pedir a quem quer que encontrássemos, e eles tentariam satisfazer os nossos desejos. No dia seguinte, à tarde, começaria a cerimônia de três dias da União, e ele desejou que todos estivéssemos bem descansados para a apreciarmos. Então ele e os filhos desceram do estrado, para se misturarem livremente com os convivas, como se fôssemos todos soldados no mesmo turno.

Jonqui claramente tinha grudado em mim, e não havia nenhuma maneira graciosa de fugir à sua companhia; portanto, resolvi aprender o quanto pudesse, o mais depressa que conseguisse, sobre os costumes deles. Mas a primeira coisa que ela fez foi apresentar-me ao príncipe e à princesa. Estavam ambos com August, que parecia estar explicando como Verity testemunharia a cerimônia através dele. Estava falando alto, como se isso tornasse mais fácil ser compreendido. Jonqui o escutou por um momento e aparentemente decidiu que August tinha terminado o que estava dizendo. Ela falou como se fôssemos todos crianças em volta de bolos, enquanto os pais falavam uns com os outros.

— Rurisk, Kettricken, este jovem está muito interessado nos nossos jardins. Talvez mais tarde possamos providenciar para que fale com quem cuida deles. — E então pareceu falar sobretudo para Kettricken quando acrescentou: — O nome dele é FitzChivalry.

August franziu as sobrancelhas e emendou a apresentação:

— Fitz. O bastardo.

Kettricken pareceu ficar chocada com esse apelido, mas o rosto claro de Rurisk escureceu um pouco. Virou-se para mim muito rapidamente, dando as costas para August. Aquele era um gesto que não precisava de nenhuma explicação, independentemente da língua que se falasse.

— Sim — disse ele, começando a falar em chyurda e olhando nos meus olhos. — O seu pai me falou de você, da última vez que o vi. Fiquei entristecido ao ouvir a notícia da sua morte. Ele fez muito para preparar o caminho que levou a esta união entre os nossos povos.

— Conhecia o meu pai? — perguntei estupidamente.

Ele sorriu para mim.

— Claro. Ele e eu estávamos tratando do uso do Desfiladeiro de Rochazul, no Olho da Lua, a nordeste daqui, quando ele soube da sua existência. Quando as nossas discussões sobre desfiladeiros e comércio, como enviados, terminavam, sentávamo-nos juntos para jantar e conversávamos, como homens, sobre o que ele teria de fazer em seguida. Confesso que ainda não compreendo por que ele achou que não poderia governar como rei. Os costumes de um povo não são os costumes de outro. Ainda assim, com este casamento, estaremos mais próximos de unir os nossos povos em um só. Pensa que isso lhe agradaria?

Rurisk estava me dando toda a sua atenção, e o uso da língua chyurda efetivamente excluía August da conversa. Kettricken parecia fascinada. O rosto de August atrás do ombro de Rurisk tornou-se muito quieto. Então, com um riso sombrio de puro ódio voltado para mim, virou as costas e juntou-se ao grupo em torno de Regal, que estava falando com o rei Eyod. Por alguma razão que desconhecia, eu tinha toda a atenção de Rurisk e Kettricken.

— Não conheci bem o meu pai, mas acho que ele ficaria satisfeito ao ver... — comecei, mas, nesse momento, a princesa Kettricken me ofereceu um sorriso cintilante.

— Claro, como pude ser tão estúpida? Você é aquele que chamam de Fitz. Não é você que costuma viajar com lady Thyme, a envenenadora do rei Shrewd? E você não está sendo treinado como seu aprendiz? Regal me falou de você.

— Que generoso da parte dele — eu disse futilmente, e não faço ideia nem do que foi dito para mim depois, nem do que respondi.

Podia dar-me por satisfeito por não ter cambaleado e caído ali mesmo. E, dentro de mim, pela primeira vez, percebi que eu sentia por Regal mais do que desagrado. Rurisk lançou um olhar fraterno reprovador ao comportamento de Kettricken e virou-se para falar com um criado que lhe pedia instruções sobre alguma coisa. À minha volta, várias pessoas falavam animadamente em meio a cores e odores de verão, mas eu sentia como se as minhas tripas estivessem congeladas.

Recuperei os sentidos quando Kettricken me puxou pela manga.

— Ficam daquele lado — informou-me. — Ou você está muito cansado para apreciá-los agora? Se desejar se retirar, ninguém ficará ofendido. Entendo que muitos de vocês estavam cansados até mesmo para caminhar até a cidade.

— Mas muitos de nós não estavam, e teriam verdadeiramente apreciado a oportunidade de passear sem pressa pelas ruas de Jhaampe. Falaram-me das Fontes Azuis e estou ansioso para vê-las.

Titubeei só um pouco ao dizer isso, e esperei que fizesse algum sentido na sequência do que ela estava me contando. Pelo menos não tinha nada a ver com veneno.

— Posso certificar-me de que você seja levado até lá, talvez hoje à noite. Mas, por enquanto, venha por aqui.

E, sem mais delongas, nem formalidades, ela me conduziu para longe do grupo. August nos observou enquanto nos afastávamos, e vi Regal virar-se e dizer alguma coisa à parte para Rowd. O rei Eyod tinha se afastado da multidão e estava olhando bondosamente para todos, do topo de uma plataforma elevada. Perguntei-me por que Rowd não ficara com os cavalos e os outros servos, mas Kettricken tinha puxado um painel pintado para o lado, revelando uma porta, e então deixamos o salão principal do palácio.

Com efeito, estávamos do lado de fora, andando sobre um caminho de pedras sob uma arcada de árvores. Eram salgueiros, e os seus ramos vivos tinham sido entrelaçados por cima, formando uma proteção verde contra o sol da tarde.

— E protegem o caminho da chuva, também. Pelo menos, grande parte dele — acrescentou Kettricken ao notar o meu interesse. — Este caminho leva aos jardins sombrios. São os meus favoritos. Mas talvez queira ver o herbário primeiro?

— Agrada-me ver todo e qualquer jardim, senhora — respondi, e era verdade.

Lá fora, longe da multidão, teria mais oportunidade de organizar os meus pensamentos e refletir sobre o que devia fazer na posição insustentável em que fora colocado. Estava me ocorrendo, tardiamente, que Rurisk não tinha mostrado nenhum dos sinais de ferimentos ou doença que Regal tinha apontado. Precisava me afastar da situação e reavaliá-la. Havia mais, muito mais coisa acontecendo, do que aquilo para o que eu me preparara.

Com esforço, afastei os pensamentos do meu próprio dilema e concentrei-me no que a princesa estava me dizendo. Ela pronunciou as suas palavras claramente, e descobri que a língua deles era muito mais fácil de acompanhar longe do ruído de fundo do Grande Salão. Ela parecia saber muito sobre jardins e deu-me a entender que não era um passatempo, mas o conhecimento que se esperava dela como princesa.

À medida que andávamos e conversávamos, tinha de me lembrar constantemente de que era uma princesa, e prometida em casamento a Verity. Nunca tinha encontrado uma mulher assim antes. Havia nela uma dignidade tranquila, muito diferente da constante consciência da sua alta posição, que eu normalmente encontrava nas mulheres de melhor nascimento que o meu. Mas ela não hesitava em sorrir, ou ficar entusiasmada, ou curvar-se para cavar no solo em volta de uma planta para me mostrar um tipo particular de raiz que estava descrevendo. Limpou uma raiz de terra e em seguida cortou, com a faca que trazia à cintura, um pedacinho do cerne do tubérculo para me permitir provar o gosto forte. Mostrou-me certas ervas de sabores pungentes usadas para temperar carne e insistiu que eu provasse uma folha de cada uma de três variedades porque, embora aquelas plantas fossem muito semelhantes, os sabores eram bem diferentes. De certa maneira, ela era como Patience, mas sem as excentricidades. Também era como Molly, mas sem a dureza que Molly tinha sido forçada a desenvolver para sobreviver. Como Molly, ela conversava comigo de um modo franco e direto, como se estivéssemos no mesmo nível. Dei por mim pensando que Verity talvez viesse a gostar dessa mulher mais do que esperava.

E, contudo, outra parte de mim se preocupava com o que Verity pensaria da noiva. Ele não era de andar atrás de rabos de saia, mas os seus gostos no que diz respeito a mulheres eram óbvios para quem quer que tivesse passado algum tempo com ele. E aquelas a quem ele sorria eram normalmente as pequenas, roliças e morenas, frequentemente com cabelo encaracolado, com risos de garota e mãos suaves e minúsculas. O que acharia ele dessa mulher alta e pálida, que se vestia de um jeito tão simples como uma criada e que declarava apreciar muito cuidar dos próprios jardins? À medida que a conversa prosseguia, descobri que ela conversava sobre falcoaria e reprodução de cavalos com o mesmo conhecimento de qualquer homem do estábulo. E quando lhe perguntei o que fazia como entretenimento, ela me falou da sua pequena forja e ferramentas para trabalhar metal, e levantou o cabelo para me mostrar os brincos que ela tinha feito para si mesma. As pétalas de prata finamente elaboradas de uma flor abraçavam uma gema minúscula que parecia uma gota de orvalho. Tinha dito uma vez a Molly que Verity merecia uma mulher competente e ativa, mas agora ficava pensando se ela o encantaria o suficiente. Tinha certeza de que a respeitaria. Mas seria respeito o suficiente entre um rei e a sua rainha?

Resolvi não me preocupar com os problemas alheios, mas, em vez disso, cumprir o que tinha prometido a Verity. Perguntei a ela se Regal tinha falado muito sobre o futuro marido, e ela ficou subitamente silenciosa. Senti-a recorrer à sua força de vontade para responder que sabia que era o príncipe herdeiro de um reino que enfrentava muitos problemas. Regal a tinha prevenido de que Verity era muito mais velho do que ela, um homem simples e pouco sofisticado, que talvez não viesse a se interessar muito por ela. Regal tinha prometido a ela que se manteria sempre ao seu lado, ajudando-a a se adaptar e esforçando-se para garantir que a corte não fosse um lugar solitário para ela. E assim estava sendo preparada...

— Que idade você tem? — perguntei impulsivamente.

— Dezoito — respondeu, e sorriu ao ver a surpresa no meu rosto. — Como sou alta, o seu povo parece pensar que sou muito mais velha.

— Bem, você é mais nova do que Verity, então. Mas a diferença de idade não é muito maior do que entre muitas esposas e maridos. Ele fará trinta e três anos nesta primavera.

— Tinha pensado que ele era muito mais velho do que isso — disse ela, intrigada. — Regal me explicou que eles têm apenas o pai em comum.

— É verdade que Chivalry e Verity são ambos filhos da primeira rainha do rei Shrewd, mas não há uma diferença de idade tão grande entre eles. E Verity, quando não está ocupado com os problemas do estado, não é tão rígido e severo como imagina. É um homem que sabe rir.

Ela me olhou de lado, procurando avaliar se eu estava tentando fazer uma imagem de Verity melhor do que ele merecia.

— É verdade, princesa. Já o vi rir como uma criança com os teatros de marionetes durante a Festa da Primavera. E quando todos, para dar sorte, reúnem-se para a prensa de frutas na preparação do vinho de outono, não se faz de rogado quando é a sua vez. Mas o seu maior prazer sempre foi a caça. Tem um cão de caçar lobos, o Leon, por quem tem mais amor do que muitos homens pelos próprios filhos.

— Mas — interrompeu Kettricken — tenho certeza de que isso é o que ele foi há tempos. Pois Regal fala dele como um homem muito envelhecido para a idade, curvado pela preocupação com o seu povo.

— Curvado como uma árvore carregada de neve, que se levanta outra vez com a chegada da primavera. As últimas palavras que me disse antes de eu partir, princesa, foram para me pedir que eu falasse bem dele para você.

Ela baixou rapidamente os olhos, como se quisesse esconder de mim o súbito alento que o seu coração tinha sentido:

— Quando você fala dele, vejo um homem diferente.

Fez uma pausa e em seguida fechou com firmeza a boca, proibindo-se de fazer o pedido que eu, ainda assim, ouvi.

— Sempre o vi como um homem bondoso. Tão bondoso quanto alguém pode ser quando elevado a uma posição dessa responsabilidade. Ele leva os seus deveres muito a sério e não poupa a si mesmo quando o povo necessita dele. Foi isso que não lhe permitiu vir até aqui para encontrá-la. Ele está travando uma batalha contra os Salteadores dos Navios Vermelhos, uma batalha que não poderia lutar estando aqui. Ele desiste dos seus interesses de homem para cumprir o seu dever como príncipe. Não por frieza de espírito ou por falta de vida.

Ela me lançou um olhar de soslaio, lutando para controlar o sorriso que nascia no seu rosto, como se aquilo que eu lhe contava fosse uma dulcíssima bajulação em que uma princesa não pode acreditar.

— Ele é mais alto do que eu, mas apenas um pouco. Tem o cabelo muito escuro, como a barba, quando a deixa crescer. Os olhos são ainda mais negros, mas, quando está entusiasmado, eles brilham. É verdade que agora há traços grisalhos no seu cabelo, o que não teria encontrado há um ano. É verdade, também, que o trabalho o tem mantido longe do sol e do vento, de forma que os seus ombros já não rasgam as costuras das camisas como antes. Mas o meu tio ainda é um homem muito robusto, e acredito que, quando o perigo dos Navios Vermelhos tiver sido expulso das nossas costas, voltará a cavalgar, bradar e caçar com o seu cão outra vez.

— Você me dá ânimo — murmurou, e endireitou-se como se tivesse admitido uma fraqueza. Olhando séria para mim, perguntou: — Por que Regal não fala nesses termos do irmão? Pensei que ia encontrar um velho, de mãos trêmulas, tão sobrecarregado com as suas obrigações que não veria em uma esposa mais do que uma obrigação adicional.

— Talvez ele... — comecei e não conseguia pensar numa forma diplomática de dizer que Regal era frequentemente enganador se aquilo favorecesse os seus objetivos. Por mais que tentasse, não conseguia fazer ideia de qual seria o seu objetivo em fazer Kettricken ter pavor de Verity.

— Talvez ele também tenha... sido... pouco cortês a respeito de outras coisas — Kettricken subitamente fez uma suposição em voz alta. Algo parecia alarmá-la. Inspirou e tornou-se mais franca. — Houve uma noite, nos meus aposentos, quando tínhamos acabado de jantar e Regal tinha bebido talvez um pouco demais. Ele contou casos sobre você, dizendo que você tinha sido uma criança mimada e rabugenta, muito ambiciosa, levando em conta o seu baixo nascimento, mas que, desde que o rei tinha feito de você o seu envenenador, parecia ter ficado satisfeito com a sua sina. Disse que esse ofício era adequado para você, pois, mesmo criança, gostava de ouvir às escondidas, de espionar o castelo e de se dedicar a outras atividades furtivas. Ora, não te conto isso para criar problemas, mas apenas para que você saiba a primeira coisa que pensei a seu respeito. No dia seguinte, Regal implorou-me que acreditasse que o que tinha partilhado comigo eram disparates provocados pelo vinho, e não fatos verdadeiros. Mas uma coisa que ele me disse nessa noite era terrível demais para ser posta completamente de lado. Disse que, se o rei enviasse você ou lady Thyme, seria para envenenar o meu irmão, para que eu pudesse ser a única herdeira do Reino da Montanha.

— Você está falando muito depressa — critiquei-a com gentileza e esperei que o meu sorriso não parecesse tão atordoado e fraco quanto eu me sentia. — Não compreendi tudo o que você disse.

Lutava desesperadamente para encontrar algo a dizer. Mesmo um mentiroso tão notável quanto eu achava desconfortável uma confrontação tão direta.

— Peço desculpas. Mas você fala a nossa língua tão bem, quase como um nativo. Quase como se a estivesse relembrando e não a aprendendo pela primeira vez. Vou dizer tudo mais devagar. Há algumas semanas, não, foi há mais de um mês, Regal veio aos meus aposentos. Tinha pedido que jantássemos a sós, para que pudéssemos nos conhecer melhor e...

— Kettricken! — Era Rurisk, chamando do fim do caminho, vindo à nossa procura. — Regal está pedindo que você venha conhecer os senhores e damas que vieram de tão longe para assistir ao seu casamento.

Jonqui estava com ele, andando depressa atrás dele, e, quando a segunda e inequívoca onda de tonturas me acometeu, pareceu-me que ela tinha o ar de quem sabia demais. E que medida, eu me perguntei, tomaria Chade se alguém enviasse um envenenador à corte de Shrewd para eliminar Verity? Era muito óbvio.

— Talvez — sugeriu Jonqui de repente — FitzChivalry gostaria de ir ver as Fontes Azuis agora. Litress disse que o levaria de bom grado.

— Talvez mais para o fim da tarde — consegui dizer. — Sinto-me de repente um pouco cansado. Acho que vou me retirar para o meu quarto.

Nenhum deles pareceu surpreso.

— Quer que eu mande um pouco de vinho para você? — perguntou Jonqui amavelmente. — Ou talvez uma sopa? Os outros serão chamados para uma refeição em breve. Mas, se está cansado, não seria problema levar comida ao seu quarto.

Anos de treino vieram ao meu auxílio. Mantive a postura reta, apesar da queimação súbita na minha barriga.

— Seria muito gentil da sua parte — consegui dizer. A breve curvatura que me forcei a fazer foi uma tortura sofisticada. — Tenho certeza de que me juntarei a vocês em breve.

E me retirei, sem correr nem me jogar no chão e me encolher em uma bola choramingando, como desejava fazer. Fiz o caminho de volta, demonstrando uma alegria óbvia pela vegetação ao meu redor, através do jardim até a porta do Grande Salão. E os três me observaram e falaram entre si baixinho sobre o que todos sabíamos.

Restavam-me apenas um truque e uma tênue esperança de que fosse eficaz. De volta ao quarto, desenterrei a purga-do-mar que o Bobo me dera. Quanto tempo, comecei a pensar, tinha passado desde que eu comera os bolos de mel? Pois teria sido esse o meio que eu escolheria. Fatidicamente, decidi confiar na jarra de água do quarto. Uma minúscula parte de mim me dizia que era um disparate, mas, à medida que ondas atrás de ondas de tonturas passavam por mim, sentia-me incapaz de qualquer outro pensamento. Com as mãos trêmulas, despejei a purga-do-mar na água. A erva seca absorveu a água e tornou-se um chumaço verde e pegajoso, que consegui enfiar pela goela abaixo. Sabia que esvaziaria o meu estômago e os intestinos. A única questão era se o efeito seria suficientemente rápido ou se o veneno dos chyurdas já estaria espalhado demais pelo meu corpo.

Passei uma tarde terrível, sobre a qual não entrarei em detalhes. Ninguém veio ao quarto me trazer sopa ou vinho. Nos meus momentos de lucidez, compreendi que não viriam até terem a certeza de que o veneno já tivesse surtido efeito. De manhã, pensei. Enviariam um criado para me acordar e descobririam a minha morte. Eu tinha até de manhã.

Já passava da meia-noite quando me senti capaz de andar. Deixei o quarto tão silenciosamente quanto as pernas vacilantes me permitiram e saí para o jardim. Lá encontrei uma cisterna de água e bebi até parecer que eu ia explodir. Aventurei-me um pouco mais no jardim, andando devagar e cautelosamente, pois tinha dores como se tivesse sido espancado, e a minha cabeça latejava dolorosamente a cada passo que dava. Mas, por fim, dei por mim em uma área cheia de árvores frutíferas graciosamente dispostas ao longo de um muro e, como tinha esperado, estavam cheias de frutos. Servi-me, enchendo o gibão com uma boa quantidade deles. Eu os esconderia no quarto, para servirem como comida segura. Em algum momento durante o dia seguinte, arranjaria uma desculpa para ir ver Fuligem. Os meus alforjes ainda continham carne-seca e pão duro. Esperei que fossem suficientes para me alimentar até o fim da visita.

Enquanto percorria o caminho de volta ao quarto, comecei a pensar o que mais tentariam quando descobrissem que o veneno não tinha funcionado.

PRÍNCIPES

A respeito da erva que chamam de levame, o ditado dos chyurdas é "Uma folha para dormir, duas para atenuar a dor, três para uma sepultura piedosa".

Perto do amanhecer, finalmente peguei no sono para ser acordado pelo príncipe Rurisk atirando para o lado o painel que servia de porta para o meu quarto. Ele entrou em um rompante, segurando uma garrafa sacudindo um líquido dentro. A largura da veste que esvoaçava em volta dele mostrava que se tratava de um roupão de dormir. Rolei rapidamente para fora da cama e consegui ficar em pé, com a cama entre nós. Estava encurralado, indisposto e desarmado, com exceção da minha faca à cintura.

— Ele ainda está vivo! — exclamou espantado, e então avançou na minha direção com o frasco. — Depressa, beba.

— Prefiro não fazer isso — falei, recuando enquanto ele avançava.

Vendo a minha prudência, ele fez uma pausa.

— Você tomou veneno — disse-me cuidadosamente. — É um milagre de Chranzuli que ainda esteja vivo. Isto é uma purga que o expulsará do seu corpo. Tome-a e talvez ainda viva.

— Não resta nada no meu corpo que precise ser purgado — disse-lhe sem rodeios, e então me apoiei na mesa, pois tinha começado a tremer. — Eu sabia que tinha sido envenenado quando deixei vocês ontem à tarde.

— E não me disse nada? — disse ele, incrédulo.

Virou-se para a porta, de onde Kettricken espreitava agora timidamente. Tinha o cabelo em tranças desgrenhadas e os olhos vermelhos de choro.

— Foi possível prevenir, mas não graças a você — disse-lhe o irmão severamente. — Vá e prepare para ele um caldo salgado com um pouco da carne de ontem à noite. E traga alguns doces também. Em quantidade suficiente para nós dois. E chá. Ande, menina tonta!

Kettricken saiu correndo, como uma criança. Rurisk me indicou a cama com um gesto.

— Venha. Confie em mim o suficiente para se sentar. Antes que derrube a mesa com os seus tremores. Estou falando abertamente com você. Você e eu, FitzChivalry, não temos tempo para desconfiança. Nós temos muito o que conversar.

Sentei-me, não tanto por confiar nele, mas mais por medo de cair se eu não o fizesse. Sem formalidades, Rurisk sentou-se no outro canto da cama.

— A minha irmã é impetuosa. O pobre Verity vai achar que ela é mais menina que mulher, eu temo, e muito disso é culpa minha, pois eu a mimei demais. Mas, apesar de isso explicar como ela é apegada a mim, não a desculpa por envenenar um convidado. Especialmente na véspera do casamento com o tio dele.

— Penso que eu teria sentido o mesmo a respeito disso em qualquer outra ocasião — disse eu, e Rurisk jogou a cabeça para trás e deu uma gargalhada.

— Você tem muito do seu pai. Ele teria concordado com isso, tenho certeza. Mas tenho de te explicar. Ela veio até mim há alguns dias, para me dizer que você estava a caminho daqui para me eliminar. Disse-lhe então que isso não era problema dela e que eu próprio tomaria conta da situação. Mas, como te disse, ela é impulsiva. Ontem viu uma oportunidade e aproveitou-se dela. Sem levar em conta como a morte de um convidado poderia afetar um casamento cuidadosamente negociado. Pensou apenas em livrar-se de você antes que os votos a ligassem aos Seis Ducados e tornassem impensável um ato desses. Eu devia ter suspeitado disso quando ela te levou tão rapidamente para os jardins.

— As ervas que ela me deu?

Ele assentiu com um aceno de cabeça, e eu me senti um idiota.

— Mas depois de ter comido as ervas, você falou com ela de um jeito tão gentil que ela começou a duvidar que você pudesse ser tudo aquilo que ela tinha ouvido. Portanto, ela te perguntou diretamente, mas você evitou a pergunta, fingindo não compreender. Por causa disso, duvidou de você outra vez. Ainda assim, não devia ter demorado a noite toda para vir me contar o que tinha feito e as dúvidas sobre a sensatez do seu ato. Por isso, eu te peço desculpas.

— Tarde demais para pedir desculpas. Eu já desculpei vocês — eu me ouvi dizer.

Rurisk me encarou.

— O seu pai também dizia isso.

Ele olhou de relance para a porta, um momento antes de Kettricken entrar. Assim que ela entrou, ele fechou o painel e pegou a bandeja que ela tinha trazido.

— Sente-se — disse-lhe severamente. — E observe uma forma diferente de lidar com um assassino.

Levantou uma pesada caneca da bandeja e bebeu abundantemente dela antes de me entregar. Lançou outro olhar de relance a Kettricken.

— E se esta estava envenenada, você acabou de matar o seu irmão também. — Dividiu um folhado de maçã em três pedaços. — Escolha um — disse para mim, e então pegou um para si mesmo e em seguida deu o que eu escolhi para Kettricken. — Para que você possa ver que não há nada de estranho nesta comida.

— Vejo poucas razões para você me dar veneno hoje de manhã depois de vir me dizer que fui envenenado ontem à noite — admiti.

Ainda assim, o meu paladar estava atento, procurando o mais ínfimo sabor errado. Mas não havia nenhum. Era um folhado muito saboroso, recheado com maçãs maduras e especiarias. Mesmo se eu não estivesse com a barriga tão vazia, teria sido delicioso.

— Exatamente — disse Rurisk em uma voz abafada, e engoliu. — E, se você fosse um assassino — e aqui lançou um olhar de aviso para que Kettricken ficasse em silêncio —, estaria na mesma posição. Alguns assassinatos apenas são proveitosos se mais ninguém souber que são assassinatos. Assim seria com a minha morte. Se me matasse agora, ou melhor, se eu morresse dentro dos próximos seis meses, Kettricken e Jonqui gritariam aos quatro ventos que eu tinha sido assassinado. Dificilmente uma boa base para uma aliança entre povos, você não acha?

Consegui fazer um aceno afirmativo com a cabeça. O caldo quente da caneca quase tinha parado os meus tremores, e o folhado doce tinha um sabor divino.

— Portanto, concordamos que, se você fosse um assassino, não haveria agora nenhuma vantagem em executar o meu assassinato. Na verdade, seria uma grande perda para você se eu morresse. Pois o meu pai não é tão favorável a essa aliança quanto eu. Ah, ele sabe que é uma decisão sensata, por enquanto. Mas eu a vejo como mais do que sensata. Eu a vejo como indispensável.

"Diga isso ao rei Shrewd", ele continuou. "A nossa população cresce, mas o nosso solo arável é limitado. A caça selvagem pode alimentar apenas alguns. Chega um momento em que um país tem de se abrir ao comércio, especialmente um país tão pedregoso e montanhoso quanto o meu. Você deve ter ouvido, talvez, que os costumes de Jhaampe ditam que o governante é um servidor do seu povo. Bem, eu estou servindo a eles nesta decisão. Envio a minha amada irmã mais nova para se casar longe, na esperança de ganhar grãos, rotas comerciais e bens das terras baixas para o meu povo, e direitos de pasto na época fria do ano, quando as nossas pastagens estão enterradas na neve. Por isso, em troca, estou disposto a dar madeiras, as grandes toras retas de madeira de que Verity necessita para construir os barcos de guerra. Nas nossas montanhas cresce carvalho-branco como você nunca viu. É uma coisa que o meu pai recusaria. Ele tem as antigas reservas quanto a cortar árvores vivas. E, como Regal, ele vê a sua costa como um perigo, e o seu oceano como uma grande barreira. Mas eu vejo isso como o seu pai viu: o mar como uma larga estrada que leva a todas as direções, e a sua costa como o nosso acesso a ela. E não vejo nenhuma ofensa em usar árvores que acabam desenraizadas pelas inundações e vendavais anuais."

Segurei a respiração por alguns momentos. Era uma concessão de importância decisiva. Dei por mim acenando em concordância com as suas palavras.

— Então, levará as minhas palavras ao rei Shrewd e dirá a ele que é melhor ter em mim um amigo vivo?

Não consegui pensar em nenhuma razão para não concordar.

— Não vai perguntar a ele se tinha intenção de te envenenar? — perguntou Kettricken.

— Se ele respondesse que sim, você nunca confiaria nele. Se respondesse que não, provavelmente não acreditaria nele, e pensaria que ele é um mentiroso, além de um assassino. Além disso, não basta já termos um envenenador confesso neste quarto?

Kettricken baixou a cabeça e um rubor corou suas bochechas.

— Portanto, ande — disse Rurisk a ela e lhe estendeu uma mão conciliadora. — O nosso hóspede precisa do pouco descanso que puder ter antes das festividades do dia. E nós devemos voltar aos nossos aposentos antes que a casa inteira comece a se perguntar por que andamos correndo por aí em trajes de dormir.

E eles me deixaram, para eu me deitar outra vez na cama e pensar. Que tipo de gente era esta com quem eu estava lidando? Poderia eu acreditar na sua aberta honestidade ou era uma magnífica artimanha com sabe lá Eda quais objetivos? Desejei que Chade estivesse ali. Cada vez mais, sentia que nada era o que parecia ser. Não ousei cochilar, pois sabia que, se adormecesse, nada me acordaria até o cair da noite. Criadas vieram pouco tempo depois com jarros de água quente e fria, e fruta e queijo numa travessa. Lembrando-me de que essas "criadas" eram talvez de melhor nascimento do que eu, tratei todas elas com grande cortesia e, mais tarde, perguntei-me se não seria esse o segredo de uma casa harmoniosa, que todos, criados e realeza, fossem tratados com a mesma cortesia.

Era um dia de grandes festividades. As entradas do palácio foram abertas a todos, e vieram pessoas dos mais longínquos cantos do Reino da Montanha para testemunhar a cerimônia. Poetas e menestréis se apresentaram, e mais presentes foram trocados, o que incluiu a minha apresentação formal dos herbanários e das amostras de ervas para cultivo. Os animais para reprodução que tinham sido trazidos dos Seis Ducados foram exibidos e depois oferecidos outra vez pelo rei àqueles que mais precisavam deles, ou que provavelmente seriam mais bem--sucedidos em tirar proveito deles. Um só carneiro ou touro, com uma fêmea ou duas, podiam ser enviados como presente comum a uma aldeia inteira. Todos os presentes, fossem aves ou gado ou grão ou metal, foram trazidos para dentro do palácio para que todos pudessem admirá-los.

Burrich estava lá, e essa foi a primeira vez que o vi em vários dias. Devia ter se levantado antes da madrugada, para conseguir que os animais sob sua responsabilidade se mostrassem tão lustrosos. Cada casco tinha sido recentemente lustrado, cada crina e cauda entrançadas com fitas de cores vivas e sinos. A égua para Kettricken estava selada e equipada com rédeas e arreios do mais fino couro, e da sua crina e cauda pendiam tantos minúsculos sinos de prata que cada abanar da cauda era um coro de sons tilintantes. Os nossos cavalos eram criaturas diferentes da raça pequena e felpuda que era comum entre o povo da montanha, e atraíram muita atenção. Burrich parecia cansado, mas orgulhoso, e os cavalos permaneceram tranquilos em meio ao clamor. Kettricken passou muito tempo admirando a égua, e eu vi a sua cortesia e deferência derreterem a circunspecção de Burrich. Quando me aproximei, fiquei surpreso ao ouvi-lo falar um chyurda hesitante, mas claro.

Mas uma surpresa ainda maior me esperava durante a tarde. A comida tinha sido disposta em longas mesas, e todos, moradores e visitantes, jantavam livremente. Muitas das provisões vinham das cozinhas do palácio, mas muitas mais eram trazidas pelo próprio povo das montanhas. Eles se aproximavam sem hesitação para pôr nas mesas grandes peças de queijo, pães escuros, carnes-secas e carnes defumadas, legumes em conserva e taças de frutas. Teriam sido iguarias tentadoras, caso o meu estômago não estivesse tão sensível. Mas a forma como a comida foi servida me impressionou. O dar e receber entre a realeza e os súditos era incondicional. Reparei também que não havia sentinelas ou guardas de nenhum tipo nas portas. E todos conviviam e conversavam enquanto comiam.

Precisamente ao meio-dia, um silêncio se abateu sobre a multidão. A princesa Kettricken, sozinha, subiu no estrado central. Em linguagem simples, anunciou a todos que a partir daquele momento pertencia aos Seis Ducados e que esperava servir bem essa terra. Agradeceu ao seu país por tudo o que tinha feito por ela, pela comida que tinha produzido para alimentá-la, pelas águas das neves e rios, pelo ar das brisas da montanha. Lembrou a todos que não mudava sua lealdade devido à falta de amor pela sua terra, mas na esperança de que isso beneficiasse ambas as terras. Todos se mantiveram em silêncio enquanto ela falava e, em seguida, enquanto descia do estrado. E então a festa continuou.

Rurisk veio à minha procura, para saber como eu estava passando. Fiz o meu melhor para assegurá-lo de que eu estava completamente recuperado, embora, na verdade, tudo o que desejava era deitar e dormir. As roupas que a sra. Hasty tinha determinado para eu usar condiziam com a mais recente moda da corte: possuíam mangas muitíssimo inconvenientes, pendões que caíam dentro do que quer que eu tentasse comer ou beber e uma cintura desconfortavelmente ajustada. Desejava estar longe do aperto da multidão, onde pudesse desapertar alguns dos laços e livrar-me do colarinho, mas sabia que, se eu saísse agora, Chade franziria as sobrancelhas quando eu lhe fizesse o meu relatório e exigiria que, de alguma forma, eu soubesse tudo o que tinha se passado durante a minha ausência. Rurisk, creio, percebeu a minha necessidade de um pouco de calmaria, pois propôs subitamente que saíssemos para um passeio pelos seus canis.

— Deixe-me te mostrar o que a adição de um pouco de sangue dos Seis Ducados há poucos anos fez aos meus cães — ele propôs.

Deixamos o palácio e caminhamos para baixo por um curto caminho até chegar a uma longa construção de madeira. O ar limpo desanuviou a minha mente e me deu ânimo. Dentro do canil, ele me mostrou um cercado onde uma cadela tomava conta de uma ninhada de crias ruivas. Eram criaturinhas saudáveis, de pelo lustroso, dando mordidinhas e tropeçando na palha. Vieram prontamente até nós, sem demonstrar nenhum receio.

— Estes são da linhagem de Torre do Cervo, e o seu faro é tão bom que são capazes de continuar seguindo um rastro mesmo durante uma tempestade — contou-me orgulhoso.

Mostrou-me também outras raças, incluindo um cão minúsculo com pernas que pareciam feitas de arame e que, ele me jurou, era capaz de subir em uma árvore atrás da presa.

Saímos dos canis e estávamos debaixo do sol, onde um cão mais velho dormia preguiçosamente sobre um monte de palha.

— Continue dormindo, meu velho. Você fez filhos suficientes para nunca mais precisar caçar outra vez, a menos que queira fazer isso — disse-lhe Rurisk, em um tom cheio de simpatia.

Ao som da voz do amo, o velho cão de caça se levantou com esforço até se sustentar em pé e veio se encostar afetuosamente em Rurisk. Olhou para mim, e era Narigudo.

Olhei para ele espantado, e os seus olhos de minério de cobre me devolveram o olhar. Sondei suavemente sua mente, e por um momento recebi apenas perplexidade. E, então, uma torrente de calor, de afeição compartilhada e recordada. Não havia dúvidas de que agora ele era o cão de Rurisk; a intensidade do vínculo que um dia existiu entre nós tinha desaparecido. Mas ele ainda me oferecia um enorme carinho e memórias calorosas do tempo em que éramos filhotes juntos. Ajoelhei-me no chão e passei a mão no seu pelo ruivo, que tinha se tornado crespo com os anos, e encarei os olhos que começavam a se mostrar enevoados pela idade. Por um instante, com o toque físico, o vínculo foi como tinha sido. Percebi que ele estava gostando de cochilar ao sol, mas que poderia ser persuadido a ir caçar com muito pouco esforço. Especialmente se Rurisk viesse conosco. Dei uma pancadinha nas costas dele e me afastei. Olhei para cima e encontrei Rurisk me olhando com estranheza.

— Conheci-o quando era apenas um filhote — disse-lhe.

— Burrich o enviou para mim, sob os cuidados de um escriba errante, há muitos anos — disse-me Rurisk. — Ele trouxe muita alegria para mim, como companhia e na caça.

— Você cuidou bem dele — eu disse.

Deixamos o lugar e voltamos a passo lento para o palácio, mas, quando Rurisk se separou de mim, fui logo falar com Burrich. Quando me aproximei, ele tinha acabado de receber permissão para levar os cavalos lá fora, ao ar livre, pois mesmo o mais tranquilo dos animais fica impaciente em um espaço fechado, rodeado de tanta gente estranha. Pude ver o seu dilema; enquanto levava alguns dos cavalos, teria de deixar os outros sem supervisão. Olhou-me com relutância à medida que me aproximava.

— Se me permitir, posso te ajudar a levá-los — ofereci.

O rosto de Burrich se manteve impávido e educado, mas antes que pudesse abrir a boca para falar, uma voz atrás de mim disse:

— Estou aqui para fazer isso, senhor. Você poderia sujar as mangas, ou se cansar demais trabalhando com os animais.

Virei-me lentamente, surpreso com o veneno na voz de Cob. Olhei rapidamente dele para Burrich, mas Burrich não falou nada. Encarei-o diretamente.

— Então caminharei ao seu lado, se não se importar, pois temos um assunto importante para tratar. — Minhas palavras foram deliberadamente formais.

Burrich me encarou por mais um momento.

— Traga a égua da princesa — disse por fim — e essa potranca baia. Eu levo os cinzentos. Cob, cuide dos outros para mim. Não vou demorar muito.

E assim segurei a cabeça da égua e a corda que prendia a potranca, e segui Burrich, enquanto ele conduzia os cavalos através da multidão, em direção ao lado de fora.

— Há um cercado nesta direção — ele disse, e nada mais.

Andamos um pouco em silêncio. A multidão diminuiu rapidamente assim que estávamos longe do palácio. Os cascos dos cavalos batiam na terra com um ruído monótono e agradável. Chegamos ao cercado, em frente a um pequeno celeiro com uma sala de arreios. Por um momento ou dois, parecia quase normal trabalhar ao lado de Burrich outra vez. Tirei a sela da égua e limpei o seu suor nervoso, enquanto ele despejava grãos em um comedouro. Ele se colocou ao meu lado enquanto eu finalizava o trabalho.

— É uma beldade — eu disse, admirado. — É da criação de lorde Ranger?

— Sim. — A palavra serviu para cortar a minha tentativa de conversa.
— Você queria falar comigo.

Inspirei fundo e disse simplesmente.

— Acabei de ver Narigudo. Ele está bem. Mais velho, mas teve uma vida feliz. Todos estes anos, Burrich, sempre acreditei que você o tivesse matado naquela noite. Que tivesse estourado os miolos dele, cortado a garganta, estrangulado — imaginei a morte dele em uma dúzia de maneiras diferentes, milhares de vezes. Todos estes anos.

Olhou para mim, incrédulo:

— Você achou que eu iria matar um cão por causa de algo que você fez?

— Sabia apenas que tinha desaparecido. Não consegui imaginar mais nada. Pensei que era uma punição para mim.

Por um longo tempo, ele ficou imóvel. Quando voltou a olhar para mim, pude ver o seu sofrimento.

— Como você deve ter me odiado.

— E temido.

— Todos estes anos? E nunca aprendeu nada melhor sobre mim, nunca pensou: *ele não faria uma coisa dessas*?

Balancei lentamente a cabeça.

— Ah, Fitz — ele me disse com tristeza. Um dos cavalos veio tocar nele com o focinho e ele distraidamente fez um afago no animal. — Pensei que você fosse teimoso e intratável. Você pensou que tinha sido tratado de uma forma horrivelmente injusta. Não é de espantar que sempre tenha havido tanta discórdia entre nós.

— Não se pode desfazer o passado — eu disse tranquilamente. — Tenho sentido a sua falta, você sabe. Tenho sentido muito a sua falta, apesar de todas as nossas divergências.

Eu o vi pensando sobre o assunto e, por um momento ou dois, pensei que ele iria sorrir, dar um tapinha no meu ombro e dizer para eu ir buscar os outros cavalos. Mas o seu rosto se tornou imóvel e, em seguida, severo.

— Mas nem isso tudo serviu para fazer você parar. Você acreditou que eu era capaz de matar um animal em que você usasse a Manha, mas isso não te impediu de continuar usando.

— Não vejo as coisas da mesma forma que você — comecei, mas ele abanou a cabeça.

— Estamos melhor longe um do outro, garoto. É melhor para nós dois. Não pode haver desentendimentos quando não há nenhuma espécie de entendimento. Não poderei nunca aprovar ou sequer ignorar o que você faz. Nunca. Venha falar comigo quando puder dizer que não voltará a fazer isso. Acreditarei na sua palavra, pois você nunca quebrou uma promessa que me fez. Mas, até lá, estamos melhor longe um do outro.

Deixou-me plantado diante do cercado e voltou para buscar os outros cavalos. Fiquei ali durante muito tempo, sentindo-me enjoado e cansado, e não apenas por causa do veneno de Kettricken. Mas voltei ao palácio, passeei pelo salão, falei com algumas pessoas, comi e até suportei silenciosamente os sorrisos zombeteiros e triunfantes que Cob lançou para mim.

O dia pareceu mais longo do que quaisquer outros dois dias juntos da minha vida anterior. Se não fosse pelo estômago ardendo e borbulhando, eu o teria achado empolgante e interessante. A tarde e o início da noite foram dedicados a torneios amigáveis de arco e flecha, luta livre e maratonas. Jovens e velhos, homens e mulheres, todos participavam desses torneios e parecia haver uma tradição montanhesa de que quem os ganhasse em uma ocasião tão auspiciosa desfrutaria de boa sorte o ano inteiro. Depois disso, houve mais comida, cantos e danças, e um espetáculo semelhante a um teatro de marionetes, mas feito com sombras sobre uma tela de seda. No momento em que as pessoas começaram a se retirar, eu estava mais do que pronto para me enfiar na cama. Foi um alívio fechar o painel do quarto e me encontrar finalmente sozinho. Estava no meio do processo de me ver livre daquela camisa irritante, enquanto refletia no quão estranho aquele dia tinha sido, quando alguém bateu à minha porta.

Antes que eu pudesse falar alguma coisa, Sevrens deslizou o painel e esgueirou-se para dentro do quarto.

— Regal exige a sua presença — disse-me.

— Agora? — perguntei.

— Por que outra razão ele me enviaria aqui agora? — Sevrens perguntou.

Cansado, voltei a vestir a camisa e o acompanhei para fora do quarto. Os aposentos de Regal ficavam em um nível mais alto no palácio. Não era realmente um segundo andar, mas mais um terraço de madeira construído em um dos lados do Grande Salão. As paredes eram painéis, e havia uma espécie de varanda de onde ele podia ver lá embaixo, antes de descer. Esses quartos eram muito mais ricamente decorados. Alguns dos adornos eram obviamente chyurdas, pássaros em cores vivas pintados em painéis de seda e estatuetas talhadas em âmbar. Mas muitas das tapeçarias, estátuas e penduricalhos pareciam coisas que Regal tinha adquirido para seu próprio prazer e conforto. Fiquei esperando na antessala enquanto ele terminava o banho. No momento em que ele apareceu lentamente, vestindo uma camisola, eu mal podia manter os olhos abertos.

— E então? — ele me perguntou.

Olhei para ele sem expressão.

— Você me chamou — eu o lembrei.

— Sim, realmente. Eu gostaria de saber por que isso foi necessário. Pensei que você tivesse recebido treinamento para esse tipo de coisa. Quanto tempo você ia ficar à espera antes de vir me apresentar um relatório?

Não consegui pensar em nada para dizer. Nunca tinha sequer remotamente considerado ter de apresentar relatórios a Regal. A Shrewd ou Chade, definitivamente, e a Verity. Mas a Regal?

— Preciso te lembrar do seu dever? Faça o seu relatório.

Rapidamente coloquei meu cérebro para funcionar.

— Quer ouvir as minhas observações sobre o povo chyurda? Ou informações sobre as ervas que eles cultivam? Ou...

— Quero saber o que está fazendo a respeito da sua... missão. Você já agiu? Já fez algum plano? Quando poderemos esperar por resultados, e de que tipo? Não me agradaria que o príncipe caísse morto aos meus pés, sem eu estar preparado para isso.

Quase não podia acreditar no que eu estava ouvindo. Shrewd nunca tinha falado tão sem rodeios ou tão abertamente sobre o meu trabalho. Mesmo quando a nossa privacidade estava garantida, ele dava voltas, ia para lá e para cá, e me deixava tirar minhas próprias conclusões. Tinha visto Sevrens ir para o outro quarto, mas não tinha ideia de onde o homem estava agora ou como o som ressoava naqueles cômodos. E Regal falava como se discutíssemos uma ferradura a ser colocada em um cavalo.

— Você está sendo insolente ou estúpido? — perguntou Regal.

— Nenhum dos dois — respondi tão educadamente quanto foi possível. — Estou sendo cauteloso. Meu príncipe.

Juntei a última frase na esperança de pôr a nossa conversa em um nível mais formal.

— Está sendo estupidamente cauteloso. Confio no meu camareiro, e não há mais ninguém aqui. Portanto, faça o seu relatório. Meu assassino bastardo. — Disse essas últimas palavras como se as achasse engenhosamente sarcásticas.

Inspirei fundo e lembrei-me de que era um homem do rei. E que, naquele momento e lugar, era o mais próximo do rei que eu iria alcançar. Escolhi as palavras cuidadosamente.

— Ontem, no jardim, a princesa Kettricken me disse que você tinha revelado a ela que eu era um envenenador e que o irmão dela, Rurisk, era o meu alvo.

— Mentira — disse Regal decisivamente. — Não disse nada disso para ela. Ou você se traiu desajeitadamente ou ela estava simplesmente te sondando em busca de informação. Espero que não tenha estragado tudo se revelando a ela.

Eu podia mentir muito melhor do que aquilo. Ignorei os seus comentários e continuei. Dei-lhe um relatório completo, de como fui envenenado, e da visita matinal de Rurisk e Kettricken. Repeti a nossa conversa ponto por ponto. Quando tinha terminado, Regal passou alguns minutos olhando para as unhas antes de falar comigo.

— E você já tomou uma decisão quanto ao método e ao momento certo?

Tentei não mostrar a minha surpresa.

— Nas atuais circunstâncias, pensei que seria melhor abandonar a missão.

— Falta de coragem — observou Regal com repugnância. — Pedi ao meu pai que enviasse aquela rameira velha, lady Thyme. Nesse momento, ela já o teria mandado para a cova.

— Senhor? — perguntei.

Por ele se referir a Chade como lady Thyme, tive quase certeza de que ele não sabia de nada.

— Senhor? — Regal me imitou, e pela primeira vez percebi que ele estava bêbado.

Fisicamente, ele suportava bem a bebida. Não fedia a álcool, mas trazia toda a sua mesquinhez à tona. Suspirou profundamente, como se lhe faltassem palavras para exprimir o quanto se sentia repugnado e então se jogou em cima de um sofá enfeitado com cobertores e almofadas.

— Nada mudou — ele me informou. — Foi dada uma tarefa para você. Execute-a. Se for esperto, fará a coisa parecer um acidente. Tendo sido tão ingenuamente franco com Kettricken e Rurisk, ninguém esperará por isso. Mas quero que seja feito. E antes de amanhã à noite.

— Antes da cerimônia? — perguntei, incrédulo. — Você não acha que a morte do irmão da noiva poderia levá-la a cancelar o casamento?!

— Não seria mais do que temporário, se cancelasse. Tenho-a bem presa em minhas mãos, garoto. Ela é fácil de encantar. Essa parte é por minha conta. A sua é se livrar do irmão. Agora. Como é que você vai fazer isso?

— Não faço ideia.

Pareceu ser uma resposta melhor do que dizer que não tinha nenhuma intenção de fazer isso. Voltaria a Torre do Cervo e informaria Shrewd e Chade. Se me dissessem que eu tinha tomado a decisão errada, então poderiam fazer o que quisessem comigo. Mas me lembrei da voz do próprio Regal, há muito tempo, ao citar Shrewd: "Não faça o que não pode desfazer, até ter considerado o que não poderá fazer depois de tê-lo feito".

— E quando saberá? — perguntou sarcasticamente.

— Não sei — respondi na defensiva. — Essas coisas não podem ser feitas por impulso ou desastradamente. Preciso estudar o homem e os seus hábitos, explorar os seus aposentos e descobrir os hábitos dos criados. Preciso encontrar uma maneira de...

— O casamento acontecerá dentro de dois dias — interrompeu Regal. O foco dos olhos dele se suavizou. — Já estou a par de todas as coisas que você diz que precisa descobrir. Então o mais fácil é que eu planeje para você. Venha até mim amanhã à noite e eu te darei as ordens. Tenha isso em mente, bastardo: não quero que aja antes de me informar. Eu consideraria qualquer surpresa desagradável. Você a consideraria mortífera.

Ergueu os olhos até os meus, mas eu mantive o rosto cuidadosamente inexpressivo.

— Está dispensado — disse-me majestosamente. — Venha me ver aqui, amanhã à noite, nesta mesma hora. Não me faça enviar Sevrens para ir te buscar. Ele tem tarefas mais importantes. E não pense que o meu pai não vai ficar sabendo da sua negligência. Ele vai. Ele vai se arrepender de não ter enviado a vadia da Thyme para fazer esse trabalhinho.

Recostou-se pesadamente e bocejou, e eu captei o hálito de vinho e um fumo sutil. Perguntei-me se não estaria aprendendo os hábitos da mãe.

Voltei aos meus aposentos, com a intenção de refletir cautelosamente sobre todas as opções e formular um plano. Mas estava tão cansado e ainda meio enjoado que, mal encostei a cabeça no travesseiro, adormeci.

DILEMAS

No sonho, o Bobo estava ao lado da minha cama. Olhou para mim e abanou a cabeça. "Por que eu não posso falar claramente? Porque você faz confusão com tudo. Eu vejo uma encruzilhada através do nevoeiro, e quem você acha que está sempre sobre elas? Você. Pensa que eu te mantenho vivo porque estou encantado por você? Não. É porque você cria tantas possibilidades. Enquanto você vive, nos dá mais possibilidades. E quanto mais possibilidades, mais oportunidades para guiarmos em direção a águas mais tranquilas. Portanto, não é para o seu benefício, mas pelos Seis Ducados que eu preservo a sua vida. E a sua obrigação é a mesma. Viver de forma que possa continuar a criar possibilidades."

Acordei precisamente na mesma situação difícil em que tinha adormecido. Não fazia ideia do que estava acontecendo. Fiquei deitado na cama escutando os sons aleatórios do palácio ao acordar. Precisava falar com Chade, mas não era possível. Por isso, fechei levemente os olhos e tentei pensar como ele tinha me ensinado. "O que você sabe?", ele teria me perguntado, e "Do que suspeita?". Pois bem.

Regal tinha mentido ao rei Shrewd sobre o estado de saúde de Rurisk e a sua atitude em relação aos Seis Ducados. Ou, possivelmente, o rei Shrewd tinha mentido para mim sobre o que Regal tinha dito. Ou Rurisk tinha mentido a respeito das suas inclinações a nosso respeito. Refleti por um momento e decidi seguir o meu primeiro pressuposto.

Shrewd nunca tinha mentido para mim, que eu soubesse, e Rurisk poderia simplesmente ter me deixado morrer em vez de vir correndo ao meu quarto. Pois bem.

Então, Regal queria Rurisk morto. Ou não? Se queria Rurisk morto, por que é que me entregou para Kettricken? A menos que ela tivesse mentido sobre isso. Considerei essa possibilidade. Pouco provável. Ela podia imaginar que Shrewd enviasse um assassino, mas por que decidiria me acusar imediatamente? Não. Ela tinha reconhecido o meu nome. E sabia de lady Thyme. Pois bem.

E Regal tinha dito, pelo menos duas vezes na noite passada, que pedira ao pai que enviasse lady Thyme. Mas tinha revelado, da mesma forma, o nome dela a Kettricken. Quem Regal queria realmente matar? O príncipe Rurisk? Ou lady Thyme, ou eu, depois de uma tentativa de assassinato ter sido descoberta? E como qualquer uma dessas coisas poderia beneficiá-lo, e o casamento que ele tinha engendrado? E por que insistia em matar Rurisk, quando todas as vantagens políticas dependiam de ele estar vivo?

Precisava falar com Chade. Não podia. Tinha de decidir isso eu mesmo, de alguma maneira. A menos que...

Mais uma vez os criados me trouxeram água e frutas. Levantei-me e vesti as minhas roupas irritantes, comi e saí do quarto. Foi um dia muito parecido com o anterior. Já estava começando a me acostumar com essas mordomias. Tentei utilizar bem o tempo, aumentando o meu conhecimento do palácio, das suas rotinas e disposição. Encontrei os aposentos de Eyod, Kettricken e Rurisk. Também estudei cautelosamente a escadaria e as estruturas de suporte dos aposentos de Regal. Descobri que Cob dormia no estábulo, assim como Burrich. Esperava isso de Burrich: não entregaria a responsabilidade de tratar dos cavalos de Torre do Cervo até deixar Jhaampe. Mas por que Cob também dormia ali? Para impressionar Burrich, ou para vigiá-lo? Sevrens e Rowd dormiam ambos na antessala do apartamento de Regal, apesar da abundância de quartos no palácio. Tentei estudar a distribuição e os horários dos guardas e sentinelas, mas não pude encontrar nada. E durante todo esse tempo, prestei atenção em August. Passei quase toda a manhã até conseguir encontrá-lo desocupado.

— Preciso falar com você. Em particular — eu lhe disse.

Ele parecia irritado e olhou em volta, assegurando-se de que ninguém nos observava.

— Não aqui, Fitz. Talvez quando voltarmos a Torre do Cervo. Tenho deveres oficiais e...

Tinha me preparado para isso. Abri a mão e mostrei a ele o alfinete que o rei me dera havia muitos anos.

— Está vendo isto? Foi dado a mim pelo rei Shrewd, há muito tempo. E, com ele, a sua promessa de que, se eu alguma vez precisasse falar com ele, necessitaria apenas mostrar isso e seria admitido nos seus aposentos.

— Que comovente — observou August em um tom cínico. — E há alguma razão para você me contar isso? Para me impressionar com a sua importância, talvez?

— Preciso falar com o rei. Agora.

— Ele não está aqui — observou August. E virou-se para sair.

Segurei o braço dele e o virei para mim.

— Você pode usar o Talento para falar com ele.

Ele se livrou do meu aperto com raiva e olhou à nossa volta outra vez.

— Com certeza eu não posso. E não o faria, se pudesse. Você acha que é permitido a qualquer homem detentor do Talento interromper o rei?

— Eu te mostrei o alfinete. Eu te garanto, ele não interpretaria isso como uma interrupção.

— Não posso.

— Verity, então.

— Não uso o Talento para me comunicar com Verity sem ele se comunicar comigo primeiro. Bastardo, você não compreende. Você passou pelo treino e falhou, e realmente não tem a menor ideia do que é o Talento. Não é como acenar a um amigo do outro lado do vale. É uma coisa séria, que deve ser utilizada apenas para propósitos importantes.

De novo ele virou as costas para mim.

— Volte aqui, August, ou você vai se arrepender, e muito.

Coloquei toda a ameaça que pude na minha voz. Era uma ameaça vazia; não tinha nenhuma maneira real de fazê-lo se arrepender, além de ameaçar fazer uma queixa ao rei.

— Shrewd não ficará contente por você ter ignorado este símbolo.

August virou de frente, lentamente. Lançou-me um olhar furioso.

— Bem, farei o que me pede, mas tem de me prometer assumir toda a responsabilidade por isso.

— Prometo. Pode então vir até os meus aposentos e contatar o rei agora?

— Não há outro lugar?

— Nos seus aposentos? — sugeri.

— Não, isso é ainda pior. Não me leve a mal, bastardo, mas não quero dar a impressão de me juntar a você.

— Não me leve a mal, fidalgote, mas sinto o mesmo a seu respeito.

Finalmente, em um banco de pedra, numa parte calma do jardim de Kettricken, August sentou-se e fechou os olhos:

— Que mensagem devo transmitir a Shrewd?

Comecei a pensar. Se queria manter August sem saber do verdadeiro problema, precisava apelar aos enigmas.

— Diga a ele que a saúde do príncipe Rurisk é excelente, e que podemos ter esperanças de vê-lo viver por muitos e bons anos. Regal ainda deseja dar-lhe o presente, mas penso que não é apropriado.

August abriu os olhos.

— O Talento é uma importante...

— Eu sei, diga a ele.

E assim August se sentou, inspirou várias vezes e fechou os olhos. Depois de alguns momentos, abriu os olhos.

— Ele disse para você obedecer Regal.

— Apenas isso?

— Ele estava ocupado. E muito irritado. Agora me deixe em paz. Temo que você tenha feito de mim um idiota diante do meu rei.

Havia uma dúzia de respostas engraçadas que eu poderia ter dado a isso. Mas deixei-o ir embora. Fiquei me perguntando se ele realmente tinha se comunicado com o rei Shrewd. Sentei-me no banco de pedra, refleti e cheguei à conclusão de que não tinha ganhado nada e desperdiçado muito tempo. A tentação veio e tentei. Fechei os olhos, respirei, concentrei e me abri. *Shrewd, meu rei.*

Nada. Nenhuma resposta. Duvidei que eu tivesse realmente conseguido invocar o Talento. Levantei e voltei para o palácio.

Ao meio-dia, Kettricken subiu ao estrado sozinha, como no dia anterior. As suas palavras foram igualmente simples, anunciando que estava se vinculando ao povo dos Seis Ducados. Que, a partir de agora, seria o Sacrifício deles, em todas as coisas, por qualquer razão pela qual a ordenassem. E então agradeceu ao próprio povo, sangue do seu sangue, que a tinha criado e tratado tão bem, e lembrou-lhes que não mudava sua lealdade por qualquer falta de afeição por eles, mas apenas na esperança de que isso beneficiasse ambos os povos. De novo o silêncio se manteve enquanto ela descia os degraus. Amanhã seria o dia de pronunciar os votos de união a Verity, de mulher para homem. Pelo que eu tinha compreendido, Regal e August estariam ao lado dela amanhã, no lugar de Verity, e August usaria o Talento para que Verity pudesse ver a noiva fazer o juramento.

O dia se arrastou. Jonqui veio e me levou para visitar as Fontes Azuis. Fiz o melhor que pude para me mostrar interessado e agradável. Voltamos ao palácio para mais menestréis, banquetes e demonstrações artísticas do povo da montanha. Malabaristas e acrobatas atuaram, cães fizeram truques e espadachins exibiram sua destreza em lutas encenadas. Um fumo azul pairava por todo lado, e muitos o estavam inalando, balançando os minúsculos incensários enquanto se moviam em círculos e falavam uns com os outros. Compreendi que para eles aquilo era como os bolos de semente de carris, uma extravagância que consumiam durante uma ocasião especial, mas evitei as trilhas de fumo que provinham dos incensários. Tinha de manter a mente lúcida. Chade me dera uma poção para limpar a cabeça dos vapores do vinho, mas não sabia de nenhuma para o fumo. Além disso, não estava habituado ao fumo. Encontrei um canto mais desanuviado e fiquei parado ali, parecendo enlevado pela canção do menestrel, mas na realidade observando Regal por cima do ombro.

Regal sentava-se a uma mesa, flanqueado por dois queimadores de fumo feitos de bronze. August, muito reservado, sentava-se a uma certa distância dele. De tempos em tempos conversavam, August sério e o príncipe desdenhoso. Não estava suficientemente perto para ouvir o que diziam, mas percebi o meu nome e "Talento" nos lábios de August. Vi Kettricken se aproximar de Regal, e notei que ela evitava ficar diretamente em frente à corrente de fumo. Regal falou com ela durante muito tempo, sorridente e lânguido, e estendeu o braço uma vez para tocar a mão dela e os anéis de prata que usava. Parecia ser um daqueles que o fumo tornava falante e exibido. Ela vacilava como um pássaro em um ramo, ora aproximando-se dele e rindo, ora ficando mais longe e tornando-se mais formal. Então Rurisk veio colocar-se atrás da irmã. Falou brevemente com Regal e a seguir tomou o braço de Kettricken e a levou. Sevrens apareceu e reabasteceu os queimadores de Regal. Regal lhe deu um sorriso idiota de agradecimento e disse qualquer coisa, indicando todo o salão com um aceno de mão. Sevrens riu e saiu. Pouco depois, Cob e Rowd chegaram para falar com Regal. August levantou-se e retirou-se, indignado. Regal lançou-lhe um olhar furioso e mandou Cob trazê-lo de volta. August veio, mas não cortesmente. Regal o recriminou e August fez cara feia, mas por fim baixou os olhos e concordou. Desejei desesperadamente estar perto o suficiente para ouvir o que era dito. Algo, senti, estava acontecendo. Talvez não tivesse nada a ver comigo e a minha tarefa. Mas, de alguma maneira, eu duvidava disso.

Revi a minha pouco abundante coleção de fatos, tendo certeza de que o significado de algo estava me escapando. Mas também me perguntei se não estava enganando a mim mesmo. Talvez estivesse exagerando na reação a tudo. Talvez a forma mais segura de agir fosse simplesmente fazer o que Regal tinha me dito e deixá-lo assumir a responsabilidade. Ou talvez devesse poupar tempo e cortar a minha própria garganta.

Podia, claro, ir falar diretamente com Rurisk, dizer-lhe que, apesar dos meus melhores esforços, Regal ainda o queria ver morto, e implorar por asilo político. Afinal, quem não consideraria interessante um assassino treinado que já tinha traído um senhor?

Poderia dizer a Regal que ia matar Rurisk e simplesmente não fazer. Pensei cuidadosamente nessa opção.

Poderia dizer a Regal que ia matar Rurisk e matar Regal em vez disso. O fumo, disse a mim mesmo. Apenas o fumo faria uma ideia daquelas soar tão sensata.

Poderia ir falar com Burrich e dizer-lhe que eu era, na verdade, um assassino e pedir a ele que me aconselhasse sobre a minha situação.

Podia pegar a égua da princesa e fugir para as montanhas.

— Então, você está se divertindo? — perguntou-me Jonqui, pegando-me pelo braço.

Percebi que eu estava olhando fixamente um homem que fazia malabarismos com facas e tochas.

— Lembrarei por muito tempo desta experiência — disse-lhe.

E então sugeri um passeio ao ar fresco dos jardins.

Mais tarde, nessa noite, compareci aos aposentos de Regal. Desta vez, era Rowd que estava à porta, sorrindo agradavelmente.

— Boa noite — ele me cumprimentou, e eu entrei como se fosse na caverna de um carcaju. Mas o ar dentro do quarto estava azul de fumo, e essa parecia ser a fonte da boa disposição de Rowd. Regal me deixou esperando outra vez e, embora eu encostasse o queixo no peito e respirasse superficialmente, sabia que o fumo estava me afetando. Controle, lembrei para mim mesmo, e tentei não sentir a vertigem. Contorci-me no assento várias vezes e por fim recorri a cobrir abertamente a boca e o nariz com a mão. Esse recurso teve pouco sucesso em filtrar o fumo.

Olhei para cima quando o painel do quarto de dentro deslizou para o lado, mas era apenas Sevrens. Olhou de relance para Rowd e veio sentar-se ao meu lado. Depois de um momento de silêncio, perguntei:

— Regal vai me receber agora?

Sevrens abanou a cabeça.

— Ele está com uma... companhia. Mas confiou a mim toda a informação de que você necessita. — Abriu a mão sobre o banco entre nós para me mostrar um saco branco minúsculo. — Ele conseguiu isto para você. Ele tem certeza de que você estará de acordo. Um pouco disto, misturado com o vinho, causará a morte, mas não imediata. Não haverá sequer sintomas de morte durante várias semanas, e então virá como uma letargia que aumenta gradualmente. O homem não sofre — acrescentou, como se essa fosse a minha principal preocupação.

Puxei na memória.

— É Goma de Kex?

Tinha ouvido falar desse veneno, mas nunca o tinha visto. Se Regal tinha uma fonte, Chade com certeza ia querer saber.

— Não sei o nome, nem isso importa. Apenas isto: o príncipe Regal diz que você fará uso dele esta noite. Você terá de criar uma oportunidade.

— O que ele espera de mim? Que eu vá até os aposentos do príncipe, bata à porta e entre com um vinho envenenado nas mãos? Não é um pouco óbvio demais?

— Feito dessa forma, claro que sim. Mas, com certeza, o seu treinamento te deu mais sofisticação do que isso, não é?

— O meu treinamento me diz que essas coisas não devem ser discutidas com um camareiro. Devo ouvir de Regal, ou não farei nada.

Sevrens suspirou.

— O meu mestre previu isso. Aqui está a mensagem dele. Pelo alfinete que você carrega e pela insígnia no seu peito, ele te ordena. Se recusar, você estará recusando o seu rei. Terá cometido traição, e ele garantirá que você seja enforcado por isso.

— Mas eu...

— Pegue isso e vá. Quanto mais esperar, mais tarde será, e mais estranha parecerá a sua visita aos aposentos dele.

Sevrens levantou-se abruptamente e me deixou ali. Rowd estava sentado como um sapo a um canto, observando-me e sorrindo. Teria de matar os dois antes de voltar a Torre do Cervo, para preservar a minha utilidade como assassino. Perguntei-me se eles sabiam disso. Retribuí o sorriso de Rowd, sentindo o fumo no fundo da garganta. Peguei o veneno e parti.

Uma vez na base da escadaria de Regal, encostei-me à parede, onde havia mais sombras, e escalei tão rápido quanto pude um dos apoios do apartamento de Regal. Subindo como um gato, eu me acomodei no apoio do chão do quarto e esperei. Esperei até que, entre o fumo que fazia a minha cabeça girar, meu próprio cansaço e o efeito residual das ervas de Kettricken, me perguntei se não estaria sonhando com tudo aquilo. Perguntei-me se a minha armadilha desajeitada me serviria de alguma coisa. Por fim, considerei que Regal havia me dito que tinha pedido especificamente lady Thyme. Mas, em vez disso, Shrewd me enviou. Lembrei-me de como Chade tinha ficado perplexo com isso. E lembrei-me das palavras que ele me disse. Teria o meu rei me entregado para Regal? E, se fosse esse o caso, que dívida eu tinha com qualquer um deles? Em dado momento, vi Rowd sair e, depois do que me pareceu ser um longo período, voltar com Cob.

Podia ouvir muito pouco através do chão, mas o suficiente para reconhecer a voz de Regal. Os meus planos noturnos estavam sendo comunicados a Cob. Quando tive certeza disso, serpenteei para fora do esconderijo e me retirei para o meu quarto, onde me certifiquei, entre as minhas posses, de certos artigos especializados. Lembrei a mim mesmo, firmemente, de que era um homem do rei. Assim tinha dito a Verity. Deixei o quarto e caminhei suavemente através do palácio.

No Grande Salão, as pessoas comuns dormiam em colchões no chão, dispostos em círculos concêntricos em torno do estrado, para reservar os melhores lugares para a cerimônia dos votos no dia seguinte. Passei no meio deles e sequer se moveram. Tanta confiança, tão mal depositada.

Os aposentos da família real eram no fundo do palácio, no lugar mais distante da entrada principal. Não havia guardas. Atravessei a porta que levava ao quarto do rei, passando em frente à porta de Rurisk, e em direção à de Kettricken. A porta dela era decorada com beija-flores e madressilvas. Pensei no quanto o Bobo teria gostado daqueles ornamentos. Bati de leve e esperei. Passaram-se momentos lentos. Bati outra vez.

Ouvi o movimento de pés descalços na madeira, e o painel pintado se abriu. O cabelo de Kettricken tinha sido trançado havia pouco tempo, mas mechas bem finas já tinham se soltado em volta do rosto. Seu longo roupão branco acentuava os tons do cabelo loiro, de forma que parecia tão pálida quanto o Bobo.

— Precisa de alguma coisa? — perguntou-me com sono.

— Apenas da resposta a uma pergunta.

O fumo ainda ondulava através dos meus pensamentos. Eu queria sorrir, ser espirituoso e esperto diante dela. *Beleza pálida*, pensei. Afastei o impulso da mente. Ela estava à espera.

— Se eu matasse o seu irmão esta noite — disse cuidadosamente —, o que você faria?

Ela nem sequer recuou.

— Eu te mataria, é claro. Pelo menos, exigiria a sua morte, justiça. Sou jurada à sua família agora, eu própria não poderia derramar o seu sangue.

— Mas continuaria com o casamento? Ainda se casaria com Verity?

— Não quer entrar?

— Não tenho tempo. Você se casaria com Verity?

— Eu me prometi aos Seis Ducados para ser rainha. Eu me prometi ao povo. Amanhã, irei me prometer ao príncipe herdeiro. Não a um homem chamado Verity. Mas, ainda que fosse de outra maneira, pergunte a si mesmo: qual das promessas me compromete mais? Já estou vinculada. Não é só a minha palavra, mas a do meu pai. E a do meu irmão. Não ia querer casar com o homem que ordenou a morte do meu irmão. Mas não é ao homem que eu me prometi. É aos Seis Ducados. Fui concedida, na esperança de beneficiar o meu povo. E é para lá que devo ir.

Assenti com um gesto.

— Obrigado, senhora. Perdoe-me por incomodar o seu descanso.

— Aonde vai agora?

— Ao seu irmão.

Ficou em pé, junto à porta, enquanto eu me virava e caminhava em direção ao quarto do irmão dela. Bati e esperei. Rurisk devia estar acordado e nervoso, pois abriu a porta muito mais depressa.

— Posso entrar?

— Com certeza. — Cortês, como eu tinha esperado. A ponta de uma risadinha ameaçava a minha determinação. *Chade não ficaria orgulhoso de mim agora*, lembrei a mim mesmo, e recusei-me a sorrir.

Entrei e fechei a porta atrás de mim.

— E se bebêssemos vinho? — perguntei-lhe.

— Se assim você deseja — disse ele, intrigado, mas educado. Sentei-me numa cadeira enquanto ele desarrolhava uma garrafa e a servia para nós. Havia também um incensário na mesa, ainda quente. Não o tinha visto fumar antes. Provavelmente ele tinha pensado que seria mais seguro esperar até estar sozinho no quarto. Mas nunca se pode prever quando um assassino bate à sua porta com a morte nos bolsos. Reprimi um sorriso estúpido. Ele encheu dois copos. Inclinei-me para a frente e mostrei-lhe o saquinho. Muito lentamente, despejei o conteúdo no vinho dele. Peguei o copo e o agitei, para garantir que ficasse bem dissolvido. Dei-o de volta a ele.

— Vim para te envenenar, compreende? Você morre. Então Kettricken me mata. E então se casa com Verity. — Ergui o meu copo e dei um pequeno gole. Vinho de maçã. De Vara, supus. Provavelmente, parte dos presentes de casamento. — Portanto, o que Regal ganha?

Rurisk olhou para o seu vinho com desagrado e o pôs de lado. Pegou o copo da minha mão e bebeu dele. Não havia choque na sua voz ao dizer:

— Ele se vê livre de você. Deduzo que ele não preze a sua companhia. Tem sido muito cordial comigo, oferecendo muitos dos presentes tanto a mim como ao reino. Mas, se eu morresse, Kettricken seria a única herdeira do Reino da Montanha. E isso beneficiaria os Seis Ducados, ou não?

— Não podemos sequer proteger o território que já temos. E penso que Regal veria isso como um benefício para Verity, e não para o reino. — Ouvi um barulho do lado de fora da porta. — É Cob, que vem para me pegar no ato de te envenenar — presumi.

Eu me levantei, fui até a porta e abri. Kettricken me empurrou para entrar no quarto. Fechei rapidamente a porta atrás dela.

— Ele veio para te envenenar — avisou o irmão.

— Eu sei — disse ele, sério. — Colocou veneno no meu vinho. É por isso que estou bebendo isso. — Encheu o copo outra vez da garrafa e ofereceu a ela. — É maçã — disse ele, tentando convencê-la, enquanto ela abanava a cabeça.

— Não vejo nenhuma graça nisso — disse ela bruscamente. Rurisk e eu olhamos um para o outro e abrimos sorrisos idiotas. O fumo.

O irmão dela sorriu bondosamente.

— É assim. FitzChivalry percebeu esta noite que é um homem morto. Muita gente foi informada de que ele é um assassino. Se ele me mata, você o mata. Se não me mata, como poderá voltar e encarar o seu rei? Mesmo que o rei o perdoe, metade da corte saberá que é um assassino, o que o torna inútil. Bastardos inúteis são um perigo para a coroa — Rurisk terminou o discurso bebendo o resto do copo.

— Kettricken me disse que, mesmo que eu te matasse hoje, ainda se comprometeria com Verity amanhã.

Mais uma vez, ele não se mostrou surpreso.

— O que ela ganharia recusando-se a fazer isso? Apenas a inimizade dos Seis Ducados. Seria renegada pelo seu povo, e uma grande vergonha para o nosso povo. Ela se tornaria uma rejeitada, inútil para todos. E isso não me traria de volta.

— E o seu povo não se revoltaria contra a ideia de dá-la a um homem desses?

— Nós teríamos de evitar que eles soubessem disso. Eyod e a minha irmã fariam isso, quero dizer. Um reino inteiro deve se lançar em uma guerra por causa da morte de um só homem? Lembre-se, eu sou o Sacrifício aqui.

Pela primeira vez compreendi vagamente o que isso queria dizer.

— Poderei em breve ser um estorvo — eu o avisei. — Disseram-me que era um veneno lento. Mas eu verifiquei. Não é. É simplesmente um extrato de raiz-morta e, na verdade, é bastante rápido se administrado em quantidade suficiente. Primeiro dá tremores.

Rurisk estendeu ambas as mãos na mesa e elas tremiam. Kettricken olhou furiosamente para nós dois.

— A morte vem pouco depois. Espero que eu seja apanhado no ato e eliminado juntamente contigo.

Rurisk agarrou-se à garganta, e então deixou a cabeça cair para a frente sobre o peito.

— Fui envenenado! — ele entoou teatralmente.

— Já chega disso! — vociferou Kettricken, ao mesmo tempo que Cob irrompia porta adentro.

— Cuidado, traição! — gritou ele. E ficou branco ao ver Kettricken. — Minha senhora princesa, diga-me que não bebeu desse vinho! O bastardo traiçoeiro o envenenou!

Achei que o drama dele foi um pouco estragado pela falta de resposta. Kettricken e eu trocamos olhares. Rurisk rolou da cadeira para o chão.

— Ah, pare com isso — ela falou, soltando em seguida um silvo.

— Pus o veneno no vinho — eu disse a Cob em tom cordial. — Exatamente como me mandaram fazer.

E então as costas de Rurisk arquejaram na primeira convulsão.

A consciência aterradora de que eu tinha sido enganado demorou apenas um segundo. Veneno no vinho. Um vinho de maçã, de presente de Vara, provavelmente dado naquela mesma noite. Regal não tinha confiado que eu o pusesse ali, mas era fácil que outro o fizesse, naquele lugar de pouca desconfiança. Observei Rurisk arquejar outra vez, sabendo que não havia nada que eu pudesse fazer. Já sentia o entorpecimento se espalhar pela minha própria boca. Eu me perguntei, quase ociosamente, quão forte fora a dose. Eu só tinha tomado um gole. Morreria ali ou no cadafalso?

Kettricken compreendeu, um momento mais tarde, que o irmão realmente estava morrendo.

— Seu monstro desalmado! — ela me xingou furiosamente e foi se ajoelhar ao lado de Rurisk. — Distraí-lo com brincadeiras e fumo, rir com ele enquanto morre! — Ela ergueu os olhos faiscantes para Cob. — Eu exijo a morte dele. Diga a Regal que venha aqui, agora!

Fui até a porta, mas Cob foi mais rápido. Claro. Nada de fumo para Cob esta noite. Ele era mais rápido e mais musculoso do que eu, e tinha os pensamentos mais claros. Os seus braços fecharam-se em volta de mim e ele me derrubou no chão. O rosto aproximou-se do meu quando me deu um murro na barriga. E reconheci aquele hálito, aquele cheiro de suor. Ferreirinho o tinha cheirado antes de morrer. Mas desta vez a faca estava na minha manga, muito afiada e tratada com o veneno mais rápido que Chade conhecia. Depois de fincar nele, ele conseguiu ainda me acertar duas vezes, dois murros em cheio antes de cair para trás, moribundo. Adeus, Cob. Enquanto ele caía, lembrei-me subitamente de um rapaz do estábulo sardento dizendo: "Venha, há bons meninos". As coisas poderiam ter sido tão diferentes. Eu conhecia este homem; matá-lo era matar parte da minha própria vida.

Burrich ia ficar muito chateado comigo.

Todos esses pensamentos não me tomaram mais do que uma fração de segundo. A mão esticada de Cob ainda não tinha tocado no chão quando eu me movi para a porta.

Kettricken foi ainda mais rápida. Creio que usou um jarro de bronze para água. Eu o vi como uma súbita explosão de luz branca.

Quando recuperei os sentidos, tudo me doía. A dor mais imediata vinha dos pulsos, pois as cordas que os prendiam atrás das costas eram insuportavelmente apertadas. Estava sendo carregado. Mais ou menos. Nem Rowd nem Sevrens pareciam preocupar-se muito com que partes de mim pendiam e iam raspando e se esfolando pelo chão. Regal estava ali, empunhando uma tocha, e um chyurda que eu não conhecia guiava o caminho, empunhando outra. Também não sabia onde eu estava, apenas que era em algum lugar ao ar livre.

— Não teria nenhum outro lugar onde possamos colocá-lo? Nenhum lugar mais seguro? — perguntava Regal. Seguiu-se uma resposta murmurada e Regal disse: — Não, você tem razão. Não é nosso propósito causar um grande alvoroço agora. Amanhã não tarda. Embora não creia que ele esteja vivo até lá.

Uma porta foi aberta, e fui atirado de cabeça para um chão de terra batida escassamente almofadado por palha. Inspirei pó e palha. Não consegui tossir. Regal fez um gesto com a tocha.

— Vá até a princesa — instruiu Sevrens. — Diga-lhe que irei falar com ela muito em breve. Verifique se há alguma coisa que possamos fazer para que o príncipe se sinta mais confortável. Você, Rowd, vá chamar August aos seus aposentos. Necessitaremos do Talento para que o rei Shrewd possa tomar conhecimento de que andou ajudando um escorpião. Necessitarei da sua autorização antes que o bastardo morra. Se ele viver tempo suficiente para ser condenado. Vá, agora. Vá.

E partiram, com o chyurda iluminando o caminho à frente deles. Regal ficou me olhando de cima. Esperou que os sons dos passos deles soassem distantes para me dar um pontapé violento nas costelas. Gritei sem palavras, pois tinha a boca e a garganta paralisadas.

— Parece que nós já estivemos nessa situação antes, não foi? Você chafurdando na palha, e eu olhando para você, e perguntando-me exatamente que infortúnio tinha te colocado no meu caminho. Estranho, tantas coisas que terminam da mesma forma como começam. Curioso como a justiça vem em círculos, também — continuou ele. — Pense em como você foi derrotado por veneno e traição. Precisamente como a minha mãe foi. Ah, você ficou espantado? Pensava, porventura, que eu não sabia? Sabia. Sei de diversas coisas de que você não faz ideia que eu saiba. Tudo, desde o fedor de lady Thyme até você ter perdido o Talento quando Burrich não te permitiu mais drenar a força dele. Ele foi rápido em te abandonar, quando viu que, se não fizesse isso, pagaria com a vida.

Um tremor sacudiu o meu corpo. Regal atirou a cabeça para trás e riu. Em seguida, suspirou e se virou.

— É uma lástima que eu não possa ficar aqui assistindo, mas tenho uma princesa para consolar. Pobrezinha, prometida a um homem que ela já odeia.

Ou Regal saiu de lá nesse momento, ou eu saí. Não tenho certeza. Foi como se o céu se abrisse e eu fluísse na sua direção.

— Estar aberto — Verity tinha me dito — é simplesmente não estar fechado.

Então sonhei, eu acho, com o Bobo. E com Verity, dormindo com os braços em torno da cabeça, como se quisesse manter os pensamentos enclausurados. E a voz de Galen, ecoando em um quarto escuro e frio.

— Amanhã é melhor. Quando ele usa o Talento agora, não tem quase nenhuma noção de onde está. Não temos vínculo suficiente para eu fazer isso a distância. Um toque será necessário.

Houve um chiar no escuro, uma mente de rato desagradável que eu não conhecia.

— Execute-o agora — insistiu.

— Não seja tolo — criticou Galen. — Devemos nos arriscar a perder tudo agora, por impaciência? Amanhã é suficientemente conveniente. Deixe que eu tomo conta dessa parte. Você precisa pôr as coisas em ordem por aí. Rowd e Sevrens sabem demais. E o mestre do estábulo já nos incomodou por muito tempo.

— Você me deixa no meio de um banho de sangue — chiou o rato com raiva.

— Trespasse esse banho de sangue em direção ao trono — sugeriu Galen.

— E Cob está morto. Quem cuidará dos meus cavalos no caminho para casa?

— Então deixe o mestre do estábulo viver — disse Galen, repugnado. E, a seguir, considerando melhor: — Tomarei conta dele eu mesmo, quando ele chegar em casa. Não me incomodará. Mas será melhor tratar dos outros o mais depressa possível. Pode ser que o bastardo tenha envenenado mais vinho no seu apartamento. Uma tragédia que os seus criados o tenham bebido.

— Suponho que sim. Mas você deve me arranjar um novo camareiro.

— Teremos a sua esposa para fazer isso por você. Deveria estar com ela agora. Acabou de perder um irmão. Você deve estar horrorizado com o que aconteceu. Tente pôr a culpa no bastardo, e não em Verity. Mas não seja convincente demais. E amanhã, quando estiver tão pesaroso quanto ela... bem... veremos ao que a compaixão mútua levará.

— Ela é grande como uma vaca e pálida como um peixe.

— Mas, com as terras das montanhas, você terá um reino interior defensável. Você sabe que os Ducados Costeiros não ficarão do seu lado, e Vara e Lavra não podem subsistir sozinhos entre as montanhas e os Ducados Costeiros. Além disso, ela não precisa viver após o nascimento do primeiro filho.

— FitzChivalry Farseer — disse Verity no sono. O rei Shrewd e Chade jogavam dados de ossos juntos. Patience se agitou enquanto dormia. — Chivalry? — perguntou suavemente. — É você?

— Não — eu disse. — Não é ninguém. Ninguém.

Ela assentiu e continuou a dormir.

Quando os meus olhos se focaram outra vez, estava escuro, e eu sozinho. Batia os dentes, e o queixo e a frente da minha camisa estavam úmidos da minha própria saliva. O entorpecimento parecia menor. Perguntei a mim mesmo se isso não significaria que o veneno não me mataria. Duvidei que fizesse alguma diferença: teria pouca oportunidade de falar em minha defesa. As minhas mãos estavam entorpecidas. Pelo menos, tinham parado de doer. Estava com uma sede horrível. Perguntei-me se Rurisk já teria morrido. Ele tinha tomado muito mais vinho do que eu. E Chade me disse que se tratava de um veneno rápido.

Como que em resposta à minha pergunta, um uivo da mais pura dor subiu à lua. O lamento pareceu ficar suspenso ali, puxar o meu coração para fora do peito e erguê-lo. O dono de Narigudo estava morto.

Sondei sua mente e o cobri com a Manha. *Eu sei, eu sei*, e tremêmos juntos, enquanto aquele que ele amava partia para onde não o poderia seguir. Uma grande solidão nos envolvia.

Garoto? Tênue, mas verdadeiro. Uma perna e um focinho, e a porta se entreabriu. Ele se aproximou, o seu nariz me dizendo quão mal eu cheirava. Suor de fumo, sangue e medo. Quando ele me alcançou, deitou-se ao meu lado e encostou a cabeça nas minhas costas. Com o toque, o vínculo se restabeleceu. Mais forte, agora que Rurisk tinha partido.

Ele me deixou. Dói muito.

Eu sei. Passou-se um longo momento. *Liberte-me!* O velho cão ergueu a cabeça. Os homens não sofrem a morte de um ente querido do mesmo modo que os cães. Devíamos nos sentir gratos por isso. Mas das profundezas da sua angústia, ele conseguiu se levantar e colocou os dentes gastos nas cordas que me prendiam. Senti que elas se soltavam, um fio de cada vez, mas não tinha sequer força suficiente para puxá-las e rompê-las. Narigudo virou a cabeça para usar nelas os dentes de trás.

Por fim, as cordas se soltaram. Puxei os braços para a frente, fazendo o corpo todo doer de uma forma diferente. Ainda não conseguia sentir as mãos, mas podia rolar para o lado e tirar a cara da palha. Narigudo e eu suspiramos juntos. Ele pôs a cabeça no meu peito e eu passei o braço entrevado em torno dele. Outro tremor passou por mim. Os músculos se contraíram e relaxaram tão violentamente que vi pontos de luz. Mas passou, e eu ainda respirava.

Abri os olhos outra vez. A luz me cegava, mas eu não sabia se era real. Diante de mim, a cauda de Narigudo batia na palha. Burrich curvou-se lentamente diante de nós. Colocou uma mão suave sobre o dorso de Narigudo. Quando os meus olhos se ajustaram à lanterna, pude ver a tristeza no rosto dele.

— Você está morrendo? — ele me perguntou. A voz soava tão neutra que era como ouvir uma pedra falando.

— Não tenho certeza — foi tudo o que tentei dizer. A minha boca ainda não trabalhava muito bem. Ele se levantou e se afastou. Levou a lanterna consigo. Fiquei deitado sozinho no escuro.

Então a luz voltou e Burrich trazia um balde de água. Levantou a minha cabeça e despejou um pouco de água na minha boca.

— Não a engula — ele me avisou, mas eu de qualquer maneira não seria capaz de fazer aqueles músculos agirem.

Lavou a minha boca mais duas vezes e quase me afogou tentando fazer com que eu bebesse um pouco. Encostei no balde com uma mão que parecia feita de madeira.

— Não — consegui dizer.

Depois de algum tempo, minha cabeça parecia melhor. Movi a língua contra os dentes e podia senti-los.

— Matei Cob — eu disse a ele.

— Eu sei. Trouxeram o corpo dele para o estábulo. Ninguém queria me dizer nada.

— Como conseguiu me encontrar?

Ele suspirou.

— Tive uma intuição.

— Ouviu o Narigudo.

— Sim. O uivo.

— Não foi isso que eu quis dizer.

Ele ficou em silêncio por um longo momento.

— Captar uma coisa não é o mesmo que usá-la.

Não consegui pensar em nada que pudesse lhe responder. Depois de algum tempo, eu disse:

— Foi Cob que te esfaqueou nas escadas.

— Foi? — Burrich considerou essa informação. — Sempre me perguntei por que é que os cães latiram tão pouco. Eles o conheciam. Apenas Ferreirinho reagiu.

Com uma súbita dor lancinante, as minhas mãos voltaram à vida. Dobrei-as contra o peito e rolei sobre elas. Narigudo começou a ganir.

— Pare já com isso — vociferou Burrich.

— Não consigo parar agora. Dói tanto que é como se jorrasse de mim.

Burrich calou-se.

— Vai me ajudar? — perguntei-lhe finalmente.

— Não sei — disse suavemente, e então, quase implorando: — Fitz, quem é você? O que você se tornou?

— Sou o mesmo que você — eu lhe disse honestamente. — Um homem do rei. Burrich, eles vão matar Verity. E, se o fizerem, Regal será rei.

— Do que você está falando?

— Se ficarmos aqui enquanto eu te explico tudo, acontecerá. Ajude-me a sair daqui.

Ele pareceu demorar muito tempo pensando no assunto. Mas, por fim, ele me ajudou a me pôr em pé e eu me agarrei à manga dele enquanto cambaleava para fora do estábulo e noite adentro.

O CASAMENTO

"A arte da diplomacia é a sorte de saber mais dos segredos do seu rival do que ele sabe dos seus. Negocie sempre em uma posição de poder." Essas eram as máximas de Shrewd. E Verity as obedecia.

— Precisamos de August. É a única esperança de Verity.

Estávamos sentados em uma encosta que ficava acima do palácio, envoltos pelos tons de cinza que precediam a alvorada. Não tínhamos ido longe. O terreno era íngreme e eu não estava em condições de andar muito. Começava a suspeitar que o pontapé de Regal tinha reavivado a antiga lesão que Galen provocara nas minhas costelas. Cada inspiração profunda era como uma punhalada. O veneno de Regal ainda me causava tremores, e minhas pernas falhavam frequentemente e sem aviso. Sozinho, não podia me manter em pé, pois as pernas não suportavam o meu peso. Não podia sequer me segurar a um tronco de árvore e me manter ereto: não tinha força nos braços. Em volta de nós, na madrugada, os pássaros da floresta cantavam, os esquilos juntavam comida para o inverno, e os insetos zumbiam. Era difícil, em meio a toda essa vida, perguntar-me o quanto desses sintomas era permanente. Estariam os dias de vigor da minha juventude desperdiçados e nada mais de mim restava senão tremores e debilidade? Tentei afastar essa pergunta da minha mente e me concentrar nos problemas maiores que ameaçavam os Seis Ducados. Aquietei-me, como Chade tinha me ensinado. Ao redor, as árvores eram imensas e a sua presença era como paz. Percebi por que Eyod não queria cortá-las. Os espinhos eram suaves debaixo dos nossos pés, e a fragrância, tranquilizadora. Desejei poder simplesmente deitar e dormir, como Narigudo fazia ao meu lado. As nossas dores ainda se misturavam, mas pelo menos Narigudo podia escapar à sua durante o sono.

— O que te faz pensar que August nos ajudaria? — perguntou Burrich. — Imaginando que eu poderia trazê-lo aqui.

Forcei os meus pensamentos a se concentrarem outra vez no nosso dilema.

— Não acho que ele esteja envolvido com os outros. Penso que ainda é leal ao rei.

Tinha dado essa informação a Burrich com as minhas conclusões cuidadosas. Ele não era um homem que se convencesse com vozes fantasmas ouvidas por acaso dentro da cabeça. Portanto, não pude lhe dizer que Galen não tinha sugerido matar August, e que, portanto, ele provavelmente ignorava o estratagema. Eu mesmo ainda estava inseguro quanto ao que tinha acontecido comigo. Regal não era Talentoso. Mesmo se fosse, como eu teria ouvido casualmente a utilização do Talento entre outros dois? Não, tinha de ser outra coisa, outro tipo de magia. Da autoria de Galen? Ele era capaz de uma magia tão poderosa? Não sabia. Tantas coisas das quais eu não sabia. Forcei-me a deixar tudo isso de lado. Naquele momento, isso se encaixava melhor nos fatos do que qualquer outra suposição que eu pudesse engendrar.

— Se ele é leal ao rei e não suspeita de Regal, então também é leal a Regal — observou Burrich, como se eu fosse um idiota.

— Então teremos de forçá-lo, de alguma maneira. Verity tem de ser avisado.

— Claro. Eu simplesmente entro ali, encosto uma faca nas costas de August e o arrasto aqui para fora. Ninguém nos incomodará.

Eu me debatia em busca de ideias.

— Suborne alguém para atraí-lo aqui para fora. E então o ataque.

— Mesmo que eu conhecesse alguém subornável, o que é que poderia usar?

— Tenho isto.

Toquei no brinco na minha orelha.

Burrich olhou para ele e quase deu um pulo.

— Onde é que você arranjou isso?

— Patience me deu. Pouco antes de eu partir.

— Ela não tinha o direito de fazer isso! — E depois, mais tranquilo: — Pensei que tivesse ido com ele para a cova.

Fiquei em silêncio, à espera.

Burrich olhou para o lado.

— Era do seu pai. Eu dei isso para ele — ele falava calmamente.

— Por quê?

— Porque eu queria dar, é óbvio — disse, encerrando o assunto.

Estendi a mão e comecei a desatarraxá-lo.

— Não — disse Burrich com rudeza. — Deixe-o onde está. Não é coisa que se gaste em um suborno. De qualquer maneira, esses chyurdas não podem ser subornados.

Sabia que ele tinha razão quanto a isso. Tentei pensar em outros planos. O sol estava nascendo. De manhã, era quando Galen agiria. Talvez já tivesse agido.

Desejei saber o que se passava no palácio. Teriam já descoberto que eu havia desaparecido? Estaria Kettricken se preparando para professar os seus votos a um homem que odiava? Estariam Sevrens e Rowd já mortos? Se não estivessem, eu poderia virá-los contra Regal avisando-os do que ele planejava fazer com eles?

— Alguém vem aí!

Burrich se abaixou. Eu me deitei, conformado com o que quer que acontecesse. Eu não tinha mais forças físicas para lutar contra nada.

— Você a conhece? — murmurou Burrich.

Virei a cabeça. Era Jonqui, precedida por um cão pequeno que nunca voltaria a subir numa árvore a pedido de Rurisk.

— A irmã do rei.

Não me dei ao trabalho de murmurar. Ela trazia uma das minhas camisolas e, um instante depois, o minúsculo cão saltava alegremente à nossa volta. Tentou convidar Narigudo para brincar com ele, mas Narigudo simplesmente olhou para ele com olhos tristes. Logo em seguida, Jonqui dirigiu-se até nós.

— Você tem de voltar — ela me disse, sem qualquer preâmbulo. — E tem de ser rápido.

— É bastante difícil voltar — eu disse a ela — sem correr em direção à própria morte.

Estava olhando para trás dela, tentando avistar outros perseguidores. Burrich tinha se levantado e assumido uma postura defensiva sobre mim.

— Nada de morte — ela me prometeu calmamente. — Kettricken te perdoou. Fiquei conversando com ela desde a noite passada, mas apenas há pouco tempo a convenci. Ela invocou o direito de sangue para perdoar um parente por um ato contra outro parente. Pela nossa lei, se um parente perdoar o outro, ninguém pode fazer nada a respeito do assunto. Regal tentou dissuadi-la, mas isso apenas a deixou irritada. "Aqui, enquanto estiver no meu palácio, ainda posso invocar a lei do povo da montanha", ela lhe disse. O rei Eyod concordou. Não porque não sofra com a morte de Rurisk, mas porque a força e a sabedoria da lei de Jhaampe devem ser respeitadas por todos. Portanto, você tem de voltar.

Refleti sobre isso.

— E você, você me perdoou?

— Não — disse ela, resfolegando. — Não te perdoo pelo assassinato do meu sobrinho. Mas não posso te perdoar pelo que você não fez. Não acredito que beberia o vinho que envenenou. Nem sequer um pouquinho. Aqueles entre nós que sabem mais dos perigos dos venenos são os que menos os provam. Teria apenas fingido beber e nunca teria dito uma só palavra sobre venenos. Não. Isso foi feito por alguém que acredita ser muito esperto e que acredita que os outros são muito estúpidos.

Sem ver, senti que Burrich baixava a sua guarda. Mas eu ainda estava desconfiado.

— Por que Kettricken não pode simplesmente me perdoar e me deixar ir embora? Por que eu tenho de voltar?

— Não temos tempo para isso! — vociferou Jonqui, e vi nela o mais próximo de um chyurda com raiva que eu tinha visto até então. — Eu deveria passar meses e anos te ensinando tudo o que sei sobre equilíbrio? Por um empurrão, um puxão; por um inspirar, um expirar? Você acha que ninguém pode sentir como o poder rodopia e oscila neste exato momento? Uma princesa precisa suportar que a vendam como uma vaca. Mas a minha sobrinha não é a peça de um jogo para ser ganha num lançamento de dados. Quem quer que tenha matado o meu sobrinho claramente desejou que você também morresse. Devo deixá-lo ganhar com essa jogada? Acho que não. Não sei quem eu quero que ganhe; até que eu saiba, não deixarei nenhum jogador ser eliminado.

— Essa é uma lógica que eu consigo compreender — disse Burrich em tom de aprovação.

Ele se curvou e me levantou de repente. O mundo tremeu de um jeito alarmante. Jonqui pôs o ombro debaixo do meu outro braço. Ambos começaram a andar, e os meus pés foram balançando como os de um fantoche sobre o chão entre eles. Narigudo se levantou com esforço e nos seguiu. E assim retornamos ao palácio de Jhaampe.

Burrich e Jonqui me carregaram no meio das pessoas reunidas no pátio e no palácio até chegar ao quarto. Suscitei muito pouco interesse. Era apenas um estrangeiro que tinha tomado muito vinho e inalado muito fumo na noite anterior. As pessoas estavam ocupadas demais à procura de bons lugares para ver o estrado para se preocuparem comigo. Não havia um clima de luto, o que me fez deduzir que a notícia da morte de Rurisk ainda não tinha sido comunicada. Quando finalmente entramos no meu quarto, o rosto plácido de Jonqui se escureceu.

— Eu não fiz isso! Limitei-me a tirar uma camisola, para que Ruta tivesse algo para farejar.

Com "isso" ela se referia ao estado do meu quarto, desarrumado. Alguém tinha feito aquilo de forma exaustiva, mas não muito discreta. Jonqui imediatamente começou a colocar as coisas no lugar e, após um momento, Burrich a ajudou. Fiquei sentado numa cadeira tentando compreender a situação. Narigudo foi se enrolar em um canto. Sem pensar, sondei sua mente para confortá-lo. Burrich me lançou um olhar furioso e, em seguida, olhou para o cão desolado e desviou o olhar. Quando Jonqui saiu para ir buscar comida e água de banho, perguntei a Burrich:

— Você viu um baú minúsculo de madeira? Entalhado com bolotas?

Ele abanou a cabeça. Portanto, eles tinham levado os meus venenos. Gostaria de ter preparado outro punhal, ou mesmo um pó para atirar. Burrich não poderia estar sempre ao meu lado para me proteger, e eu com certeza não podia me defender de outro atacante ou fugir, na minha atual condição. Mas tinha perdido as minhas ferramentas de trabalho. Teria de ter a esperança de não precisar delas. Suspeitei que Rowd fosse quem tinha entrado aqui e me perguntei se aquela teria sido a sua última tarefa. Jonqui voltou com água e comida e saiu outra vez. Burrich e eu repartimos a água de banho e, com um pouco de ajuda, consegui trocar de roupa, vestindo peças limpas, embora simples. Burrich comeu uma maçã. O meu estômago tremia só de pensar em comida, mas bebi a água fria do poço que Jonqui tinha trazido. Fazer os músculos da minha garganta engolirem ainda exigiu de mim um esforço consciente, e eu me senti como se a água balançasse desagradavelmente dentro da minha barriga, mas suspeitei que me faria bem.

Podia sentir cada momento passando e me perguntei se Galen já teria feito a sua jogada.

O painel deslizou para o lado. Olhei para cima, esperando ver Jonqui outra vez, mas foi August que entrou, trazendo com ele um ar de desdém. Falou de imediato, ansioso por entregar o seu recado e sair.

— Não venho aqui por vontade própria. Venho a pedido do príncipe herdeiro, Verity, para falar por ele as suas palavras. Esta é a sua mensagem exata. Está mais pesaroso do que pode ser posto em palavras pelo...

— Você se comunicou com ele? Hoje? Ele estava bem?

A minha pergunta fez August ficar agitado.

— Dificilmente se pode dizer que ele esteja bem. Está mais pesaroso do que pode ser dito em palavras pela morte de Rurisk e pela sua traição. Ele lhe ordena que utilize a força daqueles que são leais a você, pois precisará dela para encará-lo.

— Isso é tudo? — perguntei.

— Do príncipe herdeiro, Verity, é. O príncipe Regal ordena que você venha servi-lo, e depressa, pois a cerimônia acontecerá dentro de poucas horas e ele tem de se arrumar. E o seu veneno covarde, sem dúvida destinado a Regal, vitimou os pobres Sevrens e Rowd. Agora Regal terá de se arrumar com um camareiro não treinado. Demorará mais tempo para se vestir. Portanto, não o deixe esperando. Ele está no banho de vapor, tentando se recuperar. Você o encontrará por lá.

— Que trágico para ele. Um camareiro não treinado — disse Burrich em um tom ácido.

August bufou como um sapo.

— Esta situação tem muito pouca graça. Você não perdeu também Cob para esse patife? Como pode suportar ajudá-lo?

— Se a sua ignorância não te protegesse, August, eu talvez te esclarecesse. — Burrich se levantou, parecendo perigoso.

— Você também terá de responder a acusações — August o avisou enquanto se retirava. — Devo te dizer isto, Burrich: o príncipe herdeiro está a par de que tentou ajudar o bastardo a fugir, servindo-o como se fosse ele o seu rei em vez de Verity. Você será julgado.

— Verity disse isso? — perguntou Burrich com curiosidade.

— Sim. Disse que há tempos você foi um dos melhores homens do rei para Chivalry, mas que aparentemente se esqueceu de como ajudar aqueles que verdadeiramente servem ao rei. Ele ordena que você se lembre de como fazer isso, e garante que a sua ira será grande se não voltar para se apresentar diante dele e receber o que os seus atos merecem.

— Lembro-me muito bem de como fazer isso. Levarei Fitz a Regal.

— Agora?

— Assim que ele tiver comido.

August lançou um olhar ameaçador para ele e partiu. Um painel não pode ser batido com muita força, mas ele fez o seu melhor.

— Não tenho estômago para comer, Burrich — protestei.

— Sei disso. Mas precisamos de tempo. Eu notei a escolha de palavras de Verity, e encontrei mais sentido nelas do que August percebeu. Você também?

Fiz que sim, sentindo-me derrotado.

— Eu compreendi também. Mas não posso.

— Tem certeza? Verity não pensa assim e ele sabe dessas coisas. E você me disse a razão pela qual Cob tentou me matar: porque desconfiavam que você estava drenando a minha força. Portanto, Galen também acredita que você possa fazer isso.

Burrich veio até mim e se abaixou cerimoniosamente, apoiando um joelho no chão. A sua perna ruim se esticava desajeitadamente atrás dele. Ele pegou minha mão frouxa e colocou-a em seu ombro.

— Eu era um homem do rei para Chivalry — disse-me tranquilamente. — Verity sabia disso. Eu próprio não tenho o Talento, você entende. Mas Chivalry me fez entender que, para tal intento, isso não era tão importante quanto a amizade entre nós. Eu tenho força, e houve alguns momentos em que ele precisou dela, e eu a dei para ele, de boa vontade. E, portanto, já suportei isso antes, em circunstâncias piores. Tente, garoto. Se falharmos, falhamos, mas pelo menos tentamos.

— Eu não sei como. Não sei como usar o Talento, e menos ainda sei como utilizar a força de outra pessoa para isso. E, mesmo que soubesse, e desse certo, eu poderia te matar.

— Se der certo, o nosso rei viverá. Foi a isso que fiz um juramento. E você?

Ele fazia tudo parecer tão simples.

Assim, tentei. Abri a mente, tentei alcançar Verity, tentei, sem ideia de como fazer isso, drenar a energia de Burrich. Mas tudo o que ouvi foi o chilrear de pássaros fora das paredes do palácio, e o ombro de Burrich era apenas um lugar onde descansar a minha mão. Abri os olhos. Não precisei dizer que eu tinha falhado: ele sabia. Suspirou profundamente.

— Bem. Suponho que devo te levar a Regal.

— Se não fôssemos, ficaríamos para sempre curiosos sobre o que ele quer — acrescentei.

Burrich não sorriu.

— Você está em um estado de espírito estranho. Parece mais o Bobo que você mesmo.

— O Bobo fala com você? — perguntei com curiosidade.

— Às vezes — disse e pegou no meu braço para me ajudar a levantar.

— Parece que, quanto mais perto da morte eu caminho, mais engraçado tudo parece.

— Talvez para você — disse ele, irritado. — Gostaria de saber o que ele quer.

— Negociar. Não pode ser outra coisa. E se quer negociar, talvez sejamos capazes de ganhar alguma coisa.

— Fala como se Regal seguisse as mesmas regras de bom senso que o resto das pessoas. Mas nunca o vi fazer isso. E sempre detestei as intrigas da corte — queixou-se Burrich. — Prefiro limpar o estábulo. — E me puxou para que eu ficasse de pé.

Se alguma vez eu tive a curiosidade de saber como a raiz-morta fazia a vítima se sentir, essa curiosidade estava agora plenamente satisfeita. Não pensei que morreria por causa dos seus efeitos, mas não sabia como deixaria a minha vida. As minhas pernas tremiam, e a força das minhas mãos era incerta. Podia sentir espasmos aleatórios pelo corpo. Nem minha respiração, nem meu batimento cardíaco eram previsíveis. Desejava estar imóvel, para que pudesse ouvir o meu corpo e entender o que tinha sido feito com ele. Mas Burrich guiava pacientemente os meus passos, e Narigudo se arrastava atrás de nós.

Nunca tinha ido aos banhos de vapor, mas Burrich sim. Um botão de tulipa separado rodeava uma fonte quente borbulhante, abrandada para ser usada em banhos. Um chyurda estava plantado à porta; e eu o reconheci como o portador da tocha na noite anterior. Se achou a minha reaparição estranha, não demonstrou. Afastou-se do caminho como se estivesse à nossa espera, e Burrich me carregou degraus acima, em direção à entrada.

Nuvens de vapor enevoavam o ar, transportando consigo um odor mineral. Passamos por um ou dois bancos de pedra; Burrich andava cautelosamente no chão liso de ladrilhos à medida que nos aproximávamos da fonte de vapor. A água irrompia de uma fonte no centro, entre paredes de tijolos construídas para a conterem. Dali era distribuída por meio de valas para outros banhos menores, e o calor de cada banho era regulado pela largura da vala e pela profundidade do tanque. O vapor e o barulho da água caindo dominavam o ar. Não me agradou estar ali. Eu tinha de fazer um esforço para simplesmente respirar. Meus olhos se acostumaram à penumbra, e vi Regal de molho em um dos banhos maiores. Ergueu os olhos quando percebeu a nossa aproximação.

— Ah — disse, como se sentisse satisfeito. — August me informou que Burrich te traria. Bem. Suponho que sabe que a princesa te perdoou do assassinato do irmão dela. E, pelo menos neste lugar, ao fazer isso, ela te protegeu da justiça. Acho que é um verdadeiro desperdício de tempo, mas os costumes locais têm de ser respeitados. Diz ela que te considera parte da família, agora, e, por isso, parece que eu também tenho de te tratar como família. Ela parece incapaz de compreender que, visto não ter nascido de uma união legítima, não cabe a você nenhum direito de parentesco. Mas enfim. Não quer mandar o Burrich embora e se juntar a mim no banho? Talvez te faça bem. Você parece muito desconfortável, pendurado como uma camisa em um varal de secar roupa — falava num tom simpático, afável, como se não percebesse o meu ódio.

— O que deseja me dizer, Regal? — mantive a voz inexpressiva.

— Por que não manda Burrich embora? — perguntou mais uma vez.

— Não sou idiota.

— Isso é discutível, mas tudo bem. Suponho que eu vou ter de mandá-lo embora, então.

O vapor e o barulho das águas tinham escondido bem a aproximação do chyurda. Ele era mais alto do que Burrich, e o seu porrete já estava em movimento quando Burrich se virou. Se não estivesse suportando o meu peso, talvez tivesse sido capaz de evitar a pancada. Quando Burrich virou a cabeça, o porrete atingiu o seu crânio, com um som terrível, surdo, como um machado se abatendo na lenha. Burrich tombou, e eu com ele. Metade do meu corpo caiu em um dos tanques menores. Não estava escaldante, mas quase. Consegui rolar para fora dele, mas não consegui me levantar. Minhas pernas se recusaram a me obedecer. Burrich jazia ao meu lado, muito quieto. Estendi uma mão na sua direção, mas não consegui tocar nele.

Regal se levantou e fez um gesto para o chyurda.

— Morto?!

O chyurda remexeu Burrich com o pé, e fez um curto aceno afirmativo com a cabeça.

— Bom. — Regal mostrou-se contente durante breves instantes. — Arraste-o para trás daquele tanque fundo ao canto. E depois pode ir.

Para mim, disse:

— É pouco provável que alguém venha aqui até o fim da cerimônia. Estão todos ocupados demais disputando lugares para o casamento. E naquele canto... bem, duvido que ele seja encontrado antes de você.

Não respondi nada. O chyurda se inclinou e pegou Burrich pelos tornozelos. Enquanto era arrastado, a cabeleira negra dele deixava um rastro de sangue nos ladrilhos. Uma estonteante mistura de ódio e desespero fervilhou no meu sangue, juntamente com o veneno. Uma determinação fria nasceu e se instalou em mim. Não tinha esperanças de sobreviver, mas isso já não me parecia importante. Avisar Verity sim. E vingar Burrich. Não tinha planos, armas, nem opções. *Nessas circunstâncias, tente ganhar tempo,* tinha me aconselhado Chade. Quanto mais tempo ganhar, mais probabilidades haverá de uma oportunidade se revelar. Atrase-o. Talvez alguém venha ver por que é que o príncipe não está se vestindo para o casamento. Talvez outra pessoa queira usar os vapores antes da cerimônia. Ocupe-o, de alguma maneira.

— A princesa... — comecei.

— Não é um problema — concluiu Regal por mim. — A princesa não perdoou Burrich. Apenas você. O que eu fiz com ele está bem dentro dos meus direitos. É um traidor, tem de pagar por isso. E o homem que está se desfazendo dele amava muito o seu príncipe, Rurisk, e não tem nenhuma objeção em relação a nada disso.

O chyurda deixou os banhos de vapor sem olhar para trás. As minhas mãos se arrastaram fracamente pelo chão liso de ladrilhos, mas não encontraram nada. Entretanto, Regal estava se secando. Quando o homem desapareceu, veio falar comigo.

— Não vai gritar por ajuda?

Inspirei fundo e expeli o meu medo. Lancei tanto desdém a Regal quanto pude reunir.

— A quem? Quem me ouviria com o barulho da água?

— Portanto, está poupando as suas forças. Inteligente. Inútil, mas inteligente.

— Pensa que Kettricken não vai saber o que aconteceu?

— Vai saber que você foi aos banhos de vapor, uma decisão imprudente nas condições em que se encontra. Escorregou para dentro da água muito quente. Uma grande tragédia.

— Regal, isso é loucura. Quantos cadáveres você pensa que pode deixar para trás? Como explicará a morte de Burrich?

— Em resposta à sua primeira pergunta, bem, suponho que muitos, desde que não sejam pessoas muito importantes.

Inclinou-se sobre mim e agarrou a minha camisa. Começou a me arrastar enquanto eu tentava fracamente me arrastar na direção oposta, como um peixe fora d'água.

— Quanto à segunda pergunta, bem, a resposta é mais ou menos a mesma. Quanto alarde você acha que alguém vai fazer por causa de um empregado do estábulo? Você se acha um plebeu tão importante que estende o sentimento aos seus criados.

Regal largou-me sem cerimônias em cima de Burrich. O seu corpo jazia de rosto para baixo no chão, ainda quente. O sangue se derramava nos ladrilhos e coagulava em volta do rosto, ainda escorrendo do seu nariz. Uma lenta bolha de sangue formou-se nos lábios dele e foi estourada por uma tênue exalação. Ainda estava vivo. Eu me movi para esconder isso de Regal. Se conseguisse sobreviver, talvez Burrich tivesse também uma chance.

Regal não notou nada. Retirou as minhas botas e as colocou de lado.

— Está vendo, bastardo — disse, enquanto fazia uma pausa para recuperar o fôlego. — A crueldade cria as suas próprias regras. Assim me ensinou minha mãe. As pessoas são intimidadas por um homem que age com aparente despreocupação pelas consequências dos seus atos. Aja como se não pudesse ser tocado e ninguém ousará te tocar. Veja toda essa situação. A sua morte enfurecerá algumas pessoas, sem dúvida. Mas a tal ponto que tomem atitudes que possam afetar a segurança dos Seis Ducados? Não creio. Além disso, a sua morte será eclipsada por outros acontecimentos. Seria um perfeito idiota se não aproveitasse esta oportunidade de me ver livre de você.

Regal sentia-se irritantemente calmo e superior. Eu me debati, mas ele era surpreendentemente forte, mesmo tendo em conta a vida desregrada que levava. E me senti como um gatinho indefeso, enquanto ele arrancava a minha camisa. Dobrou as minhas roupas com cuidado e afastou-as para o lado.

— Álibis mínimos funcionam. Se eu fizesse muito esforço em parecer inocente, as pessoas poderiam começar a pensar que eu me importo. Poderiam elas próprias começar a prestar atenção. Portanto, simplesmente direi que não sei de nada. O meu homem te viu entrar com Burrich assim que eu saí. E agora irei reclamar com August que você nunca veio falar comigo para eu te perdoar, como prometi à princesa Kettricken. Darei, aliás, uma reprimenda severa em August por ele próprio não ter te trazido.

Olhou em volta.

— Vejamos. Um bem fundo e quente. Aqui está.

Agarrei a garganta dele quando me puxou até a borda do tanque, mas ele se livrou das minhas mãos com facilidade.

— Adeus, bastardo — disse calmamente. — Perdoe-me a pressa, mas você me atrasou um bom tempo. Tenho de ir correndo me vestir. Ou vou chegar tarde ao casamento.

E me jogou para dentro.

O tanque era fundo demais para mim, projetado para ficar à altura do pescoço de um chyurda alto. Era dolorosamente quente para o meu corpo não preparado. Aquilo me fez expelir o ar dos pulmões e eu afundei. Empurrei fracamente o fundo com os pés e consegui pôr o rosto acima da água.

— Burrich!

Desperdicei o meu fôlego em um grito a alguém que não podia me ajudar. A água se fechou sobre mim outra vez. Meus braços e pernas se recusaram a trabalhar juntos. Bati contra uma parede e afundei, antes de conseguir vir à superfície outra vez para pegar um pouco de ar. A água quente estava relaxando os meus músculos já flácidos. Penso que teria me afogado mesmo que a água batesse apenas nos meus joelhos.

Perdi a conta da quantidade de vezes que vim à superfície para arfar e respirar. A pedra polida das paredes escapava das minhas mãos paralíticas e as costelas me apunhalavam de dor cada vez que eu tentava inspirar profundamente. A minha força se esvaía e a fraqueza me inundava. Tão quente, tão fundo. Afogado como um cãozinho, pensei, enquanto sentia a escuridão se fechando. *Garoto?*, alguém perguntou, mas estava tudo escuro.

Tanta água, tão quente e tão funda. Já não conseguia encontrar o fundo, e ainda menos os lados. Eu me debati fracamente contra a água, mas não havia resistência. Não havia em cima, nem embaixo. Não valia a pena lutar para continuar vivo dentro deste corpo. Nada restava para ser protegido; portanto, deixe cair os muros, e veja se há um último serviço que possa prestar ao seu rei. Os muros do meu mundo tombaram, e disparei como uma flecha finalmente lançada. Galen tinha razão. Não há distância para o Talento. Não há distância nenhuma. Torre do Cervo era ali. *Shrewd!*, gritei em desespero. Mas o meu rei estava concentrado em outras coisas. Estava fechado e com os seus muros erguidos para mim, e não havia maneira de entrar. Não havia auxílio ali.

O meu corpo estava falhando, o meu fio de ligação a ele era muito tênue. Uma última oportunidade. *Verity, Verity!*, gritei. Encontrei-o, tentei estabelecer um vínculo com ele, mas o meu espírito não tinha onde se agarrar. Ele estava no outro lado, aberto para outro, fechado para mim. *Verity!*, gemi, afogando-me em desespero. E, de repente, foi como se mãos fortes agarrassem as minhas, enquanto eu tentava subir por uma falésia escorregadia. Agarrado, seguro e puxado quando poderia ter escorregado e caído.

Chivalry! Não, não pode ser, é o garoto! Fitz?

Você imagina coisas, meu príncipe. Não tem ninguém aqui. Preste atenção no que estamos fazendo agora. Galen, calmo e insidioso como veneno, empurrando-me para o lado. Não podia resistir, ele era muito forte.

Fitz? Verity, inseguro agora que eu me tornava mais fraco.

Sem saber de onde, encontrei força. Algo cedia diante de mim, e eu era forte. Agarrei-me a Verity como um falcão ao seu pulso. Estava ali com ele. Vi pelos olhos de Verity: a sala do trono que tinha acabado de ser arrumada, a Ata de Eventos na grande mesa diante dele, aberta para receber o registro do casamento. Em volta dele, trajando os melhores adornos e as joias mais caras, os poucos dignitários que tinham sido convidados para assistir a Verity testemunhando os votos da noiva através dos olhos de August. E Galen, que supostamente deveria estar oferecendo a sua força como homem do rei, estava colocado ao lado e ligeiramente atrás de Verity, esperando para drená-lo completamente. E Shrewd, com a coroa e o manto sobre o trono, mantinha-se totalmente na ignorância, o seu Talento queimado e entorpecido havia muitos anos por uso impróprio, e ele orgulhoso demais para admitir isso.

Como um eco, vi através dos olhos de August que Kettricken estava pálida como uma vela de cera sobre um estrado, diante do seu povo. Estava dizendo a eles, simples e gentilmente, que, na noite passada, Rurisk finalmente sucumbira à ferida de flecha que o tinha acertado nos Campos de Gelo. Esperava agradar à memória dele pronunciando os seus votos, de acordo com o que ele ajudara a realizar, ao príncipe herdeiro dos Seis Ducados. Virou a cara para Regal.

Em Torre do Cervo, a mão em forma de garra de Galen colocou-se sobre o ombro de Verity.

Quebrei o vínculo dele com Verity e empurrei-o para o lado.

Cuidado com Galen, Verity. Cuidado com o traidor, que veio para te drenar completamente. Não toque nele.

A mão de Galen apertava mais o ombro de Verity. De repente, era um vórtice de absorção, drenando, tentando sugar tudo de Verity. E não havia muito que restasse para ser tomado. O Talento de Verity era muito forte porque ele usava muito dele, muito depressa. O instinto de autopreservação teria feito qualquer outro homem se poupar alguma força. Mas Verity gastava a sua sem cuidado, a cada dia, para manter os Navios Vermelhos fora das nossas costas. Tão pouco restava agora para esta cerimônia, e Galen o estava absorvendo. E tornando-se mais forte à medida que fazia isso. Agarrei-me a Verity, lutando desesperadamente para reduzir as suas perdas. *Verity!*, gritei. *Meu príncipe.* Senti-o um pouco recuperado, mas tudo estava ficando escuro diante dos seus olhos. Ouvi uma agitação alarmada quando ele tombou e se agarrou à mesa. O infiel Galen mantinha a mão em forma de garra no ombro dele, inclinando-se sobre ele enquanto Verity se apoiava em um joelho e murmurando solicitamente:

— Meu príncipe? Você está bem?

Lancei a minha força toda para Verity, as reservas que não suspeitava ter em mim. Eu me abri e as deixei ir, assim como Verity fazia quando usava o Talento.

— Tome tudo. Eu vou morrer, de qualquer maneira. E você sempre foi bom para mim quando eu era pequeno.

Ouvi as palavras tão claramente como se as tivesse pronunciado, e senti a ligação ao meu corpo mortal se partir enquanto a força fluía em direção a Verity através de mim. E ele cresceu, subitamente forte, bestialmente forte e furioso.

A mão de Verity ergueu-se para agarrar a de Galen. Ele abriu os olhos.

— Vou ficar bem — disse ele a Galen, em voz alta. Olhou em torno do quarto ao se colocar em pé outra vez.

— Fiquei apenas preocupado com você. Parecia estar tremendo. Tem certeza de que é forte o suficiente para isso? Não deve tentar um esforço que seja além das suas capacidades. Pense no que pode acontecer.

E, como um jardineiro limpando ervas daninhas da terra, Verity sorriu e drenou do traidor tudo o que havia nele. Galen caiu, apertando o peito, uma coisa vazia com a forma de um homem. Os espectadores correram para acudi-lo, mas Verity, agora cheio, ergueu os olhos para a janela e concentrou a mente em algo longínquo.

August. Sirva-me bem. Avise Regal que o seu meio-irmão está morto. Verity rugia como o mar, e senti August se encolher sob a força do seu Talento. *Galen foi muito ambicioso. Tentou o que estava além do seu Talento. Uma pena que o bastardo da rainha não estivesse satisfeito com a posição que ela lhe deu. Uma pena que o meu irmão mais novo não pudesse dissuadir seu meio-irmão das ambições excessivas. Galen ultrapassou os próprios limites. O meu irmão mais novo devia aprender com este exemplo quais são os resultados de um atrevimento desses. E, August, certifique-se de dizer isso a Regal em particular. Poucos sabem que Galen era o bastardo da rainha e meio-irmão dele. Tenho certeza de que Regal não quer ver o nome da mãe ou o dele desonrados pelo escândalo. Esses segredos de família devem ser bem guardados.*

E então, com uma força que pôs August de joelhos, Verity forçou por meio dele a se apresentar diante de Kettricken na sua mente. Senti o seu esforço para ser gentil. *Espero por você, minha princesa. E, pelo meu nome, eu te juro que não tive nada a ver com a morte do seu irmão. Não sabia nada disso e partilho da sua dor. Não gostaria que viesse me encontrar pensando que tenho o sangue dele nas mãos.* Como uma joia se abrindo, assim era a luz no coração de Verity, e ele a expôs de forma que ela pudesse saber que não tinha sido entregue a um assassino. Sem se preocupar consigo mesmo, ele se mostrou vulnerável a ela, dando-lhe confiança para construir confiança. Ela cambaleou, mas se manteve de pé. August desmaiou. E o contato terminou.

Então Verity estava me dando empurrões. *Volte, volte, Fitz. Isso é muito, você vai morrer. Volte, largue-me!* E me deu patadas como um urso, e eu fui atirado de volta para o meu corpo silencioso e cego.

O RESULTADO

Na Grande Biblioteca em Jhaampe, há uma tapeçaria que, de acordo com alguns rumores, contém um mapa de uma rota através das montanhas até os Ermos Chuvosos. Como em muitos dos mapas e livros em Jhaampe, a informação foi considerada tão valiosa que a codificaram na forma de enigmas e quebra-cabeças visuais. Representadas na tapeçaria, entre muitas outras imagens, estão as formas de um homem de cabelo negro e tez escura, robusto e musculoso, carregando um escudo vermelho e, no canto oposto, um ser de pele dourada. A criatura de pele dourada foi vítima de traças e de desgaste ao longo dos anos, mas ainda é possível ver que, na escala da tapeçaria, é muito maior do que um ser humano e, possivelmente, alada. As lendas de Torre do Cervo dizem que um tal rei Wisdom procurou e encontrou a terra dos Antigos por um caminho secreto através do Reino da Montanha. Será que essas figuras representam um Antigo e o rei Wisdom? Será que essa tapeçaria é um registro do caminho através do Reino da Montanha em direção à terra dos Antigos nos Ermos Chuvosos?

Muito mais tarde descobri como fui encontrado, encostado ao corpo de Burrich no chão ladrilhado dos banhos de vapor. Estava tremendo como se tivesse sido acometido por uma febre aguda e não podia ser acordado. Jonqui nos achou, mas como ela conseguiu adivinhar que deveria procurar nos banhos de vapor eu nunca saberei. Suspeitarei sempre que ela era para Eyod o que Chade era para Shrewd; talvez não uma assassina, mas a pessoa que tem meios para saber e descobrir quase tudo o que acontece dentro do palácio. Fosse como fosse, ela assumiu o controle da situação. Burrich e eu fomos isolados em um quarto separado do palácio, e suspeito que por algum tempo ninguém em Torre do Cervo soube onde estávamos ou se estávamos vivos. Ela própria cuidou de nós, com o auxílio de um velho criado.

Acordei uns dois dias depois do casamento. Quatro dos dias mais terríveis da minha vida foram passados deitado na cama, com meus membros se contorcendo, fora de controle. Cochilava frequentemente, de uma forma insensível que não era agradável, ou sonhava vividamente com Verity, ou sentia que ele estava tentando se comunicar comigo por meio do Talento. Os sonhos causados pelo Talento não pareciam me transmitir nenhum significado, além de expressar a preocupação dele comigo. Conseguia captar apenas alguns pedaços isolados de informação desses sonhos, tais como a cor das cortinas no quarto onde ele usava o Talento, ou a sensação de um anel que ele trazia no dedo e que distraidamente ia virando enquanto tentava me alcançar. Uma contração muscular mais violenta me atirava para fora do sonho, e os espasmos me atormentavam até que, exaurido, eu começava a cochilar outra vez.

Os meus períodos de vigília eram igualmente ruins, pois Burrich jazia em uma cama no mesmo quarto, respirando roucamente, mas fazendo pouco mais que isso. O rosto dele estava inchado e sem cor, de tal forma que tinha se tornado quase irreconhecível. Jonqui tinha me dito, desde o princípio, que havia poucas esperanças para ele, seja de sobreviver, seja de manter sua personalidade caso sobrevivesse.

Mas Burrich tinha enganado a morte antes. Os inchaços começaram a ceder gradualmente, os hematomas foram desaparecendo e, a partir do momento em que acordou, começou a se recuperar rapidamente. Não tinha memória de nada do que havia acontecido depois de me tirar do estábulo. Disse-lhe apenas o que precisava saber. Era mais do que seria seguro para ele, mas eu lhe devia isso. Começou a andar com os próprios pés antes de mim, embora a princípio tivesse momentos de vertigem e dores de cabeça. Mas, em pouco tempo, Burrich começou a visitar o estábulo de Jhaampe e a explorar a cidade à vontade. No fim da tarde, voltava e tínhamos muitas conversas longas e calmas. Ambos evitávamos os assuntos com os quais eu sabia que não estaríamos de acordo e havia outras áreas, tais como os ensinamentos de Chade, das quais eu não podia falar abertamente com ele. Na maior parte do tempo, contudo, falamos dos cães que ele tinha conhecido, dos cavalos que ele tinha treinado e, às vezes, falava um pouco dos seus primeiros dias com Chivalry. Uma noite eu lhe contei sobre Molly. Ele ficou calado por algum tempo e então me disse que ouviu dizer que o dono da Casa de Velas Bergamota tinha morrido cheio de dívidas e que a filha, que se esperava assumi-las, havia ido embora para viver com familiares em uma aldeia. Não se lembrava do nome da aldeia, mas conhecia alguém que sabia. Não riu de mim, mas me disse seriamente que devia ter certeza em relação ao que queria antes de vê-la outra vez.

August nunca mais usou o Talento. Foi carregado para fora do estrado naquele dia, mas, logo que se recuperou do desmaio, pediu para ver Regal imediatamente.

Estou certo de que entregou a mensagem de Verity. Pois, embora Regal não tenha vindo nos visitar, a mim e a Burrich, durante a nossa recuperação, Kettricken veio e mencionou que Regal estava muito preocupado que nos recuperássemos depressa e completamente dos nossos acidentes, pois, como lhe tinha jurado, já tinha me perdoado por completo. Ela me disse como Burrich tinha escorregado e batido a cabeça ao tentar me retirar do banho, depois de eu ter tido um ataque. Não sei quem inventou esse relato. Jonqui, talvez. Duvido que mesmo Chade pudesse ter inventado uma história melhor. Mas a mensagem de Verity foi o fim da liderança de August do círculo e de toda a sua utilização do Talento, pelo que sei. Não sei se ficou temeroso demais a partir desse dia ou se a sua aptidão foi destruída por aquela força tremenda. Deixou a corte e foi para a Floresta Mirrada, onde Chivalry e Patience tinham vivido tempos atrás. Creio que se tornou sábio.

Depois do casamento, Kettricken se juntou ao povo em Jhaampe em um mês de luto pelo irmão. Da minha cama, percebi isso sobretudo pelos sons de sinos e cânticos, e pelo fumo de incenso. Todas as posses de Rurisk foram ofertadas. O próprio Eyod veio me ver um dia e me trouxe um anel de prata simples que o filho costumava usar e a ponta da flecha que tinha atravessado o seu peito. Não falou muito, exceto para explicar o que eram aqueles objetos, e me lembrar de que devia dar valor a essas recordações de um homem excepcional. Deixou a meu cargo perceber por que razão tinham sido selecionados aqueles itens para mim.

No fim de um mês, Kettricken terminou o luto. Veio para nos desejar, a Burrich e a mim, uma recuperação rápida e despediu-se de nós até voltar a nos ver em Torre do Cervo. O breve momento de comunicação por meio do Talento com Verity tinha eliminado todas as suas reservas em relação a ele. Falava do marido com um orgulho sereno e foi por vontade própria para Torre do Cervo, sabendo-se dada a um homem honrado.

Eu não estava destinado a cavalgar ao lado dela na procissão de volta para casa, ou a entrar em Torre do Cervo precedido de trombetas, acrobatas e crianças tocando sinos. Esse era o lugar de Regal, e ele desempenhou essas funções com um rosto gracioso. Regal pareceu levar a sério o aviso de Verity. Não creio que Verity alguma vez o tenha perdoado completamente, mas tratou as conspirações de Regal como se fossem as asneiras de um rapazinho mau, e penso que isso intimidou mais Regal do que uma reprimenda pública. As culpas pelo envenenamento foram por fim atribuídas a Sevrens e a Rowd, por aqueles que sabiam disso. Afinal de contas, Sevrens tinha obtido o veneno, e Rowd entregado o presente de vinho de maçã. Kettricken fingiu ficar convencida de que tinha sido a ambição sem precedentes de dois criados em nome do seu senhor, que não sabia de nada. E a morte de Rurisk nunca foi abertamente referida como envenenamento. Nem eu fui reconhecido como assassino. Independentemente do que se passasse no coração de Regal, seu comportamento era o de um jovem príncipe acompanhando bondosamente a noiva do irmão mais velho até sua casa.

A minha recuperação demorou muito tempo. Jonqui cuidou de mim com ervas das quais me disse que reconstruiriam o que tinha sido lesado. Deveria ter tentado aprender quais eram as ervas e as técnicas usadas, mas a minha mente não parecia capaz de reter as coisas melhor do que as minhas mãos. Com efeito, lembro-me pouco desse tempo. A recuperação do envenenamento foi frustrantemente lenta. Jonqui tentou torná-la menos entediante, dando-me acesso à Grande Biblioteca, mas os meus olhos se cansavam facilmente e pareciam tão vulneráveis a tremores quanto as mãos. Passei a maior parte dos dias deitado na cama, pensando. Por algum tempo, perguntei a mim mesmo se queria voltar a Torre do Cervo. Não sabia se ainda conseguiria ser o assassino de Shrewd. Sabia que, se voltasse, teria de ocupar um lugar inferior a Regal à mesa, olhar para cima e vê-lo sentado à esquerda do meu rei. Teria de tratá-lo como se ele nunca tivesse tentado me matar, como se nunca tivesse me usado no envenenamento de um homem que admirei. Uma noite falei francamente sobre o assunto com Burrich. Ele permaneceu sentado e ouviu tranquilamente. E então disse:

— Não posso imaginar que seja mais fácil para você do que para Kettricken. Ou para mim, ver um homem que tentou me matar duas vezes e chamá-lo de "meu príncipe". Você tem de decidir. Detestaria deixá-lo pensando que nos assustou a ponto de fugirmos. Mas se decidir que temos de ir para outro lugar, então iremos.

Penso que finalmente percebi qual era o significado do brinco.

O inverno já não era uma ameaça, mas uma realidade, quando deixamos as montanhas. Burrich, Hands e eu retornamos muito mais tarde para Torre do Cervo do que os outros, mas fizemos a viagem no nosso ritmo. Eu me cansava com facilidade, e a minha força ainda era muito imprevisível. Perdia as forças em momentos inesperados, caindo da sela como um saco de grãos. Então paravam para me ajudar a montar outra vez, e eu me esforçava para continuar. Muitas noites acordei tremendo, sem ter força suficiente para pedir auxílio. Esses lapsos passavam lentamente. O pior, creio, eram as noites em que não acordava, mas sonhava interminavelmente que estava me afogando. De um desses sonhos, acordei para encontrar Verity diante de mim.

Já chega de acordar os mortos, disse-me com simpatia. *Temos de arranjar um mestre para te ensinar, no mínimo, um pouco de controle. Kettricken acha um pouco esquisito que eu sonhe tantas vezes com afogamentos. Suponho que devo me dar por satisfeito que você tenha dormido bem pelo menos na minha noite de núpcias.*

— Verity? — eu disse, hesitante.

Volte ao seu sono, ele me disse. *Galen está morto e coloquei em Regal uma coleira mais apertada. Você não tem nada a temer. Volte ao seu sono e pare de sonhar tão alto.*

Verity, espere! Mas o meu ato de tatear por ele quebrou o tênue contato do Talento, e não tive alternativa senão fazer o que ele tinha me aconselhado.

Continuamos a viagem, em um clima cada vez mais desagradável. Todos ansiávamos por chegar em casa muito antes de efetivamente termos chegado lá. Creio que Burrich não tinha prestado atenção às habilidades de Hands antes dessa viagem. Hands tinha uma competência silenciosa que inspirava confiança nos cavalos e nos cães. Finalmente, substituiria facilmente tanto Cob como eu, no estábulo de Torre do Cervo, e a amizade que ia aumentando entre ele e Burrich me deixou mais ciente da minha própria solidão do que gosto de admitir.

A morte de Galen foi considerada um evento trágico na corte de Torre do Cervo. Aqueles que o conheceram menos eram os que diziam as coisas mais simpáticas a seu respeito. Obviamente que o homem tinha feito muito esforço para o coração ter falhado naquela idade. Havia alguma discussão a respeito da sugestão de se dar o seu nome a um navio de guerra, como se fosse um herói tombado, mas Verity nunca reconheceu a ideia, e, portanto, nunca veio a acontecer. O seu corpo foi enviado de volta a Vara para o funeral, com todas as honras. Se Shrewd suspeitou de alguma coisa do que aconteceu entre Verity e Galen, manteve-a bem escondida. Nem ele nem Chade alguma vez a mencionaram na minha frente. A perda do mestre do Talento, sem sequer deixar um aprendiz para substituí-lo, não era uma coisa sem importância, especialmente com os Navios Vermelhos no horizonte. Isso era o que se discutia abertamente, mas Verity se recusou terminantemente a considerar para o cargo Serene ou qualquer um dos outros que Galen havia treinado.

Nunca descobri se Shrewd me entregou a Regal. Nunca perguntei a ele, nem sequer mencionei as minhas suspeitas a Chade. Suponho que não queria saber. Tentei não deixar que isso afetasse a minha lealdade. Mas, no coração, quando dizia "meu rei" eu me referia a Verity.

As madeiras que Rurisk tinha prometido chegaram a Torre do Cervo ainda depois de mim, pois tiveram de ser arrastadas por terra até o rio Vin, antes de poderem ser transportadas em jangadas até o Lago do Bode e daí pelo rio Cervo até Torre do Cervo. Chegaram na época do solstício de inverno e eram tudo o que Rurisk tinha dito que seriam. O primeiro navio de guerra a ser completado foi nomeado em sua honra. Penso que ele teria compreendido isso, mas não exatamente aprovado.

O plano do rei Shrewd foi bem-sucedido. Muitos anos tinham se passado desde a última vez que Torre do Cervo tinha tido qualquer tipo de rainha, e a chegada de Kettricken motivou o interesse na vida da corte. A morte trágica do irmão na véspera do casamento e a forma corajosa como, apesar disso, tinha continuado chamaram a atenção das pessoas. A inegável admiração que nutria pelo novo marido fez de Verity um herói romântico, mesmo para o seu próprio povo. Formavam um casal vistoso, a beleza jovem e pálida dela contrastando com a força tranquila de Verity. Shrewd os exibiu em festas que atraíram todos os nobres menores de todos os Ducados, e Kettricken falou com intensa eloquência da necessidade de todos se unirem para derrotar os Salteadores dos Navios Vermelhos. E assim Shrewd obteve os fundos de que necessitava e, mesmo em meio às tempestades de inverno, a fortificação dos Seis Ducados começou. Mais torres foram construídas e o povo se ofereceu para guarnecê-las. Os construtores de barcos competiam pela honra de trabalhar nos navios de guerra, e a Cidade de Torre do Cervo viu a sua população aumentar com os voluntários para tripular os navios. Por um breve período durante esse inverno, o povo acreditou nas lendas que criava, e parecia que os Navios Vermelhos poderiam ser derrotados por simples força de vontade. Eu desconfiava desse estado de espírito, mas vi Shrewd promovendo-o, e perguntava a mim mesmo como ele seria capaz de mantê-lo quando a realidade dos Forjamentos começasse outra vez.

Preciso falar de mais uma pessoa, um que se viu arrastado para esses conflitos e intrigas apenas por causa da sua lealdade a mim. Até o fim dos meus dias, carregarei as cicatrizes que ele me deu. Os seus dentes gastos cravaram-se profundamente nas minhas mãos várias vezes, antes de ele conseguir me puxar para fora daquele tanque de água. Como ele conseguiu fazer isso eu nunca saberei. Mas a sua cabeça ainda descansava sobre o meu peito quando nos encontraram; o seu vínculo com este mundo já tinha se quebrado. Narigudo estava morto. Mas acredito que deu a vida com boa vontade, lembrando-se de que tínhamos sido bons um para o outro, quando éramos filhotes. Os homens não sofrem a perda de um ente querido do mesmo modo que os cães. Mas nós a sofremos por muitos anos.

EPÍLOGO

— Está cansado — diz o meu garoto.
 Vejo-o de pé ao meu lado e não sei há quanto tempo está ali. Ele estende a mão para a frente, devagar, para retirar a pena da minha mão frouxa. Exausto, olho para o rastro vacilante de tinta que marcou a página. Penso já ter visto a mesma forma antes, mas não era tinta. Um borrifo de sangue seco no convés de um Navio Vermelho, derramado pela minha mão? Ou um tentáculo de fumo erguendo-se negro contra um céu azul enquanto eu cavalgava, tarde demais para avisar uma aldeia do ataque de um Navio Vermelho? Ou veneno rodopiando e se espalhando em tons de amarelo em um simples copo de água, veneno que eu dei a alguém, sorrindo, enquanto o fazia? A ondulação de uma mecha de cabelo de mulher sobre o meu travesseiro? Ou as pegadas de um homem deixadas na areia ao arrastarmos os corpos de uma aldeia em cinzas na Baía das Focas? O caminho de uma lágrima escorrendo pelo rosto de uma mãe enquanto abraçava o filho Forjado, apesar dos gritos furiosos deste? Como os Navios Vermelhos, as memórias vêm sem aviso, sem piedade.
 — Você precisa repousar — diz o garoto outra vez, e percebo que estou sentado, olhando fixamente um traço de tinta em uma página. Não faz sentido. Eis mais uma folha desperdiçada, outro esforço deixado de lado.
 — Descarte-as — eu lhe digo e não protesto ao vê-lo reunir as folhas e empilhá--las todas juntas, ao acaso.
 Conhecimentos de ervas e histórias, mapas e reflexões, todos uma mistura nas mãos dele como são na minha mente. Não me lembro mais do que tinha decidido fazer. A dor está voltando e seria tão fácil acalmá-la. Mas nesse caminho reside a loucura, como já foi provado tantas vezes antes de mim. E assim, em vez disso, mando o garoto buscar as duas folhas de levame, gengibre e hortelã para me fazer um chá. E pergunto a mim mesmo se um dia lhe pedirei que vá buscar três folhas dessa erva dos chyurdas.
 Em algum lugar, um amigo me diz suavemente:
— Não.

GLOSSÁRIO

August: augusto, majestoso, de grande imponência.
Bidewell: próximo de "bode well", que significa bons presságios.
Bounty: generosidade, recompensa.
Brawndy: próximo em sonoridade de "brawn", que significa musculoso, fisicamente forte.
Burrich: próximo em sonoridade de "burr", que significa espinhoso.
Chade: próximo em sonoridade a "shade", que significa sombreado, obscuro.
Chivalry: cavalheirismo, bravura; pode se referir também ao juramento de cavalaria da época medieval.
Cob: um pequeno cavalo de constituição robusta.
Cook: cozinheira.
Desire: desejo, vontade; pode também ter uma conotação de cobiça sexual.
Graciousness: graciosidade, benevolência.
Hands: mãos; pode se referir também a trabalhadores braçais.
Hasty: apressada, ligeira.
Lacy: rendado, elaborado.
Patience: paciência, resignação.
Regal: régio, majestoso, suntuoso.
Ruler: governante, soberano.
Serene: serena, calma.
Shrewd: astuto, perspicaz, de raciocínio frio e calculista.
Solicity: solicitude, boa vontade; pode se referir também a dedicação em alcançar objetivos.
Tactic: tática, estratégia.
Taker: tomador, captor; pode se referir também a alguém que aceita apostas e desafios.
Thyme: tomilho, uma planta aromática.

Verity: veracidade, verdade fundamental.
Victor: vitorioso, conquistador.
Wisdom: sabedoria, sensatez.

1ª EDIÇÃO [2019] 3 reimpressões

ESTA OBRA FOI COMPOSTA PELA ABREU'S SYSTEM EM CAPITOLINA REGULAR
E IMPRESSA EM OFSETE PELA LIS GRÁFICA SOBRE PAPEL PÓLEN NATURAL
DA SUZANO S.A. PARA A EDITORA SCHWARCZ EM MAIO DE 2023

A marca FSC® é a garantia de que a madeira utilizada na fabricação do papel deste livro provém de florestas que foram gerenciadas de maneira ambientalmente correta, socialmente justa e economicamente viável, além de outras fontes de origem controlada.